소설구조의 이론

소설구조의 이론

김천혜 지음

한국학술정보㈜

개정판을 내면서

필자는 소설이론 연구에 오랫동안 몰두해 왔다. 참신한 연구서를 내려고 마음먹고, 자료를 읽고, 정리하고, 나름으로 체계를 세우는 데에 많은 시간을 소요한 후,『소설 구조의 이론』이란 이름의 책을 1990년에 문학과지성사에서 출판했다. 이 책이 좋은 평가를 받아 2001년까지 8쇄를 발간할 수 있었던 것은 필자 개인으로서는 더없는 영광이었다.

필자는 이 책을 두 분야의 사람들을 염두에 두고 썼다. 하나는 소설 장르를 연구하는 사람들이고, 또 하나는 소설을 창작하는 사람들이다. 이들에게 작으나마 도움이 된다면 기쁘겠다는 마음으로 책을 발간했던 것이다.

필자의 전공은 독일문학이고 독일에 가서 몇 년간 공부를 하기도 했다. 그러나 70년대에 중앙일보 신춘문예 평론에 당선되어 한국문학평단의 말석을 차지하게 되면서 한국문학에도 관심이 깊다. 그래서 이 책의 예문을 되도록 한국 문학작품에서 고르려 했다.

세월이 흐르면 새로운 작품도 발표되고, 소설에 대한 새로운 이론도 나오는 법이다. 이런 시대적 변화에 부응하기 위해 책에 대한 개정 작업을 해야겠다는 생각으로 2000년대에 들어와 다시 새로운 자료를 모으고 분석하기 시작했다. 또한 독일에 가서 소설이론의 대가들과 여러 번 접촉을 하기도 했다. 다행히도 소설이론에는 별다른 큰 변화가 없었다.

그리하여 이제 개정판을 내게 되었다. '소설 구조론' 분야에 새로운 사항들을 다소 추가했다. 필요하다고 생각되는 경우에 약간의 수정을 가했고, 작품 예를 새로운 작품들로 대체하거나 추가했다. '실험소설론'에서는 새로운 작품들과, 이전에 언급하지 못했던 사례들을 많이 추가했다. 그리고 처음에 원고지에다 펜으로 집필을 했기 때문에 거칠거나 다듬어지지 않았던 문장들을 그동안 익힌 워드 실력으로 이번에 다소 매끄럽게 손질할 수 있었다. 그 외는 처음의 골격이나 내용을 거의 그대로 유지하고 있다고 할 수 있다. 앞으로도 좋은 책이 될 수 있도록 독자 여러분의 많은 격려와 편달을 바라 마지않는다.

개정판을 내어 주신 한국학술정보(주) 채종준 사장님과 직원 여러분께 깊은 감사를 드린다.

2009년 10월

김천혜 씀

차례

제 1 부

소설 구조론

소설에 있어서의 구조

소설(小說)에 대한 이론적 연구는 여러 방향에서 이루어져 왔다. 그 가운데 하나가 소설의 구조에 대한 연구다. 소설이 어떤 짜임새를 가지고 있는가에 대해 그동안 많은 사람들이 관심을 기울여 왔다. 여기서 다루려는 것도 마찬가지로 소설의 구조가 어떠하냐를 규명해 보려는 것이다. 소설의 구조를 연구함에 있어서 우리는 우선 '소설'이란 말과 '구조'란 말의 개념을 확실히 할 필요가 있을 것이다.

'소설'이란 무엇인가? 소설이란 말 자체는 중국에서 생겨난 말이다. 『장자(莊子)』에 처음으로 나타났다고 하며, '꾸며낸 재담' 정도의 뜻으로 쓰였던 것이다.[1] 이 용어는 우리나라에서는 고려 말의 이규보의 『백운소설(白雲小說)』이란 책명에서 처음으로 발견된다. 이때의 '소설'이란 말은 잡록(雜錄)의 뜻으로 중국의 소설과는 전혀 다른 뜻이었다. 그러나 그 후에는 대충 '이야기'의 뜻으로 쓰여

---

[1] 조남현, 『소설원론』, 서울 1982, p.11 참조.

왔고, 신소설(新小說)에도 이러한 개념은 그대로 받아들여졌다.[2] 그리고 서양의 문예작품들의 수입과 더불어 오늘날 우리가 갖고 있는 개념으로 굳어지게 된 것이다.

그러면 우리가 갖고 있는 '소설'의 개념은 어떠한가? 소설은 어떤 길이의 산문(散文)으로 된, 허구의 이야기로, 이 이야기는 현실과 흡사하다는 느낌을 주는 사실성(事實性)을 가져야 하며, 어떤 화자(話者)에 의해 청자(聽者) 또는 독자에게 전달된다는 것이 우리가 갖고 있는 소설의 개념이다. 산문으로 되어 있다는 점에서 시와 구별되고, 사실성이 있다는 점에서 동화(童話)나 우화(寓話)와 구별되고, 화자에 의해 전달된다는 점에서 희곡과 구별된다.

그러면 과연 우리가 쓰고 있는 소설이란 용어와 개념이 서양에서 쓰고 있는 용어와 개념에 꼭 일치되고 있는가 하는 의문이 생긴다. 서양 말에 우리의 '소설'에 꼭 일치되는 용어와 개념이 없다는 사실이 우선 지적되어야 할 것이다.

영어권에서 'novel'은 장편소설을, 'novella'는 중편소설을 그리고 'short story'는 단편소설을 의미한다. 그냥 'story'는 허구이든 진실이든, 구두로 이루어지거나 문자로 이루어진 온갖 종류의 이야기를 의미하고, 'fiction'은 'novel', 'novella', 'short story'는 물론, 희곡과 서사적 시*narrative poetry*까지도 포함하며, 나아가 우화*fable*, 동화 *fairy tale*까지도 포함할 수 있다. 말하자면 모든 허구(虛構)의 이야기를 다 망라하는 넓은 개념인 것이다. narrative는 story와 유사한 뜻으로 쓰이기도 하지만 fiction과 유사한 뜻으로 쓰이기도 한다. 『소설이론 백과사전』은 fiction과 narrative가 흔히 동의어로 쓰이지만 반드시 같은 것은 아니라고 설명한다. 왜냐하면 narrative가 비허

---

2) 앞의 책, pp.20-44 참조.

구적인 내용을 갖는 경우가 있기 때문이다.[3] 이렇게 보면 우리말의 '소설'에 해당되는 말이 영어에는 없음을 알 수 있다. 그러나 'fiction'이 흔히 'novel'과 'short story'를 연상시키기 때문에[4] 이 말이 우리말의 '소설'에 가깝다는 느낌을 갖게 한다. 나아가 narrative도 우리의 소설에 가깝다는 느낌을 마찬가지로 준다고 하겠다.

독일어에도 우리의 '소설'에 해당되는 용어가 없다. 'Epik', 'Erzählen', 'Erzählkunst', 'Erzählung'(넓은 의미), Erzählliteratur 등의 용어가 있지만, 이들은 'Roman', 'Novelle', 'Erzählung'(좁은 의미), 'Kurzgeschichte'는 물론 동화*Märchen*, 성담*Legende*, 서사시*Epos*, 담시*Ballade* 등을 포함하는 넓은 개념으로 서사문학(敍事文學)을 뜻한다. 그러므로 우리의 '소설'에 해당되는 장르로 'Roman', 'Novelle', 'Erzählung'(좁은 의미), 'Kurzgeschichte'의 넷만을 들어야 할 것이다.

불어에 있어서도 사정은 마찬가지로 'roman', 'nouvelle', 'conte'가 각각 장편, 중편, 단편을 나타내어 우리의 소설에 해당되지만 이 셋만을 묶어 나타낼 수 있는 용어가 없다. 'récit'란 말이 있지만 영어의 'story'처럼 넓은 의미로 쓰이고 있다.

이렇게 보면 서양 문학의 영향을 크게 받고 발전해 온 우리나라의 소설이 그 용어와 개념에 있어서만은 서양과 일치하지 않음을 알 수 있다. 그러나 소설의 본질 자체는 우리나라와 서양이 서로 다르지 않다고 하겠다.

다음 구조(構造)*structure, Struktur*란 무엇인가를 살펴보자. 이 말

<hr>

3) David Gorman, "Theories of Fiction", D. Herman/M. Jahn/M. Ryan 편, *Routledge Encyclopedia of Narrative Theory*, New York 2005, p.163.

4) Hugh Holman, *A Handbook to Literature*, Indianapolis 1980, p.184 참조.

의 어원인 라틴어 'struktura'는 원래 벽돌 같은 건축 재료를 연결하는 접합제를 의미했다. 이 말은 그동안 의미가 달라지고 쓰이는 곳이 바뀌어 왔지만, 이 원래의 뜻이 오늘날의 구조의 의미를 이해하는 데 어떤 암시를 주는 것으로 생각된다.

오늘날 이 구조란 말을 가장 많이 사용하는 사람들은 구조주의자들이다. 구조주의 언어학에서는 구조를 다음과 같이 정의한다. 즉 "구조란 어떤 체계*System*의 요소들을 서로 결합시키고 있는 관계의 총화(總和)다."5)라고.

그러나 이 구조의 개념은 구조주의자들 사이에 있어서도 일치되지 않는다. 폴 리쾨르Paul Ricoeur는 구조의 정의로 구조주의를 설명하는 것은 불가능하다고까지 말한다.6) 힐레브란트도 "구조란 말은 구조주의에 의해 영구임차(永久賃借)되었고, 이런 과정에서 대단한 유행이 되어, 그 말로 모든 것을 나타내면서도 아무것도 나타내지 못할 위험이 있다."7)고 말한다. 이런 말들로 미루어 구조를 정의한다는 것이 쉽지 않음을 알 수 있다. 특히 이 말은 자연과학에서 쓰이던 말을 문예학에 도입한 것인 만큼, 그 사용에 많은 혼란이 따르고 있는 것이다.

전통적인 독일 문예학은 문학작품을 두고 내용*Inhalt*과 형식*Form* 또는 소재(素材)*Stoff*와 형식으로 흔히 나누어 생각했다. 이 내용과 형식 두 가지를 전혀 별개의 이질적인 요소로는 보지 않고, 상호규정적(相互規定的)인 것으로 보긴 했으나 독일 문예학은 대체로 이 양자를 분리시켜 생각해 왔다. 또 이 두 개념과는 좀 다른 내실(內

5) Klaus Baumgärtner(편), *Sprache. Eine Einführung in die moderne Linguistik*, Frankfurt a. M. 1973, p.118.

6) Günther Schiwy, *Der französische Strukturalismus*, Reinbeck 1973, p.16.

7) Bruno Hillebrand(편), *Zur Struktur des Romans*, Darmstadt 1978, p.15.

實)*Gehalt*과 형상(形象)*Gestalt*이라는 대립 개념도 설정한 바 있다. 내실은 의미·가치·이념과 같은 것을 뜻했고, 형상은 짜임새·구성 형식 같은 것을 뜻했다.

뉴크리티시즘의 비평가들인 웰렉/워렌은 문학작품을 소재*materials*와 구조*structure*로 나누었다. 그들은 자연 그대로의 소재를 다듬고 배열하여 미적 효과를 갖도록 하는 어떤 체계나 질서를 구조로 보았던 것이다.[8]

다시 독일 문예학으로 돌아가 보면, 독일 문예학은 구조*Struktur*란 용어를 사용하기보다는 이와 유사한 'Aufbau', 'Form', 'Bauform', 'Komposition'과 같은 말들을 즐겨 사용했고, 구조주의가 유행된 후로는 구조란 말도 아울러 많이 사용하고 있다. 그러나 새로운 용어인 '구조'도 이전에 사용되던 'Aufbau' 등의 용어와 크게 다른 것 같지 않다. 독일 철학과 문학에도 정통한 프랑스의 구조주의자 뤼시앙 골드만Lucien Goldmann은 20세기 초엽에는 물론 오늘날에도 독일에서는 'Gestalt', 'Form', 'relative Totalität', 'Struktur'가 같은 뜻으로 사용되고 있다고 말한다.[9]

이렇게 보면 독일 문예학이 대체로 이분법으로 나눈, 내용과 형식 둘 중에서 형식 쪽을 흔히 구조라고 부르고 있음을 알 수 있다. 웰렉/워렌도 이와 맥을 같이하고 있다. 여기서 우리는 형식과 구조가 거의 같은 것이라고 말할 수 있다. 영미권의 브룩스/워렌도 넓은 의미에서는 형식*form*과 구조*structure*는 같은 것이라고 말하고 있는 것이다.[10]

---

8) R. Wellek/A. Warren, *Theory of Literature*, New York 1949, p.141.

9) G. Schiwy, 앞의 책, p.14. (재인용)

10) C. Brooks/R. P. Warren, *Understanding Fiction*, New York 1959, p.684.

그러나 내용과 형식 둘 다를 구조 속에 넣어 고찰하려는 견해도 없지 않다. 러시아 형식주의자들은 내용과 형식을 별개로 구분하는 이분법적 사고를 배격했다. 지르문스키Zirmunskij는 "문학에서 이른바 내용이란 요소는 독립적인 존재가 아니며 미적 구조ästhetische Struktur의 일반적인 법칙에서 제외되는 것이 아니다."고 주장한다. 그리고 형식에 대해서도 "형식은 더 이상 작품의 외형적인 것으로 간주되지 않고, 어떤 구체적이고 역동적인 존재로서 그 자체가 내용적인 것으로 간주된다."11)고 말한다. 이와 같이 러시아 형식주의자들은 내용과 형식 둘을 분리하지 않았고, 그 모두를 구조로 파악하려 했던 것이다.

또한 재료적이고 소재적인 것을 심층구조Tiefenstruktur로, 가공되고 배열된 것을 표면구조Oberflächenstruktur로 파악하려는 시도에 있어서도 이 내용과 형식 모두를 구조로 보려는 연구 방향이 드러나고 있다.12)

이렇게 볼 때 '구조'에 대한 견해는 형식적이고 외형적인 것만을 구조로 보는 견해와 내용적인 것까지 모두 구조로 보는 두 견해가 대립되어 있음을 알 수 있다. 필자는 내용과 형식을 엄격하게 분리할 수 있는 것으로 생각하지 않기 때문에 내용과 형식 모두가 구조로서 파악되어야 되리라 생각한다. 그러나 소설은 형식이 내용을 담아 어우러져 하나의 구조를 이루고 있다는 사실을 강조하고 싶다. 어쨌든 우리는 '소설의 구조'란 말을 사용할 때 그 구조의 개념을 아주 넓은 의미로 받아들여야 될 것이다. 여기서 우리는 소설을

---

11) Jürgen Hauff 외, *Methodendiskussion*, Frankfurt a. M. 1973, p.108.

12) Emil Volek, "Die Begriffe 'Fabel' und 'Sujet' in der modernen Literaturwissenschaft", *Poetika* 9호(1977), p.151.

이루고 있는 모든 요소와 그 요소들의 관계를 구조라고 정의하는 것이 타당하리라 생각된다.

그런데 이 구조를 관찰하기 위한 시각(視角)은 하나만이 아니다. 헨리 제임스가 "소설의 집에는 창문이 하나가 아니고 백만 개나 된다."[13]고 한 말은 이 시각이 아주 많음을 시사한 말이라 하겠다. 어떤 시각에서 보느냐에 따라 소설은 여러 개의 상이한 구조를 우리들에게 보여주는 것이다.

우리가 어떤 사람을 관찰할 때 우리는 우선 그의 외모를 보게 된다. 몸통과 팔다리와 머리를 보고 눈·코·입 같은 것을 본다. 이런 시각으로 우리는 소설에 대한 우리의 관찰을 시작할 수 있다. 순수한 바깥 모습을 외형 구조(外形構造)라 부를 수 있다. 우리는 우선 소설의 외형 구조를 살펴보아야 할 것이다. 다음 소설의 내부를 조금만 들여다보면 소설이 문장(文章)으로 이루어져 있음을 알게 된다. 우리는 문장을 하나의 구조로 보고 고찰할 필요를 느끼게 된다. 이 문장의 고찰 역시 아직까지는 바깥으로부터의 관찰이라 하겠다.

이제 우리는 관찰의 방향을 내부로 잡아야 된다. 소설의 내부 구조로 눈길을 돌리면 우리는 시간(時間)·화자(話者)·시점(視點)을 살펴보아야 할 당위성을 느끼게 된다. 그리고 서사구조(敍事構造), 작중인물(作中人物), 그리고 좀 더 깊은 내부에 있는 커뮤니케이션 및 현실(現實), 그리고 동일시(同一視)와 생소화(生疎化)에까지 우리의 관찰을 확대하지 않을 수 없게 된다.[14]

---

13) Henry James, "The House of Fiction", Philip Stevick 편, *The Theory of the Novel*, New York 1967, p.58.

14) Bruno Hillebrand는 구조의 개념을 넓게 잡는 대표적 학자다. 그가 편찬한 앞의 책은 시간·화자·시점·현실 문제·커뮤니케이션 구조 등 상당히 다양한 영역을 '구조'의 이름 밑에 다루고 있다. 필자의 구조 개념에 상당히 가까운 것으로 생각된다.

　이렇게 보면 소설의 구조로서 모두 10개의 구조가 존재하게 된
다. 문장은 시간·시점과 관계가 있으므로 먼저 시간과 시점을 고
찰한 후에 고찰하게 될 것이다. 그 외는 바깥에서 안을 향하는 방
향으로 고찰이 진행될 것이다.

　소설의 구조를 고찰함에 있어서 우리가 유의해야 할 사항은 구
조란 결코 불변의 것이 아니라는 사실이다. 소설의 구조는 계속 바
뀌어 왔고 또 바뀌어 가고 있다. 디트리히 베버의 말처럼 "소설은
모든 문학 형식 가운데 확정적인 요소가 의심할 여지없이 가장 적
은"15) 장르이기 때문이다.

　또한 요헨 포크트도 소설 형식의 변화과정을 고찰한 후 소설을
하나의 '기계장치'*Maschinerie*로 표현한다. "그 기계장치는 자체적으
로 계속 현대화하고 있다. 그리고 그를 통해 새로운 것을 새로운
방법으로 표현하는 새로운 기능을 수용할 수 있게 되었다."16)고 말
한다. 이것은 소설이 새로운 구조를 얼마든지 갖게 될 수 있음을
의미하는 말이다. 소설이 타 예술 분야나 타 학문 분야, 나아가서는
새로운 사회 현상으로부터도 영향을 받을 수 있기 때문에 앞으로
소설 구조에 어떤 형태로든 변화가 올 가능성을 배제할 수 없다.

　이 책에 등장하는 서구 문예학의 전문용어에는 원어를 병기하기
로 한다. 대개의 경우 앞의 것은 영어이고, 뒤의 것은 독일어다. 작
가, 저자, 작품의 이름에는 원어를 병기하되 처음 한 번만 기록하는
것을 원칙으로 하며, 우리나라에 이미 많이 알려진 작가와 작품에
대해서는 원어 병기를 하지 않기로 한다.

---

15) Dietrich Weber, *Der Geschichtenerzählspieler*, Wuppertal 1989, p.142.

16) Jochen Vogt, *Aspekte erzählender Prosa*(개정7판), Opladen 1990, p.194.

제1장 외형

　우리가 사람을 관찰하려 하면 우선 바깥 모습을 주시하게 된다. 몸은 머리·몸통·팔다리로 나뉘어 있고 머리에는 눈·코·입이 붙어 있다는 식으로 외형(外形)을 관찰하게 된다. 그러한 관점에서 우리는 한 편의 소설을 읽기 전에 소설의 외형을 관찰할 수 있다. 외형을 구조적인 관점에서 살펴보면 대개의 경우 첫 페이지에 장르 표시와 제목 그리고 작가 이름이 나온다. 그러고 나서 내용이 시작된다. 내용은 ‘부(部)’나 ‘장(章)’으로 나뉘고, 부피가 큰 경우에는 부·장 위에 ‘권(卷)’이 있다. 그리고 부·장 아래에는 대개 절(節)이 있다.

　이것이 일반적인 소설의 외형 구조이지만 여기에 ‘머리말’이나 ‘맺는말’이 추가되어 있는 경우가 있고, 또 소설의 서두 또는 장의 서두에 모토*motto*가 붙어 있는 경우도 있다.

　작가의 이름은 본명 아니면 필명(筆名)*pseudonym*이다. 아주 드물지만 2인 이상이 공동 집필한 경우도 있다. 경우에 따라서는 작자 미상의 작품도 있고 공동 집필의 경우 이름을 밝히지 않는 경우도 있기 때문에 작가의 이름은 소설을 성립시키기 위한 필수 요소는 아니라 하겠다. 그러나 작가의 이름은 출판사의 이름과는 비교할 수 없을 정도로 독자가 작품을 선택하고 수용하는 데 큰 역할을 한다.

1. 제목

　제목(題目)*title, Titel*은 제명(題名)이라고도 하는데, 독자와 맨 먼저 부딪히게 되는 소설의 간판이다. 장르 표시나 작가 이름보다 항상 큰 활자로 되어 있어 독자의 눈에 제일 먼저 들어오게 된다. 제목이 매력적이냐 아니냐에 따라 독자가 소설 속으로 끌려 들어오기도 하고 그렇지 않기도 한다. 그리하여 작가들은 이 제목의 작명에 많은 신경을 쓴다. 대체로 제목은 독자의 호기심을 자극하려는 의도와 소설 내용을 요약하거나 주제를 암시하려는 의도가 결합되어 나타난다.

　『25시』, 『제8요일』, 『참을 수 없는 존재의 가벼움』 같은 제목들이 이 두 가지 의도를 다 잘 살린 성공적인 제목들로 생각된다. 우리나라에서는 『난장이가 쏘아올린 작은 공』, 『추락하는 것은 날개가 있다』, 『압구정동엔 비상구가 없다』, 『무소의 뿔처럼 혼자서 가라』와 같이 약간은 길면서 평상적이 아닌 제목들이 독자의 호기심을 자극하고 주의를 끄는 데 성공한 것으로 생각된다. 표현에 있어서도 직설적인 것보다 은유적(隱喩的)인 것이 더 인기가 있는 것 같다. 그러나 독자의 호기심을 너무 의식하여 소설 내용과 전혀 관계없는 엉뚱한 제목을 붙인 경우도 흔히 볼 수 있다.

　제목이 얼마나 중요한가를 말해 주는 일화가 있다. 오스발트 슈펭글러Oswald Spengler의 유명한 저서의 원제목은 '세계사 형태론 개관 *Umrisse einer Morphologie der Weltgeschichte*'이었다. 그러나 출판업자가 제1차 세계대전 직후의 분위기에 알맞게 『서양의 몰락*Der Untergang des Abendlandes*』이란 제목을 큰 제목으로 붙이고, 원제목은 부제(副題)로 밑에 깔았다. 로젠펠트Hellmut Rosenfeld는 원제목대로였다면

이 책이 그러한 명성을 결코 누리지 못했을 것이라고 주장한다.[17] 소설은 아니지만 제목이 중요하다는 하나의 좋은 예가 될 것이다.

근대의 서구 소설에는 아주 긴 제목의 작품들이 많았다. 약칭 『짐플리치시무스*Simplicissimus*』는 43단어, 『로빈슨 크루소*Robinson Crusoe*』는 68단어, 『몰 플랜더스*Moll Flanders*』는 69단어로 되어 있었다. 예를 들어 『로빈슨 크루소』는 "*The Life and Strange Surprising Adventures of Robinson Crusoe of York, Mariner, written by himself……*" 하는 식이었다.

현대의 작가들 가운데는 이러한 긴 제목에 향수를 느끼고 가끔 긴 제목을 붙여 보는 작가도 있다. 볼프 본드라체크Wolf Wondratschek는 1970년 「한 농부가 한 촌부와 더불어 무조건 하인이 되려는 머슴애를 낳는다*Ein Bauer zeugt mit einer Bäuerin einen Bauernjungen, der unbedingt Knecht werden will*」는 13단어로 된 괴상한 제목의 작품을 발표했는데 이러한 것이 그 예가 될 것이다. 우리나라에도 「우리는 누구이며 어디서 와서 어디로 가는가」(공지영)와 같은 긴 제목의 작품이 있다. 또 「이 다음에 우리는 누구의 가슴에 따뜻한 별빛으로 남을 수 있으랴」(한용환), 「술잔 속에도 있고 낚시바늘 끝에도 있고 꽃눈 속에도 있는 하느님」(이외수), 「성교가 두 인간의 관계에 미치는 영향에 대한 문학적 고찰 중 사례연구 부분인용」(송경아)처럼 엄청 긴 제목도 있다. 그러나 대부분의 현대 소설들은 제목이 그렇게 길지 않다.

조지 왓슨은 소설의 제목을 세 종류로 분류하고 있다. 첫째, 주인공의 이름이 제목이 된 것, 둘째, 지명이나 건물명이 제목이 된 것, 셋째, 단어·구(句)·문장으로 된 격언 및 추상어를 제목으로

---

17) Kohlschmidt/Mohr, *Reallexikon der deutschen Literaturgeschichte*, 제4권, Berlin 1958, p.453.

삼은 것, 이렇게 셋이다.[18] 왓슨은 제목에 관심을 갖고 분류해 본 소수의 사람들 가운데 하나다. 하지만 그의 분류는 너무 엉성한 감이 있다. 소설의 제목을 필자 나름으로 좀 더 체계적으로 정리해 보면 다음과 같다.

A. 작품과의 관계에 의한 분류
　(1) 작품 자체에서 제목을 가져온 것
　　① 주인공의 이름이나 신분과 관련된 것
　　　『안나 카레니나』(톨스토이)
　　　『채털리 부인의 연인』(D. H. 로렌스)
　　　『말테의 수기』(릴케)
　　　「벙어리 삼룡이」(나빈)
　　　「정교수의 휴강」(이범선)
　　　「아베의 가족」(전상국)
　　② 사건에 관련되는 지명·국명 등의 공간
　　　『아메리카』(카프카)
　　　「소설·알렉산드리아」(이병주)
　　　『머나먼 쏭바강』(박영한)
　　　「서울 보통 시민」(홍성원)
　　　「바벨호(湖)」(박양호)
　　　「딸기밭」(신경숙)
　　③ 사건에 관련되는 시간·시기
　　　『1984년』(조지 오웰)
　　　「비오는 날」(손창섭)

---

18) George Watson, *The Story of the Novel*, London 1979, p.53.

「백의민족・1968년」(송기숙)

「만세전」(염상섭)

「감이 익을 무렵」(김향숙)

「제7일」(장정일)

④ 작품 내용을 요약하거나 암시하는 것

『전쟁과 평화』(톨스토이)

『생의 한가운데』(루이제 린저)

「탈출기」(최학송)

『제2의 운명』(이태준)

「증인(證人)」(박연희)

「도요새에 관한 명상」(김원일)

⑤ 작품의 주제를 나타내거나 암시하는 것

『부활』(톨스토이)

『상록수』(심훈)

『25시』(게오르규)

「축생도」(김정한)

「목마 위의 여자」(김주영)

「객지」(황석영)

(2) 작품 바깥에서 제목을 가져온 것. 이때 제목은 작품 내용이
나 주제와 직접 또는 간접으로 관련이 있다.

① 이미 나와 있는 문학작품의 제목을 그대로 쓴 것

『누구를 위하여 종은 울리나』(존 단 → 헤밍웨이)

『소설가 구보씨의 1일』(박태원 → 최인훈)

「희미한 옛 사랑의 그림자」(김광규 → 김성동)

「그리고 아무 말도 하지 않았다」(하인리히 뵐 → 김영현)

「베니스에서 죽다」(토마스 만 → 정찬)

『페스트』(카뮈 → 최수철)

② 고전 작품, 성서·격언·시구(詩句)·노래, 다른 예술 작
품에서 가져온 것

『크로이체르 소나타』(베토벤 → 톨스토이)

「황성옛터」(가요 → 김상렬)

「이에는 이, 눈에는 눈」(하무라비 법전 → 김상원)

「노고지리 우지진다」(시조 → 김남천)

「낮에 나온 반달」(동요 → 박태순)

「아이네 클라이네」(모차르트 → 김채원)

③ 다른 작품의 제목을 변형한 것

「새심청전」(「심청전」 → 김이연)

「新吉童傳」(『洪吉童傳』 → 한승원)

「여덟 개의 모자로 남은 당신」(윤흥길 「아홉 켤레의 구두
로 남은 사내」 → 박완서)

B. 문법적 관점에 의한 분류

(1) 품사(品詞)에 의한 분류. 이 경우는 종결형이 주는 안정감
때문에 명사가 압도적으로 많다.

① 명사 - 고유명사는 물론, 추상명사·물질명사 등 모든 명사

『롤리타』(나보코프)

『광장』(최인훈)

「폭력 연구」(이동하)

『영웅 시대』(이문열)

『젊은 천사』(김원우)

『토지』(박경리)

② 동사 - 명사형, 명령형, 과거분사, 원형 등의 형태로 나타
나 있다.

「독약을 마시고」 - 연결어미 - (전영택)

「복수를 당하여Gerächt」 - 과거분사 - (토마스 만)

「바람아 불어라」 - 명령형 - (김영수)

「무지개는 언제 뜨는가」 - 의문형 - (윤흥길)

「나무 위에서 잠자기」 - 명사형 - (이청준)

「바람 속에 눕다」 - 원형 - (손홍규)

③ 기타 품사:

『사이에Between』 - 전치사 또는 부사 - (크리스틴 브루크-로즈)

「어쩌면」 - 부사 - (윤성희)

『만세!Hura!』 - 감탄사 - (줄리오 배기)

『우리들My』 - 대명사 - (에브게니 쟈미아친)

『가자에서 눈이 먼Eyeless in Gaza』 - 형용사 - (올더스 헉슬리)

(2) 문장의 완성도에 의한 분류

① 단어

『데미안』(헤르만 헤세)

「날개」(이상)

『회색인』(최인훈)

「귀공자」(백시종)

『부초(浮草)』(한수산)

『야간열차』(한강)

② 구(句) 또는 문장의 절편(切片)

「늙은 것도 설운데」(염상섭)

『수레바퀴 밑에서』(헤르만 헤세)

「그날의 햇빛은」(손소희)

「태양은 묘지 위에 붉게 타오르고」(양헌석)

「조금 춥고 쓸쓸한」(박청호)

「짐승도 죽을 때는」(유익서)

③ 문장-문장형에는 서술문·의문문·명령문·감탄문 등이 있다

「책상은 책상이다」-서술문-(페터 빅셀)

「아내를 빌려 줍니다」-서술문-(김주영)

『아담, 너는 어디에 있었느냐?』-의문문-(하인리히 뵐)

『그 많던 싱아는 누가 다 먹었을까』-의문문-(박완서)

『무소의 뿔처럼 혼자서 가라』-명령문-(공지영)

「마음이 옅은 자여」-감탄문-(김동인)

그런데 제목 중에는 '혹은, 또는*or, oder, ou*'이란 말을 사이에 두고 두 개의 제목을 나란히 병렬시키는 작명법이 있다. 바로크 문학에 흔했던 제목이다. 빌페르트는 이것을 이중제목*Doppeltitel*이라고 부르고19) 왓슨은 부제(副題)*subtitle*라고 부르고 있다.20) 성격상으로 이중제목이라는 명칭이 적절한 것 같다. 예를 들어 보자.

『파멜라 혹은 보상받은 덕성*Pamela or Virtue Rewarded*』(사무엘 리처드슨)

「성녀 채칠리에 혹은 음악의 힘*Die Heilige Cäcilie oder die Gewalt der Musik*」(하인리히 클라이스트)

『쥘리 혹은 신 엘로이즈*Julie ou la nouvelle Héloise*』(장 자크 루소)

---

19) Gero von Wilpert, *Sachwörterbuch der Literatur*, Stuttgart 1969, p.181.
20) G. Watson, 앞의 책, p.52.

『캉디드 혹은 낙천주의*Candide ou l'optimisme*』(프랑수아 M. A. 볼테르)

　이런 이중제목은 앞쪽이 인물 또는 소재, 뒤쪽이 작품의 내용이나 의미를 나타낸다고 하겠다. 이러한 이중제목은 현대의 작품에도 간혹 나타난다. 막스 비어봄Max Beerbohm의 『줄레이카 돕슨 혹은 옥스퍼드 사랑이야기*Zuleika Dobson, or Oxford Love Story*』, 볼프강 보르헤르트Wolfgang Borchert의 「쉬쉬푸쉬 혹은 아저씨의 웨이터*Schischypusch oder Der Kellner meines Onkels*」 같은 작품을 예로 들 수 있다. 이런 이중제목은 우리나라 소설에도 나타나는데, 한용환의 「말 또는 생애」, 윤흥길의 「날개 또는 수갑」, 이청준의 「빈방 혹은 딸꾹질 주의보」, 함정임의 「성(城)이 의미하는 것 또는 아무것도 아닌 것」 같은 예가 그것이다.

　또한 제목에 학술 논문에서처럼 부제를 붙이는 것도 전 시대부터 내려온 관습이다. 예를 들어 드로스테－휠스호프Droste-Hülshoff의 『유태인 너도밤나무*Die Judenbuche*』(1842)에는 '베스트팔렌 산악지대의 풍속도'라는 부제가 별도로 붙어 있다. 이러한 부제는 극히 드물지만 우리나라 소설에도 나타나 있다. 이인성이 「길, 한 이십년」이란 제목에 '1974년 봄, 또는 1973년 겨울'이란 부제를 붙이고 있고, 김연경이 「피진의 가을」이란 제목에 '변태와 탈피를 꿈꾸는 이들에게'란 부제를 붙이고 있는 것을 그 예로 들 수 있다.

　부제와 비슷한 것으로 두 말이 콤마나 피리어드 혹은 대쉬를 사이에 두고 병렬되는 경우를 볼 수 있다. 뒷말이 앞말에 대한 설명이거나 추가적인 정보라고 하겠다.

『1918년 11월. 독일 혁명*November 1918. Eine deutsche Revolution*』
(알프레트 되블린)
『매기, 거리의 처녀*Maggie, A Girl of the Streets*』(스티븐 크레인)
「서울, 1964년 겨울」(김승옥)
「충적세, 그 후」(이문열)
『수색, 그 물빛 무늬』(이순원)
「질투－1992년」(김이연)

또 이와 비슷한 형식으로 명사 또는 대명사 다음에 콤마를 찍고 동사 원형을 가져오는 경우를 한국 작가들에게서 볼 수 있다. 주어에 붙을 조사를 생략하고 거기다 동사 원형을 덧붙임으로써 힘찬 느낌을 주려 하는 것 같다.
「心筋, 그리하여 막히다」(이문열)
「그녀, 번지점프 하러 가다」(이만교)
「소녀, 항구에 닿다」(엄창석)

그 외 특수한 제목으로 똑같은 말을 반복하는 경우가 있다. 이런 경우 반복은 대개 강조를 위한 것이다.
『압살롬, 압살롬*Absalom, Absalom*』(윌리엄 포크너)
「아, 아메리카, 아메리카」(송숙영)
『술래야, 술래야』(서영은)
「속삭임, 속삭임」(최윤)
「새야, 새야」(신경숙)

같은 말을 두 번 반복하는 경우도 있지만 세 번 반복하는 경우도 있다.

「바람 바람 바람」(김홍신)

『댄스 댄스 댄스』(무라카미 하루키)

『나 나 나*Ich Ich Ich*』(로버트 게른하르트)

「이상 李箱 이상 理想 이상 異常」(박성원)

「아빠 아빠 오, 불쌍한 우리 아빠」(성석제)

또 제목이 외국어로 되어 있는 경우가 있다. 외국어는 대개 영어이고 우리나라 사람이 많이 쓰거나 쉽게 이해할 수 있는 말이다.

「에이프릴 풀」(김용운)

「유아라 보이」(김수남)

「하이 소사이어티 클럽」(송상옥)

「헬로우, 아이 러브 유」(현길언)

「밀크박스」(기일혜)

또 독자의 주의를 끌기 위해 아주 긴 제목을 붙이는 경우도 있다.

「가슴속에 남아 있는 미처 하지 못한 말」(박태순)

「여자가 등장하지 않는 세 가지 푸른 배경」(박청호)

「아이는 가끔 돌아오지 못할 길을 떠난다」(손홍규)

『누구나 평행선 너머의 사랑을 꿈꾼다』(조갑상)

소설 제목은 시대가 바뀌면서 그 유형도 계속 바뀌고 있다고 하겠다.

2. 장르 표시

　소설 제목의 위(한국의 경우) 또는 아래에(서양의 경우) 흔히 '단편소설', '중편소설', '장편소설'과 같은 장르 표시가 있다. 작품집인 경우 '소설집(小說集)' 또는 '창작집(創作集)'이란 명칭이 붙는다.
　이 장르 표시는 독자에게 글의 성격을 미리 알려준다는 점에서 대단히 중요하다. 독자는 자기가 읽을 글이 어떤 종류의 글인지를 우선 알아야 한다. 글의 성격에 따라 독자가 그 글을 대하는 태도가 달라진다. 독자는 그 글이 역사서인지, 실화인지 혹은 문학서인지 우선 알아야 읽을 것인지 안 읽을 것인지를 결정한다. 그러한 때 장르 표시는 그 글이 문학서이며 문학서 가운데서도 소설이란 것을 분명하게 해 준다.
　이 장르 표시는 독자를 독서 행위로 끌어들이는 안내자 역할을 한다. 인간은 실화라 해서 허구보다 더 선호하는 것은 아니다. 오히려 그 반대다. 지구상의 서적 중에서 위인전·수기·자서전 같은 전기류가 읽히는 양보다 소설이 읽히는 양이 월등히 많다는 사실이 그것을 증명한다.
　실제의 이야기가 자연석(自然石)이라면 소설은 갈고 다듬은 조각품이라 할 수 있다. 실제의 이야기가 다소 무질서한 줄거리 진행이나 흥미 없는 사건을 불가피하게 갖고 있다면, 소설은 질서정연하고 균형이 잡힌 줄거리 진행을 갖고 있다. 그러므로 독자는 실제의 이야기보다 오히려 허구의 소설에 대체로 더 끌리게 되는 것이다.
　장르 표시가 없으면 실제 이야기와 소설은 얼핏 보아 구별되지 않는다. 3인칭 소설의 경우에는 초능력을 가진 신(神)적인 화자가 인간으로서는 도저히 알 수 없는 작중인물의 내면세계나 혼자 있을 때의 행동을 묘사하기 때문에 실제 이야기와 어느 정도 구별이 된다. 그러나 1인칭 소설의 경우 장르 표시가 없으면 자서전인지 소설인지 구별하기가 어렵다.

기원전 2천 년경에 이집트에서 운문으로 쓰인 『시누헤의 생애 *Das Leben Sinuhes*』란 1인칭의 글은 역사적인 인물로 보이는 사람의 글이다. 이 글이 화자 자신의 실제 이야기인지, 꾸며 낸 가공의 이야기인지 현대의 우리로서는 알 수가 없다. 이미륵이 독일에서 독일어로 발표한 『압록강은 흐른다*Der Yalu fließt*』에는 장르 표시가 없다. 흔히 소설로 취급되지만, 그 글만 가지고는 자서전인지 소설인지 구별되지 않는다.

작가는 우리의 현실과 비슷한 사건들을 우리에게 제시한다. 그러나 현실 그 자체는 아니다. 현실의 이야기는 경우에 따라 논증과 확인이 요구되고 책임이 따를 수 있다. 그러나 소설의 경우에는 그러한 부담이 없다. 작가는 자기의 저술에 장르 표시를 함으로써 이러한 논증과 확인의 요구와 글에 대한 책임으로부터 해방될 수 있고, 독자는 장르 표시를 보고 그러한 요구를 처음부터 포기하게 되는 것이다.

3. 장(章) 구분

외형적으로 관찰해 보면, 대개의 소설은 다수의 장(章)*chapter, Kapitel*으로 분할되어 있다. 장보다 위의 단위에 부(部)*part, Teil*나 권(卷)*book, Buch*이 있고, 아래의 단위에 절(節)*section, Abschnitt*이 있으나, 이러한 단위들이 그렇게 엄격하게 상하의 위계질서를 갖는 것은 아니다. 작가에 따라 그 단위의 쓰임이 다양하여, 어떤 작가는 장만을 쓰고, 또 어떤 작가는 부 밑에 장을 쓰지 않고 권을 쓰기도 한다. 그리고 장이나 부 같은 말을 쓰지 않고 숫자로 된 일련번호만 사용하는 경우도 있다. 나아가 장 구분이 전혀 없는 작품도 있다.

예를 들어 보자. 괴테J. W. Goethe는 그의 『친화력*Die Wahlverwandtschaften*』을 2부*Teil* 18장*Kapitel*으로 나누는데, 『시와 진실*Dichtung und Wahrheit*』은 3부로 나누고 그 밑에 18권*Buch*의 소단위를 두고 있다. 심훈은 그의 『영원의 미소』를 장에 해당되는 18개의 단위로 나누고 그 아래 절에 해당되는 곳은 번호를 쓰고 있다. 염상섭의 『삼대』는 일련번호로 된 똑같은 장 42개로 되어 있다. 그러나 대니얼 데포Daniel Defoe의 『몰 플랜더즈*Moll Flanders*』에는 명확한 장 구분이 없다. 그리고 구분된 장마다 소제목이 붙어 있는 소설도 있고 소제목이 없는 소설도 있다.

이 장 구분은 소설에서 상당히 중요한 역할을 한다. 마치 시에 있어서 행(行) 구분과 연(聯) 구분이 중요한 의미를 갖고, 연극에서 막(幕)이나 장(場)이 중요한 의미를 가지듯이 이 장 구분 역시 소설에서 중요한 의미를 갖는다. 희랍 시대 호메로스의 서사시에 벌써 장 구분이 나타나 있다. 그러나 우리나라 고소설(古小說)에는 『구운몽』 정도를 제외하고는 장 구분이 없다. 신소설에도 없는 것이 많다.

그러면 장 구분이 왜 중요한가를 생각해 보자. 독자는 아무리 재미있는 소설을 읽더라도 중간 중간에 휴식과 변화가 있기를 갈구한다. 장과 장 사이는 헨리 필딩Henry Fielding이 '여관 또는 휴게소*inn or resting-place*'라 부른 것처럼 일종의 휴식처다. 이것이 없는 소설은 황야나 바다처럼 막막해서 우리의 눈과 정신을 쉬 지치게 만든다고 필딩은 주장한다.[21] 그런 의미에서 장 구분이 필요하다. 장은 너무 길어서도 안 되고, 또 너무 짧아서도 안 된다. 너무 길면 독자가 쉬 피로하게 되고 너무 짧으면 독자의 머릿속에 구축되어 있는 환상이 자주 깨어지는 결함이 있다.

장은 소설의 내용적인 전개와 밀접한 관련을 맺고 한 국면이 끝나는 곳에서 장 자체가 끝나는 경우가 많다. 필립 스테빅은 "출생·결혼·죽음·고소(告訴)·면죄·포기 - 이러한 사건들은 시작이고 끝이다."라고 말하면서 장의 구성이 이러한 사건들의 시종(始終)과 일치되게 구성된다고 주장한다.22) 이럴 때 장은 연극의 막과 같은 역할을 한다. 즉 연극에서 하나의 국면이 끝나거나 장면이 바뀔 때 막이 내리듯이 소설에서도 하나의 국면이 끝날 때 장이 바뀌는 것이다.

앞에서 언급한 것처럼 장의 단락은 흔히 내용의 단락과 일치한다. 그러한 작품의 좋은 예로서 복거일의 『비명(碑銘)을 찾아서』를 들 수 있을 것이다. 그러나 내용의 단락을 별로 고려함이 없이 외형을 균형 있게 만들기 위해 장 구분을 하는 경우가 있다. 말하자면 모든 장의 길이를 비슷하게 만드는 것이다. 래메르트는 그러한 장 구분에서는 '장식적 효과schmückende Wirkung'를 높이 살 수 있다고 말한다.23) 이런 장 구분은 내용보다 외형적으로 균형 있는 짜임새를 만드는 데 더 신경을 쓰는 작가들에게서 볼 수 있다.

이 장 구분을 얼마만큼 적절하고 균형 있게 하느냐 하는 것은 작가의 역량에 속한다. 국면이나 장면의 전환은 장 내에서보다는 하나의 장이 끝나고 새로운 장이 시작되는 곳에서 보다 용이하고

---

21) Philip Stevick, "The Theory of Fictional Chapters", Philip Stevick(편), *The Theory of the Novel*, New York1967, p.179(재인용).

22) 위의 글, p.178.

23) Eberhard Lämmert, *Bauformen des Erzählens*, Stuttgart 1972, p.80.

자연스럽게 이루어질 수 있다. 아무런 언급 없이 장소의 변경이나 시간의 경과를 나타내는 데도 장 구분이 이용된다. 또 시점(視點)을 바꾼다든가 시점인물을 바꿀 때도 장이 바뀌는 곳에서 가장 자연스럽게 행할 수 있다. 스테빅은 19세기의 작가들이 그들의 작중인물을 독자가 의식하지 못하는 사이에 성장시키고 변화시키기 위해 장 구분을 사용했다고 말한다.24) 장과 장 사이의 넓은 시공간(時空間)이 없다면 한 인물을 소설의 한정된 시공 속에서 충분히 성장·변화시키지 못한다는 것이다.

또한 문학작품에 있어서 독자의 창조적 역할을 중요시하는 수용미학(受容美學)Rezeptionsästhetik의 입장에서 보면 장 구분은 중요한 뜻을 갖는다. 수용미학의 선구자인 로만 인가르덴에 의하면 문학작품 속의 시간과 공간은 한정되어 있기 때문에 많은 단절이 있다고 한다. 그는 이 단절 부분을 미정부분(未定部分)Unbestimmtheitsstelle이라고 부르는데, 독자는 이 미정부분을 스스로 메워 나가게 된다고 말한다.25) 다시 말하면 실제 생활에서와 마찬가지로 독서 때의 상상에 있어서도 시간과 공간은 단절을 허용하지 않기 때문에 이 단절된 곳을 독자가 상상으로 메워 나가면서 독서를 하게 된다는 것이다.26) 볼프강 이저는 단절된 이런 곳을 '빈 곳Leerstelle'이라고 부른다.27) 장과 장 사이야말로 대개는 '미정부분'이고 '빈 곳'이라 할 수 있다. 연극의 막이 시간과 공간을 뛰어넘는 역할을 하듯이 소설의 장 바꿈도 시간과 공간을 뛰어넘는 역할을 한다. 이 생략된 시

---

24) P. Stevick, 앞의 글, p.180.

25) Roman Ingarden, *Das literarische Kunstwerk*, Tübingen 1972(초판1931), p.261 이하.

26) 위의 책, p.252.

27) Wolfgang Iser, "Die Appelstruktur der Texte", Rainer Warning 편, *Rezeptionsästhetik*, München 1975, p.235.

간과 공간은 독자의 상상력에 의하여 메워진다. 이런 곳에 독자의 창조력이 발휘되는 것이다.

프란츠 슈탄첼은 대부분의 소설이 빈 곳을 가진 채 불완전하게 창작되어 나오는데 그 불완전한 빈 곳을 독자가 메우게 된다고 말하면서, 소설은 작가가 만드는 '서술된 이야기*erzählte Geschichte*'와 독자가 만드는 '보완적 이야기*Komplementärgeschichte*'가 결합되어 하나의 작품으로 완성된다고 주장한다.[28] 그의 주장은 타당성을 갖는다. 왜냐하면 제한된 소설의 분량으로는 작중인물의 모든 것을 묘사할 수 없기 때문이다. 가령 주인공이 밥 먹고, 화장실 가고 잠 잔 것을 소설이 언급하지 않고 빈 곳으로 두어도 독자는 상상력으로 그것을 메워서 사건의 시간 진행을 연결해 간다. 이러한 빈 곳이 존재하는 것이야말로 소설의 본질이라 할 수 있다.

헨리 필딩Henry Fielding은 그의 작품『톰 존스*Tom Jones*』(1749) 제3권 제1장에서 다음과 같이 말하고 있다. "이런 방법에 의하여 우리는 독자가 즐거움이나 소득도 없이 독서에서 그의 시간을 허비하는 것을 막아 준다. 우리는 독자에게 독자 자신의 추측을 가지고 이러한 (소설)시간상의 빈 곳*vacant spaces*을 채우게 함으로써 독자가 소유하고 있는 놀라운 예지를 써볼 기회를 주는 것이다." 여기서 '이런 방법'이란 이야기를 생략하거나 요약하여 빈 곳을 남겨두는 방법을 말한다. 이러한 빈 곳이 있는 것이야말로 소설의 본질임을 18세기에 이미 필딩이 간파하고 있었던 것이다.

물론 이러한 빈 곳은 반드시 장이 끝나는 곳에만 존재하는 것은 아니다. 그러나 한 장이 끝나고 새로운 장이 시작되는 곳에 빈 곳

---

28) Franz K. Stanzel, "Die Komplementärgeschichte", Wolfgang Haubrichs 편, *Erzä-hlforschung 2*, Göttingen 1977, pp.240-59.

을 설치하는 것이 가장 자연스럽다. 그런 이유에서 대개의 소설은 장이 끝나는 곳에 빈 곳이 있다. 다음 예는 나빈(羅彬)의 「물레방아」의 1장 끝 무렵과 2장의 서두다. 방원의 처가 지주 영감 신치규와 밀통하는 이야기와 그 후의 이야기다.

　　계집은 영감 가슴에 안겨서 정욕이 가득 찬 눈으로 그를 보면서, "영감" 말 한 마디 하고 침 한 번 삼키었다.
　　"영감이 거짓말은 안 하지요?"
　　"아니."
　　그의 말은 떨리었다. 계집은 영감의 팔을 한 손으로 잡고 또 한 손으로는 방앗간 속을 가리켰다.
　　"저리로 들어가세요."
　　영감과 계집은 방앗간에서 이삼십 분 후에 다시 나왔다.

　　2

　　사흘이 지난 뒤에 신치규는 방원이를 자기 집 사랑 마당 앞으로 불렀다.
　　"얘."
　　방원은 상전이라고 고개를 숙이고,
　　"예."
　　공손하게 대답을 하였다.
　　"네가 그간 내 집에서 정성스럽게 일한 것은 고마운 일이지마는……"

　　영감과 계집이 방앗간에서 무엇을 했느냐 하는 것은 빈 곳으로서 독자의 상상에 맡겨져 있다. 다음 그들이 방앗간을 나와서 사흘 동안 무엇을 했느냐 하는 것도 빈 곳으로 남겨져 있다. 짐작건대 그들 두 남녀는 각각 제 집으로 돌아가 그날 저녁의 감미로웠던 일을 반추했으리라. 계집은 돈 많은 영감의 사랑을 받게 된 것을 다행으로 생각했을 것이고, 영감은 젊은 미인을 품에 안게 된 것을 기쁘게 생각했을 것이다. 그리고 사흘 동안 영감은 계집의 남편을 어떻게 쫓아낼 것인가를 궁리했을 것이다. 계집을 뺏고 남편을 쫓아내려니 양심의 가책 따위야 없었겠지만 꺼림칙했을 것이다. 그것이 그를 사흘이나 결단을 늦추게 했을 것이다. 그리하여 그는 드디어 방원을 쫓아내기로 결심하고 그를 부른 것이다.

이런 작중인물들의 심정은 독자의 상상과 추측에 의해서만 밝혀질 수 있다. 이와 같이 장 구분은 독자에게 창조력을 발휘하는 기회를 준다는 의미에서도 소설에서 중요한 요소가 아닐 수 없다.

4. 행간(行間) 띄우기

소설에서 서술이 진행되는 도중 행(行)과 행 사이를 한 칸 띄워 빈 공간으로 두는 경우가 있다. 장(章)으로 구분 짓기에는 너무 비중이 작은 경우에 흔히 이 행간 띄우기를 한다고 볼 수 있다. 진행되는 서술과 성격이 다른 글이 등장할 때, 시간을 뛰어넘거나 시간이 과거로 돌아갈 때, 상황변화나 장면전환이 있을 때, 그리고 에피소드나 액자소설의 안 이야기가 시작될 때와 끝날 때, 흔히 이 행간 띄우기가 등장한다.

이것을 자세히 살펴보자. 대개 다음의 다섯 가지 경우로 볼 수 있다.

첫째, 성격이 다른 글이 등장할 때 행간 띄우기가 사용된다.

그녀는 내게 답장조차 않겠다고 잘라 말했으나 실은 그 방학 중 2통의 편지를 내게 보냈습니다. 첫 번째 것은 내가 집으로 돌아간 그 이튿날 배달돼 온 것으로 거기에는 이렇게 적혀 있었습니다.

　　장미원에서의 한나절은 참으로 즐거웠습니다. 손수 꺾어 주신 장미는 화병에 잘 꽂아 두었습니다. 오래오래 시들지 않을 것 같습니다. 자, 그럼 젊은 이카루스 님, 이제는 공들여 날개를 만들 차롑니다. (……) 이만 총총.
(이문열 『추락하는 것은 날개가 있다』)

　　이 경우 서술되고 있던 글과 화자(話者)가 다르고 성격이 다른 글인 편지가 등장함을 확실하게 하기 위해 행간이 띄워져 있다. 편지가 끝나는 곳에도 역시 다음 글이 시작되기 전에 행간이 띄워진다. 서술이 진행되다가 다른 화자의 글이나, 성격이 다른 글이 나오면 그 글의 앞뒤에 행간을 띄우는 이런 현상은 흔히 볼 수 있는 것으로서, 위의 예처럼 다른 화자의 글일 수도 있고, 타령이나 노래 가사나 시(詩)일 수도 있고, 고전 작품의 한 부분일 수도 있다. 이런 경우 모두가 일종의 인용문의 성격을 띠고 있다.

　　예닐곱이나 되는 거지들이 두 줄로 늘어서서 장타령을 뽑기 시작했다.

　　얼시구나 잘헌다
　　품바품바 잘헌다
　　작년에 왔던 각설이
　　죽지도 않고 또 왔네
　　으흐 이놈이 이래도 정승판서 자제로
　　팔도감사 마다하고 돈 한푼에 팔려서
　　각설이로만 나섰네
　　얼씨구 얼씨구 잘헌다
　　품바품바 잘헌다
　　굴노인은 옛날 생각이 났다. 일본놈 싸전에서 일하다가 사소한 잘못으로 뭇매를 맞고 뛰쳐나왔을 때 솜리 굴다리 밑에서 몇 개월을 산 일이 있었다. 굴다리 밑엔 거지들이 많이 살았다.

(박범신 「읍내 떡빙이」)

여기서 거지들의 장타령 앞뒤에 행간 띄우기가 행해지고 있음을 볼 수 있다. 일종의 인용문이라 할 수 있다. 위의 예들에서 볼 수 있는 것처럼 글의 성격이 달라지고 화자가 달라지는 경우에 행간을 띄우는 것이 일반적이나 같은 화자의 글이라도 성격이 다른 경우에는 다음의 예처럼 행간을 띄운다.

독자는 이제 내가 쓰려는 이야기를, 유럽의 어느 곳에서 생긴 일이라고 생각하여도 좋다. 혹은 사오십 년 뒤에 조선을 무대로 생겨날 이야기라고 생각하여도 좋다. (……)
그런지라, 내가 여기 쓰려는 이야기의 주인공 되는 백성수를, 혹은 알벨트라 생각하여도 좋을 것이요, 찜이라 생각하여도 좋을 것이요, 또는 호모(胡某)나 기무라모(木村某)로 생각하여도 괜찮다. 다만 사람이라는 동물을 주인공 삼아 가지고, 사람의 세상에서 생겨난 일인 줄만 알면…… 이러한 전제로서, 자 그러면 내 이야기를 시작하자.

"기회(찬스)라 하는 것이, 사람을 망하게도 하고 흥하게도 하는 것을 아시오?"
"네, 새삼스러이 연구할 문제도 아닐걸요."

(김동인 「광염 소나타」)

위의 경우 같은 화자의 글이지만 앞의 글과 뒤의 글은 성격이 다르다. 앞의 글은 이야기를 시작하기 이전의 작가 혹은 화자의 말이고, 뒤의 글은 그가 하는 이야기의 내용이다.

두 번째로 행간 띄우기는 시간의 경과를 나타낼 때 사용된다.

혜자는 그렇게 우리를 떠났다. 유리창 너머로 바라보니 혜자가 교문까지의 긴 길을 혼자 걸어 내려가고 있었다.

후에 고등학생이 된 후 나는 버스에서 혜자를 보았다. 그 애는 우스꽝스러운 자주색 모자를 쓴 시내버스 안내양이 되어 있었다. 나는 그 애에게 고등학생이라는 글씨가 찍힌 버스표를 내밀었고 그 애는 그걸 받아서 다른 버스표들과 함께 옷핀에 가지런히 꿰어서 자주색 가운 속에 푹 찔러 넣었다.

(공지영 「광기의 역사」)

여기서 행간 띄우기는 시간이 경과되었음을 나타낸다. 행간이 띄어진 곳에서 몇 년간의 시간이 흘러간 것이다. 시간이 경과하면 대개 장면이나 상황도 바뀌게 되는데, 이 예문에서도 장소가 학교에서 버스 안으로, 그리고 인물이 학생에서 버스 안내양으로 바뀌어 있어 장면과 상황의 변화를 드러내고 있다.

세 번째로 행간 띄우기는 진행되던 소설적 현재가 과거로 뒷걸음칠 때 사용된다. 이때 위의 시간 경과의 경우와 마찬가지로 장면이나 상황도 바뀌게 된다. 과거에 대한 서술이 끝나고 소설적 현재로 도로 돌아올 때도 역시 행간이 띄워진다.

크롭이 편지 한 통을 들어 보인다. "너희들에게 칸토렉 선생님의 인사를 전해야겠어."
우리는 웃는다. 뮐러는 피우던 담배를 던지고 나서 말한다. "그 양반 여기 와 계시면 좋겠다."

칸토렉은 우리들의 담임선생님이었다. 그는 프록코트를 입고 다니는 엄하고 키 작은 남자로서 뾰족한 쥐 얼굴을 하고 있었다. 그는 '클로스터 베르크의 공포'라는 별명을 가진 하사관 힘멜슈토스와 거의 비슷한 몸매를 가지고 있었다. (……)

　　칸토렉 선생님은 체육시간에 우리들에게 너무나 오래 설득의 말을 했기 때문에 드디어 우리 학급은 그의 인솔하에 모두 함께 지구(地區)사령부로 가서 입대신청을 했다.

(E. M. 레마르크 『서부전선 이상 없다』)

　　여기서 행간 띄우기는 시간이 과거로 바뀜을 나타낸다. 말하자면 전선에 투입된 학우들끼리 대화를 하는 장면에서 담임선생님을 회상하고 그의 끈질긴 권유로 입대를 하게 되었던 학생시절로 되돌아가는 것이다. 물론 장면도 바뀌게 된다.

　　네 번째로 행간 띄우기는 시간과 관계없이 장면이나 상황이 크게 바뀔 때 사용된다.

　　마치 갑자기 침입자를 의식한 날파리떼들처럼 그것(독충)들은 일제히 어수선하게 하늘로 날아올랐다. 어지러운 날개짓소리가 실처럼 얽히고 있었다. 그리고 곧 그것들은 일제히 나를 습격하기 시작했다. 맹렬한 기세였다. 나는 전신을 휘저으면서 그것들을 피하려고 혼신을 다해 몸부림치고 있었다. ……

　　그것은 우습게도 꿈이었다. 깨어 보니 빗소리는 거짓말처럼 그쳐 있었다. 나는 문득 머리맡에서 사람의 인기척을 느끼고는 순간적으로 그것이 우희일 것이라는 생각을 했었다.

(이외수 「장수하늘소」)

　　이 예문에서 시간의 경과는 거의 없다. 이것은 꿈에서 생시로 장면과 상황이 크게 바뀐 것을 나타내기 위한 행간 띄우기다.

　　다섯 번째로 에피소드 혹은 액자소설의 경우에 안 이야기의 시작과 끝에 행간 띄우기기 사용된다. 여기서 에피소드란 큰 이야기 속의 독립적인 작은 이야기를 의미하고, 액자소설이란 바깥 이야기

속에 끼여 있는 큰 분량의 독립적인 이야기를 의미한다(제6장 서사구조 1. 참조). 바깥 이야기와 안 이야기의 화자가 같든 다르든 상관없이 안 이야기의 시작과 끝에 행간 띄우기가 사용된다.

"노형의 경험담이나 한번 들어봅시다. 감출 일이 아니면 한번 이야기해 보소."
"머, 감출 일은……"
"그럼, 어디 들어봅시다 그려."
그는 다시 하늘을 쳐다보았다. 그러나 좀 있다가, "하디요" 하면서 내가 담뱃불 붙이는 것을 보고 자기도 담배를 붙여 물고 이야기를 꺼낸다—
"닞히지두 않는 십구 년 전 팔월 열하루 날 일인데요."
하면서 그가 이야기한 바는 대략 이와 같은 것이다.

그의 살던 마을은 영유 고을서 한 이십 리 떠나 있는 바다를 향한 조그만 어촌이다. 그의 살던 조그만 마을(설흔 집쯤 되는)에서는 그는 꽤 유명한 사람이었다.

(김동인 「배따라기」)

화자는 평양 기자묘 근처에서 좋은 목소리로 배따라기 소리를 하는 인물을 찾아가 그의 인생 이야기를 듣게 된다. 그 인물의 이야기가 안 이야기가 되어 액자소설의 형태로 전체 이야기 속에 끼어 있는 것이다. 안 이야기가 별도의 장(章)이나 절(節)로 독립되어 있는 경우도 있지만 이 작품의 경우처럼 안 이야기의 시작과 끝에 행간 띄우기를 사용하여 독립시키는 경우도 있다. 이때 들은 이야기를 자기 나름으로 정리하여 전하고 있기 때문에 바깥 이야기의 화자와 안 이야기의 화자는 같다.

이 행간 띄우기는 근래 한국 작가들에게서 많이 애용되고 있다. 그러나 이것은 한국 소설에서만 볼 수 있는 현상은 아니다. 업튼

싱클레어Upton Sinclair의『정글*The Jungle*』에도 나타나 있고, 헤르만 헤세의『크눌프*Knulp*』에도 나타나 있다. 이것이 현대 소설에 많이 나타나지만 그 역사는 오래다. 예들 들어 괴테의『빌헬름 마이스터의 편력시대*Wilhelm Meisters Wanderjahre*』(1821)에도 나타나 있음을 볼 수 있다.

위에서 살펴본 레마르크E. M. Remarque의『서부전선 이상 없다 *Im Westen nichts Neues*』에는 장(章) 아래 행간 띄우기가 수없이 있다. 예를 들어 제6장에는 12개의 행간 띄우기가 있어 거의 한 페이지에 하나꼴로 있는 것이다.

작가에 따라 행간 띄우기를 자주 사용하는 사람도 있고, 드물게 사용하거나 전혀 사용하지 않는 사람도 있다. 그러나 인용문이나 편지 혹은 시와 같이 성격이 다른 글의 경우 모든 작가가 어김없이 행간 띄우기를 한다고 하겠다. 에피소드나 액자소설에 있어서 장(章) 구분을 하지 않는 경우에는 대개 행간 띄우기를 한다고 할 수 있다.

지금까지 소설이론가들은 이 행간 띄우기에 전혀 관심을 두지 않았다. 이제부터는 소설을 쓰는 작가나 그것을 읽는 독자는 물론 소설을 연구하는 이론가도 이 행간 띄우기에 관심을 가져야 할 것이다.

5. 모토

모토*motto, Motto* 또는 에피그라프*epigraph*는 특히 19세기 소설이 즐겨 취하던 소설 관습의 하나로 오늘날에도 그 전통은 이어지고 있다. 이것은 작품의 첫머리 또는 장의 첫머리에 시구나 경구(警句), 고전의 한 구절을 기록해 놓고 이야기를 시작하는 것을 의미한다. 소설의 주제를 암시하거나 상징하는 것이 일반적이지만 작품 내용과 직접 관계가 없는 경우도 있다. 이러한 모토는 타인의 글에서 인용하는 경우도 있지만 작가 자신이 만들어 사용하기도 한다. 오늘날 모토는 그렇게 흔하지 않다. 오늘날 볼 수 있는 것은 작품 서두의 모토 정도다. 지난 세기에 볼 수 있었던, 장마다 등장하는 형식의 모토는 보기 힘들다고 하겠다.

대표적인 예를 보자.

> 일종의 감금 상태(監禁狀態)를 딴 종류의 그것으로 표현하는 것은, 마치 무엇이든 간에 실제로 존재하는 것을, 존재하지 않는 그 무엇으로 표현하는 것처럼 합리적(合理的)이다. —대니얼 데포

이것은 알베르 카뮈Albert Camus의 『페스트*La peste*』 서두에 나오는 모토다. 남의 글에서 가져온 말이지만 이 소설의 주제와 관계가 있다. 우리나라 작가들의 소설에는 이 모토가 흔하지 않은데, 전혀 없는 것은 아니다. 심훈의 『영원의 미소』에는 '서시'가 모토로 서두에 나와 있다.

> 밤, 깊은 밤
> 바람이 뒤설레이며
> 문풍지가 운다.
> 방, 텅 빈 방안에는
> 등잔불의 기름 조는 소리뿐　　[이하 생략]

박태순의 『어느 사학도의 젊은 시절』에는 윤동주와 김정희 두 사람의 글이 서두의 모토로 나와 있다. 김성한의 단편 「중생」에는 "침몰하여 가는 타이타닉호에서는 악대는 최후까지 연주를 계속하

었다. - 카프카"라는 모토가 있다. 공지영의 『우리들의 행복한 시간』
에는 작품의 서두에 하나, 장이 시작되는 곳에 하나씩 해서 모두
스무 개의 모토가 있다. 모두 유명인물의 말이나 작품에서 가져온
것이다.

　복거일의 장편 『비명을 찾아서』에는 장마다 모토가 있어 총 108
개의 모토가 나타나 있다. 그리고 그 대부분은 타인의 저서나 자료
에서 가져온 형식으로 되어 있으나 실제에 있어서는 작가 자신이
창작한 것이다. 내용과 잘 연결되어 독특한 효과를 나타내고 있다.
모토 사용에 성공한 대표적인 작품으로 생각된다.

　신경숙의 「풍금이 있던 자리」에도 동물학자가 쓴 글이 모토로
맨 앞에 나온다.

　양귀자의 장편 『나는 소망한다 내게 금지된 것을』에도 장마다
'강민주의 노트에서'라는 명칭으로 모토가 나오고 있다. 이 모토는
인생론을 피력하고 있어 내용과 직접적인 관계는 없으나 간접적으
로 관계를 갖는다고 하겠다.

6. 머리말과 맺는말

　소설에는 머리말 *foreword, preface, Vorwort, Vorrede*[29]이 서두에
오는 경우가 있다. 명시적으로 '머리말' 또는 '서문', '서언'이라는
명칭을 붙인 경우도 있고, 그런 명칭 없이 그냥 소설 첫머리에 본

---

29) 영어에서는 'foreword'와 'preface'가 동의어이지만 흔히 작가의 발언일 때는 'preface',
　　작가 이외의 인물의 발언일 때는 'foreword'라고 한다(Hugh Holman, *A Handbook to
　　Literature*, Indianapolis 1980, p.191, 349 참조). 프롤로그*prologue* 및 에필로그
　　*epilogue*란 말을 쓰는 경우도 있으나 이것은 극문학에서 쓰는 말을 차용한 것이다.

내용과 약간의 공간을 두고 놓여 있는 경우도 있다. 머리말은 작가 자신이 자신의 이름으로, 또는 작가의 이름을 명기하지 않더라도 작가의 입장에서 발언하는 경우도 있고, 작중인물이나 화자 또는 가상적 편집자가 발언하는 경우도 있다.

세르반테스S. M. Cervantes의 『돈키호테Don Quijote』서문은 작가의 발언이다. 그러나 호프만 E. T. A. Hoffmann의 『카터 무르의 인생관Lebensansichten des Katers Murr』에는 가상적 편집자가 발언하고 있다. '작가의 서문Vorrede des Autors'이란 머리말이 나오지만 그 머리말 끝에는 작가 호프만이 아니고 가상적 편집자인 무르의 이름이 쓰여 있다. 로저 헨클은 이런 것을 '가짜 머리말mock foreword'이라고 부르고 있다.30) 괴테의 『젊은 베르테르의 슬픔』에는 서두에 머리말이 나온다. 머리말이란 표시도 없고 또 누구의 발언인지 명기되어 있지도 않다. 가상적 편집자의 발언으로 보는 것이 타당하지만 괴테 자신의 발언으로 보아도 크게 무리가 없다.

작가 자신의 발언이든 아니든, 이 머리말은 소설의 집필 동기나 소설 이전에 일어났던 사건, 그 밖의 예비지식 같은 것을 독자에게 알려주려는 의도에서 쓰인다. 경우에 따라서는 좀 더 인상 깊게 소설을 시작하려는 의도에서 이런 형식이 취해지기도 한다. 어쨌든 형식적으로는 소설 본문과 독립되어 있다.

그러나 형식적으로는 독립되어 있으면서도 내용적으로는 독립되어 있지 않은 경우가 많다. 이때 머리말은 소설 내용과 분리될 수 없는 내용의 일부가 된다. 『데카메론』이나 토마스 만Thomas Mann의 『마의 산Der Zauberberg』의 머리말은 소설 내용과 분리될 수 없는 소설 내용의 일부다. 블라디미르 나보코프Vladimir Nabokov의

---

30) Roger Henkle, *Reading the Novel*, New York 1977, p.76.

『롤리타*Lolita*』의 머리말도 마찬가지로 내용의 일부다.

그러므로 머리말은 소설 내용에서 독립된 순수한 작가의 발언인 경우가 있는가 하면, 소설 내용을 이루는 소설의 일부인 경우도 있다. 박완서의 『그 많던 싱아는 누가 다 먹었을까』의 서두의 '작가의 말'은 소설의 일부가 아닌, 그야말로 순수한 작가의 발언이다.

> 이런 글을 소설이라 불러도 되는 건지 모르겠다. 순전히 기억력에만 의지해서 써 보았다. ……(중략)…… 뼛속의 진까지 다 빼 주다시피 힘들게 쓴 데 대해서는 아쉬운 것투성이지만 40년대에서 50년대로 들어서기까지의 사회상, 풍속, 인심 등은 이미 자료로서 정형화된 것보다 자상하고 진실한 인간적 증언을 하고자 내 나름으로는 최선을 다했다는 걸 덧붙이고 싶다.

이것은 작품을 어떻게 구성했으며 얼마나 힘들게 썼느냐, 그리고 시대상을 정확히 그리려고 얼마나 노력했는가, 하는데 대해 작가가 심정을 고백하는 글로서 작품 내용과는 관계가 없다. 그야말로 독립된 머리말이라 하겠다.

그러나 김정한의 「모래톱 이야기」에 나오는 머리말은 소설의 일부다. 물론 머리말이란 명문의 표시는 없고 단지 본문 내용과의 사이에 행간 띄우기가 있을 뿐이다.

> 이십 년이 넘도록 내처 붓을 꺾어오던 내가 새삼 이런 글을 끼적거리게 된 건 별안간 무슨 기발한 생각이 떠올라서가 아니다. 오랫동안 교원 노릇을 해오던 탓으로 우연히 알게 된 한 소년과 그의 젊은 홀어머니, 할아버지, 그리고 그들이 살아오던 낙동강 하류의 어떤 외진 모래톱―이들에 관한 그 기막힌 사연들조차, 마치 지나가는 남의 땅 이야기나 아득한 옛이야기처럼 세상에 버려져 있는 데 대해서까지는 차마 묵묵할 도리가 없었기 때문이다.

작가는 이 머리말을 통해 "차마 묵묵할 도리가 없을 만큼" 다음 전개될 내용이 심각한 우리의 현실이라는 것을 강조하여, 처음부터 독자의 주의와 관심을 고조시키고 있다. 이것은 본문과 분리된 단순한 작가의 머리말이 아니다. 다음의 본문 내용을 보다 효과적으로 부각시키기 위한 소설의 일부다. 또한 발언하고 있는 화자(話者)가 다음 본문 내용의 1인칭 화자와 같은 사람이라는 데서도 이 머리말이 소설의 일부라는 것을 부정할 수 없다.

이 머리말을 잘 이용하는 것도 작가의 역량에 속한다. 헨클은 나보코프의 『롤리타』의 머리말을 소설 기술상 아주 잘 구성된 본보기로 격찬하고 있다.[31] 『롤리타』는 험버트라는 인물이 1인칭으로 서술한 이야기지만, 이 머리말은 존 레이라는 '가상적 편집자'의 글이다. 교수에 박사인 존 레이는 주인공 험버트를 비도덕적이고 야비한 인물로 이 머리말에서 매도하고 있다. 그러나 이 소설을 읽은 독자는 결국 그러한 선입관을 버리고 험버트를 '인간'으로서 이해하게 되는데, 이 머리말은 미성년의 소녀와 40세 남자의 성행위가 비도덕적이라는 세상의 윤리관에 처음에는 동조하는 척하면서 서서히 그 고정관념을 부수는 데 이바지하고 있다. 이것이 작가가 소설 구성을 위해 만들어 넣은 '가짜 머리말'로서 소설의 일부임은 부연할 필요가 없을 것이다.

움베르토 에코Umberto Eco의 『장미의 이름*nome della rosa*』도 머리말을 잘 이용한 작품의 하나다. 이것도 역시 '가짜 머리말'이다. 이 머리말은 작가 에코의 이름으로 되어 있다. 작가는 서두에 14세기 멜크 수도원의 수도사 아드송의 수기를 입수했음을 밝힌다. 그러나 그것은 수도사 아드송이 라틴어로 직접 썼던 원본이 아니

---

31) 위의 책, p.76 이하.

고, 19세기 프랑스에서 발레라는 수도사가 번역한 불어본이라고 말한다. 에코는 번역자 발레가 많은 것을 가필했음을 암시하고 있다. 이 불어본 수기를 읽은 에코는 여행 중에 급히 이태리어로 번역을 했다고 주장한다. 그리고 불어 원본은 동행했던 친구가 가져가서 사라져 버렸다고 말한다.

에코가 이 머리말을 몇 가지 목적을 위해 작품 앞에 만들어 붙인 것임을 우리는 알 수 있다. 첫째, 아드송의 수기가 허구가 아니고 실제로 존재했다는 인상을 주기 위한 것이다. 중세에 라틴어로 쓰인 원본이 있었다고 말하는 것은 이야기의 사실성을 높이는 효과가 있다. 둘째, 자기가 19세기의 불어본을 이태리어로 번역했다고 말함으로써 현대어 사용에 아무런 제약을 받지 않게 된다. 발견된 원본을 그대로 제시하는 형식을 취한다면 옛 이태리어인 라틴어가 현대 독자의 언어감각에 맞을 리 없다. 뿐만 아니라 원문을 때로는 인용해야 될 경우도 있다. 그리하여 자신이 불어에서 번역했다고 말함으로써 이런 언어 문제를 해결하고 있는 것이다. 셋째, 불어 번역본이 없어졌다고 말함으로써 만약의 경우에 있을, 원전 제시의 책임으로부터 해방되어 있는 것이다.

물론 이런 수기나 번역본이 실제로 있었을 리 없고, 이런 내용 모두가 허구라는 것을 우리는 짐작할 수 있다. 이 머리말도 내용과 분리될 수 없는 소설의 일부라 하겠다.

그러나 머리말이 반드시 긍정적 효과만을 가져오는 것은 아니다. 화자의 존재를 독자에게 되도록 노출시키지 않으려는 소설에서는 머리말을 덧붙임으로써 오히려 화자의 존재가 더욱 뚜렷이 드러나는 결함도 있다. 그러나 반드시 머리말을 붙여야만 소설이 성립되는 경우가 있다. 괴테의 『젊은 베르테르의 슬픔』이나 나보코프의 『롤리타』처럼 주인공이 편지나 수기를 써 놓고 죽어 버린 경우다. 이 때는 반드시 가상적 편집자가 등장하여 전후 관계를 밝혀 주어야만 하는 것이다.

맺는말*afterword, Nachwort*도 머리말처럼 소설 내용에 포함되는 경우와 소설 내용에서 독립된 '작가 발언'의 두 가지로 나누어 생각해 볼 수 있다. 이 두 가지는 흔히 구별 없이 '작가 후기'란 명칭으로 소설의 말미에 붙는다. 이청준의 단편 「엑스트러」에는 화자가 그 뒷이야기를 쓴 '추기(追記)'가 소설 끝에 붙어 있다. 이병주의 단편 「미스 산(山)」에는 '작자 부기(作者附記)'가 말미에 붙어 있다. 이 두 작품의 맺는말은 작품과 분리된 작가의 메모라기보다는 작품의 내용을 구성하는 작품의 일부다. 「미스 산(山)」의 맺는말을 읽어 보자.

작자 부기

나는 덕보씨가 A 동의 산 18번지를 찾아갔을 때 그 소녀가 자기의 남자 친구와 어떤 구석진 곳에 몸을 숨겨 킬킬거리며 덕보씨의 거동을 바라보고 있는 장면을 그리려고 했다. 그러나 그렇게 한다는 건 덕보씨를 너무나 가련하게 만드는 것 같아 당초의 계획을 취소한 것이다. 만일 그 소녀가 덕보씨 앞에 나타났더라면 그 사실 하나만으로도 덕보씨는 새로 인생을 시작할 용기를 길렀을지 모르는 일이다.

덕보라는 중년 지난 남자가 어떤 소녀를 산에서 우연히 만나 다음날의 산행을 약속했으나 그 소녀는 약속 장소에 나타나지 않았다. 뿐만 아니라 찾아오라고 적어 준 주소조차 엉터리였다는 것이다. 위의 글은 그 소설의 말미에 붙어 있는 '맺는말'이다. 이것을 순수하게 작자 후기로 볼 수도 있으나 이 후기가 있고 없음이 이 소설의 이해에 다르게 작용할 수 있기 때문에 소설의 일부로 보아야 되리라 생각된다.

이문열의 『황제를 위하여』에는 말미에 '에필로그'와 '책을 내면서'란 두 개의 맺는말이 있다. 앞의 것은 작품의 일부이고 뒤의 것은 순수한 작가 후기라 하겠다.

성석제의 『인간의 힘』의 서두에 나오는 '작가의 말'은 순수한 작가의 말로서 소설의 일부는 아니다. 그러나 그 다음에 나오는 '서·전생'은 소설의 일부이고, 마지막의 맺는말 '후·후손들 말을 주고받다.'도 소설의 일부로서 이들은 액자소설의 바깥 이야기를 형성하고 있는 것이다.

위에서 머리말과 맺는말의 몇 가지 예를 살펴보았다. 그것이 작품의 일부인 경우도 있었고, 작품에서 독립된 작가의 말인 경우도 있었다. 그리고 그것을 잘 이용하는 것이 작가의 역량임을 우리는 확인할 수 있었다.

7. 작품의 길이

아리스토텔레스는 그의 『시학』에서 "물체와 생명체가 어떤 크기를 가져야 하듯이 미토스*Mythos*도 일정한 길이를 가져야 한다."고 말하고 있다. 미토스는 이야기 혹은 플롯의 뜻이다. 그러므로 이 말은 소설은 일정한 길이를 갖는다는 말이 된다. 인간은 소설을 무한히 길게 쓸 수 없다. 그런 소재도 없지만 있다고 하더라도 작가의 능력이나 수명에 한계가 있기 때문이다. 그러므로 소설은 일정한 길이를 갖게 마련이다. 그 외형적인 길이에 따라 우리나라에서는 흔히 단편(短篇)·중편(中篇)·장편(長篇)으로 나눈다. 단편보다 짧은 것을 콩트[掌篇], 장편보다 긴 것을 대하소설(大河小說)이라 부르기도 한다. 그러나 일반적으로 단편·중편·장편의 셋으로 나눈다.[32]

구인환/구창환에 의하면 우리나라에서 콩트는 200자 원고지 20~30매, 단편은 100매 내외, 중편은 400~500매, 장편은 1,000매 이상에 해당된다고 한다.[33] 이에 반해 조남현은 최재서가 계산한 것을 소개하면서 단편은 200자 원고지 350매 이하, 중편은 500~600매, 장편은 700매 이상이라고 이야기하고 있다.[34]

영어권 계산법은 이와 조금 다른 것 같다. 윌리엄 케니는 단편에 해당하는 'short story'를 1,000~15,000단어, 중편에 해당되는 'novella'를 15,000~45,000단어, 장편에 해당하는 'novel'을 45,000단어 이상으로 규정하고 있다.[35]

그러나 휴 홀먼은 단편을 셋으로 나누어 짧은 것을 '짧은 단편 *short-short story*', 긴 것을 '긴 단편 *long-short story*'이라 부르고 전자를 500~2,000단어, 후자를 12,000~15,000단어, 그 중간에 오는 것을 그냥 'short story'라 칭하고 있다. 그리고 'short story'와

---

32) 영어권에서는 단편을 'short story', 장편을 'novel'이라 하나 중편에 대해서는 명칭이 확립되어 있지 않은 것 같다. 'novella', 'novelette', 'short novel'이란 명칭이 사용되기도 하고, 헨리 제임스Henry James가 불어에서 가져왔다는 'nouvelle'이 사용되기도 한다. 그러나 최근의 문학이론 백과사전에는 중편으로 novella 하나만 들고 있다(Herman/Jahn/Ryan 편, 앞의 책, p.404). 독일어권에서는 중·단편을 'Erzählung' 및 'Novelle', 장편을 'Roman'이라 부른다. 'Erzählung'과 'Novelle'는 길이의 차이가 아니라 구성의 차이에 의하여 구별된다. 전자가 구성이 산만한 데 비하여 후자는 꽉 짜이고 치밀하다. 또 짧은 단편을 'Kurzgeschichte'라 하는데 이 장르는 영어권의 'short story'의 영향을 받아 제2차 세계대전 후에 유행되었다. 불어권에서는 단편을 'conte', 중편을 'nouvelle', 장편을 'roman'이라 한다. 'conte'는 플롯이 꽉 짜인 것인 데 반해 'nouvelle'와 'roman'은 그렇게 치밀하지 않고 다소 느슨하다. 우리말 대하소설은 불어 'roman fleuve'의 번역이다.

33) 구인환/구창환, 『문학개론』, 서울 1995, p.387f.

34) 조남현, 『소설원론』, 서울 1982, p.284.

35) William Kenney, *How to Analize Fiction*, New York 1966, p.103.

'novel' 사이의 중편을 'short novel'이라 부르고 15,000 ~ 50,000단어로 규정한다. 나아가 50,000단어가 넘는 경우에는 'novel'로 보고 있다.[36] 50,000단어 이상이면 볼튼의 지적처럼 책 한 권의 분량이 되는 것이다.[37]

영어권의 위 두 견해를 종합하여 단편을 15,000단어까지, 중편을 15,000 ~ 50,000단어, 장편을 50,000단어 이상으로 보면 다음과 같은 원고지 매수가 산출된다. 영어와 우리말의 단어 수는 같은 것으로 보고 200자 원고지 1장에 평균 40단어가 들어간다고 보면 단편은 약 380매, 중편은 380 ~ 1,250매, 장편은 그 이상에 해당되는 것으로 나타난다. 이것은 최재서·조남현이 산출한 수치와 좀 차이가 있다.

물론 길이만 가지고 단편·중편·장편을 나누는 것이 옳지 않을 수도 있다. 단편과 장편은 사건의 단순성과 복잡성, 플롯의 단일성과 복합성, 또 치밀성과 이완성, 서술되는 시간*erzählte Zeit*의 길고 짧음 등으로 구조상의 차이를 보이고 있다. 그러나 이러한 구조상의 차이는 본질적으로 길이에서 유래된 것으로 보인다. 케니의 "이 (단편과 장편의) 두 형태의 많은 주요 성격이 길이와 관계가 있다."[38]는 말은 단편과 장편의 차이가 길이의 차이에서 유래된다는 것을 강조하고 있는 말이라 하겠다.

---

36) Hugh Holman, 앞의 책, pp.415-16.

37) Majorie Boulton, *The Anatomy of the Novel*, London 1979, p.13.

38) W. Kenney, 앞의 책, p.103.

제2장 시간

　흔히들 문학을 시간 예술이라 부른다. 시간 예술은 멘딜로우의 말처럼 그 성질상 자신이 존재할 일정한 길이의 시간을 요구한다.[1] 따라서 소설은 당연히 일정한 길이의 시간을 요구한다. 소설은 시간과의 관계가 다른 어떤 문학 장르보다 밀접하다. 멘딜로우는 "시간은 소설의 모든 면, 즉 주제·형태, 그리고 매체인 언어에까지도 영향을 끼친다."[2]고 말한다. 게오르크 루카치에 의하면 시간에 대해 서사시와 희곡이 단지 외적인 관계만을 갖는 데 반하여 소설은 내용을 이루는 실질적인 관계를 갖는다고 한다.[3]

　그러므로 우리는 소설 구조를 이해하기 위해 소설 속의 시간 구조를 분석해 볼 필요를 느끼게 된다. E. M. 포스터가 "소설 속에는 항상 하나의 시계*clock*가 있다."[4]고 말한 것처럼, 소설과 시간은 불가분의 관계에 있다. 왜냐하면 인간 세상의 모든 사건은 항상 시간의 흐름 속에서 진행되기 때문이고, 그 사건에 대해 이야기하는 화자나 그 이야기를 읽는 독자는 또 다른 시간의 흐름 속에 있기 때문이다.

　이제 우리는 볼프강 카이저의 서사 문학*Epik*의 본질에 대한 정의를 한번 음미해 볼 필요가 있다. 그는 서사 문학의 근원적 상황 *Ursituation*을 "어떤 화자(話者)가 일어났던 어떤 일을 청중(聽衆)에

---

1) A. A. Mendilow, *Time and the Novel*, New York 1965, p.23.

2) 위의 책, p.31.

3) Georg Lucács, *Die Theorie des Romans*, Neuwied u. Berlin 1971, p.107 이하.

4) E. M. Foster, *Aspects of the Novel*, London(1927) 1974, p.20.

게 이야기하는 것*Ein Erzähler erzählt einer Hörerschaft etwas, was geschehen ist*"5)으로 정의한다. 여기서 우리는 시간의 문제가 뚜렷이 대두되고 있음을 보게 된다. '일어났던 어떤 일'이란 현재의 일이 아니라 과거의 일임을 의미한다. 다시 말하면 화자가 이야기를 하고 있고, 청자가 듣고 있는 시간보다 이전에 일어난 일을 대상으로 삼고 있음을 의미한다. 이것은 대부분의 소설에 해당된다. 또한 이 이야기를 귀로 듣는 청자에게 있어서는 화자의 시간과 청자의 시간이 다르지 않지만, 문자를 통해 읽는 독자의 경우에는 화자의 시간과 독자의 시간 사이에 간격이 존재하게 된다.

그러므로 소설 시간의 층(層)은 여러 개가 존재하게 된다. 뿐만 아니라 화자가 이야기를 사건이 일어난 순서대로 하지 않고, 앞의 것을 뒤에, 뒤의 것을 앞에 오게 하여 시간의 순서를 흩뜨릴 수도 있다. 또 어떤 부분은 자세하고 꼼꼼하게 서술하여 시간 진행을 느리게, 어떤 부분은 건성으로 대충대충 이야기하여 시간 진행을 빠르게 할 수도 있다. 또 어떤 부분은 아예 언급함이 없이 뛰어넘어 서술할 수도 있다.

사건 시점(時點)과 서술 시점 사이의 관계를 마르티네츠/쉐펠은 새롭게 정의한다. 그들은 서사문학이 단순히 일어났던 어떤 일을 서술한다는 카이저의 정의에서 더 나아가 이를 세 가지로 분류한다.6) 즉 사건이 완결된 후 서술하는 경우, 사건이 진행 중에 서술하는 경우, 그리고 사건이 일어나기 전에 서술하는 경우다. 첫째의 경우는 대부분의 소설에 해당된다. 즉 데포우의 『로빈슨 크루소』처럼 지난 일을 회상하면서 전체 사건을 서술하는 경우다. 이때 사건

---

5) Wolfgang Kayser, *Das sprachliche Kunstwerk*, Bern 1972, p.349.
6) M. Martinez/M. Scheffel, *Einführung in die Erzähltheorie*, München 2003, p.69.

과 서술 사이에는 상당한 시간간격이 존재하게 된다. 둘째는 일기체 소설이나 편지체 소설처럼 사건이 진행되는 동안 그때그때 조금씩 서술이 이루어지는 경우다. 이때는 사건과 서술 사이의 시간 간격이 아주 작다. 예를 들어 편지체 소설인 괴테의『젊은 베르테르의 슬픔』은 일어나는 일들을 그때마다 친구에게 알려주는 형식으로 되어 있어, 이 시간 간격이 하루 혹은 며칠 정도밖에 되지 않는다. 나아가 중계방송 내용을 전달하는 형식의 소설의 경우 이 시간 간격은 영(零)이 된다. 셋째의 경우, 즉 사건이 일어나기 전에 서술하는 것은 미래형 소설의 경우다.

1. 시제

　서술되는 동사의 시간인 시제tense, Tempus에는 일반적으로 과거시제와 현재시제가 있고, 특수한 경우 미래시제가 있을 수 있다. 우리나라 작가들은 이 시제에 대한 인식이 없어 과거형과 현재형을 뒤섞어 쓰는 경우가 많다. 근대소설의 효시인 이광수의『無情』에 이 시제가 혼란스럽게 나타나 있음을 우리는 확인할 수 있다.

　　형식은 사무실에 들어갔다. 벌써 상학종을 쳐서 교사들은 다 교실에 들어가고 배 학감이 혼자 궐련을 피우고 앉았다가 형식을 슬쩍 보고 고개를 돌린다. 형식은 문득 불쾌한 생각이 났으나 잠자코 분필통과 책을 들고 이층 사년급 교실에 들어갔다. 형식은, "시간이 늦어서 미안하외다." 하고 반가운 듯이 교실을 둘러보았다. 희경이가 형식을 슬쩍 보더니 웃으며 고개를 숙인다. 다른 학생들도 빙글빙글 웃으며 형식을 쳐다보기도 하고 서로 돌아보기도 한다. 김종렬이가 혼자 웃지도 아니하고 점잖게 앉았다.

　여기서 우리는 '들어갔다'와 같은 과거형과 '고개를 돌린다'와 같은 현재형이 원칙도 없이 뒤섞여 있음을 볼 수 있다. 이런 이광수의 시제 무원칙은 오랫동안 후배 작가들에게 영향을 끼쳤다.

Ⅰ. 과거시제

　앞에서 인용한 카이저의 정의처럼 서사문학은 '일어났던 어떤 일'을 서술한다. 그러므로 서술 동사는 과거형이 원칙이다. 이것은 옛날의 서사시나 로망스*Romance* 같은 서사 장르에 있어서도 마찬가지였다.

　멘딜로우는 "소설가는 극작가처럼 사물을 현재 일어나고 있는 것으로*as happening* 서술할 수 없고, 단지 일어났던 것으로*as having happened* 서술할 수 있을 뿐이다."[7]고 말한다. 이러한 카이저나 멘딜로우의 말로 미루어 소설은 과거에 일어났던 일을 되돌아보면서 서술하는 형식이 일반적임을 알 수 있다. 그러므로 소설은 과거형으로 서술하는 것이 원칙이다. 말하자면 소설 언어의 문법적 형태는 과거시제인 것이다. 이것을 '서사적 과거*episches Präteritum*'라 부르기도 한다.

　그런데 이 서사적 과거를 두고 그동안 상당한 논쟁이 있어 왔다. 서사적 과거의 '과거성(過去性)'에 회의를 나타내는 견해들이 대두되었던 것이다. 즉 서사적 과거는 과거가 아니라 '현재'라는 주장이 그것이다. 그 대표적인 이론가들이 캐테 함부르거,[8] 프란츠 슈탄첼,[9] 요헨 포크트 같은 사람들이다. 요헨 포크트는 "영화 속의 사

---

7) A. A. Mendilow, 앞의 책, p.33.

8) Käte Hamburger, *Die Logik der Dichtung*, Stuttgart 1968, p.64.

9) Franz K. Stanzel, "Episches Präteritum, erlebte Rede, historisches Präsens", *Deutshe Viertelsjahrschrift* 33호(1959), p.2 이하.

건이 관객에게 결코 과거로 느껴지지 않는 것처럼, 과거형으로 서술된 소설 속의 사건도 결코 과거로는 느껴지지 않는다.”고 모든 소설의 과거성을 부정한다. 그리고 그것을 ‘소설적 현재성 *fiktionale Gegenwärtigkeit*’이라고 부르고 있다.10)

그러나 소설의 과거형, 즉 서사적 과거를 무조건 현재라고 보는 견해는 상당히 비논리적인 발상이다. 영화의 관객이 영화 내용을 현재로 느끼는 것은 사실이지만, 영화 내용을 ‘현재’로 느끼는 것은 극영화의 경우에만 한정되는 것은 아니다. 기록 영화를 보면서도 관객은 얼마든지 그것을 ‘현재’로 느낄 수 있다.

실화나 기록 문학의 경우도 마찬가지다. 허구인 소설 속의 과거형을 현재로 느낄 수 있는 독자는, 실화나 기록 문학의 과거형도 현재로 느낄 수 있다. 그러므로 서사적 과거만을 현재라고 주장할 수는 없다. 다시 말하면 서사적 과거도 문법적 과거와 다름없는 과거인 것이다. 독자가 독서를 하면서 소설 내용이 현재인 것처럼 느끼는 것은 동일시(同一視)*identification, Identifkation*를 일으키는 독자의 심리의 문제이지 문법적 형태인 과거형 자체의 문제는 아니다(제10장 동일시와 생소화 참조).

이제 이 문제의 해결점이 되는 독자의 심리를 한번 살펴보자. 독자는 소설을 읽을 때 소설 속에 몰입되어 자기가 소설의 주인공이고 자신이 사건의 현장에 있다는 환상을 갖게 된다. 이것이 동일시다. 동일시를 일으키게 되면 과거형으로 서술된 내용이라도 현재로 느끼게 된다. 이것을 멘딜로우는 ‘상상적 현재*imaginative present*’11)라 부르고 있다. 독자의 상상 속에서 과거가 현재로 바뀌는 것이다.

10) Jochen Vogt, *Aspekte erzählender Prosa*, Düsseldorf 1972, p.17.
11) A. A. Mendilow, 앞의 책, p.97.

그러나 모든 소설에서 독자가 동일시를 일으키는 것은 아니다. 동일시를 추구하는 소설에서만 그러한 현상이 일어나고, 동일시를 배제하고 생소화(生疎化)*alienation, Verfremdung*를 추구하는 소설에서는 그러한 현상이 일어나지 않는다(제10장 동일시와 생소화 참조). 그러므로 소설의 과거형이 '현재'냐 '과거'냐 하는 것은 소설이 동일시를 일으키는 구조냐 아니냐에 달린 것이지 문법적 과거형의 본질과는 아무런 관계가 없다.

이제 멘딜로우의 앞서의 말과 뒤이어 나오는 말을 좀 더 자세히 음미해 보자. "소설가는 극작가처럼 사물을 현재 일어나고 있는 것으로 서술할 수 없고, 단지 일어났던 것으로 서술할 수 있을 뿐이다. 그럼에도 불구하고 작품이 성공적으로 되기 위해서는 소설가는 독자의 마음속에 현재*presence*와 현재성*presentness*의 느낌이 일어나도록 해 주어야 한다. (……). 소설은 독자로 하여금 그 순간에 몸담고 있는 소설 세계의 지금*now*과 여기*here*에 자신이 존재해 있고, 보고, 행동하고 있다는 직접적 느낌을 갖도록 해 주어야 한다. 다른 말로 하면, 소설은 독자가 자신과 소설의 작가 둘을 다 잊어버리게 만들어 주어야 하는 것이다."[12] 이러한 그의 말은 작가가 독자에게 동일시의 환상을 일으키도록 해 주어야 한다는 뜻이다.

이제 문예학은 서사적 과거의 과거성 문제를 동일시와 생소화의 관점에서 거시적으로 보는 자세를 가져야 할 것이다. 그러므로 우리는 서사적 과거는 어디까지나 문법적 형태 그대로 과거라는 인식에서 출발해야 한다.

소설의 기본 시제가 과거형이라는 것은 미래를 그린 미래소설의 경우에도 예외는 아니다. 서기 2200년경의 미래를 그린 헤르만 헤

---

12) 앞의 책, p.33.

세의 『유리구슬유희*Glasperlenspiel*』(1943)나 1948년에 쓰인 조지 오웰의 『1984년』(1949) 같은 미래소설에는 물론, 미래를 그린 공상과학소설에도 시제는 과거형으로 되어 있다. 이것은 어느 시점에서 과거를 되돌아보면서 사건을 서술하는 소설 자체의 기본 형식 때문에 그렇게 될 수밖에 없는 것이다. 이러한 형식은 실제 있었던 사건을 서술하는 기록문의 형식과 다르지 않다. 왜냐하면 서사 문학은 항상 기록문의 흉내를 내기 때문이다.

그러나 엄밀하게 관찰하면 서사적 과거로 된 소설 문체와 역사적 사건을 기록한 기록 문체 사이에는 다소의 차이가 있다. 예를 들어 보자.

오전에 그녀는 나무를 깨끗이 청소해야 했다. **내일**은 크리스마스였다.
(베렌트A. Berend, 『바베테 봄벌링의 신랑들』)

…… 물론 그는 **오늘 밤** 그녀의 파티에 올 것이었다.
(버지니아 울프, 『댈러웨이 부인』)

오늘 아침 초봉이는 그렇듯, 형보를 갖다가 처치할 생각을 얻었고, 그것은 즉 초봉이 제 자신의 자살의 서광이었다.
(채만식, 『탁류』)

11시쯤 해서 구보씨는 집을 나섰다. **오늘** 그의 후배 시인 한 사람이 결혼하는 날이다. 그래 결혼식장에 가는 길이다.
(최인훈, 『소설가 구보씨의 1일』)

마이클과 티엔이 주도하고, 나머지 벅 칸택의 사람들이 돌아오는 떡이나 얻어먹으면서 방관하고 있는 그 일에 깊이 말려든 지금이야 어쩔 수 없지만 하면 할수록 싫어지는 것이었다. **내일**이나 **모레**쯤엔 캄란베이로 물품 수령을 가야 할 것이었다.

(이상문, 『황색인』)(진한 글자 – 필자)

위의 예문들에서 볼 수 있는 '내일', '오늘 밤', '오늘 아침', '내일', '모레'와 같은 시간의 부사들은 아주 가까운 미래를 나타내는 말들이다. 이것이 소설이 아닌, 사실적인 글이라면 일반적으로 그렇게 표현되지 않는다. 즉 '내일'은 '다음 날'로, '오늘 밤', '오늘 아침'은 '그날 밤', '그날 아침'으로, '모레'는 '다음다음 날' 또는 '이틀 후'로 표현될 것이다. 이런 말들뿐만 아니라 '지금' 같은 동시를 나타내는 부사도 과거형의 소설에 사용된다.

함부르거는 이러한 표현들을 들어, 서사적 과거는 과거가 아니고 '현재'라고 주장한다.[13] 그러나 그녀의 주장은 타당성이 없다. 왜냐하면 소설 문장이 아닌 사실적인 글에도 드물지만 이러한 현상이 나타나기 때문이다. 독일어의 경우에 사실적인 글에서도 이러한 미래 지칭의 표현이 가능하다는 것이 지적되고 있다.[14]

우리말의 감각으로는 사실적인 글에서 이러한 표현이 상당히 생경하게 느껴지지만, 다음 글에서 볼 수 있는 것처럼 그런 예가 없는 것은 아니다.

아침 7시, 한국 측 관계자 90여 명은 현대 숙소에 총집합하여 조찬 기도회를 가졌다. **어젯밤**, 그러니까 29일 저녁 마지막 회의 결과 (올림픽) 서울 유치에 자신을 가지게 되었으나 뚜껑을 열어 보기 전에는 확실한 게 아니었다. (진한 글자 – 필자)

---

13) K. Hamburger, 앞의 책, p.59 이하.

14) W. Rasch, "Zur Frage des epischen Präteritums", *Wirkendes Wort 3*, Sonderheft (1961), p.73.

이 글은 소설과는 거리가 먼 현대그룹 사보『현대월보』(1988년 2
월호)에 실린 '서울올림픽 유치는 기업 정신이 이룬 쾌거'라는 글에
서 인용한 것이다. 이 글에서 '어젯밤'이란 표현이 소설이 아닌 사
실적인 글에 등장하고 있다는 사실이 우리의 주목을 끈다. 그러나
역시 자연스럽지 못하기 때문에 "그러니까 29일……" 하고 설명을
부연하고 있다. 어쨌든 이것은 사실적인 글에도 이런 표현이 가능
하다는 하나의 보기가 될 것이다.

그러나 이러한 현상이 흔한 것은 아니다. 그리고 우리의 언어 감각
에 자연스러운 것도 아니다. 그러나 우리는 이러한 표현이 소설에만
주로 나타나는 이유를 함부르거처럼 과거형이 현재를 나타내기 때문
이라고 주장해서는 안 된다. 그 이유가 창작 심리에 있기 때문이다.

작가가 그러한 표현을 쓰는 것은 서사적 과거가 현재를 나타내
기 때문이 아니라 소설을 쓸 때의 심리적 상황이 그러하기 때문이
다. 우리가 역사적 사건을 기록할 때는 그 사건을 멀리에 두고 거
리를 유지한 채 하나의 완결된 사건으로 취급한다. 그러나 소설을
쓰고 있는 작가는 사건을 만들어 가고 있는 중이기 때문에 소설 내
의 사건을 완결된 과거의 사건으로 느끼는 것이 아니라 진행되고
있는 현재의 사건으로 느낀다. 그리하여 서술하고 있는 현재를 기
준으로 '오늘', '내일'과 같은 표현을 쓰게 되는 것이다. 그러므로
이 문제는 작가의 창작 심리에서 그 해결점을 찾아야 할 것이다.

이 문제에 대한 디트리히 베버의 주장은 타당성이 있다. 그는 서
사적 과거는 화자 입장에서의 서술이고, 현재 부사나 미래 부사의
사용은 작중인물의 입장에서의 서술이라고 말한다. 소설을 창작하
고 있는 작가는 화자의 입장과 작중인물의 입장 사이를 왔다 갔다
하게 된다. 그리하여 작중인물의 입장에서 서술할 때 이런 현재적

표현이 생겨난다는 것이다.15) 이 견해 역시 문제의 핵심이 작가의 창작심리에 있음을 말해 주고 있는 것이다.

Ⅱ. 현재시제

과거형으로 서술되는 소설 속에 현재형 동사가 나타나는 경우가 있다. 요헨 포크트는 여러 이론들을 종합하여 이것을 네 가지 경우로 분류하고 있다.

1. 재생적 현재*reproduzierendes Präsens*. 이것은 소설 속에 등장하는 다른 서사문학작품이나 영화의 내용을 요약해서 전달할 때 나타난다.
2. 경구적 현재*gnomisches Präsens*. 이것은 현재형으로 되어 있는 경구(警句)나 유명한 사람의 말을 그대로 인용할 때, 혹은 소설 속 화자의 논평(제3장 화자 참조)에 나타난다.
3. 대화적 현재*dialogisches Präsens*. 이것은 대화나 내적 독백을 그대로 서술하는 경우로 아주 흔하다.
4. 역사적 현재*historisches Präsens*.16)
5. 불변사실의 현재.

포크트는 네 가지를 들었지만, 필자가 다섯 번째 '불변사실의 현재'를 추가했다. 이 다섯 항목 가운데 '역사적 현재'와 '불변사실의 현재'는 좀 더 자세한 설명이 필요할 것으로 생각된다.

역사적 현재는 영어에서도 *historical present*라고 불러 같은 용어를 쓰고 있다. 소설이론백과사전은 이것을 "과거시제가 지배적인

---

15) Dietrich Weber, *Erzählliteratur*, Göttingen 1998, p.27.
16) Jochen Vogt, *Aspekte erzählender Prosa*(개정 7판), 1990, p.30f

소설에 사용되는 현재시제로서, 흔히 중요한 순간을 강조하는 기능
으로 사용된다."17)고 정의하고 있다. 이것은 서구 문학에서 어떤 장
면을 좀 더 생생하게 그리려 할 때 쓰는 서술법이다. 과거의 일을
마치 현재 눈앞에 전개되고 있는 것처럼 현재형으로 서술함으로써
현재성과 생동감을 높이는 소설 기술이라 하겠다.

코치올에 의하면 이 역사적 현재는 대부분의 언어에 다 사용되
고 있지만, 사용 빈도는 언어에 따라 다르다고 한다. 독일어와 영어
를 비교하여 그는 다음과 같이 말한다. "독일어와 비교하여 현대
영어에 있어서의 역사적 현재는 보다 제한적으로 사용된다. (……)
다른 언어들에 있어서는 오늘날 독일어에 있어서보다 훨씬 자주
사용된다." 프랑스어나 그리스어에 있어서는 독일어보다 그 사용이
훨씬 잦다고 한다. 그에 의하면 서구어 중에 영어에서의 사용이 가
장 적다는 것이다.18) 쉬플리도 영어에 있어서 역사적 현재의 사용
은 매우 드물지만 점차 증가하고 있다고 말하면서 대표적 작가로
헤밍웨이를 들고 있다.19)

이러한 역사적 현재는 소설 작품의 중요한 장면의 묘사에만 사
용되는 것이 일반적이나, 소설 전체를 서술한 작품도 없지 않다. 레
마르크E. M. Remarque의 『서부전선 이상 없다*Im Westen nichts
Neues*』(1928)가 그러한 예의 하나다. 이 작품에는 모든 서술이 현
재시제로 되어 있고, 보다 앞선 사건은 현재완료나 과거시제로 되
어 있다. 2인칭 소설로 유명한 미셸 비토르Michel Butor의 『변경*La*

---

17) Herman/Jahn/Ryan 편, *Routledge Encyclopedia of Narrative Theory*, New York 2005, p.215.

18) Herbert Koziol, "Episches Präteritum und historisches Präsens", '*Germanisch-romanische Monatsschrift' Neue Folge* 6권(1956), p.400 이하.

19) Joseph T. Shipley(ed.), *Dictionary of World Literary Terms*, Boston 1970, p.145.

Modification』(1957)과 누보로망의 대표작인 알랭 로브 그리예Alain Robbe Grillet의 『질투*La Jalousie*』도 전체가 현재시제로 서술되어 있다. 물론 과거의 일을 서술할 때는 과거시제가 사용된다.

중계방송 형태나 그와 유사한 형태의 소설도 작품 전체가 현재형으로 된다. 그러나 이 경우는 당연한 것으로 깊이 논의할 필요가 없을 것이다.

작품 전체를 역사적 현재인 현재형으로 서술하는 것이 바람직한가? 이에 대해서는 단정적인 대답을 할 수가 없다. 이것은 논리의 문제라기보다는 언어관습의 문제이기 때문이다. 조지 왓슨은 "대화와 작가의 논평을 제외하고 소설에서 현재시제는 항상 예외적이며, 계속되어 온 전통도 없다."[20]고 말한다. 그가 영어권의 사람이기 때문에 당연히 그렇게 말할 수 있을 것이다. 독일어권의 카이저도 소설 전체를 현재형으로 서술하는 것에 대해 희곡적인 요소와 서사적인 요소의 두 이물질의 혼합이라고 탐탁하게 여기지 않는다.[21]

그러나 같은 독일어권의 위르겐 페터젠은 현재형 사용을 적극 옹호한다. 그에 의하면 50년대, 60년대의 프랑스 누보로망이 현재형을 많이 사용하여 독일에도 영향을 미치긴 했지만, 독일에서는 이미 20세기 초부터 현재형 소설이 나타나기 시작했다는 것이다. 그 후 현재형과 과거형을 섞어 쓰거나 현재형만을 사용하는 소설들이 많이 나타났기 때문에 독일에서는 이제 현재형 소설이 확고하게 자리를 잡았다고 말한다. 그리하여 그는 '역사적 현재'라는 명칭 대신에 '서사적 현재*episches Präsens*'라는 명칭을 사용한다.[22]

---

20) George Watson, *The Story of the Novel*, London 1979, p.88.

21) W. Kayser, 앞의 책, p.207.

22) Jürgen H. Petersen, *Erzählsysteme*, Stuttgart 1993, p.24.

프랑스어권의 제라르 즈네트도 현재형의 사용을 적극 옹호한다. "현재형 사용은 동시성(同時性)을 불러일으키는 데 본질적으로 가장 적합한 것으로 보인다."고 그는 주장한다. 그러나 그는 그것이 3인칭 소설에서는 타당하지만 1인칭 소설에서는 의미가 없다고 말한다. 1인칭 소설에서는 현재형으로 된 사건 서술이 독자에게 화자의 내적 독백으로 받아들여질 수 있기 때문이라는 것이다.[23]

우리말에 있어서는 어떠할까? 생활적인 글인 기행문이나 탐방기사에는 현재형이 흔하게 나타난다. 소설 작품에도 이 '역사적 현재'의 사용이 지금 드물지 않다. 그러나 우리나라 소설의 '역사적 현재'는 서구 문학에 있어서처럼 뚜렷한 목적의식을 가지고 쓰여 온 것 같지는 않다.

우리말에서 역사적 현재의 사용이 과연 타당성을 가질까? 우리말의 어감에 다소 무리라는 생각이 들기도 한다. 그러나 전체가 순수하게 현재형으로만 쓰인 소설들이 근래에 많이 발표되어 이제는 독자들이 현재형 소설에 상당히 익숙해져 무리 없이 받아들여지는 것으로 여겨진다.

손장순은 벌써 50년대에 「부동산중개인」 같은 단편에 현재형을 사용한 바 있고, 장편 『한국인』(1966)을 현재형으로 썼다. 그 후에도 계속 현재형으로 소설을 쓰고 있다. 홍성원도 일관되게 현재형으로 쓰고 있다. 「피카소와 개구리」 같은 70년대의 단편을 위시하여 『남과 북』(1977)과 같은 대하소설, 『마지막 우상』(1985) 같은 장편을 현재형으로 썼고, 그 후에도 현재형으로 작품을 발표하고 있다. 김형경의 장편 『세월』(1995)도 현재형 소설이다. 백시종도 「서랍 속의 반란」(2003)을 비롯한 많은 작품들을 현재형으로 쓰고 있다.

---

23) Gérard Genette, *Die Erzählung*(독역), München 1994, p.246 이하.

이런 현재형은 모두 역사적 현재의 사용이라 할 수 있다. 우리나라에도 현재형 소설이 이제 드물지 않으며, 앞으로 독자가 이 언어관습에 길들여지면 현재형 소설은 더욱 많이 나타날 것이다.

앞에서 언급했던 '불변사실의 현재'는 지리 지형이나 관습과 같이 사건 시점과 서술 시점 사이에 변화가 없고, 앞으로도 별 변화가 없을 것으로 생각되는 사실을 서술할 때 현재형을 사용하는 경우를 말한다. 헤르만 헤세의 『페터 카멘친트』(한국 번역명 『향수』)에는 과거형으로 서술되던 시제가 마을의 상황을 서술하면서 현재형으로 바뀐다.

우리들의 작은 마을 니미콘은 두 개의 산이 돌출한 부분 사이에 끼어 있고, 호수에 면한, 비스듬한 삼각형의 평지 위에 있다. 길 하나는 가까운 데 있는 수도원으로 통하고, 또 다른 길은 네 시간 반 떨어진 거리에 있는 이웃 지역으로 통하고 있다. 호숫가의 나머지 다른 마을들에는 물을 통해 가게 된다.

이런 지리적 상황은 사건과 서술 사이의 시간 동안에 바뀌지도 않았고, 또 앞으로도 별로 바뀔 사실이 아니다. 그러므로 일종의 불변사실이라고 할 수 있어 현재시제로 서술되고 있는 것이다. 이것은 우리나라 소설에도 마찬가지로 나타난다.

양쪽으로 공동묘지가 펼쳐져 있는 망우리의 고개를 넘으면 거기서부터는 서울의 경계선 밖인 경기도가 펼쳐지는 것이다. 교문리라면 서울에서 동쪽으로 가장 인접하게 붙어 있는 마을이다.

(조선작, 『완전한 사랑』)

과거시제로 서술되던 글이 지리적 상황을 서술하는 이 부분에서 현재시제로 바뀌고 있다. 이것은 일종의 불변사실이기 때문이다.

다음으로 관습의 경우를 보자.

과거시제로 서술되던 글이 여기에 와서 현재시제로 바뀐다. 과거와 현재에 별 변화가 없고, 미래에도 별 변화가 없을 것으로 생각되는 교도소 안의 관습이기 때문에 현재시제로 표현되고 있는 것이다.

이와 같이 지형 지리나, 관습 같이 짧은 시간 내에 변하지 않는 사실의 서술에는 현재형 동사를 사용하는 것이 일반적이다. 이것을 '불변사실의 현재'라 부를 수 있을 것이다.

Ⅲ. 미래시제

과거시제의 소설이 있고, 현재시제의 소설이 있는데, 미래시제의 소설은 없을까? 추측의 미래형 동사 '것이다'를 쓰는 소설의 성립은 이론적으로는 가능하다.

정오가 되면 너는 버스 정류장의 뒤쪽 플랫폼에 있을 것이다. 거기에는 많은 사람들이 몰려 있을 것이다. 너는 그들 가운데서 목에 뼈가 드

러나고 허리띠 없는 펠트 외투를 입은, 우습게 생긴 작은 소년에게 주목
하게 될 것이다. 그 작은 애는 불안해할 것이다. 그는 버스를 타고 내리
는 사람들이 지나칠 때마다 어떤 신사가 자기를 툭 친다고 생각할 것이
다. 그는 그에게 항의할 것이다. 그러나 상대는 경멸 가득한 얼굴로 대답
하지 않을 것이다. 그 우습게 생긴 소년은 당황해서 그에게서 멀어져 공
터로 갈 것이다.

　너는 얼마 후 그를 생-라자르 역 앞 로마의 정원에서 다시 만날 것
이다. 한 친구가 그와 같이 있을 것이고, 그리고 너는 이런 말을 듣게
될 것이다. "너의 외투가 잘 맞지 않는데. 너 거기에 단추 하나 더 달아
야 되겠다."

　이것은 레이몽 크노Raymond Queneau의 『문체연습*Exercices de
style*』(1947)에 나오는 예문이다. 그는 이 책에서 같은 내용을 여러
가지 문체와 기법으로 나타내는 실험을 하고 있다. 여기서 '너'라는
2인칭 대명사와 '것이다'라는 미래형 동사를 사용하고 있는 것이
특징적이다. 이 미래형 동사를 예로 들어 마르티니츠/쉐펠은 미래
형 소설의 가능성을 제시하고 있다. 그러나 그는 아직 소설 내의
짧은 이야기가 미래시제로 되어 있는 예는 있어도 소설 전체가 미
래시제로 되어 있는 작품은 없다고 말한다.[24] 미셸 비토르의 『변경』
에는 부분적이지만 미래에 나타날 일이 미래시제로 서술되고 있다.
이인성의 「낯선 시간 속으로」(1979), 『미쳐버리고 싶은, 미쳐지지
않는』(1995)에도 부분적으로 미래시제가 나타나 있다. 그러나 우리
나라에도 역시 소설 전체가 미래시제인 작품은 아직 없다.

　「낯선 시간 속으로」에서 미래시제가 나타나는 부분을 살펴보자.

　그리하여 너는 그곳에서 점점 대담하고 겁 없는 눈빛을 빛내게 될지

---

24) M. Martinez/M. Scheffel, 앞의 책, pp.69-70.

모른다. 의자 속에 깊이 몸을 처박고, 너는 무심히 가방 속의 담배를 끄집어내어 불을 붙인 후 유유히 연기를 내뿜을 것이다. 주위의 사람들이 힐끗힐끗 너를 훔쳐볼 것이다. (……)

마침내, 너는 모든 것을 수락하리라. 그는, 그때, 그의 두 눈에는 맑은 액체가 가득 차 오리라. (……)

이인성은 미래를 나타내는 데 '것이다'란 말만 쓰는 것이 아니라 '될지 모른다', '하리라', '오리라' 같은 말들을 쓰고 있다. 미래시제에 사용될 어휘를 다양하게 개발하고 있는 것으로 여겨진다.

미래시제의 소설은 작가들이 한번 시도해 볼 만한 소설 형식으로 생각된다.

2. 시간의 순서

현실에서 일어나는 사건은 어떤 사건이든지 자연적 시간 순서에 따라 생겨나고 종결된다. 그러나 작가는 반드시 자연적 시간 순서, 바꾸어 말하면 달력적 순서*calendar order* 혹은 연대순*chronological order*으로 이야기를 전개시키는 것은 아니다. 자기 나름대로 순서를 바꾸어 사건을 재편성한다. 앞서 일어난 사건을 뒤에 가져오기도 하고, 결말 부분의 사건을 맨 앞에 가져오기도 한다.

어떤 순서로 소설을 전개시키느냐 하는 것은 소설의 효과에 큰 차이를 가져온다. 예를 들면 작가가 어떤 살인 사건을 다룰 때, 맨 처음 시체의 발견을 서술하고, 그러면 왜 이러한 살인 사건이 일어나게 되었는가를 과거로 소급해서 풀어 나가는 것과, 사건을 자연적 순서대로 서술하고 결말에 살인 사건이 일어나도록 하는 것과는 효과에 있어서 커다란 차이가 있다. 이것은 자연적 순서를 무시하는 것이 반드시 좋다는 의미가 아니라, 작가가 의도하는 효과를 최대로 높여 줄 서술법을 택해야 한다는 뜻이다.

제라르 즈네트는 "민담적인 이야기는 흔히 연대순의 서술을 유지하고 있지만, 우리들(서구)의 문학전통은 그와 반대로 시간 순서 흩어 버림*Anachronie* 효과를 특징으로 시작되었다."고 말하면서 호메로스의 『일리아스』를 예로 들고 있다.[25] 즉 그는 서구문학의 전통이 이야기의 자연적 시간 순서를 따르지 않는 데 있다고 말하고 있는 것이다. 그러나 그의 말이 전적으로 타당하다고 볼 수는 없다. 서구문학에도 자연적 시간 순서를 지키는 작품들이 많이 있기 때문이다.

소설은 희곡에 비하여 시간 순서의 편성에 더 많은 자유를 가지고 있다. 대체로 근대 이전의 소설에서는 자연적 순서가 그대로 지켜졌으나 현대 소설에서는 그렇지 않다고 하겠다. 리처드 이스트먼은 역사적 사건을 다룬 소설, 일지(日誌)류의 소설, 사건의 표면을 훑어가는 연대기적(年代記的) 소설에는 자연적 시간 순서를 따르는 작품이 많다고 말한다.[26] 나아가 스턴버그는 소설이 짧으면 짧을수록 자연적 시간 순서를 따르는 경우가 더 많다고 말한다.[27]

이런 자연적 시간 순서가 극단적으로 파괴된 예를 우리는 마르셀 프루스트Marcel Proust의 『잃어버린 시간을 찾아서』나, 로베르트 무질Robert Musil의 『성격 없는 남자*Der Mann ohne Eigenschaften*』에서 찾을 수 있다. 그러나 현대 작가이면서도 자연적 시간 순서를 그대로

---

25) Gérard Genette, 앞의 책, p.23.

26) Richard Eastman, *A Guide to the Novel*, San Francisco 1965, p.38.

27) Meir Sternberg, "Telling in Time 1", Mieke Bal 편, *Narrative Theory, Vol.2*, New York 2007, p.100.

유지하려는 작가들이 없지 않다. 프란츠 카프카가 대표적인 작가일 것이다. 그는 사건을 가능한 한 일어난 순서대로 서술하는 작가다.

자연적 시간 순서를 흐트러뜨리는 방법에 두 가지가 있다. 그 하나가 '역전(逆轉)'으로서 서술 도중에 과거로 되돌아가 그 이전에 발생했던 일을 이야기하는 것이다. 다른 하나는 '예시(豫示)'로서 뒤에 일어날 일을 미리 알려주는 것이다. 이 역전과 예시에 가장 정교하고 세밀한 이론을 수립한 사람은 래메르트다.28)

Ⅰ. 역전

역전(逆轉)*flashback, analepsis*; *Rückwendung, Analepse*은 이야기가 진행되고 있는 중에 시간이 과거로 돌아가는 것을 말한다. 이때 진행되던 원래의 사건 서술은 일단 보류되고 앞서 있었던 사건이 전개되거나 언급된다. 하나의 소설에 하나의 역전만 나타나는 경우도 있지만, 여러 개의 역전이 나타나는 경우도 있다. 여러 개의 역전이 나타나는 경우 역전들은 서로 시기가 다를 수 있다. 이와 같이 발생 시기가 서로 다른 사건들이 '소설적 현재*erzählende Gegenwart*'라는 일직선상에 등장하는 것을 래메르트는 '동시화(同時化)*Synchronismus*'라 부르고 있다.29) 역전은 소설적 현재에 과거 사건을 덧붙임으로써 사건 이해에 필요한 설명을 제공해 준다. 볼튼은 역전이 작품에 변화를 주기 위해 사용된다고 말하고 있다.30)

소설 속에서 역전이 일어나도록 하는 주체는 화자일 수도 있고, 작중인물일 수도 있다. 화자가 역전을 일으키는 예를 보자. 토마스

---

28) Eberhard Lämmert, *Bauformen des Erzählens*, Stuttgart 1972, pp.100–194.
29) 위의 책, p.101.
30) M. Boulton, *The Anatomy of the Novel*, London 1975, p.62.

만의 『마의 산』에서 화자는 제1장에서 주인공이 함부르크를 출발하여 스위스의 결핵요양원에 도착하는 사건을 서술한다. 제2장에서는 그 사건의 서술을 중단하고 몇 십 년을 거슬러 올라가 주인공의 조부 때부터 시작되는 가족사를 이야기한다. 최인훈의 단편 「라울전」에 있어서도 화자는 앞부분에서 서술하던 이야기를 중단하고 주인공 라울과 또 다른 인물 바울의 어린 시절 이야기를 독자들에게 들려준다. 이러한 것이 화자에 의한 역전이다.

작중인물에 의한 역전은 작중인물의 입을 통해 과거 사건을 이야기하게 하는 것이다. 호메로스의 『오디세이아』에서 주인공 오디세우스는 트로이 전쟁 후 약 10년간의 표류 생활을 스스로의 입을 통해 이야기한다. 이 작품에서 소설적 현재는 약 40일간에 불과하다. 과거의 대부분의 큰 사건들이 역전을 통해 독자들에게 알려진다.

그러나 작중인물의 입을 통해 밝혀지는 사실이면서도 화자가 자기의 문체로 바꾸고 자기의 이야기로 재편성한 경우도 있다. 김동인의 「배따라기」에서 화자인 '나'는 대동강 변에서 우연히 만난 뱃사람이 토로하는 그의 과거사를 듣게 된다. 그리고 그 이야기를 자기의 입장에서 재편성하여 독자들에게 들려준다. 이런 경우는 화자와 작중인물의 결합에 의한 역전이라 볼 수 있다.

역전은 독자에게 필요한 정보를 제공해 준다는 점에서 소설의 중요한 기법으로 간주된다. 그러나 소설적 현재를 중단시킴으로써 사건 진행에 몰입하고 있는 독자의 동일시적 환상을 깨뜨리는 단점을 가지고 있다.

래메르트는 역전을 크게 셋으로 나누고 있다. 첫째가 '구성적 역전 *aufbauende Rückwendung*', 둘째가 '해결적 역전*auflösende Rückwendung*', 셋째가 '삽입적 역전*eingeschobene Rückwendung*'이다.[31] 구성적 역전

은 소설의 앞부분에 위치하여 사건의 인과관계나 필요한 예비지식을 독자에게 제공한다. 괴테의 『빌헬름 마이스터의 수업 시대』에서 서두에 주인공이 자기 어린 시절의 이야기를 애인에게 들려주는 것이 구성적 역전의 예가 될 것이다. 해결적 역전은 작품의 마지막에 위치하여 그때까지 진행되어 온 전체 사건의 이면을 설명해 준다. 코넌 도일의 『셜록 홈스』에서 홈스가 마지막에 친구 왓슨에게 사건의 이면, 범죄의 동기, 홈스 자신의 행동의 동기를 설명해 주는 것을 이 해결적 역전의 예로 들 수 있다. 셋째의 삽입적 역전은 작품의 중간에 위치하여 그때마다 필요한 정보를 독자에게 제공하는 역전이다. 이 삽입적 역전의 예는 아주 많다. 이 세 가지 역전은 단순한 위치의 문제만이 아니라 행하는 기능의 차이에서 뚜렷이 구별된다고 래메르트는 주장한다.

제라르 즈네트는 역전의 내용을 이루는 사건이 소설이 시작된 시점(時點)보다 앞서 일어났느냐, 그렇지 않느냐에 따라 역전을 셋으로 구분한다.[32]

첫째 '외적 역전*externe Analepse*'이다. 이것은 역전의 내용이 되는 사건이 소설이 시작되는 시점보다 앞서 일어난 경우다. 말하자면 역전의 내용이 소설 바깥에 위치하게 되는 것이다. 오디세우스가 트로이 전쟁 후 10년간의 모험담을 이야기하는 것이 그러한 예가 된다.

둘째, '내적 역전*interne Analepse*'이다. 이것은 역전의 내용이 되는 사건이 소설의 시작 시점보다 후에 일어난 경우다. 플로베르의 『마담 보바리』 제6장에는 수녀원에서 보낸 엠마의 소녀 시절 이야기가 나온다. 그러나 이것은 샤를르 보바리가 루앙의 중학교에 입

---

31) E. Lämmert, 앞의 책, p.104.
32) Gérard Genette, *Die Erzählung*(독역), München 1994, p.32.

학하는 소설의 시작 시점보다 늦게 일어난 일이다. 말하자면 역전
의 내용이 소설적 현재 내에 존재하는 것이다.

셋째는 '혼합적 역전gemischte *Analepse*'이다. 이것은 역전의 내용
이 되는 사건이 소설의 시작 시점보다 먼저 시작되어 소설의 시작
시점보다 후에 완결되는 경우다. 말하자면 역전되는 사건이 시간적
으로 소설 바깥에서 시작되어 소설 안까지 걸쳐 있는 것이다. 프레
보의 『마농 레스코』에서 그리외의 이야기는 '고귀한 사람'을 처음
만났을 때 시작하여 두 번째 만날 때까지 이어진다. 이때 처음의
만남은 소설의 시작 시점보다 앞서지만 두 번째 만남은 소설의 시
작 시점 후가 된다. 이러한 예가 혼합적 역전이다.

외적 역전은 본줄거리에 포함되는 것이 아니기 때문에 본줄거리
를 방해할 위험은 크게 없다. 단지 과거 사실을 독자에게 제공해
줌으로써 본줄거리를 보완해 주는 역할을 할 뿐이다. 그러나 내적
역전은 그 시간장(時間場)*temporal field*이 본줄거리의 시간장, 즉 소
설의 현재 속에 포함되기 때문에 장황하게 되거나 서로 충돌할 위
험이 있다.

디트리히 베버는 결정적인 중요 사건이 소설 속에서 역전의 형태
로 나타나느냐 그렇지 않느냐에 따라 소설을 '분석적 소설*analytische
Erzählung*'과 '종합적 소설*synthetische Erzählung*'로 나눈다.[33] 가령 소
포클레스의 희곡 『오이디푸스 왕』에서는 중요한 사건이 모두 무대
바깥에서 오래전에 일어난다. 비슷한 구조로 에드거 앨런 포의 「모
르그 가의 살인」이나 그릴파르처Grillparzer의 「가난한 악사」와 같은
소설들도 중요한 사건이 소설 바깥에서 소설이 시작되기 전에 일어
난다. 그리고 이것이 역전의 형태로 독자에게 전달되는 것이다. 이

---

33) Dietrich Weber, *Theorie der analytischen Erzählung*, München 1975, p.9 이하.

러한 소설이 '분석적 소설'이다. 말하자면 현재 사건의 원인을 과거로 소급시켜 분석해 내는 소설이란 뜻이다. 이에 반해 중요한 사건이 소설적 현재 내에서 발생하는 소설을 '종합적 소설'이라 한다. 대부분의 소설들은 이 종합적 소설에 속한다고 할 수 있다.

역전의 특수한 형태로 액자소설(額子小說)*framework-story, Rahmen-erzählung*이 있다. 액자소설의 역사는 소설의 역사만큼 오래다. 아라비아의 『천일야화』가 액자소설이고, 보카치오의 『데카메론』, 초서의 『캔터베리 이야기』가 액자소설이다. 구조는 벽에 거는 그림의 액자처럼 '바깥 이야기'와 '안 이야기'로 되어 있고, 바깥 이야기와 안 이야기 사이에는 시간차(時間差)가 있게 된다. 즉 바깥 이야기의 소설적 현재보다 안 이야기가 시간적으로 앞서는 것이다.

Ⅱ. 예시

예시(豫示)*flashforward, prolepsis*; *Vorausdeutung, Prolepse*는 시간 순서상 뒤에 일어날 일을 앞질러 미리 이야기하는 것을 의미한다. 예시가 다음에 일어날 일을 미리 독자에게 알림으로써 독자의 흥미를 감소시키는 것같이 보이지만, 실제로는 보다 큰 흥미를 노리거나 다른 종류의 효과를 노리는 것이 보통이다. 실제에 있어서 예시를 통해 긴장감이 더욱 고조되는 경우가 많다고 하겠다. 이때 독자는 '무엇이 일어날 것인가'에 대해서는 예시를 통해 전달받기 때문에 별로 흥미를 느끼지 못하고, '어떻게 일어날 것인가'에 더 관심을 갖게 된다. 이러한 경우에 작가는 독자를 공지자(共知者)*Mitwisser*로 만든다고 래메르트는 말한다.[34]

---

34) E. Lämmert, 앞의 책, p.175.

카이저는 예시의 가장 큰 기능이 독자로 하여금 소설 세계에 대해 생동감을 느끼게 하는 것이라고 말한다. 우리는 기차 안의 승객에게는 흥미를 느끼지 못한다. 왜냐하면 그 사람이 다음 역에서 하차하고 나면 다음의 진행을 알 수 없기 때문이다. 이와 같이 우리는 진행과 결말을 알지 못하는 일에는 흥미를 느끼지 못한다. 그러나 어떤 사건의 앞뒤를 종합적으로 알고 있는 경우에는 그 사건에 생동감과 함께 흥미를 느끼게 된다는 것이다.

카이저에 의하면 예시는 또한 이야기되는 사건이 진실임을 독자로 하여금 확신시키는 데 기여한다고 한다. 말하자면 예시가 있음으로 해서 독자는 그것이 어느 정도는 사실일 것이라고 믿고 이야기의 진행을 따라가다가 그 내용이 본격적으로 나오게 되면 그것을 틀림없는 사실로 받아들이게 된다는 것이다. 어쨌든 카이저는 예시가 옛날의 서사시에서 발달해 온 소설 기법으로 아주 중요한 기능을 행사한다고 주장한다.[35]

시점(視點) 이론, 화자(話者) 이론의 입장에서 보면, 예시는 화자의 존재를 독자 앞에 드러내는 것을 의미한다. 뒤에 일어날 일까지 다 알고 있는 화자는 시점 이론에서 전지적 화자(全知的 話者)*omniscient narrator*라고 부르는 존재이기 때문이다.

래메르트는 예시를 '미래 확실한 예시*zukunftsgewisse Vorausdeutung*'와 '미래 불확실한 예시*zukunftsungewisse Vorausdeutung*'로 나눈다. 그리고 미래 확실한 예시를 작품 내의 위치에 따라 앞부분에 나오는 것을 '도입적 예시*einführende Vorausdeutung*', 마지막에 나오는 것을 '종결적 예시*abschließende Vorausdeutung*', 중간에 끼어드는 것을 '삽입적 예시*eingeschobene Vorausdeutung*'라고 부르고 있다.[36]

---

35) W. Kayser, 앞의 책, p.206.

도입적 예시는 제목, 머리말, 작품의 서두 같은 곳에서 앞으로 일어날 일이 언급되는 경우다. 종결적 예시는 소설의 결말에 결말 후의 사건 진행의 방향이 언급되거나 암시되는 것을 말한다. 삽입적 예시는 작품의 중간 부분에 나타나는 예시다.

미래 불확실한 예시란 꿈·예언·신탁(神託)·경고·저주·축복 등을 통해 미래가 암시되는 경우를 의미한다. 나중의 결과는 반드시 암시된 대로 되는 것은 아니다. 가령 주인공이 죽는 꿈을 꾸어 죽을 것으로 암시되지만 나중에 죽지 않는 경우가 그러한 예가 된다. 유머소설·탐정소설에 잘 쓰이는 수법으로 래메르트는 이런 경우를 '기만적 암시 *Trug-Deutung*'라고 부르고 있다.[37]

즈네트는 래메르트와는 달리 예시의 내용이 되는 사건이 소설적 현재가 끝난 후에 나타나면 '외적 예시 *externe Prolepse*', 소설적 현재 내에 나타나면 '내적 예시 *interne Prolepse*'로 나누어 구별한다.[38] 그는 외적 예시가 에필로그, 즉 맺는말의 기능을 갖기도 한다고 말한다. 다시 말하면 소설이 끝난 후 어떤 일이 일어나게 되는지를 알려주는 기능을 갖는다는 것이다. 일반적으로 내적 예시가 많고, 외적 예시는 아주 드물다고 하겠다.

미래의 일을 알려주는 예시는 간단한 문장인 경우도 있고, 제법 긴 이야기인 경우도 있다. 가령 앞일을 어느 정도 자세히 이야기하는 경우나, 꿈이나 점쟁이의 예언인 경우 제법 긴 이야기가 된다. 또 예시는 전체 이야기의 결말을 알려주기도 하지만, 장(章)의 끝에서 다음 장에 나타날 일을 알려주기도 한다.

---

36) E. Lämmert, 앞의 책, pp.143-174.
37) 위의 책, p.187.
38) Gérard Genette, 앞의 책, p.46.

　이 예시와 성격이 약간 다른 것으로 '사전 암시*foreshadowing*'라는 것이 있다. 예를 들어 주인공이 어린애로서 색깔에 대해 특별한 감수성을 가지고 있다는 서술이 나오고 나서 세월이 흐른 후 유명한 화가가 되는 경우다.[39) 넓은 의미에서는 예시의 일종이지만 예시와 구별하여 사용되는 개념이다.

　이제 우리는 예시가 소설 속에서 어떤 기능을 행하는지를 예를 들어 살펴보자. 조해일의 「멘드롱따또」라는 단편은 다음과 같은 서두로 시작된다.

　　어제 저녁, 멘드롱따또가 죽었다.

　주인공의 별명이 '멘드롱따또'다. 그는 엄청나게 큰 체구의 소유자인데 군복무 중의 사병이다. 그는 제대를 하루 앞두고 송별연에서 "비상!"이란 소리에 놀라 층계를 내려오다 미끄러져 목이 부러져 죽는다. 그런데 이 작품의 서두에 그가 죽는다는 예시가 없다면 독자에게 주는 효과는 상당히 다를 것이다. 서두의 예시가 없다면 주인공이 목이 부러져 죽는 마지막 장면에 이르러 독자는 그것을 '거짓말 같다'고 느낄 것이고, 너무나 작위적이라고 느낄 것이다.

　그러나 예시가 있음으로 해서 이러한 느낌은 제거되거나 최소한도로 감소된다. 즉 이 예시는 독자가 주인공의 죽음을 거짓말 같다, 억지로 꾸민 것이다 하고 느끼지 못하도록 아예 처음부터 기정사실화해 놓고 있는 것이다. 그러므로 독자는 멘드롱따또가 죽는 장면에 이르면 '죽을 사람이 드디어 죽었구나.' 하고 생각하게 되고, 별로 거부감을 느끼지 않게 된다. 앞에서 카이저가 예시의 기능으

---

39) Gerald Prince, *A Dictionary of Narratology*, Aldershot 1988, p.33.

로 언급한 것처럼, 예시는 독자로 하여금 그 이야기가 진실임을 믿게 만드는 기능이 있는 것이다.

물론 이 소설에 쓰이고 있는 기법이 '예시'가 아니라 '역전'이라는 반론이 제기될 여지는 있다. 즉 앞에 인용했던 "멘드롱따또가 죽었다."는 말 다음에 나오는 큰 부분이 과거로 돌아가 주인공이 죽게 되는 과정을 살펴보는 역전으로 볼 수도 있다는 것이다. 서두에 예시가 나오는 '도입적 역전'의 경우에는 언제나 이러한 오해의 가능성이 존재한다. 그러나 분량이 얼마나 되느냐, 서술의 역점이 어디에 있느냐에 따라 예시와 역전의 구별은 가능하리라 생각된다.

박태원의 『천변 풍경』 제34절 「그날의 감격」에도 예시가 나온다. 작중인물 금순이와 그의 오라비 순동이 지극히 작위적이고 부자연스러운 만남을 독자의 눈에 자연스럽게 보이도록 하기 위해 예시가 동원된다.

> (……) 외로운 아버지와 가엾은 오래비의 생각을, 오직 멀리 남쪽 하늘 우에만 달리고 있던 금순이가, 참말 뜻밖에도 백화점 문간에서 순동이와 마주쳤더라도 그것은 무어 어떻게 있기 어려운 일로 돌릴 것이 못 된다.

이러한 예시가 있은 후 서술이 한참 진행되다가 결국 그들은 백화점 문간에서 마주치게 된다. 이러한 예시야말로 독자로 하여금 서술되는 이야기가 '무어 어떻게 있기 어려운 일'이 아니라고 믿도록 하는 것이다.

예시는 작품에 내적 통일성을 가져다주는 효과가 있다. 또 화자의 존재를 드러내는 결과를 가져오기도 한다. 창작하는 작가는 이러한 사실을 알고 예시를 작품에 적절히 활용해야 할 것이다.

3. 서술 속도

서술 속도*narrative speed, tempo*란 '이야기 시간*story time*'과 '서술 시간*discourse time*' 사이의 관계를 가리키는 말이다. 이야기 시간이란 소설 속 사건이 일어났다 끝나기까지의 시간, 즉 '서술되는 시간'을 의미하고, 서술 시간이란 화자가 이야기를 하는 데 걸리는 시간을 의미한다.

서술 속도는 소설에 따라 다르고 또 부분에 따라 다르다. "삼사일은 집구석에서 그럭저럭 세월을 보냈다."(염상섭, 「만세전」)와 같은 문장을 예로 들어 보면, 이것은 한 문장으로 3, 4일의 시간을 서술한 것이다. 이때 3, 4일간이 이야기 시간이고, 그 문장을 말로 하는 3, 4초의 시간이 서술 시간이다. 소설에서는 이보다 훨씬 느리게, 한 문장으로 몇 초나 몇 분간의 일을 서술할 수도 있고, 또 이보다 훨씬 빠르게 몇 년이나 몇 십 년간의 일을 서술할 수도 있다. 이스트먼은 이것을 '템포가 느리다', '템포가 빠르다'라고 표현한다.[40] 그러나 노먼 프리드먼은 템포가 느린 것을 '팽창되다*expanded*', 템포가 빠른 것을 '압축되다*condensed*'라고 표현하고,[41] 웨인 부드는 '보여주다*show*', '말해주다*tell*'라고 표현한다.[42] 특히 속도가 느린 경우를 두고 필립 프로인트는 '클로즈업*close-up*', 또는 '슬로업*slow-up*'이란 표현을 쓰고 있다.[43]

이것을 문장론의 입장에서 보면 장면 묘사*scene*와 요약*summary*

---

40) R. Eastman, 앞의 책, p.36.

41) Norman Friedman, *Form and Meaning in Fiction*, Athen 1955, p.143.

42) Wayne Booth, *The Rhetoric of Fiction*, Chicago 1961, p.3 이하.

43) Philip Freund, *The Art of Reading the Novel*, New York 1966, p.199.

중에 어느 쪽을 더 많이 사용하느냐 하는 문제가 된다(제5장 문장 1 참조). 또한 특별한 설명 없이 시간을 뛰어넘는 생략(省略)*ellipsis*이 어느 정도 들어 있느냐 하는 것도 서술 속도에 영향을 미친다. 생략에는 "그동안 수년의 세월이 흘렀다."와 같이 명시적으로 시간 경과를 언급하는 경우도 있지만 아무런 설명 없이 시간을 뛰어넘는 경우도 있다. 연장(延長)*stretch*의 경우도 속도에 영향을 미친다. 이것은 사건을 아주 장황하고 길게 묘사하는 경우인데, 동영상에서의 슬로우 모션에 대비된다고 할 수 있다. 또한 휴지(休止)*pause*의 경우도 서술 속도에 영향을 미친다. 진행되던 상황이나 사건의 묘사를 일시 휴지하고 화자(話者)의 논평(제3장 화자 3 참조)을 삽입하는 경우가 그 예의 하나다. 이와 같이 서술 속도에는 장면 묘사, 요약, 생략, 연장, 휴지의 다섯 가지 요소가 작용하는 것으로 주장되고 있다.[44]

서구에서 자연주의 이전의 소설들은 대체로 서술 속도가 빠른 반면, 이후의 소설들은 느리다. 자연주의자들은 '초단위 스타일 *Sekundenstil*'이라 해서 시계의 초침이 진행되듯 아주 느리게 서술하는 방법을 고안했다. 말하자면 희곡에 가까운 진행 속도를 소설도 갖게 된 것이다. 의식의 흐름을 기술하는 소설 기법이 개발된 이후 이 서술 속도는 더욱 느려졌다. 그러므로 소설의 서술 속도는 19세기 말 이후 급속히 느려져 왔다고 할 수 있다.

그러나 소설에서 모든 내용을 자세히 서술하는 것이 반드시 바람직한 일일까? 그렇지 않다. 인간은 모든 일을 그렇게까지 자세히 알아야 할 필요를 느끼지 않는다. 자세히 알아야 할 부분이 있고,

---

44) G. Prince, 앞의 책, pp.89-90 및 Monika Fludernik, "Time in Narrative", Herman/Jahn/Ryan 편, 앞의 책 p.609.

개요만 알아도 될 부분이 있고, 또 전혀 알 필요가 없는 부분도 있다. 밀란 쿤데라는 "현 세계의 다양성을 파악하기 위해서는 생략의 기술, 압축의 기술이 필요하다. 그렇지 않으면 우리는 끝 모를 깊이의 함정에 빠져 버릴 것이다."[45]라고 말하고 있다. 그는 소설에 생략과 요약이 반드시 필요하다고 주장하고 있는 것이다.

독자에게 알려야 할 특별한 사건이 아닌 경우 시간을 뛰어넘어 서술이 진행된다. 이것이 생략이다. 이런 경우 대개 아무런 언급 없이 시간을 뛰어넘지만, 행간 띄우기를 하여 시간 경과를 표시하기도 한다(제1장 외형 4 참조). 예를 들어 주인공이 잠자고 밥 먹고, 화장실에 간 것까지 자세히, 그리고 빠짐없이 기록할 필요는 없다. 이런 것은 언급하지 않아도 독자가 상상력을 동원하여 생략된 곳을 메워 가면서 읽어 나간다. 그러므로 수용미학(受容美學)에서 강조하는 '독자의 참여'를 위해서도 생략에 의한 '빈 곳'은 반드시 있어야 할 것이다(제1장 외형 3 및 제8장 커뮤니케이션 5 참조).

서술 속도는 빠르다고 좋은 것도 아니지만, 느리다고 좋은 것도 아니다. 너무 빠르면 세부 사항을 알고 싶어 하는 독자의 욕구를 충족시킬 수 없고, 너무 느리면 전체 사건을 거시적으로 조망하는 데 어려움이 있다. 그러므로 서술 속도에는 빠르고 느린 것이 적절하게 배합되어야 한다.

소설 내의 시간의 흐름의 완급을 나타내는 서술 속도에 독일 문예학은 오래전부터 많은 관심을 기울여 왔다. 그리하여 '서술되는 시간*erzählte Zeit*'과 '서술 시간*Erzählzeit*'이라는 두 개념을 설정했다. 영미계통의 story time과 discourse time이 이에 대비된다고 할 수 있다. 이 두 개의 시간 개념을 맨 처음 발견한 사람은 소설가

---

45) Milan Kundera, *Die Kunst des Romans*(독역), Frankfurt a. M. 1992, p.81.

토마스 만이고 이것을 문예학에 도입한 사람은 귄터 뮐러Günther Müller와 래메르트다.

'서술되는 시간'이란 작품 내에서 흘러가는 시간, 즉 소설 내의 사건이 일어나서 끝날 때까지의 시간이다. 이때 작중인물의 현재 *character's present*에서 벗어나는 역전은 이 '서술되는 시간' 속에 포함되지 않는다.

토마스 만의 『마의 산』은 주인공 한스 카스토르프가 스위스 알프스 산중의 요양원에 7년 동안 머물다가 내려오는 이야기로서 '서술되는 시간'이 7년이다. 이 소설의 2장에는 할아버지 때부터 시작되는 주인공의 가족사가 기술되어 있다. 말하자면 주인공의 현재에서 수십 년 전의 과거로 역전되는 것이다. 이러한 역전은 '서술되는 시간'의 산정에서 제외되어야 한다. 주인공의 성격이나 사정을 설명하기 위한 것일 뿐, 현재 사건을 과거로 연장하여 연결하려는 의도로 서술되는 것이 아니기 때문이다. 제임스 조이스의 『율리시스』는 단 하루 동안의 일을 다루고 있어 서술되는 시간은 하루다. 호메로스의 『오디세이아』의 서술되는 시간은 40일간이고 최인훈의 『회색인』은 약 9개월간이다. 그리고 이문열의 『젊은 날의 초상』은 두어 달 모자라는 3년이고, 이외수의 『들개』는 1년에서 계절 하나가 더 있다.

'서술 시간'이란 원래 화자가 이야기를 하는 데 소요되는 시간이지만 구비문학이 아닌, 글로 쓰인 문학에서는 독자가 작품을 읽는 데 소요되는 시간이다. 그래서 영미계통에서 discourse time이라 부르기도 하지만 reading time이라 부르기도 한다.[46] 『마의 산』의 서술 시간은 2일 정도다. 약 천 페이지에 달하는 대작이기 때문이다.

---

46) M. Fludernik, 앞의 글, Herman/Jahn/Ryan 편, 앞의 책, p.609.

『율리시스』는 하루 정도, 『오디세이아』는 한나절 내지 하루 정도, 『회색인』, 『젊은 날의 초상』, 『들개』 같은 작품은 한나절 정도다. 이 서술 시간은 독자의 독서 속도가 개인마다 다르기 때문에 확고한 수치를 산출하기가 쉽지 않다. 속독법이 개발되어 있는 현재에 있어서는 더욱 그러하다. 서술되는 시간은 허구적 세계의 시간인데 서술 시간은 경험적 세계의 시간이다. 서술되는 시간은 소설 내에 명시되어 있는 경우도 있고 그렇지 않은 경우도 있다. 어쨌든 객관적인 계산이나 추측이 가능하다. 그러나 서술 시간은 평균치를 가늠할 수는 있지만 개인마다 달라 정확한 수치를 말하기가 어렵다.

래메르트는 서술되는 시간과 서술 시간 사이의 관계를 소설 구조를 이해하는 데 도입하고 있다. 서술되는 시간이 서술 시간보다 긴 경우를 '축시(縮時)*Zeitraffung*', 두 개의 시간이 일치되는 경우를 '동시(同時)*Zeitdeckung*', 서술되는 시간이 서술 시간보다 짧은 경우를 '연시(延時)*Zeitdehnung*'라고 부르고 있다.[47] 이 시간 관계는 소설 전체를 두고 논의할 수도 있고 한 장(章)이나 한 부분을 두고 논의할 수도 있다.

축시에는 요약이 많고 흔히 생략과 중단이 들어가 있다. 동시는 주로 장면 묘사로 이루어져 있다(제5장 문장 1 참조). 대부분 대화로 이루어져 있는 희곡에 가까운 소설은 동시적이다. 연시는 꿈, 내적 독백, 의식의 흐름 같은 것을 나타낼 때 흔히 생겨나는데 위에서 언급한 연장의 경우에 해당된다. 이때는 실제의 진행 시간보다 그것을 말로 표현하는 시간이 더 길어지는 것이다. 문장 구조에서 논의되는 기술(記述)*description*·논평*commentary*, 또는 시간 구조에서 논의되는 역전·예시 같은 것이 들어 있을 때, 소설 전체의 서술

---

47) E. Lämmert, 앞의 책, p.83 이하.

시간은 늘어난다. 그러나 서술되는 시간은 늘어나지 않는다.

이것을 좀 더 자세히 살펴보자. 소설의 시간 진행은 위에서 살펴본 것처럼 서술문장에 따라 많이 달라진다. 특별히 취급할 만한 사건이 없을 때 그 부분을 아무런 언급 없이 생략하고 넘어가게 되는데, 이때 사건의 진행 시간, 즉 서술되는 시간은 흐르지만 서술 시간은 흐르지 않는다. 사건을 서술하는 장면 묘사와 요약에서는 완급의 차이는 있지만 서술되는 시간은 계속 흐른다. 그러나 풍경묘사와 같은 기술과 화자의 세계관을 피력하는 논평에서는 사건 서술이 휴지되고 시간이 흐르지 않는다. (제 5장 문장 1 참조)

래메르트가 서술 시간과 서술되는 시간 사이의 관계에서 파악한 소설 유형을 수학의 기호로 나타내 보면 다음과 같다.

서술되는 시간 > 서술 시간 → 축시적 소설
서술되는 시간 = 서술 시간 → 동시적 소설
서술되는 시간 < 서술 시간 → 연시적 소설

지금까지 나온 대부분의 소설들은 축시적 소설이다. 괴테의 『젊은 베르테르의 슬픔』은 서술되는 시간이 1년 반, 카프카의 『심판』은 1년, 플로베르의 『감정 교육』은 27년이다. 그러나 독자는 이들을 한나절 내지 하루 정도로 읽어 치울 수 있다. 헤세의 『데미안』이나 박완서의 『그 많던 싱아는 누가 다 먹었을까』와 같이 청소년 시절의 수년 또는 10여 년간의 일을 서술하는 성장소설 *Entwicklungsroman*은 정도가 큰 축시적 소설이다. 이와 같이 대부분의 소설들은 축시적이라 할 수 있다.

동시적 소설에는 헤밍웨이의 「살인자들」, 슈니츨러의 「엘제양」,

최인훈의 「주석의 소리」, 「총독의 소리」과 같은 단편이 있고, 장편으로는 제임스 조이스의 『율리시스』, 버지니아 울프의 『맬러웨이 부인』, 솔제니친의 『이반 데니소비치의 하루』 등이 있다. 이들 작품에 있어서 두 개의 시간이 말 그대로 정확하게 일치하는 것은 아니지만 이 범주에 넣어서 대체로 무리가 없다.

연시적 소설은 소설의 일부에 나타나는 경우를 제외하고는 그 예를 찾기가 어렵다. 이 개념을 정립한 래메르트 자신도 작품 예를 제시하지 못하고 있다. 그리고 동시적인 것과의 경계도 사실상 그렇게 분명한 것은 아니다. 흔히 동시적 소설의 예로 드는 조이스의 『율리시스』를 페터젠은 연시적 소설의 예로 들고 있다.[48] 작품의 일부에서 흔히 꿈이나 의식의 흐름을 서술하는 경우 실제보다 서술하는 데 걸리는 시간이 더 길어져 연시적이 된다. 대표적인 예로서 버지니어 울프의 『등대로To the Lighthouse』의 1부 5장에서 램세이 부인이 뜨개질한 양말을 어린 아들에게 신기려 하는 부분을 들 수 있다.

서술되는 시간과 서술 시간과의 관계에 의한 소설의 구조 분석은 소설 구조를 이해하는 데 대단히 좋은 수단이다. 그러나 서술되는 시간이 허구적 세계의 시간인 데 반하여 서술 시간은 현실의 경험적 시간으로, 두 가지 차원이 다른 요소를 대비시키는 데는 무리가 있다고 주장하는 연구가들도 있다.

서술 시간은 개인에 따라 차이가 많다. 그래서 즈네트는 서술 시

---

48) 귄터 뮐러는 『율리시스』를 동시적 소설로 본다(Günther Müller, "Die Bedeutung der Zeit in der Erzählkunst", Bruno Hildebrand 편, *Zur Struktur des Romans*, Darmstadt 1978, p.74 참조). 그러나 위르겐 페터젠은 이 작품을 연시적 소설로 본다. 900페이지 분량에 서술되는 시간이 19시간으로, 서술 시간이 서술되는 시간보다 3배나 크다는 것이다 (Jürgen Petersen, *Erzählsysteme*, Stuttgart 1993, p.44 참조).

간 대신 페이지 수로 계산한다. 발자크의 『외제니 그랑데*Eugénie Grandet*』는 172페이지에 서술되는 시간이 44년으로 페이지당 90일, 프루스트의 『잃어버린 시간을 찾아서』는 3130페이지에 서술되는 시간이 47년으로 페이지당 5.5일이 경과된다는 식으로 계산을 하는 것이다.[49]

4. 시간의 층

소설 속에는 시간의 층이 여러 겹 있다. 우선 화자가 이야기를 서술하고 있는 '화자의 현재*narrator's present*'가 있고, 작중인물이 활동하고 있는 '작중인물의 현재*character's present*'가 있다. 화자의 현재는 소설 속에 그 시기가 명백히 드러나는 경우도 있고 그렇지 않은 경우도 있다. 그러므로 화자의 현재와 작중인물의 현재 사이에 얼마만 한 간격이 있느냐 하는 것이 분명히 나타나는 소설도 있고 그렇지 않은 소설도 있다. 어쨌든 이 두 시간 사이에는 대부분의 경우 간격이 존재하며 화자의 현재가 작중인물의 현재보다 항상 시간적으로 후에 위치한다.

1인칭 소설의 경우에 이 시간 간격이 분명히 나타나는 경우가 많다. 1인칭 소설에서는 항상 1인칭의 화자가 자기의 체험을 피력하기 때문에 '서술하는 나*das erzählende Ich*'와 '체험하는 나*das erlebende Ich*' 사이에는 반드시 시간 간격이 존재하게 된다. 체험이 서술보다 시간적으로 언제나 앞선다는 것은 부연할 필요가 없을 것이다. 이 간격의 크고 작음에 따라 소설의 효과가 달라진다.

---

49) Gérard Genette, 앞의 책, p.213 이하.

1인칭 소설인 헤르만 헤세의 『데미안』에서는 전쟁터에서 부상을 당해 죽음을 앞두고 있는 주인공이 어린 시절부터 부상당할 때까지의 약 10년간 겪은 일을 서술하고 있다. 그런 후 '서술하는 나'의 시간은 '체험하는 나'의 시간 바로 뒤에 연결되어 있다. 다시 말하면 화자의 현재와 작중인물의 현재 사이에는 소설의 시작 부분에서 약 10년 정도의 간격이 있고, 점점 그 간격이 좁아져 맨 나중에는 간격이 없어지고 두 시간이 맞붙어 연결되는 것이다. 그러므로 우리는 연륜이 가져다준 성숙이나 비판적 자세 같은 것이 나타나지 않은, 신선하고 꾸밈없는 젊은이의 회상을 접할 수 있게 된다.

마크 트웨인의 『허클베리 핀의 모험』에도 이러한 신선감을 느낄 수 있다. 여기서도 화자인 헉은 약간의 시간 간격만을 두고 체험한 이야기를 하고 있기 때문에 소년의 순진한 서술이 독자에게 신선미를 느끼게 한다. 똑같은 느낌을 우리는 주요섭의 「사랑 손님과 어머니」에서도 맛볼 수 있다.

그러나 찰스 디킨스의 『위대한 유산』에서는 이 두 개의 시간 간격이 아주 크다. 우리는 이 작품에서 어른이 된 핍이 세련되고 달관된 통찰로 자신의 어린 시절을 비판적으로 보고 있음을 발견하게 된다. 이문열의 『젊은 날의 초상』에도 이런 현상은 나타나고 있다. 제3부의 서두를 보자.

이제 그 겨울을 이야기할 수 있을 것 같다. 나는 이미 한 가정을 거느렸고, 매일매일 점잖은 복장과 성실한 표정으로 나가야 할 직장도 있다. 또 나이는 어느새 서른을 훌쩍 넘어 감정은 많은 여과를 거쳐야 하며, 과장과 곡필로 이루어진 미문(美文)의 부끄러움도 알게 되었다.

지금부터 꼭 10년 전이 되는 그해 겨울 나는 경상북도 어느 산촌의 술집에 '방우'로 있었다.

여기서 우리는 서술하는 나와 체험하는 나 사이에 10년의 간격이 있음을 알게 된다. 그리고 정신적으로 성숙한 화자가 다분히 비판적인 자세로 자신의 젊은 날을 회상하고 있음을 발견하게 된다. 데포의 『로빈슨 크루소』도 상당히 긴 시간이 지난 후 화자가 자신의 체험을 기록하는 형식을 취하고 있다. 그러므로 시간적으로 후에 기록하는 자아의 모습이 시간적으로 전에 행동한 자아의 모습에 끊임없이 투영되고 있다고 하겠다.

김원일의 『노을』은 모두 일곱 개의 장으로 이루어진 1인칭의 장편이다. 1, 3, 5, 7장은 1977년의 일을 기록한 것이고, 그 사이사이에 들어 있는 2, 4, 6장은 1948년의 일을 기록한 주인공의 회상이다. 말하자면 두 개의 시간층이 존재한다고 할 수 있다. 그러나 자세히 보면 시간층은 세 개다. 1인칭 화자가 이 두 개의 사건을 기록한 기록의 시점이 또 있기 때문이다. 이 기록의 시점이 언제냐 하는 것은 명확하게 드러나 있지는 않지만 1977년의 일이 있은 때로부터 그렇게 멀지 않은 시기임을 짐작할 수 있다. 이 작품의 1인칭 화자는 1977년의 사건에 대해서는 별다른 입장 표명이 없지만, 1948년의 유년 시절의 사건에 대해서는 성인이 된 후의 성숙한 시선으로 그 사건을 보고 있음을 드러낸다. 이 작품은 두 개의 시간층이 교대로 나타나는 진행의 특이성과 화자가 사건을 기록하는 기록의 시점이 거기에 첨가되는 3중의 층이 있다는 점에서 다른 소설들과 다르다고 하겠다.

이상에서 살펴본 바처럼 1인칭 소설에서 서술하는 나와 체험하는 나 사이의 간격이 작으면 작을수록 신선하고 순진한 화자의 시선을 느낄 수 있고, 크면 클수록 비판적으로 보거나 채색시켜서 보는 성숙된 화자의 시선을 느낄 수 있다.

　화자의 시간과 작중인물의 시간 사이의 간격 문제는 주로 1인칭에서 많이 논의되지만 3인칭 소설에서도 논의의 대상이 될 수 있다. 이 간격이 뚜렷이 드러나는 작품이 있는 반면, 거의 드러나지 않는 작품도 있다.

　도스토예프스키의 『카라마조프가의 형제들』에서 화자는 "알렉세이 표도로비치 카라마조프는 지금부터 꼭 13년 전에 비극적이고도 해괴한 죽음을 당한 우리 군(郡)의 지주 표도르 파블로비치 카라마조프의 셋째 아들이었다."라는 말로 이 작품을 시작하고 있다. 여기서 사건과 기록 사이에 약 13년의 세월이 있음이 드러난다. 그런데 이 시간 간격의 명시는 그 사건이 잊힐 정도로 오래전에 일어난 일도 아니고, 그렇다 하여 사건 전모를 파악하기 어려울 정도로 최근의 일도 아님을 의미하고 있다. 이 소설의 사건 성격에 아주 적절한 간격임을 느끼게 해 준다. 그러나 이러한 시간 간격이 분명하게 드러나지 않는 소설들도 많다.

　토마스 만의 『마의 산』의 화자는 자기의 이야기가 매우 오래된 것임을 머리말에서 밝히고 있다. "이 이야기는 아주 오래되었다. 말하자면 그것은 역사의 녹으로 덮여 있어, 먼 과거의 시간 형식으로 서술되어야만 한다."고 말한다. 그러나 독자가 이 작품에서 느끼는 시간 간격은 그렇게 크지 않다. 몇 년의 간격밖에 없는 동시대의 사건으로 느껴지는 것이다. 어쨌든 『마의 산』은 화자가 시간 간격이 존재함을 밝히고 있지만 독자가 그 간격이 어느 정도인지 짐작하기 어려운 작품이다.

　체험과 서술 또는 사건과 기록 사이의 시간 간격이 극단적으로 좁혀져 있는 소설들이 있다. 편지체 소설과 일기체 소설이다. 편지체 소설인 『젊은 베르테르의 슬픔』에서는 사건과 기록 사이에 대체로 몇 시간에서 며칠간의 간격밖에 없다. 상당히 짧은 간격이다. 오랜 기간 동안 일어났던 사건들을 한 장의 편지 속에 기록하고 있는 최학송의 「탈출기」는 마지막 사건과 기록 사이에 수개월의 간격이 있음을 느끼게 한다. 편지체 소설로서 간격이 이만큼 큰 것은 예외라 하겠다.

편지체 소설에 비하여 일기체 소설에서는 이 시간 간격이 더욱 작아진다. 사건과 기록 사이의 간격은 대체로 하루 정도다. 사르트르의 『구역』이 그러한 예가 될 것이다. 일기체 소설에서 독자는 이 시간 간격이 작기 때문에 아주 생생하고 신선한 느낌을 받을 수 있다.

그러나 편지체나 일기체가 아니면서도 이 간격이 아주 작은 작품들이 있다. 예를 들면 아르투어 슈니츨러Arthur Schnitzler의 「현자의 아내Die Frau des Weisen」와 같은 단편이다. 이 작품의 1인칭 화자는 전체 사건이 종결된 후에야 집필을 시작하여 그 체험을 기록하는 일반적인 서술 방법을 택하지 않고, 사건이 진행되는 중간중간에 그 경과를 기록하는 방법을 택하고 있다. 서술이 한참 진행된 후에 "이 글을 나는 해안을 따라 노 저어 가는 배 속에서 쓰고 있다." 또는 "저녁 늦게 테라스에서, 나는 내 탁자에 불을 밝히고 쓰고 있다."와 같은 구절을 넣어 사건의 진행과 기록이 병행하여 진행되고 있음을 보여준다. 이때 체험과 기록 사이에는 몇 시간에서 영(零)에 가까운 아주 작은 시간차가 있을 뿐이다.

그런데 서술하는 나와 체험하는 나 사이의 시간차가 영이 되는 경우가 있다. 대표적인 예가 슈니츨러의 『구스틀 소위Leutnant Gustl』와 『엘제양Fräulein Else』이다. 이 두 작품은 대부분 직접적 내적 독백으로 이루어져 있다. 말하자면 1인칭 화자의 의식의 흐름을 기록한 형태라 하겠다. 이러한 작품에는 화자나 청자가 따로 없다. 한 사람의 인물이 화자이면서 동시에 청자다. 『구스틀 소위』의 첫 부분을 읽어 보자.

> 도대체 얼마나 더 계속될 것인가? 내가 시계를 봐야 되겠는데……
> 아마도 이런 진지한 연주회에는 오지 말았어야 하는데. 하지만 누가 시계
> 를 보는가? 시계 보는 자가 있다면 나만큼 주위를 의식하지 않는 자지.
> 그런 자 앞에서 내가 난처해할 필요가 없는데…… 겨우 아홉시 15분이
> 잖아? …… 세 시간이나 여기 연주회에 앉아 있은 것 같은데. 난 이런
> 데 습관이 안 돼 있어……

이것은 연주회장에 들어간 주인공이 지루해서 마음속으로 하는 혼잣말이다. 1인칭 화자가 입 밖으로 내지 않고 마음속으로만 하는 말이기 때문에 화자와 청자는 같은 존재다. 그러므로 이론적으로는 발언과 청취 사이에, 다시 말하면 체험과 서술 사이에 시간 간격이 존재하지 않는다(이 작품에 대해서는 제5장 문장 2, 제8장 커뮤니케이션 4, 참조). 이와 같이 1인칭 화자의 의식의 흐름을 서술하거나 혼잣말을 기록하는 형태의 작품에서는 독자는 체험과 서술 사이의 시간 간격을 느끼지 못한다.

화자의 시간과 작중인물의 시간 사이에 간격이 영이 되는 또 다른 경우는 디트리히 베버가 '타이효스코피 *Teichoskopie*'라고 지칭하는 경우다.[50] 이것은 연극 이론에서 쓰이는 용어로 '담 너머 보기'라는 뜻의 희랍어에서 온 말이다. 전투 장면같이 기술적으로 무대 위에 올리기 어려운 장면을 처리하는 기법으로, 담 밖에서 벌어지고 있는 장면을 무대 위의 극중 인물 한 사람이 담 너머로 보면서 타인에게 보고하는 형식이다. 이때 사건과 진술 사이에 시간 간격

---

50) Dietrich Weber, *Der Geschichtenerzählspieler*, Wuppertal 1989, p.163 이하.

은 없다. 베버에 의하면 소설에도 이와 같이 화자가 담 너머 보기를 하듯, 일어나고 있는 일을 바로 독자에게 알려주는 경우가 있다는 것이다. 그 예로서 그는 토마스 만의 「트리스탄 *Tristan*」을 들고 있다. 이 소설의 화자는 이 작품의 1절에서 어느 요양원을 소개하면서 현재형을 쓰고 있다.

> 여기는 요양원 '아인프리트'다. (……)
> 언제나 레안더 박사가 이 요양원을 관리하고 있다. (……) 폰 오스털로 양으로 말할 것 같으면 (……) 맙소사, 층계를 오르내리며 얼마나 바쁘게 그녀는 요양원 끝에서 끝으로 뛰어다니고 있는가!

무엇보다도 여기서 폰 오스털로 양의 묘사가 특징적이다. 화자는 그녀를 바로 눈앞에 보면서 묘사하고 있다. 이것이 타이효스코피다. 이 소설은 2절에 가서야 비로소 "1월 초에 호상(豪商) 크뢰터얀이 그의 부인을 아인프리트로 데려왔다."고 과거시제로 된 일반적인 서술 문장을 쓰고 있다. 우리나라 작품으로서는 오상원의 「황선 지대」의 서두 부분이 이런 타이효스코피가 아닌가 생각된다.

베버는 그 후의 저서에서 타이효스코피에 라이브 르포*live-reportage*를 추가하고 있다. 화자가 현재 일어나고 있는 사건을 라디오 생중계처럼 보고하는 형식이다. 그 두 가지는 본질적으로 차이가 없다. 베버는 타이효스코피나 라이브 르포를 가지고는 전체 작품을 구성할 수 없다고 말하고 있으나[51] 그렇지 않다. 진행되고 있는 사건을 직접 보고 들으면서 동시에 기록한 형식의 소설이나, 말로써 생중계한 것을 그대로 문자로 바꾸어 놓은 형식의 소설이 가능하기 때문이다.

---

51) Dietrich Weber, *Erzählliteratur*, Göttingen 1998, pp.45-46.

마르티네츠/쉐펠은 이런 라디오 생중계와 같은 라이브 르포형 소설이 현대에 와서 대중화되고 있다고 말한다. 그리고 로브 그리예의 『질투』(1957)를 대표적인 예로 들고 있다. 나아가 이렇게 시간 간격이 영이 되는 1인칭 작품으로 사무엘 베케트의 『몰리 *Molly*』(1951)와 페터 바이스Peter Weiss의 『마부 몸의 그림자*Der Schatten des Körpers des Kutschers*』(1960) 같은 작품을 예로 들고 있다.[52]

화자의 시간과 작중인물의 시간이 영이 되는 경우, 다시 말하면 체험과 서술 또는 사건과 기록이 동시에 이루어지는 경우에 사용되는 동사는 당연히 현재형임은 부연할 필요가 없을 것이다.

화자의 시간과 작중인물의 시간 사이의 간격이 엄청나게 큰 경우가 있다. 역사소설의 경우다. 역사소설에서 사건 발생의 시기는 언제나 명백하다. 그러나 사건을 서술하는 화자의 현재가 언제냐 하는 것이 반드시 명백하게 드러나는 것은 아니다. 화자의 현재는 화자의 논평이나 해설 등을 통해 명시되는 경우도 있고, 암시되는 경우도 있고, 전혀 시사하는 바가 없는 경우도 있다.

가령 "수백 년 후의 우리들로서는 ……"이라든가, "현대인의 안목으로서는 우스운 일이나 당시로서는 ……" 같은 표현이 있으면 우리는 화자의 현재가 현대라는 사실을 추론할 수 있다. 작품에서 예를 들어 보자. 박종화의 장편 『민족』의 서두에는 '서설'이라는 명칭의 머리말이 있다. 거기에는 이 작품의 제작 일자가 1945년 10월 31일로 되어 있다. 그런데 내용은 대원군 시대의 사건이다. 그러므로 우리는 사건과 서술 사이에 수십 년의 간격이 존재함을 알 수 있게 된다. 다시 말하면 화자의 현재와 작중인물의 현재 사이에 수십 년의 간격이 있는 것이다.

---

52) M. Martinez/M. Scheffel, 앞의 책, p.71.

이 시간의 층이 특수한 소설로서 이른바 '연대기적 소설*chronikale Erzählung*'이 있다. 이것은 일종의 역사소설로서 연대기 기록자 *Chronist*가 보고 듣고 체험한 것을 기록한 원고가 세월이 흐른 후 발견되어 출판된 형태를 취한다. 다시 말하면 어떤 기록이 쓰인 후 많은 세월이 흘러 후대의 편집자(또는 작가)가 이 기록을 발견하고 세상에 펴낸 형식으로 구성되어 있다는 말이다. 대개는 액자소설의 틀을 갖추고 있다. 예를 들어 보자.

테오도어 슈토름Theodor Storm의 작품 「물에 빠져 죽다*Aquis submersus*」(1876)는 액자소설로 되어 있는 대표적인 연대기적 소설이다. 바깥 이야기는 19세기(소설 발표 시기)의 일로 가상적 편집자가 어느 교회에서 죽은 아이의 그림이 걸려 있는 것을 본다. 그러던 어느 날 편집자는 어느 고가(古家)에서 고서류 뭉치를 발견하는데 이것이 그 그림을 그렸던 화가의 수기임을 알게 되어 출판한다.

수기인 안 이야기는 그보다 2백 년을 거슬러 올라간 1661년에 쓰인 글로서 화가가 체험했던 사랑의 이야기, 사랑했던 여인을 오랜 이별 후에 찾아내고 여인의 아들이 자기의 아들임을 알게 되지만 그 순간 그 아이가 물에 빠져 죽는다는 이야기로 되어 있다. 이렇게 하여 이 죽은 아이의 그림이 그려지는 것이다.

이 소설의 안 이야기에서 사건과 서술 사이에는 몇 년(또는 몇 십 년)의 세월밖에 존재하지 않는다. 그것은 수기의 주인공인 화가가 생전에 자기의 체험을 서술한 글이기 때문이다. 그러나 이 수기의 서술과 출판 사이에는 2백 년의 세월이 존재하게 된다. 이와 같이 사건과 출판 사이에는 시간차가 크지만 사건과 서술 사이에는 시간차가 크지 않기 때문에 생동감 있는 묘사를 독자에게 제공해 줄 수 있다. 이때 작가는 화자가 살았던 시대의 문체와 언어를 흉내 내어야 하는 부담을 안게 된다.

마이어Conrad Ferdinand Meyer의 「부적*Das Amulett*」(1873)이란 작품에는 "17세기 초에 기록된 빛바랜 낡은 종이들이 내 앞에 놓여 있다. 나는 그것을 우리 시대의 언어로 번역한다."라는 말이 서두에 적혀 있다. 액자소설의 바깥 이야기를 이루고 있는 가상적 편집자의 이런 진술은 옛날 문체와 언어를 흉내 내어야 되는 부담에서 작가를 해방시켜 준다.

움베르토 에코Umberto Eco의 『장미의 이름*nome della rosa*』(1980)도 이런 성격의 연대기적 소설이다. 14세기 당시에 라틴어로 쓰였던 원본이 19세기에 불어로 번역되고, 다시 그 불어본이 화자 자신에 의해 현대 이태리어로 번역되었음이 밝혀져 있다. 이로써 사건과 기록 사이의 시간 간격이 크지 않음이 드러난다. 그리고 작가는 옛날 이태리어인 라틴어를 직접 전할 책임에서 벗어나 있다.

이와 같은 연대기적 소설은 소재가 되는 먼 과거의 일을 작가의 현재라는 시점에서가 아니라 사건 당시의 시점에서 묘사하고 있다는 인상을 주는 데 목적이 있다. 말하자면 연대기적 소설은 역사소설에 흔히 있는 사건과 기록 사이의 넓은 간격을 좁게 만들어 작품에 생동감을 주려는 의도로 고안된 특수 형식이라 하겠다.

소설의 체험과 서술, 또는 사건과 기록 사이에는 대개 시간 간격이 있다. 이 간격이 크다고 좋은 것은 아니지만 작다고 반드시 좋은 것도 아니다. 이 간격을 작가의 의도에 맞게 효과적으로 잘 활용하는 것이 중요할 뿐이다. 이것은 작가의 능력이다.

5. 소설 시간의 모형

지금까지 논의한 소설의 시간 구조를 시간의 층을 바탕으로 도식화해 볼 수 있다. '작중인물의 현재'에는 그것을 기초로 한 '미래', '과거'가 병존할 수 있다. 현재의 흐름에서 역전을 의미하는 '과거'는 예시를 의미하는 '미래'보다 훨씬 자주 나타난다. 또 작중인물의 과거는 여러 층의 시간으로 구성될 수 있다. 예를 들어 마르셀 프루스트의 『잃어버린 시간을 찾아서』에는 회상 형식으로 등장하는 모두 12개의 시간층이 있다. 우리는 작중인물의 현재·과거·미래를 모두 합쳐 이것을 '작중인물의 시간character's time'이라 부르게 된다.

이론적으로는 '화자의 현재'에도 미래와 과거를 병존시켜 '화자의 시간narrator's time'을 구성할 수 있다. 그러나 화자의 과거나 미래는 실제로 아주 드물기 때문에 사실상 '화자의 현재'뿐이라고 보아도 좋을 것이다.

위에서 언급한 시간의 층은 작품 내의 시간들이다. 바꾸어 이야기하면 소설이란 허구적 세계의 시간들이다. 그러나 이 허구적 세계의 바깥에는 작가와 독자가 있어 각각 또 다른 시간을 소유하고 있다. 이것을 현실적 세계의 시간이라 부를 수 있다. 현실적 세계에는 작품을 창작하는 작가의 시간층이 있고, 또 작품을 읽는 독자의 시간층이 있다. 작가의 시간층은 창작 시기라는 하나의 시간층만 있는 데 반하여, 독자의 시간층은 크게 나누어 두 개의 시간층을 갖는다. 즉 독자의 종류에 당대의 독자가 있고 후대의 독자가 있는 것이다. 이상에서 언급한 시간층을 도표로 표시하면 다음과 같다(복잡을 피하기 위하여 타이효스코피와 연대기적 소설의 경우는 제외).

사각형 안은 허구적인 소설의 세계이고 바깥은 작가와 독자가 살고 있는 현실적 세계이다. 화살표 ⓐ, ⓑ는 허구적 세계를 현실적 세계와 연결시키는 시점을 나타낸다. 사건, 즉 작중인물의 현재가 시작되는 시각이 명기되거나 암시되는 경우가 ⓐ이고, 화자의 서술 시작 시각이 명기되거나 암시되는 경우가 ⓑ이다. 이 ⓐ나 ⓑ를 통해 허구적 세계의 시간은 현실적 세계의 시간과 연결된다. 예를 들어 토마스 만의 『파우스투스 박사』는 주인공이 죽은 2년 후인 1943년 5월 23일에 기록을 시작한다고 명기하여 ⓑ를 명확하게 하고 아울러 ⓐ도 짐작하게 하고 있다.

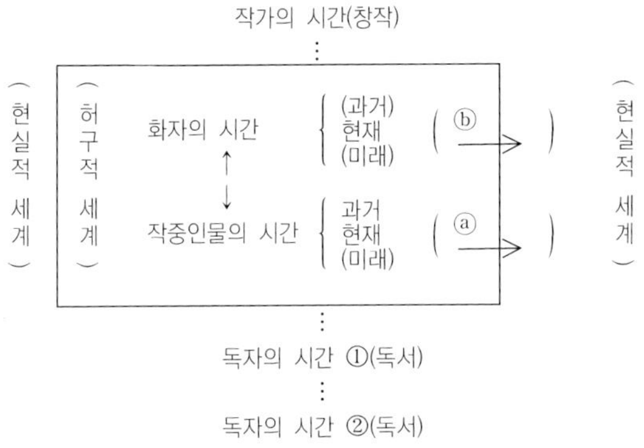

앙드레 말로의 『인간의 조건』은 서두에 "1927년 3월 21일 밤 0시 반"이라고 ⓐ를 명확하게 기록하고 있고, ⓑ에 대해서는 아무런 암시가 없다. 앞에서 언급한 박종화의 『민족』은 1945년 10월 31일 소설을 쓰기 시작하는 것으로 머리말에 밝히고 있어 ⓑ가 확실히 드러나고, 내용의 사건이 대원군 시절 '무진 칠월 초이튿날'부터 시작되고 있어 ⓐ도 확실히 드러난다.

그러나 ⓐ나 ⓑ를 명확히 밝혀 주는 연대나 일시가 없더라도 대충 언제라고 암시되어 있는 작품들은 많다. 염상섭의 『삼대』는 명확한 연대가 없어도 전후 관계로 보아 금세기의 20년대나 30년대 초의 일로 짐작이 된다. 최인훈의 『광장』은 해방 직후의 혼란기에서 휴전 협정이 맺어졌던 1953년까지가 사건 내용임을 쉽사리 짐작할 수 있다.

이들과 대조적으로 ⓐ나 ⓑ가 명확하지 않아 현실 속의 시간과 연결을 지을 수 없는 작품들도 있다. 카프카의 『성』이나 『심판』과 같은 작품들은 현실의 연대나 시대에 전혀 연결시킬 수가 없어, 도대체 언제 일어났던 일이며 어디에서 일어났던 일인지 가늠할 수가 없게 된다.

우리 할머니들의 옛날이야기는 '옛날 옛적에……'로 시작되어 현실 세계와 시간적으로 연결점이 없다. 이러한 민담이 발달하여 오늘의 서사 문학이 되었다고 생각할 때, 소설 문학은 이러한 요소를 물려받지 않을 수 없었을 것으로 여겨진다. 그러므로 오늘날의 소설 문학에서도 이와 같이 현실과 연결되지 않는, 사건 시기가 불명인 소설이 있을 수 있는 것이다. 그러나 근대의 소설 문학은 현실을 작품 속에 재현하려는 강한 욕구를 보여 왔다. 소설 속의 정확한 일시나 연대의 기록은 이러한 욕구와 관계가 있다고 볼 수 있다. 소설 속에 현실 세계와의 시간적 연결점이 있는 소설과 없는 소설이 있는 것은 이러한 문학의 전통과 관계가 있다고 하겠다.

그리고 독자의 시간 ①은 작품이 발표될 당시, 또는 당시에서 그렇게 멀지 않은 시기의 독자의 시간이다. 시대 상황, 사고방식, 표현 언어 등이 작가의 그것과 크게 다르지 않아 작품을 이해하는 데 별 어려움 없는 독자가 작품을 읽는 시점이다. 말하자면 작가가 작품을 쓰면서 예상하고 전제한 독자의 상(像)과 대체로 일치하는 독자의 독서 시기를 의미한다.

이에 반해 독자의 시간 ②는 상당한 세월이 흘러 시대 상황, 사고방식, 표현 언어 등이 작가의 것과 많이 달라진 때의 독자의 독서 시기를 나타낸다. 이때의 독자는 작품을 정확하게 이해하기 위하여 많은 연구나 전문가의 조언을 필요로 한다. 경우에 따라서는 다른 언어로 번역되어 몇 백 년 혹은 몇 천 년 후 작품을 읽는 독자의 독서 시기가 될 수도 있다.

①과 ②를 구별해야 되는 이유를 우리는 레오 뢰벤탈의 다음과 같은 말에서 찾을 수 있다. "마담 보바리나, 안나 카레니나나 『파우스트』의 그레트헨 같은 여인상들은 단순한 유추작업*Analogie*을 통해서는 밝혀지지 않는다. 그들의 갈등이 발생했던 그때의 분위기가 이미 과거의 것이라 그들의 문제를 오늘날 우리가 더 이상 추체험(追體驗)*nacherleben*할 수 없기 때문이다."53) 문학작품이 후대의 독자들에게까지 이해되기에는 어려움이 있음을 강조하는 말이라고 하겠다. 그러므로 우리는 ①과 ②를 구별해서 생각해야 한다. ①과 ②는 이론상으로 구별이 가능하나 실제에 있어서 그 경계는 희미하다. 그러므로 ①과 ② 사이에 무수한 중간 단계가 존재할 수 있는 것이다.

---

53) Leo Löwenthal, *Literatur und Gesellschaft*, Neuwied 1972, p.248.

화자(話者)*narrator, addresser, speaker*; *Erzähler*[1])는 이야기를 하는 존재다. 모든 서사 문학은 독자에게 이야기를 하는 이야기꾼을 가지고 있다. 이 이야기꾼이 화자다. 카이저가 서사 문학의 원초적 상황을 "어떤 화자가 일어났던 어떤 일을 청중(聽衆)에게 이야기하는 것"으로 정의한 바에서도 알 수 있듯이, 서사 문학은 화자가 어떤 이야기를 청자에게 피력하는 것을 기본 구조로 하고 있다. 극문학(劇文學)에는 화자가 없다. 시문학(詩文學)에는 시적 자아(詩的自我)*das lyrische Ich*라는 화자가 있지만, 그는 어떤 사건을 이야기하기보다는 사물의 묘사나 감정의 토로에 주로 몰두한다.

> 독자는 이제 내가 쓰려는 이야기를 유럽의 어떤 곳에 생긴 일이라고 생각하여도 좋다. 혹은 사오십 년 뒤에 조선을 무대로 생겨날 이야기라고 생각하여도 좋다. 다만 이 지구 상의 어떠한 곳에 이러한 일이 있었는지도 모르겠다, 있는지도 모르겠다, 혹은 있을지도 모르겠다, 가능성만은 있다. ― 이만치 알아두면 그만이다.
>
> (김동인, 「광염 소나타」)

여기서 '내'라고 호칭하면서 자신을 드러내고 독자에게 말을 걸

---

1) narrator(英), Erzähler(獨)에 대응되는 우리말은 통일이 되어 있지 않다. 대체로 서술자(敍述者)와 화자 두 가지 호칭이 많이 쓰이고 있다. 필자는 이 책에서 '화자'라는 용어를 사용한다. 그 이유는 작가·독자·청자라는 말에 대응되기 위해서는 두 글자의 낱말이 좋을 것 같고, 또 서사 문학은 원래 입으로 들려주던 이야기에서 출발했기 때문에 '말하는 사람'이란 뜻의 화자란 표현이 더 적절하기 때문이다.

고 있는 존재가 화자다. 이런 3인칭 소설의 화자는 얼핏 보면 작가 자신으로 여겨지지만, 반드시 작가라고 생각해야 할 이유는 없다. 문예학은 이 화자가 작가 자신인가, 아니면 작가와 별개의 존재인 가에 대해 오랜 세월 논쟁을 해 왔다. 위의 예문은 또한 화자가 자기 이야기 상대인 청자(聽者)의 존재를 뚜렷이 드러내고 있음을 보여주고 있다. '독자'로 호칭되는 이 청자는 얼핏 보면 현실의 독자로 여겨지지만 이 청자 역시 현실의 독자라고 생각해야 할 이유가 없다.

위의 예에서 볼 수 있는 종류의 화자는 독자 앞에 자신을 드러내기 좋아하는 수다스러운 화자다. 그는 나름의 인생관을 피력하기도 하고, 사건에 대해 논평을 하기도 한다. 그러나 자신을 즐겨 드러내는 이런 유형의 화자는 19세기 이전의 소설에 많이 등장했고, 현대 소설에서는 화자가 가능하면 자신의 존재를 숨기는 경향을 보이고 있다.

화자 문제는 시점(視點) 문제와 불가분의 관계에 있다. 두 가지는 같은 문제는 아니지만 동전의 양면처럼 한 사물의 안과 밖이다.

1인칭 소설, 3인칭 소설, 또한 새로운 형태의 2인칭 소설의 특징은 대개 화자가 소설 세계와 어떤 관계를 갖느냐 하는 관점에서 결정된다. 로먼 제이콥슨Roman Jakobson에 의하면 소설의 인칭*person*은 서술행위에 참여하고 있는 존재를 서술되는 사건과 관련시켜 그 특징을 드러낸다고 한다. 즉 1인칭*first-person* 소설에서는 서술행위에 참여하는 화자*narrator*와 서술되는 사건에 참여하는 인물이 같은 사람이라는 것이다. 2인칭*second-person* 소설에서는 서술행위에 참여하고 있는 실제적인 혹은 잠재적인 청자*narratee*와 서술되는 사건에 참여하는 인물이 같은 사람이라는 것이다. 또한 3인칭

third-person 소설에서는 서술되는 사건에 참여하는 인물이 화자도 청자도 아니라는 것이다.[2]

이 장에서는 화자와 작가의 관계와 청자와 독자의 관계를 다루어 본 다음, 인칭에 따라 다른 화자의 특징을 다루어 보려고 한다. 또한 이중화자의 문제도 다루어질 것이다.

1. 작가와 화자

> 길손은 언덕 꼭대기에 다다라 앉아 이제는 내리받이인 길을 다시 계속하기 전에 사방을 둘러본다. 그는 자기가 걸어온 꾸불꾸불한 길이 마침내 어디로 자기를 이끌어 갈 것인가 알아보려고 한다. 길은 그늘 속으로, 그리고 지금 막 밤이 내리고 있기 때문에 어둠 속으로 자취를 감추는 듯하다. 그와 마찬가지로 앞일을 예견하지 못하는 작가는 잠시 걸음을 멈추어 숨을 돌리고 이야기가 자기를 어디로 이끌고 갈 것인가 마음 졸이며 자문하는 것이다.
>
> (앙드레 지드, 『사전꾼들』)

이 글에서 '작가'라고 자신을 소개하고 있는 화자가 과연 작가 지드일까 하는 의문을 갖지 않을 수 없게 된다. '앞일을 예견하지 못하는 작가'가 정말 작가일 수는 없다. 왜냐하면 작가는 소설을 구상하고 그 구상에 맞추어 서술하는 사람이기 때문이다. 그러나 이 말 자체는 액면 그대로 받아들일 수 없을지도 모른다. 독자의 주의를 끌기 위해 그냥 해 보는 말일 수도 있고, 반대의 뜻을 나타내는 아이러니일 수도 있기 때문이다.

---

2) Uri Margolin, "Person", Herman/Jahn/Ryan 편, *Routledge Encyclopedia of Narrative Theory*, New York 2005, p.422(재인용).

어쨌든 이 구절은 우리들이 화자와 작가의 관계에 대해 의문을 갖게 하는 하나의 예가 될 것이다. 그것은 3인칭 소설의 화자가 작가와 동일한 존재인가 아니면 별개의 존재인가 하는 의문이다. 1인칭 소설에서는 사건 속 인물이 자기를 소개하고 자신의 일을 이야기하기 때문에 작중인물과 화자는 동일인이다. 그렇기 때문에 대개 이 화자는 작가와 다른 인물이다. 그러나 화자가 사건에 직접 개입하지 않고 서술만 하는 3인칭 소설의 경우에는 작가와 화자가 동일한 존재인가, 별개의 존재인가 하는 문제가 제기되는 것이다.

화자에 대하여 문예학이 관심을 갖기 시작한 것은 19세기 후반이었다. 이 시기는 아이러니컬하게도 화자가 소설에서 모습을 감추는 경향이 뚜렷이 나타나던 무렵의 일이었다. 슈필하겐Friedrich Spielhagen이 작가와 화자가 서로 다른 별개의 존재라는 가설을 1883년에 내놓았다. 그는 "작가와 화자의 비동일(非同一)은 결정적인 시학인자(詩學因子)다."[3]라고 말하면서 작가와 화자를 별개의 존재로 분리했다. 이것은 아리스토텔레스의 『시학』이 서사시의 화자를 작가 자신으로 인식한 이래 처음 제기된 반론이었다.

약 100년의 세월 동안 독일 소설이론은 이 화자 문제를 집중적으로 다루어 왔다. 그 중심 과제는 3인칭 소설에 있어서 화자와 작가는 같은 존재냐 별개의 존재냐 하는 것이었다. "이 화자 문제는 작가의 소설 기법을 고찰하는 데 문제 제기의 중심점이며, 연구의 출발점이다"[4]라는 쇼버의 말처럼 독일 문예학은 지금까지 이 화자 문제에 커다란 비중을 두어 왔다.

슈필하겐의 뒤를 이어 캐테 프리데만도 작가와 화자를 별개의

---

3) Wolfgang H. Schober, *Erzähltechniken in Romanen*, Wiesbaden 1971, p.4, 16(재인용).
4) 위의 책, p.17.

존재로 분리했다. "작가가 아니라 (……) '화자'야말로 평가하는 자, 느끼는 자, 보는 자다. (……) 예술 작품의 바깥에 있는 작가가 문제가 되는 것이 아니라 (……) 화자가 문제가 된다. 화자는 관찰자로서 자기 자신의 예술 작품에 스스로 유기체적 구성 요소가 된다. 그러나 이 화자는 자동 기계가 아니고 인간을 대표하기 때문에 '나 *Ich*'라는 호칭을 쓰는 것을, 다시 말하면 서술된 사건에 대해 판단을 내리는 것을 삼갈 필요가 없다."[5]고 그녀는 화자를 작가와 분리시켜 그 성격을 규정한다. 그녀의 주장을 종합해 보면, 화자는 작가와 별개의 존재라는 것, 이 화자는 인간적인 모습을 하고 있는 독립적인 생명체로서 자기 자신을 감출 필요가 없고 자신을 드러내고 의견을 피력해도 좋다는 것이다.

작가로서 토마스 만Thomas Mann은 작품 창작에 뛰어난 재능을 가진 사람이었을 뿐만 아니라 소설 구조의 인식에도 뛰어난 감각을 가진 사람이었다. 그도 역시 화자와 작가를 별개의 존재로 분리한다. 그는 장편 『선택된 자*Der Erwählte*』(1951)에서 다음과 같이 말하고 있다.

누가 종들을 울리고 있는가? 종치기들은 아니다. 종치기들은 군중들처럼 모두 거리로 달려 나갔다. 종소리가 엄청나게 울리기 때문이다. 독자여 확신하라, 종각은 비어 있다. 줄은 느슨하게 늘어져 있는데 그럼에도 종은 흔들리고 종추는 굉음을 내고 있다. 종을 울리는 사람은 아무도 없다고 말할 수 있을까? 아니다. 논리가 없는 비문법적(非文法的)인 두뇌의 소유자만이 그런 말을 할 게다. (……) 그러므로 누가 로마의 종을 울리는가? 그것은 소설의 영(靈)*der Geist der Erzählung*이다. 그것은 어디에나 존재할 수 있는가 (……) 한꺼번에 백 군데도? 물론이지, 그것

---

5) Käte Friedemann, *Die Rolle des Erzählers in der Epik*, Berlin 1910, p.26.

은 그렇게 할 수 있지. 그것은 공기와 같고, 형체가 없으며, 어디에나 존재하지. (……) 그것은 "모든 종이 울린다."고 말하는 자다. 그리고 그러므로 해서 그 종들을 울리는 자다. 이 영은 너무 영적(靈的)이고, 너무 추상적이라 문법적으로 3인칭으로만 이야기될 수 있고, "그가 그것이다."라고 불릴 수 있다. 하지만 그는 1인칭으로 옮겨 갈 수도 있고 다음과 같이 말하는 사람으로 모습을 드러낼 수도 있다. 즉 "내가 그것이다. 내가 소설의 영이다. 그곳 성(聖) 갈렌의 수도원 도서실에서 (……) 은총이 넘치는 사건의 결말을 가지고 이야기를 시작함과 동시에 로마의 종을 울림으로써 이 이야기를 서술하고 있는 소설의 영이다."고.

여기서 토마스 만이 '소설의 영'이라고 부르고 있는 존재야말로 소설이론에서 이야기하고 있는 '화자'다. 그는 이 글을 통해 이 화자의 성격을 상당히 정확하게 규정하고 있다. 즉 '공기와 같고 형체가 없으며 어디에나 존재하며' 이야기를 서술함은 물론 이야기 속의 종을 울릴 수 있을 만큼 영적이며, 신적(神的)인 존재라고 화자의 성격을 규정하고 있는 것이다. 토마스 만의 공적은 화자를 작가와 분리시키고 그 화자의 신적인 성격을 정확하게 파악했다는 데 있을 것이다. 그러나 그의 '소설의 영'이라는 표현은 논리적이아니고 은유적이며, 학문적이지 않고 시적(詩的)이다.

토마스 만은 또한 「요셉과 그의 형제들」이라는 강연에서 소설 속에 등장하는 논의나 논평이 "작가 자신의 발언이 아니고 작품 자체의 발언"[6]이라고 말함으로써 작가와 화자가 다른 존재임을 분명히 하고 있다. 단지 토마스 만이 프리데만처럼 화자를 인간적인 생명체로 보고 있지 않는 점이 다를 뿐이다.

볼프강 카이저는 이 화자 문제에 깊은 관심을 가졌던 사람의 하

---

6) Thomas Mann, *Schriften und Reden zur Literatur, Kunst und Philosophie 2*, Frankfurt a. M. 1968, p.382.

나로 「소설에 있어서 화자의 문제」(1956), 「누가 소설을 서술하는가?」(1957)의 두 편의 논문에서 화자를 작가와 별개의 존재로 분명하게 구별하고 있다. 그는 화자를 인격을 가진 생명체로는 보지 않고 작가가 창조한 하나의 '역(役)*Rolle*'으로 본다.[7]

그는 이 화자의 성격을 다음과 같이 규정한다. "소설의 화자, 그것은 작가는 아니다. 그러나 또한 우리 앞에 친근하게 모습을 드러내는 작중인물도 아니다. (……) 그것은 소설의 영*Geist der Erzählung*이다. 전지적(全知的)이고, 어디에나 존재할 수 있고 창조적인 소설의 영이다."[8]

카이저는 이렇게 화자를 인격적 존재가 아니라 단순히 하나의 역할만을 행하는 기계적 존재로 파악하고 있다. 그러나 그가 화자를 설명함에 있어서 토마스 만의 은유적 표현인 '소설의 영'을 그대로 쓰고 있다는 점에서 상당한 애매성을 드러내고 있다고 하겠다.

화자 문제를 가장 깊이 천착한 사람의 하나로 슈탄첼을 들 수 있다. 그는 작가와 화자를 분리하는 점에 있어서는 다른 이론가들과 의견을 같이하나, 이 화자를 '작가에 의하여 창조된 인물'로 본다는 점에서 의견을 달리한다. 슈탄첼의 말을 좀 더 자세히 인용해 보자. "이 화자는 얼핏 보면 작가와 동일한 존재로 보인다. 그러나 자세히 관찰하면 거의 항상 작가의 인격과는 이질적인 요소가 화자의 형태 속에 들어 있음을 보게 된다. 작가에게서 우리가 기대할 수 있는 것보다 화자는 더 적게 알고 있거나 때로는 더 많이 알고 있다. 때때로 반드시 작가의 의견이라고 볼 수 없는 의견을 표명한

---

7) W. Kayser, "Das Problem des Erzählers im Roman", B. Hillebrand 편, Zur Struktur des Romans, Darmstadt 1978, p.193 이하 및 같은 저자의 "Wer erzählt den Roman?" Deutschunterrricht für Ausländer Ⅷ(1954), p.166 이하 참조.

8) W. Kayser, "Das Problem des Erzählers im Roman", 위의 책 p.200.

다. 그러므로 이 화자는 작중인물과 마찬가지로 작가에 의하여 창
조된 독자적인 인물이다. 이 화자에게 본질적인 것은 이야기의 중
개자로서 소설의 가상 세계와 작가와 독자가 생존하고 있는 현실
세계의 중간 지점에 자리 잡고 있다는 사실이다."[9]

작가와 화자를 분리하는 이러한 견해들에 대해 캐테 함부르거는
강하게 반대한다. 그녀는 말한다. "작가의 투영으로 생각할 수 있는
가공의 화자, 다시 말하면 '작가에 의하여 창조된 인물'(슈탄첼)은
존재하지 않는다. '나', '우리들', '우리들의 주인공'과 같은 1인칭
어구로 이러한 인상을 일으키는 경우에 있어서도 그러한 화자는
존재하지 않는다. (······) 단지 이야기하는 작가와 그의 이야기만
존재할 뿐이다. 그리고 이야기하는 작가가 실제로 어떤 화자, 즉 1
인칭 소설의 1인칭 화자를 창조한 경우에만 이 가상적 화자를 논
의할 수 있을 것이다."[10] 말하자면 함부르거는 작가와 다른 존재인
1인칭 화자는 인정하지만 작가와 다른 존재인 3인칭 화자는 인정
하지 않는 것이다.

그녀는 서술을 하나의 기능으로 파악한다. "서술*das Erzählen*은 기
능*Funktion*인데 그 기능에 의하여 이야기*das Erzählte*가 생산된다.
작가는 그 기능, 즉 서술 기능*Erzählfunktion*을 화가가 물감이나 붓
을 다루듯이 다룬다."[11]고 주장한다. 이 서술기능은 위에서 언급한
카이저의 '역'과 비슷한 것으로 여겨진다. 그리고 그녀는 결국 토마
스 만의 '소설의 영'이 자신의 '서술기능'과 같은 것이라고 주장한
다.[12] 이렇게 보면 결국 그녀의 '서술기능'이 다른 이론가들의 '화

---

9)) F. K. Stanzel, *Typische Formen des Romans*, Göttingen 1972, p.16.

10) Käte Hamburger, *Die Logik der Dichtung*, Stuttgart 1968, p.115.

11) 위의 책, p.113.

12) 위의 책, p.113.

자’와 크게 다르지 않다는 결론을 얻을 수 있다. 그러나 함부르거 자신은 작가와 분리된 ‘화자’의 존재를 인정하지 않기 때문에 그녀가 주장하는 ‘기능’은 상당히 애매한 개념으로 전락한다.

이것을 슈탄첼은 그 후의 저서에서 변형문법적 용어를 도입하여 설명하려고 시도한다. 즉 토마스 만의 ‘소설의 영’이나 함부르거의 ‘기능’은 심층구조이고, 여타의 사람들이 주장하는 ‘화자’는 표층구조로서 결국 같은 것의 다른 표현이라는 것이다.13)

이렇게 보면 독일의 이론가들이 3인칭 소설에서 작가와 화자를 분리하는 데 대부분 의견을 같이하고 있다는 결론을 내릴 수 있다. 물론 모든 이론가들이 여기에 동의하고 있는 것은 아니다. 그래베니츠는 작가와 화자를 분리하는 것이 이론적으로는 깨끗하겠지만, 그렇게 되면 소설은 작가의 생활과 무관한 독립된 허구라는 잘못된 견해에 빠져들게 된다고 말한다. 그는 소설이 작가와 무관하다고 한다면 내용상으로 소설은 현실의 일부이기를 그만두게 된다고 주장한다.14) 하랄트 바인리히도 “현실의 독자는 작가를 필요로 한다.”고 말하면서 작가와 화자의 분리에 반대한다. 그는 독자의 관심이 작가가 그의 작품을 그의 생애에서 짜내었다는 사실과, 어려움을 겪으면서도 작가의 인격이 유지되고 있다는 사실에 존재한다고 주장한다.15) 이들 이외에도 작가와 화자의 분리를 강력하게 거부하는 사람들이 있다.

요헨 포크트는 위 논의들을 종합하여 화자의 성격을 다음과 같이 결론적으로 정의하고 있다. “이 화자는 잘 살펴보면 작품의 역

---

13) F. K. Stanzel, *Theorie des Erzählens*, Göttingen 1979, p.31.

14) Gerhart v. Graevenitz, “Erzähler”, Hans-Werner Ludwing 편, *Arbeitsbuch Roma-nanalyse*, Tübingen 1982, p.82.

15) Harald Weinrich, “Der Leser braucht den Autor”, Marquard/Stierle 편, *Poetik und Hermeneutik*, München 1979, p.722.

사적 저자(작가)도 아니고, 인물로서 이야기의 행동 속에 등장하지도 않는다. 그는 육체도 없고 이름도 없다. 그러나 목소리는 가지고 있다."[16]

불어권의 장 폴 사르트르Jean Paul Sartre도 작가와 화자를 분리했던 사람이었다. 그는 「마담보바리에 대한 노트Notes sur Madam Bovary」에서 "작가는 화자를 창조하고 화자는 일어난 사건을 이야기한다. (……) 작가는 화자와 화자의 스타일을 창조한다."[17]고 말하고 있다.

제라르 즈네트는 다음과 같이 말하고 있다. "토마스 만의 소설 『요셉과 그의 형제들』을 읽으면, 소설적 화자의 목소리를 듣게 되는데, 어떤 존재가 (그게 무엇이지?) 나에게, 이 목소리는 토마스 만의 목소리가 아니야, 하고 말을 한다."[18] 말하자면 그도 경험을 통해 소설의 화자는 소설의 작가와 다른 존재라는 믿음을 갖게 된 것이다. 그는 또한 "작가는 그의 이야기를 작중인물 가운데 한 사람으로 하여금 서술하게 하거나 그 이야기에 참여하지 않는 화자로 하여금 서술하게 할 수 있다."[19]고 말한다. '그 이야기에 참여하지 않는 화자'란 3인칭 소설의 화자를 의미하는 것으로 이 말로써 화자는 작가에 의해 창조된 존재임을 뚜렷이 하고 있는 것이다.

워커 깁슨은 영어권에서 작가와 화자를 최초로 분리한 사람이다. 그는 말한다. "문학예술 작품의 작가author와 작품 내의 허구적 화자speaker를 구별하는 것은 지금은 비평에서뿐만 아니라 학교 교실

---

16) Jochen Vogt, *Einladung zur Literaturwissenschaft*, München 2001, p.103.

17) M. Martinez/M. Scheffel, *Einführung in die Erzähltheorie*, München 2003, pp.68–69(재인용).

18) Gérard Genette, *Die Erzählung*(독역), 1994 München, p.286.

19) 위의 책, p.175.

에서도 일반적이다. (……) 문학 연구에 가장 유용하다는 의미에서 '실제적real'인 것은 바로 이 화자다. 왜냐하면 이 화자는 언어로만 구성되어 있고, 그의 전체 자아*entire self*는 분명 우리 앞에 놓여 있는 책 페이지 위에만 존재하기 때문이다."[20] 이렇게 그는 작가와는 다른, 작가에 의해 창조된 화자의 존재를 분명하게 인식했던 것이다.

그러나 화자문제에 대한 영어권의 관심도는 대체로 낮았다. 화자와 작가의 구별에 대해 대부분의 이론가들이 특별한 관심을 기울이지 않았던 것이다. 브룩스/워렌Brooks/Warren, 페린Laurence Perrine, 노트William C. Knott 등은 화자*narrator*란 말을 사용하지 않고 '작가*author, writer*'란 말을 쓰고 있다. 볼튼Majorie Boulton, 바네트/버먼/버토Barnet/Berman/Burto 같은 사람들은 특별한 설명 없이 그냥 '화자*narrator*'란 말을 쓰고 있고, 프리드먼Norman Friedman은 두 가지를 구별 없이 쓰고 있다.

영어권에서 작가와 화자를 구별하려 한 사람들로서 위의 깁슨 이외에 웨인 부드 Wayne C. Booth, 스콜즈/켈로그 Scholes/Kellogg, 로저 헨클 Roger B. Henkle 정도를 들 수 있을 것이다.

웨인 부드는 작가와 화자를 분리한 깁슨을 높이 평가하면서 '함축적 작가*implied author*'라는 개념을 만들어 내었다. 이것은 독일 문예학이 '화자'라고 부르는 것과는 차이가 있다. '함축적 작가'는 독자가 작품을 통해 상상하는 작가상이라 말할 수 있다. 이것은 실제의 작가와 반드시 일치하는 것은 아니다. 그는 함축적 작가를 작가의 '제2의 자아*second self*'라 부르기도 한다. 그러나 기존의 화자

---

20) Walker Gibson, "Authors, Speakers, Readers and Mock Readers"(1950), Jane P. Tompkins 편, *Reader-Response Criticism*, Baltimore & London 1980, p.1.

*narrator*와 같은 개념이 아니라는 것을 분명히 밝히고 있다.21) 즈네트는 부드의 '함축적 작가' 개념이 작가와 화자의 구별이 일반화되어 있지 않던 시절에 이의 구별에 관심을 갖도록 만드는 역할을 했다고 평가한다. 그러나 그는 부드의 함축적 작가 개념을 실제의 작가와 허구적 화자 사이의 제3의 존재로 파악하면서 "그 둘 사이에서는 제3의 존재가 활동할 수 없다."고 함축적 작가 개념을 비판한다.22) 말하자면 부드의 함축적 작가 개념이 이론으로서 활용가치가 없다는 것이다.

로저 헨클은 "소설의 목소리를 작가의 목소리와 완전히 동일시하는 것은 현명하지 못하다. (……)소설가들이 작품 속에서 발언하는 것이 그들이 편지를 쓰거나 대화할 때와 반드시 일치하지 않는다는 것을 많은 비평가들이 지적한 바 있다."23)고 말하고 있다. 역시 작가와 화자를 분리하는 진술이다.

스콜즈/켈로그는 시점에 대하여 이야기하는 가운데 '화자와 작가의 분명한 구별*a clear distinction between the narrator and the author*'24)이란 표현을 씀으로써 두 가지가 다른 개념임을 시사하고 있다. 그들 저자는 '날카로운 통찰력을 가진 사람'이란 뜻의 희랍어 '*histor*'를 가지고 화자를 나타낸다. 그들은 다음과 같이 '*histor*'를 정의한다. "'*histor*'는 그가 모을 수 있었던 자료를 바탕으로 소설을 구성하는 조사자로서의 화자*narrator*다. '*histor*'는 소설 속의 인물은 아니다. 그러나 또한 정확하게 작가 자신도 아니다. 그는 가면*persona*이고, 작가의 경험적 효능*virtue*의 투영이다."25) 스콜즈/켈로그가 말하는

---

21) Wayne C. Booth, *The Rhetoric of Fiction*, Chicago 1961, pp.70-73.

22) Gérard Genette, 앞의 책, pp.285-286.

23) Roger B. Henkle, *Reading the Novel*, New York 1977, p.68.

24) R. Scholes/R. Kellog, *The Nature of Narrative*, London 1979, p.240.

'*histor*'는 독일 문예학에서 말하는 '화자'와 상당히 가깝다는 느낌을 준다.

영어권은 작가와 화자를 별개로 분리하는데 그 후 대체로 의견일치에 도달한 것으로 보인다. 이미 80년대 초에 채트먼은 "작가와 화자를 혼동하지 않는 것이 필수적이라는 것은 문학이론에서 이미 진부한 논의가 되어 버렸다."26)고 말한 바 있고, 리치/쇼트도 "비평가들은 오래전부터 작가*author*와 화자*narrator*를 구분해 왔다."27)고 말한 바 있다. 이 말은 오래전에 벌써 작가와 화자의 분리가 상당히 넓게 인정되고 있었음을 의미한다.

2000년대에 들어와 닉 레이시는 다음과 같이 말하고 있다. "모든 서사 텍스트는 화자*narrator*를 가지고 있다. 즉 '누군가'가 청자*audience*가 들을 수 있도록 '이야기하고' 있어야 한다. 초급 수준*basic level*에서는 이 화자가 텍스트의 저자*author*라고 말할 수도 있다. 하지만 텍스트의 저자는 텍스트의 발언자*addresser*와 반드시 같다고 할 수 없다."28) 작가와 화자를 분리하는 이런 견해는 영어권에서 이제는 일반화된 것으로 보인다.

위에서 화자에 관한 여러 나라 여러 사람들의 이론들을 살펴보았다. 독일의 코르트할스는 이 화자문제를 두고 화자와 작가를 별개의 존재로 분리하는 견해가 20세기를 거치면서 동요될 수 없는 도그마로 굳어졌다고 결론을 내린다.29)

---

25) 위의 책, p.265.

26) Seymour Chatman, "Voice", D. H. Richter편 *Narrative/Theory*, New York 1996, p.162.

27) G. Leech/M. Short, *Style in Fiction*, New York 1981, p.262.

28) Nick Lacey, *Narrative and Genre*, New York 2000, pp.107-108.

29) Holger Korthals, *Zwischen Drama und Erzählung*, Berlin 2003, p.101.

　현재의 소설이론은 화자와 작가를 별개의 존재로 분리하는 것이 대세다. 우리는 화자 문제를 다시 한 번 정리해 볼 필요를 느끼게 된다. 우선 화자와 작가가 같은 존재인가 별개의 존재인가 하는 문제를 생각해 보자. 이것은 어느 쪽이 옳다고 논증할 수 있는 문제는 아니다. “화자는 때때로 반드시 작가의 의견이라고 볼 수 없는 의견을 나타낸다.”고 슈탄첼은 말하지만 그 의견이 작가의 의견과 다르다는 것을 증명하기가 쉽지 않다.

　작가와 화자가 같은 존재인가, 별개의 존재인가 하는 문제는 논증이 불가능한 문제다. 그러므로 화자 문제는 논리에 의해서가 아니라 효용성에 의해 해결되어야 할 것이다. 작가와 화자를 별개로 분리하는 것과 분리하지 않는 것, 어느 쪽이 소설 구조를 설명하는 데 보다 편리한가 하는 관점에서 해결되어야 한다는 말이다. 그런 관점에서 보면 화자와 작가를 별개의 존재로 분리하는 것이 소설 구조의 설명에 훨씬 편리하다.

　예를 들어 보자. 카프카는 미국에 가 본 일이 없다. 그러나 그의 소설 『아메리카』는 미국이 무대가 되어 있다. 이때 미국의 풍경을 서술하고 미국 사회의 모습을 서술하고 있는 존재가 미국에 가 본 일이 없는 작가 카프카라고 설명하기보다는 작가에 의하여 창조된 인물이라고 설명하는 것이 보다 합리적이고 편리하다.

　또한 역사소설의 경우 백 년 전, 천 년 전에 살지 않았던 작가가 그 당시의 인물과 사건을 서술한다고 생각하기보다는 작가에 의하여 창조된 인물이 그렇게 한다고 생각하는 것이 합리적이고 납득하기 쉽다.

　그리고 신(神)의 위치에서 누구의 마음속이나 들여다볼 수 있고, 어느 곳에나 갈 수 있는 초능력의 소유자인 화자를 인간인 작가 자신이라고 생각하기에는 무리가 있다. 그러므로 이 화자는 작가에 의하여 창조된 인물로 설명하는 것이 납득하기가 쉽다.

그러나 이 화자는 상당히 '인간적'인 모습을 보여준다. 우선 화자는 독자 혹은 청자와 같은 언어로 말을 한다. 그리고 대부분의 경우 인생이나 사건에 대해 인간적인 논평을 한다. 이런 점에서 독자는 화자를 자기와 다름없는 인간으로 받아들인다고 할 수 있다. 예를 들어 보자.

> 여기에 고결하고 관대한 마음을 가진 사람이 있다고 하자. 여러분의 옛 벗이라고 해도 좋다. 그런데 그 사람이 3천 리나 떨어진 지방에 살고 있으면, 그는 여러분이 살고 있는 도시의 여론에 따라 여러분을 판단할 도리밖에 없다. 그런데 그 여론이라는 것은 우연히도 귀족이고 부자고 온건파로 태어난 바보들의 손으로 만들어지는 것이다. 남보다 뛰어난 인물이야말로 불행하다!
>
> (스탕달, 『적과 흑』)

여기서 여론에 대하여 논평을 가하고 있는 화자는 인간의 목소리로 인간의 이야기를 하고 있다. 전지적인 신의 목소리는 아니다. 우리는 그의 모습을 볼 수는 없지만 그의 인간적인 목소리를 들을 수는 있다. 그런 점에서 화자를 '인간'으로 보는 것이 타당하다고 하겠다. 말하자면 '작가에 의하여 창조된 인물'인 것이다. 화자가 비록 신의 위치에서 사건을 관찰하고 서술한다고 할지라도 그의 존재가 어느 때나 지극히 인간적으로 느껴진다는 점에서 그를 작가에 의해 창조된 인물로 보는 것이 타당할 것이다.

2. 화자와 청자

대개의 이론가들은 작가와 별개의 존재인 화자를 인정한다. 그러면 더 나아가 우리는 이 화자의 이야기를 듣고 있는 청자(聽者) *narratee, addressee, audience*; *Hörer*의 존재를 인정할 수 있을까? 물론 소설 바깥의 독자가 그 청자라고 말할 수도 있다. 그러나 우리는 작가와 다른 화자를 생각하듯이 독자와 다른 청자를 생각할 수 있다. 많은 소설이론가들, 예를 들면 제라르 즈네트 같은 사람은 소설의 구성요소로서 이 청자의 존재를 주장한다.[30] 즉 소설 속에는 화자는 물론 청자도 존재한다는 것이다.

이 청자는 물론 현실의 독자는 아니다. 소설 속에서 "독자여!", 하고 화자가 독자를 소리쳐 부르는 경우에도 이것은 현실의 독자가 아니라 작가가 화자의 상대로 설정한 청자일 뿐이다. 자신의 존재가 드러나든 드러나지 않든 이 청자는 존재하는 것이다.

1인칭 소설의 경우 특정의 청자가 있는 경우도 있고 없는 경우도 있다. 없는 경우에도 불특정의 청자는 있다. 예를 들어 보자. 괴테의 『젊은 베르테르의 슬픔』에서는 베르테르라는 1인칭의 화자가 빌헬름이라는 2인칭의 청자에게 편지를 쓴다. 이때 화자와 청자의 존재는 뚜렷이 드러나 있다. 청자의 모습이 구체적으로 나타나는 것은 아니지만 특정의 청자의 존재를 우리는 인식하게 된다.

카뮈의 『전락』에서는 1인칭 화자가 처음부터 끝까지 혼자서 독백을 한다. 그러나 그의 옆에 그의 이야기를 듣고 있는 구체적인 청자가 있음을 독자는 느낄 수 있다. 마지막 부분에서 그 청자의

---

30) Gérard Genette, 앞의 책, p.196.

구체적 모습이 서술된다.

> 아니 알고 있습니다. 당신은 경찰관이 아니예요. (……) 당신에게 묘한
> 애착을 느꼈었는데 역시 까닭이 있군요. 파리에서 변호사를 개업하고 계
> 신다니! 우리들이 같은 족속이다 하는 정도는 알고 있었지만 − .

이 작품에서 우리는 1인칭 화자가 실체가 있는 특정의 청자인 2
인칭 청자에게 이야기를 하고 있음을 확인하게 된다.
다음 예는 1인칭 화자가 등장하지만 특정의 청자가 없고 불특정
의 청자만 있는 경우다.

> 나는 금년 여섯 살 난 처녀애입니다. 내 이름은 박옥희이구요. 우리
> 집 식구라고는 세상에서 제일 이쁜 우리 어머니와 단 두 식구뿐이랍니다.
> (주요섭, 「사랑 손님과 어머니」)

우리는 이 작품에서 이 아이의 이야기를 듣고 있는 청자가 소설
내에 있다는 느낌을 떨쳐 버릴 수 없다. 여섯 살의 화자가 말을 높
이고 있는 것으로 보아 그 청자는 어른으로 여겨진다. 그러나 구체
적인 모습을 한 특정의 청자는 없다. 그러므로 우리는 이 작품에서
누구라고 지적할 수 없는 불특정 청자의 존재를 인정할 수 있다.
여기서 우리는 1인칭 소설에 특정의 청자가 있는 경우도 있지만,
불특정의 청자가 있는 경우도 있다는 사실을 확인하게 된다.
2인칭 소설로 알려진 뷔토르의 『변경』 같은 작품에는 화자가 2
인칭의 특정 청자에게 이야기를 한다. 여기서 이야기를 듣고 있는
존재는 청자이면서 사건의 주인물이다.
3인칭 소설의 경우는 이와 다소 다르다. 액자소설인 경우 흔히

화자와 청자가 드러난다. 『천일야화』에서는 세헤라자데가 화자로 이야기를 하고 왕이 청자로 이야기를 듣는다. 이때 안 이야기를 하는 화자나 이야기를 듣는 청자의 모습은 독자 앞에 뚜렷이 드러난다. 그러나 그보다 상위에 바깥 이야기를 하는 또 다른 화자가 존재한다고 볼 수 있고, 구체적인 모습이 드러나 있지는 않지만 청자도 존재하는 것으로 볼 수 있다.

3인칭 소설인 카프카의 「변신」에서는 화자도 청자도 그 모습을 드러내지 않는다. 구체적인 모습을 가진 화자는 없다. 그러나 이야기를 들려주는 존재는 있다. 마찬가지로 구체적인 모습을 가진 청자는 없다. 그러나 들려주는 이야기를 듣고 있는 청자의 존재를 생각할 수 있다. 현실의 작가와는 다른 화자의 존재를 생각할 수 있듯이, 현실의 독자와는 다른 청자의 존재를 우리는 생각할 수 있는 것이다.

작가와 화자를 분리했던 깁슨은 또한 독자를 두 종류로 분리한다. 하나는 '현실의 독자*real reader*'이고 또 하나는 '가짜 독자*mock reader*'다. 그는 소설 속 이야기는 화자*speaker*와 이 가짜 독자 사이에 일어난다고 말한다. 그는 작가와는 다른 화자의 존재를 인정함과 동시에 현실의 독자와는 다른, 화자의 대화 상대를 인정하고 있는 것이다.[31] 우리는 이 존재를 청자라 부를 수 있다. 이 청자는 웨인 부드의 함축적 작가*implied author* 개념에서 유추하여 함축적 독자*implied reader*라는 표현으로 불리기도 한다.[32] 그러나 함축적 독자는 작가가 상상하고 전제로 하는 독자이기 때문에 화자의 대화 상대인 청자와는 다소 차이가 있다고 하겠다.

---

31) Walker Gibson, 앞의 글, pp.2-3.

32) Rainer Zerbst, "Kommunikation", H-W. Ludwig 편, *Arbeitsbuch Romananalyse*, Tübingen 1982, p.56.

제라르 즈네트도 작가와는 다른 화자의 존재를 인정함은 물론, 현실의 독자와는 다른 청자의 존재를 인정한다. 그는 이 청자를 '소설적 수신자*narrativer Adressat*'라 부른다.[33]

마르티네즈/쉐펠은 화자*Erzähler*에 대응되는 존재를 '허구적 수신자*fiktiver Adressat*'라 부르기도 하고 청자*Hörer*라 부르기도 한다.[34] 그리고 이 존재는 화자의 커뮤니케이션 상대로서 현실의 독자*realer Leser*와는 구별되어야 한다고 말한다.[35]

제럴드 프린스는 "소설에서 청자*narratee*가 보이지 않을*invisible* 수도 있지만, 그럼에도 불구하고 청자는 존재하며 결코 완전히 잊히지 않는다."[36]고 청자의 성격을 설명한다. 그는 또한 "이야기에서든, 서사시에서든, 소설에서든 청자와 마찬가지로 화자도 허구적인 창조물*fictive creation*이다."[37]고 말하면서 청자와 화자 둘 다를 허구적인 존재로 단정하고 있다.

이렇게 표현이나 용어는 다르지만 현대의 소설이론들은 대체로 화자에 대응되는 청자의 존재를 인정하고 있다고 할 수 있다. 청자의 예를 들어 보자.

> 독자는 그 수다스러운 점룡이 어머니가 이미 한 달도 전에, 어데서 어떻게 들었던 것인지, 수이 신전집이 낙향을 하리라고 가장 은근하게 빨래터에서 하던 말을 기억하고 계실 것이다.
>
> (박태원, 『천변풍경』)

---

33) Gérard Genette, 앞의 책, p.186.

34) M. Martinez/M. Scheffel, 앞의 책, p.146.

35) 위의 책, p.190.

36) Gerald Prince, "Introduction to the Study of the Narratee", David H. Richter 편, *Narrative/Theory*, New York 1996, p.236.

37) 위의 책, p.226.

이것은 3인칭 소설로서 화자가 흔히 자기의 존재를 드러내는 작품이다. 이 글에 언급되는 '독자'를 소설 바깥에 있는 현실의 독자라고 생각할 근거는 없다. 단지 화자가 자기 이야기의 상대로 설정한 청자로 볼 수 있을 뿐이다. 현실의 독자는 앞쪽을 읽지 않고 이 부분부터 읽어, 앞쪽의 내용을 '기억하기'는커녕 무슨 일이 있었는지조차 모를 수 있다. 그리고 한 권의 책을 읽고 있는 현실의 독자에게는 그 시간이 '한 달도 전에'가 아니라 불과 '몇 시간 전에'다. 그러므로 이 글의 '독자'는 화자가 대화 상대로서 설정해 두고 있는 소설 내부의 '인물'이지 소설 바깥의 현실적 독자는 아닌 것이다.

청자가 없는 소설이 있다. 사르트르의 일기체 소설 『구역*La Naussée*』 같은 작품이 그 예가 될 것이다. 원래 일기는 자기 이외에는 독자나 청자를 예상하지 않는다. 말하자면 자기에게 하는 혼잣말이다. 그러므로 일기체 소설의 청자는 쓰는 사람, 즉 화자 자신이라고 말할 수밖에 없다. 일기체 소설을 작품 내에서의 관계만으로 고찰한다면 청자는 1인칭 화자 자신일 뿐이다.

이 범주에 해당되는 다른 경우로 직접적 내적 독백으로만 이루어진 소설을 들 수 있다. 직접적 내적 독백이란 마음속에서 자기가 자기 자신에게 하는 혼잣말이나 생각이다. 길게 이어지는 직접적 내적 독백을 '의식의 흐름*stream of consciosness*'이라 부르기도 한다. 슈니츨러Arthur Schnitzler의 단편 「구스틀 소위*Leutnant Gustl*」나 「엘제양*Fräulein Else*」 같은 작품을 그 예로 들 수 있다. 작품 전체가 처음부터 끝까지 직접적 내적 독백으로 이루어져 있다. 물론 주인공과 타 인물의 대화 내용이 들어 있긴 하지만 이것은 주인공의 의식이 외계의 사물을 인식하는 행위이기 때문에 전체를 주인공의 직접적 내적 독백으로 보아 무리가 없다. 그런 이유에서 일반적인 의미의 화자나 청자가 없다고 할 수 있다. 1인칭 주인공 자신이 화자이면서 동시에 청자이고 또 작중인물인 것이다.

그러므로 우리는 일기체 소설이나 직접적 내적 독백으로 된 소설을 두고 청자가 없다고 말할 수 있게 된다. 이와 같이 화자의 상대인 청자의 존재는 단순하지 않다. "청자는 소설의 기본 요소 중의 하나다."[38]라는 프린스의 말과 같이 화자의 상대인 청자가 소설을 구성하는 중요한 요소라는 사실을 우리는 확인할 수 있다.

3. 논평적 화자와 중립적 화자

화자에는 두 가지 성격의 화자가 있다. 인생이나 세상사에 대해, 혹은 주인공의 행동이나 사건에 대해 논평을 가하는 화자가 있고, 전혀 논평 없이 사건 진행만 충실하게 서술하는 화자가 있다. 전자의 경우에는 화자가 얼굴을 내밀고 자기주장을 피력하기 때문에 독자가 그의 존재를 쉽사리 의식하게 된다. 그러나 후자의 경우에는 화자가 독자 앞에 자신의 모습을 드러내지 않기 때문에 독자가 그의 존재를 거의 느끼지 못한다. 이들 화자를 두고 전자를 논평적(論評的)*editorial* 화자, 후자를 중립적(中立的)*neutral* 화자라 부를 수 있다.[39] 예를 들어 스탕달의 『적과 흑』의 화자는 논평적 화자이고, 플로베르의 『마담 보바리』의 화자는 중립적 화자이다. 논평적 화자의 예를 이광수의 『무정』에서 찾아보자.

---

38) 위의 책, p.241.

39) 이 용어는 Barnet/Berman/Burto, *An Introduction to Literature*, Boston 1967, p.37에서 가져왔음.

(1) 문명이라 하면 과학, 철학, 종교, 예술, 정치, 경제, 산업, 사회제도 등을 총칭하는 것이다. 서양의 문명을 이해한다 함은, 즉 위에 말한 내용을 이해한다는 뜻이니, 김장로는 무엇으로 서양을 알았노라 하는고.

(2) 우두를 놓으면 천연두를 벗어난다. 아주 벗어나지는 못하더라도, 앓더라도 경하게 앓는다. 그러므로 근년에 와서는 누구든지 우두를 놓으며 그래서 별로 곰보를 보지 못하게 되었다.

정신에도 마마가 있으니까 정신에도 천연두가 있을 것이다. 사랑이라든지 질투라든지 실망, 낙담, 슬픔, 궤휼, 간사, 흉악, 음란, 행복, 기쁨, 성공 등 인생의 만반 현상은 다 일종의 정신적 마마다.

이 두 예문은 화자의 논평인데, (1)은 작중인물에 대한 논평이고, (2)는 인생과 시대에 대한 논평이다. 논평은 줄거리 진행과 크게 관계가 없는 일종의 진리이기 때문에 대개 현재형으로 서술된다. 다른 예를 보자.

실제로도 오늘은 어제의 집적물에 불과하며, 누구라도 과거의 체험에 빚진 언행으로 새로운 기억들을 만들어 감으로써 자신을 드러내는 아주 다채로운 피조물에 지나지 않는다. 기억이, 그 자극의 일상적 반복이, 그것들의 육화 정도가 다채롭지 않다면 인간은, 동포는, 인류는 숫자처럼 또는 성씨만큼이나 단조로울 게 뻔하다. 따라서 각자의 현재적 삶이란 과거의 체험의 온당함, 철저함, 절실함으로부터 마름질한 의복이다. 의복은 그때그때마다 어떤 사람의 신분·취향·능력을 어느 정도까지는 확연히 드러낸다는 점에서도 중요하지만, 그것이 바뀜으로써 그의 과거와 현재를 적당히 위장할 수 있다는 점에서도 주목할 만하다.

(김원우 「젊은 천사」)

이것 역시 진행되는 사건 진행과 직접적인 관계가 없는, 인생에 대한 화자의 논평이다. 여기에서도 논평은 현재형으로 서술되고 있다.

이들 화자야말로 자기 모습을 독자 앞에 드러내기를 좋아하는 전형적인 논평적 화자라 하겠다. 그러나 논평적이라거나 중립적이라는 표현은 어디까지나 상대적인 표현이다. 어떠한 중립적 화자 소설에서도 화자의 존재가 절대적으로 사라질 수 없고 다소는 독자의 의식에 잡힌다. 다시 말하면 화자가 아무리 얼굴을 내밀지 않는다 할지라도 독자는 이야기를 전해 주고 있는 화자의 존재를 어렴풋이나마 느끼는 것이다. 비록 동일시(同一視)에 의하여 사건의 현장에 있는 듯한 환상을 갖게 되어 화자의 존재를 잊어버린다 할지라도 전적으로 화자가 배제될 수는 없다. 그런 의미에서 절대적으로 중립적인 화자는 없다고 하겠다.

"가장 엄격하게 비인칭적으로, 그리고 연극적 수법으로 쓰인 소설도 누군가에 의하여 서술된 것이다."[40]라는 버곤지Bernard Bergonzi의 말처럼 우리는 우리에게 이야기를 전하고 있는 존재를 느끼지 않을 수 없다. 그리고 논평적 화자도 간간이 얼굴을 내밀 수 있을 뿐, 처음부터 끝까지 논평만으로 일관할 수는 없는 것이다. 그런 의미에서 절대적으로 논평적인 화자도 없다고 하겠다.

소설의 역사는 논평적 화자 소설이 근세에 가까워지면서 중립적 화자 소설로 바뀌어 왔음을 보여준다. 19세기 이전의 소설들은 거의가 논평적 화자 소설이었으나 19세기부터 중립적 화자 소설이 등장하기 시작했다. 그렇다 하여 논평적 화자 소설이 완전히 사라졌다는 말은 아니다. 현대에도 논평적 화자 소설을 쓰는 작가들이 있기 때문이다.

일반적으로 플로베르의 『마담 보바리』(1856)를 중립적 화자 소설의 출발로 본다. 그 후 헨리 제임스Henry James, 프란츠 카프카, 제임스 조이스 등의 작가들도 중립적 화자 소설을 썼다. 비취J. W. Beach는

---

40) F. K. Stanzel, *Theorie des Erzählens*, p.36(재인용).

『20세기 소설』이라는 책에서 "필딩Fielding 에서 포드Ford까지의 영국 소설을 개관해 보면, 다른 어떤 것보다 작가의 소멸이 인상적이다. (……) 소설의 발달이 현재에 가까워지면 질수록, 더욱 더 작가는 이면으로 후퇴하고 있다."[41]고 말한다. 여기서 '작가'는 물론 작가와 화자를 구별하지 않는 영어권의 표현으로 '화자'를 의미한다. 이 화자가 논평 같은 것을 통해 자기 존재를 드러내는 일을 더 이상 하지 않는다는 뜻이다.

이와 같이 19세기 이후의 작가들은 화자가 전면에 모습을 드러내지 않는 소설 형식을 선호해 왔다. 대표적인 예로 헨리 제임스의 『대사들The Abassadors』이나 카프카의 『심판』 같은 작품을 들 수 있을 것이다.

논평적 화자와 중립적 화자의 개념은 슈탄첼의 시점 이론의 '기록자적 시점auktoriale Erzählsituation'과 '인물적 시점personale Erzählsituation'에 대체로 상응한다(제4장 시점 3, 독일의 시점 이론 참조).

화자가 사라지는 소설의 극단적인 경우는 희곡에 가까운 소설이다. 헤밍웨이의 「살인자들The Killers」이 그 예가 될 것이다. 이런 소설을 두고 화자가 없다(no-narrator)고 주장하는 이론가들도 있다.[42] 주로 대화로 이루어진 이러한 희곡적 소설은 벌써 17세기에 서구에 많이 유행한 바 있다. 예로서 작자 미상의 영국 소설 『변장 The Disguise』(1771)을 들 수 있다.

이와 같은 사실로 미루어 화자를 소설에서 추방한 선구자는 플로베르가 아니었다. 그러나 이러한 희곡 형식의 소설은 단지 희곡

---

41) Reinhold Grimm, "Romane des Phänotyp", Arnold/Buck 편, *Position des Erzählens*, München 1976, p.16(재인용).

42) James Phelan/Wayne Booth, "Narrator", Herman/Jahn/Ryan 편, 앞의 책. p.388.

형식을 도입했다는 의미밖에 없다. 다시 말하면 화자를 소설에서 추방한다는 뚜렷한 목적의식을 가지고 창작에 임한 것이 아니었던 것이다. 그에 반해 플로베르는 분명한 목적의식을 가지고 소설에서 화자를 추방했다.

그런데 화자가 소설의 전면에서 사라지는 현상이 바람직한가 아니한가 하는 문제가 오랫동안 논의의 대상이 되어 왔다. 즉 논평적 화자소설이 좋은가, 중립적 화자소설이 좋은가 하는 문제에 대한 논의였다. 이 문제에는 언제나 의견의 대립이 있어 왔다. 우선 화자가 되도록 사라져야 한다는 쪽의 주장을 들어 보자.

중립적 화자 소설의 최초의 창시자라 할 플로베르는 "작가는 그의 작품에서 우주 창조의 신처럼, 형체가 보이지 않으면서 힘이 있어야 한다. 자신이 어디에서나 느껴지도록 하면서, 그러나 보이지는 않아야 된다."43)고 말한다. '보이지는 않아야 된다.'는 말은 화자가 얼굴을 드러내고 논평을 해서는 안 된다는 것을 의미한다. 이것은 당시의 자연과학적·실증주의적 분위기와 무관하지 않다. 문학도 역시 학문처럼, 객관성을 존중하고 '있는 그대로의 현실'을 제시하려 했던 것이다. 말하자면 독자가 좀 더 객관적으로 실체를 파악할 수 있도록 주관적인 논평을 가하는 화자를 뒤로 물러나게 했다고 할 수 있다.

안톤 체홉 역시 화자의 논평을 거부한다. "예술가는 자신의 인물들의 재판관이 되어서는 안 되고 공정한 증인이 되어야 한다. 나는 언젠가 두 러시아인이 염세주의에 관해 행하는 산만한 대화를 들은 일이 있다. 아무것도 결말지어지는 것은 없었다. 그리고 내가 할 일은 그 대화를 들은 대로 정확하게 보고하는 것이다. 그리고 심사

---

43) W. C. Booth, 앞의 책, p.151(재인용).

위원인 독자로 하여금 그것을 평가하게 하는 것이다."44)라는 말로 그는 화자의 중립성을 강조한다.

그러나 멘딜로우는 객관성이라든가 중립성이라는 것에 비중을 두는 입장에서가 아니라, 독자가 작중인물과 동일시(同一視)되는 환상을 깨어서는 안 된다는 입장에서 화자의 '간섭'을 배격한다. 그는 "작가가 전지적이라는 데 대한 아주 작은 암시도 조심스럽게 만들어진 소설적 현재*fictive present*의 환상을 씻어 버리기에 충분하다."45)고 말한다. 나아가 "전지적인 작가가 얼굴을 내밀기를 삼가거나, 논평*comment*을 작품 속에 집어넣기를 삼가는 곳에, 현재성*presentness*과 직접성*immediacy*의 환상이 독자의 마음속에 매우 강하게 지속될 것이다."46)고 말한다. 독자의 동일시적 환상을 깨뜨리지 않기 위해 화자가 얼굴을 내밀고 논평을 해서는 안 된다는 말이다.

독자는 소설을 읽을 때 자신이 바로 주인공이며, 자신이 바로 사건의 현장에 있다는 환상을 갖는다. 이것을 '동일시*identification*'라고 한다. 화자의 논평이나 화자의 지나친 전지적 서술은 이러한 독자의 동일시적 환상을 쉽게 깨뜨리는 결함이 있다(제10장 동일시와 생소화 1 참조).

그 밖에 볼튼도 "논평이 현실감*sense of reality*을 약화시킬 것이다."47)고 말함으로써 화자가 소설 전면에 출현하는 것에 대해 반대 입장을 취한다. 부드도 "논평이 너무 많으면 곤란하다."48)고 비슷한 입장을 취하고 있다.

---

44) 위의 책, p.69(재인용).

45) A. A. Mendilow, *Time and the Novel*, New York 1965, p.100.

46) 위의 책, p.109.

47) M. Boulton, *The Anatomy of the Novel*, London 1975, p.36.

48) W. C. Booth, 앞의 책, p.28.

소설에서의 화자 소멸을 옹호하는 이런 입장과는 반대로 화자의 소멸을 소설의 소멸로 보는 정반대의 견해도 있다. 카이저는 "화자의 죽음은 소설의 죽음이다."고 말하면서 화자의 소멸에 강력히 반대한다. 그는 화자가 배후로 숨어 버리고 모습을 드러내지 않는 현대의 소설 양상을 '소설의 위기'라고 단정한다. 소설이 희곡화됨으로써 소설 장르가 파괴된다고 생각하는 것이다.[49] 스콜즈/켈로그도 화자를 소설에서 추방하려는 헨리 제임스 유파를 두고 "제임스 일파의 방법은 일종의 예술적 자살을 통해 불가피하게 소설 예술을 죽음에 이르게 한다."[50]고 비난한다.

마리-로르 라이언Marie-Laure Ryan은 화자의 기능*function*을 세 가지로 분류한다. 첫째, 창조적*creative* 기능이다. 이것은 소설 기술을 활용하여 스토리를 형성하는 기능이다. 둘째, 전달적*transmissive* 기능이다. 이것은 스토리 내용을 청자에게 알리는 기능이다. 셋째, 증언적*testimonial* 기능이다. 이것은 스토리 내용이 진실이라고 증언하는 기능이다. 그는 완전한 화자의 경우 이 세 기능을 다 행하지만, '얼굴을 내밀지 않고 사건에 참여하지 않는*effaced heterodiegetic*' 화자, 즉 3인칭 중립적 화자의 경우 창조적 기능은 없고, 전달적 기능은 최소로 있을 뿐이라고 말한다.[51] 물론 증언적 기능은 인정하고 있는 것으로 해석된다. 그는 이런 주장을 통해 논평적 화자를 옹호하고 있는 것이다.

화자의 소설 전면에의 출현 문제를 두고 대립되어 온 이러한 두 견해의 논쟁은 최근에 이르기까지 끝없이 이어져 왔다. 그러나 슈

---

49) W. Kayser, *Entstehung und Krise des modernen Romans*, Stuttgart 1954, p.34.
50) Scholes/Kellogg, 앞의 책, p.270.
51) James Phelan/Wayne Booth, "Narrator", 앞의 책, p.388(재인용).

탄첼은 독일 문예학이 이 문제에 대한 결론을 이미 1950년대에 내렸다고 주장한다. 즉 "둘 다 가능하다*sowohl-als auch*"는 것이다. 왜냐하면 두 가지가 다 예술적으로 동등한 자격을 가진 서술 방법이라는 것을 인식하게 되었기 때문이라고 한다.[52]

우리는 화자의 성격에 대해 알고 작품을 쓰거나 작품 분석을 해야 할 것이다. 사실상 논평적 화자 소설과 중립적 화자 소설을 두고 어느 쪽이 더 낫다고 말할 수는 없다. 어느 쪽이나 가능하다는 인식이 필요할 것이다. 우리나라에는 아직도 논평적 화자 소설을 선호하는 구세대 작가들이 있지만 대체로 중립적 화자 소설이 대세라고 하겠다.

4. 1인칭 소설의 화자와 3인칭 소설의 화자

1인칭 소설과 3인칭 소설의 구별은 외견상 쉬워 보여도 실제에 있어서는 쉽지 않다. 화자의 성격 규명에 의해 그 구별이 이루어질 수 있으나, 그 성격 규명 자체가 어렵기 때문에 인칭 구별의 문제는 소설이론의 난제 가운데 하나라 아니할 수 없다.

버틸 롬버그는 "화자가 자기가 하고 있는 이야기 속에 참여하고 있을 때에만 1인칭 화자를 논의할 수 있다."[53]는 말로 이 1인칭 화자의 성격을 규정한다. 말하자면 화자 자신이 소설 세계의 인물들과 접촉하면서 사건에 참여한 체험이 있어야만 1인칭 소설이라는 것이다. 볼프강 로케만도 화자의 생존 영역과 묘사되는 소설 세계

---

52) F. K. Stanzel, *Theorie des Erzählens*, p.34.

53) Bertil Romberg, *Studies in the Narrative Technique of the First-Person Novel*, Stockholm 1962, p.4.

가 일치될 때는 1인칭 소설이고, 그 두 가지가 일치되지 않을 때는 3인칭 소설이라고[54] 롬버그와 비슷한 정의를 내린다. 이렇게 볼 때 1인칭 화자인지 3인칭 화자인지의 여부는 화자 자신이 작중인물의 세계에 참여하고 있는지 않는지로 구별된다고 할 수 있다.

그러나 이론적으로는 이렇게 쉽게 정의가 되면서도 실제에 있어서는 1인칭과 3인칭 중 어느 쪽인지 규정하기 어려운 경우가 드물지 않다. 대표적인 예가 대커리William M. Thackeray의 『허영의 시장Vanity Fair』일 것이다. 이 작품은 1인칭 소설인지 3인칭 소설인지 구별하기가 어렵다.

'막이 열리기 전에'라는 머리말이 있음으로 해서 이 작품은 형태상으로는 액자소설(額子小說)이다. 이 머리말에는 '나I'라는 호칭을 쓰는 화자가 등장한다. 그러나 이 화자는 본줄거리를 서술해 감에 있어서 대체로 전지적(全知的)인 신(神)의 입장이 된다. 그러면서 소설의 중요한 내용을 인물들과의 접촉을 통해서 알아낸다. 말하자면 화자는 전지적인 '신'이면서 동시에 작중인물들과 개인적인 접촉을 갖는 '인간'인 것이다. 화자는 묘사된 소설 세계의 바깥에 있으면서도 때로는 그 세계에 들어가 자신의 존재를 드러내기도 하고, 인물들과 접촉을 갖기도 한다(특히 62장). 그러나 그 접촉의 횟수가 많지 않고 한정되어 있어, 자기가 체험한 사건을 서술하는 일반적인 1인칭 소설과는 확연히 다르다는 것을 누구나 느낄 수 있다. 그럼에도 이 작품이 1인칭 소설인지 3인칭 소설인지 판단하기가 쉽지 않다. 슈탄첼은 이 작품을 처음에는 1인칭 소설과 3인칭 소설 어느 쪽으로도 볼 수 있다고 말한 바 있으나[55] 나중에는 1인칭 소

---

54) Wolfgang Lockemann, "Zur Lage der Erzählforschung", B. Hillebrand 편, 앞의 책, p.294.

설로 보는 쪽으로 다소 기울고 있다.[56]

　이러한 종류의 소설은 이 작품만이 아니다. 하인리히 뵐Heinrich Böll의 「발렉가(家)의 저울Die Waage des Baleks」은 1인칭 화자가 자기 할아버지 때의 사건을 이야기하고 있는 단편이다. "할아버지는 나에게 자주 말씀하셨다……"는 말을 통해 그 이야기를 할아버지에게서 들었음을 화자는 분명히 하고 있다. 발렉이라는 귀족 가문에서 저울을 속여 납품을 받음으로써 하층민들을 착취해 온 것을 화자의 할아버지가 발견하고 공개함으로써 하층민들이 궐기하여 인명이 살상되는 사태를 겪게 된 사건이 여기서 다루어지고 있다. 이때 1인칭 화자는 이 사건에 전혀 참여한 적이 없다. 그가 태어나기 몇 십 년 전의 일이기 때문이다. 그럼에도 1인칭 화자가 등장하고 있기 때문에 1인칭 소설이라는 인상을 준다. 하지만 1인칭 화자가 사건에 직접 관여하지 않았기 때문에 1인칭 소설로 보는 데는 무리가 있다. 그러면 3인칭 소설이냐 하면 순수한 3인칭 소설도 아니다. 디트리히 베버는 이런 소설을 이야기를 전달한다고 '전달소설Weitererzählung'이라 부르면서 1인칭 소설과 3인칭 소설의 중간 형태로 보고 있다.[57]

　김동리의 「무녀도」는 바깥이 1인칭인 액자소설이다. 그러나 안 이야기는 3인칭으로 서술되어 있다. '나'라고 자기를 호칭하는 1인칭 화자는 할아버지에게서 들은 이야기를 들려준다. 그는 자기가 직접 만난 일이 없는 사람들의 이야기를 그들의 마음속까지 들여다보면서 서술하고 있다. 말하자면 작중인물들의 세계가 아닌 바깥

---

55) F. K. Stanzel, *Typische Formen des Romans*, p.26.
56) F. K. Stanzel, *Theorie des Erzählens*, p.262 및 말미의 도표 참조.
57) Dietrich Weber, *Der Geschichtenerzählspieler*, Wuppertal 1989, p.84.

세계에 위치해 있으면서 그들의 이야기를 서술하고 있는 것이다. 『허영의 시장』의 화자가 작중인물들을 드물게나마 만난 데 반하여 이 작품의 화자는 작중인물 누구와도 만난 일이 없다. 「발렉가의 저울」에서처럼 다만 할아버지를 통해 전말을 전해 들었을 뿐이다. 그러나 「발렉가의 저울」의 할아버지가 직접 사건의 당사자였던 데 반하여 「무녀도」의 화자의 할아버지는 당사자가 아니었다. 그러므로 「무녀도」는 「발렉가의 저울」에 비하여 3인칭적 요소가 좀 더 강하고, 『허영의 시장』에 비해서는 훨씬 더 강하다고 하겠다. 그런 점에서 「무녀도」를 3인칭 소설이라 할 수 있지만 1인칭 화자가 등장하여 사건을 서술하기 때문에 1인칭 소설이라는 느낌을 해소할 수가 없다.

도스토예프스키의 『카라마조프가의 형제들』의 화자는 소설이 시작되기 전의 머리말에서 자신을 '작가'라고 칭하고 있다. 그러면서 그는 자신의 이야기가 "우리 시대, 지금 우리가 살고 있는 바로 이 시대에 있어서의 나의 주인공의 행동을 그린" 이야기와 13년 전에 일어났던 일(살인 사건)을 그린 이야기의 두 개로 구성되어 있다고 밝힌다. 말하자면 화자는 자신이 주인공 알렉세이와 같은 시기에 살고 있음을 강조하고 있는 것이다. 머리말이 아닌 본이야기의 서두에도 이러한 화자의 태도는 그대로 드러나 있다.

알렉세이 표도르비치 카라마조프는 지금부터 꼭 13년 전에 비극적이고도 해괴한 죽음을 당한 우리 군(郡)의 지주 표도르 파블로비치 카라마조프의 셋째 아들이었다. 이 사건 때문에 그 당시 표도르 파블로비치 카라마조프라면 모를 사람이 없을 정도였으나(하긴 지금까지도 우리 고장에서는 그의 이야기가 가끔 오르내리지만), 그의 죽음에 대한 것은 순서에 따라 나중에 다시 이야기하기로 하겠다.

이와 같은 서두의 표현에서 우리는 화자가 작중인물과 같은 시기에 살고 있을 뿐만 아니라 같은 지역에 살고 있다는 인상을 받게 된다. 화자는 1인칭 관찰자로서 자신이 최근에 보고 듣고 체험한 것을 독자에게 들려주려 한다는 인상을 강하게 드러내고 있는 것이다.

그러나 실제에 있어서 이 화자는 전지전능한 신과 같은 존재다. 모르는 것이 없고 못 가는 곳이 없다. 그리고 작중인물들과 실제로 어떤 접촉을 가졌다는 구체적인 표명이 없다. 그러므로 이 화자는 서두에서 1인칭 화자의 인상을 풍기지만 나중에는 3인칭 화자에 아주 가까워진다. 말하자면 『카라마조프가의 형제들』은 1인칭 소설과 3인칭 소설의 중간 형태이면서 3인칭 소설에 아주 가깝게 가 있는 것이다.

비슷한 것을 나빈의 「벙어리 삼룡이」에서도 발견할 수 있다.

<blockquote>내가 열 살이 될락 말락 한 때이니까 지금으로부터 십사오 년 전 일이다.</blockquote>

이렇게 이 작품의 서두에서 화자는 자신을 '나'라고 호칭하면서 독자 앞에 모습을 드러낸다. 마치 자신의 체험을 서술하려는 듯한 자세다. 그러나 이 1인칭 화자는 앞부분에서만 이런 인상을 줄 뿐 곧 신과 같이 전지적인 3인칭 화자로 변하여 이야기를 서술해 간다. 이 이야기의 어디에도 이 화자가 작중인물들과 직접 접촉했다는 언급이 없다. 그러므로 이 작품은 서두만 1인칭의 인상을 줄 뿐, 사실상 3인칭 소설이다. 1인칭 소설과 3인칭 소설의 중간 형태에서 3인칭에 아주 가까이 가 있는 작품이다.

플로베르의 『마담 보바리』에는 서두에 자신을 '우리'라 호칭하는 화자가 등장한다. 그는 루앙에 있는 학교의 학생 신분으로 새로 전학해 온 학생 샤를르의 모습을 자세히 묘사한다. 거기까지만 보면 그는 1인칭 화자다. 그러나 곧 1인칭 화자의 자세를 버리고 3인칭 전지적 화자로서 이야기를 이끌어 간다. 이 작품은 1인칭 소설과 3인칭 소설의 중간 형태이지만 역시 3인칭에 아주 가까이 가 있는 작품이라 하겠다.

이상에서 살펴본 『허영의 시장』, 「발렉가의 저울」, 「무녀도」, 『카라마조프가의 형제들』, 「벙어리 삼룡이」, 『마담 보바리』는 사실 1인칭인지 3인칭인지 뚜렷하지 않은 작품들이다. 그러나 인칭의 구별을 확실하게 해 줄 수 있는 이론은 아직 확립되어 있지 않다. 여기에 나름으로 노력을 가장 많이 기울인 이론가는 슈탄첼이다. 그는 그의 시점 이론을 토대로 그 구별의 기준을 설정하려 했다. 그는 "화자가 작중인물이 살고 있는 소설 세계에 속하느냐 속하지 않느냐*Zugehörigkeit bzw. Nichtzugehörigkeit*" 하는 것으로 두 가지를 구별할 수 있다고 보고 있다. 다시 말하면 화자가 허구의 소설 세계에 육체적으로, 그리고 실존적으로 몸담고 있느냐*Köperlich-existentielle Verankerung seiner Position in der fiktionalen Welt*, 그렇지 않느냐, 하는 것이 관건이라고 주장한다. 즉 1인칭 소설에는 '실체(몸뚱이)를 가진 나*Ich mit Leib*'가 소설 세계 안에 존재하는 반면, 3인칭 소설에는 소설 세계의 바깥에도 안에도 그러한 '실체를 가진 나'가 없다는 것이다.[58] 이러한 슈탄첼의 주장은 앞에서 살펴본 롬버그나 로케만의 주장과 크게 다를 것이 없다.

즈네트는 슈탄첼의 주장을 인용하면서 1인칭 소설과 3인칭 소설의 구별이 쉽지 않음을 고백한다. 그러면서 그는 현재형으로 서술된 화자의 맺는말*Epilog*이 있는 경우, 화자는 자신이 서술한 이야기

---

58) F. K. Stanzel, *Theorie des Erzählens*, pp.122–23.

와 어떤 형태로든 관계를 갖기 때문에 이것을 1인칭 소설로 보아야 할지 3인칭 소설로 보아야 할지 망설여지는 때가 자주 있다고 말한다.[59]

슈탄첼은 순수한 3인칭 소설과 순수한 1인칭 소설 사이에는 여러 종류의 중간 형태가 있다고 말한다. 순수한 3인칭 소설은 실체를 보이지 않는 전지적인 화자가 서술하는 소설이고, 순수한 1인칭 소설은 '서술하는 나*das erzählende Ich*'와 '체험하는 나*das erlebende Ich*'가 일치하는 소설, 즉 '의사 자서전(擬似 自敍傳)*Quasiautographie*'이라는 것이다. 이러한 두 극단의 중간 형태로서 그는 다음과 같은 1인칭 화자가 등장하는 소설들을 들고 있다.[60]

1. 원고의 편집자(『걸리버 여행기』의 리처드 심프슨)
2. 이야기를 들려주는 화자(『스크류의 회전*The Turn of the Screw*』의 더글러스)
3. 액자소설의 화자(『캔터베리 이야기』의 초서)
4. 이야기 변두리의 1인칭 화자(관찰자·목격자·전기 작가·역사 서술가 등)

이야기 변두리의 1인칭 화자*der peripherische Ich-Erzähler*의 예로서 앞에서 언급된 『허영의 시장』의 화자를 들 수 있을 것이다. 이 1~4의 화자 종류는 번호의 수치가 적은 쪽으로 갈수록 3인칭적 요소가 강해지고 많은 쪽으로 갈수록 1인칭적 요소가 강해진다. 그

---

59) Gérard Genette, 앞의 책, pp.261–262.
60) F. K. Stanzel, *Theorie des Erzählens*, pp.257–58. 또 슈탄첼은 다른 각도에서 조이스의 『율리시스』를 1인칭과 3인칭의 중간 형태로 보고 있으나(위의 책, pp.287–89.) 필자로서는 수긍하기 어렵다.

러므로 1번의 바깥에는 실체가 없는, 순수한 3인칭의 화자가 존재하고 4번의 바깥에는 순수한 1인칭인 '의사 자서전'적 화자가 존재하는 것이다.

그러나 1인칭 소설이냐 3인칭 소설이냐를 판별하는 것은 결코 쉽지 않다. 웨인 부드는 "이를 구별하는 유용한 기준*criteria*을 발견한다는 것은 거의 기대하기 어렵다."[61]고 말하고 있다. 우리는 슈탄첼이 제시한 조건을 기준으로 받아들여도 좋을 것이다. 즉 화자가 소설 세계에 몸담고 있어야 한다는 조건이다. 화자가 소설 세계에 몸담는다는 말은 실체를 가진 화자가 소설 세계의 사건에 참여한다는 것을 의미한다. 이때 문제가 되는 것은 어느 정도로 실체를 갖고 있으며, 어느 정도로 소설 세계에 참여하느냐 하는 정도(程度)와 양(量)이다.

정도와 양을 가지고 1인칭과 3인칭을 구별해야 한다는 것은 그 판단이 자칫 주관적이고 자의적으로 될 수 있음을 의미한다. 이렇게 볼 때 1인칭과 3인칭을 구별하는 데는 주관적이고 자의적인 기준이 큰 역할을 한다는 결론이 나온다. 사실상 이것밖에 인칭을 구별할 방법이 없다. 작품 예를 들어 설명해 보자.

괴테의 『빌헬름 마이스터의 수업 시대』에는 전체 이야기를 서술하고 있는 화자가 '나*Ich*'라는 호칭을 쓰면서 얼굴을 내미는 곳이 몇 군데 있다. 예를 들어 보자. "내가 흔히 듣듯이, 첫사랑이 하나의 심장이 조만간 느낄 수 있는 가장 아름다운 일이라고 한다면⋯⋯"(1권 3장), "그 여자(멜리나 부인)는 노력하여 정서를 획득하는 자*Anempfinderin*라고 내가 부르고 싶은 존재였다."(2권 5장)와 같은 예에서 화자는 '나'라는 호칭으로 등장한다. 그리고 '우리들의

친구', '우리들의 주인공'이란 말로 작중인물이 자신이 잘 아는 주
변인물인 듯한 인상을 불러일으킨다. 그렇다 하여 작중인물들과 화
자가 직접 접촉했다는 명백한 표현은 어디에도 없다. 극단적인 입
장에서는 이 소설을 1인칭 소설이라고 말할 수도 있다. 왜냐하면 1
인칭 화자가 등장하기 때문이다. 그러나 이런 정도를 가지고 1인칭
소설이란 명칭을 부여하기는 힘들다 하지 않을 수 없다.

　인칭의 구별에 정도나 양을 고려하지 않는다면 괴테의 『젊은 베
르테르의 슬픔』을 3인칭 소설이라 부르는 것도 가능해진다. F. W.
침머만은 편지체 소설, 일기체 소설에서 편지나 일기는 단지 작중
인물의 직접화법의 특수한 형태일 뿐이라고 말한다. 그래서 『젊은
베르테르의 슬픔』이 3인칭 소설이라고 주장한다.62) 이 작품의 앞뒤
에 편집자로서 3인칭 소설적 화자가 등장하기 때문에 중간의 편지
부분을 작중인물의 직접화법이라 보면 이 작품이 3인칭 소설이라
는 말에도 일리가 있다. 그러나 앞뒤의 화자 발언은 중간의 편지
부분에 비해 엄청나게 적은 양이고, 중요성에 있어서도 떨어진다.
그렇기 때문에 감히 3인칭 소설이라고 말할 수 없는 것이다. 다시
말하면 『젊은 베르테르의 슬픔』은 양과 중요성으로 따져 이론의
여지 없이 1인칭 소설인 것이다.

　그러나 1인칭 소설과 3인칭 소설을 구별하는 뚜렷한 기준은 아
직 없다. 이에 대한 슈탄첼의 말은 음미해 볼 만한 가치가 있다. "1
인칭 소설과 3인칭 소설을 근본적으로, 다시 말하면 구조에 근거하
여 구별할 수 있느냐는 물음에 소설이론은 오늘에 이르기까지 보
편적으로 수긍할 수 있는 대답을 갖지 못하고 있다."63)

---

62) Friedrich W. Zimmermann, "Episches Präteritum, episches Ich und epische
　　Normalform", *Poetica* 4호(1971), p.310.

5. 2인칭 소설의 화자

근래 2인칭 소설*second-person narrative, Du-Erzählung*이 자주 논의되고 있다. 그전에는 1인칭 소설과 3인칭 소설 이외에 2인칭 소설을 생각하지 못했다. 그러나 윌리엄 포크너William Faulkner가 대화 속에 상대방의 유년 시절이나 상대방이 잊고 있던 일, 상대방이 일부만 의식하고 있는 것을 일깨우고 환기시키는 내용을 많이 넣음으로써 2인칭 소설의 가능성이 제시되었다. 부분적으로 2인칭 소설의 형태를 보인 작품들은 더러 나타났었지만, 장편 전체를 2인칭으로 구성하여 주목을 받은 작품은 미셸 뷔토르Michel Butor의 『변경*La Modification*』(1957)이 처음이었다. 이 작품 이후에 2인칭 소설이 많이 논의되고 또 많이 나타나고 있다.

실생활에 있어서도 범죄의 수사관이나 재판정의 검사 또는 판사는 피고를 앞에 세워 두고 피고의 행적을 소상히 서술한다. 이러한 발언 형태가 2인칭 소설의 기본이 되는 것이다. 어떤 인물이 자신에 관해 이야기를 하게 되면 1인칭의 이야기가 되지만 상대방의 이야기를 상대방에게 들려주면 2인칭의 이야기가 된다. 상대방이 자신의 이야기를 하고 싶지 않거나 할 수 없거나 또는 잊고 있을 때 이러한 발언 형태가 성립된다. 그러므로 이러한 종류의 이야기는 항상 '교육적*didaktisch*'이라고 뷔토르는 말하고 있다.64)

2인칭 소설의 첫 작품인 뷔토르의 『변경』을 살펴보자. 기차 속에서 일어나는 일로서 화자는 '당신*vous*'을 향해 이야기한다.

---

63) Franz K. Stanzel, *Theorie des Erzählens*(제7판), Göttingen 2001, p.110.
64) Michel Butor, *Repertoire 2*(독역), München, 연도 미상, p.100.

머리를 완전히 뒤로 젖힌 채 당신은 당신의 자리 위, 개선문 사진을 덮고 있는 직사각형의 유리판이 약간 반짝이는 것을 본다. 한 역의 불빛이 지나간다. 타르퀴니아 역이 틀림없다.

당신은 속으로 생각한다. 꼼짝 않고 있어야 해. 적어도 꼼짝 않고 있어야 해. 어떻게 움직여 봐도 아무 소용이 없어. 기차가 덜컹거리는 것만으로도 이미 당신의 확신들은 마치 지나치게 혹사당한 기계의 부속품들처럼 제멋대로 서로 부딪치며 헛돌고 삐걱거리지 않는가.

하지만 그것을 막을 도리는 없으며, 이 팔이라도 좀 풀어야겠다. 마치 당신이 활을 당긴 것처럼, 당신의 손이 튕겨 나가고 손가락들이 펴진다. 그 손가락 등 쪽이 한쪽 뺨을, 몸을 다시 똑바로 세우고 당신 옆에 앉아 있는 여자의 한쪽 뺨을 스치는데, 마치 그 뺨이 활활 타고 있기라도 하듯 손은 재빨리 거기서 떨어져 나가고, 당신은 그녀의 얼굴을, 지금은 두 눈을 뜨고 있는 그녀의 얼굴을 유심히 본다.

이와 같이 이 작품은 2인칭인 '당신'의 행동과 생각을 화자가 계속 서술하는 형태를 취하고 있다.

2인칭 소설의 화자는 대개의 경우 3인칭 소설의 화자와 성격이 다르다. 3인칭 소설의 화자가 소설 세계의 사건이나 작중인물과 아무런 관계가 없는 존재인 데 반해, 2인칭 소설의 화자는 원칙적으로 작중인물과 같은 생활공간에서 살았거나 아니면 지금도 같은 생활공간에 살고 있는 존재다. 다시 말하면 2인칭 소설의 화자는 주인공과 항상 행동을 같이했거나(예: 친구 또는 가족으로서), 그 인물의 행적을 자세히 조사한 사람(예: 수사관 또는 역사학자)이다. 경우에 따라서는 죽은 사람을 추억하여 2인칭으로 쓰는 경우도 있다. 어쨌든 화자는 원칙적으로 주인공과 인간적인 관계를 갖고 있다고 하겠다.

그러나 화자와 2인칭 주인공과의 관계가 전혀 밝혀지지 않고 화자의 서술이 아주 객관적인 경우도 있다. 뷔토르의 『변경』이 그러한 경우로, 이 화자는 3인칭 중립적 화자와 성격이 비슷하다. 나아가 인간인 화자로서는 도저히 알 수 없는 주인공의 미세한 심리나, 주인공이 없는 곳에서 일어난 일을 서술하고 있어 3인칭 전지적 화자와 다름없는 능력을 가지고 있다.

모니카 플러더니크는 2인칭 소설의 종류를 크게 둘로 나눈다. 즉 동일 커뮤니케이션*homocommunicative* 소설과 이질 커뮤니케이션 *hetero-communicative* 소설의 둘이다. 이 분류에는 화자와 작중인물 사이에 접촉이 있느냐 없느냐가 기준이 된다. 예를 들어 에드먼드 화이트Emund White의 『나폴리 왕을 위한 야상곡*Nocturnes for the King of Naples*』에는 1인칭 화자인 '나'와 2인칭 청자인 '너'가 둘 다 작중인물로서 작품 속에서 서로 접촉하며 작품을 구성하고 있어 동일 커뮤니케이션 소설에 속한다는 것이다. 이런 경우를 '우리들 소설*we-narrative*'이라 부르기도 한다. 그리고 1인칭 화자인 '나'와 2인칭 작중인물 '너' 사이에 아무런 접촉이 없고, 화자가 자신에 대해 전혀 언급함이 없이 작중인물 '너'에 대해서만 서술하는 경우에는 이질 커뮤니케이션 소설이 된다는 것이다. 앞에서 언급한 뷔토르의 『변경』이 그 예라 할 수 있다.[65]

파울 체히Paul Zech는 죽은 사람을 추억하는 2인칭 소설을 썼다. 착취당하면서 고독하게 살았던 한 여인의 생애를 두고 독백체로 비감하게 그린 장편 『불쌍한 요한나의 이야기*Die Geschichte einer armen Johanna*』(1925)가 그것이다. 죽은 사람을 향해 발언하는 형식의 이 작품은 그동안 평가를 받지 못하고 잊혀 있었지만, 2인칭 소설이 논의되기 시작하자 주목을 받게 되었다. 그러므로 이 작품은 사실상 최초의 2인칭 소설이라 할 수 있다. 그러나 이런 경우 청자가 존재하

---

65) Monika Fludernik, "Second-person Narrative as a Test Case for Narratology", Miek Bal 편, *Narrative Theory*, vol. Ⅱ, New York 2007, p.20 이하.

지 않기 때문에 화자의 발언은 1인칭 화자의 독백으로 간주된다.

또 자신을 2인칭으로 하여 자신의 행적을 자신에게 말하는 2인칭 소설도 가능하다. 이때 이것은 독백 또는 내적 독백의 모습을 띠게 된다. 게르트 용케Gert Jonke의 『먼 곳의 울림Der ferne Klang』(1979)이 이런 형식의 작품이다. 뷔토르는 자신의 『변경』을 두고 작품 전체가 1인칭 화자의 내적 독백이라고 1957년의 인터뷰에서 밝힌 바 있다.[66] 그러나 독자의 입장에서는 이 작품이 화자의 내적 독백으로는 느껴지지 않는다.

또 3인칭으로 어떤 인물을 서술해 가는 가운데 그 인물을 향해 말을 거는 경우가 있다. 귄터 그라스Günter Grass의 『고양이와 쥐 Katz und Maus』(1961)가 그런 작품이다. 1인칭 화자가 같이 공부했던 동급생 말케란 인물을 두고 3인칭으로 서술하는 가운데 "그때 너는 아마도 이렇게 생각했을 것이다……" 같은 독백을 군데군데 넣고 있다. 3인칭으로 서술하는 가운데 '너'를 향한 독백이 부분적으로 들어 있는 이 작품을 플러더니크는 2인칭 소설로 취급하고 있지만[67] 그렇게 보기에는 무리가 있다.

2인칭 소설의 화자가 실체를 갖춘 '나'라는 인간인 점에서 이 화자는 1인칭 소설의 화자와 원칙적으로 다를 것이 없다. 2인칭 소설의 화자나 1인칭 소설의 화자나 자신이 체험을 통해 알게 된 사실을 서술한다는 점에서 차이가 없는 것이다. 단지 전자가 대화 상대방에 관한 내용을 서술하고 후자가 자기 자신에 관한 내용을 서술한다는 점이 다를 뿐이다.

그러나 이 화자가 2인칭의 인물과 전혀 접촉하는 일이 없는 '이

---

66) *Kindlers Literaturlexikon, Bd. 7*, München 1974, p.6386.
67) M. Fludernik, 앞의 책, p.21.

질 커뮤니케이션 소설'이 있다는 것은 위에서 언급한 바 있다. 이런 경우 화자가 대상 인물의 내면의 심리까지 자세히 묘사하는 등 신(神)에 가까운 전지적 능력을 가질 수도 있다.

어쨌든 2인칭 소설의 화자는 대개 주인공과 생활공간을 공유하는 '인간'이다. 그러므로 원칙적으로 신과 같은 전지적 능력을 발휘할 수는 없다. 그러나 인간인 1인칭 화자가 '월권'을 행사하여 전지적 능력을 발휘할 수 있듯이(제4장 시점 2. Ⅱ. 참조) 이 2인칭 소설의 화자 역시 월권을 행사하여 전지적 화자가 될 수 있다. 페터젠은 2인칭 소설의 화자가 신(神)처럼 상대의 마음속에 들어가 그것을 독자에게 공개하는 것이 얼마든지 가능하다고 말한다.[68]

2인칭 소설에는 화자의 이야기를 듣고 있는 특정의 청자(聽者)가 있다. 이것은 사건에 관여하고 있는 인물인 '너' 혹은 '당신'이 동시에 청자의 역할을 하고 있는 것이다. 이 청자는 1인칭 소설 속의 특정 청자와 본질적으로 다르지 않다고 하겠다. 괴테의『젊은 베르테르의 슬픔』과 같은 1인칭 편지체 소설에 특정의 청자가 있고, 카뮈의『전락(轉落)』과 같은 독백체 1인칭 소설에 특정의 청자가 있는 것과 같은 현상이다. 다만 2인칭 소설의 청자는 '너' 또는 '당신'으로 호칭되는 소설 속 사건의 당사자라는 점이 다를 뿐이다.

우리는 화자와 청자와 사건이라는 세 가지 요소의 상호 관계로 소설의 인칭을 구분할 수 있다. 화자가 청자를 향해 자기가 관여한 사건에 대해 이야기하면 그것은 1인칭 소설이다. 화자가 청자를 향해 자기도 청자도 아닌, 제3의 인물이 관여한 사건에 대해 이야기를 하면 그것은 3인칭 소설이다. 화자가 청자를 향해 청자가 관여한 사건에 대해 이야기하면 그것은 2인칭 소설이다.

---

68) Jürgen Petersen, *Erzählsysteme*, Stuttgart 1993, p.68.

6. 이중화자

　대부분의 작품은 단 한 명의 화자만을 가지고 있다. 그러나 액자소설에서 바깥 이야기와 안 이야기의 화자가 각각 다를 때 그 작품은 복수의 화자를 갖게 된다. 예를 들어 이문열의 『사람의 아들』에서 바깥 이야기의 화자와 안 이야기의 화자는 서로 다르다. 그러므로 이 작품에는 두 명의 화자가 존재한다. 그러나 이 경우 각각 별개의 이야기를 하는 두 명의 화자가 병렬되어 있는 데 불과하다.

　이와는 달리 한 이야기에 두 명의 화자가 존재하는 경우가 있다. 이를 이중화자(二重話者)*double narrators, Doppelerzähler*라 부른다. 예를 들어 17세기 프랑스의 종교적 갈등을 주제로 다룬 마이어 C. F. Meyer의 「부적*Das Amulett*」(1873)이 그러한 작품에 해당된다. 이 작품의 서두에는 "17세기 초에 기록된 낡고 빛바랜 종이들이 내 앞에 놓여 있다. 나는 그것을 우리들 시대의 언어로 번역한다."는 가상적 편집자(또는 작가)의 말이 있고 나서 이야기가 시작된다. 그리고 원래의 화자인, 그 '낡고 빛바랜 종이'의 기록자는 1611년에 그 이야기를 서술하고 있음을 맨 처음에 밝히고 있다. 다시 말하면 이 작품은 어떤 1인칭의 화자가 17세기 초에 쓴 것을 19세기 후반(소설이 쓰인 시기)에 다른 화자가 19세기 당시의 언어로 바꾸어 세상에 내놓는 형식을 취하고 있는 것이다. 이때 원래의 화자가 존재하는데다가 이 기록의 언어를 다듬고 바꾼 후대의 편집자적 화자가 존재하기 때문에 하나의 이야기를 두 명의 화자가 서술한 형식이 되어 있는 것이다.

　테오도어 슈토름의 「레나테*Renate*」(1878)에서도 비슷한 현상을 발견할 수 있다. 이 작품은 액자소설로서 바깥 이야기의 화자가 할

아버지의 귀중품 상자에서 옛날 기록 문서를 찾아내어 그것을 공개하는 형식으로 되어 있다. 말하자면 그 공개된 문서의 내용이 안 이야기를 이루고 있는 것이다. 그런데 바깥 이야기의 화자는 "나는 서술 방법이나 전달 방법에 있어서 보다 생생한 묘사를 위해 필요하다고 여겨지는 정도로 변경을 가했다."고 말하면서 안 이야기를 소개하고 있다. 그러므로 안 이야기는 원래의 기록자와 변경을 가한 바깥 이야기의 화자 두 사람의 합작으로 이루어져 있는 것이다.

이러한 현상은 김동인의 「배따라기」에서도 볼 수 있다. 액자소설인 이 작품의 안 이야기는 뱃사공이 들려준 이야기지만 뱃사공의 말을 그대로 전달하는 것이 아니라 바깥 이야기의 화자가 자기 입장에서 그것을 재정리하여 전달하고 있다. 그리하여 1인칭이 아니고 3인칭 형식으로 안 이야기가 서술되어 있다. 여기서 안 이야기는 뱃사공의 순수한 고백이 아니라 뱃사공과 바깥 이야기의 화자가 합작으로 만든 혼합물임을 알 수 있다.

소설에는 이렇게 이중의 화자를 갖는 작품이 드물지 않다. 원래의 기록자는 제1화자로서 이야기를 생산한 사람이고, 나중의 화자는 제2화자로서 그 이야기를 번역하고 거기에 편집자적 가공(加工)을 했거나 이야기 자체를 자기류로 바꾸어 서술한 사람이다. 대개는 액자소설의 형태를 취한다. 제1화자의 역할이 큰 경우도 있지만 제2화자의 역할이 더 큰 경우도 있다. 소설에 나타나 있는 상황을 액면 그대로 인정한다면, 「부적」, 「레나테」에 있어서는 제1화자의 역할이 더 크지만, 「배따라기」에 있어서는 제2화자의 역할이 더 크다고 할 수 있다.

제2화자의 역할이 두드러지게 큰 다른 경우를 보자. 앞에서도 언급한 하인리히 뵐의 단편 「발렉가(家)의 저울」은 "내 할아버지의 고향에서는 대부분의 사람들이 아마(亞麻)를 훑는 일로 먹고살았다.”로 시작하여 할아버지 당대의 이야기를 손자인 화자가 독자에게 들려주는 형식을 취하고 있다. 화자는 “할아버지는 나에게 자주 말씀하셨다……”고 밝혀 이 이야기가 할아버지에게서 들은 이야기임을 밝히고 있다. 이때 제1화자는 할아버지이고 제2화자는 이 이야기를 서술하고 있는 1인칭 화자다. 여기서 제2화자는 할아버지의 이야기를 자기 나름으로 재구성했기 때문에 제1화자에 비해 그 역할이 더 크다고 할 수 있다.

김동리의 「무녀도」에서도 사정은 마찬가지다. “……소녀가 남기고 간 그림 — 이것을 할아버지께서는 ‘무녀도’라 불렀지만 — 과 함께 내가 할아버지로부터 전해 들은 이야기는 다음과 같다.” 이렇게 이 소설의 화자는 이야기를 시작한다. 이때 제1화자인 할아버지에 비해 그것을 재정리하여 들려주는 제2화자의 역할이 더 크다는 사실을 우리는 부정할 수 없다.

앞에서 언급한 ‘연대기적 소설’에 드는 마이어의 「부적」이나 에코의 『장미의 이름』 같은 작품도 이중화자를 갖고 있다(제2장 시간 4 참조).

이중화자란 관점에서 보면 소설 문장의 ‘간접화법’과 ‘간접적 내적 독백’도 이중의 화자를 갖는다. 그것은 작중인물과 화자의 두 목소리가 합쳐진 것이기 때문이다(제5장 문장 2 참조).

시점(視點)*point of view, Erzählperspektive*이란 화자가 사건을 어떤 입장에서 보느냐 하는 시각(視角)의 문제다. 앞의 제3장에서 다룬 것이 화자의 성격 문제라면, 여기서 다루는 것은 사건에 대한 화자의 시각 문제라 할 수 있다. 이것은 화자가 어떤 위치에서 사건을 보느냐 하는 위치의 문제이기도 하고, 화자가 어느 인물에 초점*focus*을 맞추느냐 하는 초점의 문제이기도 하고, 화자가 작중인물들의 마음속에 어느 정도로 들어가느냐 하는 능력의 문제이기도 하다.

소설이론 가운데서 가장 정교하게 확립되고, 가장 객관적 타당성을 인정받고 있는 분야가 아마도 시점 이론일 것이다. 이 분야에 대한 관심은 영어권에서 제일 먼저 일어났다.

퍼시 러보크는 1921년에 발간한 그의 『소설의 기술』에서 "나는 소설 기술(技術)에 있어서의 방법이라는 복잡한 문제 전체는 시점의 문제, 즉 화자가 스토리에 대해 갖는 관계에 달려 있다고 생각한다."[1]고 말함으로써 시점의 중요성을 강조했다. 그는 시점이 소설의 형태를 결정하는 중요한 요소임을 알고 있었던 것이다. 소설이론 분야에서 시점에 관한 관심이 높아진 것은 그의 공로라 하겠다.

소설의 역사는 오래다. 그러나 시점이란 것을 의식하게 된 지는 불과 수십 년이다. 세르반테스, 괴테, 발자크, 톨스토이 등이 훌륭한 소설들을 썼지만 그들은 결코 시점 이론을 알고 소설을 썼던 것은

---

1) Percy Lubbock, *The Craft of Fiction*, London(1921) 1957, p.251.

아니었다. 그들에게는 시점이란 개념 자체도 머릿속에 들어 있지 않았던 것이다. 그들은 시점을 거의 무의식적으로 체득하고 무의식적으로 작품 제작에 활용했다고 할 수 있다. 이 시점에 대하여 맨 처음 의식하고 문제를 제기했던 사람은 헨리 제임스Henry James였다. 그러나 맨 처음 이론적인 체계를 세웠던 사람은 퍼시 러보크였다.

지금까지 영미 계통은 소설이론에서 대체로 화자의 시각 문제인 포인트 오브 뷰point of view에 관심을 기울여 왔다고 할 수 있다. 그러나 프랑스에서는 화자의 시각 문제를 주로 다루어 오면서도 영미 계통과는 다른 시점 이론을 개발했다. 또한 독일에서는 화자의 본질 문제에 관심을 갖고 화자의 성격에 기반을 둔 시점 이론을 개발했다. 우리는 이 세 가지 계통의 시점 이론을 모두 개관할 필요가 있다. 왜냐하면 이론의 출발이 되는 발상(發想) 자체가 다르기 때문이다.

1. 서구의 시점 이론들

Ⅰ. 영미의 시점 이론

시점에 대하여 맨 먼저 이론적 체계를 세웠던 퍼시 러보크는 오늘날 우리들이 알고 있는 정도의 시점 이론에는 도달하지 못했다. 그러나 그가 시점 이론을 주제와 결부시켜 문학작품을 분석하는 비평의 한 방법으로 제시한 것은 그의 공적이 아닐 수 없다.

그 후 토마스 어젤은 『소설 기술Narrative Technique』(1934)에서

시점 유형을 분류하여 오늘날 우리들이 생각할 수 있는 거의 모든 유형을 열거했다. 실로 시점 이론의 가장 큰 공로자는 어젤이 아닐 수 없다. 그는 시점을 다음과 같이 넷으로 분류한다.[2]

1) 전지적 시점(全知的 視點)*omniscient viewpoint*: 작가가 전지적인 신(神)의 위치에서 사건을 서술한다. 모든 작중인물의 마음속을 들여다볼 수 있다. 3인칭 서술에만 가능하다.

2) 주인물 시점(主人物 視點)*major character viewpoint*: 작가가 주인물의 입장에서 서술한다. 주인물의 마음속은 독자에게 알려지지만 다른 인물의 마음속은 공개되지 않는다. 1인칭과 3인칭의 두 형태가 있다.

3) 부인물 시점(副人物 視點)*minor character viewpoint*: 부인물 중의 한 사람의 입장에서 주인물의 이야기를 서술한다. 주인물의 마음속 생각은 작가(또는 화자)인 부인물이 알 수가 없다. 또한 부인물이 없는 곳에서 일어나는 사건에 대해서도 부인물이 알 수가 없다. 그러므로 부인물이 알 수 없는 일은 독자도 알 수가 없다. 역시 1인칭과 3인칭의 두 형태가 있다.

4) 객관적 시점(客觀的 視點)*objective viewpoint*: 등장인물들의 마음속을 들여다봄이 없이 바깥에 나타나는 동작·표정·대화만을 기록한다.

어젤은 이렇게 시점을 넷으로 분류하지만 2), 3)을 다시 각각 1인칭과 3인칭으로 나누기 때문에 어젤의 시점 유형은 도합 6가지가 된다.

---

2) Thomas Uzzell, *Narrative Technique*, 3. ed., New York 1934, pp.410-37.

브룩스/워렌C. Brooks/R. P. Warren(1943), 노먼 프리드먼Norman Friedman(1955), 로렌스 페린Laurence Perrine(1959), 바네트/버먼/버토Barnet/Berman/Burto(1961)의 이론들은 용어와 분류 방식에 다소의 차이를 보이고 있지만 어젤의 이론에서 크게 벗어나 있지 않다.

영미의 시점 이론에 있어서 기본이 되는 분류 기준은 '마음속에 들어가기entering the mind'다. 다시 말하면 화자가 작중인물의 마음속에 들어가느냐 들어가지 않느냐, 들어가면 어느 범위의 인물들에게 들어가느냐 하는 것에 의해 시점 분류가 이루어진다. 화자가 한 인물을 선택하여 그의 마음속에 들어가는 경우, 그 인물을 흔히 시점인물(視點人物)reflector, Reflektor이라 부른다. 근래에는 그 인물에게 초점을 맞춘다 하여 초점인물(焦點人物)focalizer이란 표현을 쓰기도 한다.

여기에는 물론 화자가 소설 세계에 몸담고 있느냐 아니냐 하는 구별, 즉 1인칭이냐 3인칭이냐 하는 구별도 함께 분류의 기준이 된다.

대표적인 예를 바네트/버먼/버토의 이론에서 살펴보자. 이들은 시점을 다음과 같이 분류하고 있다.[3]

Ⅰ. 참여자 시점 *Participant*(1인칭)

　a) 주인물이 화자인 시점 *Narrator as a major character*

　b) 부인물이 화자인 시점 *Narrator as a minor character*

Ⅱ. 비참여자 시점 *Non-participant*(3인칭)

　a) 전지적 시점 *Omniscient*

　b) 선택적 전지 시점 *Selective omniscient*

　c) 객관적 시점 *Objective*

---

3) Barnet/Berman/Burto, *An Introduction to Literature*, Boston 1967, pp.36-37.

위의 시점 분류를 좀 더 자세히 살펴보자. 시점은 서술되고 있는 사건에 화자가 참여하고 있느냐 있지 않느냐에 따라 1인칭과 3인칭으로 크게 나누어진다. 참여하고 있으면 1인칭이고, 참여하지 않으면 3인칭이다. 다시 1인칭 시점은 화자 자신이 사건의 주인물로서 자신의 이야기를 서술하느냐, 아니면 주변인물로서 주인물의 이야기를 서술하느냐에 따라 '주인물 시점'과 '부인물 시점'의 둘로 나누어진다.

3인칭의 경우는 화자가 인물의 마음속에 들어가는 정도에 따라 셋으로 나누어진다. 첫째, 신과 같이 거의 무제한으로 어느 인물의 마음속에나 들어가는 경우가 '전지적 시점'이다. 그리고 여러 명의 작중인물 가운데 한 사람만 선택하여 그의 마음속에 들어가는 경우가 '선택적 전지 시점'이다. 나아가 작중인물의 마음속에 들어감이 없이, 영화 장면을 본 대로 서술하듯 바깥에 드러나는 모습과 행동과 음성만을 서술하는 경우가 '객관적 시점'이다.

바네트 등은 또한 전지적 시점의 경우를 화자가 논평을 가하고 모습을 드러내는 '논평적 전지*editorial omniscient*'와 아무런 논평도 없고, 모습을 드러내지도 않는 '중립적 전지*neutral omniscient*'로 구별한다.

바네트 등의 이러한 시점 이론은 지금까지 제기되었던 대부분의 가능성을 거의 다 포괄하는 것으로 생각된다. 그러나 본질적으로 어젤의 이론과 차이가 없다.

Ⅱ. 프랑스의 시점 이론

프랑스의 시점 이론을 논의함에 있어서 가장 중요한 인물은 장 푸이용Jean Pouillon과 츠베탕 토도로프일 것이다. 푸이용은 『시간 과 소설*Temps et Roman*』(1946)에서 시점을 다음과 같이 셋으로 분 류한다.4)

1) 뒤로부터의 시점*vision par derrière* : 이것은 초능력의 화자가 사건과 인물의 배후로부터 모든 것을 꿰뚫어 보는 시점이다. 영미식의 전지적 시점에 해당된다.

2) 동반(同伴)적 시점*vision avec* : 이 시점은 작중인물 중 한 사람 의 지각을 통해서 사물을 인식하는 시점이다. 이 인물이 듣지 못하거나 보지 못하는 사건은 화자 역시 듣지도 보지도 못한 다. 이 인물이 모르는 사실은 화자 역시 알지 못한다. 영미식 의 용어로는 선택적 전지 시점에 해당되고 또 1인칭 시점에도 해당된다. 여기서 화자는 작중인물과 '함께' 사물을 인식하거 나(3인칭의 경우), 화자 자신이 바로 작중인물이 된다(1인칭의 경우).

3) 밖으로부터의 시점*vision du dehors* : 이것은 영화의 관객처럼 화자가 작중인물의 마음속을 들여다봄이 없이 보이고 들리는 것만 서술하는 경우다. 영미 이론의 객관적 시점에 해당된다.

푸이용의 이론은 본질적으로 영미 이론과 다를 것이 없다. 단지 분류의 기준을 정하는 발상이 다를 뿐이다. 그런데 토도로프는 이 푸이용의 이론을 다소 변경시켜 상당히 유용한 시점 도식을 만들 어 내었다. 토도로프는 화자가 작중인물과 비교하여 사건에 대하여

---

4) E, Lämmert, *Bauformen des Erzählens*, Stuttgart 1972, pp.70–71(재인용).

알고 있는 정도가 어느 정도냐 하는 데 분류의 기준을 두고 있다. 그리하여 그는 다음과 같이 등호와 부등호를 사용한 세 개의 도식을 제시한다.[5]

1) 화자 > 작중인물
2) 화자 = 작중인물
3) 화자 < 작중인물

첫째는 푸이용의 '뒤로부터의 시점'과 같은 경우로 화자가 작중인물보다 사건에 대하여 더 많이 알고 있다. 둘째는 푸이용의 '동반적 시점'과 같은 경우로 화자가 알고 있는 정도가 작중인물이 알고 있는 정도와 같다. 셋째는 '밖으로부터의 시점'과 같은 경우로 화자가 작중인물에 비해 아는 것이 더 적다. 이 경우는 화자가 작중인물의 마음속에 들어가지 못하기 때문에 화자가 알고 있는 정도가 작중인물보다 못한 것이다.

제라르 즈네트는 영미의 시점 이론에 수정을 가하는 이론을 제시했다. 그는 영미 이론이 "누가 보느냐?" 하는 시선의 문제와 "누가 이야기하느냐?" 하는 화자 문제를 분리하지 않고 하나로 취급하고 있어 불완전하다며 보완하는 이론을 내어놓았다.

그는 "누가 보느냐" 하는 문제에 대해 초점화(焦點化)*focalization* 이론을 개발했다. 말하자면 누구의 시선으로 사물이나 인물을 보느냐, 다시 말하면 누구의 입장에서 사건을 인식하느냐 하는 것이 초점화의 요점이다. 그리하여 다음과 같이 초점화를 분류한다.[6] 이것은 위의 푸이용과 토도로프의 이론을 원용한 것이다.

---

5) Tzvetan Todorov, "Die Kategorien der literarischen Erzählung"(독역), Heinz Blumen-sath 편, *Strukturalismus in der Literaturwissenschaft*, Köln 1972, pp.282-83.
6) Gérard Genette, *Die Erzählung*(독역), München 1994, pp.132-38.

첫째, 영초점화(零焦點化)*non-focalization*이다. 이것은 고전적인 소설작품들에서 볼 수 있는 것처럼 모든 것을 알고 있는 화자가 그의 시선으로 사건과 인물을 바라보며, 특정 인물의 눈을 통해 보게 하지 않는다. 영미 이론으로는 전지적 시점이 된다.

둘째, 내초점화(內焦點化)*internal focalization*다. 이것은 어떤 특정 인물의 시선으로 외계를 바라보는 경우다. 여기에는 '고정적*fest*', '가변적*varialbel*', '다중적*mutipel*'이라는 세 종류의 초점화가 있다. 고정적인 것으로는 헨리 제임스의 『대사들*The Abassaders*』을 예로 들 수 있는데, 한 인물에만 시선을 고정시켜 외계를 바라보는 것을 의미한다. 이것은 영미 이론으로는 선택적 전지 시점이다. 가변적인 것으로는 플로베르의 『마담 보바리』를 들 수 있는데, 처음에는 샤를르의 시선, 다음은 엠마의 시선 그리고 다시 샤를르의 시선으로 바뀐다. 영미 이론으로는 시점인물이 교대되는 선택적 전지 시점이다. 다중적인 것으로는 로버트 브라우닝의 서사시 「반지와 책*The Ring and the Book*」을 들 수 있는데, 똑같은 사건을 보는 여러 인물의 시선이 복합적으로 제시된다(2. 시점의 분류, '스테레오적 시점' 참조).

셋째, 외초점화(外焦點化)*external focalizatin*다. 이것은 심리묘사 없이 영화 장면을 보는 것처럼 외부로 드러나는 것에만 시선이 가 있는 경우를 의미한다. 헤밍웨이의 「살인자들*The Killers*」 및 「흰 코끼리 같은 언덕들*Hills Like White Elephants*」을 예로 들 수 있다. 이것은 영미 이론의 객관적 시점에 해당된다.

즈네트는 이렇게 소설에 나타나는 시선을 셋으로 분류한다.

나아가 "누가 이야기하느냐"의 '목소리' 문제를 다룬다. 즉 화자의 위치를 두고 진술을 두 가지로 나누는데, 화자가 사건 바깥에 있으면 외부적 서술*extradiegetisch*이고, 사건 안쪽에 있으면 내부적 서술*intradiegetisch*이다. 그리고 화자와 사건의 관계를 가지고 다시 두 가지로 나누는데, 발언자가 사건에 참여하지 않는 경우는 이질적 서술*heterodiegetisch*이고, 참여하는 경우는 동질적 서술*homodiegetisch*이다. 이 네 가지가 얽혀서 발언자의 성격이 드러난다. 예를 들면 『천일야화』의 세헤라자데는 내부적 서술에 이질적 서술의 발언자다. 작품 내의 인물이면서 안 이야기의 사건에는 참여하고 있지 않다는 뜻이다. 호메로스의 작품 속 인물인 오디세우스는 내부적 서술에 동질적 서술의 화자이고, 『잃어버린 시간을 찾아서』의 마르셀은 외부적 서술에 동질적 서술의 발언자로 분류된다.[7]

영어권의 코헌/샤이어즈는 즈네트의 초점화 이론을 보완한다. 그들 저자들은 영화에서 소리와 영상을 각각 분리하여 생각해야 하듯이, 소설속의 목소리와 시선을 분리하여 생각해야 한다는 말로 초점 이론을 설명한다. 그리하여 그들은 화자*narrating agent*(누가 이야기 하느냐), 초점인물*focalizer*(누가 보느냐), 그리고 초점대상*the focalized*(보이거나 서술되는 인물 및 사물, 정신영역의 경우 감정, 인식, 지각 등) 이 세 가지의 관계에서 초점화*focalization*가 이루어진다고 말한다. 그들은 예를 들어 설명한다. 서머세트 모옴Somerset Maugham의 작품 「편지*The Letter*」의 한 구절이다.[8]

조이스 씨의 얼굴은 그늘 속에 머물러 있었다. 그는 천성이 조용한 사람이었다. 이제 그는 로버트 크로스비를 아무 말 없이 완전히 1분 동안이나 쳐다보았다. 크로스비는 6피트가 훨씬 넘는 거구에 어깨가 넓었고, 근육질이었다.

---

7) 위의 책, p.178.

8) S. Cohan/L. M. Shires, *Telling Stories*, London & New York 1997, p.95 이하.

여기서는 드러나지 않는 화자가 말을 하고 있다. 그러나 크로스 비를 쳐다보는 것은 조이스 씨다. 이때 조이스 씨가 초점인물이고 크로스비가 초점대상이다. 그러나 이것은 영미 이론에서 시점인물과 선택적 전지 시점으로 설명이 가능하다.

즈네트나 코헌/샤이어즈의 초점 이론은 소설에서 목소리와 시선을 분리하여 별개로 다루는 좋은 착상이긴 하지만, 이미 개발된 영미 이론과 크게 차이가 나는 것은 아니라고 하겠다.

Ⅲ. 독일의 시점 이론

영미 계통이 포인트 오브 뷰*point of view*에 주력해 왔다면 독일은 화자의 본질 문제에 주력해 왔다고 할 수 있다. 그리하여 영미의 시점 이론보다 발달이 늦어 영문학자 프란츠 슈탄첼이 20세기 후반에 와서 확립한 시점 이론이 일반적으로 통용된다. 그는 1964년에 발간한 저서에서 시점을 다음과 같이 분류하고 있다.[9]

1) 기록자적 시점 *auktoriale Erzählsituation*
2) 1인칭 시점 *Ich-Erzählsituation*
3) 인물적 시점 *personale Erzählsituation*

슈탄첼의 분류 기준은 영미와는 본질적으로 다르다. 영미의 시점 분류가 화자가 작중인물의 마음속에 들어가느냐 들어가지 않느냐 하는 화자의 입장에서의 분류라면, 슈탄첼의 것은 화자의 존재가 독자에게 느껴지느냐 느껴지지 않느냐 하는 독자의 입장에서의 분류다. 이것은 화자 이론에서 화자가 전면에 모습을 드러내느냐(논평

---

9) F. K. Stanzel, *Typische Formen des Romans*(제6판) Göttingen 1972, p.11 이하.

적 화자), 이면으로 후퇴하느냐(중립적 화자) 하는 점을 원용한 것이라 하겠다(제3장 화자 3 참조). 이야기를 들려주고 있는 어떤 존재가 독자에게 느껴지지 않고, 마치 독자 자신이 소설 속의 인물로서 사건의 현장에 있는 듯한 느낌을 주는 경우, 그 시점은 인물적 시점이다. 그러나 화자 또는 기록자의 존재가 독자에게 분명히 의식되는 경우, 그 화자가 자신이 겪었던 이야기를 들려주면, 그것은 '1인칭 시점'이고, 타인의 이야기를 들려주면 '기록자적 시점'이다.

그러나 이 세 가지가 확연하게 구별되는 것은 아니다. 애매한 중간 단계가 있을 수 있다. 특히 인물적 시점과 기록자적 시점은 한 작품 안에서 섞여 나오는 경우가 있고, 심하면 한 문장 안에서 섞여 나오는 경우도 있을 수 있다.

슈탄첼 자신은 다음과 같은 예문으로 그의 세 가지 시점을 구별하고 있다.[10]

[기록자적 시점]: 전쟁이 진행되는 동안 결국 이 도시 또한 정복되고 파괴되었다. 그때 거의 모든 집과 사원이 정복자의 방화로 잿더미가 되었다. 공포심이 여자들과 아이들과 노인들이 대부분인 주민들을 사로잡았다. 정복자들은 맨 먼저 약탈을 생각한 것으로 알려지고 있다. 추측건대 그곳 사원의 풍부한 보물들도 당시 약탈되었을 것이다. 약탈자들이 풍성한 전리품을 분배하면서 서로 다투었다고 증인들에 의해 이야기되고 있다. 당시의 전쟁법에 상응되게 대부분의 주민들이 정복자에 의해 포로로 잡혀갔다. 그에 의해 많은 아이들이 어머니를 잃었고, 많은 여인들이 남편을 잃었다.

[인물적 시점]: 동쪽 성벽에서 약간 떨어진 그의 집의 지붕에서 그는 아주 분명히 적군이 성내로 들어오는 데 성공했음을 시사하는 소리를 들

---

10) 위의 책, pp.12–17.

었다. 전투의 소음은 점점 더 가까이 다가왔다. 그쪽 방향에 있는 집들의 지붕 위로 벌써 붉은 불빛이 나타났다. 골목길 도처에서 사람들이 이리저리 허둥대기 시작했다. 이 순간에는 어디에서 이 위급한 상황에 대한 구조를 찾을 수 있을지 아무도 모르는 것 같았다. 그의 집 바로 앞에 한 무리의 사람들이 모여 있었다. 울고 있는 여자와 아이들이었고, 힘없는 노인들이었다. 그들의 얼굴에는 불안이 역력히 나타나 있었다. 하지만 그들이 어디를 향해 가야 할지 결심을 하기 전에 길 저쪽 아래로부터 최초의 적군들이 나타났다. 이들은 곧장 사원의 입구로 몰려가더니 그 안으로 들어갔다. 잠시 후 그들 중의 첫째가 약탈물을 잔뜩 갖고 다시 나타났다. 즉시 다른 군인들이 그에게 달려들어 약탈물을 빼앗으려고 했다. 약탈하는 군인들의 떠드는 소리, 겁에 질린 아녀자들의 비명 소리, 벌써 그 도시의 동쪽 부분을 다 태운 불의 탁탁 튀는 소리, 이러한 것들이 공기를 가득 채우고 있었다. 그의 은신처로부터 그는 적군들이 주민의 일부를 포로로 묶어서 끌고 가기 시작하는 것을 볼 수 있었다. 한 어머니가 절망적으로 그녀의 아이를 안으려고 했다.

[1인칭 시점]: 동쪽 성벽에서 약간 떨어진 내 집의 지붕에서 나는 그때 시끄러운 소리를 들었다. 성내로 들어오는 데 적군들이 성공했음에 틀림없었다. (이하 생략)

슈탄첼의 시점 이론은 독자가 화자, 즉 이야기꾼의 존재를 느끼느냐, 느끼지 않느냐, 느끼면 어떤 종류냐에 따라 시점을 구분하는 확실한 체계를 갖추고 있다. 그러나 영미의 이론만큼 세분되어 있지 않다. 그러므로 영미 이론이 분명히 구별하는 전지적 시점(무제한적 전지 시점)과 선택적 전지 시점을 구별할 수 없고, 경우에 따라서는 전지적 시점과 객관적 시점을 구별할 수도 없다. 그러나 영미 이론으로는 구별이 안 되면서도 우리가 분명 다른 시점으로 느끼는 차이를 이 분류법은 밝혀 준다. 예를 들어 보자.

카프카의 소설들에는 인물적 시점이 많다. 그의 「변신 *Die Verwandlung*」

은 대체로 이 인물적 시점으로 쓰여 있다. 그러나 일관되게 인물적 시점으로만 쓰여 있는 것은 아니다. 이 작품의 서두 부분을 살펴보자.

그레고르 잠자가 어느 날 아침 뒤숭숭한 꿈에서 깨어났을 때, 자신이 엄청나게 큰 벌레가 되어 침대에 누워 있음을 발견했다. 그는 각질(殼質)의 딱딱한 등을 바닥에 대고 누워서 머리를 약간 들기만 하면, 둥글고 갈색인, 여러 개의 활 모양의 굳은살이 겹쳐져 있는 자신의 배를 볼 수 있었다. 그의 배 위에는 완전히 미끄러져 내릴 자세로 이불이 얹혀져 있었다. 옛날의 굵기에 비하면 형편없이 가늘어진 수많은 다리들이 그의 눈앞에서 힘없이 반짝이고 있었다.

"나에게 무슨 일이 일어났지?" 하고 그는 생각했다. 그것은 꿈이 아니었다. 약간 작기는 하지만 진짜로 인간의 방인 그의 방이 눈에 익은 네 개의 벽 사이에 그대로 있었다. 직물류의 상품 카탈로그가 해쳐져 널려진 탁자 너머에는 — 잠자는 외판원이었다 — 그가 얼마 전에 화보 잡지에서 잘라 내어 예쁜 금색 액자 속에 넣은 그림이 걸려 있었다. 그것은 털모자를 쓰고 털목도리를 두르고 꼿꼿이 앉아, 팔 아랫부분을 집어넣은 무거운 털머프를 이 그림의 관찰자를 향하여 들어 올리고 있는 여인을 보여 주고 있었다.

그러고 나서 그레고르의 시선은 창 쪽으로 향해졌다. 흐린 날씨는 — 빗방울이 양철 창틀을 두드리는 소리가 들려왔다 — 그를 완전히 우울하게 만들었다.

이 글을 읽는 독자는 바깥에서 그레고르를 관찰하고 있다기보다는 자신이 그레고르의 내부에 들어가 자신이 그레고르가 되어 외계를 보고 있는 듯한 느낌을 받는다. 이것이 인물적 시점이다.

그러나 "잠자는 외판원이었다." 하는 문장은 여타의 문장들과는 성격이 다르다. 주인공의 내부에서 바깥을 바라보는 시선이 아니라 바깥에서 주인공 그레고르를 바라보고 있는 시선이다. 이 부분에서만 우리는 화자가 모습을 드러내고 있음을 느끼게 된다. 즉 기록자

로서의 화자의 존재를 인식하게 되는 것이다. 그러므로 이 부분만
은 기록자적 시점이다.

이 작품에 있어서의 기록자적 시점과 인물적 시점의 구별은 슈
탄첼의 이론으로는 가능하나 영미 이론으로는 가능하지 않다. 이런
점에 슈탄첼의 시점 이론이 영미 이론이 갖고 있지 않는 장점을 가
지고 있는 것이다.

슈탄첼의 시점 이론은 서술하는 화자의 위치가 어디냐에 대하여
명백하게 설명하고 있다. 즉 기록자적 시점에서는 화자는 인물의
바깥에 있으면서 시선이 작중인물 쪽으로 향하고 있다. 때로는 작
중인물의 두개골을 뚫고 들어가 그가 무슨 생각을 하는지 들여다
보기도 한다. 인물적 시점에서는 화자는 인물 내부에 위치해 있으
면서 시선이 바깥으로 향해져 있다. 이런 경우에는 화자가 마치 작
중인물의 두개골 속에 자리를 잡고서, 그의 눈을 통해 보고, 그의
귀를 통해 듣는 것처럼 여겨진다. 그러므로 서술은 화자가 하고 있
지만 사물을 인식하는 시각(視角)은 화자와 작중인물의 시각이 겹
친 이중시각(二重視角)이다.

그러나 화자가 작품 속에 존재하지 않는 시점이 있다. 작품 전체
가 희곡처럼 순수한 대화체가 될 경우 화자가 존재하지 않게 되는
것이다. 위르겐 페터젠이 슈탄첼 이론의 보완책으로 제시한 시점으
로 그는 이것을 '중립적 시점*neutrales Erzählverhalten*'이라 부르고
있다. 그는 슈탄첼의 세 시점에다 이 시점을 추가해야 한다고 주장
한다.11) 볼프 디트리히 슈누레Wolfdietrich Schnurre의 단편집 『나
는 너를 필요로 해*Ich brauch Dich*』(1976)에는 두 사람의 대화로만

---

11) Jürgen H. Petersen, "Kategorien des Erzählens", *Poetica* 9호(1977년), pp.187–90.
   Petersen이 '중립적 시점*neutrales Erzählverhalten*'이란 표현을 쓰고 있지만 제3장 화자
   3의 '중립적 화자'와 전혀 관계가 없다.

이루어진 단편들이 실려 있다. 이런 작품들에는 희곡처럼 화자가 없다. 이런 경우가 그런 시점이다.

위에서 본 바와 같이 슈탄첼의 시점 이론은 화자의 성격을 밝혀 주는 특징을 가지고 있다. 대체로 기록자적 시점의 화자는 전면에 나서서 자기를 드러내기를 좋아하는 논평적 화자이고, 인물적 시점의 화자는 전면에 나서는 것을 삼가는 중립적 화자임을 우리는 알 수 있다. 나아가 화자가 사건을 서술할 때 어디에 위치해 있는가도 그의 시점 이론은 잘 밝혀 준다고 하겠다.

2. 시점의 분류

우리는 시점 이론의 이해를 위해 앞에서 프랑스와 독일의 이론들을 살펴보았다. 그들의 이론은 좋은 착상을 바탕으로 나름의 체계를 갖고 있지만, 분류가 세분되어 있지 않은 점에서는 물론, 소설 구조를 이해하기 위한 유용성(有用性)의 관점에서도 영미 이론에 뒤지는 것으로 생각된다. 그러므로 필자는 영미 이론을 바탕으로 시점 이론을 전개하려고 한다.

필자가 행하는 시점의 분류는 두 가지의 상이한 기준에 근거를 두고 있다. 하나는 1인칭이냐 3인칭이냐 하는 인칭의 구분이고 또 하나는 화자가 객관적(客觀的)이냐 전지적(全知的)이냐 하는 화자 성격의 구분이다.

1인칭과 3인칭의 구별이 쉬운 것이 아니라는 것은 앞에서 다룬 바 있다(제3장 화자 4 참조). 그러나 1인칭과 3인칭의 구별이 가능하다는 것을 전제로 이 고찰을 시작할 것이다. 그리고 2인칭 소설은 본질적으로 1인칭 소설의 특수한 경우로 취급될 수 있지만 최근 많이 나타나고 있기 때문에 여기서는 독립된 인칭으로 인정하려 한다(제3장 화자 5 참조).

화자가 객관적이냐 전지적이냐 하는 것은 화자가 인간적이냐 신(神)적이냐 하는 말과도 같다. 화자가 인간의 한계를 넘지 않고 인간적인 입장에서 서술하면 객관적이고, 인간의 한계를 넘어 신의 입장에서 서술하면 전지적이다. 다시 말해 화자가 인간으로서 보고 듣고 겪은 것만 서술하면 객관적이 되고, 여러 작중인물의 마음속을 들여다본다든가, 동시에 여러 곳에 존재한다든가, 죽어 가는 사람의 마음속을 들여다본다든가 하는, 인간으로서는 도저히 불가능한 능력을 보이게 되면 전지적이 된다.

1인칭이냐 3인칭이냐 하는 인칭의 기준과 객관적이냐 전지적이냐 하는 화자 성격의 기준을 결합시키면 다음과 같은 네 가지의 시점이 나타나게 된다. 여기에 새로운 시점인 2인칭 시점을 합쳐 다음과 같은 5개의 시점이 있게 된다.

Ⅰ. 1인칭 객관적 시점

Ⅱ. 1인칭 전지적 시점

Ⅲ. 3인칭 객관적 시점

Ⅳ. 3인칭 전지적 시점

　(1) 무제한적 전지 시점

　(2) 선택적 전지 시점

Ⅴ. 2인칭 시점

위의 Ⅳ는 두 가지로 세분될 수 있다. 그러므로 크게는 5개, 세분하면 6개의 시점이 존재하게 된다. 이론적 입장에서는 네 가지만 가능하지만 유용성의 입장에서 볼 때는 3인칭 전지적 시점을 둘로 나누고 2인칭 시점을 추가하는 것이 바람직하다.

Ⅰ. 1인칭 객관적 시점*first person objective point of view*

이것은 1인칭의 화자가 자신이 체험했거나 관찰했거나 다른 작중인물들에 의하여 알게 된 사실을 서술하는 형식이다. 일반적으로 '1인칭 소설'이라 불리는 것이 여기에 속한다. 화자는 소설 세계와 무관한 존재가 아니고 소설 세계와 직접·간접으로 관계를 맺고 있는 존재다. 그리고 이 1인칭의 화자는 실체를 가진 인간으로서 소설 세계에 발을 붙이고 있다.

이러한 1인칭 시점은 작중인물의 심리와 내면세계를 표현하는 데 가장 적절한 시점으로 알려져 있다. 1인칭 화자가 자기 자신이 체험한 이야기를 하기 때문에 흔히 독자에게 친근감과 신뢰감을 불러일으킨다. 스위프트의『걸리버 여행기』나 토마스 모어의『유토피아』와 같은 겉보기로 허황한 줄거리의 소설에 1인칭 소설이 많은 것은 이 신뢰감을 통해 독자가 화자의 이야기를 진실로 받아들이도록 하려는 의도가 있기 때문이다.

바네트 등은 독자는 처음부터 소설이 허구라는 것을 알고 읽기 때문에 1인칭이라 해서 3인칭보다 친근감이나 신뢰감을 더 느끼는 것은 아니라고 반대 견해를 표명한다.[12] 그러나 우리들의 경험에 의하면 독자가 3인칭의 화자에게보다는 1인칭의 화자에게 더 많이 공감하게 된다는 것을 부정할 수 없다. 말하자면 우리는 1인칭 화자에게 보다 쉽게

---

12) Barnet/Berman/Burto, 앞의 책, p.176.

동일시(同一視)를 일으키게 되는 것이다(동일시에 대해서는 제10장 참조).

> "저어 실례입니다만 아가씨……"
> 내가 시내버스 정류장에서 하운동으로 가는 버스를 기다리고 있을 때였다.
> "저하고 잠깐만 얘기 좀 나누실 수 없을까요?"
> 한 남자가 어눌한 목소리와 함께 내 앞을 가로막았다. 나는 약간의 당혹감을 느꼈으나 이런 일이 처음은 아니었으므로 태연히 그 남자의 얼굴을 쳐다보았다.
> 검은 테의 졸보기안경을 쓰고 있었다. 서른이 조금 못 되는 나이 같았다. 여름인데도 검정색 물감을 들인 군용 작업복 한 벌을 걸치고 있었다. 하지만 어딘지 추위를 타고 있는 듯한 표정이었다.
>
> (이외수, 『들개』)

이렇게 시작되는 이 작품의 서두를 읽은 독자는, 비록 허구의 소설을 읽는다는 의식을 갖고 있긴 하지만, '한 인간의 자기 이야기'라는 데 흥미와 친근감을 느끼게 된다. 그리고 이야기가 진행되면서 화자 자신의 이야기이기 때문에 진실일 것이라는 생각을 무의식중에 갖게 되고 나아가 동일시를 느끼게 되는 것이다.

마르티네츠/쉐펠은 괴테가 『젊은 베르테르의 슬픔』을 씀에 있어서 독자가 거리감을 느끼는 3인칭 전지적 화자 서술형식을 취하지 않고, 동일시를 쉽게 일으키는 1인칭 서술형식을 취했기 때문에 모방 자살이 일어날 정도의 '베르테르 열병'이 일어났다고 말한다.[13] 일면의 타당성이 있는 말이라 하겠다.

그러나 사실을 편견 없이 전달한다는 객관성에 대한 독자의 신뢰도는 3인칭 소설에 비해 떨어진다고 할 수 있다.

1인칭 시점에서는 '체험하는 나*das erlebende Ich*'와 '서술하는 나

---

13) M. Martinez/M. Scheffel, *Einführung in die Erzähltheorie*, München 2003, pp.20–21.

das erzählende Ich' 사이에 시간 간격이 존재한다. 이 시간 간격을 이용하여 독특한 효과를 낼 수 있다. 다시 말하면 1인칭 화자가 과거의 자기 행동을 비판적으로 보면서 회한과 자책을 섞어 서술할 수 있는 것이다(제2장 시간 4 참조). 이런 독특한 효과를 얻을 수 있다는 점에서 1인칭은 3인칭에 비하여 차원(次元)*Dimension* 하나가 더 있다고 페터젠은 지적하고 있다.[14] 이 1인칭 객관적 시점에서 '객관적'이란 말의 의미는 화자가 인간의 한계를 넘지 않는다는 뜻이다. 화자는 자기가 보고, 듣고, 겪은 것만을 묘사할 뿐, 결코 신(神)처럼 전지적으로 되지는 않는다. 그러므로 화자는 다른 인물이 어떤 생각을 하는지, 또 화자가 없는 곳에서 어떤 일이 일어나는지 알 수가 없다. 그렇기 때문에 시야가 좁고 능력이 한정되어 화자나 독자나 모두 정보의 부족을 느끼게 된다. 다음에 설명할 '1인칭 전지적 시점'은 이러한 인간적 한계를 넘어서려는 1인칭 화자의 욕구 때문에 생겨나는 것이다.

1인칭 시점은 객관적이든 전지적이든 두 가지 경우로 다시 세분될 수 있다. 화자가 사건 속의 주인물(主人物)로서 활동한 자신의 체험을 이야기하는 경우와 부인물(副人物)로서 자신이 관찰하고 접촉한 주인물의 이야기를 하는 경우의 두 가지다. 전자의 예로 데포우의 『로빈슨 크루소』, 괴테의 『젊은 베르테르의 슬픔』, 이문열의 『젊은 날의 초상』 같은 작품을 들 수 있고, 후자의 예로 코난 도일의 셜록 홈스 이야기, 토마스 만의 『파우스투스 박사』, 멜빌의 『모비 딕』, 이외수의 『들개』, 주요섭의 「사랑 손님과 어머니」 같은 작품을 들 수 있다.

부인물이 주인물의 이야기를 들려주는 후자의 경우에는 독특한

---

14) J. H. Petersen, 앞의 글, p.176.

효과가 생겨난다. 셜록 홈스 이야기는 주인물 홈스의 친구인 부인물 왓슨에 의하여 서술된다. 독자가 처음부터 명탐정 홈스의 생각을 알면서 그 사건을 따라가고 있다면 그 소설이 주는 독특한 흥미와 긴장감은 생겨나지 않을 것이다. 「사랑 손님과 어머니」에서 화자는 어린애다. 그 어린애의 눈을 통해 본 사랑 손님과 어머니의 이야기이기 때문에 평범할 수 있는 소재가 독특한 효과를 나타내고 있는 것이다.

편지체 소설, 일기체 소설도 역시 1인칭 소설의 일종임은 부연할 필요가 없을 것이다. 앞에서 언급한 것처럼 1인칭 객관적 시점의 화자는 자기가 보고 듣고 겪은 것만을 묘사할 뿐 자기가 없는 곳에서 일어난 일이나 타인물의 마음속의 생각은 묘사할 수가 없다. 이러한 한계를 극복하려는 시도로서 나타나는 또 하나의 시도가 '스테레오적 시점*stereoskopische Perspektive*'이다. 한 번은 인물 A가 자기 입장에서 사건을 서술하고, 또 한 번은 인물 B가 자기 입장에서 같은 사건을 서술하는 것이다. 이를 통해 독자는 사건을 '입체적'으로 볼 수 있게 된다. 이 스테레오적 시점은 대개 1인칭 형식으로 나타나지만 3인칭 형식으로 나타나는 경우도 있다.

이러한 스테레오적 시점의 예로 송기원의 「춘몽(春夢)」을 들 수 있다. 이 작품은 1부와 2부로 나누어져 있다. 1부에서 남자 주인공이 1인칭으로 자신의 이야기를 서술하는데 그의 직업은 월부책 판매원이다. 어떤 여자 대학에 가서 벤치에 앉아 있는 젊은 여인에게 월부를 권유하다가 그 여인의 유혹에 빠져 호텔에 든다. 섹스에 굶주린 유부녀 정도로 알았던 그 남자에게 그 여인이 완전한 처녀라는 사실은 충격을 준다. 독자는 왜 이 여성이 뜨내기에게 헐값으로 처녀성을 주었는지 궁금하게 된다. 제2부에서는 이 여인이 자신의 입장에서 1인칭으로 같은 이야기를 서술한다. 대학 출신의 미모의 주인공은 어느 외국인 회사에 취직해 있다. 많은 남성들처럼 외국인 사장도 이 여인에게 연정을 품는다. 그러나 자기가 숫처녀라는 사실은 감당할 수 없는 심리적 부담을 준다. 그리하여 그는 그 외국인 사장과 결혼하기 위해 거추장스러운 '처녀'를 마침내 길거리에다 내버리는 것이다. 독자는 2부를 읽고 나서야 그 여인의 행동의 동기를 알게 되고, 전체 사건을 '입체적'으로 바라볼 수 있게 된다.

김원일의 중편 「도요새에 관한 명상」도 이런 소설의 범주에 넣을 수 있다. 이 작품에서는 아들 둘과 아버지, 세 인물이 어떤 시간에 일어나는 일을 각기 자기 입장에서 1인칭으로 서술하고 있고, 마지막에는 화자가 3인칭으로 서술하고 있다. 단지 이 작품에서는 같은 사건이지만 화자가 바뀌면서 전체 사건이 조금씩 진행된다는 점이 여타의 스테레오적 시점 소설과 다를 뿐이다. 엄밀한 의미에서는 스테레오적 시점이 아니라고 할 수도 있지만 크게 보면 역시 스테레오적 시점이다.

공지영과 일본작가 츠지 히토나리가 공동으로 쓴『사랑 후에 오는 것들』(2005)도 이 스테레오적 시점으로 쓰인 작품이다. 한국 여성과 일본 남성 사이의 사랑을 다룬 이 작품은 한국 여성이 1인칭으로 서술하는 부분을 공지영이 집필하고, 같은 사건을 일본 남성이 1인칭으로 서술하는 부분을 일본 작가 츠지가 집필하여 두 편의 작품으로 만들어 이것을 한데 묶어 발간했다.

앞에서 살펴보았던 토도로프의 수식을 약간 변형시켜 1인칭 객관적 시점을 표현하면 다음과 같은 수식을 얻을 수 있다.

주인물 시점: 화자 = 주인물

부인물 시점: 화자<주인물

위의 주인물 시점에서 화자는 주인물과 동일한 인물이기 때문에 사건에 대하여 알고 있는 정도가 같다. 그러므로 알고 있는 정도가 같다는 의미로 등호(=)를 사용했다. 그러나 부인물 시점에서는 화자인 부인물이 주인물보다 사건에 대하여 알고 있는 정도가 적다. 예를 들어 「사랑 손님과 어머니」에서 화자인 옥희는 주인물인 사랑손님이나 어머니에 비해 사건에 대해 알고 있는 정도가 훨씬 적다. 이런 경우 부등호(<)를 쓰게 되는 것이다.

Ⅱ. 1인칭 전지적 시점*first person omniscient point of view*

전지적 시점은 3인칭에만 가능한 것으로 일반적으로 알려져 있지만, 1인칭에도 가능하다. 이 1인칭 전지적 시점은 화자가 인간인 1인칭 '나'라는 점에서는 앞의 1인칭 객관적 시점과 다르지 않다. 그러나 여기서는 화자가 신(神)처럼 다른 인물의 마음속을 들여다보거나, 자기가 없는 곳에서 일어나는 일을 환히 보고 있거나, 죽어가는 자신의 의식을 묘사하는 등의 초능력을 발휘하는 점에서 차이가 있다. 이것은 우리와 다름없는 인간으로 독자 앞에 모습을 드러낸 화자로서는 인간의 한계를 넘는 '월권(越權)'이 아닐 수 없다.

이러한 월권 현상이 생기는 이유는 간단하다. 1인칭 화자가 보고 듣고 체험한 것만 가지고는 정보의 부족으로 표현에 옹색함과 한계를 느끼기 때문이고, 독자도 더 많은 정보를 원하기 때문이다. 다시 말하면 소설의 작가는 언제나 1인칭 화자가 체험한 것보다 더 많은 사실을 독자에게 전달하려는 욕구를 가지고 있는 것이다. 전시대에는 흔히 1인칭 화자가 우연히 어떤 장면을 엿보게 하거나 열쇠 구멍으로 안을 들여다보게 만들어 무리 없이 독자에게 정보를 전달하는 방법을 택했다. 예를 들면 찰스 디킨스가 『데이비드 코퍼필드David Copperfield』의 제50장에서 1인칭 화자로 하여금 긴 층계를 오르면서 반쯤 열려진 문을 통해 집 안을 우연히 목격하게 만드는 것과 같은 방법이다. 그러나 이러한 방법은 자주 쓸 수 있는 것도 아니고 또 좋은 방법일 수도 없다. 그리하여 작가들이 시도해 본 또 다른 방법이 인간의 한계를 돌파하는 이와 같은 '월권'이었다. 그러나 그것은 그럴듯함plausbility에 손상을 주는 방법이 아닐 수 없다. 그럼에도 독자에게 필요한 정보를 전달하는 하나의 방법이이기 때문에 드물지 않게 사용된다.

이러한 '월권'의 예를 몇 가지 들어 보자. 허만 멜빌의 『모비 딕』에는 1인칭 화자 이쉬맬이 에이허브 선장의 내면세계를 기술하는 대목이 나온다. 신이 아니고서는 도저히 알 수 없는 화자의 초능력이다. 또 레이몽 라디게Raymond Radiguet의 『육체의 악마』에서 1인칭 화자는 마르트라는 여인과의 사랑을 그리다가 어느 부분에서 갑자기 무대를 자기가 가 보지 않았던 곳으로 옮기고, 자기로서는 도저히 알 수 없는 마르트의 부모, 시누이의 심정까지 독자에게 전달한다. 생텍쥐페리의 『어린 왕자』에서 1인칭 화자는 어린 왕자가 지구에 오기 전에 살았던 소혹성에서의 일에 대해 독자에게 설명한다. 물론 들은 이야기를 어린 왕자 자신의 입을 통해 전달하고 있는 것이지만 어린 왕자 자신도 알 수 없던 꽃의 심정을 전하는 것은 분명 객관적인 자세를 벗어난 월권이다.

이 1인칭 전지적 시점의 극단적인 예는 죽어 가는 1인칭 화자의 의식의 서술일 것이다. 슈니츨러Arthur Schnitzler의 『엘제양Fräulein Else』이 대표적인 예다. 1인칭 화자가 죽는 순간에 무슨 생각을 했는지, 또 그것을 어떻게 바깥 세계에 전달했는지, 이 인물이 다시 살아나지 않고서는 도저히 확인할 길이 없다. 그러나 이 작품에서는 죽음 직전의 화자의 의식이 서술되어 있다. 현실적으로는 가능하지 않지만 소설 문학에서는 가능하다고 하겠다(제9장 현실 2 참조). 어쨌든 우리가 '문학은 현실의 재현'이라는 명제에 너무 집착하지 않는다면 화자의 이 '월권'을 하나의 표현 방법으로 받아들일 수 있을 것이다.

이런 1인칭 전지적 시점은 흔히 1인칭 객관적 시점으로 서술되고 있는 가운데 나타난다. 인간의 한계를 넘는다는 점에서 이것은 다음에 나올 3인칭 전지적 시점과 다를 것이 없다. 그러나 이러한 월권은 흔히 교묘하게 나타나기 때문에 보통의 독자는 눈치를 채지 못하거나 눈치를 채더라도 별로 저항감을 느끼지 못한다. 2인칭 소설에 있어서도 화자의 월권이 나타나는 경우가 얼마든지 있다.

이러한 화자의 월권에 대하여 어젤은 잘못*error*으로 규정한다. 그는 1인칭 화자는 결코 전지적이 될 수 없다고 주장한다.[15] 그러나 카이저는 이와 반대의 의견을 피력하면서 이것을 소설기술상(小說技術上)의 잘못으로 보는 것은 천만부당하다고 주장한다.[16]

이 시점이 대개 소설의 일부에만 나타나지만 가히 소설 전체라 할 정도로 광범위하게 나타나는 경우도 있다. 액자소설(額子小說)의 경우가 그러한 경우다. 대커리의 『허영의 시장』, 김동리의 「무녀도」 같은 작품이 그러한 예가 될 것이다. 이와 같은 작품들이 3인칭 소설이냐 1인칭 소설이냐 하는 문제는 논란의 대상이 될 수 있다. 그러나 적어도 1인칭으로 자신의 실체를 드러낸 화자가 서술

---

15) T. Uzzell, 앞의 책, p.429.

16) W. Kayser, "Wer erzählt den Roman?" *Deutschunterricht für Ausländer* Ⅶ (1957), p.161 이하.

을 한다는 점에서 이들을 1인칭 소설로 볼 수 있는 가능성은 있다. 그러할 때 이들 소설의 시점은 1인칭 전지적 시점이 되는 것이다.

가령 액자소설인 김동리의 「무녀도」에서 중심 이야기의 바깥에는 '나'라고 자기를 호칭하는 1인칭 화자가 존재한다. 이 화자는 자기 할아버지의 사랑방에 걸린 그림의 유래에 대해 할아버지로부터 들은 이야기를 전하고 있다. 이야기를 전함에 있어서 이 화자는 그가 만난 일이 없는 작중인물 모화·욱이·낭이의 마음속을 환하게 들여다보면서 서술한다. 인간의 한계를 넘어서, 가히 신의 전지적 능력을 가지고서야 할 수 있는 서술이다. 그런 의미에서 이 작품의 중심 이야기인 안(內) 이야기는 1인칭 전지적 시점으로 쓰여 있다고 할 수 있다. 이러한 전지적 서술을 '잘못'으로 보는 어젤의 견해는 타당하지 않다. 이것이 잘못이라 하더라도 이미 보편화되어 있기 때문에 하나의 '표현 수단'으로 인정되어야 될 것이다.

이와 달리 김문수의 「온천 가는 길에」(1993)는 완전한 1인칭 전지적 시점의 작품이다. 1인칭 소설이면서도 신인(神人)과 비디오 플레이어의 기능을 갖고 있는 '형광구'를 동원하여 사건의 전후 관계를 독자에게 알려주고 있다. 그러나 윤대녕의 「소는 여관으로 들어온다 가끔」(1993)은 1인칭 전지적 시점이 부분적으로만 사용되고 있는 작품이다.

1인칭 전지적 시점도 역시 주인물 시점과 부인물 시점으로 나눌 수 있다. 수식으로 표시하면 다음과 같다. 이때 주인물이나 부인물이 모두 화자와 같은 인물이지만, 화자는 인간으로서의 주인물이나 부인물보다 더 많이 안다는 것을 나타내고 있는 것이다.

주인물 시점: 화자>주인물
부인물 시점: 화자>부인물

Ⅲ. 3인칭 객관적 시점*third person objective point of view*

이 시점에서는 화자가 작중인물의 마음속으로 들어가지 않는다. 화자는 단지 보이고 들리는 것만을 서술한다. 그러므로 심리 묘사가 없다. 독자는 작중인물이 무슨 생각을 하고 있는지 알 수가 없다. 독자는 영화나 연극의 관객처럼 그저 겉으로 드러나는 것만으로 상황을 파악해야 한다. 그렇기 때문에 독자를 어리둥절하게 만들 위험이 있다. 이런 이유에서 흔히 작가들은 작품의 일부에만 이 시점을 사용한다. 작품 전체를 이 시점으로 쓴 경우는 많지 않다. 헤밍웨이의 「살인자들*The Killers*」, 「흰 코끼리 같은 언덕들*Hills Like White Elephants*」 등의 단편, 로브 그리예*Robbe Grillet*의 『질투*La Jalousie*』와 같은 장편이 이 시점으로 쓰인 작품의 예가 된다. 우리나라 작품으로는 오인문의 단편 「유리성」, 이청준의 중편 「잔인한 도시」를 들 수 있다. 「유리성」의 한 부분을 보자.

구세당 약국의 정면 유리문을 밀고 들어서면 약 1미터 간격을 두고 약품 진열장이 길게 자리 잡고 있다. 그 진열장의 양쪽에도 역시 같은 간격으로 높이 2미터 남짓 되는 진열장이 벽을 거의 다 차지해서 세워져 있고 ―.
　사면 가운데 진열장이 세워져 있지 않은 오직 한 면인 사내의 뒤쪽에는 온돌방으로 통하는 문이 있다. 반쯤 열린 그 미닫이문 사이로 한약재(漢藥材)를 넣어둔 50여 개의 작은 설합들이 질서 정연하게 들어찬 나무함이 보인다.
　사내가 드디어 결심한 듯 전화의 국번을 돌린 뒤 3개의 숫자를 계속 돌린다. 22국 327. 그러나 하나 남은 마지막 숫자는 끝내 돌리지 못한 채 유리문 밖을 보다가 옆에 펼쳐진 전화번호부를 보곤 한다. 전화번호부는 보도 기관 페이지가 펴져 있는데, 22국 3271번서 3275번까지가 KBS 교환대 번호이다.
　여인 하나가 어깨로 숨을 몰아쉬며 유리문을 밀고 급히 뛰어든다. 머

리를 굵은 파도가 지게 뒤로 틀어 넘기고, 속눈썹에 칠한 마스카라로 해
서 눈이 더 크고 겁이 많아 보이는 얼굴이다. 사내와 눈이 마주치자 그
녀는 머리를 푹 떨구며 말한다.

"…… 그 아주머닌 아무데도 안 보여요."

사내는 으레 그럴 줄 알았다는 듯이 눈을 한 번 질끈 감았다가 뜬다.
전화의 하나 남은 숫자를 마저 돌린다.

"서울중앙방송국이죠?"

"아 여보."

여인이 급히 전화기의 훅을 누르고 그를 올려다본다.

"당신, 지금 무슨 짓을 하시려는 거예요?"

사내가 미간(眉間)에 세 줄기의 깊은 주름을 잡으며 그녀를 노려본다.
그녀는 그 눈길을 피하며 그의 손에서 송수화기만 뺏으려고 든다.

위의 예에서 알 수 있듯이 화자는 겉으로 드러난 것만 묘사할
뿐 작중인물의 내면세계는 묘사하지 않는다. 그렇기 때문에 독자는
'사내'가 어떤 생각에서 전화를 걸려 하며 어떤 생각에서 망설이는
지, 또 여인이 왜 송수화기를 빼앗으려 하는지 알 수가 없다. 나중
에 가서야 드러나는 내용이지만 잘못 처방해 준 극약을 가지고 간
여인을 찾으려는 약사와 약국의 이미지 실추를 염려하는 그의 아
내의 갈등이 표출되고 있는 장면이다.

이러한 3인칭 객관적 시점은 20세기에 들어와 나타난 시점으로 영
화의 영향으로 생각된다. 작중인물의 마음속에 들어가지는 않지만
어떤 특정의 인물에 초점을 맞추어 그의 행동을 관찰하는 경우가 많
다. 즉 이 시점에도 시점인물, 다시 말하면 초점인물이 있는 것이다.

이 시점을 수식으로 표시하면 다음과 같다. 즉 화자는 작중인물보
다 알고 있는 것이 더 적은 것이다.

화자＜작중인물

Ⅳ. 3인칭 전지적 시점*third person omniscient point of view*

이 시점에서 화자는 작중인물의 마음속에 마음대로 들어간다. 그리하여 작중인물이 무슨 생각을 하는지를 독자에게 알려준다. 뿐만 아니라 때로는 작중인물이 없는 곳에서 일어나는 일도 독자에게 전달해 준다. 그러므로 화자는 인간적인 입장을 초월하여 신적인 능력을 갖게 된다.

이 시점은 화자가 여러 인물의 마음속에 들어가느냐, 선택된 한 인물의 마음속에만 들어가느냐에 따라 두 가지로 나누어진다. 이 두 가지는 화자가 전지적이라는 점에서는 본질적으로 차이가 없다. 그러나 소설의 효과에 있어서는 상당한 차이가 있기 때문에 별개의 시점으로 분리하여 생각하는 것이 유용성이란 관점에서 바람직하다.

1) 3인칭 무제한적 전지 시점*third person unlimited omniscient point of view*

다음의 선택적 전지 시점과 구별하기 위하여 용어가 다소 생경하게 되어 버린 감이 있으나 영미 계통에서 일반적으로 '3인칭 전지 시점'이라 부르는 시점이다. 화자는 이 시점에서 그야말로 무제한의 초능력을 구사할 수 있다. 작중인물의 마음속에 들어감에 있어서 주인물과 주변인물을 구별하지 않는다. 필요할 때는 누구의 마음속에나 들어가 그것을 독자에게 공개해 준다. 즉 시점인물이 하나가 아닌 것이다. 때로는 여러 인물의 마음속에 들어가기 때문에 주인물이 누구인지 판단하기 곤란한 경우도 있다.

그리고 어디에든 갈 수 있고 어디에서 일어나는 일이든 다 알 수 있다. 그러므로 화자는 무제한의 능력과 특권을 가지고 모든 정보를 독자에게 제공해 줄 수 있다. 독자의 궁금증을 그때마다 해소해 주어야 하는 것은 아니지만, 궁금증을 신속히 해소해 준다는 점에서 그 능력은 다른 시점에서보다 뛰어나다. 그러나 필요에 의해서 중요한 정보를 감추었다가 나중에 공개하는 경우 독자는 화자에게 배신감을 느낄 것이다.

이 시점의 역사는 오래다. 19세기 이전의 소설들에 특히 많았다. 힐레브란트가 발자크 유의 이런 전지적 화자 소설은 '과거의 것'이라고 선언하고 있지만,[17] 오늘날에도 많이 애용되는 시점이다.

예를 들어 보자.

> 동혁은 강 건너 어두운 벌판 위에 찍힌 마을의 불빛들을 물끄러미 바라보았다. 그는 한참을 보느라니까 불빛의 빗살들이 씨앗의 잔털처럼 퍼져 눈앞에 아주 가까이 다가온 듯했고, 불점 사이의 간격들도 좁아진 것 같은 착각을 했다. 나지막한 처마 밑에 하나둘씩 불이 켜지고 가까워진 창문들이 자기의 귓전에 와서 두런대는 소리라도 들은 것 같았다. 동혁이 말했다.
>
> "코끝에 닿을 듯이 보이는데……"
> "나는 아주 멀어 보인단 말요."
>
> 말하면서 대위는, 마을의 불빛들이 들판을 밤 열차처럼 요란한 고함을 지르며 미끄러져 달아날 것 같다고 생각했다. 그는 자기가 낯선 곳에 강제로 하차되었으며, 모든 불빛들은 지정된 땅으로 저희들끼리만 발차해 가는 듯한 느낌이었다.
>
> (황석영, 「객지」)

위의 글에서 처음에 주인공 동혁의 마음속이 독자에게 공개된다. 말하자면 화자는 동혁의 마음속에 들어가는 것이다. 그러면서 곧

---

17) Bruno Hillebrand, *Theorie des Romans*, Stuttgart 1993, p.376.

다른 인물인 대위의 마음속으로 옮겨 가 이것을 독자에게 공개한다. 이렇게 한 인물이 아니고 여러 인물의 심중을 독자에게 알려주는 것이 이 '3인칭 무제한적 전지 시점'의 특징이다. 이 시점의 화자는 누구의 마음속에나 들어갈 수 있고, 어디에나 갈 수 있는 초능력을 가지고 있다. 이것은 한 인물의 마음속에만 들어가고 한 인물이 갈 수 있는 곳에만 가는 다음의 선택적 전지 시점의 화자와 구별되는 특징이다.

이 3인칭 무제한적 전지 시점을 수식으로 표현하면 다음과 같다.

화자>작중인물

2) 3인칭 선택적 전지 시점*third person selective omniscient point of view*

이것은 화자가 여러 인물의 마음속에 들어가는 것이 아니라 자신이 선택한 한 인물의 마음속에만 들어가는 시점이다. 말하자면 시점인물이 한 사람인 것이다. 화자는 그 인물의 입장이 되어 그 인물이 보고 듣고 생각한 것만을 기록하기 때문에 타인물이 어떻게 생각하는지 독자에게 이야기해 줄 수 없다. 또한 그 인물이 가는 곳에만 갈 수 있고, 그 인물의 행동만 서술할 수 있기 때문에 딴 인물이 어디서 무엇을 하는지 독자에게 알려줄 수가 없다. 말하자면 화자의 전지적 능력은 제한되어 있는 것이다.[18] 그러므로 독자는 시점인물과 심리적으로 밀착되어 동일시(同一視)의 환상을 쉽게 일으킨다.

---

18) 화자의 능력이 제한되어 있다 하여 이 시점을 제한적 전지*limited omniscient* 시점이라고 부르는 사람도 있다(Laurence Perrine, *Story and Structure*, New York 1966, p.159). 그러나 영미에서 일반적으로 통용되는 명칭은 '선택적 전지*selective omniscient*'다.

이 시점은 1인칭 객관적 시점에 흡사한 시점이다. 화자는 마치 1인칭 화자처럼 시점인물 한 사람의 마음속만을 알 수 있고, 시점인물 한 사람이 체험하는 것만을 독자에게 알려줄 수 있다. 말하자면 화자의 능력이 '인간적인 한계'를 넘지 않는다. 그렇기 때문에 정보가 제한된다. 이 시점에 대한 페린의 말을 들어 보자. "독자는 선택된 인물이 가는 곳 이외에는 갈 수 없기 때문에 관찰이 한정된 범위에 머물 수밖에 없으며, 그 인물이 모든 사건을 자연스럽게 알도록 만드는 데는 어려움이 있다. 서투른 작가는 그 선택된 인물로 하여금 끊임없이 열쇠 구멍으로 엿보게 하거나, 중요한 대화를 우연히 엿듣게 하거나, 중요한 사건의 현장에 우연히 있게 하려고 할 것이다."19)

그러나 독자가 모든 것을 한 인물의 지각을 통해 보고 듣고 느끼기 때문에 소설이 간결성과 통일성을 갖게 된다. 단편에 이 시점이 많지만 장편에도 드물지 않다. 카프카의 「변신」, 『성』, 『심판』, 『아메리카』 같은 작품들이 대표적인 예가 될 것이다. 가령 『성』의 경우를 보자. 주인공 K.가 보고, 듣고, 생각한 것만이 묘사될 뿐 K.가 없는 곳에서 일어난 일이나 다른 인물의 생각은 독자에게 알려지지 않는다. 카프카의 소설이 신비한 느낌을 주는 데는 이 시점의 효과가 큰 공헌을 하고 있는 것으로 여겨진다.

우리나라 작가들은 이 시점의 사용에 별로 관심을 보이고 있지 않다. 그러므로 이 시점으로 쓰인 소설의 예가 그렇게 많지 않다. 장(章)이나 부(部)에 시점인물을 달리하여 이 시점을 사용한 경우는 더러 있다. 이청준의 『당신들의 천국』, 이문열의 『영웅시대』 같은 작품이 그 예가 될 것이다. 『당신들의 천국』은 3부로 나누어져 있

<hr>

19) L. Perrine, 위의 책, p.162.

다. 제1부는 시점인물이 이상욱이라는 소록도 요양원의 직원이다. 독자는 모든 사건을 이 인물의 눈과 귀를 통해서만 알게 된다. 그리고 이 인물하고만 생각을 함께한다. 말하자면 이 인물이 화자에 의해 선택된 시점인물로서 그의 의식과 행동만 독자에게 공개되는 것이다. 이 인물이 없는 곳에서 일어난 일이나 다른 인물의 생각에 대해서는 독자가 알 수 없다. 제2부에서 시점인물이 요양원의 원장 조백헌으로 바뀌고, 제3부에서는 신문 기자 이정태로 바뀐다. 이제 제1부의 한 구절을 읽어 보자.

> 원장은 여전히 장난기가 배인 표정이었다. 무엇인가 그가 미리 기대하고 있는 대답이 있는 모양이었다. 그는 상욱에게서 그 대답을 유도해 내기 위해 그런 수수께끼 놀음을 벌이고 있는 게 분명했다. 그렇다면 상욱으로서도 짐작이 가지 않는 바가 아니었다.
>
> "어떻게 생각하다니요? 주정수 원장의 손발 노릇을 하면서 자기 주인을 온통 망쳐 놓은 인물이지요."
>
> 이 자가 거기까지 이야기를 샅샅이 알고 있을까. 하지만 원장은 이야기를 알고 있었다. 상욱의 말뜻을 금세 알아듣고 있었다.
>
> "맞아요. 주정수를 몽땅 버려 놓은 인물이지요."
>
> 역시 상욱의 예상대로였다. 원장은 결국 그 말을 하고 싶었던 거라고 상욱은 생각했다. 하지만 무엇 때문에 원장은 지금 그것을 상욱 자기에게 확인시켜 주고 싶어 하는가. 그것이 원장의 그 상욱에 대한 부탁이란 것과 무슨 상관이라도 있단 말인가. 상욱은 의심쩍어지면서도 원장의 말을 시인하지 않을 수 없었다.

위의 예문에서 우리는 모든 것이 상욱이란 인물의 입장에서 서술되고 있음을 알게 된다. 상대방인 원장의 생각은 독자에게 공개되지 않고 단지 상욱의 추측을 통해 짐작되고 있을 뿐이다. 말하자면 상욱이 화자에 의하여 선택된 시점인물인 것이다. 이와 같이 독자는 제1부에서 모든 것을 상욱이란 인물의 지각과 의식을 거쳐 받아들이게 된다. 말하자면 독자는 상욱의 입장에서 모든 사물을 인식하는 것이다.

제2부에서 다시 시점인물이 바뀌고 제3부에서도 바뀐다. 이와 같이 이 작품은 세 개의 선택적 전지 시점이 결합되어 있다.

『영웅 시대』는 남편 동영이 시점인물인 장(章)과 아내 지인이 시점인물인 장이 교대로 나타나는 작품이다. 말하자면 두 개의 선택적 전지 시점이 겹쳐 있다고 하겠다. 이렇게 장이나 부에 따라 시점인물이 바뀌어 선택적 전지 시점이 몇 개 겹쳐 있는 경우를 '복합 선택적 전지 시점*multiple selective omniscient point of view*'이라 부르는 사람도 있다.[20]

이 시점에 있어서 드물게 부인물에 초점이 맞추어지는 경우가 있다. 이청준의 「가면의 꿈」이 그런 경우다. 이 작품에서는 부인물인 아내 지연이 시점인물이 되어 있다. 주인물인 남편 명식의 행동은 부인물인 그녀의 감각을 통해 인식되어 독자에게 전달된다. 그러므로 이 작품의 시점은 부인물 시점으로 이루어진 3인칭 선택적 전지 시점이라 하겠다.

3인칭 선택적 전지 시점은 1인칭 소설처럼 화자가 보고 듣고 알 수 있는 범위가 좁다. 그러므로 1인칭에서와 마찬가지로 '스테레오적 시점'이 이론적으로 가능해진다. 즉 같은 사건을 한 번은 인물 A에 초점을 맞추어 서술하고 또 한 번은 인물 B에 초점을 맞추어 서술하는 것이다. 말하자면 하나의 사건을 두 개의 3인칭 선택적 전지 시점으로 묘사하는 것이다. 이를 통해 독자는 그 사건을 '입체적'으로 파악할 수 있게 된다.

---

20) Norman Friedman, *Form and Meaning in Fiction*, Athens 1955, p.152.

3인칭 선택적 전지 시점을 수식으로 표현하면 다음과 같다. 화자는 인물들보다 더 많이 알고 있지 않고, 같은 정도로 알고 있는 것이다.

주인물 시점: 화자 = 주인물
부인물 시점: 화자 = 부인물

Ⅴ. 2인칭 시점

2인칭 시점은 20세기 후반에 들어와서야 알려지게 된 시점이다. 다음은 1976년에 나온 크리스타 볼프Christa Wolf의 장편소설『유년의 모형*Kindheitsmuster*』의 시작 부분이다. 화자가 청자인 2인칭 인물을 향하여 발언하는 형태로 이루어져 있다.

1971년 여름, 당시 L시, 지금의 G시로 드디어 가 보자는 제안이 있었고 너는 그에 동의했다. 비록 너는 그럴 필요가 없다고 되풀이해서 말하긴 했지만 말이다. 고향을 찾는 관광 여행은 빈번했다. 갔다 온 사람들은 그 도시의 새로운 주민들이 아주 친절하게 맞아준 것을 칭송했고, 거리 형편과 침식에 대해 '좋음', '괜찮음', '상당함'이란 말을 했고, 너는 그 모든 것을 아무런 감동 없이 들었었다. 또 너는 실제로 흥미를 갖고 있는 듯이 보이기 위해, 지지(地誌)에 관해서라면 집·거리·교회·공원·광장 등 무엇이나 너의 기억을 신뢰할 수 있다고 말했다―이런 경우가 아니라면 별로 주목받을 정도가 못 되는 이 도시의 이러한 시설들이 완전히, 그리고 영원히 너의 기억 속에 보존되어 있었다. 너에겐 관광이 필요하지도 않았다. 그렇다 해도 가야지 하고 H가 말했다. 그때 너는 성실하게 여행 준비를 하기 시작했다.

이 소설은 이렇게 '너'의 행적을 묘사하는 것으로 이루어져 있다. 이런 형태의 시점을 2인칭 시점이라 부르고, 이런 시점으로 된 소설을 2인칭 소설이라 부른다. 이것은 새롭게 개발된 소설형태로 좋은 평가를 받아 그동안 다수의 작품이 나타났다(제3장 화자 5 참조).

이 2인칭 소설의 시점에서도 화자가 '월권'을 행사하여 전지적 능력을 발휘할 수 있어 신(神)처럼 상대의 마음속에 들어가거나 주인공이 모르는 것을 알아내어 그것을 독자에게 공개하는 것이 얼마든지 가능하다. 그렇기 때문에 2인칭 시점도 객관적 시점과 전지적 시점으로 나누어야 하지만 작품이 많지 않은 현재의 상황에서는 그렇게까지 할 필요가 없을 것이다.

소설 구조적인 면에서는 2인칭 소설이 1인칭 소설과 크게 다르지 않아 별도의 독립된 인칭의 소설로 간주하기에 무리가 있다. 그러나 소설이 주는 효과는 1인칭 소설과 전혀 다르기 때문에 장르로서 2인칭 소설의 성립 여부가 문제로 제기된다.『변경』이란 2인칭 소설을 썼던 뷔토르는 2인칭 소설이 장르로서 성립될 수 있다고 주장한다.[21] 그러나 웨인 부드는 2인칭 소설의 장르 성립에 회의를 표명한다.[22] 이에 반해 베버는 장르로서 2인칭 소설의 존재를 확고하게 인정한다.[23] 근래 영어권에서 나온『소설이론 백과사전』에는 '2인칭 소설Second-person Narration'이 독립된 항목으로 들어있어,[24] 그것이 이미 장르로서 인정받고 있음을 말해 주고 있다고 하겠다.

한국에도 2인칭 소설이 있는가? 오인문의 단편「뒷과 소리」(1980)가 2인칭 소설의 모습을 띠고 있다. 그러나 중간에 3인칭 서술이

---

21) Michel Butor, *Repertoire 2*(독역), München, 연도 미상, p.100.

22) Wayne C. Booth, *The Rhetoric of Fiction*, Chicago 1961, p.150.

23) Dietrich Weber, *Der Geschichtenerzählspieler*, Wuppertal 1989, pp.101-02.

24) Herman/Jahn/Ryan, *Routledge Encyclopedia of Narrative Theory*, New York 2005, p.522.

섞여 있고 화자의 성격이 불확실하여 완전한 2인칭 소설로 보기가 어렵다. 구혜영의 「염소뿔」(1985)은 이보다 2인칭적 성격이 더 뚜렷하여 2인칭 소설로 간주할 수 있지만 3인칭 소설 속에 끼어 있는 형태 때문에 완전한 2인칭 소설로 보기가 어렵다. 최윤의 「저기 소리 없이 한 점 꽃잎이 지고」(1988)에는 2인칭 소설적 요소가 나타나 있으나 작품의 일부에만 도입되어 있다.

그러나 본격적인 2인칭 소설은 90년대에 들어서면서 나타나기 시작했다. 완전한 2인칭 소설의 첫 작품은 최윤의 단편 「갈증의 시학」(1991)으로 여겨진다. 장편으로는 하일지의 『그는 나에게 지타를 아느냐고 물었다』(1994)를 첫 작품으로 간주할 수 있을 것이다. 김영하의 「당신의 나무」(1998)도 2인칭 소설의 하나다.

신경숙의 『엄마를 부탁해』(2008)는 중간에 3인칭과 1인칭의 서술이 조금 들어 있지만 전체적으로 보아 2인칭 소설의 범주에 넣을 수 있을 것이다. 이 작품에는 2인칭의 서술이 다양한 형태로 나타나는 것이 특징적이다. 가령 제1장에서는 청자가 큰딸이고 화자는 특정 인물이 아닌 전지적 화자다. 그러나 제4장에서는 화자가 어머니인데 청자가 딸이 되었다가, 친한 남성이 되었다가, 남편이 되었다가, 1인칭 이야기가 되었다가 한다. 마지막의 에필로그에서는 큰딸이 청자가 되고 다시 전지적 화자가 등장한다.

최윤의 「갈증의 시학」의 한 부분을 읽어 보자.

너는 오늘, 딴 목적을 가지고 지하 일층으로 내려간다. 너는 물건들을 세세히 바라보지 않는다. 부드러운 포만감으로 너의 눈은 사물의 표면을 애무하듯 훑는다. 일층으로 올라간다. 진열대 사이로 난 통로를 천천히 걸으면서 너는 손을 조금 들어 보이는 듯도 하다. 이층으로…… 삼층으로…… 진열된 물건의 사열을 받는 여왕처럼 고개를 감격스럽게 위로 치켜들고 몇몇 상품 앞에서는 특별히 고개를 갸웃이 숙여 친히 답례하면서, 너는 이렇게 팔층에 이르기까지 거의 모든 물건들에 정중하게 격조 높게 결별을 고한다.

이 작품에서 화자는 자신을 주인공의 쌍둥이 언니라고 밝히고 있다. 그러나 자신의 이야기는 거의 없고 계속 '너'의 이야기만 서술되고 있다.

이런 종류의 소설은 1인칭 화자가 대화 상대인 2인칭 청자 자신의 이야기를 들려주는 형태가 일반적이지만 1인칭 화자 자신을 대상으로 혼자서 독백하는 형태도 가능하다. 이인성의 『미쳐버리고 싶은, 미쳐지지 않는』(1995)에 나오는 2인칭 소설 형태는 1인칭 화자가 자기 자신을 두고 자신에게 말하고 있는 것이다. 그러나 그것이 1인칭, 3인칭 형태와 병행하여 부분적으로만 나타나기 때문에 전체를 2인칭 소설로 인정하기가 어렵다.

한국 작가들도 이제 2인칭 시점에 관심을 가져야 할 것이다.

3. 시점의 선택과 전이

어느 시점이 가장 좋은 시점일까? 모든 시점이 장단점을 가지고 있기 때문에 어느 시점이 가장 좋다고 단정적으로 말할 수는 없다. 작가가 어느 시점을 선택하느냐 하는 것은 그가 의도하는 주제와 그가 다루고자 하는 소재에 어느 것이 가장 적합하냐 하는 관점에서 결정되어야 할 것이다.

작가들이 가장 선호하는 시점은 3인칭 무제한적 전지 시점이다. 이 시점이 가장 많은 표현의 자유를 주기 때문이다. 그러나 풍족한 표현의 자유가 반드시 소설을 위해 좋은 효과를 가져온다고 말할 수는 없다. 결말에 중요한 정보가 공개되어야 효과가 날 소설에, 3인칭 무제한적 전지 시점을 사용한다면, 소설은 실패작이 될 것이다. 화자가 그것을 계속 감춘다면 결말에 독자는 배신감을 느끼지 않을 수 없기 때문이다.

예를 들어 보자. 코넌 도일의 셜록 홈스 소설은 시점이 1인칭 객관적 부인물 시점으로 되어 있다. 그렇기 때문에 부인물인 왓슨은 사건이 해결될 때까지 독자와 마찬가지로 사건의 전모를 알지 못하고, 탐정 홈스가 무슨 생각을 하고 있는지, 왜 그런 행동을 하는지 알지 못한다. 만약 이 소설을 3인칭 무제한적 전지 시점으로 서술했다면 화자는 계속 독자에게 정보를 제공해 주어야 한다. 그렇지 않고 결말에 가서 중요 정보를 털어놓는다면 독자는 심한 배신감을 느낄 것이다. 이 소설이 3인칭 무제한적 전지 시점을 택했다면 진행 중의 긴장감과 결말에 가서 느껴지는 묘한 재미는 생겨나지 않을 것이다. 그러므로 이 소설에는 1인칭 객관적 부인물 시점이 가장 적절한 시점이라 하지 않을 수 없다.

그러나 도스토예프스키의 『죄와 벌』에 있어서는 사정이 다르다. 이 살인 사건을 다루는 작가의 의도가 미스터리나 긴장감을 불러일으키려는 데 있는 것이 아니라, 살인범의 윤리적·심리적 동기와 살인 후의 심적 갈등을 표현하는 데 있기 때문에 셜록 홈스에 있어서처럼 1인칭 부인물 시점을 쓸 수가 없다. 그러므로 초점이 주로 범인에게 맞추어진 3인칭 무제한적 전지 시점이 선택된 것이다.

카프카는 『성』을 3인칭 선택적 전지 시점으로 썼다. 이것을 만약 3인칭 무제한적 전지 시점으로 썼다면 이 작품은 실패작이 되었을 것이다. 왜냐하면 주인공 K.이외의 인물들의 마음속이 독자에게 공개된다면 이 소설이 갖고 있는 신비감은 사라질 것이기 때문이다. 성을 대표하는 클람이 어떤 생각을 하는지, 프리다가 왜 K.를 사랑했다가 버렸는지 등 인물의 심정이 모두 독자에게 알려진다면 이 작품의 깊이와 무게는 사라지고 작품은 평범한 통속소설이 되었을 것이다. 그러므로 인생의 미지와 신비를 다루는 소설은 3인칭 무제한적 전지 시점을 사용해서는 안 될 것이다.

앞에서 살펴본 것처럼 이청준의 『당신들의 천국』은 세 개의 3인칭 선택적 전지 시점이 결합되어 있는 작품이다. 제1부에는 피치자(被治者)인 민중의 대표 이상욱이 시점인물이 되어 있고, 제2부에는 치자(治者)의 대표인 조백헌 원장이 시점인물이 되어 있다. 그리고 제3부에서는 국외자인 신문 기자 이정태가 시점인물이 되어 있다. 치자와 피치자의 대립 관계, 역학 관계를 다루고 있는 이 작품의 주제에 비추어 대립되는 두 인물과 중립적인 국외자를 각각 시점인물로 하는 복합 3인칭 선택적 전지 시점은 이 소설의 주제 부각에 가장 좋은 시점으로 평가될 수 있을 것이다.

그러므로 작품을 쓸 때 작가는 자기의 의도와 자기의 소재에 가장 알맞은 시점을 선택해야 한다. 프리드먼은 소설에 있어서 시점의 선택은 시에 있어서 시형(詩形)의 선택만큼이나 중요하다고 말한다.[25] 그런 만큼 작가는 시점의 선택에 신중에 신중을 기해야 할 것이다.

다음 시점은 항상 고정적이어야 하는가? 한 작품 안에서 시점의 전이(轉移)가 허용될 수 있는가 하는 것이 문제로 제기된다. 헨리 제임스와 그의 후계자들은 리얼리티가 파괴되지 않기 위해서 시점을 일관되게 유지해야 한다고 주장해 왔다. 로렌스 페린도 시점을 결코 바꾸어서는 안 되며 바꿀 때는 예술적인 이유가 있어야 된다

---

25) N. Friedman, 앞의 책, p.157.

고 말한다.26) 보게스도 시점을 되도록 바꾸지 말라고 충고하고 있다.27) 그러나 바네트 등은 시점을 옮겨도 무방하다고 주장한다.28) 포스터도 '작가가 말하는 것을 독자가 받아들이게 하는 능력'이 중요한 것이지 시점을 일관되게 유지하는 것이 중요한 것은 아니라고 주장한다. 그리고 디킨스의 『황량한 집*Bleak House*』은 장마다 시점이 틀리지만 독자는 소설의 힘에 압도되어 시점 전이를 별로 의식하지 못한다고 말한다.29)

이들 극단적인 두 견해의 절충을 프리드먼에서 찾아볼 수 있다. 그는 시점의 일관된 유지를 강요하는 것을 '기술적 교조주의 *technical dogmatism*'라 불러 배척하면서도 시점을 옮기는 데는 신중할 것을 요구하고 있다.30)

시점의 전이를 금기로 해야 할 이유는 없다. 그러나 시점을 너무 자주 바꾼다든지 너무 대조적인 시점을 사용하면 독자를 불안하게 만들 수 있다. 소설에 통일성과 안정감을 주기 위해서는 시점을 일관되게 유지할 필요가 있다. 디킨스가 독자를 압도할 힘을 가진데다 시점의 원칙을 터득하고 시점을 일관되게 유지할 수 있었다면 그는 훨씬 더 좋은 작품을 세상에 내놓을 수 있었을 것이다. 카프카는 그의 대부분의 작품에서 시점을 일관되게 유지하고 있다. 그의 작가로서의 성공은 상당 부분 시점을 일관되게 유지한 데 있다고 말할 수 있을 것이다. 특별한 이유가 없는 한 시점을 일관되게 유지하는 것이 바람직하다고 할 수 있다.

---

26) L. Perrine, 앞의 책, p.165.

27) Louise Bogges, *Fiction Techniques that sell*, Englewood 1964, p.50.

28) Barnet/Berman/Burto, 앞의 책, p.39 이하.

29) E. M. Foster, *Aspects of the Novel*, London(1927) 1974, p.55.

30) N. Friedman, 앞의 책, pp.159~66.

문장(文章)*sentence, Satz*은 소설에서 의미를 갖는 최소 단위다. 소설은 문장들이 모여 전체를 구성하기 때문에 문장을 하나의 구조로 파악할 수 있다. 카이저는 서사 문학*Epik*의 근원적 상황*Ursituation*을 "어떤 화자(話者)가 일어났던 어떤 일을 청중에게 이야기하는 것"[1] 이라 정의한 바 있다. 그런데 이 화자가 이야기를 들려주는 방법은 다양하다. 우선 사건을 서술할 때 요약해서 간단간단히 서술할 수도 있고, 세세한 것까지 아주 세밀하게 서술할 수도 있다. 또 사건 진행뿐만 아니라 풍경이나 정물(靜物)을 묘사할 수도 있고, 사건 서술과는 별도로 자기 나름의 논평이나 인생관을 피력할 수도 있다.

서술 대상과 그에 대한 화자의 태도에 따라 소설 문장을 장면 묘사·요약·기술·논평의 넷으로 분류할 수 있다. 이 가운데 장면 묘사와 요약은 서술 대상은 같지만 자세하게 서술하느냐 그렇지 않느냐 하는 화자의 서술태도에서 구별된다.

소설 문장은 또 다른 각도에서 분류가 가능하다. 즉 진술의 주체가 누구냐, 바꾸어 말하면 화자 자신의 말이냐, 작중인물의 말이냐에 따라 화자 보고문과 인물 발언으로 나눌 수 있다. 또 두 가지가 혼합되어 있는 중간 형태도 존재한다.

그러나 여기서 행하는 분류들은 이론적인 시도일 뿐, 실제에 있어서는 어느 쪽으로도 단정 짓기 어려운 애매한 중간 단계가 있을

---

1) W. Kayser, *Das sprachliche Kunstwerk*, Bern 1972, p.349.

수 있다는 것을 미리 밝혀 두지 않을 수 없다.

1. 서술 대상에 의한 분류

Ⅰ. 장면 묘사

사건 진행을 묘사함에 있어서 요약하지 않고 되도록 자세하게 모든 것을 서술하는 것을 장면 묘사(場面 描寫)*scene, scenic method*; *Szene, szenische Darstellung*라 한다. 그러므로 필연적으로 작중인물들의 대화와 행동에 대한 묘사가 그 내용을 이루게 된다. 서술이 자세하게 되면 서술 속도는 느려져서 실제 사건의 진행 속도에 가깝게 된다. 말하자면 희곡에 가까운 속도를 갖게 되는 것이다. 이러한 서술 방법은 자연주의 작가들에게 특히 중요시되어, 그들은 일 초, 이초의 초단위로 서술한다 하여 '초단위 양식(秒單位 樣式)*Sekundenstil*'이라는 극단적으로 느린 방법까지 개발했던 것이다.

그러나 초단위 양식보다 서술이 더 느린 경우가 있다. 예를 들어 살인 사건을 묘사하는 경우에 살인은 불과 20초 만에 이루어지는데 그것의 서술은 2페이지 이상인 작품이 있을 수 있기 때문이다. 이런 경우를 두고 코헌/샤이어즈는 '슬로다운slow-down'이라 부르고 있다.[2]

이 장면 묘사는 시간이 흐르는 대화나 행동을 서술 대상으로 삼기 때문에 소설 내의 시간을 흐르게 한다. 예를 들어 풍경을 아무리 자세하게 묘사해도 소설 내의 시간은 흐르지 않는다. 그러나 사

---

2) S. Cohan/M. Shires, *Telling Stories*, London 1997, p.88.

건 진행을 묘사하면, 묘사가 진행되는 동안 소설 내의 시간도 흐르게 된다. 즉 '서술되는 시간*erzählte Zeit*'이 흐르는 것이다. 그리고 서술이 자세하면 할수록 그 흐름도 완만하여 소설 내의 '서술되는 시간'과 화자가 서술하는 '서술 시간*Erzählzeit*'이 비슷하게 되거나 극단적인 경우 '서술 시간'이 더 길어지게 된다.

　장면 묘사가 극단적으로 되어 '서술 시간'이 '서술되는 시간'보다 길어지는 경우를 연장(延長)*stretch* 이라 부르기도 한다.[3] 내적 독백이나 의식의 흐름을 서술할 때, 혹은 위에서 살펴본 초 단위 서술이나 슬로다운이 행해질 때 일어나는 현상으로, 실제의 진행 시간보다 서술에 소요되는 시간이 더 길어진다. 다시 말하면, 마음 속의 말이나 스쳐 가는 생각, 혹은 지나치게 자세한 장면 묘사의 경우 실제의 사건 진행 시간보다 그것을 말로 표현하는 시간이 더 길어지는 것이다. 이 연장은 전체 서술 속도에 영향을 끼치게 된다(제2장 시간 3 참조).

　주로 대화로 이루어진 헤밍웨이의 「살인자들*The Killers*」이나, 의식의 흐름을 나타내는 제임스 조이스의 『율리시스*Ulysses*』의 문장들이 장면 묘사의 대표적인 예가 될 것이다. 이제 장면 묘사의 예를 보자.

> 　그 산길을 타고 내려간 심곡에선 바로 바다 옆의 카페를 찾을 수 있었다. 카페 이름도 바다 옆 카페와는 어울리지 않게 〈꽃을 꺾어 바치고〉였다.
> 　"어서 오……"
> 　카페 안으로 들어서자 출입구 옆 주방 쪽에 서서 무심코 인사를 하던 여자의 눈이 화등잔처럼 동그래졌다.
> 　"안녕하세요? 오랜만에 뵙습니다."
> 　"여긴 어떻게 ……"

---

3) Gerald Prince, *A Dictionary of Narratology*, Nebraska 1987, p.92.

　　나는 여자가 머뭇거릴 틈을 주지 않고 바로 창가 쪽으로 난 자리에 가
앉았다. 예닐곱 개의 테이블 중 두 곳에만 손님이 앉아 있었다.
　　"여기 커피 맛이 좋을 것 같아서요. 차 한 잔 주시겠습니까?"
　　사진에서처럼 다른 장애물 하나 없이 깨끗하게 창 옆으로 바다가 다가
왔다. 주방 쪽으로 돌아간 여자는 잠시 후 반가워하면서도 난감한 얼굴로
찻쟁반을 들고 와 맞은편 자리에 앉았다.

(이순원 『그대 정동진에 가면』)

　　이와 같이 장면 묘사는 대화와 행동의 자세한 묘사를 통해 사건
을 서술하는 문장이다. 생생한 서술을 통해 독자의 흥미를 자극하
고 독자에게 생동감을 느끼게 하는 서술법이라 하겠다.

　　이 장면 묘사나 다음 항에서 논의하게 될 '요약'은 사건 진행을
서술 대상으로 하고 있다는 점에서는 공통이다. 그러나 장면 묘사
는 압축하거나 요약함이 없이 있는 그대로를 자세하게 서술하는 것
이고, 요약은 그야말로 요약하여 개요만을 서술하는 것이다. 퍼시
러보크의 '장면 중심적*scenic*' 제시 방법과 '파노라마적*panoramic*'
제시 방법의 분류,4) 웨인 부드의 '보여주기*showing*'와 '말해주기
telling'5)의 분류에 있어서 전자는 모두 장면 묘사를 의미하고 후자
는 모두 요약을 의미한다.

　　바이만은 흔히 중요한 사건, 갈등이 많은 사건은 장면 묘사로,
그렇지 않은 사건은 요약으로 표현된다고 말한다.6) 또한 벤틀리는
이 장면 묘사가 '격정적 순간*intense moments*'에만 사용되는 것이
바람직하다고 말한다.7) 그러므로 위기나 클라이맥스와 같은 중요한

---

4) P. Lubbock, *The Craft of Fiction*, London(1921), 1957, p.67.

5) W. Booth, *The Rhetoric of Fiction*, Chicago 1961, p.154.

6) Robert Weimann, "Erzählsituation und Romantypus", B. Hillebrand 편, *Zur Struktur des Romans*, Darmstadt 1978, p.325.

장면은 반드시 장면 묘사로 서술하는 것이 요망된다고 하겠다.

장면 묘사의 장점은 독자에게 자세하고 생동감 있게 사건을 제시할 수 있다는 데 있다. 그러나 장면 묘사만으로는 소설 전체를 구성할 수 없다. 단편에서는 가능할지 몰라도 장편에서는 불가능하다. 그러므로 사건의 서술에는 장면 묘사와 요약이 적절히 배합되어야 한다. 또한 장면 묘사가 길게 이어질 때 독자가 사건 전체를 거시적으로 파악하기 어렵게 되는 것이 단점으로 지적된다. 이것 역시 요약을 적절히 섞어 넣음으로써 피할 수 있다.

화자 이론이나 시점 이론의 입장에서 보면, 장면 묘사는 화자를 독자에게서 되도록 사라지게 하는 표현법이 된다. 그러므로 장면 묘사가 많을수록 독자는 화자의 존재를 덜 느끼게 되고, 요약이 많을수록 화자의 존재를 더욱 뚜렷하게 느끼게 된다고 하겠다.

Ⅱ. 요약

인물의 행동을 서술하고 사건 진행을 보고한다는 점에서 요약(要略)*summary, Bericht*은 장면 묘사와 근본적으로 차이가 없다. 소설 내의 시간, 즉 '서술되는 시간'은 흐르지만 그 흐름은 장면 묘사 때보다 빠르다. 장면 묘사가 사건 진행을 세세하고 생생하게 묘사하는 데 반하여, 요약은 압축하고 요약하여 표현하는 것이 그 특징이다. 장면 묘사가 초단위로 서술해 간다면 요약은 단 몇 마디로 1시간, 한 달 또는 몇 십 년을 표현할 수 있는 것이다. 요약의 예를 들어 보자.

---

7) Phyllis Bentley, "Use of Summary", P. Stevick 편, *The Theory of the Novel*, New York 1967, p.53.

　　다음 해 봄도, 또 다음 해 봄도 학은 돌아오지 않았고 흉년만이 계속
되었다. 그러자 이제 학이 버리고 간 이 학마을에서는 살 수 없으리라는
말이 누구의 입에서부터인지 퍼져 나왔다.
　　한 집이 떠났다. 또 한 집이 떠났다.

(이범선, 「학마을 사람들」)

　　위의 예에서는 몇 해 동안 일어났던 일들이 단 몇 줄로 요약되
어 있다. 그러나 장면 묘사와 요약이 그 경계가 명확한 것은 아니
다. 자세하게 서술하면 장면 묘사이고 간략하게 압축하면 요약인데
그 중간 단계가 무수하게 존재할 수 있기 때문이다. 다음의 예와
같은 경우 이것을 장면 묘사로 보아야 할지, 요약으로 보아야 할지
판단하기가 쉽지 않다.

　　어머니의 불안한 음성이 높아졌다. 나는 책장을 덮고 밖으로 뛰어나갔
다. 영호와 영희는 엉뚱한 곳을 찾아 헤매고 있었다. 나는 방죽가로 나가
곧장 하늘을 쳐다보았다. 벽돌 공장의 높은 굴뚝이 눈앞으로 다가왔다.
그 맨 꼭대기에 아버지가 서 있었다.

(조세희, 「난장이가 쏘아올린 작은 공」)

　　위의 경우에 '나는 책장을 덮고 밖으로 뛰어나갔다.'는 문장은
이야기하는 데(서술하는 데) 불과 몇 초밖에 소요되지 않는 짧은
문장이지만, 실제 그러한 행동을 하는 데는 수십 초, 또는 수분이
걸릴 것이다. '서술 시간'이 '서술되는 시간'보다 짧은 것이다. 그러
나 두 시간의 간격이 그렇게 큰 것은 아니다. '나는 방죽가로 나가
곧장 하늘을 쳐다보았다.'는 문장도 마찬가지다. 이러한 문장들에
있어서 이들을 장면 묘사로 보느냐 요약으로 보느냐 하는 것은 그
렇게 간단한 문제가 아니다. '서술 시간'이 '서술되는 시간'보다 짧

기 때문에 이론적으로는 요약이라 할 수 있지만 그 시간차가 그렇게 크지 않기 때문에, 장면 묘사로 보아도 무리가 없다. 그러나 다음의 예는 조금 다르다고 하겠다.

(김원일,『어둠의 축제』)

이 경우는 밤중에서 아침까지의 일을 단 몇 줄로 서술하고 있기 때문에 요약으로 보는 것이 타당할 것이다.

그러나 장면 묘사와 요약의 경계를 확정짓는 것은 어려운 일이다. 그러므로 이 두 가지의 판단은 상당히 자의적일 수밖에 없다.

요약은 많은 것을 간단하게 압축하고 줄이는 요약의 역할과, 요점만을 간단하게 독자에게 제시하는 보고(報告)의 역할을 다 갖고 있다. 그러므로 영어권에서 '요약*summary*', 독일어권에서 '보고*Bericht*'라는 용어를 쓰고 있는 것은 일리가 있다. 요약을 너무 많이 사용하면 독자는 내용의 불충분에 이내 불만을 느낄 것이다.

소설 문장은 대개 장면 묘사와 요약으로 이루어져 있다. 이 두 가지가 없어서는 안 될 주요소이고, 다음에 언급할 기술이나 논평은 반드시 있어야만 할 필요가 없는 부차적 요소다. 소설은 장면 묘사만으로 이루어질 수도 없고, 요약만으로 이루어질 수도 없다. 두 가지가 적절히 배합되어 있어야 한다. 중요한 장면은 장면 묘사로, 그렇지 않은 곳은 요약으로 서술해야 한다.

벤틀리가 "요약의 과잉과 장면 묘사의 불충분은 이야기를 희미하고, 자극성이 없고, 간접적인*second-hand* 것으로 만든다."[8]고 말하고 있는 것은 타당한 견해라 하겠다. 그는 또한 "요약이 사건을 과거로 던져 버리는 경향이 있다."[9]고 말한다. 이것은 현재성과 직접성을 주는 장면 묘사와는 달리, 요약이 이야기를 간접적이고 과거적인 것으로 느끼게 만든다는 것을 의미한다. 이것은 독자가 화자의 존재를 뚜렷이 느끼게 된다는 뜻이기도 하다. 장면 묘사에서는 화자의 존재가 별로 느껴지지 않지만, 요약에서는 느껴진다고 할 수 있다. 그래서 벤틀리는 독자의 흥미 유발을 위해 요약을 많이 사용하지 말 것을 권하고 있는 것이다. 그는 찰스 디킨스가 성공을 거둔 것은 요약을 최소한도로 줄인 데 있다고 주장한다.[10]

그러나 덮어놓고 장면 묘사만 많다고 좋은 것은 아니다. 요약은 간결성과 경제성을 갖고 있기 때문에 필요한 곳에 적절히 사용하면 소설의 구성에 변화와 균형을 줄 수 있다. 요약이 너무 많으면 독자는 아쉬움을 느끼게 되지만, 요약이 너무 적고 장면 묘사가 많으면 독자는 사건 전체를 개관하거나 거시적으로 바라보지 못해 답답함을 느낀다. 그리고 때로는 느린 진행 속도에 지루함을 느낄 수도 있다.

이 장면 묘사와 요약의 배합 문제를 비평의 한 기준으로 삼은 최초의 인물이 퍼시 러보크다. 그는 톨스토이가 요약을 그의 작품 『안나 카레니나』에 충분히 사용하지 않음으로써, 다시 말하면 장면 묘사만 주로 사용함으로써 소설의 효과를 많이 손상시켰다고 주장한다.[11] 너무 많은 장면 묘사의 사용은 독자가 전체 사건을 거시적으로 파악하는 것을 어렵게 하고, 한 장면 한 장면, 순간순간의 재

---

8) 위의 글, p.50.
9) 위의 글, 같은 곳.
10) 위의 글, p.51.
11) P. Lubbock, p.236 이하.

미에만 몰두하게 할 수 있다.

그러므로 장면 묘사와 요약을 적절히 배합하는 요령은 작가가 갖추어야 될 필수적 소양이라 하겠다. "장면 묘사와 요약 사이의 선택은 소설가가 취해야 할 중요한 선택 가운데 하나다"12)라는 윌리엄 케니의 말은 새겨들을 말이라고 생각된다.

작품의 서두에 장면 묘사와 요약 중 어느 것이 먼저 나타나는 것이 좋은지에 대해서 이견이 있을 수 있으나 필자의 의견으로는 장면 묘사가 더 좋을 것 같다. 그 이유는 구체성과 생동감을 더 많이 갖고 있는 장면 묘사가 독자의 흥미와 주의를 더 쉽게 끌 수 있기 때문이다.

Ⅲ. 기술

장면 묘사와 요약이 인물의 행동과 대화를 주로 서술한다면, 기술(記述) *description, Beschreibung*은 풍경이나 정물을 주로 서술한다. 그래서 기술 대신 '그림*picture, Bild*'이란 명칭을 쓰는 사람도 있다.13) 기술은 나아가 인물의 외모나 성격, 사건의 배경, 사물의 성격 같은 것을 서술할 수도 있다. 기술의 가장 큰 특징은 '서술되는 시간'이 흐르지 않는다는 데 있다. 기술에 시간이 흐르지 않는다는 것은 카이저도 확인하고 있고,14) 래메르트도 확인하고 있다.15) 예를 들어 보자.

---

12) William Kenney, *How to Analyse Fiction*, New York 1966, p.78. 그는 요약을 P. Lubbock처럼 'panorama'라 부른다.

13) '*picture, pictorial narrative*'란 말을 처음 쓴 사람은 P. Lubbock다(앞의 책, p.69). W. Kayser도 '*Bild*'란 표현을 쓰고 있다(앞의 책, p.184).

14) W. Kayser, 앞의 책, p.184.

15) Eberhard Lämmert, *Bauformen des Erzählens*, Stuttgart 1972, p.89 이하.

가운데 우뚝 솟은 영주산이 치마폭을 넓게 펼치고 있는 듯한 모양인 그 섬은 바다에 담그고 있는 아랫도리 부분으로 내려오며 점점 너그럽고 평편해졌다. 성은 그 섬의 동남단 절벽 위에 축조되어 있었다. 성이 서 있는 절벽 부근은 부드럽게 펼쳐지던 치마폭이 바람에 펄럭 치솟듯 갑자기 융기한 형국을 이루고 있었다.

(유익서 「목련나무 편지」)

이것은 풍경 묘사로서 이때 소설 내의 시간은 멈추어져 있고 흐르지 않는다. 동영상이 아닌, 액자 속의 그림처럼 시간이 정지되어 있는 것이다. 왜냐하면 사건 진행이 아니기 때문이다. 다음과 같은 경우에도 시간은 멈추어져 있고 흐르지 않는다. 역시 사건 진행이 아니기 때문이다.

어항은 바닥의 지름이 한 30㎝쯤은 될 것 같았다. 허리는 잘록했고, 윗부분은 주름치마처럼 여러 갈래의 주름이 조그만 만(灣)을 이루며 타원형으로 되어 있었는데, 그 타원의 주름진 부분은 진초록의 색깔을 띠고 있었다. 타원의 지름은 바닥의 지름과 거의 같은 크기였다.

(박석수, 「우렁이와 거머리」)

위의 경우는 순수한 정물 묘사다. 이때도 사건 진행을 서술하는 것이 아니기 때문에 소설 내의 시간은 흐르지 않는다. 그러나 기술에는 풍경이나 정물의 묘사뿐만 아니라 사물의 성격에 대한 묘사도 있다. 다음 예를 보자.

(그 술집은) 바가지를 씌우지 않을 뿐만 아니라 어떤 손님에게도 과음을 허락하지 않는다는 것이 유명했다.

(박영준, 「가족」)

위의 예는 술집의 성격을 서술한 경우다. 이때도 사건의 진행을 서술하는 것이 아니기 때문에 '서술되는 시간'은 흐르지 않는다. 그러나 다음 예에서는 문제가 발생한다.

나는 모든 것을 보았다. 농삿집치고는 유난히 말끔한 마루청, 먼지를 뒤집어쓰고 있지 않은 장독대, 울타리 너머로 보이는 길찬 장다리꽃들 ……. 그 어느 것 하나에도 그녀의 손이 안 간 곳이 없으리라 싶었다.

(김정한, 「모래톱 이야기」)

위의 서술은 분명 풍경 묘사다. 그러나 '나는 모든 것을 보았다'는 말에서 알 수 있듯이, 작중인물 '나'의 눈을 통해서 본 풍경이다. 작중인물이 눈을 통해 지각(知覺)하고 의식을 통해 생각하는 동안 시간이 흐른다. 지각과 의식의 흐름이 진행되는 동안 시간이 정지되지 않고 같이 흘러가기 때문이다. 그러므로 우리는 이것을 기술이 아닌 장면 묘사로 보아야 할 것이다.

어떤 인물의 외모를 묘사하면 그것은 기술이다. 이때 서술되는 시간은 정지된다. 이 시간의 흐름을 정지시키지 않고 인물의 외모를 묘사하는 방법이 있다. 즉 기술로 표현해야 될 곳을 장면 묘사로 표현하는 방법이다. 희랍의 호메로스가 이미 이러한 표현법을 고안했음을 레싱이 지적하고 있다. 다음은 『일리아스*Ilias*』 제2권에서 아가멤논이 아침에 일어나서 의관을 갖추는 모습을 묘사한 곳이다.

그는 깨끗하고 신선해 보이는 부드러운 내의를 입고 그 위에 외투를 걸쳤다. 윤기 나는 발 아래 멋진 신발을 매고 은장식을 단 칼을 어깨에 걸치고 조상 전래의 왕홀을 손에 잡았다.

주인공의 동작을 서술하고 있기 때문에 이것은 장면 묘사다. 그러나 외모를 묘사하고 있어 기술의 성격이 강하다. 서술되는 시간의 흐름을 중단시키지 않으면서 인물의 겉모습을 묘사하는 묘한 방법을 호메로스는 이미 그 옛날에 터득하고 있었던 것이다. 예술론인 『라오콘*Laokoon*』에 기술된 레싱G. E. Lessing의 글을 읽어 보자.

호메로스가 아가멤논이 어떻게 옷을 입고 있는지를 우리들에게 보여주려 한다면 아가멤논은 우리들의 앞에서 그의 옷가지를 하나씩 입어 보여야 한다. 부드러운 내의, 커다란 외투, 아름다운 반장화, 칼 하는 식으로. 그게 다 되면 그는 홀을 잡는다. 우리는 호메로스가 착의 동작을 우리에게 보여주고 있는 동안 그의 옷까지도 보게 된다. 다른 작가였다면 아주 작은 수술 장식까지도 묘사했을 것이고 우리는 그의 동작을 보지 못할 것이다.[16]

여기서 레싱은 장면 묘사를 통해서도 기술과 같은 효과를 가져다주는 표현법이 있음을 우리에게 알려주고 있는 것이다.

기술의 특수한 경우로 프랑스 비평계가 착안했던 '타블로*tableau*(그림)'라는 것이 있다. 원래 이 말은 무대 예술에 쓰이던 말로서, 배우들이 얼어붙은 듯, 한순간 동작을 그대로 멈추었다가 다시 계속하거나 막이 내릴 때까지 기다리는 행동을 의미했다. 다른 비유로써 설명하면, 텔레비전 속의 움직이는 연속 동작을 한 장의 정지된 화면으로 떼어낸 것과 같다. 이것이 문학작품에 전용되어 움직이는 모습을 순간적으로 포착하여 서술하는 것을 의미하게 된 것이다. 예를 들어 운동장에서 체조하는 학생들을 학교 풍경과 같이 서술할 때, 움직임은 있으나 장면 묘사에서와 같은 시간의 흐름은 없다. 가령 다음과 같은 예를 보자.

---

16) Kurt Wölfel 편, *Lessings Werke*, 제3권, Frankfurt a. M. 1967, p.92.

새새이 끼인 도토리, 벚, 돌배, 갈잎들은 울긋불긋. 잔디를 적시며 맑은 샘이 쫄쫄거린다. 산토끼 두 놈은 한가로이 마주 앉아 그 물을 할짝거리고.

(김유정, 「만무방」)

위의 예문에서 '맑은 샘이 쫄쫄거린다', '산토끼 두 놈은 한가로이 마주 앉아 그 물을 할짝거리고'는 움직임을 나타내는 표현들이다. 그러나 그것은 전체 풍경의 일부로서 어디까지나 풍경 묘사에 지나지 않는다. 즉 움직임은 있으나 소설 내의 시간의 흐름은 없는 것이다. 이런 경우를 타블로라 부른다.

Ⅳ. 논평

논평(論評)*commentary, Kommentar*은 사건 서술과 직접적인 관계가 없는 화자의 발언이다. 사건이나 작중인물에 대한 화자 나름의 견해나 비판에서부터 현실 비판, 인생관, 세계관의 표명에까지 화자가 작품과 연관 지어 독자에게 직접 전달하는 진술이다. 이 논평에서도 '서술되는 시간'은 흐르지 않는다. 논평을 고찰*Betrachtung*, 논의*Erörterung*, 경구(警句)*Sentenz* 등으로 세분할 수도 있으나[17] 소설 구조의 이해에 별로 도움이 되지 않고 혼란만 야기할 우려가 있어 여기서는 하나로 묶어 취급한다.

논평은 그 경구적(警句的) 성격으로 말미암아 대개 현재시제로 표현된다. 그러므로 '역사적 현재*hitorisches Präsens*'와 구별하여 '경구적 현재*gnomisches Präsens*'라 부르기도 한다(제2장 시제 1 참조). 논평은 대개 '논평적 화자'가 등장하는 소설에 나타난다(제3장 화자 3 참조). 이 논평은 19세기 전반 이전에는 많았으나 19세기 후반 이후

---

17) E. Lämmert, 앞의 책, p.87 이하.

에는 점점 줄어드는 추세에 있다. 이것은 논평의 존재가 곧 화자의 존재를 독자에게 드러내는 것이므로, 헨리 제임스 이후 '소설에서의 화자 추방'을 계속 표방해 온 작가들로부터 회피되어 왔기 때문이다. 18세기 말에 나온 괴테의 『빌헬름 마이스터의 수업 시대』에서 예를 하나 찾아보자. 화자의 거창한 인생론이 나온다.

> 인간은 그의 역량, 능력, 관념의 발전에 이르는 동안 때때로 곤경에 빠지기도 하는데 좋은 친구의 도움으로 그곳에서 쉽게 빠져나올 수도 있을 것이다. 이럴 때의 인간은 여인숙에서 멀지 않은 곳에서 물에 빠진 나그네와 같다. 누군가가 즉시 손을 뻗어 육지로 끌어올려 준다면, 한 번쯤 옷을 적시는 것에 불과할 것이다. 그렇게 해 주지 않으면 그는 반대편 강변으로 가서 스스로 기어 올라와야 될 것이고, 정해진 목적지를 향해 힘들고 먼 길을 돌아와야 할 것이다.

이 논평은 앞뒤의 사건과 직접적인 관계가 없는 화자의 발언이다. 이러한 거창한 논평은 오늘날의 작가들의 작품에서는 찾아보기 힘들다. 특히 슈탄첼이 '인물적 시점'이라고 부르는 소설들에는 이러한 논평이 없다. 예를 들어 카프카, 제임스 조이스, 헤밍웨이의 작품들에는 이러한 논평이 전혀 없는 것이다.

우리나라 작가들 중에는 김동인의 작품에 논평이 많다. 예를 들어 보자.

> 시대의 물레바퀴는 쉬임 없이 돌아간다. 한눈팔기만 하면, 한 걸음 절룩하기만 하면, 시대는 그 위를 용서 없이 타고 넘어서, 정신 차릴 때는 벌써 까마득한 앞에 달려가 있다.
> 연실이가 패밀리호텔에서 유봉이와 연애에 골몰한 일 년을 지내고 (……)
> (김동인, 「김연실전」)

위의 예문에서 '시대의 물레바퀴는 …… 까마득한 앞에 달려가 있다.' 전체가 화자의 논평이다.

소설 속 사건의 묘사에는 위에서 살펴본 것처럼 주로 장면 묘사와 요약이 사용된다. 이때 소설 속의 시간, 즉 서술되는 시간은 흐른다. 그러나 기술이나 논평의 경우에는 서술 시간은 흐르지만 서술되는 시간은 흐르지 않는다. 이것을 휴지(休止)*pause*라 부른다. 사건 서술에서 언급되지 않고 그냥 넘어가는 부분이 있다. 이것을 생략(省略)*ellipsis*이라 부른다. 이때 서술 시간은 영(零)이 되지만 서술되는 시간은 멈추어지는 것이 아니라 아주 빠른 속도로 진행된다.

2. 진술 주체에 의한 분류

소설 문장은 진술하는 주체가 화자냐 작중인물이냐에 따라 '화자 보고문*Erzählerbericht*'과 '인물 발언*Personenrede*' 및 그 중간 형태인 '화자에 의한 인물 발언'의 셋으로 분류될 수 있다. 래메르트는 이 진술 주체가 누구냐에 따라 문학의 장르 구분을 하고 있다. 즉 순수한 시문학은 작자(화자)의 진술만으로 이루어져 있고, 극문학은 작중인물의 진술만으로 이루어져 있고, 서사 문학은 이 두 가지가 섞여 있다는 것이다.[18]

---

18) 위의 책, p.199.

200

Ⅰ. 화자 보고문

진술 주체가 화자일 때의 '화자 보고문'은 화자가 설명하고 해설하고 논평하는 모든 말을 의미한다. 일반적인 비평 용어로 지문(地文)이라 불린다. 앞에서 언급한 기술과 논평은 화자 보고문이다. 요약도 화자 보고문이다. 장면 묘사에서는 대화를 제외하고 주인공의 행동을 서술하는 부분이 대체로 화자 보고문이다. 이 경우에 간접 화법 같은 화자에 의한 인물 발언이 있을 수 있어 모든 문장이 다 화자 보고문은 아니라 하겠다. 화자 보고문의 예를 들어 보자.

> 여인은 초저녁부터 목이 아픈 줄도 모르고 줄창 소리를 뽑아 대고, 사내는 그 여인의 소리로 하여 끊임없이 어떤 예감 같은 것을 견디고 있는 듯한 표정으로 북장단을 치고 있었다. 소리를 쉬지 않는 여인이나, 묵묵히 장단 가락만 잡고 있는 사내나 양쪽 다 이마에 힘든 땀방울이 솟고 있었다.
>
> (이청준, 「서편제」)

Ⅱ. 인물 발언

인물 발언은 작중인물이 직접적으로 피력하는 모든 말을 의미한다. 직접화법과 직접적 내적 독백의 두 가지가 있다. 이 인물 발언에서 '서술되는 시간'과 '서술 시간'이 가장 비슷하게 일치된다.

1) 직접화법

직접화법(直接話法)*direct speech, direkte Rede*은 작중인물의 발언을 그대로 옮겨다 놓는 형식의 어법이다. 그렇기 때문에 반드시 인용 부호를 앞뒤에 붙이게 되어 있다. 물론 인용 부호가 붙어 있지 않은 작품도 있지만, 이것은 인용 부호를 생략한 것이지 아예 처음부터 없다는 뜻은 아니다. 대개 대화(對話)*dialogue, Dialog*이고 때로는 독백(獨白)*monologue, Monolog*인 경우도 있다. 대화는 둘 또는 그 이상의 사람들이 주고받는 말이며, 독백은 혼자서 입 밖에 내놓는 소리다.

직접화법인 대화를 많이 사용하는 소설은 희곡에 가까워지고, 현실의 재현도(再現度)가 커지게 된다. 그러므로 장면 묘사를 위해서 가장 많이 쓰이는 요소다. '……가 말했다', '……가 소리쳤다'와 같은 화자 설명어*reporting clause, tag clause. Redeankündigung*를 직접화법의 앞뒤에 붙여 누구의 발언인지를 분명히 하는 경우도 있으나, 두 사람만의 대화인 경우 그러한 설명 없이 대화를 계속 나열해 갈 수도 있다. 이런 경우는 희곡에 아주 흡사하게 된다. 볼프디트리히 슈누레Wolfdietrich Schnurre의 『나는 너를 필요로 해*Ich brauch Dich*』는 26편의 짧은 단편들로 이루어진 창작집이다. 이들 단편들은 모두 두 사람의 대화만으로 이루어져 있다. 그리고 그 대화들은 누구의 말이라는 설명 없이 그냥 나열되어 있다. 그러므로 희곡처럼 화자가 없고 대화만 있는 소설이다. 이인성의 「순수한 불륜의 실험」(1999)도 전체가 두 사람의 대화만으로 이루어진 작품으로 희곡에 아주 가까이 가 있다고 하겠다.

독백은 성격상 두 가지로 구분된다. 좁은 의미에서 독백은 특정의 청자가 없는 혼잣말을 의미한다. 자기 자신을 위해 쓰는 일기도 여기에 속한다. 넓은 의미로는 '침묵하는' 청자나 청중에게 들려주는 이야기, 연설, 강연, 설교 같은 것이 거기에 포함된다. 혼자서 하는 말이기 때문이다.[19]

독백이 소설의 중요한 구성 요소가 되어 있는 작품들이 드물지

---

19) *Metzler Literaturlexikon*, Stuttgart 1984, p.290 참조.

않다. 알베르 카뮈의 『전락*La Chute*』과 카프카의 「학술원을 위한 보고*Ein Bericht für eine Akademie*」 같은 작품은 전체가 한 사람의 독백으로 이루어져 있다. 물론 전자는 침묵하는 청자가, 후자는 침묵하는 청중이 전제가 되어 있다. 최인훈의 「주석의 소리」, 「총독의 소리」는 전체는 아니지만 상당 부분이 독백으로 이루어져 있다. 한 작품에 한 사람의 독백이 나오는 경우가 대부분이지만 여러 사람의 독백이 나오는 경우도 있다. 김종광의 「낙서문학사 창시자편」은 여러 사람의 독백을 한데 모아 하나의 줄거리로 엮은 작품이다.

편지나 일기도 일종의 독백이다. 괴테의 『젊은 베르테르의 슬픔』 같은 편지체 소설, 신경숙의 「풍금이 있던 자리」 같은 편지체 소설, 사르트르의 『구역』 같은 일기체 소설도 모두 독백으로 이루어져 있다고 할 수 있다. 편지의 경우에는 특정의 청자가 있지만, 일기의 경우에는 특정의 청자가 없다. 그러므로 일기는 그 성격상 자기가 자기에게 하는 혼잣말로 보아야 할 것이다.

소설 속의 대화나 독백은 때로 작가의 인생관이나 세계관을 피력하기 위한 수단으로 사용되기도 한다. 『카라마조프가의 형제들』에 나오는 이반과 알료사의 대화, 토마스 만의 『마의 산*Der Zauberberg*』에 나오는 제템브리니와 나프타의 대화 같은 것이 그러한 대화의 대표적 예가 된다. 「주석의 소리」나 「총독의 소리」의 독백도 마찬가지로 작가의 세계관을 피력하기 위한 수단으로 이용되고 있다. 말하자면 이들은 소설 속에 삽입된 에세이라 할 수 있다.

래메르트는 직접화법이 인물의 성격 묘사에 크게 기여한다고 말한다. 그러나 그는 생생한 느낌을 주기 위해 대화가 많이 들어가야 하지만, 대화 중심의 작품은 깊이 있는 주제를 다루기에 적합하지 않다고 주장한다.[20] 타당한 견해로 생각된다.

2) 직접적 내적 독백

직접적 내적 독백(直接的 內的 獨白)*direct interior monologue*은 일반적으로 내적 독백(영 *interior monologue*, 독 *innerer Monolog*, 불 *monologue intérieur*)이라 불린다.[21] 내적 독백은 작중인물의 마음속의 느낌이나 생각을 그대로 인용하는 서술법이다. 독백이 입 바깥으로 발성된 소리인 데 반해, 내적 독백은 마음속에 머물러 있는 말이다. 여기서 '직접'의 뜻은 성격상 직접화법과 같다는 뜻이다. 직접화법이나 독백과 크게 다를 것이 없기 때문에 인용 부호를 앞뒤에 붙이기도 하고, 안 붙이기도 한다.

> 대답 없이 현금은 몸을 뒤틀었다. 꽤 완강한 거부의 몸짓이었다. 괜히 나이 소리는 해서 자존심이 상했나, 잘난 척 잘하는 너도 별수 없구나, 영빈은 이렇게 가볍게 생각하고 더는 치근덕대지 않고 거실 소파에서 얌전히 기다리기로 했다.
>
> (박완서, 『아주 오래된 농담』)

> 지수는 미세혈관을 타고 서서히 올라오는 술기운에 잠시 의식이 먹먹해진다. 나는 지금 인생의 아이엠에프를 맞은 건가. 그런데 서바이브가 무슨 뜻이더라? 쌀에 뉘 섞이듯 후배의 말에 섞이는 영어는 매번 지수를 은근히 기죽게 한다.
>
> (이화경, 「외국어」)

---

20) 위의 책, p.205.

21) 이 용어의 사용에 문예학은 혼란을 보이고 있다. 영어권에서는 '내적 독백 *interior monologue*'이란 용어로 '직접적 내적 독백'을 의미하기도 하고, 다음의 '간접적 내적 독백'을 포함시키기도 한다. 독·불어권에서는 후자를 포함시키지 않는다. 내적 독백을 직접적 내적 독백 *direct interior monologue*과 간접적 내적 독백*indirect interior monologue*으로 나눈 것은 Robert Humphrey로 두 가지의 본질을 가장 잘 표현하는 명칭으로 생각된다(R. Humphrey, *Stream of Consciouness in the Modern Novel*, Berkeley 1954, p.25 이하 참조). 그러나 21세기에 나온 영어권의 소설이론 백과사전은 *interior monologue*로 직접적 내적 독백만을 나타내고 있다(Herman/Jahn/Ryan, *Routledge Encyclopedia of Narrative Theory*, New York 2005, p.252 참조).

위 예문에서 '괜히 나이 소리는 …… 별수 없구나.' 하는 문장이 직접적 내적 독백이다. 아래 예문에서는 '나는 지금 …… 무슨 뜻이더라?' 하는 문장이 역시 직접적 내적 독백이다.

위의 예는 일반 문장 속에 끼어 있는 직접적 내적 독백이다. 작품 전체가 처음부터 끝까지 직접적 내적 독백으로만 이루어져 있는 작품들이 있다. 아르투어 슈니츨러Arthur Schnitzler의 단편 「구스틀 소위*Leutnant Gustl*」(1900)와 「엘제양*Fräulein Else*」(1924)을 그 예로 들 수 있다(제2장 시간 4 참조).

「구스틀 소위」의 첫 부분을 읽어 보자.

> 도대체 얼마나 더 계속될 것인가? 내가 시계를 봐야 되겠는데……
> 아마도 이런 진지한 연주회에는 오지 말았어야 하는 건데. 하지만 누가
> 시계를 보는가? 시계 보는 자가 있다면 나만큼 주위를 의식하지 않는 자
> 지. 그런 자 앞에서 내가 난처해할 필요가 없는데…… 겨우 아홉시 15
> 분이잖아?…… 세 시간이나 여기 연주회에 앉아 있은 것 같은데. 난 이
> 런데 습관이 안 돼 있어…… 대체 저건 뭐야? 프로그람을 봐야겠
> 다…… 그래 옳아, 오라토리오(聖譚曲)지? 내 말은 미사곡이란 말이야.
> 그런 건 성당에서나 할 것이지. 성당에도 좋은 점은 있어. 언제든지 밖으
> 로 나갈 수 있으니까. ─ 내가 최소한 구석자리에라도 앉아 있다면! ─ 그
> 러니까 참아라, 참아! 오라토리오도 끝이 있는 법이야.

이것은 연주회장에 들어간 주인공이 지루해서 마음속으로 하는 혼잣말이다. 1인칭 화자가 입 밖으로 내지 않고 마음속으로만 하는 말이기 때문에 화자와 청자는 같은 존재다. 어쨌든 이 작품은 전체가 이러한 직접적 내적 독백으로 이루어져 있다. 그러므로 이 작품은 직접적 내적 독백으로 이루어진 의식의 흐름*stream of consciousness, Bewußtseinsstrom*이라 할 수 있다.

직접적 내적 독백은 작중인물의 마음속 느낌이나 생각을 그대로 문자로 기록한 것이다. 혼자 말한다는 뜻의 독백(獨白)이라는 말이 암시하듯이 내적 독백은 그 본질이 언어로 이루어져 있다고 흔히 생각해 왔다. 이 분야의 문예학은 심리학과 관련을 맺고, 인간의 사고(思考)는 언어로 되어 있고 언어가 없으면 인간의 사고가 불가능하다는 이론을 믿어 왔다. 그러나 50년 이상 자리 잡아 온 이 이론에 수정을 가하는 이론이 1962년에 발표되었다. 로버트 홀트Robert Holt가 이미지image가 사고에 어떤 역할을 한다고 주장한 것이다.22) 그 이후 언어뿐만 아니라 이미지도 우리의 생각을 형성하는 중요한 요소라는 주장이 널리 인정을 받기 시작했다.

그러면 심리학은 이 문제를 어떻게 생각하고 있을까? 모건/킹/로빈슨 3인 공동 저서는 사고가 이미지와 언어 두 가지로 이루어지는데 대부분의 사람들은 사고를 언어에 의존하고 있다고 말한다.23)

그러나 대비도프는 언어 없이도 사고가 가능하다고 말한다. 어린 아기와 동물들의 문제 해결 능력에 관한 조사가 이러한 사실을 뒷받침하고 있다고 주장한다. 그리고 물리학자 아인슈타인이 광속(光速)으로 빛줄기를 따라 우주 속을 여행하는 상상을 할 때 언어가 전혀 역할을 하지 않았다는 아인슈타인의 경험을 인용하고 있다. 그러면서도 우리 인간이 생각을 할 때는 스스로에게 말로써 대화를 한다는 사실을 실험이 밝혀 놓았다고 언어에 대해서도 긍정적인 견해를 아울러 소개하고 있다. 그러고 나서 그는 "우리의 사고

---

22) Erwin Steinberg(편), *Stream of Consciousness Technique in the Modern Novel*, Port Washington 1979, p.131 참조.

23) C. Morgan/R. King/N. Robinson, *Introduction to Psychology*, 6 th ed., Tokyo 1979, pp.178-79.

는 아마도 여러 가지 타입의 이미지들, 언어 그리고 현재로서는 알수 없는 어떤 능력에 의존한다.”고 결론짓고 있다.[24]

대비도프의 견해는 모건 등의 견해보다 사고의 언어 의존도를 훨씬 적게 보는 주장이지만 사고에 있어서 언어의 역할을 어느 정도는 인정하고 있다. 그러나 박병수는 비고츠키L. S. Vygotsky와 피아제J. Piaget의 주장을 인용하여 사고와 언어는 별개의 존재라고 주장한다. 즉 사람이 생각하는 과정에 반드시 언어가 사용되는 것은 아닐 것이라는 견해를 나타낸다.[25] 조명한 등도 “언어가 사고를 전적으로 결정하는 것이 아님이 공론으로 인정되고 있다.”[26]고 말하고 있다.

이런 여러 학설로 미루어 생각, 즉 의식은 전적으로 언어만으로 이루어져 있지 않은 것으로 여겨진다. 우리의 의식이 전적으로 언어로 이루어져 있다면 소설은 인간의 의식을 정확하게 반영할 수 있을 것이다. 그러나 그렇지 않기 때문에 소설 속의 의식의 묘사가 정확한 의식의 재현이라고 볼 수 없는 것이다.

홀먼에 의하면 소설 기법으로서 내적 독백은 의식의 여러 계층을 기록하는 것이라 한다. 그 최하의 층이 ‘언어화되지 않은 단계 *nonverbalized level*’로서 거기서는 틀림없이 이미지가 언어화되지 않은 감각이나 정서를 나타내는 데 쓰이고 있을 것이라고 말한다.[27] 거기에는 아직 문법적 논리가 없다고 한다.[28] 이 언어화되지 않은 부분을 ‘의식의 언어 이전 단계*prespeech levels of consciousness*’라

---

24) Linda L. Davidoff, *Introduction to Psychology*, 2nd ed., Tokyo 1981, pp.276-78.

25) 박병수, “심리언어학”, 문양수 외 편, 『현대언어학』, 서울 1981, p.335 이하.

26) 조명한 외, 『언어심리학』, 서울 2003, p.403.

27) Hugh Holman, *A Handbook to Literature*, Indianapolis 1980, p.232.

28) 위의 책, p.429.

고 부르기도 한다.[29)]

2천 년대에 들어와서도 이 언어와 이미지에 대한 학설은 크게 변하지 않은 것 같다. 드루 웨스텐은 그의 심리학 저서 중의 '사고의 단위*Units of Thought*'란 장에서 이렇게 말하고 있다. "인간은 대개 말*words*과 이미지를 사용하여 생각한다. 사람들이 별도의 가방을 살 돈을 충분히 가지고 있는지 생각하려 할 때나, 그들이 흥미를 느끼지 않는 반갑잖은 청원자에게 어떤 말을 해야 할지 생각하려 할 때, 그들은 일반적으로 말로써 생각한다. 다른 때는 그들은 마음의 이미지*mental images*, 즉 길거리나 원의 이미지 같은 시각적 형상화*visual representation*에 의존한다."[30)]

그런데 의식의 깊은 층에서 올라와 이미 언어화된 단계에 있지만 아직 발설되지 않은 말을 따로 떼어 '불발화 직접화법(不發話直接話法)*unspoken direct speech, soliloquy*'이라 부르기도 한다.[31)] 이것은 작중인물이 혼자서 마음속으로 중얼거리는 말이다. 독백이 작중인물이 혼자서 하는 말로서 입 밖으로 발화(發話)된 것인 데 반해, 불발화 직접화법은 입 밖으로 나오지 않은 내용이다. 그러나 의식 속에서는 이미 완전한 언어의 형태를 갖추고 있다. 말하자면 어휘와 문법을 동원하여 완전한 문장으로 만들어진 마음속의 독백이라 하겠다. 이것은 언어의 형태를 갖지 못하고 있는 이미지적 내용과는 확연히 구별된다.

---

29) E. Steinberg, 위의 책, p.153.

30) Drew Westen, *Psychologie*, New York 2002, p.235.

31) 불발화 직접화법에 대한 용어와 개념도 상당히 혼란스럽다. R. Humphrey는 '*soliloquy*'라 부르는데(R. Humphrey, 앞의 책, p.36), Keith Leopold는 '*unspoken direct speech*'라 부르고 있다(E. Steinberg, 앞의 책, p.147). 독일어권에는 O. Funke가 확립한 '*fingierte direkte Rede*'가 있음에도(E. Steinberg, 위의 책, p.147 및 p.195 주 17) 참조), 흔히 '*innerer Monolog*'에 통합해 쓰고 있다.

그러나 소설에 나타나 있는 직접적 내적 독백이 이미지 상태를 언어로 서술한 것인지 아니면 불발화 직접화법을 언어로 서술한 것인지 판별하는 것은 쉽지 않다. 예를 들어 보자.

> 한데 그가(의사) 막 화장실을 물러 나오려던 참이었다.
> 아니, 그 작잔 바로 어저께도 병원을 다녀가지 않았던가?
> 그는 그 윤일섭이란 환자에 대해 지금까지와는 반대로 그때 어떤 상서롭지 못한 예감이 머릿속에 불쑥 짚여들기 시작했다.
>
> (이청준, 「황홀한 실종」 2장)

위의 예문에서 "아니, 그 작잔 바로 어저께도 병원을 다녀가지 않았던가?" 하는 문장이 직접적 내적 독백이다. 그러나 그것이 언어화되기 이전의 이미지적 생각을 서술한 것인지 불발화 직접화법을 서술한 것인지 판별하기가 쉽지 않다. 의사인 주인공이 어제 찾아왔던 환자의 모습을 떠올리며 생각을 하고 있기 때문에 그것은 이미지일 가능성이 더 크다. 어쨌든 이미지와 불발화 직접화법을 구별하는 것이 이론적으로는 가능할지 몰라도 실제로는 가능하지 않다. 그러나 이 구별이 문예학상 하나의 커다란 문제를 제기한다는 점에서 의미가 크다.

이미지 상태의 의식을 언어로 표현했다면 그 진술 주체는 누구냐 하는 문제가 제기되는 것이다. 그것은 작중인물일 수가 없다. 왜냐하면 작중인물은 그의 이미지적 의식을 아직은 언어화시키지 않았기 때문이다. 그렇다 해도 그것은 화자일 수가 없다. 왜냐하면 그 말은 화자의 보고문이 아니고 작중인물의 말이기 때문이다. 적어도 겉보기로는 그 말의 진술 주체는 작중인물인 것이다. 여기서 이미지적 의식의 진술 주체가 누구냐 하는 문제는 딜레마에 봉착하게

된다. 결국 그것은 작중인물의 진술임을 가장한 화자의 진술이라
할 수 있다.

위의 「구스틀 소위」에서 살펴본 것처럼 소설 기법으로서 '의식의
흐름*stream of consciousness*'이라는 것이 있다. 내적 독백을 연속적으
로 서술함으로써 흘러가는 의식을 표현하는 기법이다. 쉽게 표현하
면 '그는 생각했다', '그는 마음속으로 중얼거렸다'와 같은 표현 없
이 내적 독백을 연속적으로 나열하는 표현법이다. 이 의식의 흐름
을 나타내는 데는 여기서 언급되고 있는 직접적 내적 독백은 물론
다음에 언급될 간접적 내적 독백도 사용된다. 직접적 내적 독백을
연속적으로 서술하는 기법은 제임스 조이스*James Joyce*에 의해 크
게 성공을 거둔 바 있다. 그의 『율리시스*Ulysses*』(1922) 마지막 장은
작중인물 몰리 블룸의 직접적 내적 독백으로 이루어져 있다.

우리나라 작가의 작품에서 직접적 내적 독백의 예를 찾아보자.

창으로 사내의 그림자가 오가는 것이 보였다. 하지만 사내가 창으로
비칠 때 외에는 사내의 모습이 암갈색의 벽에 가려 있어 사내의 흔적을
확인할 수 없었다. 그래서 창으로 비친 그림자가 사내라고 단정할 그 무
엇도 내겐 없었다. 어쩌면 지금 비친 그림자는 사내가 아니라 사내의 여
자친구일지도 모른다. 아니, 어쩌면 사내의 여자친구는 창으로 볼 수 없
는 암갈색의 벽돌 뒤에 숨어서 웃고 있는지, 아니면 울고 있는지도 모른
다. 아니, 어쩌면 사내의 여인이 방 안에 아예 없는지도 모른다. 아니다,
어쩌면 창으로 비친 그림자는 사내가 아니라 다른 사람일지도 모른다. 도
둑일 수도 있고 아니면 사내의 남자친구일 수도 있다. 아니, 아니, 어쩌
면 창으로 보이는 그림자는 안에 있는 것이 아니라 밖에서 만든 그림자
일 수도 있다. 그러니까 아예 창문 안에는 애초부터 아무것도 없는지도
모른다.

창을 통해서 사각의 벽 속에 있는 실제를 엿볼 수 있다고 했지만 그것
은 실제가 아닌 그림자일 뿐이다. 바로 빛이 만들어 낸 그림자……

(박성원 「댈러웨이의 창」)

'어쩌면 지금 비친 그림자는……' 하는 문장에서 마지막 문장까지가 직접적 내적 독백이 연속되어 있는 의식의 흐름이다.

그러나 이 의식의 흐름 기법이 인간의 의식을 얼마나 정확하게 표현할 수 있느냐 하는 것은 문제로 남는다. "의식의 흐름 기법은 언어의 전단계, 언어화되지 않은 단계에 주로 주의를 집중시키는 경향이 있다."[32]는 홀먼의 주장처럼 이 기법은 이미지가 지배하고 있는 의식 내면을 주 대상으로 삼고 있다. 조금 전에 이미지적 의식의 진술은 작중인물의 진술임을 가장한 화자의 진술이라는 사실을 확인한 바 있다. 우리는 여기서 문학이 현실의 정확한 반영이나 재현일 수 없다는 사실을 다시금 인식하게 되는 것이다.

제임스 조이스도 의식의 흐름 기법이 작중인물의 의식을 정확히 재현한다고는 믿지 않았다.[33] 그리고 스타인버그는 조이스의 기법이 생각의 정확한 재현을 가져다주는 것이 아니라 단지 의식의 흐름을 표현하는 척 가장할 뿐이라고 말한다.[34] "언어는 언어화되지 않은 체험*non-verbal experience*을 전달할 수가 없다. (……) 현실은 표현되거나 전달될 수 없다. 단지 현실의 환영*illusion*만이 그렇게 될 수 있을 뿐이다."[35]라는 멘딜로의 말은 이 문제에 대해 깊은 인식을 우리들에게 제공해 준다고 하겠다.

여기서 우리는 문학과 현실의 관계에 대한 하나의 통찰을 얻을 수 있다. 즉 문학은 현실의 단순한 반영이나 재현이 아니며, 또한 말 그대로의 반영이나 재현은 가능하지 않다는 사실이다.

의식의 흐름 기법이 개발된 것은 의식을 정확히 재현하겠다는

---

32) H. Holman, 앞의 책, p.429.

33) R. Humphrey, 앞의 책, p.41 참조.

34) E. Steinberg, 앞의 책, p.162.

35) A. A. Mendilow, *Time and the Novel*, New York 1965, p.81.

작가들의 의지 때문이 아니라, 프로이트가 발견한 잠재의식의 세계를 언어로 표현해 보자는 단순한 충동 때문이었다고 할 수 있다.

'그는 말했다', '그는 생각했다'와 같은 화자 설명어 없이 장면 묘사와 같은 서술문장 가운데 섞여 나타나는 독백이나 생각을 '자유 직접화법*free direct discourse*'이라 부르기도 한다.36) 이때는 물론 " " 같은 인용부호가 없다.

Ⅲ. 화자에 의한 인물 발언

이것은 화자 보고문과 인물 발언이 혼합된 중간 형태다. 작중인물의 발언이면서도 화자를 통하여 이루어진다는 점에서 직접화법이나 직접적 내적 독백과 구별된다. 화자의 입장에서 화자의 입을 통해 서술되지만 인물의 발언이라는 점에서 독자는 화자보다 인물의 존재를 더 강하게 느끼게 된다. 이 발언은 언제나 화자와 작중인물 두 사람의 목소리가 겹쳐 있어 '이중(二重)의 목소리'라 불리기도 한다. 이에는 간접화법과 간접적 내적 독백의 두 가지가 있다.

1) 간접화법

간접화법(間接話法)*indirect speech, indirekte Rede*은 직접화법처럼 작중인물의 말을 조금도 바꾸지 않고 전달하는 것이 아니라 화자의 입장에서 바꾸어 전달하는 어법이다. 대명사와 시제만 바꾸는 경우도 있지만, 내용을 첨삭하거나 발언의 배경에 대한 해설을 덧붙일 때도 있다. 순수하게 문법적인 측면에서 보면 간접화법은 작

---

36) Gerald Prince, A Dictionary of Narratology, University of Nebraska, 1987, p.34.

중인물의 말이 아니고 화자의 말이다. 그러나 내용상으로 보면 작중인물의 말이다. 간접화법의 예를 보자.

(안광 『유령사냥꾼』)

위의 글에서 '마리는 제 발로……'부터 인용문의 마지막까지가 유곽주인의 말을 전하고 있는 간접화법이다. 여기서 독자는 화자의 입을 통해 작중인물의 말을 전달받게 된다. 그러므로 간접화법은 직접화법에 비해 생동감과 직접성이 떨어질 수 있다.

그러나 간접화법은 필요한 경우 작중인물의 말을 적절하게 요약하여 독자에게 알려줄 수 있는 장점이 있다. 직접화법만으로는 장황하게 이어져 갈 내용을 간접화법을 써서 간략하게 요약함으로써 장황함을 감소시켜 주고 진행 속도를 빠르게 할 수 있는 것이다. 직접화법이 화자가 주도하는 서술의 흐름을 절단하고 작중인물의 말을 그 사이에 삽입함으로써 서술의 연속성을 파괴하는 결함이 있는 반면, 간접화법은 서술의 연속성을 파괴함이 없이 자연스럽게 서술의 흐름 속에 작중인물의 말을 집어넣을 수 있는 이점을 가지고 있다.

요약이 심해져서 간접화법이 극단적으로 축소된 경우를 래메르트는 '발언보고(發言報告)*Redebericht*'라고 부르고 있다.[37] 예를 들

어 '그는 그가 처한 입장을 설명했다', 또는 '그녀는 사건의 경위를
자세히 밝혔다.'와 같은 경우로, 작중인물의 발언이 있었다는 사실
을 그 발언 내용과 함께 간략하게 독자에게 알려주는 것을 말한다.

 우리나라 소설에는 이 간접화법의 사용이 그렇게 질서 정연한
것 같지 않다. 그것은 우리말 문법에 간접화법에 관한 사항이 없다
는 사실과 관계가 있을 것이다. 우리말에는 직접화법과 간접화법의
구별이 선명하지 않다. 토씨(助詞) '고'가 간접화법을 만드는 데 쓰
이는데, 같은 토씨가 그대로 직접화법에도 쓰인다는 데 문제가 있
다. 예를 들어 보자.

    그는 "배가 아프다"고 말한다.
    그는 배가 아프다고 말한다.

 위의 예문에서 직접화법과 간접화법이 인용 부호의 있고 없고로
구별되고 있다. 우리말이 원래 간접화법을 갖지 않은 언어가 아닌
가 하는 생각을 갖게 한다. 그래서 그런지 우리나라 소설의 간접화
법 사용이 상당히 무질서하다. 예를 들어 보자.

    길동이 도라와 백미 수십 석을 보내고 중인을 불러 왈, "내 아모날은
    그 절에 가 이리이리하리니 그대 등은 뒤흘 조차와 이리이리하라"하고
    ……

(허균, 『홍길동전』)

 이 예문의 직접화법 속에 '아모날', '이리이리하리니', '이리이리
하라' 하는 표현이 들어 있는 것은 논리에 어긋난다. 직접화법이면

---

37) E. Lämmert, 앞의 책, p.235.

당연히 정확한 날짜와 정확한 행동 내용이 표명되어야 한다. '내', '그대'와 같은 대명사가 사용되고 있어 직접화법임에 틀림없는데 '아모날', '이리이리'와 같은 간접화법에서 통용될 수 있는 말이 섞여 들어가 있다는 것은 어법에 맞지 않는다. 그러므로 이것은 직접화법과 간접화법이 혼합된 형태로 보인다.[38] 이러한 현상은 현대 작가의 작품에서도 발견된다. 예를 들어 보자.

> 그는 안으로 들어서자마자 무슨 시비라도 걸러 온 사람처럼 따지듯이 물었다. 간호원이 왜 그러시냐고 묻자 역시 같은 태도로 말했다.
>
> (최창학, 『긴 꿈속의 불』)

이 경우에 '왜 그러시냐'는 간접화법도 아니고 직접화법도 아니다. 직접화법이면 '왜 그러십니까'로 해야 한다. 간접화법이면 '왜 그러냐'로 해야 한다. 그런데 직접화법에나 들어갈 존칭보조어간 '시'가 들어 있는 것이다. 결과적으로 직접화법과 간접화법의 혼합이라는 기묘한 형태가 되어 있는 것이다.

우리말의 간접화법에 연구와 정리가 필요하리라 생각된다.

2) 간접적 내적 독백(자유간접화법)

간접적 내적 독백*indirect interior monologue*이 문체로서 개발된 것은 불과 백수십 년 정도밖에 되지 않는다. 독일어권에서는 체험 화법(體驗話法)*erlebte Rede*, 불어권에서는 자유간접화법(自由間接話法)*style indirect libre*이라 부르는데 영어권에는 자유간접화법*free indirect discourse*이란 말이 쓰이기도 하지만 뚜렷이 통일된 용어가 없다.[39]

---

38) 김병국, 「고대소설 서사체의 서사 관점」, 한국문학평론가협회, 『한국문학비평논집』, 서울 1982, p.256 참조.

이 화법은 작중인물의 내면의 독백을 간접으로 표현하는 표현법이다. 여기서 내면의 독백이란 말은 마음속의 혼잣말은 물론 생각도 포함하는 말이다. 직접화법을 화자 중심으로 바꾸면 간접화법이 되듯이 직접적 내적 독백을 화자 중심으로 바꾸면 간접적 내적 독백이 된다. 이때 1인칭 대명사 '나'는 3인칭의 '그'나 '그녀'로 바뀌고, 시제도 작중인물의 시제인 현재에서 화자의 시제인 과거로 바뀐다. 물론 이것은 3인칭 소설의 경우다. 1인칭 소설에도 이 화법이 쓰일 수 있는데, 이때 대명사는 변함이 없고 시제만이 바뀐다. 소설 전체가 현재시제로 되어 있는 작품에서는 간접적 내적 독백의 시제도 역시 현재시제가 된다.

간접적 내적 독백의 앞뒤에는 '그녀는 마음속에서 말했다', '그는 생각했다' 등등의 화자 설명어가 일반적으로 붙지 않는다. 불어권의 명칭에 '자유*libre*'란 말이 붙는 것은 이런 화자 설명어에서 벗어나 있다는 뜻이다. 이제 간접적 내적 독백의 예를 들어 보자. 우리말에는 분명한 형태의 간접적 내적 독백이 없기 때문에 우리말로서의 예문은 적절하지 않다. 리치/쇼트가 든 예문을 보자.[40]

---

39) 직접적 내적 독백, 간접적 내적 독백이란 명칭을 붙인 것은 R. Humphrey이다(주 21 참조). H. Holman도 이 명칭을 사용하고 있고(앞의 책, p.232), Melvin Friedman도 마찬가지다(M. Friedman, *Stream of Consciousness*, New Haven 1955, p.21). 그러나 Keith Leopold와 E. Steinberg는 영어권의 사람인데도 간접적 내적 독백을 두고 독일어권 명칭인 '*erlebte Rede*'를 쓰고 있다(E. Steinberg, 앞의 책, p.149, 158). 그런가 하면 George Watson과 G. Leech/M. Short는 불어 명칭을 번역하여 '*free indirect speech*'라 부르고 있다(G. Watson, *The Story of the Novel*, London 1979, p.42 및 G. Leech/M. Short, *Style in Fiction*, New York 1981, p.325). 그러나 80년대 후반의 영어권 소설론사전에는 *free indirect discourse*란 용어가 사용되고 있고(Gerald Prince, *A Dictionary of Narratology*, University of Nebraska, 1987, p.34), 21세기 영어권 소설이론 백과사전에도 역시 이 명칭이 사용되고 있다(Herman/Jahn/Ryan, 앞의 책 p.188). R. Humphrey는 자기의 '*indirect interior monologue*'란 명칭이 이 화법의 개척자의 한 사람인 Edouard Dujardin이 사용한 명칭에서 가져왔다고 밝히고 있다(R. Humphrey, 앞의 책, p.29). 필자는 Humphrey의 명칭이 이 화법의 본질을 가장 잘 표현하고 있다고 생각하여 '간접적 내적 독백'이란 용어를 사용한다.

(1) He wondered, "Does she still love me?"
(2) Did she still love him?

(1)의 인용 부호 안의 'Does she ……?'는 직접적 내적 독백이다. 이것을 대명사와 시제를 화자 중심으로 바꾸고 화자 설명어인 'He wondered'를 떼어 버리고 만든 것이 간접적 내적 독백인(2)의 문장이다. (1)은 우리말로 "'그녀가 여전히 나를 사랑하고 있는가?' 하고 그는 의아하게 생각했다."로 번역할 수 있다. 그러나 (2)는 우리말로 번역이 잘되지 않는다. "그녀는 여전히 그를 사랑하고 있었는가?"로 직역하면 작중인물의 말로 느껴지지 않고 화자의 말로 느껴진다. 그런데 실제에 있어서 이 말은 작중인물(he)의 말이고, 화자는 이 말을 자기 입장에서 그냥 전달하고 있을 뿐이다.

이제 구체적인 작품에서 간접적 내적 독백의 예를 찾아보자. 다음은 제임스 조이스의 『젊은 예술가의 초상A Portrait of the Artist as a Young Man』의 한 구절이다.

The slide was shot suddenly. The penitent came out. He was next. He stood up in terror and walked blindly to the box.

At last it had come. He knelt in the silent gloom and raised his eyes to the white crucifix suspended above him. *God would see that he was sorry. He would tell all his sins. His confession would be long, long. Everybody in the chapel would know then what a sinner he had been. Let them know. It was true. But God had promised to forgive him if he was sorry. He was sorry.* He clasped his hands and raised them toward the white form, praying with his darkened eyes, praying with all his trembling

---

40) G. Leech/M. Short, 앞의 책, p.337.

body, swaying his head to and fro like a lost creature, praying
with whimpering lips.

위 예문에서 이탤릭체로 된 부분이 간접적 내적 독백이다. 여기
서 3인칭 대명사 'he'는 1인칭 대명사 'I'를, 'was, would'의 과거형
은 'is, will'의 현재형을 화자 입장으로 바꿔놓은 것이다. 이 문장들
을 우리말로 직역하면 원래 작가가 의도한 의미가 전달되지 않는
다. 이와 같이 우리말에는 이 간접적 내적 독백이 아직 형태를 갖
추어 정착되어 있지 않다. 말하자면 서구어에 비해 우리말에 표현
법이 하나 모자라는 것이다.

이 화법은 또한 간접화법처럼 직접적 내적 독백의 내용을 요약
하여 표현할 수도 있다. 작중인물의 의식을 그대로 옮기는 것이 아
니라 화자 나름으로 요약하고 채색하여 나타낼 수 있는 것이다. 간
접적 내적 독백을 순수하게 문법적인 측면에서 보면 이것은 화자
의 보고문이다. 그러나 내용 자체는 작중인물의 내면의 말이나 의
식이다. 그렇기 때문에 화자의 발언과 작중인물의 발언이 겹쳐 있
는 이중적 성격을 갖고 있다. 독자는 항상 화자를 통해 작중인물의
내면의 말이나 의식을 전달받기 때문에 화자의 존재를 계속 느끼
지 않을 수 없다.

이 간접적 내적 독백에서 작중인물과 화자, 어느 쪽이 더 강하게
독자에게 느껴지느냐 하는 데 대해서는 의견이 일치하지 않는다.
슈탄첼에 의하면 이 화법은 작중인물의 입장인 체험*erleben*과 화자
의 입장인 서술*erzählen*의 양면성을 갖는데 독일어의 어감으로는 서
술보다 체험 쪽이 강하다고 말한다.41) 특히 전지적 화자가 등장하

---

41) F. K. Stanzel, *Theorie des Erzählens*, Göttingen 1979, p.22 및 246.

지 않는 '인물적 시점'에서는 이 화법을 읽을 때 독자는 거의 화자의 존재를 느끼지 못한다고 주장한다[42](제4장 시점 1 참조).

그러나 카이저의 의견은 좀 다르다. 카이저는 이 화자의 존재를 '있으면서 있지 않다'[43]고 표현하면서도 다른 한편 "화자가 거의 직접적으로 작중인물의 내면생활에 참여한다. 모든 말이 작중인물에 의하여 말하여지고 생각되는 것처럼 보이지만 화자가 완전히 사라지는 것은 아니다."[44]고 화자의 존재가 독자에게 느껴짐을 강조한다. 영어에서도 이 화자의 존재가 느껴짐을 로버트 험프리는 다음과 같은 말로 표현하고 있다. 즉 "직접적 내적 독백이 작가(화자)의 존재를 완전히 또는 대부분 배제시키는 반면, 간접적 내적 독백은 독자에게 작가의 계속적인 존재를 느끼게 해 준다."[45]

리치/쇼트는 다음과 같은 도표로 여러 가지 화법에 있어서 화자의 존재가 느껴지는 정도를 나타내고 있다.[46]

NRSA   IS   FIS   DS   FDS

[NRSA = Narrative report of speech acts(간접화법의 극단적인 형태인 '발언보고')
IS = Indirect speech(간접화법)
FIS = Free indirect speech(간접적 내적 독백)
DS = Direct speech(직접화법)

---

42) 위의 책, p.254.

43) W. Kayser, *Entstehung und Krise des modernen Romans*, Stuttgart 1954, p.32.

44) W. Kayser, *Das sprachliche Kunstwerk*, p.147.

45) R. Humphrey, 앞의 책, p.29.

46) G. Leech/M. Short, 앞의 책, p.334.

FDS＝Free direct speech(자유 직접화법, ‘그는 말했다’ 등의 화자 설명어가 없는 직접화법)]

저자는 위 도표에서 오른쪽으로 갈수록 화자의 존재가 독자에게 약하게 느껴지고 왼쪽으로 갈수록 강하게 느껴진다고 설명한다. 표준은 DS인데 DS의 왼쪽에 있는 간접적 내적 독백은 화자를 다소 느끼지만 간접화법보다는 약하고 발언보고보다는 훨씬 약한 것으로 나타나 있다.

이 간접적 내적 독백은 직접적 내적 독백처럼 서술의 흐름을 중단시키지 않고도 화자가 이야기를 유연하게 이끌어 가도록 해 준다. 직접화법이나 직접적 내적 독백은 순수하게 작중인물의 말이기 때문에 화자의 서술적 흐름을 중단시키고 끼워 넣어야 되지만 간접화법이나 간접적 내적 독백은 그 흐름을 중단시키지 않는다는 데 장점이 있다. “그것은 화자 중심의 인칭과 시제를 유지함으로써, 서술적인 실*narrative thread*을 끊음이 없이, 화자가 작중인물의 무언의 생각을 서술하도록 해 준다.”47)는 도리트 콘Dorrit Cohn의 말은 바로 이러한 것을 의미하는 것이다. 그러므로 리치/쇼트의 말처럼 “그것은 독자가 무슨 일이 있었는지 눈치 챔이 없이 화자로 하여금 서술적 설명으로부터 (작중인물의) 내면 묘사로 미끄러져 들어가게 해 준다.”48)고 하겠다.

이 간접적 내적 독백은 순수한 화자 보고문과 형태상으로 똑같기 때문에 얼핏 혼동될 수도 있다. 그러한 경우에는 전후 관계, 화자의 성격 등을 참조하여 그것이 간접적 내적 독백인지 화자 보고

---

47) E. Steinberg, 앞의 책, p.158(재인용).
48) G. Leech/M. Short, 앞의 책, p.340.

문인지를 판단하여야 할 것이다. 직접적 내적 독백에서 문제가 되었던 의식의 언어 이전 단계냐 언어적 단계냐 하는 문제도 여기서 다시 제기될 수 있다.

'의식의 흐름'이라고 하면 흔히 직접적 내적 독백으로만 이루어지는 것으로 생각하는 경향이 있다. 그러나 간접적 내적 독백도 마찬가지로 의식의 흐름을 나타내는 데 쓰인다. 제임스 조이스가 의식의 흐름을 나타내는 데 직접적 내적 독백을 많이 사용했다면, 버지니아 울프Virginia Woolf나 도로시 리처드슨Dorothy Richardson은 간접적 내적 독백을 많이 사용했다. 울프는 또한 두 가지를 비슷하게 섞어 사용하는 시도를 하기도 했다.

카이저에 의하면 중세는 물론 라틴 문학에서까지 이 화법의 선구를 찾을 수 있다고 한다.[49] 그러나 본격적으로 개발되어 문학작품에 쓰인 것은 불과 백수십 년밖에 되지 않는다. 영문학에서는 제인 오스틴 Jane Austen(1775~1817), 불문학에서는 구스타프 플로베르(1821~1880), 독문학에서는 헤르만 콘라디 Hermann Conradi (1862~1890)가 그 선구자로 인정되고 있다. 그리고 이 화법의 존재를 인식하고 학문적으로 연구를 하기 시작한 것은 20세기 초에 불과하다. 왓슨의 말처럼 이 간접적 내적 독백의 개발은 소설 기술의 '명백한 발전의 하나'[50]인 것이다. 또한 캐테 함부르거도 이 화법이 "소설 발달 과정에서 서사 문학의 픽션화에 가장 정교한 수단이 되었다."[51]고 주장하고 있다. 간접적 내적 독백은 구어(口語)에서 사용되는 것을 소설에 도입한 것이 아니고 소설 표현을 위해 의

---

49) W. Kayser, *Das sprachliche Kunstwerk*, p.147.

50) W. Watson, *The Story of the Novel*, London 1979, p.125.

51) K. Hamburger, *Die Logik der Dichtung*, Stuttgart 1968, p.75.

도적으로 개발한 문어(文語)다. 그러므로 즈네트가 지적하고 있는 것처럼 현실에서 입으로 말해질 수 있는 화법이 아니다.[52]

우리나라에서는 이 화법에 대하여 구체적으로 논의된 일이 없다. 간접화법조차 없는 우리말의 문법 체계에 간접적 내적 독백이 있을 리가 없다. 그러나 필자는 우리나라 작가들이 불완전하나마 이 화법을 소설의 표현 수단으로 사용하려고 시도하고 있음을 여러 곳에서 발견할 수 있었다. 의식적인 시도라기보다는 무의식적인 시도로 생각된다. 예를 찾아보자.

> 톡톡 무엇이 튀는 소리가 들려온다. 바우는 저도 모르게 우뚝 서고 만다. 그 무서운 총소리인 것 같다. 뒤이어 사람들의 아우성 소리 같은 것이 들린다. 그 속에 쓰러져 넘어지는 아버지의 모양이 떠오른다. 큰일이다, 큰일이다. 왜 자기는 빨리 어른들을 쫓아가지 못했을까? 바보 같은 것, 바보 같은 것.
>
> (황순원, 「황소들」)

위 예에서 '큰일이다'부터 인용문 끝까지가 내적 독백으로 여겨진다. 특히 '나'라고 1인칭 대명사를 쓰지 않고 '자기'라고 3인칭을 쓴 것이 간접적 내적 독백의 인상을 주고 있다. 그러나 시제가 소설 전체의 시제인 현재와 꼴이 같아 간접적 내적 독백이라고 단정하기가 힘들다. 어쨌든 간접적 내적 독백에 다소 가까운 표현으로 생각된다.

> 그녀는 곧 돌아서서 여관으로 돌아왔다. 마루 끝에 의자를 내다 놓고 부채질을 하면서 생각하였다. 이런 일은 전혀 예상치 않았기 때문에 간단

---

52) Gérard Genette, *Die Erzählung*(독역), 1994 München, p.227.

한 결론을 내리는 데도 퍽 시간이 걸렸다. 그 장소를 발견한 이상 두 남녀는 이곳에 머무는 동안 매일 공지를 찾을 가능성이 많았다. 그들은 며칠이나 있을 작정인가? 그것도 물론 알 수 없다. 그들이 나타나지 않을 때까지 기다린다는 방법을 우선 택할 수 있다. 그러나 설령 그녀가 도착하는 시간에 그들이 공지에 없다 하더라도 그것은 그들이 이곳을 떠났다거나 그날은 오지 않을 것이라는 이유는 되지 못한다. 만일 그녀가 약을 먹고 잠이 들었을 때 그들이 도착한다면 일은 틀리게 되는 것이다. 그뿐이 아니다. 그들 두 사람만이 거기를 찾아내리라는 법도 없다. 그렇게 생각한다면 그곳을 사용하는 일부터가 안 될 말이었다.

(최인훈, 「웃음소리」)

‘마루 끝에 …… 생각하였다.’라는 화자 보고문이 말해 주듯 이 작중인물은 마루 끝에 앉아 생각을 시작한다. 그 생각의 내용이 ‘그 장소를 발견한 이상 ……’ 이하의 문장들이다. 분명 주인공의 내적 독백인데 ‘나’라고 1인칭으로 표현되지 않고 ‘그녀’라고 3인칭으로 표현되어 간접적 내적 독백의 인상을 주고 있다. 그러나 화자의 목소리가 강해 화자 보고문의 요소가 많이 들어 있다는 느낌을 떨쳐 버릴 수가 없다. 시제도 과거가 아니고 현재다. 전체적으로 간접적 내적 독백으로 보기에 무리가 많다. 그러나 간접적 내적 독백의 방향으로 가고 있다는 느낌을 주는 것은 사실이다.

상덕은 학교 근처에 이르러 철저히 어둠의 장막 저편으로 은신해 버린 관사 쪽을 잠시 눈대중으로 바라보았다. 불을 끈 깜깜한 방 속에 배 선생이 누워 있을 것이었다. 아무 일도 없었던 듯이 태연을 가장할 수는 있어도 그렇게 쉽사리 잠들지는 못할 것이었다. 웅포지서로 달려가는 게 먼저여야 할지 배 선생의 태연을 고함으로 버럭 깨뜨려 주는 게 먼저여야 할지 얼핏 분간이 안 서는 상태로 상덕은 한참을 망설이고 있었다.

(윤흥길, 『묵시의 바다』)

위의 예에서 '불을 끈 깜깜한 방 속에 배 선생이 누워 있을 것이었다. 아무 일도 없었던 듯이 태연을 가장할 수는 있어도 그렇게 쉽사리 잠들지는 못할 것이었다.' 하는 부분이 간접적 내적 독백으로 여겨진다. 주인공의 의식의 흐름이 그대로 나타나 있고 시제도 과거로 되어 있다. 단지 주인공을 지칭하는 대명사가 없기 때문에 간접적 내적 독백인지의 여부를 판단하기가 어렵다. 그러나 전체적으로 간접적 내적 독백의 방향으로 가고 있다고 보아도 좋을 것이다.

> 그리고 그녀는 그가 무어라고 대꾸할 겨를을 주지 않고 식탁에서 몸을 일으켰다. 빠른 걸음으로 응접실을 나와서 목욕탕으로 들어갔다. 문을 꼭 닫고 잠시 선 채로 자기가 지금 하고 있는 행동에 대해서 생각해 보았다. 잘못이라는 생각은 들지 않았다.
> 그녀는 옷을 벗었다. 그리고 기다렸다. 세면기의 수도꼭지를 틀어 물소리를 내면서. 그는 물소리가 나는 장소를 구별할 수 있을 것이었다. 그녀가 손이라도 씻고 있으려니 생각할 것이었다. 설마 옷을 벗은 채 이렇게 서 있으리라곤 생각지 못할 것이었다. 그리고 조만간 무엇인가를 말하기 위해 이쪽으로 오게 될 것이다. 문밖에서 무어라고 말하거나 그녀를 부를 것이다. 그녀가 대답하지 않으면, 그리고 결국 문을 열어 보게 될 것이다. 그러면 이 짧은 순간에 그녀가 세운 계획은 우선 성공이다. 그는 자기가 바랐던 것의 실체를 볼 수 있을 테니까. 아무런 장애 없이 볼 수 있을 테니까, 그녀의 예상은 적중했다.
>
> (조해일, 『겨울 여자』)

위의 예에서 '그는 물소리가 나는 장소를 ……' 하는 문장으로부터 '아무런 장애 없이 볼 수 있을 테니까' 하는 문장까지가 간접적 내적 독백인 것으로 여겨진다. 처음에 '자기가 지금 하고 있는 행동에 대해서 생각해 보았다.'고 '생각한다'는 말이 나와 그 중간에 있는 말들이 여주인공의 의식의 흐름이라는 사실을 우리는 쉽사리 알 수 있다. 대명사도 '그녀'로 3인칭이 되어 있고, 시제도 '것이었다'로 과거형이 되어 있어 간접적 내적 독백의 조건에 꼭 맞는다. 그러나 과거형이 아무래도 우리말 어감에 무리였던지 조금 후에는 '것이다'라는 현재형으로 바꾸고 있다. 어쨌든 『겨울 여자』의 이 예문은 서구적 의미의 간접적 내적 독백에 아주 흡사한 표현이다.

다음 예는 여기서 좀 더 발전한 느낌을 준다.

하지만 그는 곧 그렇지 않을 것이라고 생각했다. 지금 김인곤이 두들기고 있는 곳은 방바닥이므로 분명히 구멍을 아래층 쪽으로 뚫고 있는 중일 것이었다. 그래서 조금 후에 사람이 빠져나갈 수 있는 만큼의 통로가 생긴다면 주저 없이 이쪽으로 내려올 것이었다.

장판을 뜯어내고, 시멘트 바닥을 망치로 대강 부순 후에 나머지를 끌 같은 것으로 조금씩 끈기 있게 쪼아내고, 시멘트 조각 사이로 드러난 난방용 쇠 파이프를 쇠톱으로 절단하고, 거기에서 흘러 나와 바닥에 고인 쇳물을 퍼내고⋯⋯

그리고 김인곤은 절단된 쇠 파이프를 몇 개 들어내고서 이번에는 날과 올이 얽힌 철근들을 쇠톱으로 긁어낼 것이었다. 그리고 그 일이 대충 끝나고 나면 바닥을 세 번 가볍게 두들겨서 아래층에 누워 있는 그에게 신호를 보낼 것이고, 그가 일어나 천장을 가볍게 세 번 두들겨서 승낙의 표시를 하거나, 아니면 아무런 응답을 하지 않거나 하면, 위쪽에서부터 마지막 남은 시멘트 바닥을 허물어 버릴 것이었다. 그러면 벽지가 찢어지고 시멘트의 가루와 덩어리가 빗줄기에 섞여서 쏴아 소리를 내며 아래층의 그에게 쏟아져 내릴 것이고, 누워 있는 그는 재빨리 몸을 피해야 할 것이었다.

그의 방 천장의 한곳에 뚫린 구멍은 계속 시멘트 가루와 작은 덩어리를 떨어뜨리면서 넓어질 것이고, 잠시 후에 칼귀 사내의 파리한 얼굴이 그 구멍을 통해 아래를 내려다볼 것이었다. 그때 그 사내의 얼굴은 뒤쪽에서부터 빛의 후광을 받아 검게 그늘져 있을 것이고, 그래서 아래쪽에 멍하니 서 있는 그로서는 그 얼굴의 표정을 살필 수 없을 것이었다. 단지 얼굴의 윤곽만이 보일 것이며, 머리카락 사이로 드러난 칼귀가 약간씩 앞뒤로 까닥이는 것도 보일 것이었다.

끝 모르게 뻗어 나가던 그의 상상 속에서 그는 다시 졸음 속으로 빠져 들었다.

(최수철 「소리에 대한 몽상」)

이것은 '그'라는 주인공이 아파트 위층에 사는 김인곤이란 사람이 바닥을 두들기는 소리를 들으면서 생각하는 내용이다. '지금 김인곤이 두들기고 있는 곳은 ……' 하는 문장에서 끝부분의 '머리카락 사이로 드러난 칼귀가 약간씩 앞뒤로 까닥이는 것이 보일 것이었다.' 하는 문장까지 모두가 간접적 내적 독백으로 의식의 흐름을 나타내고 있다. '아래층에 누워 있는 그에게……', '그가 일어나 천장을 가볍게……' 같은 문장에서 대명사가 3인칭인 '그'로 되어 있고, '것이었다'라고 시제가 바깥의 화자 시제에 맞추어 과거형으로 되어 있는 것이 간접적 내적 독백의 조건에 꼭 맞는다. 서구의 간접적 내적 독백에 가장 가까이 간 한국어의 예로 생각된다.

위에서 열거한 몇 가지 예로 미루어 흔하진 않지만 우리나라 소설에도 간접적 내적 독백이 나타나고 있음을 알 수 있다. 그러나 위의 문장들은 작가들의 의식적 노력에 의하여 개발된 것이 아니라 우연히 나타난 것으로 여겨진다. 작가들이 내적 욕구에 부응하여 무의식적으로 썼던 것이 그런 결과를 가져온 것으로 생각되는 것이다. 한국 작가들은 이론적 바탕 위에서 의식적인 노력으로 이 화법을 개발해야 할 것이다.

제6장 서사 구조

"소설은 항상 사건에 대한 이야기다."[1]라는 즈네트의 말처럼 소설에는 항상 사건이 등장한다. 코헌/샤이어즈는 다음과 같이 말한다. "이야기*story*는 한 사건*event*에서 다른 사건으로 바뀌는 과정을 서술하기 위해 연속된 사건들로 구성되어 있다. 사건이란 어떤 종류의 육체적 혹은 정신적 활동으로서 시간 속에서 일어나는 일*occurrence*(인간에 의한 혹은 인간에 대한 행동)이거나, 시간 속에 있는 상태*state*(생각, 느낌 등)이다. 이야기를 구성하는 사건들은 개별적으로 일어나는 것이 아니고 연속*sequence*으로 일어난다."[2] 이처럼 소설은 연속되는 사건들에 대한 이야기라 할 수 있다.

인물에 비중을 두느냐 사건에 비중을 두느냐 하는 차이는 있을 수 있어도, 전위적인 실험소설을 제외하고는 사건이 없는 소설은 없다. 우리는 이러한 소설 속의 사건이 어떤 짜임새를 가지고 서술되고 있는가 하는 것을 따져 볼 필요를 느끼게 된다. 이러한 소설 내의 사건의 짜임새를 흔히 서사 구조*narrative structure*라 부른다.

이 서사 구조의 고찰에는 두 가지 시각이 있을 수 있다. 하나는 평면적 시각으로, 단순히 바깥으로 드러난 계층적 조직을 고찰해 보는 것이고, 또 하나는 입체적 시각으로 텍스트를 심층구조(深層構造)와 표면구조(表面構造)로 나누어 그 정돈 상태를 고찰해 보는

---

1) Gérard Genette, *Die Erzählung*(독역), München 1994, p.118.
2) Steven Cohan/Linda M. Shires, *Telling Stories*, London & New York 1997, p.53 이하.

것이다. 먼저 1에서 계층적 조직을 고찰하고, 2에서 계층적 조직의
특수한 경우인 액자소설을 고찰하게 된다. 그 다음 3에서 표면구조
와 심층구조를 고찰하고, 4에서 표면구조에 속하는 플롯을 고찰하
게 된다.

1. 계층적 조직

하나하나의 벽돌이 모여서 하나의 층을 이루고, 층들이 쌓여서
하나의 빌딩이 되듯이 소설도 아주 작은 요소들이 모여서 중간 요
소를 이루고 중간 요소들이 모여 다시 전체를 이룬다.

로만 인가르덴은 소설의 가장 작은 단위를 단어*Wort, Wortlaut*라
고 생각한다.3) 그러나 단어는 독립된 의미를 가지고는 있지만, 자
신이 독립적으로 존재할 수는 없다. 그러므로 소설의 기본 단위는
한 단계 높은 문장(文章)으로 보아야 할 것이다. 언어학이 문장으
로부터 시작하여 그 이하인 형태소(形態素)·음소(音素) 등을 그
연구 대상으로 삼는다면, 문학은 문장으로부터 시작하여 그 이상을
연구 대상으로 삼는다고 할 수 있다. 이런 의미에서도 소설의 기본
단위를 문장으로 보아야 할 것이다.

문장은 독립적으로 존재하는 의미의 최소 단위다. 이러한 의미
보유체인 문장이 하나 또는 그 이상이 모여 하나의 작은 사건을 서
술하게 된다. 마르티네츠/쉐펠은 "사건*Ereignis* 혹은 모티프*Motiv*는
행동의 가장 작고 기초적인 단위다."4)라고 말한다. 이러한 사건을

---

3) Roman Ingarden, *Das literarische Kunstwerk*, Tübingen(1931) 1972, p.20 및 p.30
이하.

4) M. Martinez/M. Scheffel, *Einführung in die Erzähltheorie*, München 2003, p.108.

우리는 '단위사건(單位事件)'이라 불러도 좋을 것이다.)[5]

이런 기초적 단위사건들을 중심사건*kernel*과 그것을 싸고도는 주변사건*satellite*으로 분류할 수 있다고 코헌/샤이어즈는 말한다.[6] 이러한 단위사건들이 여럿 모여서 하나의 '행동(行動)*action, Handlung*'을 구성하게 된다. 여기서 행동은 '이야기 줄거리'라 할 수 있다.[7] 행동이 하나만 있는 소설에서는 하나의 행동 자체가 전체 소설이 되지만, 행동이 여럿 얽혀 있는 소설에서는 이 다수의 행동들이 모여 하나의 소설을 이루게 된다. 그러므로 소설은 '문장'→'단위사건'→'행동'→'전체 소설'의 순으로 계층적 조직을 이루고 있다고 하겠다.

단위사건의 정의를 좀 더 자세히 내리면, 앞뒤 사건들과 연결이 헐거운, 독립적인 사건이라 할 수 있다. 그러므로 단위사건은 주인공이 부딪히는 특정의 상황과 그에 대한 주인공의 반응을 의미한다고 할 수 있다. 그러나 때로는 어떤 특정의 사물에 대한 생각·대화·독백·느낌 같은 것도 단위사건이 될 수 있다.

---

5) 모티프(영 *motive*, 불 *motif*, 독 *Motiv*)란 용어는 의미가 단일하지 않기 때문에 가급적 사용을 피하는 것이 좋으리라 생각된다. 그것은 문예학에서 대체로 두 가지 뜻으로 쓰인다. 첫째가 전통적인 의미의 모티프다. 그것은 시대와 작가가 바뀌어도 문학작품 속에 변하지 않고 나타나는 이야기의 핵을 의미한다. 신화나 동화에는 어느 나라 어느 곳에나 똑같이 되풀이되어 나타나는 이야기의 핵이 있다. 그러한 것이 모티프다. 카이저는 문학작품의 모티프의 예로 『로미오와 줄리엣』에 나타나는 두 가지 모티프를 든다. 하나는 '원수진 가문의 아이들의 사랑'이고 또 하나는 '실수하는 거짓 죽음'이다. 이러한 모티프들은 되풀이되어 다른 작품들에도 나타난다고 한다(W. Kayser, *Das sprachliche Kunstwerk*, Bern 1972, p.59 이하 참조). 둘째가 러시아 형식주의자들의 모티프 개념이다. 이때는 더 이상 쪼갤 수 없는 이야기의 단위란 뜻이다 (Emil Volek, "Die Begriffe 'Fabel' und 'Sujet' in der modernen Literaturwissenschaft", *Poetica* 9호, 1977, p.155 이하 참조).

6) Steven Cohan/Linda M. Shires, 앞의 책, p.54.

7) '행동'이란 말은 아리스토텔레스의 『시학』에서 유래된 용어로, '생각 없이 행동한다', '행동하는 지식인' 등의 실제적이고 생활적인 의미와는 거리가 있다. 희곡이나 소설에서 행동이라 할 때는 '사건의 진행'(*Meyers Kleines Lexikon*, Literatur, Mannheim 1986, p.188) 또는 '플롯을 만드는 사건의 연속'(Hugh Holman, A *Handbook to Literature*, Indianapolis 1980, p.5)을 의미한다. 그러므로 '이야기 줄거리'로 이해하면 될 것이다.

예를 들어 보자. 최학송의 편지체 소설 「탈출기」(1925)에는 여러 개의 단위 사건들이 등장한다. 친구에게서 버려둔 처자식을 돌보라는 편지를 받은 데 대하여, 주인공은 그 충고를 받아들일 수 없으며 그 이유를 밝히겠다는 말을 한다. 이것을 하나의 단위 사건으로 볼 수 있다. 다음 잘살게 될 것이라는 희망을 품고 간도로 가는 일이 하나의 단위 사건이고, 소작할 땅을 얻지 못하고 허드렛일을 하는 것이 또 하나의 단위 사건이다. 이때 그는 정신적으로 '무서운 인간고(人間苦)'를 느끼게 되는데 이것이 또 하나의 단위 사건이다. 그리고 배고픈 아내가 귤껍질을 주워 먹는 사건, 두부 장사를 해보아도 신통하지 않은 사건, 나무를 하다가 중국 경찰에게 끌려가 곤욕을 당하는 사건이 모두 각각 하나의 단위 사건이다. 그리고 사회제도의 모순을 깨닫고 노모와 처자식을 버리고 무장 투쟁 집단에 들어가는 것이 또 하나의 단위 사건이다.

이 작품은 이와 같이 여덟 개 정도의 단위 사건으로 하나의 행동이 이루어져 있고 이 행동이 바로 전체 소설을 이루고 있다. 여기서 사회제도의 모순을 깨닫고 무장 투쟁 집단에 들어가는 것을 중심사건으로 볼 수 있고, 기타는 이것을 설명하기 위한 주변사건으로 볼 수 있다.

행동이 둘 이상 존재하는 경우, 그 결합 형식은 두 가지다. 하나는 '병렬(並列)'이고, 또 하나는 '삽입(揷入)'이다. '병렬'은 둘 이상의 행동이 평행으로 진행되면서 얽혀 있는 형식이다. 이때 행동들은 중요한 행동과 그렇지 않은 행동의 구별은 있으나 각각 어느 정도의 독립성을 갖고 진행된다. 이에 반해 삽입은 한 행동 속에 다른 행동이 끼어 들어가 종속되는 형식이다. 병렬의 경우는 흔히 주행동*Haupthandlung*과 부행동*Nebenhandlung*으로 분류될 수 있다. 그러

나 주행동·부행동을 구별할 수 없을 만큼 행동 하나하나가 비중
이 크고 주체적인 경우도 있다.

이문열의 『영웅시대』에는 두 개의 행동이 병렬되어 있다. 하나는
남편 동영을 중심으로 한 것이고, 또 하나는 아내 정인을 중심으로
한 것이다. 두 행동은 소설적 현재 내에서는 결합되는 일 없이 평
행선을 긋고 있다. 두 행동의 '서술 시간'이나 '서술되는 시간'은
비슷하다. 바꾸어 이야기하면 작가가 두 행동에 배당한 서술의 양
(量)이나 내용상 취급된 시간의 길이가 비슷하다는 뜻이다. 물론 인
물의 비중으로 보아 남편 동영 중심의 것을 주행동으로 볼 수 있을
것이다.

박태원의 『천변풍경』에는 여러 명의 인물이 등장하고 또 여러
개의 행동이 병렬되어 있다. 이 작품에서 어느 인물 한 사람을 주
인물이라고 부를 수 없는 것처럼, 여러 행동 가운데 어느 하나를
주행동이라 부를 수가 없다.

셰익스피어의 희곡에는 흔히 주행동에 곁가지로 붙는 부행동들
이 많이 있다. 희곡에서 '행동의 통일'이란 것은 이 행동이 하나만
존재할 것을 요구하는 원칙이다. 그런 의미에서 셰익스피어는 행동
의 통일을 지키지 않았던 작가라 할 수 있다.

'삽입'이란 에피소드*Episode*와 액자소설(額子小說)*frame, framework-story*;
*Rahmenerzählung*의 두 경우를 의미한다. 에피소드란 짧고 간단한 행동이
하나의 큰 행동 속에 끼어 들어가 있는 경우를 말한다. 예를 들어
카프카의 『심판』에는 성당에서 신부가 주인공 K에게 설교하는 장
면이 나온다. 이때 신부가 법 앞에 서 있기만 하다가 들어가지 못
하고 죽은 남자의 이야기를 들려준다. 이 짤막한 이야기가 에피소
드다. 이에 반해 액자소설은 보다 길고 비중이 큰 이야기가 다른

이야기 속에 들어 있는 것을 의미한다. 김동리의 「무녀도」를 그 예로 들 수 있다. 그러나 에피소드와 액자소설의 경계가 분명한 것은 아니다.8) 하나의 이야기에 다른 이야기가 종속되어 있다는 점에서 두 가지가 공통되지만, 두 가지의 구별은 상당한 정도 자의적인 판단에 의존할 수밖에 없다.

여기서 우리는 연작소설(連作小說)*cycle, composite novel*; *Zyklus*9)이란 소설 형태를 한 번 살펴볼 필요를 느끼게 된다. 여러 편의 소설이 복합되어 있다는 점에서 액자소설과 비슷하지만 그 짜임새가 전혀 다르다. 그것은 개개의 이야기가 독립적이면서도 어떤 사건이나 주제 혹은 인물이나 장소가 중심에 있어 서로 연결되는 작품을 의미한다. 밀턴J. Miton의 『실락원*Paradise Lost*』과 『복락원*Paradise Regained*』, 괴테의 『빌헬름 마이스터의 수업시대*Wilhelm Meisters Lehrjahre*』와 『빌헬름 마이스터의 편력시대*Wilhelm Meisters Wanderjahre*』, 100권 가까운 소설들을 포함하고 있는 발자크H. d. Balzac의 『인간희극*La comédie humaine*』이 이런 연작소설에 속한다.

우리나라의 연작소설로는 이문구의 「관촌수필」, 「우리 동네」, 박완서의 「저문 날의 삽화」, 이청준의 「언어사회학서설」, 「남도사람」, 조세희의 「난장이가 쏘아올린 작은 공」, 양귀자의 「원미동 사람들」, 김원일의 「슬픈 시간의 기억」 같은 작품을 들 수 있을 것이다.

---

8) E. Lämmert는 바깥 이야기가 강하고 우세하면 안 이야기는 에피소드 또는 보조 줄거리가 되고, 안 이야기가 반대로 강하고 확실하면 바깥 이야기는 단순히 액자 역할만 하는 액자행동 *Rahmenhandlung*이 된다고 두 가지를 구분하고 있다. E. Lämmert, 앞의 책, p.44 참조.

9) 영어 *cycle*은 원래 시나 로맨스에 있어서 어떤 사건이나 인물이 중심이 된 작품들의 집합을 의미했다. 소설의 경우 *cyclic narrative*란 말이 사용되어 왔고(Hugh Holman, 앞의 책, p.117), 1995년도부터 *composite novel*란 말이 또한 사용되고 있다. 이것 역시 장소, 배경 혹은 인물이 동일한 경우의 단편소설들의 집합을 의미한다(Herman/Jahn/Ryan, *Rouledge Encyclopedia of Narrative Theory*, New York 2005, p.78). 독일어 Zyklus는 연작 형태의 시나 소설을 의미한다.

어쨌든 연작소설은 일종의 소설연합(小說聯合)이다. 이것은 독립적인 국가들이 모여 연방을 이루는 것에 비유될 수 있을 것이다. 조직이란 입장에서 보면 독립적인 작은 소설들 여럿이 헐겁게 결합되어 하나의 조직체를 구성하고 있다고 할 수 있다. 그러므로 연작소설은 계층적인 상하 관계로 결합되어 있지 않고, 개개의 소설들이 어느 정도의 독립성을 갖고 병렬되어 있다고 할 수 있다.

2. 액자소설

액자소설의 역사는 오래다. 거의 문학과 기원을 같이할 만큼 오래다. 인도와 페르시아의 문학에서 그 기원을 찾을 수 있다. 이때의 액자소설은 여러 가지 이야기를 대개 교육적 목적으로 한데 묶었던 것이다. 가장 두드러진 예가 아라비아의 『천일야화(千一夜話)』일 것이다. 유럽에 있어서의 대표적인 예는 보카치오의 『데카메론』, 초서의 『캔터베리 이야기』 같은 작품들이다. 20세기 작가들이 쓴 액자소설도 적지 않다. 키플링의 『왕이 되려던 자』, 헨리 제임스의 『스크류의 회전』, 귄터 그라스의 『양철북』 같은 작품들을 그 예로 들 수 있다.

우리나라 작품에도 액자소설이 드물지 않다. 이광수의 『유정』, 김동인의 「광염 소나타」, 「배따라기」, 김동리의 「무녀도」, 「까치소리」, 이청준의 「매잡이」, 이문열의 『사람의 아들』, 공지영의 『우리들의 행복한 시간』 등이 대표적 예가 될 것이다.

액자소설이란 하나의 행동 속에 하나 또는 둘 이상의 다른 행동이 들어 있는 소설을 의미한다. 이때 바깥의 것을 '바깥 이야기'*frame,*

Rahmen 안의 것을 '안 이야기'*framed text, Binnenerzählung* 라 부른다. 독일 문예학은 바깥 이야기 하나에 안 이야기 하나인 경우를 '액자가 끼워진 단일 소설*gerahmte Einzelerzählung*'이라 부르고, 바깥 이야기 하나에 안 이야기가 여러 개인 경우를 '연작적(連作的) 액자소설*zyklische Rahmenerzählung*'이라 불러 구별하고 있다.[10]

액자소설의 바깥 이야기와 안 이야기 사이에는 종속 관계가 성립된다. 즉 바깥 이야기에 안 이야기가 종속되어 있는 것이다. 안 이야기가 하나가 아니고 다수일 때, 이 안 이야기들 사이에는 대등 관계가 성립된다. 예를 들어 보자. 『천일야화』에서 왕과 세헤라자데가 등장하는 바깥 이야기와 세헤라자데가 서술하는 안 이야기들 사이에는 종속 관계가 이루어지지만, 안 이야기들 상호간에는 대등 관계가 이루어진다.

액자소설에 있어서의 종속 관계란 어디까지나 형식적인 관점에서 본 관계일 뿐 실제로는 그 반대인 경우가 많다. 다시 말하면 안 이야기가 형식적으로는 바깥 이야기에 종속되어 있지만 실제에 있어서는 안 이야기가 대체로 더 중요하고 비중이 크다는 말이다. 예를 들어 『데카메론』에서 안 이야기는 바깥 이야기에 형식적으로는 종속되어 있지만 중요하고 비중이 커서, 바깥 이야기 자체는 소설의 도입부*exposition* 역할을 하는 데 불과하다.

한스 브라허는 신통한 플롯이 없고, 소설의 도입부 역할밖에 하지 못하는 바깥 이야기를 '상황 액자*Situationsrahmen*'라 부르고, 줄거리다운 줄거리를 갖추고 있는 바깥 이야기를 '소설 액자*Novellenrahmen*'라 불러 구별하고 있다.[11]

---

10) *Meyers Kleines Lexikon, Literatur,* Mannheim 1986 p.108 및 Gero von Wilpert, *Sachwörterbuch der Literatur,* Stuttgart 1960, p.615 참조.

상황 액자의 경우에는 바깥 이야기의 비중이 작아 거의 도입부 역할밖에 하지 못한다. 그러나 소설 액자의 경우에는 바깥 이야기의 비중이 높아져 경우에 따라서는 안 이야기와 비슷한 비중이 될 때도 있다. 예를 들어 이문열의 『사람의 아들』의 바깥 이야기는 소설 액자로서 안 이야기와 비슷한 정도의 비중을 가지고 있다.

이와 달리 바깥 이야기의 비중이 높아져 안 이야기를 압도해 버릴 때는 액자소설이라 부르지 않고 흔히 '에피소드'를 갖는 일반 소설로 간주한다. 그러나 에피소드와 액자소설의 경계가 그렇게 명확한 것이 아니라는 것은 앞에서 언급한 바 있다. 가령 예를 들어 김동리의 「등신불」에서 만적이 자기 몸을 불태워 죽는 이야기는 에피소드인지 액자소설의 안 이야기인지 분명하지 않다. 양에 있어서는 바깥 이야기에 비하여 엄청나게 적다. 그런 의미에서는 에피소드다. 그러나 작품에서의 비중으로 보면 중심을 이루는 가장 중요한 사건이다. 그런 의미에서는 액자소설의 안 이야기가 된다. 이 작품은 에피소드를 갖는 소설인지, 액자소설인지 단정하기 어려운 경우의 대표적인 예가 될 것이다.

이청준의 「매잡이」는 액자소설의 구조를 가지고 있다. 여기서 안 이야기는 형식적으로는 바깥 이야기에 종속되어 있는 에피소드 역할밖에 하지 못한다. 그러나 안 이야기가 비중이 크고 양이 많아 에피소드로 간주하기가 어렵다. 그러므로 이런 경우 에피소드를 갖는 일반 소설이라 부르는 것이 무리다. 바깥 이야기의 비중이 크지만 안 이야기도 무시할 수 없을 정도의 비중이 있는 이런 경우가 있을 수 있다는 것을 우리는 알아야 할 것이다.

이 종속적인 관계가 이중(二重) 또는 그 이상이 되는 경우도 있

---

11) Hans Bracher, *Rahmenerzählung und Verwandtes*, Leipzig 1909, p.70.

다. 말하자면 바깥 이야기 안에 안 이야기가 있고, 다시 그 안 이야기 안에 또 다른 안 이야기가 있는 것이다. 종속에 다시 종속이 이루어져 있다고 하겠다. 이론적으로는 이 종속이 무한히 뻗어 갈 수 있지만, 다시 말하면 이야기 안에 이야기, 또 그 안에 이야기, 또 그 안에 이야기…… 식으로 계속될 수 있지만 실제로는 이중의 종속 관계 정도가 최대다.

예를 들어 김동인의 「광염 소나타」는 작가로 자처하는 화자가 서술하는 이야기와, 작중인물인 비평가 K의 이야기에 다시 백성수란 인물의 과거가 K의 서술에 끼어 들어가 세 개의 이야기로 이중의 액자소설이 되어 있다. 말하자면 이야기 안에 이야기, 또 그 이야기 안에 이야기가 들어 있어 이중의 종속 관계가 이루어져 있는 것이다.

슈토름 Theodor Storm의 『백마의 기사*Der Schimmelreiter*』도 이러한 이중의 종속 관계로 되어 있는 액자소설이다. 먼저 화자는 자기가 어렸을 때, 증조할머니 집에서 읽은, 잡지에 실렸던 이야기를 생각해 내고 그것을 서술한다. 그런데 잡지에 실렸던 이야기 자체가 액자소설이다. 그러므로 이야기 안에 이야기, 다시 그 안에 이야기가 있는 이중 종속의 소설인 것이다.

그런데 액자소설의 구조를 다른 각도에서 살펴보면 또다시 여러 유형으로 분류할 수 있음을 알 수 있다. 먼저 인칭별로 분류해 볼 수가 있다. 바깥 이야기가 1인칭인데 안 이야기가 3인칭인 경우가 있다. 김동인의 「배따라기」가 그러한 경우다. 또 바깥 이야기가 3인칭인데 안 이야기가 1인칭인 경우가 있다. 투르게네프의 『첫사랑』을 그 예로 들 수 있다. 그리고 바깥 이야기나 안 이야기나 다 3인칭인 경우가 있다. 이문열의 『사람의 아들』이 그 예가 된다. 마지막으로 바깥 이야기나 안 이야기나 다 1인칭인 경우가 있다. 메리메의 『카르멘』이나 공지영의 『우리들의 행복한 시간』이 그러한 경우다.

액자소설의 화자를 살펴보아도 몇 개의 유형이 있음을 알 수 있다. 첫째, 바깥 이야기의 화자와 안 이야기의 화자가 같은 경우다. 김동인의 「배따라기」, 김동리의 「무녀도」, 슈토름의 『임멘제*Immensee*』와 같은 작품들이다. 둘째, 바깥 이야기의 화자와 안 이야기의 화자가 다른 경우다. 이때는 대개 바깥 이야기의 작중인물이 안 이야기의 화자가 된다. 에밀리 브론테의 『폭풍의 언덕』, 메리메의 『카르멘』, 이문열의 『사람의 아들』, 공지영의 『우리들의 행복한 시간』과 같은 작품이다.

바깥 이야기의 화자가 작중인물의 말을 그대로 전달하지 않고 화자 입장에서 서술하여 안 이야기로 만드는 경우는 장점도 있지만 단점도 있다. 김동인의 「배따라기」의 경우, 바깥 이야기의 화자가 안 이야기에서도 화자 역할을 하고 있다. 그러나 실제에 있어서 안 이야기는 작중인물인 뱃사람이 화자에게 말한 내용이다. 이것을 화자가 듣고 화자 입장에서 서술하였으므로 1인칭으로 서술될 것이 3인칭으로 서술되어 있다. 이렇게 작중인물의 말을 화자가 간접으로 전달하는 경우 '빠진 이야기는 없는가?' 혹은 '뭐가 바뀌지 않았나?' 하는 의문을 독자에게 불러일으킬 수 있으며, 미적 효과 *aesthetic effect*는 높여지지만 독자가 사건에 대해 갖는 친밀감은 줄어든다고 두이푸이젠은 말한다.[12]

액자소설은 다시 '닫힌*geschlossen* 액자소설'과 '열린*offen* 액자소설'로 나누어질 수 있다.[13] 닫힌 액자소설은 안 이야기가 바깥 이

---

12) Bernhard Duyphuizen, "Framed Narrrative", Herman/Jahn/Ryan 편, 앞의 책, p.187.
13) 위의 책, p.69 이하.

야기 가운데 끼여 있는 소설을 말한다. 다시 말하면 안 이야기의 앞과 뒤를 바깥 이야기가 둘러싸고 있는 액자소설이다. 『유정』, 「배따라기」과 같은 작품들을 들 수 있다. 열린 액자소설은 바깥 이야기에 연이어 안 이야기가 서술된 다음, 다시 바깥 이야기로 돌아가지 않고 끝나 버리는 소설이다. 「무녀도」, 『데카메론』 같은 작품을 들 수 있다.

액자소설의 구성형식을 보면 하나의 이야기 안에 다른 이야기가 끼어 있는 '삽입'과, 두 이야기가 조금씩 교대로 나오면서 평행으로 진행되는 '병렬'의 두 경우가 있음을 알 수 있다. 삽입의 경우 안 이야기는 한 덩어리로서 바깥 이야기 속에 끼어 있다. 대부분의 액자소설이 이런 형태를 취한다. 병렬의 경우는 바깥 이야기와 안 이야기의 부분들이 장(章)을 바꾸면서 교대로 나오면서 두 이야기가 평행으로 진행되어 간다. 그 예로 이문열의 『사람의 아들』, 공지영의 『우리들의 행복한 시간』을 들 수 있을 것이다.

3. 심층구조와 표면구조

20세기에 들어와 서사 구조에 대한 생각과 용어를 획기적으로 정리한 사람들이 있다. E. M. 포스터는 '스토리*story*'와 플롯*plot*의 개념을 정립하여 그 후의 문예학에 상당한 영향을 끼쳤다. 그에 의하면 스토리는 '시간의 순서에 따라 정리된 사건의 서술*a narrative of events arranged in their time-sequence*'이며 플롯은 '인과관계가 강조된 사건의 서술*a narrative of events, emphasis falling on causality*'이다. '왕이 죽자 왕비도 죽었다.'고 하면 스토리이지만 '왕이 죽자 슬픔으로 인해 왕비도 죽었다.'고 인과관계를 밝히면 플롯이 된다는 것이다.[14] 그에 의하면 스토리는 플롯의 기초가 될 수 있는 존재다. 그리고 플롯은 스토리를 기초로 만들어진 더욱 높은 형태의 조직이다.[15] 그러나 포스터의 스토리와 플롯의 개념이 그렇게 명징한 것은 아니다. 어쨌든 그에 의하면 스토리는 원초적인 이야기이고 플롯은 스토리를 토대로 소설적으로 구성한 이야기를 의미하는 것으로 보인다.

러시아 형식주의자들은 포스터와 거의 같은 시기에 파불라fabula와 슈제트sjuzhet라는 개념을 생각해 내었다. 쉬클로프스키Viktor B. Šklovskij는 재료Material에 해당되는 것을 파불라라 불렀고, 그 재료를 예술적으로 구성한 것을 슈제트라 불렀다.[16] 토마셰프스키B. V. Tomaševskij는 인과관계로 연결되어 있는 아주 작은 사건들, 즉 모티프의 총체를 파불라라 불렀고, 이러한 모티프의 총체를 예술적으로 배열하여 만든 것을 슈제트라 불렀다.[17]

토도로프는 이들과 비슷하면서도 발상이 다른 개념을 생각해 내었다. 그는 서사적 구조를 '이야기histoire'와 '담론discours'으로 나누었다. 그의 설명을 들어 보자.

> 일반적인 차원에서 문학작품은 두 개의 측면을 갖는다. 문학작품은 이야기이면서 동시에 담론이다. (……) 이야기는 문학작품이 아니라 예를 들어 영화에 의하여 우리들에게 전달될 수도 있다. 그것은 또한 책으로 쓰임

---

14) E. M. Foster, *Aspects of the Novel*, London 1974(1927), p.58 이하.

15) 위의 책, p.20.

16) E. Volek, 앞의 글, p.142 참조.

17) 위의 글, p.143, Hans-Werner Ludwig 편, *Arbeitsbuch Romananalyse*, Tübingen 1982, p.69 및 R. Wellek/A. Warren, *Theorie der Literatur*(독역), Frankfurt a. M. 1972, p.236 참조.

이 없이, 어떤 목격자의 입에 의하여 전달될 수도 있다. 그러나 문학작품은 이야기인 동시에 '담론'이다. 이야기를 전하는 화자가 있고, 다른 한편으로는 그것을 받아들이는 독자가 있다. 담론이라는 차원에서는 진술된 사건이 중요한 것이 아니라 화자가 우리들에게 전달하는 방식이 중요하다.[18]

토도로프에게 있어서 이야기의 요소는 행동과 인물이고, 담론의 요소는 시간과 시점(視點)과 화법(話法)이다. 말하자면 문학과 관계없이 존재할 수 있는 원초적인 요소가 '이야기'이고, 그 이야기가 화자에게서 독자에게로 전달되는 과정이 문학 형식을 취하고 있을 때 그것이 '담론'인 것이다. 이 토도로프의 이분법을 요헨 포크트는 독일어에 적용해 '게쉬히테(이야기)*Geschichte*'와 '텍스트*Text*'로 대응시킨다.[19]

영어권에서는 story란 말과 함께 discourse와 narrative란 말이 섞여 쓰이고 있는데 이들 용어의 사용이 다소 혼란스럽다. 홀먼에 의하면 기초가 되는 원초적 이야기를 story, 그것을 가공하여 만든 것을 narrative라 한다.[20] 나아가 그는 narrative를 "실제 혹은 허구의 단일 사건이나 일련의 사건들에 대해 산문이나 운문으로 쓰인 서술*account*"[21]이라고 정의하고 있다. 코헌/샤이어즈도 story를 '시간적으로 연속된 일련의 사건들'로 정의하고, 그것을 새로이 작품으로 서술한 것을 narrative라 부르고 있다. 그들에 의하면 narrative는 소설에 국한되지 않고 영화, 연극, TV극, 만화 등에도 해당되는 넓은 개념이다.[22] 그들은 또한 narration이란 용어를 쓰면서 narrative

18) Tzvetan Todorov, "Die Kategorien der literarischen Erzählung"(독역), Heinz Blumensath 편, *Strukturalismus in der Literaturwissenschaft*, Köln 1972, p.264 이하.

19) Jochen Vogt, *Einladung zur Literaturwissenschaft*, München 2001, p.98.

20) Hugh Holman, 앞의 책, p.428.

21) 위의 책, p.284.

보다 좁은 '소설'의 개념으로 정의하고 있다.23)

그런데 discourse도 narrative와 비슷한 뜻으로 쓰이고 있고, 또 narrative discourse라고 두 단어를 붙여서 쓰기도 하여 영어권에서의 쓰임이 단순하지 않다. narrative란 용어가 흔히 독립적으로 쓰이는 데 반해, discourse는 story와 연관되어 쓰이는 경향이 있다.24) 프린스는 narrative의 내용적 측면*content plane*이 story이고, 표현적 측면*expression plane*이 discourse라고 말한다. 그에 의하면 narrative는 이들 둘의 상위개념이 된다.25) 나아가 narrative를 fiction과 같은 개념으로 보려는 시도도 있다.26)

컬러는 사건들이 발생한 순서대로 연속되어 있는 이야기를 story라 부르고, 사건들의 순서를 흐트러뜨려 새로 편성한 이야기를 discourse라 부른다. 그리고 그는 이어 다음과 같이 말한다. "이것은 러시아 형식주의에서 파불라와 슈제트로 분명하게 구별하는 것과 같다. 즉 전자는 연속된 사건들의 이야기이고, 후자는 *narrative*에 나타나는 이야기다. (……) 연속된 사건들인 story와 사건의 순서를 새로 편성하여 표현하는 discourse 사이에는 항상 기본적인 차이가 있다."27) 이와 같이 컬러는 영어의 story가 러시아 형식주의자들의 파불라에 해당되고, discourse가 슈제트에 해당된다고 말하면서

---

22) Cohan/Shires, 앞의 책, p.1.

23) 위의 책, p.53.

24) story를 텍스트적으로 현실화한 것이 narrative라 주장된다. 그리고 narrative는 또한 story와 discourse의 결합이라는 주장도 제기된다(Herman/Jahn/Ryan, 앞의 책, p.347). 그러나 story를 원초적 이야기로, discourse를 발표를 위해 재편성된 이야기로 정의하기도 한다(위의 책 p.566). 이에 의하면 narrative와 discourse는 비슷한 개념이 되기도 하고 narrative가 상위개념이 되기도 한다.

25) Gerald Prince, *A Dictionary of Narratology*, Nebraska 1987, p.21.

26) Herman/Jahn/Ryan, 앞의 책, pp.344-5.

27) Jonathan Culler, "Story and Discourse in the Analysis of Narrative", Mieke Bal 편 *Narrative Theory*, vol.1, New York 2007, pp.117-118.

narrative를 상위개념으로 보고 있다. 그는 또한 제라르 즈네트가 분류한 histoire와 récit도 위의 두 개념에 상응한다고 말하고 있다.

위에서 언급한 포스터, 러시아 형식주의자들, 토도로프, 포크트, 홀먼, 컬러 등의 이분법적 개념들을 살펴보면 그 개념들이 서로 약간씩 다르면서도 공통점이 있다. story · fabula · histoire · Geschichte는 소재 · 재료 · 원료적 개념이고, plot · sjuzhet · discourse · Text · narration · narrative · récit는 미적으로 구성된 완성품적 개념이다. 이러한 개념들을 종합하여 전자를 '심층구조*deep-structure*', 후자를 '표면구조*surface-structure*'라 부르기도 한다.[28] 물론 이 용어는 변형 문법에서 가져온 것이다. 구조주의 언어학에서 랑그*langue*와 파롤*parole*을 생각할 수 있듯이, 원초적이고 기본적인 이야기와 배열되고 가공된 이야기의 이분법으로 소설의 구조를 생각할 수 있는 것이다.

4. 플롯

서사 문학의 서사 구조에 맨 처음 관심을 가졌던 사람은 아리스토텔레스였다. 그는 미토스*Mythos*라는 표현으로 오늘날의 플롯*plot*에 가까운 개념을 생각했다.

플롯*plot*, *Fabel*은 우리말로 흔히 '구성(構成)'이라고 부른다. 플롯은 소설의 기본 골격이다. 심층구조냐 표면구조냐 하는 발상으로 분류를 하면 표면구조에 해당된다. 플롯은 아리스토텔레스 이래 많은 세월을 거쳐 온 개념이기 때문에 여기서 항을 달리하여 좀 더

---

28) E. Volek, 앞의 글, p.151 참조.

자세히 살펴볼 필요를 느끼게 된다. 플롯이 아주 오래된 개념이면서도 실제로 플롯이 무엇이냐 하는 개념 규정에는 그 대답이 각양각색이다. 그러므로 상당히 모호한 것이 플롯의 개념이라 하겠다. "플롯이야말로 소설이론에서 가장 정의하기 어려운 용어의 하나"[29]라고 말한 대넨버그 H. Dannenberg의 말은 타당한 말이 아닐 수 없다. 그러나 플롯이 기본적으로 발생순서*chronology* 그대로인 story와는 달리, 더 복잡하게 사건이 구성되어 있다는 점에는 여러 이론들이 의견일치를 보고 있다고 그는 덧붙인다.

아리스토텔레스는 그의 『시학』 제6장에서 비극의 여섯 가지 요소 중의 하나로 미토스를 들었다. 이것이 오늘날의 플롯과 비슷한 개념이다. 제7장에서 아리스토텔레스는 미토스, 즉 '행동의 짜임새 *Aufbau der Handlung*'를 두고 다음과 같이 말한다.

> 전체는 시작과 중간과 끝을 가지고 있다. 시작은 스스로 다른 것을 뒤따를 필요가 없는 것으로, 그 시작으로부터 자연스럽게 다른 것이 되거나 생겨난다. 끝은 반대로, 스스로 다른 것으로부터 되거나 생겨나면서도, 필연적으로, 아니면 일반적으로 그로부터는 더 이상 아무것도 생겨나지 않는 존재다. 결국 중간은 시작의 뒤에 오고 끝의 앞에 오는 존재다.[30]

아리스토텔레스의 이러한 표현은 말장난이라는 느낌을 들게 한다. 그러나 좀 더 자세히 살펴보면 비극에는 처음에 올 요소, 중간에 올 요소, 끝에 올 요소가 각각 달리 있다는 사실을 표현한 것임을 알 수 있다. 또한 제8장에서 그는 "행동의 부분들은, 만약 단 한 부분이라도 위치를 바꾸거나 빼 버리면 전체가 바뀌거나 흩어지도

---

29) Hermann/Jahn/Ryan 앞의 책, p.435.
30) Aristoteles, *Poetik*, Stuttgart 1972, p.33 이하.

록 그렇게 짜여야 한다.”고 플롯의 중요성을 강조하고 있다. 그는
또한 단순한 미토스와 복잡한 미토스가 있다고 하면서 복잡한 미
토스에는 전환*Peripetie* 또는 발견*Entdeckung*이 있어야 된다고 주장
한다. 전환이란 국면이 바뀌는 사태를 의미하고 발견이란 국면을
바꿀 만한 새로운 사실의 발견을 의미한다. 나아가 그는 비극에는
분규*Knüpfung*와 해결*Lösung*이 있어야 된다고 주장한다.[31] 즉 뒤얽
히는 사건이 있고 풀리는 결말이 있어야 된다는 말이다. 이렇게 아
리스토텔레스는 오늘날 우리들이 생각하는 플롯의 개념에 유사한
개념을 설정했던 것이다.

E. M. 포스터가 스토리에 대비시켜 플롯을 설명했음은 앞에서
언급한 바 있다. 즉 '왕이 죽자 왕비도 죽었다.'고 발생순서대로 이
야기하면 스토리이고, '왕이 죽자 슬픔으로 인해 왕비도 죽었다.'고
인과관계를 설명하면 플롯이라는 것이다. 그러나 그에게 있어서 플
롯이 소설에 짜여 있는 사건들 전체를 이야기하는지 아니면 짜인
사건들을 요약한 뼈대를 이야기하는지 분명하지 않다.

브룩스/워렌은 플롯을 “한 편의 소설에 나타나 있는 행동의 구
조”라고 정의한다.[32] 이 정의는 플롯이 일종의 뼈대임을 암시하고
있다. 카이저도 “행동의 진행을 최대로 요약하면, 다시 말해 순수한
구도*Schema*로 요약하면 (……) 플롯*Fabel*을 얻게 된다.”[33]고 말하
고 있는데 이것 역시 플롯을 뼈대로 보는 견해다.

---

31) 위의 책, p.35, 38, 49.

32) C. Brooks/R. Warren, *Understanding Fiction*, New York 1959, p.77.

33) W. Kayser, 앞의 책, p.77.

244

쉬플리도 플롯을 "사건의 뼈대*framework of incidents*"라 부르면서 "소설이나 희곡은 그것을 토대로 구성되어 있다."[34]고 말한다. 프린스는 플롯을 "상황과 사건의 개요*outline*"[35]라고 부르고 있는데, 여기서 개요란 말도 뼈대의 뜻으로 해석된다.

페린은 이야기에 대한 플롯의 관계를 여행에 대한 지도의 관계로 비유한다.[36] 스탠튼이 플롯을 '이야기의 척추*backbone of a story*'로,[37] 슐테-자세/베르너가 '이야기의 핵*Nuklearform der Geschichte*'으로[38] 정의한 것도 비슷한 표현이라 생각된다. 메츨러 문학사전도 "서사작품이나 희곡작품의 근저에 놓여 있는 소재 및 행동의 뼈대*Gerüst*"[39]라고 정의하고 있다. 말하자면 소설을 요약해 들어갈 때 맨 나중에 남는 뼈대가 플롯이라 하겠다. 이것은 또한 소설을 건물에 비유할 때 그 설계도에 해당된다고 할 수 있을 것이다.

그러면 플롯의 유형은 어떻게 분류될 수 있을까? 스콜즈/켈로그는 플롯을 '역사적 형태*historical form*'와 '전기적 형태*biographical form*'로 나눈다.[40] 역사적 형태란 하나의 사건에 바탕을 둔 플롯이다. 그에 반해 전기적 형태란 한 인물의 출생·생애·죽음 등 다양한 사건들의 진행 과정에서 그 외형을 가져온 플롯이다. 자서전적 형태의 플롯도 여기에 속한다. 말하자면 역사적 형태가 사건 중심이라면 전기적 형태는 인물 중심이다. 역사적 형태가 단일한 사건을 다룬다면,

---

34) Joseph T. Shipley, *Dictionary of World Literary Terms*, Boston 1970, p.240.

35) Gerald Prince, *A Dictionary of Narratology*, University of Nebraska 1987, p.71.

36) Laurence Perrine, *Story and Structure*, New York 1966, p.58.

37) Robert Stanton, *An Introduction to Fiction*, New York 1965, p.14.

38) J. Schulte-Sasse/R. Werner, *Einführung in die Literaturwissenschaft*, München 1977, p.148.

39) G. u. I. Schweikle 편, *Metzler Literaturlexikon*, Stuttgart 1981, p.140.

40) R. Scholes/R. Kellogg, *The Nature of Narrative*, London 1979, p.214.

전기적 형태는 개인에게 일어나는 잡다한 사건들을 다룬다고 할 수 있다. 전기적 형태의 대표적 장르는 성장소설*Entwicklungsroman*이다.

또 이스트먼은 플롯을 '팽팽한 플롯*tight plot*'과 '느슨한 플롯*loose plot*'으로 구분한다.[41] 팽팽한 플롯의 구조를 많은 연구가들은 클라이맥스, 즉 정점(頂點)을 갖는 구조로 보고 있다.

스탠튼은 플롯의 구성 요소로 갈등*conflict*과 정점*climax*을 든다.[42] 브룩스/워렌은 플롯을 발단*exposition*, 분규*complication*, 정점*climax*, 대단원*dénouement*의 4단계로 나누고 있다.[43] 프라이타크*Gustav Freytag*는 희곡의 구조를 도입*Einleitung*, 상승*Steigerung*, 정점*Höhepunkt*, 하강*Fall*, *Umkehr*, 파국*Katastrophe*의 5단계로 나누고 있는데,[44] 프린스는 프라이타크의 이 피라미드형 희곡 구조를 소설의 플롯 구조로 보고 있다.[45]

독일 문예학은 일찍부터 소설의 한 장르인 '*Novelle*'의 꽉 짜인 구조에 관심을 가져왔다. 티크*Ludwig Tieck*는 '*Novelle*'에 반드시 '전환점*Wendepunkt*'이 있어야 된다고 주장했다. 하이제*Paul Heyse*는 '매 이론*Falkentheorie*'을 내세워 티크의 설을 뒷받침했다.[46] 전환점 이론이나 매 이론은 소설에 역전(逆轉)이나 정점이 있어야 됨을 역설하는 이론이라 할 수 있다.

---

41) Richard Eastman, *A Guide to the Novel*, San Francisco 1965, p.14.

42) R. Stanton, 앞의 책, p.33 이하.

43) Brooks/Warren, 앞의 책, p.81.

44) Udo Müller, *Drama und Lyrik*, Basel 1979, p.15.

45) Gerald Prince, 앞의 책, p.71.

46) 이것은 『데카메론』 제5일 제9화의 매 이야기에서 유래한다. 한 남자가 어느 여인의 사랑을 얻으려다 재산을 탕진하고 난 후, 찾아온 그녀를 마지막 재산인 매를 잡아 대접하는 것이 계기가 되어 결국 사랑을 얻게 되는 이야기다. 소설*Novelle*의 구조에는 이러한 매를 잡는 사건과 같은 클라이맥스가 있어야 된다는 것이 '매 이론*Falkentheorie*'이다. G. V. Wilpert, 앞의 책, p.252 참조.

토도로프는 완전한 플롯은 안정에서 출발하여 불안정으로, 그리고 다시 안정으로 돌아오는 구조를 갖는다고 말한다. 즉 소설은 안정 상태에서 시작되고, 여기에 어떤 힘이 가해지면 안정 상태는 일단 파괴되어 불안정한 상태가 된다. 그러면 반대 방향에서 다시 어떤 힘이 가해져서 안정 상태가 회복되는데 이 안정 상태는 처음의 것과는 다른 것이 된다. 즉 소설은 '안정→불안정→안정'의 플롯 구조를 갖는다고 한다.[47]

팽팽한 플롯이 대단원 없이 정점에서 끝나 버리는 경우가 있다. 이것을 '열린 플롯*open plot*'이라고 한다. 말하자면 작가가 결말을 독자에게 제시해 주지 않고 독자의 상상에 맡겨 버리는 경우다. 이와는 달리 결말을 독자에게 제시해 주고 마무리를 완전히 짓는 경우를 '닫힌 플롯*closed plot*'이라고 한다. 이때는 위에서 이야기한 팽팽한 플롯의 단계들이 완전하게 갖추어지는 것을 의미한다.[48]

우리나라 소설들에는 서구의 소설들과 달리 단편, 장편 같은 장르에 따르는 구조의 차이가 나타나지 않는다. 단편이라 하여 반드시 팽팽한 플롯을 갖고, 장편이라 하여 반드시 느슨한 플롯을 갖는 것은 아니다. 그러나 대체로 짧을수록 플롯이 팽팽해지는 경향이 있다.

김동리의 「무녀도」는 일종의 액자소설이다. 안 이야기만 두고 살펴보면 팽팽한 플롯의 소설이다. 무당 모화와 낭이라는 어린 딸이 살고 있는 집에 외지에 나가 있던 아들 욱이가 돌아온다. 이것이 이 작품의 '발단'이다. 그런데 미국 선교사 집에 있다온 욱이는 성

---

47) T. Todorov, "Die Grammatik der Erzählung"(독역), Helga Gallas 편, *Strukturalismus als interpretatives Verfahren*, Darmstadt 1972, p.59 이하.

48) Edward H. Jones, *Outline of Literature*, New York 1968, p.59 이하.

경을 내놓고 예수교를 전도하려고 시도한다. 이는 모화의 샤머니즘과 갈등을 일으킨다. 이것은 '갈등' 또는 '분규' 또는 '상승'이다. 드디어 모화의 광란은 욱이를 칼로 찌르기에 이른다. 이것이 '정점'이다. 욱이는 상처를 입고 몸져누워 시름시름 앓게 된다. 이것이 '하강'이다. 드디어 욱이는 죽고 모화는 완전히 실성하게 된다. 이것이 '대단원' 또는 '파국'이다.

이 작품은 또한 토도로프의 이론으로도 설명이 가능하다. 모화와 낭이가 살고 있는 안정 상태에서 소설이 시작된다. 외지에 나가 있던 욱이가 돌아와 예수교를 전파하자 그 힘에 의하여 안정 상태가 깨어진다. 그러자 욱이의 기독교와는 반대 방향인 모화의 샤머니즘 쪽에서 힘이 가해진다. 이것은 결국 욱이를 죽게 하여 다시 안정 상태를 가져다준다. 그러나 그것은 처음의 것과 다른 성질의 안정 상태다. 즉 이 소설은 안정→불안정→안정의 구조를 갖고 있음을 알 수 있다.

그러나 모든 소설이 팽팽한 플롯을 갖는 것은 아니라는 사실은 앞에서 언급한 바 있다. 느슨한 플롯을 가진 소설들도 많다. 느슨한 플롯은 대체로 정점을 갖고 있지 않다. 앞서의 스콜즈/켈로그의 역사적 형태는 대체로 팽팽한 플롯을 갖고, 전기적 형태는 대체로 느슨한 플롯을 갖는다고 할 수 있다.

전기적 성격을 갖는 피카레스크*picaresque* 소설이나 성장소설 혹은 교양소설*Bildungsroman*은[49] 느슨한 플롯의 대표적인 예가 된다. 피카레스크 소설에서는 독립성이 강한 여러 개의 에피소드가 연결되어 있어 정점을 사이에 두고 오르내리는 일사불란한 플롯이 없다. 성장

---

49) 청소년 주인공의 정신적 성숙과 발전 과정을 그리는 성장소설은 교양소설과 거의 동의어로 쓰인다. 이 장르가 꽃핀 독일에서는 '교양소설'이란 용어가 더 일반적이지만, 한국에서는 '성장소설'이란 용어가 더 일반적이다.

소설 혹은 교양소설 역시 한 인물의 성장과정에 있어서의 많은 사건들을 다루기 때문에 정점을 갖는 팽팽한 플롯을 갖지 않는다.

에밀 졸라와 같은 자연주의 작가는 정점을 가지고 극적 효과를 일으키는 플롯을 거부했다. 20세기의 많은 소설가들이 플롯을 추방했다고 그레베니츠코바는 말한다.[50] 오늘날의 소설에서는 플롯이 해체되고 없다고 슈람케는 말한다.[51] 20세기에 있어서의 이러한 플롯의 추방이나 해체는 극단적으로 느슨한 플롯을 갖거나 심하면 '사건'이 없는 경우를 의미한다.

소설 가운데는 뚜렷한 사건이 없는 소설이 있다. 인상·회상·체험 같은 것이 기록될 뿐, 뚜렷이 진행되는 사건이 없는 소설이다. 이러한 소설을 '현형소설(顯型小說)Roman des Phänotyp'이라고 부르기도 하는데 이 명칭은 고트프리트 벤Gottfried Benn에게서 유래한다. 그는 1949년에 『란츠베르크 절편(切片)Landsberger Fragment』이라는 소설을 발표하고 이를 현형소설이라 불렀다. 그는 사건이 진행되는 소설이 아니라 '앉아 머물러 있는 소설ein Roman im Sitzen'을 쓰려 했고, "시간과 공간의 바깥에 위치해 있으며, 상상적인 것 속에, 그리고 순간적이고 평면적인 것 속에 위치하는 산문"을 쓰려고 했다. 그러한 목표하에 쓰인 것이 그의 현형소설이었던 것이다.[52]

우리는 이러한 종류의 소설들이 과거에도 적지 않게 있었다는 것을 안다. 대표적인 예가 릴케의 『말테의 수기』 같은 작품일 것이다. 우리나라에는 방향이 좀 다르나 이문열의 「그대 다시는 고향에 가지 못하리」 같은 작품을 현형소설로 볼 수도 있을 것이다. 이러

---

50) Ružena Grebeničková, "Moderner Roman und russische formale Schule", Bruno Hillebrand 편, *Zur Struktur des Romans*, Darmstadt 1978, p.300.

51) Jürgen Schramke, *Zur Theorie des modernen Romans*, München 1974, p.35.

52) H. L. Arnold/T. Buck 편, *Positionen des Erzählens*, München 1976, p.16 참조.

한 작품에서는 일반적인 의미의 플롯은 없다. 그러나 플롯이 전혀 없다고는 말할 수 없고 극단적으로 풀어지고 산만하게 되어 버린 플롯이 존재한다고 말할 수 있을 것이다.

플롯이 있긴 하나 사건 중심의, 전통적인 의미의 플롯은 없는 소설들이 있다. 칼 아인슈타인Carl Einstein의 『브뷔캥Bebuquin』(1912) 같은 작품을 대표적인 예로 들 수 있을 것이다. 이 소설에는 주인공들의 움직임과 대화는 있으나 이렇다 할 사건이 없다. 그저 시시콜콜한 일들만 서술되어 있어 줄거리를 요약하려면 요약할 만한 내용이 없다. 느슨하고 산만한 플롯의 극단적인 예가 될 것이다.

이와 방향이 다르나 산만한 플롯의 예로서 누보로망의 대표작인 클로드 시몽Claude Simon의 『플랑드르의 길』을 들 수 있을 것이다. 이 작품에는 극히 작은 사건들의 나열이 있을 뿐 갈등도 없고 정점도 없다. 역시 풀어지고 산만한 플롯을 갖고 있는 작품의 하나다. 우리나라 소설로서 이인성의 『미쳐버리고 싶은, 미쳐지지 않는』도 역시 산만한 플롯의 작품이라 할 수 있다.

제7장 작중인물

소설의 행동*action, Handlung*은 인물*character*; *Figur, Person*에 의하여 이루어진다. 우리나라의 문예학에서는 일반적인 의미의 인물과 구별하기 위하여 흔히 '작중인물(作中人物)'이라 부르기도 한다. 우리는 인물의 형태나 유형을 통하여 소설의 구조를 고찰할 수 있다. 소설 내에서 전개되는 사건은 모두 인물을 통하여 일어나기 때문이다.

인물이 없는 소설은 없다. 조각·회화와 같은 예술 분야나 시 장르에 인물이 없는 경우가 있으나 서사 문학에는 반드시 인물이 등장한다. 동물이나 무생물이 주인공인 동화에 있어서도 그 주인공은 의인화된 인물이다. 게오르크 루카치가 그의 『소설의 이론』에서 주인물의 전기적 형식*biographische Form*이 소설의 구성 형식이라고 주장한 것은[1] 인물의 중요성을 강조한 말이라 하겠다. 그러므로 인물의 형태·유형·성격 같은 것을 고찰해 봄으로써 우리는 소설의 구조에 접근할 수 있다. 코헌/샤이어즈는 "소설에서 인물의 배치는 문장에서 단어의 구문론적 배치와 비교될 수 있다."[2]고 말하고 있다.

소설에는 사건에 중점을 두는 사건소설과 인물에 중점을 두는 인물소설의 두 가지가 있다. 헨리 제임스는 1884년에 쓴 글에서 소설을 인물소설*novel of character*과 사건소설*novel of incident*로 구분하는 것이 오래된 유행이라고 말하고 있다.[3]

---

1) Georg Lukács, *Die Theorie des Romans*, Neuwied u. Berlin 1971, p.66 이하.
2) Cohan/Shires, Telling Stories, London 1997, p.69.
3) Henry James, *The House of Fiction*, London 1957, p.34.

에드윈 뮤어는 소설을 행동소설*novel of action*과 인물소설*novel of character*로 나누고 있다.4) 행동소설은 사건소설을 의미한다고 할 수 있다. 카이저는 이와는 좀 다르게 사건소설*Geschehnisroman*, 인물소설 *Figurenroman*, 장소소설*Raumroman*로 나누고 있는데5) 어쨌든 사건소설 과 인물소설의 분류를 인정하고 있음을 볼 수 있다. 디트리히 베버 는 소설을 초상소설*Porträterzählung*과 이야기소설*Geschichtenerzählung*로 나누고 있는데6) 역시 인물소설과 사건소설을 달리 표현한 것이다.

인물소설의 대표적 장르로서 유년기와 청소년기의 정신적 성장 을 그리는 성장소설*Entwicklungsroman*을 들 수 있다.

19세기 헨리 제임스*Henry James*를 비롯한 일련의 작가들은 심리 묘사를 주로 하는 인물 중심의 소설들을 썼다. 그러나 현대의 작가 들, 특히 프랑스의 누보로망 작가들은 인물이 거의 무시되는 소설 을 추구하고 있다. 이런 소설의 인물에는 성격이 없다.

어떤 형식의 소설이든 작중인물 자체가 없는 소설은 없다. 그러 므로 우리는 작중인물의 분석을 통해 소설의 구조를 이해할 수 있다.

1. 작중인물의 유형

작중인물은 우선 프로타고니스트*protagonist*와 안타고니스트*antagonist* 로 나눌 수 있다. 이 용어는 그리스 비극에서 유래된 말로서, 프로 타고니스트는 제1인물 또는 제1배우를 의미했고 안타고니스트는 그와 적대되는, 갈등을 일으키는 인물을 의미했다. 이 용어는 그 후

---

4) Edwin Muir, *The Structure of the Novel*, London(1928) 1957 p.7 이하.

5) Wolfgang Kayser, *Das sprachliche Kunstwerk*, Bern 1971, p.360.

6) Dietrich Weber, *Der Geschichtenerzählspieler*, Wuppertal 1989, p.138.

유럽의 연극 이론에서 계속 쓰여 왔고, 오늘날에는 소설이론에도 흔히 사용되고 있다. 가령 셰익스피어의『햄릿』에서 햄릿은 프로타고니스트이고 클로디어스왕과 레어티즈는 안타고니스트다. 프로타고니스트로서 한 사람이 아닌, 복수 인물이 가능하고 또 소설의 내용에 따라 안타고니스트가 없는 경우도 있을 수 있다.

또 작중인물은 주인물*major character, Hauptfigur*과 부인물*minor character, Nebenfigur*로 나누어진다. 주인물은 소설의 중심인물이고 부인물은 주변인물이다. 주인물은 또한 주인공*hero, Held*이라 불리기도 한다. 주인물은 프로타고니스트와 일치하지만, 부인물은 반드시 적대적인 인물만 있는 것이 아니기 때문에 모두 안타고니스트라 부를 수는 없다. 그리고 주인물이 누구인지 뚜렷한 경우가 많지만 호돈의『주홍 글씨』, 톨스토이의『전쟁과 평화』, 윤흥길의『묵시의 바다』, 박태원의『천변풍경』처럼 주인물이 누구인지 뚜렷하지 않은 경우도 있다. 또한 우리나라 소설에는 아주 드물지만 주인물의 이름을 소설의 제목으로 삼아 주인물을 크게 부각시키는 소설들도 많다. 헤세의『데미안』, 로맹 롤랑의『장 크리스토프』, 디킨스의『올리버 트위스트』같은 작품들이다.

포스터는 작중인물을 평면적 인물*flat character*과 입체적 인물*round character*로 나눈다.[7] 평면적 인물은 유형적(類型的)이고 단순한 인물이다. 소설에 등장하면 독자가 금방 그 성격을 한마디로 묘사할 수 있는 인물이다. 가령 찰스 디킨스의「크리스마스캐럴」의 스크루지 같은 인물은 '사람을 싫어하는 노랑이'라는 한마디로 그 성격을 묘사할 수 있는 인물이다. 이와 같은 단순한 성격의 인물이 평면적 인물이다. 평면적 인물 가운데 자주 등장하여 그 성격이 전형화된 인물을 페린

---

7) E. M. Foster, *Aspects of the Novel*, London(1927) 1974, p.46.

은 '상투적 인물*stock character*'이라고 부르고 있다.[8] 상투적 인물이란 등장하자마자 독자가 그의 성격을 금방 알 수 있는 인물이다. 강하면서도 말이 없는 서부의 보안관, 별난 습관을 가진 명민한 탐정, 정체불명의 배후를 가진 미녀 첩보원, 의붓자식을 괴롭히는 계모, 검은 콧수염의 악당 등 자주 등장하는 전형적인 인물들을 말한다.

입체적 인물은 성격이 단순하지 않고 복잡하고 다면적(多面的)인 인물이다. 허클베리 핀 같은 인물, 햄릿 같은 인물이 여기에 속한다. 포스터 자신의 설명대로 독자를 놀라게 하는 인물이라 하겠다.[9]

페린은 또한 작중인물을 정적 인물*static character*과 동적 인물 *dynamic character*로 분류한다.[10] 정적 인물은 성격이 변하지 않는 인물이다. 그에 비해 동적 인물은 성격이 계속 변하는 인물이다. 단편소설에 등장하는 인물들은 대개 정적 인물이라 할 수 있다. 한정된 분량으로는 한 인물의 성격 변화를 묘사하기가 어렵기 때문이다. 그에 비하여 장편소설의 주인물은 동적 인물인 경우가 더러 있다. 작가에게 그만큼 표현 공간이 넓기 때문이다. 주인물과 대조적으로 부인물들은 대체로 정적 인물들이라 하겠다.

인물은 또한 독자의 윤리관에 입각하여 긍정적*positiv* 인물, 부정적*negativ* 인물, 중립적*neutral* 인물로 나눌 수 있다. 일반 독자의 윤리관으로 판단해서 진실을 추구하는 선한 인물은 긍정적 인물이고, 악하고 나쁜 인물은 부정적 인물이고, 어느 쪽으로도 단정하기 어려운 인물은 중립적 인물이다. 물론 윤리적으로 긍정적이냐 부정적이냐 또는 중립적이냐 하는 판단에는 주관적이고 자의적인 기준이

---

8) L. Perrine, *Story and Structure*, New York 1966, p.86.
9) E. M. Foster, 앞의 책, p.54.
10) L. Perrine, 앞의 책, p.87.

적용될 수밖에 없다. 일반적으로 보면, 프로타고니스트는 긍정적 인물이고 안타고니스트는 부정적 인물이다. 이것은 『햄릿』의 예에서 확인이 된다.

그런데 겉보기에 부정적 인물이면서도 실제로는 작가가 긍정적 인물로 그리려 의도한 경우도 있고, 또 그 반대의 경우도 있다. 그러한 경우 그것을 일종의 역설로 볼 수 있다. 예를 들어 보자. 블라디미르 나보코프의 작품 『롤리타*Lolita*』의 주인공 험버트는 표면적으로 보면 분명 부정적 인물이다. 한 소녀를 얻기 위해 그 어머니와 결혼했으며, 미성년자를 성생활의 대상으로 삼았고, 또 그것을 방해한 자를 찾아내어 죽인 반사회적 인물이다. 그러나 이것은 어디까지나 표면적으로 보았을 때 내려지는 평가일 뿐이다. 실제에 있어서 작가는 그 반대를 의도하고 있는 것이다. 즉 험버트에 있어서 소녀 롤리타는 인생의 전부를 의미한다. 그에게는 롤리타와의 사랑이 없는 인생은 무의미하다. 한 여인과의 사랑에 모든 것을 걸었던 인물, 그 사랑이 좌절되었을 때 자기의 나머지 인생을 포기하고 방해자를 죽인 인물, 그러한 인물에게는 분명 승화된 내면세계가 있다. 그러므로 작가는 그를 실제에 있어서는 긍정적 인물로 그리고 있는 것이다.

장 즈네Jean Genet의 『도둑 일기』의 주인공은 문학사에서 보기 드물게 극단적으로 부정적인 인물이다. 그러나 종래의 가치관으로 판단하여서만 '부정적'이라 부를 수 있을 뿐이다. 작가는 절도, 동성연애, 배반과 같은 행위들을 긍정적으로 그리고 있을 뿐만 아니라 성화(聖化)시키기조차 한다. 보편적인 가치관으로는 부정적 인물이지만, 작가의 서술을 통해 결국 긍정적 인물로 탈바꿈되는 것이다. 독자에게 부정적으로 보이는 인물을 제시하면서도 작가는 결국 그 인물이 긍정적인 인물로 받아들여지도록 소설을 구성해 놓고 있다고 하겠다.

주인공이 부정적 인물일 때 흔히 '반주인공(反主人公)*antihero, Antiheld*'이라는 용어를 쓴다. 그러나 영어권과 독일어권에 있어서의 개념이 다소 다른 것으로 생각된다. 영어권에서는 반주인공으로 전통적인 선한 주인공에 반대되는 비열하고, 어리석고, 둔하고, 부정직한 인물을 의미한다. 1953년에 나온 존 웨인John Wain의 『빨리 내려와*Hurry On Down*』의 주인공 찰스 럼리를 최초의 반주인공으로 흔히 든다. 그리고 이 무렵 성행하던 '앵그리 영 맨*Angry Young Men*' 계열의 소설 주인공들도 역시 반주인공으로 간주된다.[11]

그에 반해 독일어권에서는 피동적이고 체념적인 인물을 반주인공이라 부른다. 뷔히너Georg Büchner의 희곡 『레옹스와 레나*Leonce und Lena*』의 레옹스나 곤차로프I. A. Gontscharow의 소설 『오블로모프*Oblomov*』에 나오는 오블로모프 같은 인물을 그 예로 들 수 있다. 그들은 생의 권태에서 탈피하려는 어떠한 시도도 하지 못하는 무능력한 인물인 것이다.[12]

마지막으로 소설의 인물은 '나이를 먹지 않는 인물'과 '나이를 먹는 인물'로 분류할 수 있다. 전자는 고대의 서사시, 우리 고소설(古小說)의 인물처럼 아무리 세월이 흘러도 모든 것이 그대로이고, 나이를 먹은 특징이 나타나지 않는 인물이다. 후자는 교양소설 내지 성장소설의 주인공처럼 세월과 더불어 자라고 성숙하고 또 늙어 가는 인물이다. 정도의 차이는 있지만 현대 소설에서 이 두 가지 인물형을 다 찾아볼 수 있다.

---

11) Hugh Holman, *A Handbook to Literatur*, Indianapolis 1980, p.27.
12) *Meyers Kleines Lexikon, Literatur*, Mannheim 1986, p.32.

2. 인물 묘사

작중인물의 성격 묘사*charaterization*에는 두 가지 방법이 채택된
다. 하나는 직접적 제시*direct presentation*이고 또 하나는 간접적 제
시*indirect presentation*이다.13) 직접적 제시는 화자가 작중인물의 모
습이나 성격을 독자에게 직접 해설해 주거나 다른 인물의 입을 통
해 해설해 주는 방법이다. 간접적 제시는 작중인물의 행동을 자세
히 묘사하여, 이를 통해 독자가 인물의 성격을 미루어 알 수 있도
록 하는 방법이다. 이 경우 독자는 작중인물이 말하고 생각하고 행
하는 바를 통해 그의 성격을 추론하는 것이다. 직접적 제시가 19세
기 이전의 소설에 많았다면, 간접적 제시는 20세기 이후의 소설에
많다고 하겠다.

부드의 이론으로는 직접적 제시는 '말해주기*telling*'에 해당되고
간접적 제시는 '보여주기*showing*'에 해당된다.14) 문장론의 입장에
서는 직접적 제시는 '요약'을 통한 표현이고, 간접적 제시는 '장면
묘사'를 통한 표현이다(제5장 문장 1 참조).

시점 이론으로 인물 묘사를 고찰해 본다면 직접적 제시는 슈탄
첼F. K. Stanzel의 기록자적 시점에 해당되고 간접적 제시는 인물
적 시점에 해당된다. 바네트Barnet 등의 표현인 논평적 화자냐, 중
립적 화자냐를 적용하면 직접적 제시는 논평적 화자에 의한 것이
고 간접적 제시는 중립적 화자에 의한 것이다(제4장 시점 1 및 제3장
화자 3 참조).

직접적 제시는 화자가 인물의 특징을 말해 주기 때문에 독자가

---

13) L. Perrine, 앞의 책, p.84 이하.
14) Wayne C. Booth, *The Rhetoric of Fiction*, Chicago 1961, p.8.

간단명료하게 작중인물의 성격을 파악할 수 있는 장점이 있다. 그런 의미에서 '경제적'이다. 그러나 대화·독백, 내적 독백의 서술, 행동과 심리의 묘사 같은 간접적 제시가 병행되지 않을 때는 독자를 확신시킬 수가 없다. 그리고 독자 자신의 판단을 방해하고 구속할 뿐만 아니라 오도할 수도 있다. 직접적 제시의 예를 들어 보자.

> 그도 이 집 주인이 이리로 이사를 올 때에 데리고 왔으니 진실하고 충성스러우며 부지런하고 세차다. 눈치로만 지내가는 벙어리지마는 말하고 듣는 사람보다 슬기로울 적이 있고 평생 조심성이 있어서 결코 실수한 적이 없다.
>
> (나빈, 「벙어리 삼룡이」)

여기서 화자는 벙어리가 '진실하고 충성스러우며 부지런하다.'든가, 보통 사람보다 '슬기로울 적이 있다.'든가, '조심성이 있어 결코 실수한 적이 없다.'는 등등의 주인공의 성격을, 구체적인 사실 제시 없이 화자 나름의 판단을 통해 요약하여 전해 주고 있다. 말하자면 실제 일어나는 사건들을 통해 독자 자신이 스스로 그러한 성격을 알게 되도록 하는 것이 아니라 화자가 직접 독자에게 주입하고 있는 것이다.

이에 반해 간접적 제시는 독자가 인물의 성격을 파악하는 데 시간과 노력을 필요로 한다. 그런 점에서는 '비경제적'이다. 그러나 작가가 설정한 테두리에 얽매이지 않고 독자 스스로 작중인물의 성격을 판단할 수 있는 장점이 있다. 이것은 독자의 참여와 역할을 중요시하는 수용미학(受容美學)의 입장에서 보아도 아주 긍정적인 측면이 아닐 수 없다. 최인훈의 「라울전」에서 그 예를 찾아보자.

또 이런 일도 있었다.

두 사람은 스승의 집에서 같은 방에 살고 있었다. 스승은 때때로 그들 둘을 불러 세우고는 얼마나 배웠는가 알아보곤 하였다. 그런 날은 흔히 고귀한 장로(長老)들이 손님으로 왔을 때가 많았다. 스승은 이 두 제자가 자랑이었다. 그러한 날을 앞둔 바로 전날 밤이었다. 책을 들여다보고 앉은 라울 옆에서 바울은, 멍하니 앉아서 열린 창문 사이로 불빛이 흘러나오는 스승의 방 쪽을 바라보고 있었다. 그러다가 그는 불쑥 입을 열었다.

"에이, 내일 하루 또 어떻게 땀을 뺀담 ……"

라울은 아무 대꾸도 않았다. 번연히 말을 걸어오는 것인 줄 알면서 못 들은 체하자니 오히려 대꾸해 주는 것보다 더 짜증이 치밀었다.

"어떡헌담 ……"

바울은 또 중얼거렸다. 그러자 그는 무슨 생각을 하는지 의자에서 일어서서 마루에 꿇어앉아 기도를 시작했다. 라울은 못 본 체하면서 줄곧 보고 있었다. 갑자기 웬 기도는 …… 그러는데 다시 일어나 앉더니, 경전을 눈을 딱 감은 채 잡히는 대로 열어젖혔다. 그제야 라울도 바울이 무엇을 생각하고 있는지 알아냈다. 그는 내기를 하자는 것이다. 죽자고 외는 대신, 넘겨짚기로 내일 시험을 맞자는 것이 분명했다.

"음 …… 사무엘서 사울왕이 다윗의 비파를 청하다 …… 내일 시험은 틀림없이 예서 날 테니, 이것만 외고 자야지 ……"

그리고는 열심히 외기 시작한다. 라울은 자기가 바로 바울이 지금 뇌까린 그 대목에 접어들고 있었으나 일부러 그 대목을 뛰어넘고 그 다음부터 읽어 내려갔다. 한참 후에 라울이 돌아봤을 때, 바울은 깊은 잠을 즐기고 있었다. 이튿날, 스승의 입에서 문제가 주어졌을 때 라울은 아뜩해졌다. "사무엘서 사울왕이 다윗에게 비파를 청하는 대목을 ……"

여기서 요령껏 일을 하는 데 능한 바울의 성격이 잘 드러나 있다. 화자는 직접적 설명을 하는 대신, 구체적 사건을 통해 독자가 스스로 그것을 알도록 하고 있는 것이다. 이것이 간접적 제시다.

3. 인물의 중요성

작가의 인물에 대한 관심은 시대에 따라 다르다. 일반적으로 17
세기에서 20세기 초에 이르는 기간의 소설에는 작중인물이 중요한
역할을 했다고 볼 수 있다. 그러나 그 후에는 인물의 주요성이 약
해지고 있다.

헨리 제임스Henry James는 「소설의 기술*The Art of Fiction*」
(1884)이라는 에세이에서 다음과 같이 말한다.

> 인물*character*이 사건의 결정*determination of incident* 이외에 무엇이
> 란 말인가? 사건이란 인물에 대한 설명 이외에 무엇이란 말인가? 인물
> 과 관계없는 그림이나 소설이 무엇이란 말인가? 인물 이외에 무엇을 우
> 리는 그 속에서 구하고 찾아내겠는가?[15]

헨리 제임스의 위 글은 인물과 행동*action*(=이야기 줄거리)이 불가
분으로 결합되어 있다는 사실을 강조하고, 그런 상태에서는 인물이
행동보다 중요하다는 사실을 또한 강조하고 있다.

이에 반해 토도로프는 행동이 인물보다 더 중요하다고 말한다.
그는 "행동이 인물의 해설을 위해 존재하는 것이 아니라 인물이 행
동을 보조하기 위해 존재하는 것이 문학의 전체적 경향임을 무시
하기 어렵다."[16]고 「소설인물론 *Narrative-Men*」에서 말하고 있다.
그리고 『오디세이아』, 『데카메론』, 『천일야화』를 그 예로 들고 있다.

토도로프는 또 다른 논문 「소설의 범주」에서 이 인물의 중요성
의 문제를 시대에 따라 구분해서 이야기하고 있다. 즉 르네상스 시

---

15) Henry James, 앞의 책, p.34.

16) Tzvetan Todorov, *The Poetics of Prose*(영역), New York 1977, p.66.

대의 단편이나 일화(逸話)*Anekdote*에서는 인물이 중요하지 않았고, 『돈키호테』로부터 『율리시스』에 이르는 근대의 소설들에서는 인물이 중요했으나, 현대에 와서는 다시 인물이 중요성을 갖지 못하게 되었다고 말한다.[17]

인물을 중요시하지 않는 현대 소설에 누보로망이 있다. 로브 그리예A. Robbe Grillet는 「몇 가지 낡은 개념에 관하여」라는 글에서 "작중인물로 이루어져 있는 소설은 분명히 과거의 것이다. 그러한 소설은 한 시대, 즉 개인의 전성기를 기록했던 시대를 특징짓고 있다."고 말하면서 누보로망에서 인물이 부차적인 역할밖에 하고 있지 않음을 분명히 한다.[18] 매콜리/래닝R. Macauley/G. Lanning도 "만약에 작중인물이 (……) 소설에서 쇠퇴했다면 그 이유의 일단은, 개인의 능력을 넘어서는 현세기의 국가적 또는 국제적 사건들이 개인의 중요성과 영향력의 의미를 축소시켰기 때문일 것이다."[19]고 말한다. 힐레브란트는 누보로망의 작가들인 로브 그리예와 나탈리 사로트Nathalie Sarraute가 주인공소설*Heldenroman*의 죽음을 선언했다고 평하고 있다.[20]

칼러Erich von Kahler는 "위대한 소설의 시대, 즉 기사(騎士)소설, 악당소설에서 발자크, 플로베르, 디킨스와 위대한 러시아 소설가들이 활동했던 시대, 바꾸어 말하면 르네상스에서 19세기까지의 이 시대는 동시에 개인과 개인생활이 꽃피던 시대였다."고 당시 인

---

17) Tzvetan Todorov, "Die Kategorien der literarischen Erzählung"(독역), Heinz Blumensath 편, *Strukturalismus in der Literaturwissenschaft*, Köln 1972, p.271.

18) A. Robbe-Grillet, *Pour un Nouveau Roman*, 1972(김치수 역, 『누보로망을 위하여』, 서울 1981), p.37.

19) 김병욱(편), 『현대소설의 이론』, 서울 1983, p.286(재인용).

20) Bruno Hillebrand, *Theorie des Romans*, Stuttgart 1993, p.377.

물이 중요한 역할을 했음을 언급한다. 하지만 그는 지금은 인물의 중요성이 쇠퇴해 버렸다고 단언한다. 그리하여 현대 소설의 주인공들은 과거처럼 개성을 가진 개인이 아니라 현대인의 대표 혹은 상징으로 나타난다는 것이다.[21]

현대 소설에서 인물이 중요성을 상실하고 있다는 사실은 다음과 같은 몇 가지 점에 드러난다.

첫째, 인물의 개성이 사라져 버렸다. 가령 카프카의 『심판』에서 요제프 K.는 어떤 성격을 가진 인물이 아니다. 그러한 상황에서는 누구나 그렇게밖에 행동하지 않을 수 없는 모든 사람의 대표자일 뿐이다.

둘째, 작중인물의 이름의 중요성이 사라졌다. 네처는 누보로망에서 작중인물의 이름을 소설 제목으로 삼는 현상이 없어졌음을 지적하고 있다.[22] 작중인물의 이름을 소설 제목으로 삼는 경우는 우리나라에서는 드물지만, 『제인 에어』, 『크눌프』, 『장 크리스토프』 등 예를 들 필요도 없이 서양에서는 아주 흔한 일이다. 그런데 이러한 현상이 현대에 와서 아주 드물어진 것이다.

이러한 현상은 주인공의 이름 사용에도 나타난다. 카프카의 『성』의 주인공이 K.인 것, 『심판』의 주인공 역시 요제프 K.인 것은 특별한 의미를 갖는다. 즉 약자의 사용을 통해 주인공의 이름 자체가 아무런 의미를 갖지 못함을 나타내고 있는 것이다. 이것은 현대 소설에 개성을 갖는 인물의 존재가 의미를 상실했음을 나타낸다. 누보로망의 작품들에 등장하는 이름들은 장, 마리, 레옹 등 아주 흔한 이름들로 이미 자신의 개성을 상실한, 보편적 인간의 대표자일 뿐이다.

한국 소설에도 비슷한 현상이 나타나고 있다. 이청준의 「선학동 나

---

21) 위의 책, pp.383-4(재인용).

22) Klaus Netzer, *Der Leser des Nouveau Roman*, Augsburg 1970, p.71.

「그네」의 인물들은 '사내', '여자'로 호칭되고 있을 뿐 이름이 없다. 조해일의 「항공 우편」의 인물들은 이름 대신 ㄱ, ㅂ, ㅎ 등의 글자만으로 표시되어 있다. 은희경의 「상속」의 인물들은 J, N 같은 영문으로 표시되어 있고, 「태양의 서커스」에는 중요한 인물은 K, M, H로, 기타 인물들은 A, B, C, D, E 등으로 표시되어 있다. 신경숙의 「작별인사」에는 인물이 A, J, Y, T, M 등으로 호칭된다. 개인적 특성을 갖는 인물의 중요성이 사라지고 있는 현상으로 해석할 수 있을 것이다.

그러나 인물에 대한 비중이 현대에 와서 다소 약해지긴 했지만, 소설의 전통에서는 아직도 인물이 중요한 위치를 차지하고 있음을 부인할 수 없다. 현대에도 인물에 큰 비중을 두고 인물중심의 소설을 쓰는 작가들이 많이 있기 때문이다.

인물이 큰 비중을 차지하는 인물소설의 대표적 장르로서 독일에서 발달한 성장소설*Entwicklungsroman*을 들 수 있을 것이다. 성장소설은 교양소설*Bildungsroman*이라고도 하는데 유년기나 청소년기의 주인공이 주위와의 접촉을 통해 정신적으로 성숙해 가는 과정을 그린 소설이다. 큰 사건이 중심이 되는 것이 아니라 아주 많은 작은 사건들이 모여서 하나의 소설을 이룬다. 괴테의 『빌헬름 마이스터의 수업시대』, 찰스 디킨스의 『데이비드 코퍼필드*David Copperfield*』, 헤르만 헤세의 『데미안*Demian*』, 로맹 롤랑의 『장 크리스토프*Jean Christophe*』 같은 작품들을 그 예로 들 수 있다. 또한 강용흘이 미국에서 발표했던 『초당*The Grass Roof*』, 이미륵이 독일에서 발표했던 『압록강은 흐른다*Der Yalu fliesst*』도 일종의 성장소설이다. 우리나라 작품으로는 이문열의 『젊은 날의 초상』, 이순원의 『우리들의 석기시대』, 김성동의 『길』 같은 작품을 들 수 있을 것이다. 오늘날에도 성장소설은 많이 창작되고 있고 또 많이 읽히고 있다.

제8장 커뮤니케이션

소설을 하나의 커뮤니케이션으로 파악하려는 시도가 기호학 *Semiotik*과 구조주의의 발달에 발맞추어 근래에 일어나게 되었다. 이러한 시도를 최초로 행한 사람이 로먼 제이콥슨Roman Jakobson 이다.

커뮤니케이션*communication, Kommunikation*이란 같은 집단에 소속된 사람들 사이의 의사소통을 의미한다. 여기에는 어떤 내용을 보내는 발신자(發信者)*sender*가 있고, 그것을 받아들이는 수신자(受信者)*receiver*가 있다. 이런 현상을 문학작품을 두고 생각해 보면 문학은 발신자인 작가와 수신자인 독자 사이의 커뮤니케이션임을 알 수 있다. 그러나 문학작품의 커뮤니케이션은 일반적인 커뮤니케이션과 성격이 상당히 다르다. 표면에 나타나 있는 내용을 전달하면서도 숨어 있는 또 다른 메시지를 전달하기도 하고, 구체적인 메시지가 아닌 미적 쾌감을 전달하기도 하기 때문이다.

문학작품에 있어서의 독자의 역할을 강조하는 수용미학(受容美學)*Rezeptionsästhetik*의 입장에서 이 커뮤니케이션을 고찰하면, 문학은 발신자가 보내는 내용을 수신자가 단순히 수동적으로 받아들이는 커뮤니케이션이 아니고, 수신자가 능동적으로 보완하고 해석하는 특수한 커뮤니케이션인 것이다. 이런 의미에서 문학작품을 작가와 독자의 커뮤니케이션으로 보지 않고 작품*Text*과 독자와의 커뮤니케이션으로 보는 견해도 강력하게 대두되고 있다.

그러나 문학의 커뮤니케이션을 작가와 독자 사이의 커뮤니케이션으로 보는 것이 일반적이라 하겠다.

1. 커뮤니케이션의 일반적 구조

사회생활에서 우리가 타인에게 어떤 내용을 전달하고자 하면, 발신자는 음파·문자·기호·불빛·전파 등의 신호*signal*에 어떤 내용을 실어 수신자에게 보낸다. 가령 자동차 운전자가 오른쪽의 노란불을 깜박일 때, 이것은 우회전하겠다는 내용을 타인에게 전달하는 것이다. 이때 노란불 자체는 깜박거리는 전등에 지나지 않는다. 이것이 자동차에 달려 거리를 달리는 상황에서 비로소 신호로서 뜻을 전달하는 기능을 갖게 되는 것이다. 이러한 커뮤니케이션적 기능을 가진 신호를 코드*code, Kode*라 부른다.

커뮤니케이션이 일어나는 과정을 살펴보면 커뮤니케이션은 발신자가 어떤 내용을 코드에 담아*encode, kodieren* 이것을 수신자에게 보내면 수신자가 이 코드에서 내용을 분리해 내어*decode, dekodieren* 발신자가 보낸 뜻을 인식하는 것으로 이루어진다. 예를 들어 운전자가 노란 깜박등에 우회전의 뜻을 담아 내보내면, 다른 운전자나 통행인은 그 노란 깜박등에서 우회전의 뜻을 분리해 내어 그 운전자의 뜻을 알아차리게 되는 것이다.

그런데 이 코드는 온갖 신호로 이루어질 수 있으나 인간 사회에서 가장 흔하고 일반적인 것은 언어다. 이 언어에는 '말하여지는 언어'와 '기록되는 언어'가 있는데 문학에서 논의되는 대상은 대체로 '기록되는 언어', 즉 문자로 된 언어라 하겠다.

　　로먼 제이콥슨은 이 언어에 의한 커뮤니케이션을 다음과 같은 도식으로 나타내고 있다.

관계 context

메시지 message

발신자 addresser------------수신자 addressee

접촉 contakt

코드 code

　　그에 의하면 커뮤니케이션은 6가지 요소로 이루어진다. 첫째로 발신자*addresser*와 수신자*addressee*가 있어야 한다. 그 다음 위의 두 존재 사이에 어떤 관계*context*가 있어야 한다. 그리고 메시지가 담기는 신호로 언어라는 코드*code*가 있어야 한다. 다음 두 존재가 채널을 통해 접촉*contact*을 해야 한다. 이런 과정을 거쳐 발신자에게서 나온 메시지*message*가 수신자에게 전달되는 것이다.[1]

　　언어란 코드는 복잡한 인간 사회의 산물이기 때문에 발신자가 사용하는 언어와 수신자가 사용하는 언어가 언제나 완전히 일치하는 것은 아니다. 동일한 언어 공동체에 속해 있다 하더라도 방언(方言)에 의한 차이, 교육 수준에 의한 차이, 생활수준에 의한 차이 등으로 발신자의 코드와 수신자의 코드가 백 퍼센트 정확하게 일치하기가 어렵다. 게다가 언어 자체가 사물을 완전무결하게 표현하는 수단이 못 되기 때문에, 언어에 의한 커뮤니케이션에는 때로 오해가 발생할 수 있다.

---

1) Roman Jakobson, *Poetik*, Frankfurt a. M. 1979, p.83 및 Herman/Jahn/Ryan 편 *Routledge Encyclopedia of Narrative Theory*, New York 2005, p.190 참조.

언어에 의한 커뮤니케이션에서 전달 내용은 전달 방법에 따라 흔히 두 가지로 분류된다. 하나는 언어의 직접적 표현에 의한 표면적인 뜻이고, 하나는 암시적으로 전달되는 내면적인 뜻이다. 표면에 나타나는 의미를 외연 또는 명시적 의미(外延, 明示的 意味) *denotation, Denotation*라 하고, 내면에 부가되는 의미를 내포 또는 암시적 의미(內包, 暗示的 意味)*connotation, Konnotation*라 부른다. 영어권에서는 명시적 의미를 *significance*, 암시적 의미를 *meaning*으로 구별해 쓰기도 한다.2)

예를 들어 보자. 일제강점기에 이상재 선생이 어느 강연장에서 "오늘 참 개나리꽃이 많이 피었군요."라고 말한 일이 있다. 이때 명시적 의미는 개나리꽃이 많이 피었다는 것이지만, 암시적 의미는 '개 나으리', 즉 일본 경찰이 많이 와 있다는 것이었다.

그런데 이 암시적 의미를 발신자와 수신자가 백 퍼센트 일치되게 주고받는 것은 아니다. 명시적 의미도 정확하게 전달되기가 어려운데 암시적 의미는 더 말할 것도 없다. 가령 위의 예에서 '개나리꽃'을 청중 자신으로 해석하여 청중이 많이 왔다는 말로 받아들이는 사람도 있을 것이고, 꽃 같은 여인들이 많이 왔다는 뜻으로 받아들이는 사람도 있을 것이다. 나아가 정말 개나리꽃이 많이 피었다는 말 그대로의 뜻으로만 받아들이는 사람도 있을 것이다. 명시적 의미에 암시적 의미가 부가될 수는 있지만, 반드시 부가되어야 한다는 법은 없기 때문이다.

이상에서 살펴본 것을 요약해 보자. 언어에 의한 커뮤니케이션에는 발신자와 수신자 사이에 명시적 의미의 전달이 있고, 또 경우에

---

2) Robert Crosman, "Do Readers Make Meaning?", S. R. Suleiman/I. Crosman 편 *The Reader in the Text*, princeton 1980, p.150.

따라 거기에 암시적 의미가 부가되어 전달될 수 있다. 이때 발신자와 수신자 사이의 코드의 차이, 해석의 차이 때문에 정확한 전달이 일어나기가 쉽지 않다.

2. 문학작품과 커뮤니케이션

문학작품을 읽는다는 것은 하나의 커뮤니케이션에 참여하는 것이다. "문학작품 *Text*은 작가 *Autor*와 수용자 *Rezipient* 사이에 일어나는 커뮤니케이션의 수단이다."3)라는 발트만의 표현이나 "작품의 생산자인 작가와 작품의 수용자인 독자 사이의 커뮤니케이션 과정에서 본질적인 구성요소는 작가Autor와 독자Leser다."4)라는 페터 블루메의 말을 빌리지 않아도, 문학작품의 독서는 작가와 독자 사이에 일어나는 커뮤니케이션이라는 사실을 부정할 수 없다.

그러나 문학의 커뮤니케이션은 일반적인 커뮤니케이션과 그 성격이 다르다. 하넬로레 링크가 "문학은 커뮤니케이션의 특수한 경우다."5)라고 말한 것처럼, 일반적인 커뮤니케이션이 갖고 있지 않은 몇 가지 특징을 가지고 있다.

첫째, 문학의 커뮤니케이션은 일방적이다. 커뮤니케이션은 대체로 상호적이다. 대화나 전화 통화를 할 때 발신자와 수신자의 위치는 수시로 바뀐다. 강연을 할 때도 청중은 강연이 끝난 후 항의나 질문을 할 수 있고, 또 강연자는 자기가 행한 강연 내용을 수정하거나 보충할 수 있다. 그러나 문학의 커뮤니케이션은 항상 한 방향

---

3) Günter Waldmann, *Kommunikationsästhetik I*, München 1976, p.14.
4) Peter Blume, *Kommunikative Aspekte moderner Erzählliteratur*, Wuppetal 1997, p.5.
5) Hannelore Link, *Rezeptionsforschung*, Stuttgart 1980, p.15.

으로만 진행된다. 작가인 발신자가 독자인 수신자에게 일방적으로 전달할 뿐, 독자가 작가에게 어떤 의사를 전달할 수는 없다. 물론 예외는 있다. 신문·잡지의 연재소설에 있어서 독자의 의사나 반응이 작가 쪽에 전달되고 또 그것이 다시 작품에 반영되는 경우도 있다. 실제로 찰스 디킨스는 연재소설을 쓰면서 독자의 반응을 주시하고 그것을 작품에 반영했다고 한다. 또한 오늘날에 흔한 자작시나 자작소설 낭독의 경우도 상호성이 일어날 수 있다. 그리고 인터넷 사이트에 오르는 문학작품의 경우에도 즉시 독자가 반응을 보낼 수 있다. 그러나 그런 것은 어디까지나 예외적인 현상이라 할 수 있다.

둘째, 문학의 커뮤니케이션에서는 자작 작품의 낭독과 같은 경우를 제외하고는 발신자의 발신 시기와 수신자의 수신 시기 사이에 간격이 존재한다. 이 시간 간격은 인터넷에 오르는 경우 거의 동시에 송수신이 일어나 간격이 영에 가까울 수 있지만, 신문, 잡지나 단행본으로 발표되는 경우 수일에서부터 수십 년, 수세기 또는 수천 년에 이르기도 한다. 시간이 많이 경과한 경우 언어 관습의 차이로 정확한 전달이 일어나지 않을 수도 있다. 그리고 수신자는 발신자가 존재하는 장소에서 대개는 멀리 떨어져 있고, 심하면 다른 언어로 번역되어 지구의 반대쪽에 위치해 있을 수도 있다. 이러한 시간과 공간과 언어의 차이에서 발신자인 작가의 뜻이 수신자인 독자에게 정확히 전달되기는 아주 어렵다고 하겠다.

셋째, 문학의 커뮤니케이션에 있어서는 때로 명시적 의미보다 암시적 의미가 더 중요한 역할을 한다. 특히 시에 있어서 그러하다. 가령 한용운의 『님의 침묵』에서 '님'이 단순한 연애의 대상이 아닌, 차원 높은 존재를 암시적으로 나타내기 때문에 이 시의 격이 높은 것을 그 예로 들 수 있을 것이다. 그러나 암시적 의미보다는 명시적 의미에 보다 많은 비중을 두는 문학작품도 있고, 어떤 구체적 의미를 전달하기보다는 미적 쾌감만을 전달하는 문학작품도 있다. 이런 점에서 문학의 커뮤니케이션의 의미 전달 문제는 단순하지 않다.

넷째, 문학의 커뮤니케이션에는 작가와 마찬가지로 독자도 능동적으로 참여한다. 문학작품에는 모든 사항이 완벽하게 서술되어 있는 것은 아니다. 작가가 서술하지 않고 그냥 둔 '빈 곳*Leerstelle*'이 있다. 이것을 독자가 채워 넣어 독자 나름으로 작품을 보완해야 한다. 그리고 나서 작가가 보내는 의미를 찾아내는 것이다. 이런 뜻에서 작품의 의미를 작가가 만드는 것이 아니라 독자가 만든다고 하는 수용미학의 주장은 일리가 있다. 어쨌든 문학의 커뮤니케이션에서 독자는 학술 논문이나 신문 사설의 독자처럼 수동적인 입장의 수신자가 아니라 작품을 보완하고 완성하는 능동적인 수신자가 되는 것이다. 발트만이 커뮤니케이션의 특수한 형태인 문학의 커뮤니케이션을 '미학적 커뮤니케이션*ästhetische Kommunikation*'[6]이라 부르는 것은 이러한 의미라고 할 수 있다. 그러므로 문학의 커뮤니케이션을 일반적 커뮤니케이션처럼 평면적으로만 파악할 수는 없다.

3. 커뮤니케이션과 관습

발신자와 수신자가 커뮤니케이션을 시작하기 전에 서로 인정하는 약속이 있다. 이것을 관습*convention*이라 부른다. 예를 들어 보자.

---

6) G. Waldmann, 앞의 책, p.51.

길 위를 달리는 차가 좌우 회전을 할 때 노란 깜박등을 켜서 의사 전달을 한다. 그러나 이때 '노란 깜박등으로 좌우 회전 신호를 한다.'는 약속이 되어 있지 않으면 이 노란 깜박등은 아무런 역할도 하지 못한다. 이러한 사회적 약속이 관습이다. 따지고 보면 언어 자체도 관습의 하나다. 의미 없는 소리나 문자에 특정의 의미를 부여하기로 사회적으로 약속이 되어 있기 때문에 언어에 의한 소통이 가능한 것이다.

커뮤니케이션의 일종인 예술 행위에도 이 관습은 중요한 역할을 한다. 예를 들어 연극 무대에서 한 인물의 독백(이것을 방백*aside, soliloquy*이라 함)은 무대 위의 다른 인물에게는 들리지 않는 것으로 간주된다. 그 독백이 관객에게 들리는데 무대 위의 다른 인물에게 들리지 않을 리가 없지만, 배우나 관객이 일단 들리지 않는 것으로 인정해야 연극이 성립된다. 이것이 관습이다. 이러한 관습은 예술 작품의 이해에 반드시 필요하다. 말하자면 커뮤니케이션의 전제가 되는 것이다.

다른 예를 들어 보자. 인물의 조각상을 보고 재료로 쓰인 대리석이나 청동이 바로 살이라고 인정해야 그 상을 인물의 상으로 볼 수 있다. 그것을 인정하지 않으면 인물의 상이라는 관념이 감상자의 의식 속에 생겨나지 않는다. 이것은 작품의 제작자와 작품의 수용자가 그렇게 하기로 정해 놓은 약속이다. 이것이 관습이다.

관습은 대개 전통에서 유래한다. 이전의 예술가와 수용자 사이에 쓰이던 약속들이 그대로 전승되어 관습이 되어 있다. 그러나 관습이 언제나 고정 불변한 것은 아니다. 낡은 관습이 없어지고 새로운 관습이 생겨나기도 한다. 예술가는 전통적인 관습에 언제나 구속되는 것은 아니며 자기 나름의 관습을 개발하기도 한다.

문학의 커뮤니케이션에 있어서도 이 관습은 커다란 역할을 한다. 가령 신화나 동화에 있어서 동물이 말을 한다든가 사람이 동물이 된다든가 하는 사실은 수용자인 독자가 일단 가능한 일로 인정해야 독서 행위가 이루어진다.

소설에도 관습이 있다. 신화나 동화에 비하여 과도한 것은 아니지만 소설 역시 독자가 인정하지 않으면 소설의 성립이 어려운 관습들을 가지고 있다.

첫째, 소설은 허구의 이야기라는 관습이다. 작가도 소설의 내용이 실화라고 주장하지 않지만 독자도 그것이 실화이기를 요구하지 않는다. 소설이 역사적 사건의 기록이 아니라는 것을 부정하는 사람은 없다. 톨스토이의 『전쟁과 평화』에 나오는 나폴레옹과 쿠투조프는 역사적 인물 나폴레옹과 쿠투조프와는 다소 다르다. 그것은 『전쟁과 평화』가 역사서가 아닌 소설이기 때문이다.

둘째, 그럼에도 불구하고 소설 내용이 '그럴듯*plausible*'해야 된다는 것은 또 하나의 관습이다. 소설은 허구이지만 동화와 달리 현실에서 있을 수 있는 내용을 담아야 한다.

이런 두 가지에 의해 소설의 장르적 성격이 결정된다. 다시 말하면 "소설은 허구의 이야기이지만 현실에서 벗어나지 않게 그럴듯해야 된다."는 것이 관습에 의해 형성된 소설의 장르적 성격인 것이다. 이 장르적 성격에 맞게 작가와 독자는 어떤 것은 받아들이고 어떤 것은 거부한다. 예를 들어 꽃이 말을 한다거나 동물이 사람처럼 말하고 행동하는 것은 '그럴듯함'에 어긋나기 때문에 소설에서는 받아들여지지 않는다.

그러나 다음 예들은 '그럴듯함'에 어긋나지만 받아들인다.

1) 화자의 신적인 초능력(제4장 시점 2 참조). 3인칭 전지적 시점과

1인칭 전지적 시점에서 상식을 초월하는 화자의 초능력 행사
가 있다. 가령 예를 들어 죽어 가는 사람의 의식을 서술하는
것은 현실에서는 절대로 불가능하다. 그럼에도 불구하고 관습
으로 인정된다.

2) '역사적 현재'의 사용(제2장 시간 1 참조). 과거 사실을 마치 현
재 진행되고 있는 것처럼 현재동사를 사용하여 서술하는 것은
논리에 어긋난다. 그럼에도 현재동사의 사용이 관습으로 용인
된다.

3) 간접적 내적 독백의 사용(제5장 문장 2 참조). 사실적인 글이나
현실에서는 이러한 어법이 성립되지 않는다. 다시 말해 작중
인물의 말이면서 동시에 화자의 말이 되는 어법은 현실에서
는 존재하지 않는다. 그러나 이것을 가능한 것으로 받아들이
는 것은 소설의 관습이다.

이 외에도 몇 가지 더 들 수 있는데, 이러한 예들은 현실적으로
는 불가능하면서도, 소설 속에서는 작가와 독자의 약속에 의하여
가능한 것으로 받아들여진다. 이러한 것은 긴 세월을 거쳐 이루어
진 관습으로 소설 커뮤니케이션의 전제가 된다.

4. 소설의 커뮤니케이션에서 화자와 청자

소설의 커뮤니케이션에는 두 개의 측면이 있다. 하나는 작품 내
적 커뮤니케이션이고, 또 하나는 작품 외적 커뮤니케이션이다. 작
품 내적 커뮤니케이션이란 어떤 화자(話者)*narrator*가 어떤 청자(聽
者)*narratee*에게 이야기를 들려주는 소설의 구조적 형식을 의미하고,

작품 외적 커뮤니케이션이란 작가*author*와 독자*reader* 사이의 커뮤니케이션을 의미한다. 그러므로 소설의 커뮤니케이션은 표면적으로는 화자와 청자 사이에 일어나지만, 실질적으로는 소설 바깥에서 작가와 독자 사이에 일어난다고 할 수 있다.

우선 작품 내적 커뮤니케이션이라면 대화를 통해 이루어지는 작중인물들 사이의 커뮤니케이션도 대상이 될 수 있다. 그러나 그것은 자명한 일이기 때문에 구태여 논의할 필요가 없을 것이다. 문제는 화자와 청자 사이의 커뮤니케이션이다. 어느 소설에나 작품 안에 이야기를 서술하는 화자가 존재한다. 제3장에서 이미 논의한 바와 같이 이 화자는 물론 작가 자신은 아니다. 그리고 자신의 존재를 드러내든 드러내지 않든 이 화자는 존재한다. 이 화자에 상대되는 존재가 청자다. 이 청자 역시 현실의 독자는 아니다(제3장 화자 2 참조).

안데렉은 이러한 화자와 청자의 관계에 두 가지 커뮤니케이션 유형이 존재한다고 주장한다. 즉 '1인칭 – 2인칭 작품*Ich-Du-Text*'과 '3인칭 작품*Er-Text*'의 두 가지다.[7] 이것은 '1인칭 화자에 2인칭 청자'의 경우와 '3인칭 화자에 불특정 청자'의 두 경우를 두고 이야기하는 것이다. 그러나 이것은 청자의 종류를 너무 단순하게 분류한 것으로, 여기에 '1인칭 – 1인칭 작품*Ich-Ich-Text*', 즉 '1인칭 화자에 1인칭 청자'의 경우와 '1인칭 작품*Ich-Text*', 즉 '1인칭 화자에 불특정 청자'의 경우를 추가하여야 되리라 생각된다. 이것을 좀 더 자세하게 살펴보자.

1) '1인칭 화자 → 2인칭 청자': 괴테의 『젊은 베르테르의 슬픔』처럼 1인칭의 화자가 2인칭의 청자에게 이야기하는 편지체 소설을 그 예로 들 수 있다. 또 카뮈의 『전락 *La Chute*』처럼 구

---

7) Johannes Anderegg, *Fiktion und Kommunikation*, Göttingen 1977, pp.28–42.

체적인 청자가 있는 독백체 소설이 있을 수 있고, 또 미셸 비토르의 『변경*La Modification*』, 하일지의 『그는 나에게 지타를 아느냐고 물었다』를 비롯한 2인칭 소설(제3장 화자 5 참조)이 있을 수 있다.

이 경우 자신을 '나'로 드러낸 화자가 구체적 인물인 '너'라는 청자를 향하여 이야기하는 형식을 취하게 된다. 가령 카뮈의 『전락』에서 1인칭 화자는 처음부터 끝까지 혼자서 독백을 한다. 그러나 그의 옆에 그의 이야기를 듣고 있는 구체적인 청자가 있음을 독자는 느낄 수 있다. 마지막 부분에서 변호사인 그 청자의 구체적 모습이 드러난다.

2인칭 소설로 알려진 뷔토르의 『변경』에서 화자는 '당신'이라는 존재를 향해 이야기를 한다. 비록 '당신'이 자기 자신이고 전체가 자기 자신에게 향하는 내적 독백이라는 작가 자신의 해명과 (제3장 화자 5 참조) 일부 연구가의 해석을 인정한다 하더라도 형식상으로는 1인칭 화자가 2인칭 청자에게 말을 하고 있는 것이다.

2) '1인칭 화자 → 1인칭 청자': 자기가 자기에게 말하는 형식의 작품으로 우선 일기체 소설을 들 수 있다. 사르트르의 『구역*La Naussée*』과 같은 소설이 그 예가 될 것이다. 원래 일기는 자기 이외에는 독자나 청자를 예상하지 않는다. 말하자면 자기에게 하는 혼잣말이다. 그러므로 일기체 소설의 청자는 쓰는 사람, 즉 화자 자신이라고 말할 수밖에 없다. 일기체 소설을 작품 내에서의 관계만으로 고찰한다면 커뮤니케이션의 발신자는 1인칭 화자이고 예상되는 수신자는 시간이 경과한 후의 1인칭 화자 자신이다.

이 범주에 해당되는 경우로 직접적 내적 독백으로 이루어진 소설을 들 수 있다. 직접적 내적 독백이란 마음속의 혼잣말이다. 길게 이어지는 직접적 내적 독백을 '의식의 흐름*stream of consciosness*'이라 부르기도 한다. 슈니츨러Arthur Schnitzler의 단편 「구스틀 소위*Leutnant Gustl*」나 「엘제양*Fräulein Else*」은 작품 전체가 처음부터 끝까지가 한 인물의 직접적 내적 독백으로 이루어져 있다. 그러므로 일반적인 의미의 화자나 청자가 없다. 1인칭 주인공 자신이 화자이면서 동시에 청자이고 또 작중인물인 것이다.

3) '1인칭 화자 → 불특정 청자': 1인칭 화자는 존재하나 구체적인 청자가 드러나 있지 않는 경우다. 대부분의 1인칭 소설이 여기에 속한다. 화자는 누구라고 지적할 수 없는 청자를 향해 이야기를 하고 있다. 표면적으로 보아서는 청자가 없다. 그러나 이런 경우 청자가 없다고 말할 수는 없다. 우리는 주요섭의 「사랑 손님과 어머니」에서 화자의 이야기를 듣고 있는 청자가 소설 내에 존재하고 있다는 느낌을 떨쳐 버릴 수가 없다. 이 경우 특정의 청자는 없지만 불특정의 청자는 존재하는 것이다(제3장 화자 2 참조).

4) '3인칭 화자 → 불특정 청자': 이런 작품에서는 화자가 사건이 일어난 후에 사건을 되돌아보면서 불특정의 청자를 향하여 이야기하는 형식을 취한다. 대부분의 3인칭 소설이 여기에 해당된다. 구체적인 모습이 없는 이 청자는 앞의 '1인칭 화자 → 불특정 청자'의 경우처럼 소설의 가상 세계에만 존재한다. 이미 앞에서 논의된 것처럼(제3장 화자 2 참조) 그것은 결코 현실의 독자는 아니다.

모든 소설의 작품 내적 커뮤니케이션은 화자와 청자와의 관계에 따라 위와 같이 네 가지 유형으로 분류될 수 있다. 그러나 이것은 작품 내에 있어서의 커뮤니케이션이고, 작품 바깥에서는 다시 작가와 독자 사이에 커뮤니케이션이 일어난다. 작품 내의 커뮤니케이션을 통해 독자는 작가가 던지는 명시적 의미를 받아들이게 되지만, 작품 바깥에서 일어나는 또 다른 커뮤니케이션에서는 암시적 의미를 받아들이게 된다고 할 수 있다.

이러한 것이 소설 커뮤니케이션의 두 양상이다.

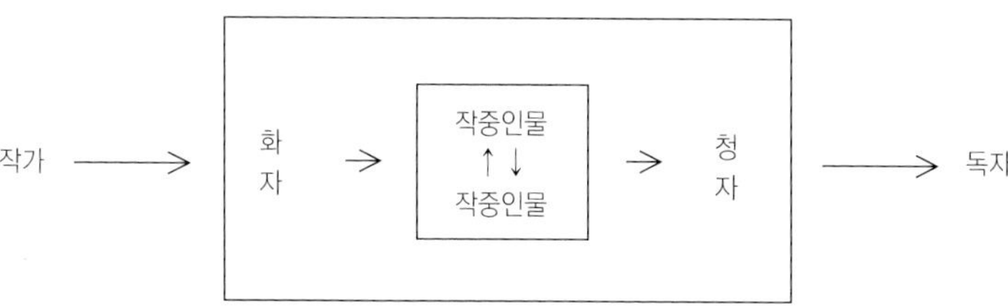

5. 문학작품에서 독자의 역할

프리드리히 실러Friedrich Schiller는 그의 『미학적 편지Ästhetische Briefe』의 열네 번째에서 다음과 같은 말을 하고 있다.

작가는 첫째로 우리들(독자)의 상상력이 자유롭게 활동하고 스스로 행동하도록 해야만 한다. 그리고 둘째로 그럼에도 불구하고 작가 자신의 영향력을 확신하고 어떤 특정의 감정을 만들어 내어야 한다. 이 두 요구는 우선은 전적으로 모순되는 것처럼 보인다. 왜냐하면 첫째 요구에 의하면 우리들의 상상력은 주체적이고 자기 자신의 법칙 이외에 아무것에도 복종할 필요가 없는 것인데, 둘째 요구에 의하면 상상력은 작가의 법칙에 따라야 하기 때문이다. 작가는 이러한 모순을 어떻게 해결할 것인가? 독자의 상상력이 완전히 자유스럽게, 독자 자신의 법칙에 따라 택하는 길 이외의 다른 길을 규정하지 않음으로써 그것은 가능하다.

요컨대 실러는 독자의 상상력의 중요성을 인식했음은 물론, 작품의 해석에 독자의 역할이 크다는 사실을 인식했던 최초의 사람이었다. 이것은 후에 나타난 수용미학(受容美學)*Rezeptionsästhetik*의 선구가 되는 견해였다. 이러한 실러의 견해가 세인의 주목을 받기까지에는 2세기의 세월이 흘러야 했다.

로만 인가르덴은 1931년에 나온 그의 저서에서 실제 생활에서와 마찬가지로 독서 때의 상상에 있어서도 공간과 시간은 단절을 허용하지 않기 때문에 그 단절된 곳을 독자가 보충하게 된다고 주장한다.8) 다시 말하면 문학작품 속의 시간과 공간은 극히 제한되어 있기 때문에 많은 미정부분(未定部分)*Unbestimmtheitsstelle*이 있어 이를 독자가 메워 나가야 한다는 것이다.9) 그런 의미에서 그는 독자를 '공동 창작자*Mitschöpfer*'10)라고 부른다. 그러나 그의 주장은 당시에는 주목을 받지 못했다.

1948년에 발간된 『문학이란 무엇인가?』에서 철학자 사르트르는 "독서는 유도된 창조 행위다."라고 말하면서 독자의 역할을 높이 평가한다. 그는 광선에 의해 사진이 찍히듯이 그렇게 독자가 책에 의해서 기계적으로 감동되는 것은 아니라고 주장한다. 말하자면 그는 독자의 자유를 인정하는 것이다.11) 그러나 독자의 역할을 인정

---

8) Roman Ingarden, *Das literarische Kunstwerk*, Tübingen(1931) 1972, p.252.

9) 위의 책, p.261 이하.

10) Roman, Ingarden, *Vom Erkennen des literarischen Kunstwerks*, Tübingen 1968, p.40.

11) Jean Paul Sartre, *Qu'est-ce que la littérature?*(독어판), Hamburg 1958, p.28 이하.

한 그의 통찰이 당시에는 역시 별다른 평가를 받지 못했다.

1967년 드디어 한스 로베르트 야우스가 『도전으로서의 문학사』
에서 독자의 역할을 강조함으로 '수용미학'이란 새로운 문예이론이
세상에 나타나게 되었다. 이때 비로소 실러가 재인식되고 인가르덴
이 재발견된 것이다. 야우스는 위의 논문에서 문학사(文學史)를 만
드는 것은 독자라고 주장한다. "작가·작품·독자의 3각형에 있어
서 독자는 단순한 피동적 요소도 아니고, 단순한 반응의 연쇄도 아
니며, 그 자신이 역사를 형성하는 에너지다. 문학작품의 역사적 생
명은 수용자(독자)의 참여 없이는 존재할 수 없다."[12]고 말한다.

볼프강 이저에 의하면 작품에는 반드시 '빈 곳Leerstelle'이 있고
이 빈 곳은 독자에 의하여 계속 채워진다고 한다.[13] 말하자면 그는
미완성으로 놓여 있는, 불완전한 작품을 독자가 완성시킨다고 생각
하는 것이다. "문학작품의 빈 곳은 흔히 생각하듯이 결함이 아니다.
그것은 문학작품의 효과를 발생시키는 기본적 출발점이다."[14]라고
그는 말한다. 이 말은 이 '빈 곳'이야말로 문학작품의 필수적 구성
요소라는 뜻이다.

이저에 의하면 18세기 이후 이 '빈 곳'은 계속 작품 속에 증가해
와서 현대 문학에서는 과거와 비교할 수 없을 정도로 현저히 많아
졌다고 한다. 그는 "그것(빈 곳)이 의심의 여지 없이 문학작품과 독
자의 관계를 변화시키고 있다. 문학작품이 확정성Determiniertheit을
많이 잃으면 잃을수록 작품 의도를 (작가와) 공동으로 구현하는 데

---

12) Hans Robert Jauß, *Literaturgeschichte als Provokation*, Frankfurt a. M. 1974,
　　p.169.

13) Wolfgang Iser, "Die Appelstruktur der Texte", Rainer Warning 편, *Rezeption-
　　sästhetik*, München 1975, p.235.

14) 위의 책, p.261 이하.

독자의 역할은 커진다.”15)고 말한다. 말하자면 문학작품에는 빈 곳이 많이 있고, 이것을 독자가 채워 가면서 작가와 함께 작품을 만든다는 것이다.

발트만도 독자 역할의 중요성을 강조한다. “미학적 텍스트는 텍스트의 모습을 갖춤으로써가 아니고, 독자에 의해 수용됨으로써 비로소 완전한 생동감을 얻게 된다.”16)고 그는 말한다. 여기서 ‘미학적 텍스트’란 문학작품을 의미한다. 그는 작가의 창작을 ‘제1의 창작’이라 부르고, 독자에 의한 것을 ‘제2의 창작’이라고 부른다. 그리고 독자를 ‘공동 제작자*Koproduzent*’ 또는 ‘제2의 작가*zweiter Autor*’라 부르기도 한다.17)

이와 같이 수용미학은 독자의 역할을 아주 높이 평가하는 이론이라 하겠다. 랄프 슈나이더는 이 무렵의 사회적 분위기와 학계 동향을 다음과 같이 전하고 있다. “위계질서와 권위에 대한 서방세계의 큰 태도변화로 인하여 새로운 욕구, 즉 작가의 의도나 작품의 비역사적 미학적 가치 같은 것을 연구하는 대신 독자의 활동을 연구하려는 욕구가 1970년대에 일어났다.”18)

대부분의 소설들은 빈 곳을 가진 채, 불완전한 상태로 나와 있다. 이 빈 곳을 채워 넣고 불완전한 곳을 보완하는 존재가 바로 독자인 것이다. 슈탄첼은 이런 이유에서 모든 이야기는 작가가 창조하는 이야기와 독자가 보완하는 이야기의 두 가지로 구성되어 있다고 주장한다. 다시 말하면 작가가 사용하는 문장이나 지면은 제한되어 있기

---

15) 위의 책, p.230.

16) G. Waldmann, 앞의 책, p.95.

17) 위의 책, p.97.

18) Ralph Schneider, “Reader-Response Theory”, D. Herman/M. Jahn/M. Ryan 편, 앞의 책, p.484.

때문에 소설은 반드시 독자의 보완적(補完的) 작업을 필요로 한다는 것이다. 그래서 모든 소설은 '서술된 이야기*erzählte Geschichte*'와 '보완적 이야기*Komplementärgeschichte*'로 이루어져 있다고 주장한다.[19]

그러나 '보완적 이야기'의 내용은 일정한 한계를 갖는다. 슈탄첼은 이 점에 유의하지 않는데, 독자의 상상력이 무한히 자유롭게 허용될 수 있는 것은 아니다. 어느 정도의 자유는 인정되지만 '서술된 이야기'의 맥락에서 크게 이탈할 수는 없는 것이다. 이저도 이 '빈곳'은 다양하게 채워질 수 있지만 그러나 마음대로 채워질 수 있는 것은 아니라고 말한다.[20] 그런 의미에서 독자의 참여는 일정한 한계 내의 참여이고, 독자의 창조는 일정한 한계 내의 창조라고 하겠다.

이제 슈탄첼이 주장한 독자의 보완 문제를 구체적인 작품 예에서 찾아보기로 하자. 김동인의 「감자」의 한 부분이다.

> 어떤 날 밤, 그는 고구마를 한 바구니 잘 도둑질하여 가지고, 이젠 돌아오려고 일어설 때에, 그의 뒤에 시꺼먼 그림자가 서서 그를 꽉 붙들었다. 보니, 그것은 그 밭의 주인인 중국인 왕 서방이었다. 복녀는 말도 못하고 멀찐멀찐 발아래만 내려다보고 있었다.
> "우리 집에 가."
> 왕 서방은 이렇게 말했다.
> "가재믄 가디. 훤, 것두 못 갈까."
> 복녀는 엉덩이를 한 번 홱 두른 뒤에, 머리를 젓기고 바구니를 저으면서 왕 서방을 따라갔다.
>
> 한 시간쯤 뒤에 그는 왕 서방의 집에서 나왔다. 그가 밭고랑에서 길로 들어서려 할 때에, 문득 뒤에서 누가 그를 찾았다.

---

19) F. K. Stanzel, "Die Komplementärgeschichte", Wolfgang Haubrichs 편, *Erzählforschung 2*, Göttingen 1977, p.240 이하.

20) W. Iser, 앞의 책, p.240.

"복녜 아니야?"

복녜는 홱 돌아서 보았다. 거기는 자기 곁집 여편네가 바구니를 끼고, 어두운 밭고랑을 더듬더듬 나오고 있었다.

"형님 댔쉐까? 형님도 들어갔댔쉐까?"

"님자도 들어갔댔나?"

"형님은 뉘집에?"

"나? 눅(陸) 서방네 집에. 님자는?"

"난 왕 서방네…… 형님 얼마 받았소?"

"눅 서방네 그 깍쟁이 놈, 배추 세 폐기……"

"난 삼 원 받았디."

여기서 복녜가 왕 서방을 따라가서 무엇을 했느냐 하는 것은 독자의 상상에 맡겨져 있을 뿐 구체적 묘사는 없다. 전후관계로 독자가 이를 상상하는 것은 어렵지 않다. 그녀가 도둑질한 죄로 왕 서방을 따라가 몸을 주었고, 기분이 좋아진 왕 서방이 제법 큰돈까지 주었음을 독자는 짐작할 수 있다. 이런 곳에 독자의 보완이 필요한 것이다. 그러나 이런 보완은 쉬운 편이고 다음 경우는 그렇게 간단하지 않다고 할 수 있다.

카프카의 작품 『성*Das Schloß*』을 보자. K.라는 인물이 성 밑 마을에 도착하는 것으로 이야기는 시작된다. 그는 측량사로서 성으로부터 초빙을 받았다고 주장한다. 그런데 도착하기 전의 이야기는 이 소설에 나타나 있지 않다. 그렇기 때문에 주인공 K.가 정말로 초빙을 받았는지, 또는 받지 않았는데도 받았다고 사칭하는지 분명하지 않다. 발터 조켈Walter Sokel은 두 가지 해석이 다 가능하다고 말한다. 일반적으로는 초빙받은 것으로 해석하는 경우를 많이 볼 수 있다. 그러나 토마스 만Thomas Mann이나 아도르노T. Adorno는 초빙받은 일이 없음에도 초빙받았다고 사칭하는 것으로 해석한다.

이야기가 시작되기 이전에 있었던 일에 대해 이 작품에는 아무런 설명이 없다. 그렇기 때문에 이것을 어느 쪽으로 해석하느냐 하는 것은 독자의 몫이다. 독자는 어느 한쪽으로 생각을 정하고 이 작품을 읽어 나가고 또 해석해야 한다. 이러한 곳에 독자의 보완이 요구되는 것이다.

줄거리를 보완하는 것도 독자의 역할이지만 시간의 흐름을 보완하여 소설을 하나의 연속으로 받아들이는 것도 독자의 역할이다. 마르셀 프루스트나 제임스 조이스와 같은 작가들의 작품에는 시간이 연속으로 나타나 있지 않다. 잘린 절편들의 집합이고 점으로 된 순간들의 결합이다. 그러나 이것을 의식 속에 연속된 하나의 시간으로 재조립하는 것은 독자다.

인가르텐이나 발트만은 독자를 작가와 마찬가지로 작품을 창조하는 주체로 인정한다. 그리하여 '공동 창작자', '제2의 작가'란 표현으로 독자의 역할을 크게 평가한다. 그러나 작가와 독자, 두 사람을 놓고 비교하면 독자의 역할은 작가와 비교가 안 될 정도로 작다. 바꾸어 이야기하면 독자의 창작량은 작가의 창작량에 비해 엄청나게 적은 것이다. 그러므로 우리는 문학에서 독자의 역할을 발견한 수용미학의 공로를 인정하면서도 그 지나친 과대평가에는 비판을 가하지 않을 수 없다.

6. 소설의 의미와 독자

문학작품에 있어서 작품의 표면에 나타나 있는 의미를 명시적 의미, 작품의 내면에 숨어 있는 의미를 암시적 의미라 한다는 것은 앞에서 언급한 바 있다. 문학은 반드시는 아니지만 대체로 암시적 의미를 중요시한다. 그러므로 작품의 암시적 의미야말로, 문학의 본질이라 해도 지나친 말은 아닐 것이다. 문학은 이 암시적 의미가 있음으로 해서 풍성하고 흥미롭게 된다. 이것을 주제*theme, Thema*라 부르기도 하지만, 흔히 '의미*meaning, Bedeutung*'라 부르기도 한다. 암시적 의미는 문학작품의 바깥에서 일어나는, 작가와 독자 사이의 커뮤니케이션의 내용이다.

이 암시적 의미는 구체적인 명제일 경우도 있지만, 아무런 내용이 없는 미적 쾌감일 경우도 있다. 소설의 작가는 암시적 의미를 대체로 중요시하지만 명시적 의미를 더 중요시하거나 두 가지를 다 중요시하는 작가도 있다. 최인훈의 『회색인』은 작중인물들의 에세이류의 발언을 통해 역사와 사회에 대한 작가의 견해를 명시적으로 피력하고 있다. 그런 의미에서 이 작품은 명시적 의미를 중요시하는 작품이다. 그러나 김홍신의 『난장판』에는 논산읍을 주름잡고 있는 깡패 집단과 그들을 타도하려는 건달집단의 싸움만 묘사되고 있을 뿐 어디에도 역사와 사회에 대한 견해 표명이 없다. 그러면서도 작가는 독재자의 폭정은 용기 있는 지도자와 민중의 궐기에 의해서만 타도될 수 있다는 명제를 암시적으로 독자에게 전달하고 있다. 그런 의미에서 이 작품은 암시적 의미를 중요시하는 작품이라 하겠다.

이 암시적 의미는 작품에 이미 만들어져 있는 것인가, 아니면 독서 과정을 통해 독자에 의해 비로소 만들어지는 것인가에 대해 많은 논란이 있어 왔다. 과거에는 작품 속에 의미가 이미 만들어져 있다고 생각했으나 근래에 와서는 독자가 의미를 만든다고 주장하는 사람들이 많아졌다. 로버트 크로스먼은 문학작품의 '의미*meaning*'

를 ‘작가의 의도*authorial intention*’로 규정하면 독자의 역할이 배제
된다고 말하면서 “‘작가가 의미를 만든다.’는 말은 물론 틀린 말은
아니지만, 그것은 독자가 의미를 만든다는 더욱 보편적인 진리의
어떤 특수한 케이스에 불과하다.”고 말한다.21) 말하자면 그는 독자
가 의미를 만드는 것이 일반적이고, 작가가 의미를 만드는 경우는
예외적이라고 주장하고 있는 것이다.

볼프강 이저의 말을 들어 보자. “문학작품의 의미*Bedeutung*가
(……) 작품 자체에 감추어져 있는 것이 사실이라고 한다면, 무엇
때문에 문학작품은 해석자와 숨바꼭질 놀이를 해야 하는가 하는 의
문이 생긴다. 더 나아가 왜 한 번 발견된 의미가 그 작품의 글자·
단어·문장이 바뀌지 않는데도 자꾸 바뀌는가 하는 의문이 생긴다.
(……) 문학작품의 의미는 독서 과정에서야 비로소 만들어진다. 그
것은 작품과 독자의 상호 작용에 의하여 만들어지는 산물이다.
(……) 독자가 문학작품의 의미를 만든다면, 이 의미가 개인적인 모
습을 띠는 것은 불가피하다.”22) 여기서 ‘의미’란 작품의 암시적 의
미다. 이런 근거에서 이저는 문학의 커뮤니케이션을 작가와 독자 사
이의 커뮤니케이션이 아니라, 작품*Text*과 독자*Leser* 사이의 커뮤니
케이션으로 파악하며, 독자가 작품의 의미를 만든다고 주장한다.23)

그동안 문학은 작가와 독자 사이의 커뮤니케이션이 아니라 작품
과 독자 사이의 커뮤니케이션이라는 주장이 강하게 대두되었다. 문
학의 커뮤니케이션을 작품과 독자 사이의 커뮤니케이션으로 파악
하는 것은 이저만이 아니다. 디트리히 크루셰 같은 사람도 수용미

---

21) Robert Crosman, 앞의 책, p.151.
22) W. Iser, 앞의 책, p.229.
23) 위의 책, p.238.

학의 영향을 받아 그렇게 주장한다. 그의 말을 들어 보자. "문학작품은 관조의 대상으로 정의되는 것이 아니라 대화 과정의 한쪽 극(極)으로 정의된다. 다른 쪽 극은 독자로서 문학작품 자체와 마찬가지로 작품의 '의미' 실현에 참가하고 있다."24) 그는 한쪽 끝에 작품이 있고, 다른 쪽 끝에 독자가 있어 이 둘 사이에 커뮤니케이션이 일어나며 그 결과로 의미가 만들어진다고 주장한다.25) 여기서 작가는 제외되고 없다. 말하자면 문학은 작품과 독자 사이의 커뮤니케이션이라는 것이다.

문학작품의 의미가 작가에 의하여 못이 박힌 고정 불변의 것이 아니라는 주장은 이미 수용미학이 대두되기 이전부터 있어 왔다. 성경의 의미는 새로운 세대가 등장할 때마다 새로운 계시가 된다는 불트만Bultmann 학파의 주장이 이미 문자로 된 텍스트의 의미는 독자의 몫이라는 뜻을 강하게 드러내고 있는 것이다.26) "텍스트의 의미는 작가에 있어서까지도 바뀐다." "중요한 것은 작가가 무엇을 말하려고 하느냐가 아니라 텍스트가 무엇을 말하려고 하느냐다." "작가에 의하여 의도된 의미는 알아낼 길이 없다." "작가 자신이 어떤 의미를 나타내려 하는지 자신도 모른다."와 같은 말들이 이전에 이미 존재하고 있었음을 히르쉬는 지적하고 있다.27)

노드롭 프라이Northrop Frye도 다음과 같이 말한다. "뵈메Böhme(1575～1624: 독일의 신비사상가)에 대하여, 그의 책은 일종의 피크닉Picknick으로서 저자는 말(言)을 가져오고 독자는 의미를 가져온다고 말해진 바 있다. 이 말은 물론 뵈메를 경멸하는 뜻으로 쓰인

---

24) Dietrich Krusche, *Kommunikation im Erzähltext 1.* München 1978, p.13.

25) 위의 책, p.15.

26) H. D. Hirsch, *Prinzipien der Interpretation*(독역), München 1972, p.8.

27) 위의 책, p.15 이하.

것이다. 하지만 예외 없이 모든 언어 예술 작품을 정확하게 서술한 말이기도 하다.”[28] 여기서 프라이의 주장은 작가가 작품에 의미를 넣는 것이 아니라 독자가 의미를 만든다는 것이다.

그러나 독자가 의미를 만든다는 주장은 모든 문학작품에 다 해당될 수 있는 말일까? 그렇지는 않다. 또한 모든 이론가들이 독자의 역할을 높이 평가하는 것도 아니다. “오늘날의 독자 편향의 연구에서 작품*text*의 의미는 작품과 독자*reader* 사이의 상호작용*interaction*에 의해 얻어진다고 가정되고 있다. 하지만 독서 때 일어나는 실제의 정신활동 과정은 관찰할 수도 없고, 정신 내면에 완전히 접근할 수도 없다. 그리하여 개인 독자의 특수한 독서체험과, 그 체험에 입각하여 만들어진 이론적 추상화 및 일반화, 그 둘 사이에는 항상 거리가 있게 된다.”[29]고 슈나이더는 말하고 있다. 말하자면 수용미학에 의하여 크게 평가된 독자의 역할에 회의를 표명하는 말이라 하겠다.

그러나 우리는 문학작품의 의미를 찾는 데 독자가 어떤 역할을 한다는 사실을 완전히 부정할 수는 없다. 20세기 현대에 가까워지면서 많은 작품들이 애매성을 가지게 되었다. 그러므로 작품의 의미를 찾는 데 독자의 역할이 반드시 필요한 것이다. 그렇다 하여 모든 작품이 애매성을 갖고 독자의 참여를 기다리는 것은 아니라 하겠다.

이저는 다른 글에서 리처드슨*Samuel Richardson*의 『파멜라*Pamela*』가 의미가 명백히 형성되어 있는 작품인 데 반해 필딩*HenryFielding*의 『조셉 앤드류스*Joseph Andrews*』는 독자에 의하여 그 의미가 형성되기를 기다리는 작품이라고 말한 바 있다.[30] 이와 같이 소설에

---

28) 위의 책, p.15(재인용).

29) R. Schneider, “Reader Constructs”,Herman/Jahn/Ryan 편, 앞의 책, p.482.

는 의미가 처음부터 형성되어 있는 작품도 있고, 독자에 의하여 비로소 형성되는 작품도 있는 것이다.

작가들 중에는 의도적으로 작품의 의미를 애매하게 만드는 사람들이 있다. 그들은 심하면 작품을 던져 놓고 독자에게 그 의미를 일임해 버리기까지 한다. 제임스 조이스나 카프카 같은 작가들이 그러한 예가 될 것이다. 조이스는 자신의 소설에 대해 다음과 같이 말한 일이 있다. "내가 너무 많은 수수께끼*enigma*와 퍼즐*puzzle*을 작품 속에 집어넣었기 때문에 내가 무엇을 의미했느냐에 대해 수세기 동안 논쟁하는 데 대학교수들은 바쁠 것이다. 그리고 이것이 불멸*immortality*을 보장하는 유일한 방법이다."31)라고 야유 섞인 말을 했던 것이다.

카프카의 작품들도 마찬가지로 난해하다. 난해하다기보다는 애매하다고 하는 편이 적절할 것이다. 카프카가 작품을 쓸 때 자신도 무엇을 쓰는지 몰랐을 것이라고 주장하는 사람들이 있다. 나아가 카프카 작품에 대해 "자기의 해석만이 유일하게 맞는 것이라고 주장하는 모든 해석은 오류다."32)라고 모든 해석이 가능하다는 견해를 표명하는 사람도 있다. 또 카프카의 작품은 '추상적 무의미 *abstrakter Unsinn*' 이외의 아무것도 나타내는 것이 없다고 해석 불가능을 피력하는 사람도 있다.33)

이와 같이 조이스나 카프카는 작품의 의미를 애매하게 한 대표적 작가들이다. 이러한 문학작품의 애매성을 가히 문학의 본질로

---

30) Wolfgang Iser, *The Implied Reader*, Baltimore 1974, p.46.

31) 위의 책, p.197(재인용).

32) Franz Baumer, *Franz Kafka*, Berlin 1968, p.13.

33) Weber/Schlingmann/Kleinschmidt, *Interpretation zu Franz Kafka*, München 1972, p.6.

보는 사람도 있다. 로트만이 "예술 작품에 대해 해석의 차이가 나는 것은 (……) 부차적이고, 쉽게 제거 가능한 원인에서 유래되는 것이 아니라 예술의 유기체적 특수성 때문이다."[34]라고 말한 것은 이런 맥락에서 이해되어야 할 것이다. 그는 예술 작품에서 예술적 가치가 증가하면 할수록 그에 비례하여 해석 가능성의 폭도 커진다고 주장한다.

그러나 애매성을 문학의 본질로 보는 견해도 반드시 타당하다고 볼 수는 없다. 작가의 의도를 선명하게 드러내면서도 우수한 작품들이 얼마든지 있기 때문이다. 예를 들어 하인리히 뷜Heinrich Böll의 『아담, 너는 어디에 있었느냐? *Wo warst du, Adam?*』는 누가 보아도 "전쟁은 무의미한 것이다."라는 의미를 담고 있다. 그렇다 하여 이 작품의 예술적 가치를 낮게 평가할 수는 없다.

홀거 코르트할스에 의하면 근래의 소설이론이 소설의 커뮤니케이션을 두고 대체로 작품과 독자 사이의 커뮤니케이션으로 보는 경향이 강하다고 한다.[35] 그런 경향이 강한 것은 사실이지만 작가를 제외하고 작품과 독자 사이의 커뮤니케이션으로 보는 주장이 반드시 타당하다고 할 수는 없을 것이다.

문학의 커뮤니케이션이 작가와 독자 사이의 커뮤니케이션이냐, 아니면 작품과 독자 사이의 커뮤니케이션이냐 하는 문제에서, 그것을 작품과 독자 사이의 것으로 보게 되면 작가는 필연적으로 소멸된다. 문학의 커뮤니케이션은 작가와 독자 사이의 커뮤니케이션이다. 의미가 확실한 작품에 있어서는 말할 것도 없고, 의미가 애매한

---

34) Jurij M. Lotman, *Die Struktur des Künstlerischen Textes*, Frankfurt a. M. 1973, p.45.

35) Holger Korthals, *Zwischen Drama und Erzählung*, Berlin 2003, p.429.

작품에 있어서도 그것은 작가와 독자 사이의 커뮤니케이션이다. 작품의 의미를 애매하게 만들어 다양한 해석이 나오도록 한 주체가 작가이기 때문이다.

작가가 작품을 창작할 때 단 하나의 의미만을 부여하는 경우도 있지만 몇 개의 가능성을 예견하고 테두리만 정해 놓는 경우도 있다. 그러므로 작가가 아무리 애매한 작품을 던져 놓았다 하더라도 그것은 어떤 테두리 내에서의 애매성이다. 아무리 독자가 의미를 만든다 하더라도 맥락에서 벗어난 전혀 엉뚱한 의미를 만들 수는 없는 것이다. 물론 작가가 예상하지 못했던 의미를 독자가 만들어 낼 수는 있다. 그러나 작품의 테두리를 완전히 벗어나는 의미를 만들 수 없다는 것은 확실하다.

그러므로 문학작품의 커뮤니케이션은 작가와 독자 사이의 커뮤니케이션이다.

7. 소설 커뮤니케이션의 모형

소설의 커뮤니케이션은 발신자와 수신자가 있다는 점에서 일반적인 커뮤니케이션과 본질적으로 다를 것이 없으나 자세히 관찰하면 여러 가지 차이점을 보이고 있다. 우선 암시적 의미를 대체로 중요시한다는 점과 독자의 능동적 참여가 요구된다는 점을 소설 커뮤니케이션의 특징으로 들 수 있다. 거기에다 소설 커뮤니케이션에서는 발신자(작가)의 발신과 수신자(독자)의 수신 사이에 시간 간격이 존재한다는 점이 또 다른 특징으로 지적될 수 있을 것이다.

이제 이 소설 커뮤니케이션의 모형을 만들어 보면 다음과 같다.

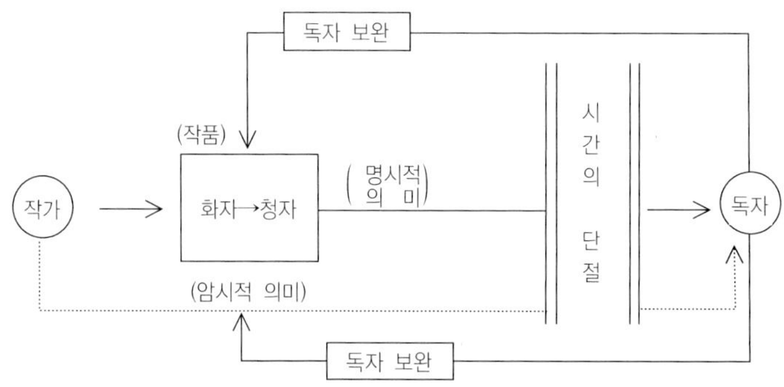

　이 모형에서 커뮤니케이션이 이루어지는 과정을 살펴보자. 발신자인 작가는 소설 작품이란 코드를 통해 수신자에게 보내는 커뮤니케이션을 시작한다. 그런데 이 코드에 해당되는 소설 작품 내에는 화자와 청자 사이에 커뮤니케이션이 일어나고 있다. 작품의 독서 과정을 통해 우선 소설 내용인 명시적 의미가 독자에게 전달된다. 그러나 이 명시적 의미도 작가가 군데군데 빈 곳을 남겨 두었기 때문에 독자의 보완을 필요로 한다. 그리하여 독자는 빈 곳을 채워 넣어 보완을 한 후에 작가가 보내는 명시적 의미를 파악하게 된다.

　그런 연후에야 독자는 작가가 보내는 암시적 의미를 받아들일 준비를 한다. 이 암시적 의미도 독자가 보완하여 받아들이지 않으면 안 된다. 이처럼 독자의 보완이 있어야 암시적 의미가 성립된다는 점에 소설 커뮤니케이션의 가장 주목해야 할 특징이 있다. 이러한 특징을 들어 수용미학자들은 "독자가 의미를 만든다."고 주장하는 것이다.

　작가와 독자 사이의 커뮤니케이션에 있어서는 발신과 수신 사이에는 언제나 시간 간격이 존재하게 된다. 시 낭독이나 소설 낭독에서처럼 시간 간격이 영(零)인 경우도 있으나, 인쇄된 문자로 발표되는 경우에는 짧게는 며칠에서부터 길게는 수백 년, 수천 년의 간격이 존재하게 된다. "작가와 세대교체 되는 독자 사이에는 새롭게 변화된 커뮤니케이션이 되풀이되어 생겨난다."[36]는 코르트할스의 말처럼 시대에 따라 이 커뮤니케이션의 내용이 달라지는 것이다.

그리고 발신과 수신 사이의 시간 간격이 크면 클수록 독자가 보완하여야 할 분량은 많아지고 원래 작가가 의도했던 명시적 및 암시적 의미의 변질 정도도 커진다. 그러므로 몇 세기 또는 그 이상의 긴 시간이 흐른 후의 커뮤니케이션은 사실상 정상적 커뮤니케이션이 되기 어렵다고 보아야 할 것이다. 레오 뢰벤탈의 다음과 같은 말은 그런 점을 뚜렷이 밝혀 준다. "보바리, 안나 카레니나, 『파우스트』의 그레트헨과 같은 여인들은 단순한 유추작업(類推作業)을 통해서는 밝혀지지 않는다. 그들의 갈등이 발생했던 그때의 분위기가 이미 과거의 것이라 그들의 문제를 오늘날 우리가 더 이상 추체험(追體驗)*nacherleben*할 수 없기 때문이다."[37]

이제 구체적인 작품을 가지고 위의 모형을 설명해 보자. 이청준의 「가면의 꿈」을 예로 들겠다. 이 단편은 아내인 지연의 눈과 의식을 통해 남편 명식의 행동을 그리고 있는 작품이다. 남편 명식은 판사다. 그는 피로하고 지친 얼굴로 퇴근한 후, 가발 쓰고 변장하고 외출하기를 좋아한다. 이러한 밤외출에서 돌아올 때 그는 퇴근 때의 피곤기와 짜증스런 신경질이 말끔히 가시고 없다. 그러나 한동안이 지난 후 이제는 밤외출에서 돌아올 때도 피곤기와 낭패감이 얼굴에 그대로 있다. 그러던 어느 날 그는 이층 창문에서 떨어져 죽는다. 자살한 것이다.

---

36) 위의 책, p.428.

37) Leo Löwenthal, *Literatur und Gesellschaft*, Neuwied 1964, p.248.

이 작품에서 우선 작품 내적인 커뮤니케이션을 살펴보면 그것은 화자와 청자 사이에 일어난다. 이 화자는 작가와 별개의 존재로 이야기를 들려주는 주체다. 그리고 그의 이야기를 듣고 있는 청자의 존재를 생각할 수 있는데, 이 청자는 물론 소설 바깥의 독자는 아니다. 1차적인 커뮤니케이션은 작품 내의 이 두 존재 사이에서 일어난다. 그리고 이 커뮤니케이션에서 밝혀지는 내용이 이 작품의 명시적 의미다.

이제 작품 바깥의 현실적 독자는 독서 행위를 통해 우선 이 명시적 의미를 받아들이게 된다. 그러나 빈 곳이 많기 때문에 이 명시적 의미에는 보완 작업이 필요하다. 구체적으로 살펴보면 이 작품의 주인공 명식은 독자에게 바로 의식되지 않고 항상 아내인 지연의 지각을 통해서 의식된다. 그러므로 독자는 상상을 통해 명식의 행동을 재구성해야 한다. 낮에 어떤 생활을 하며, 밤외출에서는 어떤 행동을 하는가, 왜 변장을 즐기며 왜 그러한 밤외출이 종국에는 그에게 더 이상의 생기를 주지 못하게 되는가, 그리고 어떤 심정으로 자살하게 되는가 등등을 독자 나름으로 상상해야 한다. 이것이 빈 곳을 채워 넣는 보완 작업이다. 이것이 명시적 의미의 독자 보완이다.

그런 후 독자는 작가가 이 작품을 통해 독자에게 무엇을 말하려 하는지 그 암시적 의미를 찾아내지 않으면 안 된다. 다른 작품에 비해 이 작품의 암시적 의미는 그렇게 선명한 것은 아니다. 우리는 이 작품의 암시적 의미에 대한 이상섭의 해설을 들어 보기로 하자.

「가면의 꿈」은 개인과 사회의 괴리를 기막히게 보여준 현대 한국 단편 문학의 우수한 예가 될 것이다. 사회생활(그것은 가정생활도 포함한다)에 충실하기 위해 꾸미는 우리의 얼굴(이발 스타일, 면도 방식, 표정까지 포함하여) ― 그것을 체면이라고도 한다 ― 은 우리로 하여금 일정한 영역에서, 일정한 방식으로만 행동하게 하는 제약이 된다. 자기의 개인적 자아의 요구대로 행동하기 위해서는 바로 그 얼굴을 가리고 다른 얼굴을 쓸 수밖에 없다. 참으로 역설적으로 피와 살로 타고난 얼굴은 실은 사회생활의 필요상 생긴 가면인 셈이고, 개인의 자아, 즉 진정한 자기대로 행동하기 위해서는 가짜 얼굴, 가면을 쓸 수밖에 없다. 진짜는 가짜이고 가짜는 진짜라는 역설인 것이다. 그러나 이 소설의 주인공은, 차차 가면에 의한 진짜 자기의 발산이 진짜 얼굴에 의한 가짜 자기의 역할의 피로를 가시게 할 수 없음을 깨닫고 자살한다. 여기서 허구를 통해서밖에는 진짜를 말할 수 없는 소설가의 피곤에 관한 우화를 읽어 낼 수도 있을 것이다.[38]

이상섭의 이러한 견해에 대해 다른 견해가 얼마든지 제기될 수 있을 것이다. 그러나 그의 견해가 일단 합리성을 갖는 것으로 수긍하면서 여기서 독자의 보완 작업이 무엇인가를 살펴보자.

자기의 실제 얼굴이 가짜이고 가면의 얼굴이 진짜라는 역설적인 해석은 독자(여기서는 평론가 이상섭)의 다소 차원 높은 정신 활동이 있어야만 가능하다. 작가가 던지는 명제를 그냥 단순하게 수동적으로 받아들이는 정도로는 얻어질 수 없다. 이때 가짜를 진짜로 진짜를 가짜로 인식하는 지적 작업이야말로 독자의 보완 작업이다. 이것은 작품의 내용을 보완하는 작업과는 성격이 다른 더욱 창조적인 작업이다. 이러한 보완 작업을 거쳐야만 비로소 완성된 암시적 의미를 찾아내게 되는 것이다. 즉 진짜 얼굴에 가면을 쓰고 살아가는 우리의 삶이 참으로 부끄러운 삶이다 하는 명제다.

그러면 여기서 찾아낸 암시적 의미가 작가가 만들어 넣어 놓은 것을 독자가 찾아낸 것이냐, 아니면 독자가 명시적 의미를 바탕으로 스스로 만들어 낸 것이냐 하는 문제가 제기된다. 이 경우에는 두 가지가 다 가능할 것으로 생각된다.

---

38) 김병익/김현 편, 『이청준』, 서울 1979, p.140.

제9장 현실

소설을 흔히 픽션*fiction*이라 부른다. 허구의 이야기란 뜻이다. 소설은 허구이면서도 현실(現實)*reality, Wirklichkeit*을 묘사하는 장르다. 말하자면 현실을 모방하여 만들어지는 것이 소설 세계라 하겠다. 그러므로 소설 속에는 어떤 형태로든지 '현실'이 들어 있기 마련이다. 그러나 소설이 반드시 작가가 살고 있는 현실의 충실한 반영(反映)이나 재현(再現)이라고 말할 수는 없다. 소설은 작가의 창조력의 산물로서 현실적 요소 못지않게 창조적 요소가 들어가 있기 때문이다.

그런 이유에서 우리는 우선 작품 속에 들어 있는 현실적 요소와 창조적 요소의 구성 문제를 살펴보아야 할 필요성을 느끼게 된다. 또 소설 세계는 아무리 작가가 창조한 허구의 세계라 하더라도 현실과 비슷해야 된다는 장르적 특징을 무시할 수 없다. 그런 이유에서 다음 단계로 우리는 소설에 있어서의 '그럴듯함'의 문제를 다루게 된다. 그런 후에 소설과 현실에 대해 태도를 달리하는 사실소설(事實小說)과 가상소설(假想小說)을 다루게 된다. 또 가상소설을 지향하는 문예사조로서 메타픽션*metafiction*과 서픽션*surfiction*을 고찰하게 된다.

또한 사회 구조와 소설 구조 사이의 관계를 고찰한 이론들을 살펴보게 된다. 이에는 시대 현실과 작품 구조 사이에 빈틈없는 상동관계(相同關係)*homologie*가 있다는 뤼시앙 골드만*Lucien Goldmann*의 소설사회학이 고찰의 대상이 된다.

1. 현실적 요소와 창조적 요소

소설에는 현실적 요소와 창조적 요소가 혼합되어 있다. 현실적 요소란 작가가 살면서 체험한 실제 세계의 이야기 혹은 역사적 사건을 의미하고, 창조적 요소란 작가가 상상으로 꾸며 낸 허구의 이야기를 의미한다. 소설은 항상 이 두 가지가 결합되어 이루어진다. 그런 점에서 요헨 포크트의 다음과 같은 말은 타당성을 갖는다. "소설 작품은 많은 비허구적(非虛構的)*nicht-fiktional* 요소, 특히 소설 바깥의 '실제적' 현실*'wirkliche' Wirklichkeit*에 대한 서술을 담고 있을 수 있다. 그에 의해 소설의 입지가 훼손되는 것은 아니다. 그러므로 대개의 소설적 이야기들은 소설이론적으로 보아 사실에 대한 진술*Wirklichkeitsaussage*과 허구*Fiktion*의 혼합 내지는 집합으로 간주될 수 있다."[1]

디트리히 베버도 "문학의 허구적 이야기는 항상 비허구적 요소를 가지고 있다."[2]고 말한다. 그가 말하는 비허구적 요소란 현실에 실제로 존재하는 것을 의미하는데 대표적인 예로서 특정 지역에 대한 묘사, 역사적 사건의 도입, 권위 있는 인물이 쓴 글의 인용 같은 것을 들고 있다. 그러므로 위의 포크트의 비허구적 요소보다 현실적 요소를 다소 좁혀서 말하고 있는 것으로 여겨진다. 어쨌든 소설은 비허구적 요소와 허구적 요소의 결합으로 이루어진다. 다시 말하면 현실적 요소와 창조적 요소가 결합되어 있는 것이다.

존 서얼은 말한다. "톨스토이의 『전쟁과 평화』의 피에르나 나타샤의 이야기는 허구적 인물에 대한 허구적 이야기다. 그러나 『전쟁

---

1) Jochen Vogt, *Aspekte erzählender Prosa*(개정 7판), Opladen 1990, p.20.
2) Dietrich Weber, *Erzählliteratur*, Göttigen 1998, p.107.

과 평화』에 나오는 러시아는 실제의 러시아이고 나폴레옹에 저항한 전쟁은 실존 인물 나폴레옹에 저항했던 실제의 전쟁이었다."[3] 그는 이 작품이 현실적 요소인 역사적 사건과 창조적 요소인 허구의 이야기로 구성되어 있다고 말하고 있는 것이다.

도스토예프스키의 『도박자』는 자신이 탐닉했던 도박 세계의 체험을 바탕으로 쓴 작품이고, 찰스 디킨스의 소설에 등장하는 소년들의 이야기는 작가 자신의 불행했던 소년 시절에서 가져온 것이다. 조셉 콘래드Joseph Conrad의 해양소설들은 선원으로 일했던 작가 자신의 체험이 그 바탕을 이루고 있다. 데포의 『로빈슨 크루소』는 알렉산더 셀커크Alexander Selkirk라는 사람의 체험을 고쳐 쓴 것이고, 코난 도일의 셜록 홈스 이야기는 예민한 통찰력을 가진 벨Bell이란 이름의 교수가 실제 모델이었던 것으로 전해진다.[4] 그러나 이들 작품들은 전적으로 실제의 이야기나 체험만으로 이루어진 전기나 자서전은 아니다. 현실적 요소에 허구적인 요소가 가미되어 작품을 이루고 있는 것이다.

서머셋 모옴의 『인간의 굴레*Of Human Bondage*』의 주인공은 모옴과 많은 점에서 닮았다. 어머니의 이른 죽음, 양부에 대한 반항, 불행했던 퍼블릭 스쿨에서의 학교생활, 파리 체류, 의학 전공 등등. 그러나 주인공이 전적으로 모옴 자신과 일치하는 것은 아니고 허구적인 요소도 가미되어 있다. 모옴 자신은 이 소설의 서문에서 "『인간의 굴레』는 자서전이 아니라 자전적 소설이다. 사실과 허구가 완전히 하나가 되어 있다."고 체험적인 것과 허구적인 것이 결합되어 있음을 밝히고 있다.

---

3) John Searle, *Experssion and Meaning*, Cambridge 1979, p.72.
4) Heinrich Meyer, *Die Kunst des Erzählens*, Bern 1972, p.102 이하.

　소설은 체험만으로는 되지 않는다. 하인리히 마이어는 "작가는 실제 삶에서 모티프를 가져온다. 그러나 하나의 완성된 이야기는 시작과 끝을 요구한다. 작가는 실제의 삶에서 그런 것을 거의 구할 수 없음을 알고 있다."고 말한다. 나아가 "개인적 체험은 재미있는 이야기가 되기 어렵다."고 말한다.[5] 그러므로 작품을 만들기 위해서 작가는 실제의 이야기를 가공하고 거기다 허구적 요소를 가미해야 되는 것이다.

　소설을 현실의 충실한 반영으로 보는 견해가 있다. 소설이야말로 사회 환경과 시대상의 정확하고 완전한 재현이라는 견해다. 스탕달의 『적과 흑』에는 다음과 같은 말이 나온다.

> 　소설은 대로(大路)를 따라 운반되는 거울이다. 어떤 때는 푸른 하늘을 비추고, 또 어떤 때는 발아래 웅덩이의 진창을 비춘다. 그런데 그 거울을 가지고 다니는 사람을 당신은 부도덕하다고 비난할 것이다. 거울이 진창을 보여주면 당신은 그 거울을 비난할 것이다. 그러기보다는 웅덩이가 있는 대로를 비난하고, 물이 고이고 웅덩이가 만들어지도록 방치한 도로 감독관을 비난하라.

　이 글은 소설이야말로 그 사회의 어두운 현실을 비추는 거울이라는 뜻이다. 그러나 소설을 두고 사회를 반영하는 거울이라 부를 수는 있어도, 그것이 현실의 완벽한 반영이나 재현을 위해 존재하는 도구라고 말할 수는 없을 것이다. 작가는 현실의 반영이나 재현에만 몰두할 수 없고, 체험과 시대적 현실에 자기가 창조한 현실을 결합시켜 소설 속에 자기주장을 담아야 하기 때문이다. 다시 말하면 작가는 어두운 현실을 개선하려는 의도를 가지고 현실을 소설

------

5) 위의 책 p.94.

속에 끌어들이기도 하지만 그와 전혀 다른 의도로 끌어들이는 경
우도 있기 때문이다. 어쨌든 소설에는 시대상을 그린 현실적 요소
와 작가의 상상력이 낳은 창조적 요소가 결합되어 들어 있다. 소설
에 이러한 두 가지 요소가 있음을 많은 사람들이 지적하고 있다.

『특징 없는 남자*Der Mann ohne Eigenschaften*』를 썼던 로베르트
무질Robert Musil은 "이 책 속의 '나'는 작가 자신도 아니고 작가
에 의하여 창조된 인물도 아니다. 두 가지가 교대로 뒤섞여 나온
다."[6]고 말한 바 있다. 이 말은 소설이 현실적 요소와 창조적 요소
의 결합이라는 것을 의미하는 것이다.

디트리히 베버는 소설을 '반허구(半虛構)*Halbfiktion*'라 부른다. 그
이유를 다음과 같이 설명한다. "소설은 희곡처럼 완전히 허구도 아
니고, 역사 편찬자의 보고서처럼 완전히 비허구(非虛構)도 아니다.
그 둘 다에 관계되는 중간적 존재다. 그리고 소설은 작가에게 두
가지 자유, 즉 장난으로 말할 수 있는 자유와 진지하게 말할 수 있
는 자유를 허여하는 기관*Organ*이다."[7] 베버의 이 말도 역시 소설은
현실적 요소와 창조적 요소의 두 가지로 이루어진다는 것을 말하
고 있는 것이다.

스콜즈/켈로그는 현실 세계와 소설 세계를 연결하는 방법에 두
가지가 있다고 주장한다. 하나는 재현*representation*이고 또 하나는
해설*illustration*이라는 것이다. 재현은 현실을 복제한다*duplicate*는 의
미이고 해설은 현실을 제시한다*suggest*는 의미라 한다.[8] 이 둘은 위
에서 언급한 현실적 요소와 창조적 요소에 상응하는 것으로서, 재

---

6) H. L. Arnold/T. Buck(편), *Position des Erzählens*, München 1976, p.27(재인용).

7) Dietrich Weber, *Geschichtenerzählspieler*, Wuppertal 1989, p.142.

8) R. Scholes/R. Kellog, *The Nature of Narrative*, London 1979, p.82 이하.

현은 현실적 요소의 도입을, 해설은 창조적 요소의 도입을 의미하는 것이다.

그러나 현실적 요소를 도입한다 해도, 현실이 그대로 소설 속에 바로 들어오는 것은 아니다. 있는 그대로의 현실만으로는 소설을 구성할 수 없고, 작가의 창조력이 반드시 동원되어야 한다는 주장을 모파상은 다음과 같은 말로 표현하고 있다.

> 이 지구상에 매일 사고로 죽는 사람의 수는 엄청날 것이다. 그러나 우리가 사고의 역할을 그대로 나타내 주어야 된다는 구실로 이야기의 중간에 주인공의 머리 위에 기왓장이 떨어지도록 하거나, 주인공을 마차 바퀴 밑에 깔려 죽게 할 수 있을까?

모파상은 결국 작가는 현실을 있는 그대로 재현하는 사람이 아니라 현실을 다듬고 가공하여 새로운 현실을 만들어 내는 사람이라는 주장을 하고 있다. 그래서 그는 결론으로 "재능 있는 리얼리스트는 환상가*illusionist*라 불려야 한다."고 말한다.[9]

많은 작가들은 그들의 소설이 현실의 모사(模寫)가 아니라고 말한다. 바다에 대한 체험을 바탕으로 소설을 썼던 조셉 콘래드도 "상상으로 만들어진 삶이 현실*reality*보다 더 선명하다."[10]고 말한 바 있다. 프랑수아 모리악François Mauriac도 "진정한 소설가는 관찰자가 아니고 허구적 삶의 창조자다. 삶을 관찰하는 것이 그의 기능이 아니고 삶을 창조하는 것이 그의 기능이다."[11]라고 말한 바 있다. 그러므로 소설가들 자신이 느끼는 소설 내의 현실이란 실제

---

9) Miriam Allott(편), *Novelists on the Novel*, London 1959, p.71(재인용).
10) 위의 책, p.76(재인용).
11) 위의 책, p.80(재인용).

의 현실이 아니라, 만들어진 현실이라는 강한 확신이 이들의 말 속에 나타나 있는 것이다.

문학 연구가들에게 있어서도 같은 견해를 표명하는 사람들이 많다. 게오르크 루카치는 "예술은 더 이상 모사*Abbild*가 아니다."[12]라고 말한 바 있고 또 이 세상을 두고 '묘사 불능*Undarstellbar*'[13]이란 표현을 쓰고 있다. 프리츠 마르티니Fritz Martini는 사실주의에 관해서 이야기하는 가운에 "예술 작품은 현실을 대체(代替)하거나 모사하지는 않는다. 그것은 자신의 법칙에 의하여 구성되는 미학적(정신적·문학적) 현실을 스스로 만들어 낸다."[14]고 말하고 있다. 마르티니가 여기서 미학적 현실이라 부르고 있는 것은 작가가 창조한 현실을 의미하는 것이다.

슈람케는 현대 소설의 특징을 연구한 그의 저서에서 "위협적인 현실성 상실과 객관 세계의 붕괴에 직면하여 서사 문학의 모방적 기능*mimetische Funktion*은 흔들리고 있다."[15]는 말로 현대 소설 속의 현실 재현이 쉬운 것이 아님을 지적한다. 그는 "서사 문학작품은 현실을 거부한다."는 되블린Alfred Döblin의 말을 인용한다. 나아가 그는 현대 소설의 기본적인 특징으로 다음 두 가지를 들고 있다.[16]

첫째, 현대 소설은 현존하는 세계를 모사할 수도 없고, 하려고도 하지 않는다.

둘째, 현대 소설은 전적으로 독립적인 현실을 구성하는데, 그것

---

12) Georg Lukács, *Theorie des Romans*, Neuwied u. Berlin 1971, p.29.

13) 위의 책, p.69.

14) W. Kohlschmidt/W. Mohr(편), *Reallexikon der deutschen Literaturgeschichte*, Vol.3, Berlin 1958, p.344.

15) Jürgen Schramke, *Zur Theorie des modernen Romans*, München 1974, p.139.

16) 위의 책, p.147.

은 응집력으로 말미암아 외적 현실보다 우월하다.

그러고 나서 그는 제임스 조이스, 로베르트 무질, 프루스트의 작품들을 그 예로 들고 있다.

게페르트는 근래의 현실개념을 두고 '만들어지거나 구성된' 현실을 진짜 현실로 간주하고 있다고 비난한다. 그리고 "소설에서 현실이 어떻게 재현되고 있느냐(소설 속의 현실*Wirklichkeit im Roman*)가 중요한 것이 아니라, 소설 자체가 현실을 어떻게 구성하고 있느냐(소설의 현실*Wirklichkeit des Romans*)가 중요하다."고 말한다.17) 창조적 요소가 중요하다는 것을 강조하고 있는 말이라 하겠다.

그러나 위의 연구가들처럼 창조적 요소를 너무 강조하는 것도 옳은 태도는 아니다. 소설에 아무리 창조적 요소가 많다고 해도 현실적 요소가 전적으로 배제될 수는 없기 때문이다. 현실을 해체해 버리거나 배제해 버린 일부의 실험소설에서라면 몰라도 대부분의 소설에는 많든 적든 현실이라 부를 수 있는 요소가 반드시 들어 있는 것이다.

예컨대 우리는 소설 속에서 그 시대의 풍습·언어·사고방식을 알 수 있고, 그 시대의 정치적·경제적 현실을 미루어 알 수 있다. 염상섭의 『삼대』에서 우리는 1930년대의 우리나라 언어와 풍습을 알 수 있고, 식민지 치하의 현실과 지식인의 고뇌를 찾아볼 수 있다. 하인리히 뵐의 『아담, 너는 어디에 있었느냐?』를 통해서 우리는 제2차 세계대전 때 독일의 젊은이들이 무의미한 전쟁에 어떻게 끌려 나가 어떻게 죽어 갔는지를 쉽게 알 수 있다. 최인훈의 『광장』에서는 해방 직후에서 휴전 협정이 맺어지던 1953년까지의 한국의 정치 현실을 선명하게 파악할 수 있다.

---

17) Hans Vilmar Gepert, "Roman und Wirklichkeit", Hans-Werner Ludwig 편, *Arbeitsbuch Romananalyse*, Tübingen 1982, p.208.

작가가 아무리 기발한 착상으로 허구 세계를 창조한다고 해도 작가 자신은 인간이기 때문에 그 시대를 살고 있는 인간으로서 자신의 한계를 넘어설 수 없고, 자신의 체험에서 벗어날 수 없다. 이러한 이유로 작가가 의식하든 아니하든 그의 소설에는 그 시대의 현실이 어느 정도는 반영되어 있는 것이다.

작품 속의 현실적 요소와 창조적 요소는 시대와 작가에 따라 하나가 다른 하나보다 더 많을 수도 있고 더 적을 수도 있다. 현실적 요소가 가장 강하게 강조되고, 또 실제의 작품 속에 가장 많이 들어간 문예사조로 우리는 사실주의와 자연주의를 들 수 있다.

사실주의와 자연주의가 현실을 강조하긴 했지만, 현실적 요소만으로 작품을 구성한 것은 아니었다. 위에서 이야기한 창조적 요소도 작품의 구성에 같이 참여하고 있었던 것이다. 이 점에 대해 메츨러Metzler문학 사전은 "사실주의*Realismus*란 용어의 사용에는 (아리스토텔레스의 『시학』에서 문제가 된) 미메시스*Mimesis*(모방, 현실의 모사)와 포이에시스*Poiesis*(자유로운 예술적 가공[加工]) 사이의 관계가 문제가 된다."[18]라는 말로 이 두 요소가 사실주의에도 문제가 되고 있음을 확인하고 있다.

자연주의의 대가 에밀 졸라는 그의 「실험소설론」에서 다음과 같은 말을 하고 있다. "우리가 우리들의 소설에서 실험적 방법을 사용할 때는, 자연을 떠나지 않으면서 자연을 변화시키라고 나는 주장한다."[19] 정확하게 현실을 모사하는 것을 목표로 한 자연주의에 있어서도 현실(자연) 그 자체만으로는 소설이 될 수 없고 현실의 수정이 불가피하다는 것을 졸라는 강조하고 있는 것이다.

---

18) G. u. I. Schweikle(편), *Metzler Literaturlexikon*, Stuttgart 1984, p.353.
19) M. Allott, 앞의 책, p.70(재인용).

위에서 살펴본 것처럼 소설은 현실적 요소와 창조적 요소가 혼합되어 있는 문학 형식이다. 소설 속의 현실적 요소를 고찰의 대상으로 다룰 때 우리는 다음 두 가지 사실을 항상 염두에 두어야 할 것이다.

첫째, 현실에서 얻은 소재(素材) 자체가 바로 예술품이 될 수 없다는 사실이다. 작가는 소재를 갈고 다듬고 가공하여 소설을 예술품으로 창조해야 한다. 그런 의미에서 '예술가는 엔지니어'라는 폴 발레리의 말을 우리는 수긍하게 된다. 창조적 작업을 통해 소설은 항상 현실보다 세련되고 고양(高揚)되게 되는 것이다.

역사적 사건에도 작가는 너무 얽매일 필요가 없다. 올슨은 "문학 작품에서 역사적 사실을 신중하게 바꾸는 것은 거짓이나 과오로 해석되지 않는다."[20]고 말하면서 창작의 자유를 어느 정도 허용하고 있다.

둘째는 문학이 말을 표현 수단으로 사용하는 예술이라는 사실이다. 말은 미술에 있어서의 선이나 물감이 현실을 묘사하는 만큼의 표현 능력을 갖고 있지 못하다. 그런 이유에서 추상화된 언어로 그리는 현실이 불완전하게 표현될 것임은 의심의 여지가 없다. 그러므로 문학작품을 통해 현실을 완벽하게 묘사한다는 것은 실제에 있어서는 불가능하다. 그런 관점에서 현실의 정확한 재현이나 반영을 소설에서 기대하는 것은 현명하지 못하다고 하겠다.

소설에는 이렇게 현실적 요소와 창조적 요소가 결합되어 있다. 창조적 요소가 극단으로 되는 경우가 있는데, 그것은 환상적이고 초자연적인 내용이 서술되는 경우다. 이에 대해서는 아래에서 자세히 논의될 것이다.

---

20) Stein H. Olsen, *The end of literary theory*, Cambridge 1987, p.171.

2. 소설에 있어서 '그럴듯함'

소설은 현실 세계를 모방한다. 그리하여 독자는 소설 내용이 언제나 현실과 흡사할 것을 요구한다. 그러므로 소설 속에 묘사되는 세계는 독자에게 현실과 흡사하다는 느낌을 주어야 한다. 휴 홀먼은 그의 문학사전에서 "소설*novel*은 실제 세계의 사실*fact*에, 그리고 있을 법함*probability*의 법칙에 매여 있다."[21]고 말한다. 소설의 장르적 성격을 잘 표현하고 있는 말이라 하겠다.

아리스토텔레스는 그의 『시학』 제9장에서 다음과 같이 말하고 있다.

> 문인의 과제는 일어났던 일이 아니라, 일어날 수 있는 일과 가능한 일을 개연성과 필연성에 맞게 보고하는 것이다. (……) 역사가와 문인의 경우, 전자는 일어났던 일을 서술하고 후자는 일어날 수 있는 일을 서술한다는 점에서 구별된다.[22]

그의 주장처럼 소설은 '일어날 수 있는 일', '가능한 일'을 서술해야 한다. 말하자면 독자의 현실감각에 그럴듯하게 느껴져야 한다는 것이다. 이 그럴듯함*plausibility, verisimilitude* 혹은 있을 법함*probability*은 소설이 갖추어야 할 기본 사항이다. 그럴듯함이란 무엇인가? 볼튼의 다음과 같은 말은 '그럴듯함'이 무엇인가를 간결하게 표현하고 있다. "진지한 소설이 실제적*real* 생활을 그리기 시작한 이래, 그럴듯함*verisimilitude*, 즉 진실에의 유사성*likeness to truth*을 소설에 넣기 위해 많은 노력이 주어지고 있다. 우리는 사건들이 일어나지 않았음을 안다. 그러나 일어났었을 수 있다*could have happened*는 느낌을 갖

---

21) C. Hugh Holman, *A Handbook to Literature*, Indianapolis 1980, p.299.
22) Aristoteles, *Poetik*, Stuttgart 1961, p.36.

도록 되어야 한다."23) 말하자면 소설은 허구이면서도 실제 있었던 것처럼 느껴지게 만들어야 한다는 뜻이다.

프란츠 카프카의 「변신」을 읽는 사람들은 인간이 큼직한 갑충(甲蟲)으로 변하는 소설 속의 내용에 대해 의아함을 느끼게 된다. 자연과학적 법칙이나 상식으로 판단하여 있을 수 없는 일이 일어나기 때문이다. 물론 사람이 갑충으로 변하는 이 현상을 주인공이 꿈 속에서 체험하는 것으로 해석하는 사람도 있다. 그러나 전체를 꿈으로 해석하기에는 무리가 많다. 인간이 하룻밤 사이에 벌레가 된다는 것은 '있을 법한 일'이 아니다. 이것은 사실성을 중요시하는 소설의 일반적 성격에 맞지 않는다. 우리는 소설에서 언제나 우리가 살고 있는 현실과 마주치기를 기대하기 때문이다. 이것이 소설의 장르적 특징이다.

다른 예를 보자. 나빈의 「벙어리 삼룡이」의 끝부분으로 작중인물이 죽는 순간의 의식의 묘사다.

다시 서까래가 불이 시뻘겋게 타면서 그의 머리에 떨어졌다. 그러나 그는 그것을 몰랐다. 부엌으로 가 보았다. 거기서 나오다가 문설주가 떨어지며 왼팔이 부러졌다. 그러나 그것도 몰랐다. 그는 다시 광으로 가 보았다. 거기도 없었다. 그는 다시 건넌방으로 들어갔다. 그때야 그는 색시가 타 죽으려고 이불을 쓰고 누워 있는 것을 보았다. 그는 색시를 안았다. 그리고는 길을 찾았다. 그러나 나갈 곳이 없었다. 그는 하는 수 없이 지붕으로 올라갔다. 그는 비로소 자기의 몸이 자유롭지 못한 것을 알았다. 그러나 그는 자기가 여태까지 맛보지 못한 즐거운 쾌감을 자기의 가슴에 느끼는 것을 알았다. 색시를 자기 가슴에 안았을 때 그는 이제 처음으로 살아난 듯하였다. 그는 자기의 목숨이 다한 줄 알았을 때 그 색시를 내려 놀 때는 그는 벌써 목숨이 끊어진 뒤였다.

---

23) Marjorie Boulton, *The Anatomy of the Novel,* London 1979, p.15.

위의 글에서 '여태까지 맛보지 못한 즐거운 쾌감을 가슴에 느끼는 것을 알았다.'라든지, '처음으로 살아난 듯하였다.'라든지, '자기의 목숨이 다한 줄 알았다.'라든지 하는 죽기 직전의 의식을 화자가 과연 어떻게 알았는가 하는 것이 문제가 된다. 장본인이 죽는 경우가 아니면 추후에 들어 알게 되었다는 설명이 가능하지만 장본인이 죽고 없는 데야 알 길이 없다. 말하자면 화자가 신과 같은 초능력을 갖지 않고서는 도저히 알 수 없는 사실인 것이다. 이것은 '그럴듯함'의 원칙에서 벗어난다. 그런데 카프카의 『심판』, 이문열의 『영웅 시대』처럼 주인공의 죽음 직전의 의식을 그린 작품이 많아 이러한 소설 작법이 이제는 일반화되어 버린 감이 있다. 이것은 3인칭 전지적 시점의 극단적인 예가 된다.

그런데 3인칭의 경우에는 그래도 화자가 신적인 존재라고 생각하면 수긍이 가지만 인간인 1인칭 화자가 죽어 가면서 자기의 의식을 세상에 알린다는 것은 있을 수 없는 불가능한 일이 된다. 그러므로 이러한 1인칭 화자의 죽음 직전의 의식묘사는 그럴듯함에서 더욱 많이 벗어나게 된다. 『젊은 베르테르의 슬픔』에 있어서처럼 1인칭 화자가 죽고 난 후에는 편집자가 등장하여 뒷마무리를 하는 것이 과거 소설의 일반적인 경향이었다. 그러나 표현의 다양화를 추구하는 작가들은 1인칭 화자의 죽음에 직면한 의식을 묘사하려는 대담한 시도를 하기에까지 이르렀다.

예를 들어, 슈니츨러Arthur Schnitzler의 『엘제양*Fräulein Else*』에서 1인칭 화자인 엘제는 수면제를 먹고 자살한다. 주위에서는 계속 '엘제'를 부르고 있고 그녀의 의식은 계속 엷어져 간다. 이러한 의식의 진행 과정이 직접적 내적 독백의 형태로 여러 페이지에 걸쳐 묘사되고 있다. 마지막 부분을 인용해 보자.

아빠, 손을 주세요. 우리 함께 날아요. 날 수만 있다면 세상은 참 멋
져요. 제 손에 키스하지 마세요. 저는 아빠의 자식이에요, 아빠.
　"엘제! 엘제!"
　그들이 멀리에서 부르고 있군요! 너희들은 대체 무얼 원하니? 날 깨우
지 마. 나는 이렇게 잘 자고 있지 않니. 내일 아침에. 나는 꿈을 꾸고 있
다. 나는 날고 있다. 나는 난다 …… 난다 …… 난다 …… 자고 꿈꾼다
…… 난다 …… 깨우지 마라 …… 내일 아침에 ……
　"엘 ……"
　난다 …… 꿈꾼다 …… 잔다 …… 꿈 …… 꿈 …… 난 ……

죽어 가는 1인칭 화자의 의식에 대한 이러한 서술은 현실적으로
불가능하다. 그러나 표현의 자유와 다양화를 갈구하는 작가들에 의
하여 불가능한 묘사들이 가능한 것으로 서술되고 있는 것이다. 이
것은 '1인칭 전지적 시점'의 극단적인 경우라 하겠다. 디터 람핑은
이러한 '죽음의 이야기'를 "비현실적 언어상황Sprechsituation에 의
존하는 소설"24)이라고 배격한다.

우리는 이러한 표현 방법을 단순히 '그럴듯하지 않다'는 이유만
으로 배격할 수는 없을 것이다. "문학은 현실의 재현이 아니다."라
는 문학관에서 출발하면 그러한 표현법이 가능해진다. 우리는 이러
한 문학관을 인정하고 작가에게 어느 정도의 표현의 자유를 허여
해야 할 것이다. 이 문제에 대한 이론가들의 견해를 들어 보자.

리파테르는 소설 속의 그럴듯함에 대해 다음과 같이 말한다. "모
든 문학 장르는 인공물(人工物)이다. 그러나 소설fiction만큼 그 정
도가 심한 것은 없다. 픽션이란 이름 자체가 바로 인공성(人工性)
을 나타내고 있다. 그러나 독자의 흥미를 견지하기 위하여, 그리고

---

24) Dieter Lamping, "Die fiktionale Sterbegeschichte", *Wupertaler Broschüren zur Allgemeinen Literaturwissenschaft* Nr. 1, Wuppertal 1987. p.81.

상상적이면서도 독자 자신의 생활에 의미가 있는 경험에 대해 들려주기 위하여 그것은 어느 정도는 진실*true*해야 한다.”25) 그는 이렇게 인공성이 강하면서도 진실할 것을 요구하는 소설의 이중적 성격을 잘 지적하고 있는 것이다. 말하자면 그는 소설의 사실성을 강조하고 있다고 하겠다.

마르티네츠/쉐펠은 “서술된 세계의 사건과 인물을 우리가 우리 자신의 현실경험을 토대로 상상하는 것은, 서술된 세계가 가능성과 그럴듯함과 필연성의 기준에 있어서 우리의 현실과 크게 차이가 나지 않는 작품에 있어서만 가능한 것으로 보인다.”26)고 말한다. 소설이 우리의 현실경험에서 크게 벗어나서는 안 된다는 말이다.

침머만은 일반적 성격의 사실(예컨대 “인간은 두 발로 걸어 다니지만 날 수는 없다.”든가 “해가 뜨면 아침이다.”)은 모든 작품에 전제로서 등장한다고 말하고 있다.27) 말하자면 소설이 아무리 허구라고 하더라도, 불변의 사실들은 소설의 전제로서 인정되어야 한다는 것이다.

18세기에 영국의 클라라 리브Clara Reeve는 서사문학의 한 장르인 로맨스*romance*를 두고 “결코 일어나지도 않았고, 일어날 것 같지도 않은 일을 서술한다.”고 말하면서, 소설*novel*을 두고는 “모든 것이 실제*real*라고 믿게끔 우리를 속일 수 있도록 있을 법한*probable* 방식으로 일상사를 다룬다.”고 정의한 바 있다.28)

매리 매카시Mary McCarthy의 말을 들어 보자. “제인 오스틴, 디킨스, 발자크, 조이스, 드라이저, 포크너를 거명하게 되면, 그들이

---

25) Michael Riffaterre, *Fictional Truth*, Baltimore 1993, p. xii.

26) M. Martinez/M. Scheffel, *Einführung in die Erzähltheorie*, München 2003, p.120.

27) Friedrich Wilhelm Zimmermann, “Episches Präteritum, episches Ich und epische Normalform”, *Poetica* 4(1971), p.317.

28) Joseph T. Shipley, *Dictionary of World Literary Terms*, Boston 1970, p.355(재인용).

소설가라는 점, 그리고 형식적 관점에서는 서로 틀리지만 '사실에 대한 깊은 사랑*a deep love of fact*'을 가졌다는 점에서 공통이라는 사실이 인정될 것이다. (……) 가령 우리가 전후 독일의 생활에 대한 소설을 읽는다면, 우리는 그것이 전후 독일의 생활상에 대한 정확한 보고이기를 기대한다. 그런 것이 없다면 그 소설은 신뢰감을 주지 못할 것이다. 희곡이나 시에 있어서는 다르다. 단테는 『신곡』에서 틀릴 수도 있다. 셰익스피어에게 보헤미아에 해안이 없다는 사실은 아무 문제도 되지 않는다. 그러나 톨스토이가 보로디노 전투에 대해서나 나폴레옹의 성격에 대해서 틀린다면 『전쟁과 평화』는 손상을 입을 것이다."[29]

이러한 말을 통해 우리가 알 수 있는 것은 소설은 사실성(事實性)을 가져야 한다는 사실이다. 그것이 전통으로 굳어진 소설의 장르적 성격이다. 스테빅은 "소설의 주류는 사실 중심적*fact-centered*이다. 그리고 우리는 흔히 소설가가 증명 가능한 세계에 대해 완전히 그리고 설득력 있게 충실할 것을 기대한다."[30]고 말한다. 말하자면 소설은 사실(事實)에 충실해야 한다는 것이다.

밀란 쿤데라는 세르반테스의 『돈 키호테』를 예로 들어 '그럴듯함'의 문제를 다음과 같이 설명한다. 이 작품에는 스페인 중부에 있는 어느 술집이 등장한다. 이 술집에서 돈 키호테는 중요한 인물들인 산초 판사, 이발사, 신부, 젊은 카르디노, 도로테아, 탈옥한 장교, 그의 동생, 심지어 그의 딸까지도 만나게 된다. 그것은 순수한 우연이다. 이런 중복되는 우연의 일치에 의한 만남은 '절대적으로 있을 법하지 않다.'[31]고 쿤데라는 말한다. 그러나 당시의 독자들은

---

29) Philip Stevick, *Alternative Pleasures*, Urbana 1981, p.94(재인용).
30) 위의 책 p.95.

현실의 모방을 원한 것이 아니라, 즐거움, 놀람, 당황, 매혹됨 같은 것을 원했기 때문에 이것은 아무런 문제가 되지 않았다고 한다. 즉 당시의 소설은 유희적 기능에 중점이 있었던 것이다.

그러나 19세기 초부터 상황은 달라졌다. 현실을 사실적으로 그릴 것이 요구되었던 것이다. "(19세기의) 현실 묘사의 명령은 세르반테스의 술집을 웃음거리로 만들었다. 20세기는 19세기의 이 유산에 자주 저항을 했다. 그럼에도 불구하고 세르반테스의 술집으로 간단히 되돌아가는 것은 더 이상 가능하지 않다."[32]고 쿤데라는 말한다. 그는 카프카의 『아메리카』를 예로 들어 주인공 칼 로스만과 그의 삼촌의 만남은 세르반테스의 술집에서의 만남처럼 있을 법하지 않지만 "그와 같은 정확성으로, 또 그와 같은 현실적 환상으로 있을 법하지 않은 (혹은 불가능한) 상황을 묘사했기 때문에 우리는 있을 법하지 않으면서도 현실보다 더 현실적인*wirklicher als die Wirklichkeit* 세계에 들어선 인상을 받게 된다."[33]고 말한다.

쿤데라는 현대 소설이 고대 소설처럼 있을 법하지 않은 사실을 그려서는 안 되는 것은 아니지만, 지금은 그런 것을 가급적 피해야 한다고 말한다. 그리고 만약 카프카처럼 있을 법하지 않은 내용을 담을 때는 현실감 나는 묘사와 같은 소설 기술에 의해 뒷받침되어야 한다고 주장한다.

그러나 사실적인 소설의 전통에 반기를 든 작품들도 적지 않다. 『돈 키호테』의 술집이나 『아메리카』의 우연의 만남은 작위적이긴 하지만 비과학적이지는 않다. 그러나 예컨대 19세기 작가인 에밀리

---

31) Milan Kundera, *Die Kunst des Romans*, Frankfurt a. M. 1992, p.105.
32) 위의 책 같은 곳.
33) 위의 책 pp.105-106.

브론테의 『폭풍의 언덕』에 나오는 유령의 존재, 에드거 앨런 포의 「검은 고양이」에 나오는 고양이의 기이한 행적, 테오도어 슈토름 Theodor Storm의 『백마의 기사』에 나오는 유령, 카프카의 「변신」에서의 동물에의 변신, 마술적 리얼리즘 작가 가브리엘 마르케스 Gabriel G. Marquez의 『백년 동안의 고독』에 나오는 환상적 요소 등은 자연과학적 법칙에 어긋나는 내용을 담고 있어 결코 사실적이라고 말할 수 없다.

우리나라 작가들에게도 이런 환상적이고 초자연적인 요소가 들어 있는 작품이 있다. 주요섭의 「비명횡사한 유령의 수기」, 이외수의 『장수하늘소』, 양귀자의 『천년의 사랑』과 같은 작품을 그 예로 들 수 있을 것이다.

환상적이고 초자연적인 요소가 위의 작품들처럼 심한 것은 아니지만 위에서 예를 든, 죽어 가는 인물의 의식을 묘사하는 슈니츨러의 『엘제양』이나 나도향의 「벙어리 삼룡이」의 경우도 마찬가지로 비현실적이고 있을 법하지 않다.

그리하여 '황당한' 내용을 가진 이런 작품들을 소설 장르에서 인정해도 좋은가 하는 의문이 제기되는 것이다. 이런 환상적이고 비사실적인 경향에 대해 옹호하는 발언도 적지 않다. 로버트 스탠튼은 이렇게 말한다. "이야기 *Story*가 그럴듯해야 *plausible* 된다는 것은 누구나 알고 있다. 그러나 '그럴듯하다'는 말이 무엇을 의미하는가? 우선 그것은 '사실적 *realistic*'임을 의미하지는 않는다. 사실주의는 단순히 서술의 스타일일 뿐이다. 『걸리버 여행기』, 『1984년』, 『이상한 나라의 앨리스』, 이 모두는 비사실적이고 불가능하기까지 한 상황을 제시하고 있다. 그러나 이 작품들은 그럴듯하다 *plausible*."[34]

---

34) Robert Stanton, *An Introduction to Fiction*, New York 1965, p.13.

스탠튼은 여기서 작품이 그럴듯하게 서술되어 있으면 아무 문제도 없다고 주장하고 있다. 그의 '그럴듯함'은 사실성 여부와 크게 관계없는 구성과 서술의 문제를 의미하는 것으로 보인다.

바네트 등은 주장한다. "소설가는 (……) 자신의 세계를 창조하는 것이긴 하지만, 전적으로 자유로운 것은 아니다. 그의 허구적 세계는 앞뒤가 맞아야 한다는 것, 그리고 한 사물이 다른 사물과 크든 작든 관계를 갖는다는 것을 알아야 한다. 이것은 소설 속에 환상적인 요소가 있어서는 안 된다는 것을 의미하는 것은 아니다. 단지 환상적인 요소도 그것을 그럴듯하게 *plausible* 만드는 맥락 속에서 표현되어야 한다는 것을 의미할 뿐이다."35) 즉 그들은 환상적인 요소일지라도 그럴듯하게 서술되면 소설 속에 존재할 수 있다고 주장하는 것이다.

요헨 포크트는 말한다. "소설이나 허구적인 이야기에 대한 우리들의 기대는 사건이 우리들의 상상력에 그럴듯하게 *plausibel* 여겨짐으로써, 그러니까 '개연성과 필연성의 법칙에 따라 가능한 것으로' (아리스토텔레스) 서술됨으로써 완전히 충족된다. 그렇다. 우리는 (동화나 판타지 소설에서) 우리들의 '현실감각'에는 불가능한 것을 상상을 통해 가능한 것으로 인정하고, 독서를 통해 거기에 몰두할 용의조차 가지게 되는 것이다."36) 그도 역시 소설이 그럴듯하면 비사실적인 이야기라도 독자는 아무 문제없이 받아들인다고 말하고 있다. 오늘날 황당한 내용의 '판타지 소설'이나 '무협소설'이 성인들에게도 읽히는 것은 그것이 그럴듯하기 때문이다.

또한 위르겐 페터젠은 다음과 같이 더 과격한 주장을 한다. "서술되는 이야기는 결코 논리의 법칙에 따를 필요가 없다. 우리는 초

---

35) Barnet/Berman/Burto, *An Introduction to Literature*, Boston 1967, p.17.
36) Jochen Vogt, 앞의 책, p.17.

현실적, 비현실적, 환상적 소설들을 충분히 알고 있다. 인과관계가 지배적 역할을 한다는 말은 결코 소설 장르에는 해당되지 않는다. 소설의 원형(原形)*Ur-Form*인 동화가 벌써 기적, 믿을 수 없는 것, 전적으로 설명 불가능한 것을 이야기할 수 있는 가능성에 대해 수많은 예를 우리들에게 제공하고 있다.”[37] 그의 주장은 비사실적 요소가 소설 속에 얼마든지 들어갈 수 있다고 말하는 것으로 해석된다.

오스틴 라이트는 “좋은 소설이 되기 위해 모든 소설은 ‘사실적 *realistic*’이어야 한다는 낡은 가설은 현대의 독자들에 의해 틀린 것으로 간주된다”[38]고 주장하기까지 한다.

패트리샤 워는 말한다. “우리는 읽고 있는 이야기가 ‘실제*real*’가 아니라는 사실을 물론 알고 있다. 그러나 독서의 즐거움을 증가시키기 위하여 우리는 이런 인식을 억제한다. 우리는 소설*fiction*을 마치 역사인 것처럼 읽는 경향이 있다.”[39] 즉 그녀는 사실적이 아님을 알면서도 우리의 심리가 그것을 거부감 없이 받아들인다고 주장하고 있는 것이다.

이와 같이 소설은 사실적이어야 한다는 주장과 비사실적 요소가 어느 정도 들어가도 그럴듯하게 그려지면 된다는 견해가 대립되고 있음을 볼 수 있다. 그리고 ‘그럴듯함’이란 말의 의미도 사람에 따라 차이가 나는 것을 볼 수 있다.

마르티네츠/쉐펠은 서사문학 속의 ‘서술되는 세계*erzählte Welt*’를 세 가지로 분류한다.[40]

첫째, 물리학적으로 가능한 세계*phisikalisch mögliche Welt*다. 현실

---

37) Jürgen H. Petersen, *Erzählsysteme*, Stuttgart 1993. p.15.
38) Austin M. Wright, *The Formal Principle in the Novel*, Ithaka & London 1982, p.43.
39) Patricia Waugh, *Metafiction*, London & New York 1984, p.33.
40) M. Martinez/M. Scheffel, 앞의 책 pp.130−131.

세계에 적용되는 물리학적 법칙, 즉 자연과학적 법칙에 어긋나지 않는 세계다.

둘째, 논리적으로 가능한 세계*logisch mögliche Welt*다. 이것은 물리학적 법칙에는 맞지 않지만 논리적으로는 가능한 세계다. 말하자면 초자연적인 세계이지만 나름의 논리를 갖고 그럴듯하게 서술된 세계를 의미한다. 여기서는 동물이 말을 한다든가, 인간이 날아다닌다든가 하는 일이 가능하다. 판타지 소설, 동화, 사이언스픽션, 동물우화 같은 장르가 그리는 세계다. 조지 오웰의 『동물 농장Animal Farm』 같은 작품이 그 예가 된다.

셋째, 논리적으로 불가능한 세계*logisch unmögliche Welt* 다. 이것은 물리학적으로도 불가능할 뿐만 아니라 논리적으로도 불가능한 세계다. 이 세계는 앞뒤가 안 맞는 모순으로 차 있다. 누보로망의 소설들에서 볼 수 있는 현상으로 그 예로서 로브 그리예의 『랑데부의 집*La maison de rendez-vous*』(1965)을 들 수 있다. 장소가 홍콩이었다가 아니었다가 한다. 똑같은 이야기가 발생과 진행순서가 뒤바뀌어 나타난다. 똑같은 대상이 그림으로 나타나기도 하고 연극무대에 나타나기도 한다. 말하자면 논리가 통하지 않는 세계라 하겠다.

소설이 전통적으로 그려 온 세계는 '물리학적으로 가능한 세계'다. 그러나 '논리적으로 가능한 세계'에도 가끔씩 출입을 해 왔다. '논리적으로 불가능한 세계'는 20세기 후반에 나타난 특별한 예외적 세계라 하겠다.

예술적 진리의 문제는 벌써 고대 그리스 시대부터 논의되어 온 것으로 어느 쪽이 전적으로 타당하다는 결론을 내릴 수가 없다. 우리는 가능하면 소설에 비사실적 요소를 도입하지 않는 것이 좋을 것이다. 소설의 장르적 성격은 현실을 그리는 것이기 때문이다. 하지만 너무 엄격하게 자연과학적 법칙을 내세워 이런 요소를 배격해서도 안 될 것이다. 이러한 논의에서 가장 문제가 되는 것은 '그럴듯함'이다. 독자는 소설이 이미 '허구'라는 것을 알고 있기 때문에 그 허구가 그럴듯하면 그것을 큰 저항 없이 받아들인다고 할 수 있다. 마르티네츠/쉐펠의 표현을 빌리면 '물리학적으로' 불가능해도 '논리적으로' 어느 정도 가능하면 된다고 할 수 있다. 그러므로 문제는 그럴듯해야 된다는 데 있다. '어른을 위한 동화'나 '사이언스 픽션', '판타지 소설', '무협소설'이 성인에게도 읽히는 것은 그런 데 이유가 있는 것이다.

그러나 소설 작가는 가급적 사실성을 훼손하지 않도록 해야 한다. 사실성을 바탕으로 '그럴듯함'이 구현되도록 해야 한다. 왜냐하면 동화나 설화의 독자와 달리 소설의 독자는 소설에서 언제나 '현실'과 만나기를 기대하기 때문이다.

3. 사실소설과 가상소설

화자가 자기 이야기가 사실이라 주장하느냐, 아니면 허구라는 것을 분명히 밝히느냐에 따라 소설을 '사실소설(事實小說) *Wirklichkeitserzählung*'과 '가상소설(假想小說) *Imaginationserzählung*'로 나눌 수 있다.41) 전자는 소설 속의 사건이 실제 일어났던 일인 것처럼 서술하는 소설로서 대개의 소설들이 여기에 속한다. 경우에 따라서는 서술

---

41) Dietrich Weber는 이를 환상소설 *Illusionserzählung*과 가상소설 *Imaginationserzählung*로 나눈다(앞의 책 *Der Geschichtenerzählspieler*, p.44 이하). 사실인 듯한 환상을 일으킨다는 의미로 환상소설이란 용어를 쓰고 있는데, 제10장에 나오는 동일시의 환상과 혼동될 위험이 있기 때문에 여기서는 그 내용에 맞게 '사실소설'이라는 표현을 쓴다. 그리고 그에 대응하는 용어로 '가상소설'을 쓴다.

되는 내용이 사실이고 진실임을 애써 강조하기도 한다. 후자는 아예 처음부터 서술되는 이야기가 꾸미고 만들어진 것임을 분명히 한다.

진실임을 애써 강조하는 사실소설의 예를 들어 보자. 강용흘이 미국에서 발표했던 그의 『초당*The Grass Roof*』(1931)의 첫머리에 나오는 말이다.

> 이제는 나의 생애에 대해서, 나 자신의 펜으로 진실을 이야기해야겠다. ― 다소 성공했다 하더라도 과장하거나 자랑하지 않겠고, 실패해서 괴로웠더라도 숨기거나 주저하지 않겠다. 모두가 사실 그대로임을 성서에 손을 얹고 맹세한다.

화자는 자신이 들려줄 이야기가 진실임을 서두에서 애써 강조하고 있는 것이다. 이런 것이 사실소설이다.

이에 반해 가상소설은 소설 내용이 현실의 재현이 아니라 '허구'이며 '가상'임을 처음부터 명백하게 하는 소설이다. 가상소설의 예로 김동인의 「광화사」를 들 수 있다.

> 여(余)는 바위틈에 꽂았던 스틱을 도로 뽑았다. 그 스틱으로서 여의 발 아래 바위를 가볍게 두드리면서 한 개의 이야기를 꾸며 보았다.
>
> 한 화공(畵工)이 있다. ― 화공의 이름은?
> 지어내기가 귀찮으니 신라 때의 화성(畵聖)의 이름을 차용하여 솔거(率居)라 하여 두자. ― 시대는?
> 시대는 이 안하(眼下)에 보이는 도시가 가장 활기 있고 아름답던 시절인 세종 성주의 대쯤으로 하여 둘까?

이 작품에서는 앞으로 전개될 이야기가 만들어진 허구의 이야기라는 것을 분명히 밝히고 있다. 이것이 가상소설이다. 이런 가상소설적 경향은 소설에 가끔씩 나타난다. 밀란 쿤데라의 『참을 수 없는 존재의 가벼움』의 일부를 보자.

> 작가가 작품 속의 인물들이 실제로 있었던 사람들이라고 독자를 설득시키려 한다면 그것은 어리석은 일이다. 그들은 어머니 몸에서 태어난 것이 아니라 몇 개의 암시적인 문장이나 중요한 상황에서 태어난 것이다.

이 작품의 작가는 이렇게 자기 소설 속 인물들이 가공의 인물이며, 전체 이야기가 꾸며 낸 이야기라는 것을 처음부터 분명히 밝히고 있다. 이러한 명시적 표현이 없더라도, 묵시적으로 또는 간접적으로 소설의 허구성을 드러내는 소설들이 있다. 이러한 소설들도 가상소설의 범주에 든다고 하겠다. 가상소설의 독자는 반드시는 아니지만 쉽게 동일시(同一視)를 일으키지 않는다고 하겠다(제10장 동일시와 생소화 1 참조).

가상소설이 이야기가 허구임을 처음부터 표방한다고 해도 소설의 본질인 '그럴듯함plausibility'을 지나치게 무시할 수는 없다. 그러므로 가상소설이라 하여 현실적 요소가 무시되는 것은 아니다. 마찬가지로 사실소설이라 하여 전적으로 현실적인 모습만을 갖는 것도 아니다. 소설에는 언제나 작가에 의해 만들어진 창조적 요소가 들어 있기 때문이다. 사실소설이 사실주의적이라면 가상소설은 비사실주의irrealism적이다. 소설의 전통은 가상소설보다는 사실소설이 주류를 이루어 왔다. 그러나 가상소설의 뿌리도 깊다. 가상소설의 역사가 소설의 역사만큼 오래라고 할 수 있기 때문이다.

이러한 가상소설적 경향이 하나의 문학 운동으로 나타난 것이 '메타픽션metafiction'이라 할 수 있다. 이것은 미국 및 중남미에서 1960년대에 모습을 보였던 소설 유형으로, 소설이란 어디까지나 꾸며 낸 이야기이지 사실이 아니란 것을 작가가 얼굴을 내밀고 독자에게 밝히는 소설이다. 이것은 소설의 현실 반영 기능에 대한 회의와 불신에서 나왔다고 볼 수도 있다.

"메타픽션 작가는 그가 세계를 '재현'하려 하면, 세계는 그 자체로서는 '재현'되지 않는다는 사실을 금방 깨닫게 되는 근원적인 딜레마를 의식한다."42)고 패트리샤 워는 말한다. 그녀는 결국 소설이 현실을 재현할 수 없기 때문에 소설은 어디까지나 '소설'이어야 한다고 주장한다. 그러므로 메타픽션은 소설이 상상력에 의해 구축된 허구임을 솔직히 드러내는 장르인 것이다. 그렇기 때문에 메타픽션 작가에게는 소설은 허구의 체계이고 소설 밖의 세계와는 아무런 관계가 없다. 이러한 메타픽션이 목표로 하는 것은, 패트리샤 워에 의하면 패러디parody이고,43) 로버트 스콜스에 의하면 우화화(寓話化)fabulation이다.44) 그리고 이러한 패러디나 우화화를 통해 메타픽션이 제기하는 것은 결국 시대의 문제라고 할 수 있다. 그런 의미에서 메타픽션은 리얼리즘 소설과 그 전략만 다를 뿐, 현실 참여적인 입장은 같다고 할 수 있다. 그러나 외면으로 드러나는 형식만으로 판단하면 메타픽션은 비현실적이고 비사실주의적이다. 왜냐하면 메타픽션은 자신의 이야기가 허구임을 항상 분명히 밝히기 때문이다.

소설이 현실의 재현이 아니라 허구임을 명백히 드러내는 이러한 반사실주의적 경향은 결코 60년대에 처음 나타난 것은 아니다. 워

---

42) Patricia Waugh, *Metafiction*, London & New York 1984, p.3.

43) 위의 책, p.68.

44) Robert Scholes, *Fabulation and Metafiction*, Urbana 1979, p.4.

는 "메타픽션이란 용어는 새로운 것이지만 그 실제는 소설 자체만큼 오래다."45)고 말한다. 말하자면 가상소설의 전통이 사실소설의 전통 못지않게 오래되었다는 말이다. 워는 가까이는 모더니즘 소설인 버지니아 울프Virginia Woolf의 『등대로To the Lighthouse』(1927), 제임스 조이스의 『율리시스』(1922)에서 멀리는 스턴Laurence Sterne의 『트리스트램 샌디Tristram Shandy』(1760), 세르반테스의 『돈 키호테』(1604)에 이르는 일련의 소설들이 이 메타픽션 계열에 속하는 작품이라고 말한다.46)

이제 메타픽션의 예를 들어 보자. 보르헤스Jorge Luis Borges의 『반역자와 영웅의 주제Tema del traidor Y del héroe』의 서두는 다음과 같이 시작된다.

> 나는 (……) 이 이야기의 줄거리를 상상하여 만들었다. 이 이야기의 줄거리에는 아직도 세부적인 내용의 수정, 탁마와 균형 있는 조정이 부족하다. 또 아직도 나에게 발견되지 않은 역사의 사각 지대가 있다. (……)
>
> 이 줄거리의 진행은 탄압을 받으며 완강히 저항하는 어떤 나라에서 일어난다. 이를테면 폴란드, 아일랜드, 베네치아 공화국이나 남아메리카의 어느 나라, 또는 발칸 반도의 어느 나라에서 진행된다. (……) 그래서 비록 그 화자(話者)는 현대 사람이지만, 그 화자에 의하여 언급되는 이야기는 19세기 초엽이나 중엽에 일어났던 일이다. (이야기를 해 나가는 데 편의상) 우리가 그 나라를 아일랜드라고 하자. 또 사건의 연대는 1824년이라 하자.

이러한 서두를 통해 다음에 전개되는 이야기가 꾸며 낸 허구의 이야기라는 것을 분명히 밝히고 있는 것이다.

---

45) P. Waugh, 앞의 책, p.11.
46) 위의 책, p.24 이하.

어쨌든 소설에는 전개되는 이야기가 사실임을 강조하는 사실소설과 허구임을 강조하는 가상소설이 있다. 이때까지의 가상소설 대부분이 무의식적으로 제작되고 산발적으로 나타났다면, 메타픽션은 소설사에 처음으로 목적의식을 가지고, 체계적이고 집단적으로 나타났다고 할 수 있다. 메타픽션과 유사한 유파로는 비슷한 시기에 미국을 중심으로 나타난 '서픽션*surfiction*', '향내적 소설(向內的 小說)*introverted novel*' 등을 들 수 있을 것이다.[47]

'서픽션'은 소설이 현실의 모방이나 반영이 아니라는 입장에서 출발한다. 그것은 소설이 현실이라고 주장하지 않는다. 오히려 "인생은 소설fiction이다." "인생이 소설을 모방한다."고 주장한다.[48] 그리고 그것은 작품 자체가 허구임을 확실히 드러내고, 더 이상 현실이거나, 진실이거가, 아름다움인 것처럼 행세하지 않는 것을 목표로 한다.[49] 서픽션이 소설이 허구임을 일깨우는 메타픽션과 맥을 같이하는 유파임을 알 수 있다.

4. 소설 구조와 사회 구조

뤼시앙 골드만은 소설 형식의 구조와 사회 구조, 좀 더 엄밀히 말하면 경제 구조 사이에 정확한 상동관계(相同關係)*homologie*가 성립한다고 주장한다. 이것은 예술이 사회 현실을 반영한다는 초기 마르크스주의 비평에 바탕을 두고 있는 주장이다.

---

47) 위의 책, p.13 이하.

48) Raymond Federman, "Surfiction: Eine Postmoderne Position", Karl Wagner편, *Moderne Erzähltheorie*, Wien 2002, p.419.

49) 위의 책, p.421.

우선 골드만이 소설 구조를 어떻게 파악하고 있는지 살펴보자. 그는 게오르크 루카치의 이론을 원용하여 자신의 소설이론을 전개한다. 골드만에 의하면 소설의 주인공과 세계 사이에는 뛰어넘을 수 없는 단절이 존재하며, 주인공은 이 타락한 세계에서 타락한 방법으로 진정한 가치를 추구하는 존재라는 것이다. 그리고 타락한 사회에서 타락한 방법으로 진정한 가치를 추구하다 보면 죄인이나 광인과 같은 문제적 인물*héros problématique*이 생겨난다는 것이다. 그의 말을 인용해 보자.

> 소설의 '악마적' 주인공은 광인이거나 죄인이다. 어쨌든 그는 우리가 앞서 말한 것처럼 문제적 인물이며 획일주의와 인습의 세계에서 진정한 가치를 모색하는 그의 타락하고 부정한 추구 방법이 결국 개인주의 사회에서 소설가들이 창조한 새로운 문학 장르, 즉 '소설'이라 불리는 것의 내용을 구성하게 된다.[50]

결국 소설이란 문제적 인물이 타락한 세계에서 타락한 방법으로 진정한 가치를 추구하는 이야기라는 말로 요약될 수 있다. 이때 문제적 인물이란 문제를 일으키는 인물의 뜻으로 파악되어야 할 것이다.

다음 골드만이 사회의 경제 구조를 어떻게 파악하고 있는지 알아보자. 그는 칼 마르크스의 이론을 원용한다. 인간이 재화를 만들 때는 사용 가치*Gebrauchswert*를 염두에 두고 만든다. 의복·공구·농작물 등 자기 또는 자기의 집단이 사용할 것을 전제로 만들 때는 그 재화는 사용 가치를 갖게 된다. 이때의 재화와 인간의 관계는 건강한 관계다.

---

50) Lucien Goldmann, "Pour une sociologie du roman"(오생근 역), 유종호 편, 『문학 예술 과 사회 상황』, 서울 1979, p.198.

그러나 시장을 위해 재화를 제작할 때 이 재화는 교환 가치 *Tauschwert* 밖에 갖지 못한다. 다시 말하면 주문에 의해, 또는 판매를 위해 만들어진 재화는 교환 가치만을 갖게 되는 것이다. 이때 재화와 인간의 관계는 타락한 관계가 된다. 왜냐하면 교환 가치는 이익을 얻기 위한 필요악에 지나지 않으며 인간은 수익성을 보장하는 교환 가치만을 추구하기 때문이다. 18세기 이래의 자본주의 사회야말로 이 교환 가치를 추구하는 대표적인 사회인 것이다.

표면적으로 보면 경제생활은 오직 교환 가치, 즉 물량적이고 타락한 가치를 지향하는 사람들의 행동으로 구성되어 있다. 그러나 이들 외에 소수의 사람들 ― 여러 분야의 창조적 인간들 ― 이 있다. 그들은 주로 그들 제품의 질(質), 즉 사용 가치만을 의식한다. 그렇기 때문에 사회생활에서 국외자가 되고 변두리로 밀려나 문제적 개인이 된다.[51] 골드만에 의하면 이러한 문제적 개인이야말로 진정한 가치를 추구하는 사람들이라는 것이다. 그러나 문제적 개인도 그들의 제품, 예컨대 그림이나 작곡이나 책과 같은 것이 시장에서 교환 가치를 위해 타락하는 것을 피하지는 못한다. 그러므로 이들도 타락한 방법으로 진정한 가치를 추구한다고 볼 수 있다.

이렇게 볼 때 소설의 형태와 경제 구조 사이에는 정확한 상동관계가 존재하게 된다는 것이다. "소설 장르의 구조와 교환 구조, 이 두 구조는 상이한 두 평면 위에 나타나는 동일한 구조라고 말할 수 있을 정도로 빈틈없이 대응되고 있다."[52]는 골드만 자신의 말이 이것을 확인해 주고 있다.

그러면 왜 소설 형식과 경제 구조 사이에는 상동관계가 존재할

---

51) 위의 책, p.206.
52) 위의 책, p.206.

까. 골드만은 소설이란 장르가 경제 구조에서 발생한 것이라고 믿는다. "소설의 형태란 시장을 위한 생산으로부터 유래한 개인주의 사회에서 일상적 삶을 문학적 차원으로 전치(轉置)한 것"[53]이라는 그의 가설이 바로 이러한 것을 의미한다. 다시 말하면 소설이란 장르는 사회적 현실에서 나왔기 때문에 사회적 현실과 같은 구조를 갖고 있다는 것이다. 이 가설이 타당한가에 대해서는 더 많은 연구가 필요할 것이다.

골드만은 현대의 경제 구조가 현대 문학에 어떻게 대응되어 나타나고 있는가를 다음과 같이 서술하고 있다.

경제생활이 변화하고 자유 경쟁의 경제 구조가 기업 연합이나 독점 기업의 경제 구조로 대체됨으로써 개인주의가 사라져 버리게 되었을 때(이 변화는 19세기 말부터 시작되는데, 대부분의 경제학자들은 1900년과 1910년 사이에 질적인 변화가 이루어지고 있다고 본다), 우리는 그것과 병행해서 점차적으로 와해되어 가는 소설 형태의 변화 현상과, 작중인물로서의 개인과 주인공이 사라져 버리는 현상을 목격하게 된다는 점이다. 이러한 변화는 아래의 두 기간을 통하여 아주 도식적으로 그 특징을 내보인다.

a) 변화의 제1기에는 개인의 중요성이 사라지게 되면서 소설의 내용을 이루고 있던 전기(傳記) 형식이 다양한 이데올로기에서 발생한 가치 개념으로 대체되는 경향이 초래된다. 비록 서구 사회에서 이런 가치들이 그 자신의 문학 형식을 창출해 내기에는 너무 미약한 것이긴 했지만, 그러나 이 가치들은 이전의 내용을 상실해 가는 기존의 문학 형식에 어느 정도 새로운 생명을 부여할 수 있었다. 이 단계에서 무엇보다 중요한 것은 사회주의 이데올로기가 서구 사상 속에 들어와 발전시킨, 집단적 현실과 공동체에 대한 개념들이다(제도·가족·사회 집단 등).

b) 제2기는 카프카로부터 시작되어 현대의 누보로망으로 이어지고, 아직도 끝나지 않고 있는 단계인데, 이 단계에서는 문제적 주인공과 개

---

53) 위의 책, p.204.

인적 전기를 어떤 다른 현실로 대체시키려는 모든 노력을 포기함과 동시에, 주제부재(主題不在), 즉 어떤 지속적인 추구 과정이 존재하지 않는 소설을 쓰려는 노력으로 특징지어진다.[54]

이상에서 살펴본 것처럼 골드만은 소설 형식의 구조와 사회의 경제적 구조가 같은 형태를 보인다고 주장하고 있다. 그러나 골드만의 주장이 전적으로 타당하다는 근거는 어디에도 없다. 그의 이론이 몇 편의 소설 작품에서는 잘 들어맞을지 모르지만, 여타의 작품들에 있어서도 다 잘 들어맞는다고 볼 수는 없다. 그 많은 19세기와 20세기의 소설들을 그의 도식으로 간단히 다 설명할 수 있을까? 결론적으로 말하면 불가능하다. 골드만의 이론은 모든 문학작품에 적용될 수 없고, 단지 소수의 특정 작품에만 적용될 수 있는 이론이라는 것을 여기서 지적하지 않을 수 없다. 그러나 그가 소설의 구조와 사회 구조를 연결시켜 소설을 분석하려 했던 착상과 시도는 높이 평가받아야 할 것이다.

요헨 포크트는 루카치로부터 골드만에 이르는 이 소설사회학적 논의에 대해 다음과 같이 말하고 있다. "서사문학의 형태변화를 (루카치의 역사 목적론, 벤야민W. Benjamin의 문화사회학, 골드만의 정치경제학, 어느 것으로 파악하든 상관없이) 사회변화에 귀결시키는 것이 원칙적으로 그럴듯하게 보이긴 하지만, 한쪽으로 역사적 상황과 다른 쪽으로 소설 구조라는 두 가지를 연관시킬 수 있느냐 하는 데 대한 의문은 남는다. 그 의문에 대답하기는 어렵다. 왜냐하면 헤겔에서 골드만에 이르는 소설이론적 구상에 있어서 이론적 추상어로서 파악된 현실상황(예컨대 '후기 시민사회')은 다양한

---

54) 위의 책, p.212.

작품에서 얻어진 유형론적(類型論的) 추상어(예컨대 '현대 소설')와 연관시킬 수 없기 때문이다."55) 포크트는 특히 골드만을 두고 "그의 주장은 문학의 구조에 대해 너무 포괄적이고 또 너무 내용적 측면에만 한정되어 있다."56)고 비판한다.

문학 연구가들 가운데는 소설의 화자상(話者像)이 그 시대의 '개인 *Individuum*'을 반영한다고 주장하는 사람이 있다. 그래베니츠는 "화자 *Erzähler*의 특징을 체계적으로 파악하면, (……) '개인'의 상(像)과 그 개인이 처한 시대상에 대해 결론을 얻을 수 있다. 이 개인상은 모든 화자의 배후에 숨겨져 있다."57)고 말한다. 말하자면 소설에 등장하는 화자의 상(像)이 그 시대 개인의 대표적인 상이 된다는 것이다.

그러나 이 주장도 어느 정도의 타당성은 갖지만 전적으로 맞는 말로 보기는 어렵다. 화자가 얼굴을 내밀고 자기 나름의 논평을 즐겨 피력하는 소설에서는 이 화자의 성격이나 인생관이 어느 정도 드러나기 때문에 그 시대의 개인의 성격이나 시대 상황을 화자의 상을 통해 유추할 수 있다. 그러나 화자가 얼굴을 내밀지 않는 중립적 화자 소설에서는 이 화자를 통해 아무것도 밝혀낼 수 없다. 플로베르나 헨리 제임스, 카프카의 소설에 등장하는, 말없는 화자는 우리들에게 아무런 상(像)도 보여주지 않는다(제3장 화자 3 참조). 그러므로 이런 경우에는 위의 그래베니츠의 말이 타당성을 가질 수 없게 된다.

단지 화자의 성격의 변화에서 시대상의 변화를 찾을 수는 있다. 즉 말 많은 논평적 화자에서 말없는 중립적 화자에로의 변신은 시대상의 변화를 보여주는 것으로 볼 수 있다. 수다스럽고, 논평하기

---

55) Jochen Vogt, 앞의 책, p.217.

56) 위의 책, p.208.

57) G. Graevenitz, "Erzähler", H. Ludwig 편, *Arbeitsbuch Romananalyse*, Tübingen 1982, p.105.

를 좋아하던 화자의 모습은 1856년에 발표된 플로베르의 『마담 보바리』를 출발로 표면에 얼굴을 드러내지 않는, 침묵하는 화자상으로 바뀌게 된다. 이러한 화자상의 변화는 시대 상황과 무관하지 않다. 이때는 자연과학과 기술이 발달되고 과학적이고 객관적인 사고가 높이 평가되던 시대였다. 그러므로 화자가 소설 속에서 자기의 주관적 주장을 피력하기보다는 모든 것을 객관적으로 제시하고 그 판단을 독자에게 맡기는 것이 요청되던 시대였다. 이런 이유에서 소설의 화자가 자기주장을 담은 논평을 하지 않고, 객관적 자세를 갖게 되는 현상이 나타나게 되었다고 할 수 있다.

이 이후 자연과학과 기술의 발달은 더욱 가속화되었고, 소설에서도 이 화자상은 더 많은 변화를 가져왔다. 헨리 제임스나 카프카에 있어서처럼 침묵하는 중립적 화자가 계속 나타났음은 물론 로브 그리예의 『질투』에서처럼 심리 묘사 없이 바깥에 드러난 모습만 서술하는 객관적 시점의 화자까지 등장하게 된 것이다(제3장 화자 3, 제4장 시점 2 참조). 이 객관적 시점의 화자는 영화(映畵)의 영향으로 볼 수도 있지만, 다른 한편으로는 철저하게 객관적으로 사물을 파악하려는 자연과학적 태도의 극단적 발현으로 볼 수도 있다. 이렇게 보면 화자상에서 시대상을 볼 수 있다고 주장하는 그래베니츠의 주장이 일면의 타당성을 갖게 된다.

여기서 골드만과 그래베니츠의 이론을 소개하는 이유는 그들의 이론이 타당성이 있기 때문이 아니라, 소설 구조와 사회상을 연관 짓는 그들의 착상이 신선하기 때문이다. 비록 그들의 주장이 전적으로 타당한 것은 아니라 하더라도 그들의 착상과 연구방법은 우리들이 소설 구조를 연구하는 데에 많은 도움을 줄 것으로 여겨지는 것이다.

제10장 동일시와 생소화

    소설의 독자는 소설을 읽으면서 흔히 자신이 주인공이 되어 사건의 현장에 있다는 환상(幻想)*Illusion*을 갖게 된다. 이것을 동일시(同一視)*identification*; *Identifikation, Identifizierung* 라 한다. 이러한 동일시는 연극이나 영화를 관람할 때도 발생한다. 심지어 시를 읽거나 할머니의 옛이야기를 들을 때도 발생한다. 또한 문학작품뿐만 아니라 실화나 자서전, 르포 기사를 읽을 때도 생겨날 수 있다. 이 동일시는 작중인물이 부정적인 인물이라고 해서 일어나지 않는 것은 아니다. 독자는 어떤 인물에게나 동일시를 일으킬 수 있다. 셰익스피어의 『오셀로』에 나오는 악인 이아고에게도 독자나 관객은 동일시를 일으킨다고 한다. 인간은 내면에 악의 요소를 누구나 다 가지고 있어, 우리의 무의식이 그것을 거부하지 않기 때문이다.

    이 동일시에 가장 먼저 유의했던 사람들은 그리스인들이었다. 그들은 디오니소스 축제 때 연극의 관객이 무대 위의 배우와 동일시를 일으킨다는 사실을 발견했다.[1] 아리스토텔레스가 그의 『시학』에서 동일시 후에 일어나는 카타르시스*Katharsis* 에 대해 언급하고 있는 것은 그가 동일시의 본질을 깊이 인식하고 있었음을 말해 준다. 카타르시스란 '감정의 세척'이라 말할 수 있는데, 동일시를 맛본 후 느끼는 무서움, 후련함, 안타까움 같은 것을 의미한다. 카이텔은 독서 때의 심리 변화에 대한 오늘날의 문예이론이 아리스토텔레스의 입장에서 앞

---

1) Hans Blumenberg, "Wirklichkeitsbegriff und Möglichkeit des Romans", Bruno Hillebrand 편, *Zur Struktur des Romans*, Darmstadt 1978, p.238 이하.

으로 더 나아가지 못하고 있다고 말한다.[2] 근대에 이 동일시에 대하여 유의했던 사람은 18세기 백과전서학파의 디드로Diderot였다.[3]

　일반적으로 소설은 독자가 동일시를 느끼도록 만들어진다. 독자는 이때 소설 내부 세계와 소설 바깥 세계의 구별이 모호한 몽환적 상황에 빠져들게 된다. 네처는 동일시를 "독자가 소설 속에 묘사된 세계의 인물·갈등·체험과 완전히 일체가 되는 것"이라고 정의한다. 그리고 이것은 '현실세계의 진정한 모방die wahrhafte Nachahmung von Welt'에 의하여 이루어질 수 있다고 주장한다.[4] 이러한 동일시는 현실을 소설 속에 재현하겠다는 의지를 가졌던 사실주의 소설에서 강하게 추구되었다.

　그러나 다른 한편, 이러한 경향과는 정반대의 경향이 소설 속에 나타났다. 동일시를 저지하고 억제하려는 움직임이었다. 소설이 허구임을 강조하여 동일시를 막으려는 이러한 경향은 엄밀히 말해 소설 장르의 등장과 시기를 같이한다. 동일시를 촉진하려는 방향과 동일시를 저지하려는 이 상반된 두 경향은 '현실의 모방'이면서 동시에 '허구'인 소설의 본질에서 필연적으로 유래하는 현상이 아닐 수 없다.

　동일시에 반대되는 개념이 '생소화(生疎化)alienation, Verfremdung'다. 생소화는 쉬클로프스키Šklovskij에 의해 1917년에 가장 먼저 이론적으로 제기되었다. 그는 이것을 ostranenie라는 용어로 불렀는데 '기이하게 만들기'란 뜻이었다.[5] 그러나 동일시와 생소화의 개념은 베르톨트 브레히트Bertolt Brecht의 서사극(敍事劇)episches Theater에 의

---

2) Evelyne Keitel, *Von den Gefühlen beim Lesen*, München 1996, p.28.

3) Klaus Netzer, *Der Leser des Nouveau Roman*, Frankfurt a. M. 1970, p.31.

4) K. Netzer, 앞의 책, 같은 곳.

5) D. Borchmeyer/V. Zmegac(편), *Moderne Literatur in Grundbegriffen*, Tübingen 1994, p.454.

해 일반화되었다고 할 수 있다. 그는 1919년 최초의 극작품 『바알 *Baal*』을 창작한 이래 많은 극작품과 이론적 저술을 통해 아리스토텔 레스의 카타르시스에 반기를 드는 '비(非)아리스토텔레스 연극'을 창시했다. 그의 서사극은 생소한 느낌을 갖도록 하는 기법을 통해 관객의 감정이입*Einfühlung*을 저지한다. 이 기법을 '생소화효과 *Verfremdungseffekt*'라 부른다.6) 이 생소화효과를 통해 관객은 연극 속의 사건과 인물에 동일시를 일으키지 않게 된다. 그런 이유로 관 객은 연극에 몰입되지 않고 연극과 일정한 거리를 유지하게 되어 카타르시스를 일으키지 않는다. 그 결과 관객은 연극이 끝나면 냉정 한 사고를 통해 연극이 주는 교훈을 받아들이게 된다. 그래서 브레 히트극은 교훈극*Lehrstück*이라 불린다.

생소화란 생소하게 느끼도록 만든다는 뜻이다. 다시 말하면 대상 에 대해 이질감과 낯선 느낌을 갖도록 하는 것이다. 이런 느낌에 의해 독자는 소설 세계에 빨려 들어가지 않고 냉랭한 기분으로 소 설과 거리를 두게 된다. 말하자면 '이건 현실에서는 있을 수 없는 이야기야.' 혹은 '이건 무슨 이야긴지 이해하기 힘들구나.' 같은 생 각을 하면서 소설 세계와 거리를 두는 것을 의미한다. 그러므로 생 소화란 동일시에 반대되는 개념이다. 작가가 소설에서 독자로 하여 금 생소화를 일으키도록 한다면, 그 이유는 간단하다. 그를 통해 소 설을 객관적이고 냉정하게 바라보면서 작가가 전하고자 하는 주제 를 바로 알아차리라는 것이다.

---

6) Verfremdung에 대한 한국어 번역은 통일되어 있지 않다. 이화(異化), 소외(疏外), 소격(疏 隔), 기이화(奇異化), 낯설게 하기, 생소화(生疏化) 등이 통용되어 왔다. 필자는 동화(同化)의 반대 개념으로 연극계에서 통용되어 온 '이화'를 사용해 왔으나, 한국브레히트학회가 '생소화' 란 용어를 권고하고 있기 때문에 이 책에서는 이를 사용하기로 한다(한국브레히트학회 편저 『브 레히트의 연극세계』 서울 2001, p.521 참조). 영어에서는 alienation 혹은 defamiliarisation 으로 번역된다.

베버는 생소화란 표현 대신 '탈환상화(脫幻想化)*Desillusionierung*'[7]
란 용어를 쓰고 있다. 독자 자신이 주인공으로서 사건 현장에 있다
는 환상에서 벗어난다는 뜻이다. 또한 네처는 '미학적 거리*ästhetische
Distanz*'[8]란 용어를 쓰고 있다. 일정한 거리를 두고 작품에 임한다는
뜻으로서 생소화의 본질을 다른 말로 표현하고 있다고 할 수 있다.

동일시를 추구하는 일반적인 소설과는 달리 생소화를 추구하는
소설들이 있다. 아메리카 주의 메타픽션*metafiction*과 서픽션
surfiction, 포스트모더니즘의 대표 격인 프랑스의 누보로망*nouveau
roman* 계열의 작품들이 대표적인 예다. 메타픽션의 선구로서 로렌스
스턴*Laurence Sterne*의 『트리스트램 샌디』와 세르반테스의 『돈키호
테』를 든다는 사실은 생소화를 추구하는 경향이 어제 오늘 시작된
것이 아님을 알게 한다(제9장 현실 3 참조). 위의 두 작품은 쉬클로프
스키에 의하여 생소화의 대표적인 작품으로 거론된 바 있다.[9]

1. 소설에서의 동일시

동일시란 독자가 소설의 주인공을 자기 자신으로 인식하고 자신이
사건의 현장에 있는 듯한 환상을 갖는 것을 의미한다는 것은 앞에서
언급한 바 있다. 대부분의 소설들은 동일시를 추구한다. 독서 과정에
서 생기는 이 동일시에 대해 많은 연구가들이 그동안 관심을 기울여
왔다. 로만 인가르덴은 다음과 같은 표현으로 이 현상을 설명한다.

---

7) Dietrich Weber, *Der Geschichtenerzählspieler*, Wuppertal 1989, p.110.

8) K. Netzer, 앞의 책, p.40.

9) Herman/Jahn/Ryan, *Routledge Encyclopedia of Narrative Theory*, New York 2005,
   p.98.

우리가 묘사된 인물의 운명을 추적함에 있어서 우리 자신을 그 인물의
상황 속에 몰입시키면, 다시 말해 그저 외부로부터 냉랭하고 무관심하게
관찰하는 것이 아니라면, 우리는 그 인물의 입장에서 그의 운명을 좀 더
잘, 좀 더 생생하게, 좀 더 분명하게 이해하게 된다. 그러나 이것은 실제
의 공감*ein wirkliches Mitfühlen* 없이는 이루어지지 않는다.[10]

인가르덴이 여기서 '실제의 공감'이라 부르고 있는 것이 바로 동
일시다. 그는 이 공감으로 독자가 '현실 세계에 대한 준(準)망각 상
태*Quasi-Vergessenheit der realen Welt*'[11]에 빠진다고 말한다. 인가
르덴은 독자의 동일시 현상에 주목하긴 했으나 그것이 자기가 주
장하는 수용미학의 이론, 즉 제2의 창작자로서의 독자 역할을 강조
하는 이론에 크게 기여하는 것으로는 보지 않았다.

프레데릭 부이텐디익 역시 독자의 동일시 현상에 주목한 사람의
하나다. 그는 『소설의 심리학』에서 다음과 같이 말하고 있다.

소설 세계의 상황에 참여함으로써, 바꾸어 말하면 나를 사로잡는 작중
인물의 기분·감정·정서·정열에 동참함으로써 나는 (……) 현실 세계
로부터 해방된다. 의무감으로부터 해방되어 자유스럽게 행동하는 것이야
말로 소설이 제공하는 심리적 인식의 순수성이다.[12]

부이텐디익은 동일시란 말을 사용하고 있지는 않다. 그러나 그가
주장하는 '현실 세계로부터의 해방'은 결국 독서 행위 때의 동일시
를 의미한다. 그는 이 현상이 우리가 소설가를 신뢰하고 소설을 신
뢰할 때만 생겨난다고 말한다. "우리는 어린이가 동화를 믿는 것

---

10) Roman Ingarden, *Vom Erkennen des literarischen Kunstwerks*, Tübingen 1968
   (1937), p.246.
11) 위의 책, p.199, 202.
12) Frederik J. J. Buytendijk, *Psychologie des Romans*(독역), Salzburg 1966, p.27.

이상으로 소설을 믿어야 한다."13)고 그는 주장한다. 그래야만 소설 세계에 들어갈 수 있다는 것이다. 그리고 작가가 그러한 신뢰를 주는 데는 단순한 언어 구사 능력만이 아니고, 권위*Autorität*가 있어야 된다고 주장한다.14)

볼프강 이저는 말한다. "독서 행위 중에 (독자) 참여의 한 형태가 일어난다. 그것은 독자를 작품 속으로 끌어들여, 독자로 하여금 진행되는 사건과 자신 사이에 모든 거리감이 없어졌다는 느낌을 갖도록 한다."15) 그리고 그는 이것을 동일시라 부르고 있다. 그는 이러한 동일시의 예를 에밀리 브론테의 『제인 에어』에 대한 클라크의 글을 인용하여 설명한다. "어느 겨울 저녁, 가끔 들은 허풍스런 칭찬에 다소 자극되어 우리는 비평가처럼 비평적으로 될 것을 결심하고 『제인 에어』를 집어 들었다. 그러나 읽어 가면서 온갖 고통을 겪고 있는 제인 에어에게 동일시되어*identified ourselves with Jane* 결국 새벽 네 시경에, 그녀가 미스터 로체스터와 결혼을 할 때까지 칭찬이나 비평 같은 것은 잊고 말았다."16) 이런 것이 동일시라고 이저는 설명하고 있다.

디트리히 크루세는 소설을 읽을 때의 동일시가 두 가지 근원에서 일어난다고 말한다. 하나는 시점인물의 성격에 의해 일어나고, 다른 하나는 작품의 구성요소에 의해 일어난다는 것이다. "구성요소는 우리가 소재적으로나 내용적으로 이미 알고 있는 것, 지금까지의 우리들의 세상 경험에 일치하는 것, 그런 세상 경험에 속하는

---

13) 위의 책, p.28.

14) 위의 책, p.29.

15) Wolfgang Iser, "Der Lesevorgang", Rainer Warning 편, *Rezeptionsästhetik*, München 1975, p.271 이하.

16) William George Clark, *Fraser's*, 1849(위의 책 p.272에서 재인용).

것, 그러한 것들을 우리들로 하여금 재인식하게 만드는 것"이라고 그는 말한다. "그러한 것을 발견함으로써 우리는 작품이 알려주는 줄거리 진행, 작중인물의 상황, 역할의 윤곽, 갈등상태 등을 가능한 것으로, 있을 법한 것으로 받아들일 뿐만 아니라 나아가 완전한 '사실'로 받아들이게 된다."[17)고 그는 주장한다.

조르주 풀레는 독서에 의해 자아의 완전한 망각 상태가 이루어진다고 주장한다. 작품을 읽을 때 본래의 자아가 몰수*dépossession*되고 낯선 자아가 자리를 차지하는 자아의식의 교환이 일어난다는 것이다.[18) 여기서 낯선 자아는 작가의 자아가 아니라 작품의 의인화*personification* 다. 결국 독서에서 독자는 다른 사람이 생각해 낸 사고를 사고하게 된다. 그럼에도 불구하고 독자는 이 사고의 주체다. 여기서 결국 '주체와 객체의 분열'이 소멸된다. 풀레는 이런 상태를 '중간 의식*conscience mitoyenne*'이라고 부르기도 한다.[19) 그는 또한 소설 속의 낯선 자아를 독자 '자신의 변이', '자신의 반영'이라고 표현한다. 결국 그에게 있어서 동일시는 독자가 자신을 잊고 작품에 몰입하는 것을 의미하며, 소설의 그러한 힘은 그에게 있어서 가히 소설의 본질로 간주되고 있다.

동일시의 정도에 대해 인가르덴, 부이텐디익, 이저, 풀레 등의 의견이 서로 얼마간 차이를 보이는 것은 그들이 어떤 작품을 표본으로 했느냐, 또 그들이 얼마나 예민한 감수성을 가지고 있느냐 하는 데서 오는 것 같다. 소설 작품에 있어서 동일시를 일으키는 정도는 작품에 따라 다르고 독자의 성격이나 심리 상태에 따라 다르기 때

---

17) Dietrich Krusche, *Kommunikation im Erzähltext, 1. Analysen,* München 1978, p.24.

18) Georges Poulet, "Phenomenology of Reading", *New Literary History* 1호(1969), p.57.

19) 위의 책, p.56 이하.

문에 작품의 동일시 현상을 보는 연구가의 눈도 다소 다를 수밖에 없는 것이다.

이 동일시 현상을 베버는 짤막한 도식을 가지고 설명한다.

소설적 환상: "그것은 당시였다 *Das war damals.*"
연극적 환상: "그것은 지금이다 *Das ist jetzt.*"
심리적 환상: "그것은 나다 *Das bin ich.*"[20]

소설적 환상이란 소설이 과거 사건을 서술한다는 것을 의미한다. 연극적 환상이란 무대 위의 연극에서는 사건 진행이 언제나 현재라는 것이다. 심리적 환상이란 독자가 연극 세계나 소설 세계의 인물과 동일시를 일으킨다는 것을 의미한다.

이러한 동일시는 독자의 심리 현상이지만 이 현상은 소설 자체의 구조에서 발생한다. 동일시를 추구하는 소설로 만들어졌느냐, 억제하는 소설로 만들어졌느냐 하는 데서 동일시가 발생하기도 하고, 발생하지 않기도 하는 것이다. 현실의 재현을 지향하는 소설에서는 크든 작든 항상 동일시가 일어난다고 할 수 있다.

마르티네츠/쉐펠은 괴테의 『젊은 베르테르의 슬픔』에 대해 다음과 같이 말하고 있다. "괴테가 베르테르의 운명을 풍자적인 3인칭 전지적 화자가 거리를 두고 행하는 보고서 형태로 서술하지 않고, 동일시를 일으키는 편지형식의 1인칭 시점으로 서술하도록 결정한 것은 동시대의 독자들이 가졌던 '베르테르 열기*Werther-Fieber*'와 깊은 관계가 있다. 그들 중 상당수가 자살을 모방했던 것이다."[21]

---

20) D. Weber, 앞의 책, p.107.
21) M. Martinez/M. Scheffel, *Einführung in die Erzähltheorie*, 5. Aufl. München 2003,

즉 1인칭 시점으로 서술했기 때문에 독자들이 동일시를 일으켜 많
이들 자살을 했다는 것이다. 우리는 여기서 동일시가 일어나느냐의
여부가 소설의 구조와 관계가 있음을 확인하게 된다.

이제 동일시가 일어나는 소설에는 어떤 구조적인 특징이 있는지
살펴보자.

첫째, 서술 속도가 빠른 소설에서보다는 느린 소설에서 동일시가
더 많이 일어난다. 바꾸어 이야기하면 서술이 자세하여 서술 시간
*Erzählzeit*이 '서술되는 시간*erzählte Zeit*'에 가까워질수록 동일시가
일어나기 쉽다는 말이다(제2장 시간 3 참조).

둘째, 화자 이론에서 이야기하는 논평적 화자 소설보다는 중립적
화자 소설에서 동일시가 더 많이 일어난다(제3장 화자 3 참조). 논평이
많아 화자의 존재를 독자가 많이 느끼면 느낄수록 사건의 현장에
있다는 느낌보다 이야기를 전달받고 있다는 느낌을 더 많이 갖게
되기 때문이다. 다시 말하면 논평적 화자 소설에서는 '간접성'이 증
가하여 동실시가 일어나기 어려운 것이다.

셋째, 슈탄첼의 이론의 기록자적 시점보다는 인물적 시점에서 더
많은 동일시가 일어난다(제4장 시점 1 참조).

넷째, 3인칭 시점보다는 1인칭 시점이 동일시가 일어나기 쉽다.
또 1인칭 전지적 시점보다는 1인칭 객관적 시점이, 3인칭 무제한적
전지 시점보다는 3인칭 선택적 전지 시점이 더 많은 동일시를 일
으킨다. 인물의 마음속으로 들어가지 않는 3인칭 객관적 시점에서
는 동일시가 일어나기 어렵다(제4장 시점 2 참조).

다섯째, 요약보다는 장면 묘사를, 간접화법보다는 직접화법을, 간
접적 내적 독백보다는 직접적 내적 독백을 많이 쓰는 곳에 동일시

---

p.20 이하.

가 일어나기 쉽다(제5장 문장 참조).

여섯째, 인물 묘사의 방법에 있어서는 간접적 제시보다 직접적 제시가 더 많은 동일시를 일으킨다(제7장 작중인물 2 참조).

일곱째, 가상소설보다는 사실소설에서 더 많은 동일시가 일어난다(제9장 현실 3 참조).

여덟째, 그러나 무엇보다도 중요한 것은 작가의 설득력이다. 통속적인 표현을 빌리면 작가의 '입담'이다. 이 '입담'이 좋으면 독자는 이야기 속으로 쉽게 빨려 들어가 동일시를 일으키게 된다. 이 작가의 설득력은 작가의 문장력이라 말할 수도 있다. 이러한 작가의 능력은 구조적인 입장에서는 설명되지 않는다.

동일시는 이러한 여러 가지가 복합되어 나타난다고 하겠다.

2. 소설에서의 생소화

대상에 대해 이질감과 낯선 느낌을 갖게 하는 현상을 생소화(生疎化)라 한다는 것은 앞에서 언급한 바 있다. 대개의 소설이 동일시를 추구하지만, 모든 소설이 반드시 그런 것은 아니다. 소설에는 생소화를 추구하는 소설도 있다. 작품 전체에 생소화가 나타나는 소설도 있지만 부분적으로 생소화가 나타나는 소설도 있다.

소설에 생동감을 넣어 가능하면 동일시를 조장하려는 경향에 대해 일찍부터 자성의 소리가 있었다. 플로베르는 예술에 있어서 최고의 목표는 '웃음이나 눈물을 자아내는 것이 아니라' 자연의 작품 *nature work*으로 활동하는 것, 다시 말하면 독자로 하여금 꿈을 갖도록 하는 것이라고 말한 바 있다. 웃음이나 눈물을 자아내도록 하는 동일시 현상을 그는 저급한 것으로 보았던 것이다. 부드는 플로베르의 이 말을 인용하면서 이 표현이 그 후의 백 년 동안 얼마나 자주 반복해서 언급되었던가 하고 감탄을 한다.22) 부드는 작품과 독자 사이의 심리적 거리를 '미학적 거리*aesthetic distance*'라고 부르면서, 예술이 파괴되지 않도록 이런 미학적 거리가 어느 정도 지켜져야 한다고 주장한다.23) 말하자면 작품에는 생소화가 어느 정도 구비되어 있어야 된다는 것이다.

생소화 현상은 많은 소설들에 나타나고 있다. 쉬클로프스키는 톨스토이의 작품에서 생소화 현상을 발견할 수 있다고 말한다. 톨스토이의 「캔버스의 칼」에서는 말(馬)의 시각에서 인간관계와 사회적 인습이 관찰된다. 이런 시각에서 보면 사물은 기존의 당위성을 잃게 되어 관찰자는 동일시 대신 낯설고 기이한 느낌을 갖게 된다는 것이다. 나아가 그는 톨스토이의 『전쟁과 평화』에 나오는 오페라 공연 장면을 또 다른 예로 든다. 여기서는 순진한 시선으로 인위적인 공연관습을 묘사하고 있어 그 부자연스러움이 독자로 하여금 생소화를 일으키게 한다는 것이다.24)

또한 츠메각V. Žmegač은 18세기 이후의 소설들에 생소화 현상이 나타나 하나의 전통을 이루고 있다고 말한다. 볼테르Voltaire, 호프만E. T. A. Hoffmann 같은 전 시대의 작가들은 물론 현대 작가들의 작품에도 생소화 현상이 나타나 있다고 한다. 토마스 만의 『마의 산』에 나오는 병(病)에 대한 논의와 철학적 논의가 독자에게 생소화 현상을 일으킨다고 한다. 또한 마크 트웨인의 『허클베리 핀』과

---

22) Wayne C. Booth, *The Rhetoric of Fiction*, Chicago 1961, pp.120-121.
23) 위의 책, pp.121-123.
24) D. Borchmeyer/V. Žmegač(편) 앞의 책, p.454.

하세크Jaroslav Hasek의『슈베이크Svejk』에도 생소화 현상을 발견할 수 있다고 한다.25)

브레히트는 그의 극작품에만 생소화를 사용한 것이 아니라 소설 작품에도 사용했다.『율리우스 케자르 씨의 사업Die Geschäfte des Herrn Julius Caesar』(1949)이 대표적인 예라 할 수 있다. 홀먼은 포스트모더니즘 문학작품의 특징 가운데 하나가 생소화alienation라고 말하고 있다.26) 대표적인 예로 메타픽션, 서픽션, 누보로망이 있다는 것은 앞에서 언급한 바 있다. 막스 프리슈Max Frisch의『몬타우크 Montauk』(1975)도 생소화를 추구하는 대표적 소설로 인정된다.27)

연극에서 동일시를 억제하고 생소화를 조장하는 기법을 흔히 '생소화효과'라 부른다는 것은 앞에서 언급한 바 있다. 작가들은 소설 창작에 이 생소화효과를 사용할 수 있다. 생소화효과로 다음과 같은 것을 들 수 있다. 이것은 대체로 동일시를 일으키는 방향과 반대되는 방향이다.

첫째, 소설 속도를 빠르게 한다. '서술 시간'을 '서술되는 시간'보다 훨씬 짧게 한다는 말이다(제2장 시간 3 참조). 말하자면 사건을 대충대충 서술하여 독자가 작품 속에 몰입되지 않도록 하는 것이다.

둘째, 논평적 화자가 등장하도록 한다. 이것은 화자가 자기 존재를 드러내는 것을 의미한다. 화자의 존재가 많이 드러나면 드러날수록 독자가 느끼는 생소화는 더 커진다. 화자가 자신의 존재를 드러낼수록 이야기의 '간접성'이 증가하여 독자는 사건의 현장에 있다는 환상을 갖기보다는 화자에 의하여 이야기를 전달받고 있다는 느낌을 더 많이 갖는 것이다(제3장 화자 2, 실험소설론 제1장 3 참조).

---

25) 위의 책, p.456.

26) Hugh Holman, *A Handbook to Literature*, Indianapolis 1980, p.346.

27) Franz K. Stanzel, *Theorie des Erzählens*(7판), Göttingen(1979), 2001, p.146.

이것을 슈탄첼의 화자 이론·시점 이론으로 설명하면 기록자적 시점을 많이 사용하는 것을 의미한다. 기록자적 시점에서는 독자가 동일시보다 생소화를 더 많이 느끼게 된다. 반대로 인물적 시점에서는 생소화보다 동일시를 더 많이 느끼게 된다(제4장 시점 1 참조). 그런 의미에서 슈탄첼이 서사적 과거를 두고 기록자적 시점에서는 '과거'이지만 인물적 시점에서는 '현재'라고 주장하는 것은 어느 정도 타당성이 있다.[28]

문장론의 입장에서는 장면 묘사보다는 요약을, 직접화법보다 간접화법을, 직접적 내적 독백보다는 간접적 내적 독백을 많이 사용하는 것이 생소화를 더 많이 일으킨다(제5장 문장 참조).

또 작중인물의 제시 방법으로는 직접적 제시보다 간접적 제시가 생소화를 더 많이 조장한다(제7장 작중인물 2 참조). 이러한 요소들은 모두 다 화자 문제와 관련을 갖고 맞물려 있는 요소들이라 할 수 있다.

셋째, 가상소설에서 볼 수 있는 것처럼 '나는 다음과 같은 이야기를 꾸며 보았다.'와 같은 표현을 통해 다음에 들려줄 이야기가 현실의 이야기가 아니라 허구의 이야기임을 분명히 하는 것이다(제9장 현실 3 참조). 이런 경우 흔히 생소화 현상이 일어나게 된다. 가상소설은 꾸며 낸 이야기임을 미리 알려 주기 때문에 이야기에 대한 신뢰성이 상실되어 독자가 '자기를 잊고' 소설 속에 몰입하는 현상, 즉 동일시 현상이 잘 일어나지 않는다고 페터젠은 말하고 있다.[29] 이 종류의 소설로서 메타픽션이나 서픽션을 들 수 있다.

넷째, 직선적인 이야기 진행의 와해다. 말하자면 전통적 플롯의

---

28) Franz K. Stanzel, "Episches Praeteritum, erlebte Rede, historisches Präsens", *Deutsche Vierteljahrschrift* 33호(1959), p.2 이하. 이 점에 대해 또한 제2장 시간 1 참조.

29) Jürgen H. Petersen, *Erzählsysteme*, Stuttgart 1993, pp.31-35.

파괴다. 이것은 누보로망의 작가들이 애용하는 기법이기도 하다.[30] 누보로망은 사실주의가 추구하던 '현실 세계의 모방 또는 재현'을 부정하고 현실과는 독립된 소설 세계를 창조하는 것을 목표로 한다. 그리하여 전통적인 소설이 갖는 이야기 진행을 거부한다. 그러므로 누보로망에서 플롯은 파편적 성격*Fragmentcharakter*을 갖게 된다. 즉 작품은 도처에 빈 곳*blanc*을 갖게 된다. 이것은 필연적으로 독자에게 정보 부족을 초래하게 된다. 말하자면 독자는 무엇이 어떻게 돌아가는지 잘 모르게 되는 것이다. 그러므로 누보로망을 읽은 독자는 무슨 내용을 읽었는지 간추려서 이야기하기가 아주 어렵게 된다. 네처는 이러한 빈 곳의 예로서 로브 그리예의 『엿보는 자*Le Voyeur*』의 1장과 2장 사이의 공간을 들고 있다.[31]

그런데 이 플롯의 해체란 점에 있어서 누보로망보다 더 심한 소설들이 있다. 실험소설로 인정되는 이런 소설들은 도대체 맥락이 닿지 않는 이야기들을 서술하고 있다. 예를 들어 칼 아인슈타인*Carl Einstein*의 『브뷔캥*Bebuquin*』(1912)이나 게르하르트 로트*Gerhard Roth*의 『알베르트 아인슈타인의 자서전*Autographie des Albert Einstein*』(1972)과 같은 작품들은 일관된 줄거리가 없다(실험소설론 제1장 6 참조). 또 상이한 텍스트들을 잘라서 조립하는 절단법*cut-up-method*으로 만들어진 소설들은 줄거리 자체가 성립되지 않는다(실험소설론 제2장 8 참조). 이러한 소설들에 있어서는 극단적으로 동일시가 배제되고 생소화가 조장된다고 하겠다.

다섯째는 소설 서두를 정보 부족의 상태로 만드는 것이다. 독자는 화자에 의하여 소설 세계로 끌려 들어가는 것이 아니라 처음부

---

30) K. Netzer, 앞의 책, p.33 이하.
31) 위의 책, p.34 및 134.

터 수수께끼의 한가운데에 놓이게 된다. 이것도 역시 누보로망의 작가들이 애용하는 기법이다.32) 예를 들면 로브 그리예의 『엿보는 자』의 서두는 다음과 같이 시작된다.

마치 아무도 그 소리를 듣지 않은 것 같았다.
배의 고동 소리가 두 번째로 날카롭고 길게 울렸다. 그리고 이어 그것
은 고막을 터지게 할 정도의 격렬한 소리로 세 번 짧게 울렸다.

이 서두에서 독자는 무슨 일이 일어날 것이며, 소설이 어떻게 전개될 것인지 감을 잡을 수가 없다.

여섯째, 3인칭 객관적 시점*objective point of view*을 택한다. 이 시점에는 심리 묘사가 없기 때문에 독자가 작중인물과 동일시를 일으키기 어렵게 된다. 다시 말하면 화자의 시선이 작중인물의 바깥 모습에만 머물러 있기 때문에 독자가 작중인물의 입장이 되어 사물을 보는 상황이 생기지 않아 동일시가 일어나지 않는 것이다. 로브 그리예의 『질투』가 대표적인 예일 것이다. 3인칭 전지적 시점에서 화자의 신적인 초능력이 증가하면 할수록 생소화는 증가한다. 또 1인칭 전지적 시점의 사용이 많아지면 많아질수록 생소화는 증가한다. 이 시점들의 사용이 사실성에 대한 의혹을 불러일으키기 때문이다(제4장 시점 2 참조).

일곱째, 작중인물과 소설의 작가 혹은 독자가 대화를 하는 것이다. 작중인물은 소설 세계의 바깥으로 나올 수가 없다. 그런데 이 작중인물을 소설 바깥으로 끌어내어 작가나 독자와 대화를 시키는 것이다. 이것은 브레히트의 서사극에서 배우가 무대 밖의 관객에게 말을 걺

---

32) 위의 책, p.35.

으로써 동일시의 환상을 깨는 원리와 같다. 작중인물이 작가나 독자와 대화를 함으로써 독자는 이것이 꾸며 낸 이야기라는 의식을 갖게 되어 소설의 허구성을 강하게 느끼게 되는 것이다. 예를 들어 커트 보니거트Kurt Vonnegut의 『챔피언들의 아침식사*Breakfast of Champions*』(1973)에서 작중인물 트라우트는 작가와 대화를 한다. 루트비히 하리히Ludwig Harig의 『루소*Rousseau*』(1978)에서는 작중인물 루소가 독자에게 말을 건다(실험소설론 제1장 1 참조).

여덟째, 사건의 서술에 꼭 필요하다고 볼 수 없는 지엽적이고 시시콜콜한 일들을 장황하게 서술한다. 이런 산만한 플롯을 통해 독자는 동일시의 환상을 도저히 가질 수 없게 된다. 누보로망의 소설들에서 흔히 볼 수 있는 현상이다. 로브 그리예의 『질투』, 클로드 시몽Claude Simong의 『플랑드르의 길*La Route des Flandres*』, 『레 제오르지크*Les Géorgiques*』 같은 프랑스 작품들과 이인성의 『미쳐버리고 싶은, 미쳐지지 않는』(1995) 같은 작품을 그 예로 들 수 있을 것이다.

위에서 언급한 여러 가지 생소화효과를 사용하면 동일시는 억제되고 생소화는 증가한다. 이러한 생소화효과를 소설 속에 도입한 작품은 동일시를 추구하는 소설이 아니다. 이런 소설은 독자로 하여금 거리를 두고 소설을 대하도록 유도한다. 이때 독자는 흥분되지 않은, 객관적이고 차분한 자세로 소설을 관찰하고 분석하여 소설이 던지는 의미를 추출해 내게 되는 것이다. 독자는 소설 줄거리가 주는 '재미'를 느끼는 것이 아니라, 소설에서 새로운 통찰과 인식을 얻는 '기쁨'을 느끼게 된다고 하겠다.

그러나 생소화가 너무 심한 경우, 독자가 그 소설을 아예 외면해 버리고 읽지 않을 가능성이 있다는 사실도 작가들은 알아야 될 것이다.

결언

위에서 소설의 구조를 10개 분야로 나누어 살펴보았다. 무엇을 소설의 구조로 보느냐 하는 데 대해서는 사람마다 견해가 다를 수 있다. 그렇기 때문에 위의 10개의 시각 모두에 동의하지 않는 사람도 있을 것이다.

사실 외형·화자·현실·동일시와 생소화 같은 부문을 소설 구조로 파악한 사람은 국내외를 통틀어 많지 않다. 이것을 기존의 고정된 시선으로 보면 구조가 아니라고 생각할지도 모르겠다. 그러나 그 하나하나가 시각을 달리하여 소설의 구조를 파악하는 방법이라는 것을 필자는 믿어 의심치 않는다.

사실상 이 구조론의 상당 부분은 필자 자신의 독창적 이론이 아니다. 흩어져서 체계화되어 있지 않은 것을 구조라는 주제 밑에 필자가 모으고 정리했을 뿐이다. 그런 의미에서 이 구조론은 외국 이론들의 소개에 시종하고 있다는 비난을 받을지도 모르겠다. 사실 그런 점이 없지는 않다. 그리고 어떤 점에서는 그런 의도에서 쓰였다고 할 수도 있다. 바꾸어 이야기하면 한국의 소설 연구나 창작에 기여하도록 외국의 이론들을 올바르게 소개하는 것이 필자의 숙원이었기 때문이다. 그러나 정리 작업이지만 거기에 필자 나름의 독창성을 다소 발휘했다는 자긍심은 느끼고 있다.

소설의 구조는 10개만 있는 것이 아닐 것이다. 아직도 찾으면 얼마든지 찾아질 수 있다는 것이 필자의 소신이다. 그러나 그러한 탐구는 앞으로의 연구과제로서 독자 여러분의 몫이기도 하다는 것을 강조하고 싶다.

실험소설론

서언

20세기에 들어오면서 '실험소설*experimental narrative, Experimentalroman*'이란 말이 많이 쓰여 왔다. 로저 파울러가 "실험적 작품들은 지배적인 문학전통의 인습을 파괴한다."[1]고 말한 것처럼 실험소설은 기존의 전통적 소설 형식 및 내용을 버리고 새로운 형식과 내용을 도입하는 소설을 의미한다.

에밀 졸라*Emile Zola*가 '실험소설*Le roman expérimental*'(1880)이란 말을 처음 쓴 이후 '실험'이란 말이 문학에서 많이 쓰이고 있다. 졸라가 쓴 실험이란 말은 자연과학에서 가져온 것으로서, 그는 이 말을 시대와 환경과 유전의 영향하에 소설의 주인공들이 어떻게 행동하고 어떻게 변화되는가를 실험실의 자연과학자가 관찰하듯이 객관적으로 관찰한다는 의미로 썼던 것이다.

오늘날 문학에서 쓰이고 있는 실험*Experiment*이란 말은 졸라의 실험이란 말과 그 개념이 다르다. 문학에서의 실험이란 문학작품의 창작에 있어서의 새로운 시도라고 말할 수 있다. 이 말은 필연적으로 전통과의 단절을 부르짖는 모더니즘*modernism*, 포스트모더니즘

---

1) Roger Fowler, *A Dictionary of Modern Critical Terms*, London 1973, p.64.

post-modernism, 전위 문학*avantgarde*과 밀접한 관계를 갖게 된다.

하랄트 하르퉁은 실험을 내용이나 주제에 있어서의 새로운 시도라기보다는 언어 내지는 방법에 있어서의 새로운 시도로 정의한다.[2] 베스트도 실험문학을 "새로운 표현 수단과 표현 형식을 시험하는 문학"[3]으로 정의한다. 그러나 실험의 개념을 이보다 넓게 보는 사람들도 있다. 빌페르트는 문학에 있어서의 실험을 "새로운 표현 형식, 새로운 진술 방법, 새로운 내용을 시험해 보는 것"으로 정의한다.[4] 그의 말처럼 지금까지의 실험소설들을 살펴보면 언어나 형식에 있어서뿐만 아니라 내용에 있어서도 실험이 이루어진 경우가 있음을 확인할 수 있다.

브록하우스 문학사전은 문법이나 구문에 있어서의 새로운 언어적 실험, 상이한 자연언어의 혼합·문체·주제·시점·현실인식에 있어서의 새로운 시도, 미술·음악 등 타 장르와의 혼합, 철학 같은 학문 방향으로 장르의 경계를 넘는 것, 공동창작자로서의 독자의 역할전환, 컴퓨터에 의한 작가 역할의 변화, 우연에 의한 줄거리 형성과 자동기술 같은 것을 실험의 내용으로 들고 있다.[5]

코르트할스가 "특히 모더니즘과 포스트모더니즘 이후부터 우리는 소설을 거대한 혼합장르*Misch-Genre*로, 즉 아주 상이한 장르적 요소들이 결합된 형식으로 간주할 수 있다."[6]고 말하고 있는 것은 현대에 와서 소설 장르가 다양한 실험에 의해 크게 변화되고 있음

---

2) Harald Hartung, *Experimentelle Literatur und konkrete Poesie*, Göttingen 1975, pp.7–26.

3) Otto F. Best, *Handbuch literarischer Fachbegriffe*, Frankfurt a. M. 1987, p.151.

4) Gero von Wilpert, *Sachwörterbuch der Literatur*, Stuttgart 1969, p.245.

5) Werner Habicht &, *Der Literatur Brockhaus, Bd. 3*, Mannheim 1995, p.128.

6) Holger Korthals, *Zwischen Drama und Erzählung*, Berlin 2003, p.176.

을 지적한 말이락 하겠다.

새로운 소설 기술을 개발하려는 시도를 우리는 실험이라 부를 수 있다. 소설 기술 또는 소설 기법(小說技術, 小說技法)*narrative technique, Erzähltechnik*이란 소설이라는 하나의 구조물을 만드는 데 동원되는 여러 가지 수단과 방법을 의미한다. 헨리 제임스Henry James는 소설을 집이란 건축물에 비유했다. 소설을 집에다 비유하면 소설 기술 또는 소설 기법은 무엇을 재료로 하여 어떻게 집을 지을 것인가를 결정하는 공법(工法)에 해당된다. 소설 기술은 소설 역사의 진행과 더불어 계속 개발되고 발달해 왔다. 그러나 소설 기술은 소설 자체의 본질로 말미암아 혁명적이고 획기적인 발달을 할 수 있게 되어 있지 않다. 카이저의 말처럼 서사 문학의 근원적 상황이 "어떤 화자가 일어났던 어떤 일을 청중에게 이야기하는 것 *Ein Erzähler erzählt einer Hörerschaft etwas, was geschehen ist*"이기 때문에 그러한 서사 문학의 틀을 파괴하는 시도를 하기가 어려운 것이다. 그런 의미에서 소설 기술의 발달은 한계 내의 발달이고 소설 기술의 개발은 한계 내의 개발이라 하겠다. 그러므로 실험도 한계 내의 실험에 머물 수밖에 없는 것이다.

소설 분야에서 그동안 너무나 많은 실험들이 행해졌기 때문에 앞으로 실험이 행해질 여지는 별로 커 보이지 않는다. "왕성한 실험의 시대는 지나간 것같이 보인다."[7]는 하르퉁의 말이 타당성을 갖는 것으로 여겨진다. 슈탄첼은 소설 발달사적으로 고찰하여 소설 형식의 변화를 제임스 조이스James Joyce 이전과 이후로 나눈다. 그리고 조이스 이후 수십 년간의 변화가 그 앞의 수백 년간에 있었던 변화보다 더 화려하고 급격했다고 말한다.[8] 이렇게 소설 형식이

---

7) H. Hartung, 위의 책, p.7.

많은 변화를 겪어 왔음에도 아직도 실험의 여지가 남아 있는지에
대해 의문이 제기될 수 있다. 그러나 그 가능성마저 없다고 단정할
수는 없을 것이다. 그런 의미에서 새로운 소설 기술을 모색하는 작
업은 계속되어야 할 것이다.

우리나라에서는 문학적 실험을 두고 현실 문제를 외면하는 현실
도피로 간주하는 경향이 있다. 그러나 그것은 오해에서 기인한다.
60년대 미국과 중남미에 나타난 메타픽션이 정치적이고 사회참여
적인 성격을 띠었다는 것이 그 단적인 반증이 된다(소설 구조론 제9장
현실 3 참조). 역시 60년대에 독일에서 왕성한 실험 정신을 보였던
구체시(具體時)*konkrete Poesie*가 흔히 정치적 문제를 이슈로 제기
했다는 것도 또한 그 반증이 될 것이다. 제2차 세계대전 후 독일에
서 시는 물론 소설에서도 가장 활발한 문학적 실험을 했던 하이센
뷔텔이 "진보된 방법과 엄격한 사회적 주제는 소설에서 서로 배타
적이 아니다."⁹고 말하고 있는 것은 문학적 실험이 결코 현실을 외
면하는 것이 아님을 분명히 하고 있다.

20세기 초『브뷔캥*Bebuquin*』을 비롯한 일련의 실험소설을 발표했
던 칼 아인슈타인Carl Einstein(1885~1940)이 행동으로 현실 참여
를 했던 지식인이었다는 사실은 우리에게 시사하는 바가 크다. 그
는 혁명 단체 '스파르타쿠스Spartakus'의 회원이었으며 스페인 내란
이 일어나자 50세가 넘은 나이로 공화파를 위해 참전하였고, 프랑
코군에 공화파가 무너지자 스스로 목숨을 끊은 인물이다. 그러한
인물이 실험 문학을 썼다는 것은 문학적 실험이 결코 유희가 아니

---

8) Franz K. Stanzel, "Wandlungen des narrativen Diskurses in der Moderne", R. Kloepfer/G. Janetzke-Dillner 편, *Erzählung und Erzählforschung im 20. Jahrhundert*, Stuttgart 1981, p.371.

9) H. Heißenbüttel, *Über Literatur*, München 1970, p.170.

라는 반증이 될 것이다.

"무엇이 되어 나올지 모르지만 그럼에도 우리는 계속 시도하고 있다."[10]는 하이젠뷔텔의 말처럼 우리는 새로운 소설 기술의 모색을 멈추지 않아야 될 것이다.

실험은 소설의 내적 구조에서 이루어질 수도 있고, 소설 바깥에서 도입될 수도 있다. 그러나 몽타주소설은 외적 요소가 소설 내용을 이루기도 하는 혼합 형태가 되기 때문에 우리의 주목을 끈다. 그러므로 우리는 소설 구조 내에서의 실험과 외적 요소를 도입한 실험은 물론 몽타주소설에 대해서도 살펴보아야 할 것이다. 여기서 필자는 최근의 실험적인 작업들을 소개하기도 하겠지만 필자 자신의 아이디어를 제시하기도 할 것이다.

---

10) H. Heißenbüttel/H. Vormweg, *Briefwechsel Über Literatur*, Berlin 1969, p.47.

제1장 소설 구조 내에서의 실험 

1. 외형에서

소설의 외형 구조는 제목, 장르 표시, 작가명이 첫 페이지에 있고 이어 장(章) 구분이 되어 있는 내용이 나온다. 그리고 내용의 앞뒤에 머리말과 맺는말이 올 수 있고, 내용이나 장의 첫머리에 모토가 오기도 한다(소설 구조론 제1장 외형 참조). 이러한 외형은 꽤 오랫동안 유지되어 온 소설의 겉모습으로 여기에 새로운 형식을 크게 도입할 여지는 없어 보인다. 새로운 가능성을 모색해 본다면 우선 현재의 외형 구조를 축소하는 방향을 생각할 수 있다.

일반적인 소설 형태에는 머리말·맺는말. 모토는 없고, 제목과 장르 표시와 작가명과 내용만 있다. 이것을 더욱 축소하여 작가명·제목·장르 표시 중에서 하나 또는 둘 또는 모두를 없앨 수 있다. 이때 내용만은 없앨 수가 없다. 내용이 없으면 소설이 성립될 수 없기 때문이다. 그런데 부분적으로 내용이 없는 소설이 있다. 위르겐 베커Jürgen Becker의 실험소설 『변두리*Ränder*』(1968)에는 모두 11장으로 된 내용 중 제6장이 백지로 되어 있다. 두 페이지가 내용 없는 백지로 이루어져 있는 것이다.

작가명이 없는 소설이 있을 수 있다. 예를 들어 작자 미상의 작품도 있고, 또 작가 집단이 공동으로 창작한 작품도 있어 작가명이 없는 소설은 존재한다. 그러므로 작가명이 없다는 사실만으로는 실험이라 할 수는 없을 것이다.

제목이 없는 경우는 독특하기 때문에 실험이라 부를 수 있을 것이다. 그러나 제목이 없는 경우 독자 내지 취급자들(서점상·언론기관·도서관·문학사가 등)이 겪게 될 불편은 대단할 것이다. 그러므로 제목이 없는 소설은 생각하기 어렵다. 그러나 단편에서는 가능할 수도 있을 것이다.

다음은 기존의 외형 구조를 축소시키거나 확대시키지 않고 변형시키는 경우를 생각할 수 있다. 이때 모토를 장이나 내용의 앞이 아니고 뒤에 붙이는 방법이 있다. 또 이 모토를 경구 성격의 내용만으로 구성하지 않고 짧은 소품이나 우화(寓話)로 구성하는 것도 생각해 볼 수 있다. 복거일의 『비명을 찾아서』(1987)에는 장마다 모토가 붙어 있다. 그런데 책이나 자료에서 인용하는 형식으로 되어 있는 모토들이 사실은 작가의 창작이라는 데 이 소설의 실험적인 독창성이 있다. 루트비히 하리히Ludwig Harig의 『루소Rousseau』(1978)는 여러 가지로 실험적이지만 모토에 있어서도 실험적이다. 우선 장마다 모토가 있는데 이 모토가 아주 다양하다. 수수께끼, 시, 학술 서적의 일부, 우화, 옛날이야기, 루소가 살았던 시대의 다른 사람의 글, 현대 작품의 일부 등등 온갖 장르를 망라하고 있는 것이 이 작품의 실험적 특징의 하나라 할 수 있다.

다음은 현재의 외형 구조를 확대하는 방향을 생각해 보자. '작가의 후기'와는 달리 말미에 '작가가 보는 작품'을 붙여 작가 자신이 자신의 작품을 해석하는 시도를 해 볼 수 있다. 이것은 독자를 위한 해설의 역할도 하지만, 작품이 잘못 해석되는 것을 방지하는 역할도 하게 된다. 그러나 이 작품 해석은 작품이 갖는 다양한 해석의 가능성을 제약하고 해석의 폭을 좁힐 위험성이 있다.

다음은 '독자와의 대화'를 작품 중간 중간에 또는 말미에 실을 수 있다. 신문 잡지의 연재소설인 경우 수시로 나타나는 독자의 반응을 모았다가 한 권의 책으로 발간할 때 그대로 넣을 수 있다. 이 것은 독자의 편지, 독자로부터의 이메일, 독자의 전화 또는 독자와의 만남에서 그 소재를 얻을 수 있을 것이다. 경우에 따라서는 이 작품에 대한 작가와 그의 가족들 사이의 대화가 기록될 수도 있다. 또 중간 중간에 창작 과정을 소개할 수도 있고, 자신의 체험을 소설화하는 데 따르는 애로 사항이나 즐거움을 체험 내용과 함께 소개할 수도 있다.

바델름Donald Barthelme의 『백설공주*Snow White*』(1967)에는 작품 중간에 몇 개의 설문이 들어 있다. 내용을 보면, 1) 여기까지의 이야기를 당신은 좋아하는가? 예( ) 아니오( ), 2) 이 『백설공주』는 당신이 기억하고 있는 백설공주와 비슷한가? 예( ) 아니오( ), (……), 5) 이야기가 더 발전하면서 당신은 더 많은 감정*emotion*을 원합니까( ) 더 적은 감정을 원합니까?( ) 하는 설문이 들어 있다. 커트 보니거트Kurt Vonnegut의 『챔피언들의 아침식사*Breakfast of Champions*』(1973)에서 작중인물 트라우트는 작가와 대화를 한다. 하리히의 『루소』에서는 작중인물 루소가 독자에게 말을 건다.

이러한 화자의 개입이나 작중인물의 말 걸기는 소설이 허구임을 깨우쳐 필연적으로 가상소설*Imaginationserzählung*(소설 구조론 제9장 현실 3 참조)이 되게 하는 부수 현상이 있다. 즉 작가의 개입 같은 것으로 말미암아 소설 내용이 '현실'이 아니고 '허구'라는 것이 강조되는 것이다. 이것은 독자가 소설 세계의 주인공과 동일시(同一視)*identification*를 일으키는 것을 저지함으로써 독자로 하여금 거리를 두고 냉정하게 소설 세계를 바라보게 하는 효과가 있다.

장(章) 구분에도 새로운 실험이 가능하다. 움베르토 에코Umberto Eco의 『장미의 이름*nome della rosa*』(1980)은 독특하게 장 구분이 되어 있다. 울리히 에른스트는 이 작품이 신이 6일 동안 세상을 창조하고 하루를 쉰 것에 맞추어 장을 일곱 개로 나누었고, 각 장은 모두 그날 하루에 일어난 일을 담고 있음을 지적한다. 이것은 고전적 희곡 이론에서 말하는 3통일, 즉 시간, 장소, 행동의 통일을 충실히 지키고 있는 것으로서, 아리스토텔레스의 『시학』이 여기서 큰 역할을 하고 있다는 것이다.[1] 이렇게 장 구분에도 독특한 실험을 할 수 있다.

2. 시간에서

지금까지 많은 작가들이 시간문제에 관심을 갖고 새로운 기술의 개발을 모색해 왔기 때문에 개척의 여지는 별로 없는 것같이 보인다. 여기서 새로운 기술의 개발을 위해서는 전통적인 고정관념을 버리는 것이 요구된다.

위르겐 슈람케는 낡은 소설이론이 받들던 시간순열(時間順列)*Chronologie*과 인과관계(因果關係)*Kausalität*를 현대 소설은 버렸다고 말한다.[2] 시간순열이란 사건의 발생순서대로 차례로 배열되는 것이고, 인과관계란 사건과 사건 사이에 논리적 연관성이 존재하는 것을 의미한다. 이러한 것을 버릴 때 시간의 연속성*Kontinuität*은 파괴되고, 시간의 파편들인 순간들만이 인과관계 없이 나열된다고 그

---

1) Ulrich Ernst, "Typen des experimentellen Romans in der europäischen und amerikanischen Gegenwartsliteratur", *arcadia* 27호, 1992, p.244.

2) Jürgen Schramke, *Zur Theorie des modernen Romans*, München 1974, p.103.

는 주장한다. 그리고 그러한 작품의 예로 그는 프루스트의 『잃어버린 시간을 찾아서』를 들고 있다. 클라우스 네처도 "현대 소설에서 시간에 대한 다양한 서술 형태는 줄거리 진행의 직선적 시간 순서 *lineare Chronologie*를 파괴하고, 서술되는 시간을 의식 속의 시간 진행에 맞추는 것을 목표로 하고 있다."[3]고 말한다. 네처가 누보로망 *nouveau roman*을 두고 하는 말이지만 『잃어버린 시간을 찾아서』에도 해당되는 말이라 하겠다.

그러나 『잃어버린 시간을 찾아서』에는 회상 속의 사건들이 별개의 시간층으로 존재하지만 주인공이란 구심체가 있어 서로 연결되어 있다. 순간순간이 그 자체로는 분리된 파편이지만 주인공에 의하여 흩어지지 않도록 끈으로 매여 있는 것이다. 이러한 주인공이란 구심체를 없애 버리고 시간이 파편이 되도록 하는 실험을 생각할 수 있다. 시간과 사건은 나눌 수 없는 하나이므로 시간이 파편이 된다는 것은 플롯이 파편이 된다는 것을 의미한다. 프랑스의 누보로망에서 우리는 이러한 예를 찾아볼 수 있다.

다음, 시간을 미래에 두는 소설을 써 볼 수 있다. 미래에 일어날 일이란 것을 분명히 하고 현재시제로 서술하거나 "……할 것이다. ……할 것이다." 하고 미래시제로 서술하는 소설이다(소설 구조론 제2장 시간 1 참조). 소설의 일부이긴 하지만 이러한 미래시제의 사용을 이인성의 『낯선 시간 속으로』(1979)에서 발견할 수 있다. 한 부분을 읽어 보자.

> 그는 우선 안전하게 시내로 들어갈 것이다. 시내의 어디쯤에서 버스를 내릴 때, 그는 가죽점퍼를 입은 남자의 추적을 받지 않아도 될 것이다.

---

3) Klaus Netzer, *Der Leser des Nouveau Roman*, Frankfurt a. M. 1970, p.33.

오히려 시내의 어느 모퉁이쯤에서 그들과 신분이 비슷한 남자를 만났을 때, 그는 사내의 친구인 그 남자와 인사를 나눌 것이다. 그는 또 그 남자와 공연한 웃음을 주고받을 것이다. 그리하여 그는, 어느 정류장 앞에 엎드려 있을 거지 아이의 드러난 속살이 터져 부르튼 상처를 보며 견딜 수 없는 동정심을 느낄 것이다.

이렇게 이 작품은 일부분이 미래시제로 되어 있다. 이 작품은 대부분이 현재시제와 과거시제가 섞여 이루어져 있는 것이 특징적이다.

이인성은 그의 실험적 장편 『미쳐버리고 싶은, 미쳐지지 않는』(1995)에서 미래시제 서술을 다시 시도하고 있다. 즉 ‘나’로 1인칭 소설의 형식을 취하는 장(章)은 현재시제로, ‘너’로 2인칭 소설의 형식을 취하는 장은 과거시제로, ‘그’로 3인칭 소설의 형식을 취하고 있는 장은 미래시제로 서술하고 있다. 물론 ‘나’, ‘너’, ‘그’는 동일 인물이다.

다음은 ‘체험하는 나*das erlebende Ich*’와 ‘서술하는 나*das erzählende Ich*’와의 간격을 아주 작게 하거나 없애 버리는 실험을 할 수 있다. 슈니츨러Arthur Schnitzler의 「현자의 아내*Die Frau des Weisen*」는 이에 좋은 참고가 될 것이다. 1인칭 소설인 이 작품은 전체 사건이 완결된 뒤에 회상하면서 쓰는 일반적인 구성과는 달리 사건 진행과 기록이 병행되도록 하고 있다. 즉 사건이 진행되는 중간 중간에 기록을 하고 있는 것이다.

  이 글을 나는 해안을 따라 노 저어 가는 배 속에서 쓰고 있다.
  해안은 부드럽고 푸르다. 정원이 있는 단조로운 시골집들. 정원에는 바로 물가에 벤치가 놓여 있고, 집들 뒤로는 좁고 흰 길이 있고, 길이 끝나는 곳에 숲이 있다.

여기서 우리는 기록과 사건 사이에 시간 간격이 거의 없음을 느끼게 된다. 그러나 작품 전체적으로 보면 기록이 약간의 시간 간격을 두고 사건을 뒤따르고 있음을 알 수 있다. '저녁 늦게 테라스에서, 나는 탁자 위에 불을 밝히고 이 글을 쓰고 있다.'와 같은 말이나 '한 시간 전에 코펜하겐을 떠난 기차 칸에서 나는 이 구절들을 쓰고 있다.'는 말로써 불과 얼마 전에 일어났던 일을 그때마다 기록하고 있음을 알 수 있다.

이제 우리는 이 체험과 기록 사이의 간격이 거의 없는 또는 전혀 없는 소설을 시도해 볼 수 있을 것이다. 타이효스코피(소설 구조론 제2장 시간 4 참조)와는 달리 화자가 사건을 바짝 뒤따라가면서 쉴 새 없이 기록하는 형식의 소설을 만들 수 있다. 순간순간의 일이 화자의 수첩에 바로 기록되어 문자화되는 형식이다. 이때 체험과 기록은 거의 동시가 되어 시간 간격이 거의 없게 된다. 또 현장 취재의 방송국 아나운서가 사건을 중계하는 형식의 라이브 르포 *live-reportage* 형식의 소설을 만들어 볼 수도 있다. 이때 '체험하는 나'와 '서술하는 나'의 시간간격은 완전히 영(零)이 된다. 실제로 에리카 룽에Erika Runge는 녹음기를 들고 빈민 노동자들의 가정을 방문하여 인터뷰한 것을 소설 형식으로 발표한 바 있다. 이때 체험과 기록은 간격이 없는 동시가 된다. 이것이 과연 소설인가 하는 장르 규정의 문제는 제기되지만, 그 실험성은 높이 평가될 수 있을 것이다.

이들과는 다소 다르지만 슈니츨러의 『구스틀 소위』나 『엘제양』처럼 직접적 내적 독백으로만 구성되어 있는 소설의 경우, 두 시간 사이의 간격은 영이 된다고 할 수 있다. 단지 문자로서의 기록을 누가, 언제 했느냐 하는 것이 문제로 남지만, 마음속의 생각이 그대로 서술되어 있는 것이기 때문에 이론적으로는 체험과 서술이 같이 일어나고 있다고 할 수 있다.

3. 화자에서

서구의 소설사를 개관해 보면 소설 속에서 논평적 화자가 계속 사라져 왔음을 알 수 있다. 자신의 존재를 드러내면서 사건에 논평을 가하고, 나름의 인생관을 피력하는 화자가 19세기 이후 점점 소설에서 사라지는 추세를 보여 온 것이다. "필딩에서 포드에 이르는 영국 소설을 개관해 보면, 다른 어떤 것보다 작가의 소멸이 인상적이다. (……) 소설의 발달이 현재에 가까워지면 질수록, 더욱더 작가는 이면으로 후퇴하고 있다."4)는 비취J. W. Beach의 말처럼 현대 소설의 특징의 하나는 소설에서의 화자의 소멸이라 할 수 있다(소설 구조론 제2장 화자 3 참조). 여기서 비취가 말하는 '작가'는 화자와 작가를 구별하지 않는 영어권 사람의 표현으로서 우리가 말하는 '화자'를 의미한다. 헨리 제임스Henry James, 카프카, 헤밍웨이 같은 작가들이 이 화자 추방에 가장 힘을 기울였던 작가들이라 할 수 있다.

그런데 이러한 일반적인 경향에 대담하게 반기를 들고 옛날로 돌아가는 복고(復古)를 감행한 작가가 있다. 그 복고의 정도도 그냥 옛날로 돌아가는 정도가 아니라 화자의 존재를 엄청나게 드러나게 하는 것으로 전혀 새로운 실험이라 할 수 있다. 디터 퀸Dieter Kühn의 『여사장*Die Präsidentin*』(1973)이 바로 그러한 소설이다. 이

---

4) 10) Reinhold Grimm, "Romane des Phänotyp", H. L. Arnold/Th. Buck 편, *Position des Erzählens*, München 1976, p.15(재인용).

소설의 첫 구절을 읽어 보자.

　　신문 재벌과 금융 재벌의 창시자이고 총수인 마르트 아노! 내 곁 책상 위에 세워진 사진에 그녀는 이런 식으로 나타나 있다. 즉 억센 상체, 둥근 얼굴, 20년대 유행한 부비 헤어스타일, 그리고 그녀의 시선을 카메라 렌즈를 향해 꼿꼿하게 보내고 있다. 나는 그녀의 뒤쪽에 통나무 벽장식을, 그녀의 앞쪽에 책상을 본다. 책상 윗면은 번쩍이는데 서류철과 잉크 흡수기가 반사되고 있고, 유리컵에 장미, 그리고 (틀림없이 은으로 되어 있을) 얼음통에 정말로 샴페인 병이 들어 있다. 사회적 지위의 상징이다! 그녀는 오른쪽 팔꿈치를 책상 모서리에 받치고 있고, 오른쪽 귀에 수화기를 대고 있고, 머리는 옆으로 제쳐 비스듬하다. 물론 입은 다물어져 있다. 그런 식으로 그녀는 보는 사람을 향해 시선을 던지고 있다. 마담 마르트, 그녀가 어떻게 이 책상에 앉게 되었는가, 그녀가 어떻게 경제계에서 활동하게 되었는가가 맨 먼저 이야기되어야 할 것 같다. 아니 먼저 예컨대 생년월일을 언급해야 할 것인가? 그것은 예를 들어 훗날의 그녀의 증권 조작을 전혀 설명하지 못한다. 그래 그것을 생략할까? 다른 한편, 마르트 아노는 이 책을 쓰는 데 협력자다. 그래서 나는 적어도 몇 가지 전기적 정보를 제공해야 될 것 같다.
　　그러므로 그녀의 출생에서 시작하자. 그러나 곧 빨리 뛰어넘고 진행할 것이다. 그녀의 출생지는 파리이고 그녀의 출생연도는 1886년이다. 더 자세히 알고 싶은 사람에겐 생일까지도 가르쳐 주겠다. 1월 1일. 그리고 그녀의 사회적 출신 성분은 - 그것이 중요하지 않을까? (제1장)

　　화자는 이렇게 소설을 시작해 놓고 그녀의 양친과 가정환경, 그리고 유년 시절을 묘사한다. 우리는 여기서 주인공 마르트 아노가 눈앞에 있듯이 생생하게 묘사되는 장면 묘사를 제공받는 것이 아니라, 중간적 존재인 화자가 전하는 간접적인 세계를 제공받고 있음을 쉽사리 느낄 수 있다. 그러므로 독자는 화자를 통해서만 소설 세계와 접촉할 수 있다. 그런 이유로 독자는 결코 사건의 현장에 있는 듯한 생동감을 맛보지 못하게 된다. 바꾸어 이야기하면 독자는 작중인물과 동일시(同一視)를 쉽게 일으키지 못하는 것이다. 이 작품은 이렇게 화자의 잦은 등장을 통해 독자의 동일시를 막을 뿐만 아니라 이 소설이 허구임을 강조하여 동일시를 막기도 한다. 예를 들어 보자.

> 나는 이 소설 속에다 많은 이름 없는 참여 인물 중의 한 사람을 지금 등장시키겠다. 왜냐하면 아노 같은 인물은 많은 인물이 그의 게임에 같이 참여할 때에만 성공적일 수 있기 때문이다. 그러한 참여 인물로 의사가 적당해 보인다. (제10장)

> 나는 아노의 하루 생활을 설계하겠다. (……) 어느 날 아침으로부터 시작하는 게 가장 간단할 것 같다. 그녀는 어디서 어떻게 깨어나지? 그녀의 침실은 그녀가 깨어나면 거의 완전할 정도로 어둡다고 치자. 밖은 물론 몇 시간 전부터 밝은 6월의 아침. (제11장)

퀸의 이 『여사장』은 화자의 엄청나게 잦은 등장과 논평을 통해서, 또 사건을 소설가가 어떻게 구상하는지 독자에게 밝혀 소설이 허구임을 드러냄으로써, 독자가 주인공과 동일시를 느끼고 환상을 갖는 것을 철저히 막고 있다. 그런 점에서 실험적이다.

이 작품과 비슷하게 화자가 소설 속에 심하게 등장하는 우리나라 작품으로 김영하의 『아랑은 왜』(2001)를 들 수 있겠다. 이 작품 역시 소설가가 사건을 어떻게 구상하는지를 보여주면서 두 개의 이야기를 서술하고 있다.

위의 작품들이 화자의 존재를 작품 속에 극단적으로 드러낸 작품이라면, 우리는 화자의 존재를 극단적일 정도로 없애는 소설을 생각할 수 있다. 화자를 없앤다는 것은 이론적으로는 불가능하다.

어떤 내용을 피력하든 전달자는 있게 마련이기 때문이다. 그러나 화자의 존재가 드러나지 않는 작품은 가능하다. 그것이 희곡적인 소설이다. '그는 말했다'와 같은 화자 보고문을 없애고 오직 대화로만 이루어져 있는 소설을 구성한다면 화자의 존재는 전혀 드러나지 않게 된다. 볼프디트리히 슈누레Wolfdietrich Schnurre의 『나는 너를 필요로 해Ich brauch Dich』(1976)에 들어 있는 단편들은 순수하게 두 사람의 대화로만 이루어진 작품들이다. 이때 화자는 전혀 나타나지 않는다.

화자의 성격이 특이한 소설로 앞에서도 언급한 루트비히 하리히의 『루소』가 있다. 루소의 생애를 정신분석학적 입장에서 조명하는 이 작품에 등장하는 논평적 화자의 행동반경은 크다. 18세기와 20세기를 종횡무진으로 왔다 갔다 한다. 그는 18세기의 입장에서 루소를 관찰하는 것이 아니라 20세기의 입장에서 루소를 관찰한다. 그는 루소의 성격을 분석하기 위해 지금까지의 학설들을 인용하고 소개한다. 말하자면 20세기 학설로 18세기 인물을 분석해 보는 것이다. 예를 들어 보자.

불쌍한 루소, 그는 단지 우울증의 희생물이 되어서는 안 될 것이었다. 그렇다. 그렇게 되어서는 안 될 것이었다. 나중 의사들과 교수들이 아랫도리의 기관과 관계되는 온갖 진단을 가지고 나타날 것이었다.
데뤼엘Desruells 박사가 나타나 "원인은 전립선의 확대 때문이었다."고 말할 것이다. (……) 아무사트Amussat 박사가 나타나 "그것은 점막(粘膜)이 염증으로 부어올라 생긴 요도 협착 때문이었다."고 말할 것이다. (……) 빅토르-포쉐Victor-Pauchet 박사는 "정액루야." 하고 말한다. (……) 라포르그Laforgue 교수는 "거세 공포 이외의 아무것도 아니다."라고 소리친다. 루셀Roussel 박사는 "그는 단지 성불구에 무정충일 뿐이야."라고 말한다. 루소 자신은 "그건 결석(結石) 때문일 뿐이야."라고 말했다.

이렇게 그 후에 나타난 루소에 대한 의학적 학설들을 소개하여 18세기의 루소를 분석하는 것이다. 루소 시대를 기준으로 하면 그 후에 나타난 학설들은 미래다. 그래서 많은 부분이 미래동사 또는 현재동사로 표현되고 있다. 이 작품은 이렇게 현재까지 알려진 학설을 과거에 투영하여 과거를 분석한다는 데 그 특이성이 있다. '작중인물의 현재'와 '화자의 현재' 사이에 200년 이상의 큰 간격이 존재하는 것은 역사소설류에서 볼 수 있는 현상이나(소설 구조론 제2장 시간 4 참조) 그 간격을 독자가 끊임없이 느끼도록 만든다는 데 이 소설의 실험성이 있다. 이 작품에는 20세기 현재의 인물들도 많이 등장하고 있어 현재라는 시간이 아주 강하게 두드러지고 있다.

화자 문제를 통해 실험을 해 볼 수 있는 여지는 아직도 있다. 2인칭 소설을 시도해 볼 수 있다. 가족이나 친구 혹은 애인의 이야기를 2인칭으로 서술할 수 있다(소설 구조론 제3장 화자 5 및 제4장 시점 2 참조). 우리나라에서도 이미 다수의 2인칭 소설이 발표되었다.

그러나 반드시 기억을 공유하는 사람의 이야기만 2인칭 소설이 되는 것은 아니다. 가령 선조의 한 사람이나 일찍 죽은 할아버지의 행적을 2인칭으로 서술할 수도 있다. 전혀 인간적인 관계도 없고 만난 일도 없는 과거의 역사적 인물이나 당대의 정치적 인물을 청자로 하는 2인칭 소설도 가능하다. 죽은 인물을 청자로 하는 경우에 그것은 사실상 독백으로서 청자가 없다.

자기를 2인칭으로 하는 소설도 생각해 볼 수 있다. 이것은 자기 자신을 '너'로 해서 자기 자신과 대화하는 형식이 된다. 이때 청자는 자기 자신이다. 미셸 뷔토르는 자신의 2인칭 소설 『변경』이 1인칭 화자 자신에 대한 내적 독백이라고 인터뷰에서 밝힌 바 있다(소설 구조론 제3장 화자 5 참조). 이렇게 자기 자신을 2인칭으로 하는 소설도 가능하다. 그러나 화자와 청자가 같은 사람이라는 것은 소설의 어디에선가 나타나야 한다. 또 자기를 3인칭으로 서술하는 소설도 가능하다. 이 경우 두 인물이 같은 사람이라는 사실이 독자에게 알려져야 한다.

앞에서 논의한 것처럼 이인성의 장편 『미쳐버리고 싶은, 미쳐지지 않는』에는 주인물이 1인칭, 2인칭, 3인칭으로 각각 인칭을 달리하여 서술되면서 사건이 진행되어 간다. 이때 화자는 한 사람으로서 자기 이야기를 이렇게 인칭을 달리하여 서술하고 있는 것이다.

존 바스John Barth의 『편지들*Letters*』(1979)은 88편의 편지들로만 이루어진 편지체 소설이다. 이 편지의 발신인은 6명의 남녀와 작가 자신이다. 그 6명은 작가의 이전 작품에 등장했던 인물이거나 그들의 자손이다. 이렇게 등장인물이 7명인데다 전체가 7개의 장(章)으로 구성되어 있다. 한 장이 1개월간 일어난 일을 다루고 있어 서술되는 시간은 전체가 7개월이다. 마쉬호프 주립대학의 사무국장 앰허스트Amherst 여사가 작가 존 바스에게 대학이 명예문학박사 학위를 수여하기로 결정했다는 통고를 하는 편지로 제1장이 시작된다. 편지는 앰허스트 여사가 작가에게 보내는 것이 많지만, 다른 인물들 사이에도 편지 교환이 이루어진다. 심지어 작가가 독자에게 보내는 편지도 있다. 이런 편지들이 장마다 섞여 있다. 이 작품은 편지의 작성자가 여러 명이라는 것이 종래의 편지체 소설과 다른 점이다. 말하자면 다양한 복수의 화자가 등장하는 것이 실험적이라 하겠다.

이인성의 「당신에 대해서」는 소설 내의 화자와 청자의 관계를 다루고 있는 작품이다. 화자는 청자를 '당신'이라 호칭하면서 주로 '당신'에 관한 이야기로 시종한다. 그리고 "'나는 이 소설의 작가 이인성이다.’고 했을 때의 나는 작가라는 특정한 역할을 맡은, 작가로서의 ‘나’ 자체를 가장한 별개의 ‘나’라는……” 이런 말로써 작가와 다른 화자의 존재를 드러내기도 한다. 소설 바깥의 독자와는 다른, 소설 내의 청자의 존재를 부각시킨다는 점에서 특이한 실험소설이라 하겠다.

4. 시점에서

　소설이론에 의해 가능한 것으로 인정된 시점으로서 창작에 적용되지 않은 시점은 없다. 거의 모든 가능한 시점이 이미 개발되어 있는 것이다. 그러므로 우리 한국에서 별로 많이 쓰이지 않는 시점의 사용이 권장될 뿐 새로운 시점의 개발은 생각하기 어렵다고 하지 않을 수 없다. 예컨대 ‘1인칭 전지적 시점’, ‘3인칭 객관적 시점’, ‘3인칭 선택적 전지 시점’ 등은 한국에서 많이 쓰이지 않기 때문에 그 사용이 권장된다고 하겠다(소설 구조론 제4장 시점 2 참조).
　‘스테레오적 시점’의 사용도 권장할 만하다. 앞에서 언급한 것처럼 송기원의 「춘몽」이 이 시점으로 쓰인 작품이고, 김원일의 「도요새에 관한 명상」도 이와 비슷하게 1인칭의 시점이 여럿 모여 있는 작품이다. 또한 공지영과 일본작가 츠지 히토나리가 협력하여 쓴 『사랑 후에 오는 것들』(2005)도 이 스테레오적 시점으로 쓰인 작품이다. 한국 여성과 일본 남성 사이의 사랑을 다룬 이 작품에서 한국 여성이 1인칭으로 서술하는 부분을 공지영이 집필하고, 같은 사건을 일본 남성이 1인칭으로 서술하는 부분을 일본 작가가 집필하여 하나의 작품으로 만들었다. 스테레오적 시점을 한 작가가 아니고 두 작가가 집필했다는 점에서, 그것도 언어와 생활공간을 달리하는 두 작가가 집필했다는 점에서 이 작품은 획기적인 실험소설이 아닐 수 없다. 이런 작품들을 '1인칭-1인칭'이라는 도식으로 묶을 수 있을 것이다.

윤흥길의 「아홉 켤레의 구두로 남은 사내」와 「직선과 곡선」은 같은 내용을 일종의 스테레오적 시점으로 쓴 작품들이다. 즉 앞의 작품은 부인물 오 선생의 입장에서 주인물 권기용의 행동을 묘사하고 있고, 뒤의 작품은 권기용 자신이 동일한 사건을 자신의 입장에서 서술하고 있다. 그러나 이들은 분리된 별개의 작품이다. 이런 스테레오 시점의 작품을 도식화하면 '3인칭 – 1인칭'이 된다. 우리는 '1인칭 – 3인칭'의 작품도 생각해 볼 수 있고 '3인칭 – 3인칭'의 작품도 생각해 볼 수 있다. 이때 3인칭 서술은 반드시 '3인칭 선택적 전지 시점'을 택해야 한다. 나아가 '2인칭 – 2인칭'도 가능하다고 하겠다.

이미 앞에서 논의한 것처럼 이인성의 『미쳐버리고 싶은, 미쳐지지 않는』에는 3개의 시점이 섞여 나온다. 1인칭 시점, 2인칭 시점, 3인칭 시점이 장(章)을 바꾸어 차례로 나오는 것이다. 그리고 시점이 달라져도 등장인물은 같은 사람이며 그 인물이 또한 화자 자신이기도 하다.

우리나라에 예가 없는 시점으로는 '사진적 시점*photographic point of view*'[5]이 있다. 이것은 무성 영화처럼 소리는 기록하지 않고 시각적 영상만 기록하는 시점이다. 한번 시도해 볼 만한 시점으로 생각된다.

---

5) Thomas H. Uzzell, *Narrative Technique*, New York 1934, p.416.

5. 문장에서

서술 대상을 기준으로 분류할 때 소설 문장은 장면 묘사·요약·기술·논평의 네 가지가 된다(소설 구조론 제5장 문장 1 참조).

사건 진행을 서술함에 있어서 동작과 대화를 자세하게 묘사하는 것을 장면 묘사라고 한다. 장면 묘사만으로 이루어진 소설은 있다. 희곡에 가까운 소설이다. 헤밍웨이의 「살인자들*The Killers*」이 그 대표적인 예가 될 것이다.

사건 진행을 압축하여 간단히 서술하는 것을 요약이라 한다. 요약만으로 된 소설도 가능하다. 그러나 독자는 소설이 갖는 간접성과 요약에서 오는 내용의 불충분에 심한 불만을 느낄 것이다. 실제로 이 요약만으로 이루어진 작품은 찾아보기 어렵다. 그러므로 새로운 실험으로 시도해 볼 만하다고 하겠다.

풍경이나 인물의 모습을 그리는 기술(記述)만으로는 소설이 이루어지지 않는다. 기술은 장면 묘사나 요약을 보조하는 기능만 갖고 있을 뿐, 독립적인 기능을 갖고 있지 않기 때문이다.

마찬가지로 논평만으로 이루어진 소설도 가능하지 않다. 만약 소설이 논평만으로 이루어져 있다면 그것은 소설이 아니라 에세이일 것이다. 논평은 작중인물의 행동에 가하는 화자의 비판인 경우도 있고 작품과 직접적인 관계가 없는 작가 자신의 인생관·세계관의 피력인 경우도 있는데 이것만으로는 소설이 되지 않는다. 이러한 논평은 19세기 이전의 소설들에 많았으나 점차 감소되어 왔고, 지금은 대체로 사라지고 없는 추세다. 우리는 여기서 하나의 가능성을 발견할 수 있다. 이 논평의 양을 아주 많이 확대하는 복고(復古)의 방향으로 소설을 쓰는 것이다. 즉 장면 묘사와 요약으로 사건 진행을 서술하면서 아주 많은 양의 에세이류의 논평을 그 소설 속에 집어넣는 것이다.

진술주체로 문장을 구분해 보면 화자 보고문·직접화법·직접적 내적 독백·간접화법·간접적 내적 독백의 경우가 있다. 화자 보고문으로만 이루어진 소설은 가능하다. 이것은 앞에서 언급한 요약만으로 가능한 소설의 경우와 개념상으로는 다르지만 상당히 흡사하다.

직접화법으로만 이루어지는 소설도 가능하다. 괴테의 『젊은 베르테르의 슬픔』이나 최학송의 『탈출기』 같은 편지체 소설은 물론, 카프카의 「학술원을 위한 보고」 같은 혼자서 말하는 소설이 직접화법으로 되어 있는 작품이다. 화자가 한 명일 수도 있지만 여러 명이 등장하는 소설을 구상할 수도 있다. 그때는 대화체 소설이 된다. "……라고 그는 말했다."와 같은 화자 보고문까지 없애 버리고 순수하게 대화만으로 소설을 구성하면 화자가 철저히 배제된 소설이 될 것이다. 이 경우는 희곡보다 더욱 희곡적이 된다. 왜냐하면 희곡 작품에 있는 연출지시*Regieanweisung* 마저 없기 때문이다.

앞에서 언급한 볼프디트리히 슈누레의 『나는 너를 필요로 해』는 26편의 짧은 이야기들로 이루어진 창작집이다. 이 이야기들은 모두 각기 2인의 대화만으로 이루어져 있다. 그리고 그 대화들은 누구의 말이라는 설명 없이 그냥 나열되어 있다. 누구의 말인지는 대화의 내용으로 알 수 있을 뿐이다. 그러므로 이들 작품은 전체가 직접화법만으로 이루어져 있다. 이 작품은 '읽는 대화*Lesedialog*'라는 새로운 소설 형식을 창안한 것으로 주목을 받은 바 있다.

이인성의 「순수한 불륜의 실험」(1999)도 전체가 두 사람이 주고받는 대화로 이루어져 있다. 김종광의 「낙서문학사 창시자편」(2002)은 직접화법의 일종인 독백으로만 이루어진 작품이다. 17명

화자들의 독백이 모여 있다. 전체를 응집시키고 있는 것은 유사풀이라는 인물이다. 이 인물을 두고 17명의 주변인물들이 독백하는 내용이 전체 소설을 이루고 있는 것이다. 역시 모두가 직접화법으로만 이루어져 있다고 할 수 있다.

직접적 내적 독백을 도입한 작품으로는 제임스 조이스의 『율리시스Ulysses』(1922)가 유명하다. 마지막 장은 몰리 블룸 여인의 직접적 내적 독백으로만 이루어져 있다. 콤마나 피리어드 하나 없이 문장들이 연결되어 있고, 문장 첫머리의 대문자 쓰기도 무시되고 있어 실험소설적 요소가 많은 작품이다. 그러나 이 작품 전체가 다 직접적 내적 독백으로만 이루어져 있는 것은 아니다. 우리는 전체가 직접적 내적 독백으로만 이루어진 소설을 구상할 수 있다. 앞에서 언급한 슈니츨러의 중편소설들인 「구스틀 소위*Leutnant Gustl*」(1900)나 「엘제양*Fräulein Else*」(1924)은 작품 전체가 한 사람의 직접적 내적 독백으로만 이루어져 있어 그런 소설의 대표적 예가 될 것이다(소설 구조론 제5장 문장 2 참조).

필립 토인비Philip Toynbee의 『결혼축가*Prothalamium*』(1947)도 역시 직접적 내적 독백으로 이루어져 있다. 그러나 이 작품에서는 화자가 모두 7명이다. 7명의 남녀가 굿먼 부인의 차(茶) 마시기에 초대된다. 그들이 굿먼 부인의 방에 들어가서부터 나올 때까지의 일과 마음속의 생각이 입 밖으로 표현되지 않는 직접적 내적 독백으로 서술되고 있는 것이다. 들어가서 나오는 시간이 각기 조금씩 다르고, 또 발생하는 사건도 시간에 따라 차이가 있다. 어쨌든 7명의 등장인물들의 마음속 중얼거림이 그대로 서술되고 있는 것이 특징적이라 하겠다.

완전히 직접화법으로만 구성되는 소설이 가능하다면 완전히 간접화법으로만 구성되는 소설도 가능하지 않겠는가 하는 주장이 제기될 수 있다. 그러나 직접화법과 달리 간접화법은 화자가 독자 앞에 자신의 존재를 드러내고 전후 관계에 다소의 설명을 붙이지 않으면 안 되기 때문에 철두철미 간접화법으로만 이루어지는 소설은 성립되기 어렵다. 다만 대부분을 간접화법으로 구성하는 것은 가능할 것이다.

간접적 내적 독백으로만 이루어지는 소설은 간접화법과 마찬가지 이유로 성립되기 어렵다. 그러나 소설 대부분을 이 화법으로 구성하는 것은 가능하리라 생각된다. 이 간접적 내적 독백은 우리나라 말에 없는 화법으로 이의 개발이 절실히 필요하다는 것은 앞에서 언급한 바 있다. 이미 몇몇 작가들의 작품에서 그 가능성이 나타나고 있어(소설 구조론 제5장 문장 2 참조) 이 화법의 적극적 개발과 확립이 절실히 요구된다고 하겠다.

문장에 관계되는 실험으로 자주 나타나는 것이 비문법적 문장의 등장이다. 구두점을 완전히 무시하여 쓰지 않거나 구문(構文)을 파괴해 버리는 현상을 그 예의 하나로 들 수 있다. 예컨대 하르트무트 게에르켄Hartmut Geerken의 『검시 기록obduktionsprotokoll』(1975)에는 콤마나 피리어드 같은 구두점도 없고 장구분(章區分)도 없다. 문장의 첫 글자를 대문자로 쓰는 일반 원칙을 무시할 뿐만 아니라 명사의 첫 글자를 대문자로 써야 하는 독일어 규칙도 무시한다. 거기다 패러그래프도 없이 전체가 연속되어 있어 장편 전체가 마치 한 문장으로 이루어진 것처럼 보인다. 그의 또 다른 작품 『말오줌나무holunder』(1984)는 그보다는 좀 나아 패러그래프를 만들어 놓았고 그 패러그래프들 사이에는 행을 띄어 공간을 두고 있다. 하지만 앞의 작품처럼 콤마도 피리어드도 대문자도 없다. 한국 작품으로 이인성의 중편 「길, 한 이십년」에는 콤마, 피리어드 같은 기호는 있지만 패러그래프의 구분이 없어 작품 전체가 한 덩어리로 되어 있다.

게르하르트 륌Gerhard Rühm의 『개구리*die frösche*』(1958)에는 구문의 파괴는 물론 단어의 파괴가 나타나고 있다. 예를 들어 보자.

> unzählig! frische da d frosch a leichen aus! weich!! en!!!
> mich!!!! bl!!!!! endet!!!!!! pltz ö o(da)der hüpf en l ich DA—von
> zappelt sie aas quillt qualfrosch i frsch alles r/aus!!!!!!! vor!!!!!!!!
> —bei. end lich. verdammte autos. knapp. weichen kaum aus.
> sind selbst geschützt dort drinnen. lassen die räder drüberrollen.

이것은 주인공의 직접적 내적 독백의 기록이다. 'ausweichen, blendet, vorbei' 같은 단어가 파괴되고 그 사이에 감탄 부호가 들어 있다. 'plötzlich'가 분해되어 그 사이에 다른 말이 들어가고 이어 분해된 끝부분이 나타난다. 즉 'pltz ö(……) l ich'가 되어 있는 것이다. 또 'da'가 분해되어 그 사이에 'frosch'가 들어가 'd frosch a'가 되어 있고 'frisch'가 'i frsch'로 분해되어 있다. 또 이 문장들은 문법에 맞는 정상적인 구문이 아니다. 이것은 륌이 전통적 언어 사용을 소모되고 마모된 것으로 보고 새로운 언어 사용을 모색하는 시도로 나타나는 현상이다.6)

하이센뷔텔의 『프로젝트 1호 달랑베르의 최후*Projekt Nr. 1 D'Alemberts Ende*』(1981)는 대체로 합문법적인 문장으로 이루어져 있으나, 간혹 구문이 파괴된 비문법적인 문장이 나타나기도 한다. 다음 예를 보자. 마치 외국인이 아주 서투르게 말하고 있는 듯한 독일어이다.

---

6) B. Heimann, 앞의 책, p.23.

Frau d'Alembert sagt: das ganze Gerede heute geht doch
darum, daß wers hat es nicht tut, und daß wers tut es nicht
hat; aber tut wers hat nun deshalb nichts? oder hat wers tut
nun deshalb nichts haben tun sie beide was; es geht doch
darum, ob man überhaupt was haben soll; und wenn keiner
was hat, wers denn dann hat.

6. 서사 구조에서

　서사 구조에서 중요한 것은 플롯이다. 많은 실험소설들은 전통적 플롯의 파괴에 주력해 왔다. 물론 이 파괴의 정도는 작가와 작품에 따라 차이가 있다. 슈람케는 현대에 와서 전통 소설의 전제이면서 결과인 '진행되는 줄거리*die fortschreitende Handlung*', 다시 말하면 '인과 관계를 갖는 이야기*die zusammenhängende Geschichte*'가 동요되고 있다고 말한다. 즉 플롯이 해체되고 있다는 것이다.[7]

　릴케의 『말테의 수기』, 무질Robert Musil의 『특성 없는 남자*Der Mann ohne Eigenschaften*』, 사르트르의 『구역*La Nausée*』 같은 작품들은 전통적 플롯을 무시해 버린 작품들이다. 그러나 그 정도가 그렇게 심한 것은 아니다. 전통적 플롯이 심하게 파괴된 작품들이 얼마든지 있다.

　칼 아인슈타인Carl Einstein의 『브뷔캥*Bebuquin*』(1912)은 전통적 플롯을 심하게 파괴한, 당시로서는 가히 혁명적인 작품이었다. 이 작품에는 맥락이 있는 줄거리 전개도 없고, 이렇다 할 사건도 없다. 그저 연속된 장면들만이 존재할 뿐이다. 다만 주인공 브뷔캥이 중심에 있음으로 해서 이 장면들이 흩어지지 않을 뿐이다. 이러한 서

---

7) J. Schramke, 앞의 책, p.35.

술을 두고 루이기 포르테는 "경험적인 현실과의 관계를 끊어버렸다."[8]고 표현한다. 그리고 아인슈타인 자신의 말을 인용하여 "꿈을 표현하고 있다."고 말한다. 꿈에 나타나는 장면들은 서로 인과관계가 없다. 장면에 장면이 계속될 뿐이다. 아인슈타인의 소설들이야말로 이런 몽환적 세계를 보여주는 작품들이다. 이것이 프로이트 S. Freud의 심층심리학과 무관하지 않다는 것을 포르테는 지적하고 있다.[9] 말하자면 꿈이나 무의식의 세계를 그린 소설이라 할 수 있다.

전통적 플롯을 심하게 파괴한 또 다른 예로 게르하르트 륌Gerhard Rühm의 「나무의 기술(記述)beschreibung eines baumes」(1964)을 들 수 있다. 이 작품은 모두 6페이지로 되어 있다. 첫 페이지는 단 두 단어로 되어 있다. 중간쯤에 '줄기stamm'라는 단어가 있고 아래쪽에 '뿌리wurzeln'라는 단어가 괄호 속에 들어 있다. 그 외는 여백이다. 이 두 단어로 나무의 모습을 나타내고 있는 것으로 생각된다. 2페이지는 거의 전체가 여백이고 맨 아래쪽에는 다음과 같은 말이 쓰여 있다. "내 발, 땅바닥, 무의식의, 유쾌하고, 고통스럽고, 관심 없는 운동의 접촉 : 걷는 것, 사는 것, 날 지탱하고 있는 것이 날 넘어뜨릴 수 있다……"고 석 줄로 서술되어 있다.

3페이지 맨 위쪽에 "나는 깨어나고, 말하고, 걷고……" 하는 문장과 그와 비슷한 문장들이 석 줄로 서술되어 있고 그 페이지의 중간쯤에 '잔가지[枝], 큰 가지'라는 단어가 나란히 놓여 있고 그 밑에 작은 활자로 '봄·여름·가을·겨울'이라 되어 있다. 그 외는 여백이다. 4페이지는 위쪽 반이 다음과 같은 말로 채워져 있다. 즉 "너희들은 너무 겁이 많아, 너희들은 너희들이 아직도 칠 수 있다

---

8) Luigi Forte, "'Die verspielte Totalität' Anmerkungen zum Problem der Prosa der historischen Avantgarde" R. Kloepfer/G. Janetzke-Dillner 편, 앞의 책, p.385.

9) 위의 책, p.389.

는 사실을 몰랐니? 나를 쳐 봐. 때려 보라고. 더 세게! 그래. 그게 좀 나아졌군! ……”과 같은 문장들이 나열되어 있고, 마지막에 “내가 침묵하면 너희들은 결국 나를 치는구나. 나무여! 비, 폭풍우가 치고 두들긴다.”로 끝나 있다. 이 페이지의 나머지 반은 여백이다.

5페이지는 한 페이지 전체가 ‘나뭇잎*blatt*’이란 단어로 가득 차 있다. 나뭇잎이란 단어가 가로 13줄, 세로 38줄로 질서 정연하게 정렬되어 있는 것이다. 그리고 마지막 6페이지에는 ‘목록*verzeichnis*’이란 타이틀 밑에 나무와 관계되는 단어들을 모아 놓고 있다. ‘감긴 눈으로’란 항목에는 ‘바스락거리다, 살랑살랑 소리 나다, 쏼쏼 소리 나다……’와 같은 단어들이 나열되어 있다. 또 ‘막힌 귀로’란 항목에는 ‘움직이다, 떨어지다, 굽어지다, 덜덜거리다, 이리 저리 왔다 갔다 하다, 비질하다……’와 같은 단어들이 나열되어 있다. 그리고 ‘꽉 쥔 주먹으로’란 항목에는 ‘때로 바람·비·풍우·우박·폭설이 스침, 밝음과 어둠 속의 나무’라는 말이 쓰여 있고 그리고 그것으로 이 작품은 끝나 있다.

여기서 우리는 이 작품이 스토리를 갖는 종래의 플롯을 완전히 파괴하고 새로운 플롯을 실험하고 있음을 알 수 있다. 이러한 소설이 독자들에게 과연 긍정적으로 받아들여질 것이냐 하는 문제는 차치하고, 그 실험성은 돋보인다고 하겠다.

이인성의 실험소설 『미쳐버리고 싶은, 미쳐지지 않는』도 종래의 플롯을 파괴한 소설이라 할 수 있다. 한 인물의 일을 1인칭, 2인칭, 3인칭으로 호칭을 바꾸어 가며 서술하는 이야기에는 이렇다 할 특별한 사건이 없다. 플롯이 해체된 작품으로 보아야 할 것이다.

다음은 게르하르트 로트Gerhard Roth의 『알베르트 아인슈타인의 자서전*Die Autobiographie des Albert Einstein*』(1972)을 살펴보자. 이

소설을 읽는 독자는 금방 절망할 것이다. 도대체 맥락이 닿지 않고 횡설수설의 연속이기 때문이다. 물리·화학의 온갖 용어들을 나열해 놓기도 하고 도표를 제시하기도 하고 그림을 보여주기도 한다. 누가 읽어도 정신병자의 헛소리로밖에 여겨지지 않을 내용들이다. 실제로 비평가들은 그의 소설을 '정신분열증 소설*Schizophrenie-Romane*'이라 부르고 있다.[10]

이런 소설에는 플롯이 도대체 없다. 무슨 뜻인지 모를 다음의 글은 정말 정신분열증 환자의 글같이 보인다.

    aber heraklit sprach vormals: wie ein hingeschütteter misthaufen ist die schönste, vollkommenste welt. dem newton platzte unvermutet die schlagader, er hatte ja über 30 jahre an syph ghabt, haha!

    lorgnon. e lor lawuuuu schaschl! kllerlawlo.

    gsnejjschlarschko. gschabblettl. schrkrackl. schrkrkr. krijjjj!
    . . . ich
    . . . .
    . . . . . m . . . . . l . . . . . nn . . . .
    . . . . oo . . qpr . . . v . . x . . . . w .
    . . . . h . . . . .   .
    . . . . bin . . . . . .
    vv. . . im . . . . . schneeeeeeeeeeeeeeeeeeeeeeeeeeeeeeeeeee
    . . . . vögel. . . . . bäume

최수철의 「알몸과 육성」 연작도 전통적인 의미의 플롯이 없는 소설이다. 화자는 '소설 쓰기'의 문제점에 대해 자기의 견해를 계속

---

10) Gerhard Roth, *Die Autobiographie des Albert Einstein*, Frankfurt a. M. 1972, p.2.

토로한다. 왜 쓰는가, 어떻게 쓰는가, 소설가인 자기는 어떤 사람인
가 등등에 대해 시종 말을 늘어놓는다. 사건다운 사건은 일어나지
않는다.

이제 이야기를 좀 더 구체적인 장으로 옮겨 놓기로 하자. 사실 나는
이 계간지에 『알몸과 육성』의 다섯 번째 글을 싣는 것을 포기하려 했다.
그리고 그 생각을 한 친구에게 넌지시 비춘 적이 있다. 그는 아무 말 없
이 그저 미소만 지어 보였고, 나도 더 이상 말을 덧붙이지는 않았지만,
나는 그때 하고 싶었던 말을 지금 이 자리에서 대화 형식을 통해 좀 더
분명하게 밝혀 보고자 한다. 대화 형식이라기보다는 대화체나 대화투라는
말이 더 적당할 것이다. 이 글에서 대개 대화가 나의 것만으로 반쪽이
나 있기 일쑤이고 지금도 바로 그런 경우이기 때문이다. 여하튼 나는 오
히려 대화투를 더 좋아하는 편이다.

이런 식으로 소설 창작에 관한 이야기가 끝까지 계속된다. 처음
에는 메타 픽션에서 볼 수 있는 소설의 자의식*selfconsciousness*의
표명, 즉 소설이 소설임을 강조하는 화자의 발언이 아닌가 하는 생
각을 하게 된다. 하지만 이렇게 변죽만 울리다가 독자가 바라는 진
짜 내용은 나타나지 않고 끝나 버린다. 그런 점에서 전통적 플롯을
완전히 배제한 소설이라 하겠다.

7. 작중인물에서

현대 소설에는 개성을 갖는 인물이 주인공으로 등장하지 않는다. 왜냐하면 현대가 몰개성의 시대이기 때문이다. 그러므로 현대 소설에서는 사건이 중요하지 인물이 중요하지 않다고 할 수 있다.

이런 경향에 과감하게 반대하여 인물 중심의 소설을 써 보는 복고(復古)를 단행할 수 있다. 즉 어떤 인물의 전기(傳記)류의 소설을 써 볼 수 있는 것이다.

또 톨스토이의 『전쟁과 평화』, 박태원의 『천변풍경』처럼 주인물이 누구인지 뚜렷하지 않은 소설들이 있다. 이런 작품들에는 몇몇 중심인물이 있다. 우리는 아무런 중심인물이 없는, 완전한 군중소설(群衆小說)을 구상해 볼 수도 있을 것이다.

실험소설이라 부를 수는 없겠지만 기존 소설의 후편을 써 보는 시도를 해 볼 수도 있다. 예를 들어 빅토르 아우부르틴Victor Auburtin은 「오디세우스의 최후Das Ende des Odysseus」라는 소설을 썼다. 이것은 호메로스의 오디세우스가 해상을 표류하다가 고향으로 돌아와 자기 아내 페넬로페의 구혼자들을 몰살하는 것으로 끝난 사건의 그 후편을 소설로 쓴 것이다. 오디세우스와 페넬로페는 결코 행복하지 않았다는 내용으로 되어 있다. 이와 비슷한 소설들을 우리는 구상해 볼 수 있다. 예를 들어 최학송의 「탈출기」의 후편을 써 볼 수도 있고, 염상섭의 『삼대』의 뒷이야기를 써 볼 수도 있다.

또 다른 가능성은 이미 고전으로 평가받고 있는 작품 속의 부인물을 주인물로 해서 작품을 재구성하거나 또 다른 작품을 써 보는 것이다. 『수호지』에 잠시 등장하는 반금련과 서문경을 주인공으로 하여 쓰인 것이 『금병매』라는 사실은 이러한 소설의 가능성이 무한하다는 것을 보여준다.

8. 커뮤니케이션에서

소설은 하나의 커뮤니케이션이다. 형식적으로는 화자(話者)와 청자(聽者) 사이의 커뮤니케이션이지만, 실질적으로는 작가와 독자 사이의 커뮤니케이션이다. 그리고 이 커뮤니케이션에서 겉으로 나타난 전달 내용을 명시적 의미*denotation*, 내면적으로 전달되는 내용을 암시적 의미*connotation*라 한다는 것은 앞에서 언급한 바 있다(소설 구조론 제8장 커뮤니케이션 1 참조).

작가에 따라 명시적 의미와 암시적 의미에 두는 비중이 다르다. 두 가지를 다 중요하게 생각하는 작가가 있는가 하면 둘 중 어느 하나에만 비중을 두는 작가도 있다. 많은 수의 작가들은 암시적 의미에 보다 많은 비중을 둔다. 그러나 명시적 의미에 보다 많은 비중을 두는 작가들도 있다. 토마스 만이나 최인훈 같은 작가들을 예로서 들 수 있을 것이다. 이들은 자신의 견해를 소설 가운데 집어 넣어 바로 독자에게 전달하기를 좋아한다. 최인훈의 『회색인』, 「총독의 소리」, 「주석의 소리」 같은 작품들은 줄거리 자체보다는 작가의 주장을 담은 에세이적 발언이 큰 비중을 차지한다.

여기서 작가가 자신의 견해를 명시적으로 전달하는 방법을 살펴보자. 일반적으로는 작중인물의 입이나 의식을 통해 작가 자신의 세계관이나 인생관을 표명하지만, 경우에 따라서는 화자 자신의 논평을 통해 독자에게 바로 전달하기도 한다. 때로는 별도의 기록을 통해서 표명하기도 한다. 예를 들면 최인훈의 『서유기』에는 주인공이 우연히 주워 읽는 노트가 있다. 이문열의 『영웅시대』의 말미에도 '동영의 노트'라는 기록이 있다. 이와 같은 별도의 기록을 통해서도 작가는 자신의 견해를 독자에게 명시적으로 전달할 수 있다.

이 밖에도 일기·편지, 우연히 읽은 논설, 우연히 들은 방송·연설 등이 이용되기도 한다.

이제 우리는 이와 달리 작품 안이나 말미에 작가가 바로 독자에게 '강연'을 하게 할 수 있다. '독자에게 주는 작가의 말'과 같은 표제로 이러한 시도를 해 볼 수도 있을 것이다.

작가가 독자에게 전달하려고 하는 것이 인생론적인 주제가 아니고 전문 지식인 경우도 있다. 이런 점에서 최해군의 『부산포(釜山浦)』(1985)는 주목의 대상이 될 수 있다. 이 소설은 작가가 독자에게 한 지역의 역사를 가르쳐 주려는 의도로 쓰였다고 할 수 있다.

"그런데 말야. 이 지방이 다른 지방과 다른 게 말야, 부산 지방의 철기 시대 무덤에선 철기 유물이 월등하게 많이 나오는 일이야. 부장품으로 철기류를 그렇게 많이 묻었다는 건 동래 패총에서 발견한 야철지(冶鐵地)가 증명하지. 그때 야철의 중심지가 동래였다는 말도 되는 거야. 그렇다고 철광(鐵鑛)이 있은 흔적은 없잖아. 부근에 있는 사철(砂鐵)을 채집해서 제련한지도 모르지. 동래서 만들어진 철은 수영강을 통해 바다로 나와 일본이나 낙동강 지방으로 수출되었을 가능성도 있단 말야. 이 동래의 야철에 관해서는 연구 과제로 삼을 만도 해. 위지동이전(魏志東夷傳)도 그래. 부산을 포함한 가야 영역 일대의 사실(史實)은 변진전에 실려 있는데 말야. 변진독로국(弁辰瀆盧國)에 쓰이기론 말야, '나라에서 철(鐵)을 생산하여 한인(韓人), 예인(濊人), 왜인(倭人)이 모두 이것을 가져가며 모든 매매에 철을 사용함을 마치 중국에서 돈을 사용함과 같이했다.'고 기록돼 있단 말야. 그런데 변진독로국이란 게 그때 부족 국가로 형성되었던 동래를 말하는 게 틀림없는 것 같아."

조필호 씨는 가락국수를 먹으면서 말하자니 얼마 안 되는 가락국수지만 먹는 시간이 길어진다. 민과 혜숙은 먹기를 마친 지 오래다. 그제야 조필호 씨는 가락국수를 다 먹곤 국물까지 후루룩 마셔 비운다.

이것은 작중인물인 조필호 씨가 앞에 앉은 민과 혜숙이라는 젊은 작중인물들에게 들려주고 있는 이야기지만, 사실은 작가가 독자에게 들려주는 역사 지식이다. 작가는 이 작품에서 시종일관 부산 지역에 대한 역사 지식을 이런 식으로 독자에게 전달하고 있는 것이다. 그러나 나름의 플롯도 가지고 있어 소설의 형식을 깨뜨리지는 않는다. 이런 점에서 소설 『부산포』는 새로운 시도로서 우리에게 신선한 느낌을 준다.

우리는 이런 작품을 '역사 지식소설'이라 이름 붙일 수 있을 것이다. 나아가 우리는 '천문학 지식소설', '생물학 지식소설', '지리 지식소설', '경제학 지식소설' 등등 온갖 종류의 지식소설을 만들어 볼 수 있을 것이다.

근래에 '지식소설'이란 장르 명칭을 내걸고 나타난 작품들이 있다. 김용규의 『알도와 떠도는 사원』(2001)과 김용규·김성규 공동 작인 『다니』(2005)가 그것이다. 『알도와 떠도는 사원』은 1만 5백 년 전에 고도의 문명을 누리던 제국이 물속으로 침몰하고 우주의 기원과 영생의 비밀을 담고 있는 '나칼의 서(書)'가 배에 실려 세계를 떠돌고 있다는 내용을 중심으로 하고 있다. 판타지소설과 추리소설의 혼합 같은 느낌을 주지만 독자에게 철학에 대한 많은 지식을 전해 주려는 의도를 담고 있다.

『다니』는 아프리카 빅토리아 호반에 텐트를 치고 침팬지에게 수화(手話)를 가르치는 실험을 하고 있는 동물행동학 연구가 제니퍼 모건이란 여성의 이야기다. 공동작가는 이 작품을 통해 인간의 폭력성이 어디서 오는지, 제노사이드(집단학살)가 어디서 유래하는지를 독자에게 제시하려 한다. 동물행동학에 대한 수많은 학설들을 소개할 뿐만 아니라 진화론이나 생태학 등의 전문 지식도 전달하고 있다. 필요한 경우 학술서처럼 주(註)를 달아 설명을 하기도 한다. 1915년 터키인들이 아르메니아인들을 백만 명이나 학살한 사건에서 1970년대에 캄보디아에서 행해진 자국민에 대한 학살에 이르기까지 20세기에 일어난 학살의 예들을 들고 저자는 논평을 통해 다음과 같은 말을 한다.

> 인간은 천성적 공격성을 갖고 태어났고, 이데올로기적 신념에 따라 잔혹해질 수도 있다. 하지만 그것이 그토록 광적으로 나타나는 데는 환경적 요건이 다른 어떤 것보다 크다는 것이다. 스탠리 밀그램의 실험이 우리에게 보여주는 것은, 인간은 대부분 어떤 역할을 맡기고 지속적으로 적당한 강화 작용을 하면, 성격, 지성, 신념, 종교 등과 무관하게 잔혹성과 파괴성을 드러내 보인다는 점이다.

작가는 이러한 지식을 독자에게 전달하려는 목적으로 이 작품을 썼다고 볼 수 있다. 그러나 기본적인 골격이 학술서가 아니라 소설이라는 데 이 작품의 실험성이 있다.

이러한 지식소설의 외국 예가 없는 것은 아니다. 노르웨이 작가 요슈타인 가아더Jostein Gaarder의 『소피의 세계Sofies verden』(1991)는 소설의 형식을 빌려 철학의 발달사를 청소년들에게 가르쳐 주는 작품으로서 세계적 베스트셀러가 된 바 있다.

9. 현실에서

우리나라 소설에 가상소설이 없는 것은 아니지만 드물다. 대개가 사실소설이다(소설 구조론 제9장 현실 3 참조). 그러므로 가상소설의 창작을 자주 시도해 보는 것도 바람직할 것이다. 김수경의 『즈유죵』은 소설 속에 소설이 들어 있는 일종의 액자소설이다. 그런데 안 이야기는 처음부터 창작되는 소설이라는 것을 명백히 하고 출발한다. 그럼에도 중간 중간에 다음과 같은 말들을 넣어 이 이야기가 현실의 이야기가 아니라 허구의 소설임을 거듭 강조한다. '나는 김한수라는 상이군인의 부검 행위를 통해서 욕심 많게도 전쟁까지 내 소설에 삽입하고자 하는 것 같다. 월남전에다 6·25까지 건드려 보려는 욕심! …… 아니 아예 박민호를 월남전 참전 군의관으로 설정하는 게 더 나을 것 같다.' '아니, 어쩌면 그 사내들이 나를 차례로 윤간하는 장면을 리얼하게 삽입시켜 보는 것도 소설의 재미상 나쁠 것도 없겠지만 ……' 같은 표현들을 통해 이 소설이 창작을 통해 만들어지는 허구임을 계속 강조하고 있는 것이다. 그러면서도 이 소설은 주인공 김명자의 과거를 서술한 것이라는 생각을 독자들에게 갖게 한다.

어쨌든 이 『즈유죵』은 메타픽션처럼 소설의 허구성을 거듭 강조하는 점에 특징이 있다. 이 점을 이 소설이 갖는 실험성의 하나로 간주해도 좋을 것이다.

10. 동일시와 생소화에서

동일시를 추구하는 소설은 많아도 생소화*alienation, Verfremdung*를 추구하는 소설은 많지 않다. 여러 가지 종류의 생소화효과(生疎化效果)를 사용하여 생소화를 추구하는 소설을 창작해 볼 수 있다.

동일시와 생소화의 문제는 화자 문제와도 관계가 있고 장면 묘사냐 요약이냐 하는 문장 문제와도 관계가 있고, 사실소설이냐 가상소설이냐 하는 현실 문제와도 관계가 있다. 어쨌든 디터 퀸Dieter Kühn의 『여사장』에서처럼 화자의 개입이 극단적으로 많아짐으로써 생소화를 강하게 일으키는 소설을 써 볼 수 있을 것이다('3. 화자에서' 참조). 또 메타픽션에서처럼 읽고 있는 소설이 허구임을 계속 강조하여 생소화를 일으키도록 할 수도 있다.

제2장 소설 외적 요소의 도입에 의한 실험 

1. 시 장르에서

시 장르가 소설 장르에 크게 영향을 끼친 바는 없다. 구태여 시의 영향을 든다면 시를 모토*motto*로 차용한 것이 가장 큰 영향일 것이다. 우리나라 작가들은 모토 사용을 별로 좋아하지 않는 것 같다. 시를 모토로 사용하는 것도 하나의 가능성일 것이다. 강인수는 그의 장편 『황홀한 방황』(1985)을 모두 34개의 장(章)으로 나누고, 각 장의 서두에 우리나라 대표적 시인의 시 한 편씩을 모토로 적어 놓고 있다.

이인성도 『미쳐버리고 싶은, 미쳐지지 않는』(1995)에서 50여 개 장의 제목을 모두 각각 다른 시인의 시구에서 가져오고 있다.

시의 영향으로 볼 수 있는 근래의 실험적 현상은 소설 문장들을 시행(時行)처럼 잘라서 나열하는 것이다. 예를 들어 보자. 다음은 파울 뷔어Paul Wühr의 『엉터리 책*Das falsche Buch*』(1983)의 일부다.

Wir versammeln uns heute um das erste Grab auf der
Münchener
   Freiheit
   beginne ich
   es wurde ausgehoben im Parterre des Forums
   unter freiem Himmel

fahre ich fort

anwesend sind die nächsten Angehörigen, meine Freunde

und Fremde

ich grüße

neben mir steht Niklas Luhmann

ich grüße

ich fahre fort:

hier und heute wird der letzte Wunsch der siebzehnjährigen

Sophie erfüllt

das Mädchen und ihr zwanzigjähriger Freund Karl

werden gemeinsam beigesetzt,

Sie hören jetzt Niklas Luhmann

이것은 소설 문장이기 때문에 산문이지 시일 수는 없다. 그럼에도 산문을 시처럼 행 구분(行區分)하고 있는 것이다. 이것은 시의 영향이 아닐 수 없다. 위의 예는 그래도 점잖은 편이다. 다음 예를 보자. 위르겐 베커Jürgen Becker의 『변두리 *Ränder*』(1968)의 일부다.

hier noch, wies war

denn dieses

blieb nicht

außerhalbzeitverlustverlorengingimmeram

randlangsamweilinmittentrafanzeichengabes

warschönheiterkeitundzynischerweisheitam

endemitunruhestörenfriedenszeithälfte

kommt nun

wie Raben vorm Fenster

blick

letztens aus

blieb und
noch frei nicht
wiederumzugvogelfrei
zeitendemitschreck
im Brief mit Tod
nach
holbefristet

　분명 소설의 한 페이지인데 시처럼 행 구분이 있고, 또 그 행 구분이 아주 어수선하다. 우리나라 작가에게서도 비슷한 예를 찾을 수 있다. 다음은 이인성의 「낯선 시간 속으로」의 경우다.

　나는 속도를 늦추지 않는다. 그의 눈길이 내 속도를 뒤쫓으며 따라 움직인다. 나는 이정표를 통과해 버린다. 나는 호수를 끼고 바다로 뻗쳐 나간 아스팔트길의 두 선이 멀리서 만나는 하나의 점을 쉴 사이 없이 열어 젖힌다 …….
　가득히　　　　열린
　　　바다가
　　　　　　　유일한　　　　진실처럼
　　　　황홀한　죽음처럼
　　　　　　　　　출, 렁, 거, 린, 다……
바닷바람을 가슴에 맞으며, 지금, 나는, 육지를 떠나고 있다. "얼마나 나갈려오?" 노를 젓는 어부의 꺼끌한 음성. "육지가 안 보일 때까지요."

　귄터 그라스Günter Grass의 『넙치*Der Butt*』(1977)와 『암쥐*Die Rättin*』(1986)에는 소설 속에 시가 섞여 들어가 있다. 시뿐만 아니라 동화적 요소도 포함된 실험적 작품으로 평가된다.

2. 희곡 장르에서

희곡 장르는 소설 장르에 많은 영향을 끼쳤다. 희곡과 소설은 그 성격이 같지 않다. 카이저의 말처럼 "희곡은 전적으로 현재적인데 소설은 전적으로 과거적이다."[1] 그러나 더욱 큰 차이는 희곡에는 화자가 없는데 소설에는 화자가 있다는 사실이다.

앞에서 이미 살펴본 것처럼 현대에 가까워질수록 이 화자는 소설에서 사라지는 경향을 보여 왔다. 이것은 소설이 희곡에 가까워진다는 것을 의미하는 것이다. 카이저는 화자가 사라지고 소설이 희곡에 가까워지는 경향을 '소설의 위기'라고 불렀지만,[2] 필자의 생각으로는 위기일 수가 없다. 그만큼 소설의 영역이 넓어지고 다양해진 것으로 볼 수 있기 때문이다. 희곡에 가까운 소설의 예로서 볼프디트리히 슈누레의 『나는 너를 필요로 해』를 들 수 있을 것이다(1장 '5. 문장에서' 참조).

한국 작가들은 화자의 등장이 드물거나 화자가 없는 소설을 잘 쓰지 않는 경향이 있다. 화자가 없는 소설을 한번 시도해 볼 만하다. 이것은 시점의 문제와 문장의 문제와도 무관하지 않다. 시점으로는 3인칭 객관적 시점의 사용이 희곡에 가까운 소설을 만드는 데 편리할 것이다. 문장으로서는 직접화법을 많이 쓰는 장면 묘사의 사용이 권장된다. 순수하게 희곡적인 작품에서는 화자가 소멸된다.

다음 시도해 볼 만한 방향은 소설 형식을 희곡처럼 구성하는 것이다. 말하자면 한 장(章)을 소설의 한 막(幕)처럼 만드는 것이다. 직접화법이 많이 들어가는 장면 묘사를 주로 사용하고 장 내에서

---

1) Wolfgang Kayser, *Das sprachliche Kunstwerk*, Bern 1971, p.205.

2) W. Kayser, *Entstehung und Krise des modernen Romans*, Stuttgart 1954, p.34.

의 시간의 흐름은 중단 없이 연속되도록 한다. 이렇게 하면 '서술되는 시간'과 '서술 시간'이 비슷하게 일치된다. 그리고 장과 장 사이는 희곡의 막과 막 사이처럼 시간을 뛰어넘을 수 있게 한다. 그러면 소설의 장이 바로 희곡의 막처럼 된다. 이런 것을 통해 소설은 희곡과 거의 같은 형식이 될 것이다. 카프카의 『심판』이 다소 그런 형식에 접근하고 있으나 결코 완전하다고는 할 수 없다.

다음은 희곡 형식 자체를 소설 속에 도입하는 시도다. 물론 소설의 한 부분에 이러한 희곡 형식이 도입될 뿐 결코 소설 전체에 도입되어 있는 것은 아니다. 잉에보르크 바흐만Ingeborg Bachmann의 『말리나Malina』(1971)를 그러한 예로 들 수 있다. 이 작품의 첫 장을 열면 '등장인물', '시간', '장소'가 나온다. 출발 형식은 바로 희곡이다. 그리고 많은 부분이 1인칭 화자의 서술이지만 군데군데 희곡 형식을 빌려 대화를 다음과 같이 서술하고 있다.

말리나 전쟁과 평화란 없는 거야.
나 그럼 뭐라고 불러야 되나요?
말리나 전쟁뿐이야.
나 평화는 어떻게 찾아야 될까요?
    전 평화를 원하는 걸요.
말리나 전쟁만이 있는 거야. 그 사이에 짧은 휴식을 가질 수 있을
    뿐 그 이상은 없어.
나 평화예요!
말리나 당신 안엔 평화가 없어. 역시 없는 거야.

한국 작가의 경우 이런 예를 조세희의 「잘못은 신에게도 있다」에서 볼 수 있다.

근로자 3: "여기서 핀 이야기를 잠깐 하고 싶습니다."

사용자 2: "핀?"

근로자 3: "네, 끝이 뾰족한 옷핀입니다. 생산부장님은 아실 거예요."

사용자 4: "무슨 얘기야? 영이가 말해 봐."

근로자 1: "이런 상태에선 말씀드릴 수 없습니다."

사용자 4: "왜?"

근로자 1: "저희는 천오백 명의 근로자를 대표해서 이 자리에 나왔습
니다."

소설이 진행되다가 갑자기 이런 희곡적 서술이 7페이지 이상 계속된다. 이러한 희곡적 요소는 오래전에 허만 멜빌의 『백경*Moby Dick*』에 이미 나타난 바 있다. 제108장 전체가 희곡형식으로 되어 있는 것이다. 또한 제임스 조이스의 『율리시스*Ulysses*』(1922)와 『피네간의 경야*Finnegans Wake*』(1939)에도 도입되어 있다. 파울 뷔어Paul Wühr 의 『엉터리 책*Das falsche Buch*』에도 도입되어 있고, 울리히 플렌츠 도르프Ulrich Plenzdorf의 『젊은 W.의 새로운 슬픔*Die neuen Leiden des jungen W.*』(1973)에도 도입되어 있다.

3. 에세이에서

서구의 에세이는 우리나라의 수필보다 더 넓은 개념이다. 몽테뉴 Montaine의 『수상록 *Essais*』에서 시작된 이 명칭의 장르는 철학적인 생각을 정리한 글로부터 비체계적이고 주관적인 잡문에 이르기까지 그 범위는 상당히 넓다. 어쨌든 자기의 생각을 정리하여 서술한 글이라 할 수 있다. 흔히 학문과 예술의 중간에 위치한다고 말해진다.

이 에세이는 근대에 들어와 소설 속에 자리를 잡기 시작했다. 멀리는 괴테로부터 가까이는 토마스 만, 로베르트 무질Robert Musil, 막스 프리쉬Max Frisch에 이르기까지 작가들은 그들의 생각을 소설 속에 피력하기를 좋아했다. 코르트할스에 의하면 모더니즘과 포스트모더니즘 소설에 와서 진행되던 사건서술을 중단하고 작가의 주장을 피력하는 일이 더 많아졌다고 한다.[3)]

이것은 커뮤니케이션에서 이야기하는 명시적 의미denotation의 전달이 된다. 가령 예를 들어 토마스 만의 『마의 산Der Zauberberg』 제6장의 서두에는 시간에 대한 생각을 정리한 글이 있다. 이것은 토마스 만이 독자에게 주는 에세이라 할 수 있다. 또 무질의 『특성 없는 남자Der Mann ohne Eigenschaften』는 소설과 에세이의 혼합이라고 볼 수 있을 정도로 에세이적 요소가 많다. 우리나라 최인훈의 『소설가 구보씨의 1일』, 「주석의 소리」, 「총독의 소리」 같은 작품들도 이러한 에세이와 소설의 혼합으로 볼 수 있다. 이러한 에세이적 요소는 흔히 작중인물들의 대화나 독백의 형태로 소설 속에 삽입된다. 그러나 드물긴 하지만 작가의 논평 형식으로 삽입되기도 한다.

여기서 우리는 한 가지 주제를 깊이 다루는 에세이적 소설의 개발을 시도해 볼 수 있을 것이다.

4. 시나리오에서

시나리오scenario, Drehbuch란 영화나 텔레비전극 제작을 위한 기본 설계도다. 희곡이 '읽는 희곡Lesedrama'으로서도 존재할 수 있는

---

3) Holger Korthals, *Zwischen Drama und Erzählung*, Berlin 2003, p.175.

데 반해, 시나리오는 '읽는 시나리오'로서는 별로 존재 가치가 없다. 그것은 시나리오가 영화나 텔레비전에 종사하는 전문가들을 위해 쓰이기 때문이다. 우리는 여기서 읽는 시나리오를 만들어 볼 수 있다. 혹은 시나리오적인 소설을 만들어 볼 수 있다.

우리는 시나리오를 소설로 만들 수 있는 가능성을 페터 한트케 Peter Handke에게서 발견한다.

> 중단 없는 강렬한 공포 음악*Horrormusik*. 보몽이 이른 아침 텅 빈 상가(商街) 거리를 걸어가고 있다. 의미 없이 빨강에서 초록으로, 다시 그 반대로 바뀌는 신호등들. 발걸음 소리. 카메라는 처음 보몽의 정면에서 보몽과 거리를 유지하면서 뒤로 움직인다. 그리고 나서 멈추어 서서 그를 카메라 앞으로 다가오게 했다가 지나쳐 가게 하고, 한동안 옆에서 따라간다. 그는 빨리 걷는다. 때로 몇 걸음은 뛴다. 그리고 나서 장면 전환: 보몽이 걷고 있는 거리를 원경으로 위에서 잡은 화면. 그와 동시에 음악이 중단된다. 완전한 정적. 발걸음 소리도 없다. 카메라는 보몽이 화면 중앙에 위치하도록 계속 좇는다. 짧은 시간의 중단, 그리고 나서 아주 아주 천천히 어둠이 내리듯 페이드아웃.

이것은 한트케의 『진행되는 사건의 연대기*Chronik der laufenden Ereignisse*』(1971)라는 시나리오의 제44장면 전체다. 이것은 물론 '시나리오'이지 '소설'은 아니다. 그리고 이 시나리오는 한트케 자신의 연출에 의하여 텔레비전극으로 영상화된 바도 있다. 그러나 한트케가 이 작품을 단순한 시나리오로 쓴 것은 아니다. 그는 이 작품의 서두에 "이것은 시나리오로 쓰였다기보다는 이미 존재하는 영화를 이야기*Erzählung*로 쓴 것이라 할 수 있다."고 말하고 있고, 또 후기에서도 "이 시나리오를 쓰면서 나는 영화가 이미 존재하고 있고 나는 그것을 후술*nacherzählen*한다고 상상했다."고 말하고 있다.[4] 말하자면 영화를 위해 시나리오를 썼다기보다는 영화를 보고 나서 그 내용을 소설로 쓴다는 느낌으로 이 작품을 썼다는 것이다.

그러므로 이 작품은 '읽는 시나리오'이다. 그리고 시나리오적 소설의 가능성을 보여주고 있다. 이것이 소설이라는 말을 한트케 자신도 비평가들도 지금은 하지 않는다. 그러나 소설의 표현 수단으로 시나리오가 도입될 수 있는 가능성을 우리에게 보여주고 있다고 하겠다. 우리나라에서 일찍이 심훈이 그의 『탈춤』(1926)에서 이러한 시도를 한 바 있다. 작가 자신이 '영화소설'이란 장르 표시를 하고 있다. 일종의 읽는 시나리오를 의도한 것으로 생각되나 형태상으로는 소설 쪽에 가깝다.

5. 저널리즘에서

신문·잡지·르포 기사 등의 형식이 소설에 도입될 수 있다. 만프레트 프랑케Manfred Franke의 『살인의 진행Mordverläufe』(1973)은 이와 같은 저널리즘의 형식을 도입하여 만든 소설이라 할 수 있다. 이것은 1938년 11월 9일 밤 유태인들에게 가해졌던 독일인들의 테러를 다루고 있는 작품이다. 그 이틀 전 파리에서 있었던 유태인 청년에 의한 독일 외교관 살해를 계기로 나치스 선전상 괴벨스는 독일인들에게 유태인 박해를 선동했다. 이 작품은 그때 소읍에서 일어났던 유태인들에 대한 살인 행위를 제2차 세계대전이 끝나고 한동안의 세월이 흐른 후 추적하는 구성으로 되어 있다.

이 소설의 화자는 어린 아이 때 이 사건을 체험하고 어른이 된

---

4) P. Handke, *Chronik der laufenden Ereignisse*, Frankfurt a. M. 1971, p.6, 130.

후 온갖 기록을 찾고 당시의 목격자를 찾아 이 사건을 밝혀 나간다. 그는 시지(市誌)를 뒤지고 수사 기록과 공판 기록을 찾아 읽고, 당시의 수사관들을 만나고, 당시의 목격자, 피해자의 유가족들과 인터뷰를 한다. 그리고 누가 살인자들인지를 독자에게 제시한다. 이것은 마치 신문 기자가 사건을 추적하여 파헤치는 것과 똑같은 수법이다. 그러나 여기에 등장하는 인물은 모두 가명으로 되어 있어 실화라는 보장은 없다. 사실을 바탕으로 어느 정도의 허구가 가미되었을 것이다.

다음 알렉산더 클루게Alexander Kluge의 기이한 소설을 살펴보자. 제목부터가 기이하고 복잡하다.『새로운 이야기. 1～18장 '시대의 전율'*Neue Geschichten Heft 1～18 'Unheimlichkeit der Zeit'*』(1977), 이 책을 처음 대하는 사람이면 누구나 금방 이것이 소설이냐 하는 의문을 갖게 된다. 그도 그럴 것이 책 속에 수십 장의 사진이 수록되어 있기 때문이다. 이 작품의 첫 페이지도 사진으로 시작된다. 아기를 안고 누워 있는 여인의 사진 밑에는 다음과 같은 사진 설명이 있다. 즉 "여기 어머니가 있다. 그녀의 육체 속에 우리는 9개월간 걱정 없고 따뜻하게, 그리고 온갖 기쁨을 맛보면서 앉아 있었다."고 되어 있는 것이다.

이어 일화(逸話) 스타일의 짤막한 이야기들이 수없이 등장한다. 그중 하나를 살펴보면, 제목이 「콘크리트 묘비명」이다. 1943년 딩겔슈테트에 있는 군(軍) 화약 공장이 폭발했다. 공장의 지붕은 5m 두께의 철근 콘크리트였으나 폭발할 때 사방의 벽이 허물어지면서 밑으로 내려앉아 버렸다. 의사 가우비츠 박사는 사망 증명서 용지 두 장을 갖고 현장으로 달려갔다. 그러나 그 두 장도 쓸모가 없었다. 철근 콘크리트 지붕에 모두 깔려 죽어 지붕을 들어내지 않고서는 죽은 사람의 얼굴조차 볼 수 없었기 때문이다. 그런데 그 속에서 일하던 여공 한 사람이 살아 있음이 밝혀졌다. 그녀는 폭발의 순간 건물 밖으로 나갔었다고 주장했다. 흥분 상태에 있는 그녀의 말은 조리가 없고 횡설수설이었다. 의심을 받게 된 그녀는 초소에 일단 연금이 되었다. 얼마 후 그녀는 보초의 눈을 피해 도망가려다 사살되었다. 의사는 사망 증명서 한 통을 사용할 수 있었다.

말하자면 이런 종류의 이야기들이 수백 편 이 책 속에 들어 있다. 이야기마다 장소와 시간이 다르고 주인공도 다르다. 그리고 그 이야기들은 한결같이 신문 기사에 가까운 문체로 객관적 사실을 보고하는 형식으로 서술되고 있다. 게다가 사진이 첨부된 이야기도 있다. 그야말로 실화(實話)를 모아 놓은 책같이 보인다. 이것을 소설이라 부르기보다는 신문 기사집이나 실화집으로 불러야 할 것이다. 작품 자체에도 '소설'이란 명칭은 붙어 있지 않다. 그러나 이 작품은 전위적인 실험소설로서 주목을 받은 바 있다.

우리는 저널리즘에서 많은 형식을 빌려 올 수 있을 것이다. 가령 신문 스크랩을 모아 놓은 형식으로 소설을 구성할 수도 있다. 인터뷰 기사 형식으로 구성할 수도 있다. 신문 기자가 르포를 쓰는 형식을 소설에 도입할 수도 있다. 사진을 곁들이는 소설도 시도해 볼 수 있을 것이다.

6. 학술서에서

학술서를 흉내 내는 소설들이 가끔 나타나고 있다. 내용이야 학술적인 내용을 담을 수는 없지만 형식을 학술서에서 빌려 오는 것이다. 설명이 필요한 말에 번호를 붙여 주를 다는 작품의 선구는 아마도 제임스 조이스의 『피네간의 경야(經夜)*Pinnegans Wake*』(1939)일 것이다. 몇 십 페이지에 걸쳐 학술서처럼 주를 달고 있다.

다른 예를 보자. 아르노 슈미트Arno Schmitd의 작품에 『종이쪽지의 꿈*Zettelstraum*』(1970)이란 작품이 있다. 이 책은 우선 규격 면에서 일반 소설보다 배나 큰 A4타자지 규격이다. 그리고 글자는 활자가 아니고 작가 자신이 타자 친 것을 사진판으로 인쇄한 것이다. 거기까지는 일반 소설과 크게 다를 바가 없다. 문제는 다음이다. 지면의 한쪽에 학술 서적의 주(註)처럼 난을 만들어 여러 가지 해설을 싣고 있다. 그냥 보면 학술 논문처럼 보인다. 그런데 옆쪽의 주가 본문 내용과 별 관계가 없다는 것이 우리를 당황하게 한다. 그리고 본문에는 많은 괄호, 의문부호, 점선 들이 섞여 있어 우리의 눈을 어지럽게 한다. 내용도 내용이지만 이 괴이한 겉모습이 우리를 놀라게 하는 것이다. 소설로서는 참으로 기이한 소설이 아닐 수 없다.

오스발트 비너Oswald Wiener의 『중유럽의 개선(改善)*Die Verbesserung von Mitteleuropa*』(1969)도 학술서의 형식을 취하고 있는 작품이다. 벌써 첫 페이지에 색인(索引)이 나와 있다. 페이지 숫자는 아라비아 숫자가 아니고 로마 숫자다. 일관된 줄거리는 없고 서구 문명에 대한 경구적(警句的) 논평들이 많다. 그런데 여기서도 학술 서적의 냄새를 풍기는 것은 주(註)다. 앞의 슈미트의 작품과는 달리 어려운 말이나, 설명이 필요한 말에 학술 논문처럼 주를 달아 설명을 하고 있다. 도저히 소설 같지 않는데도 표지에는 버젓이 '소설*Roman*'이란 장르 표시를 해 놓고 있다. 보도 하이만은 이 작품을 두고 "학문과 소설, 공식(公式)과 메타포, 사이버네틱스*Kybernetik*와 픽션이 여기에서 서로 융합되어, 예술과 학문, 잠언*Aphorismus*과 체계 *System*의 대단한 종합이 이루어져 있는 것으로 보인다."5)고 평하고 있다.

지식소설인 김용규·김성규의 『다니』(2005)는 인간의 폭력성이 어디서 오는지를 규명하려는 학술서의 성격을 띠고 있다. 동물행동 학에 대한 수많은 학설들을 소개할 뿐만 아니라 진화론이나 생태 학 등의 전문 지식도 전달하고 있다. 또 학술적 용어에는 주(註)를 달아 설명을 하기도 한다(제1장 소설 구조 내에서의 실험 8 참조).

우리는 학술서에서 몇 가지 아이디어를 얻을 수 있다. 서론·본 론·결론으로 나누는 논문 형식의 소설을 구상할 수도 있다. 학술 서처럼 주를 달고, 참고 문헌 목록과 색인을 뒤에 붙이는 시도를 해 볼 수도 있다. 가령 역사소설인 경우 사실(史實)과 다른 부분에 주를 달아 사실을 밝히는 시도도 할 수 있다.

7. 역사에서

과거의 어떤 사건이 일어나지 않았더라면, 또는 과거의 어떤 사 건이 반대로 진행되었더라면 지금의 역사는 어떻게 되어 있을까 하는 가정을 서술하는 것을 대체역사(代替歷史)*alternative history*라 고 한다. 이러한 관점에서 쓰인 소설들이 없지 않다.

헬무트 하이센뷔텔Helmut Heißenbüttel의 「아돌프 히틀러가 전쟁 에 이기지 못했다면*Wenn Aldolf Hitler den Krieg nicht gewonnen hätte*」(1979)이 이러한 대체역사를 기술한 소설이다. 제목 자체가

---

5) B. Heimann, 앞의 책, p.39.

이중의 가상을 하고 있음을 보여준다. 즉 히틀러가 전쟁에 이겼다는 가상에서 다시 그것을 뒤집어서 '이기지 못했다면' 하고 이중으로 가상하고 있는 것이다.

이 소설에 의하면 히틀러는 전쟁에 이겼고 1964년에 죽었다. 친위대가 반란을 일으켰고 그 때문에 5만 명이 죽었다. 게다가 전염병과 기아·과음·자살 풍조 등으로 인구는 급격히 감소한다. 전자 기기들은 작아져 컴퓨터는 수평방 센티미터의 크기로 줄어든다. 1인칭 화자는 말한다. 히틀러가 전쟁에 이기지 못했다면 살아남은 사람들이 영 형편없이 살고 있을 것이라고.

복거일의 『비명을 찾아서』(1987)도 역시 대체역사를 기술한 소설이다. 그는 이등박문(伊藤博文)이 안중근 의사의 총에 맞아 죽지 않았다면 하는 가정하에 이야기를 전개시킨다. 노회한 이등박문은 일본이 제2차 세계대전에 참전하는 것을 제지한다. 그리하여 만주는 아직 일본의 지배하에 있고 조선도 계속 일본의 지배하에 있다. 반도의 기업들은 일본 동경에서 중요한 업무를 해결해야 한다. 그리고 조선인은 조선말을 쓰지 않을 뿐만 아니라 그런 언어가 존재했다는 사실조차도 모른다. 작가는 이 작품에서 이런 상황하에 있는 한 지식인의 고뇌를 그리고 있다. 이러한 대체역사를 기술하는 소설이 더 시도될 수 있을 것이다.

8. 미술에서

미술 분야에서 소설에 들어와 쓰이는 기법으로 콜라주*collage*가 있다. 콜라주는 미술에서 종이, 머리카락, 나뭇잎 따위를 붙여 하나의 오브제를 만드는 작업을 의미하는데 문학에 있어서의 콜라주는 상이한 성질의 언어적 요소들을 한데 모아 놓는 것을 의미한다. 콜라주와 몽타주*montage*는 문학에서 동의어로 쓰여 왔으나 60년대 말부터 분리되어 쓰이고 있다. 츠메각은 이렇게 정의한다. "몽타주는 낯선*fremd* 텍스트 조각들을 하나의 텍스트 속에 받아들여, 그것들을 결합시키거나 대비시키는 것이다. 그와 반대로 콜라주는 상이한 원천에서 나온 요소들만으로 이루어지는 텍스트라는 의미에서 몽타주의 극단적인 경우다."6) 말하자면 어떤 주된 텍스트가 있고 거기에 다소 다른 요소들이 들어와 섞이는 것을 몽타주라 부르고, 주된 텍스트 없이 이질적인 텍스트 조각들이 각각 모여 하나의 구성물을 만들 때, 이를 콜라주라 불러 구별하고 있는 것이다.

어떤 문학사전은 '다소간 이질적인 텍스트 자료들을 결합시키는 것'을 콜라주로, '공간적으로, 시간적으로 핵심진행사건과 거리가 있는 요소들과 순간들을 집어넣는 것'을 몽타주로 정의하고 있다.7) 그러나 이 두 개념이 그렇게 명확하게 설명되어 있지는 않다. 이 사전은 콜라주와 몽타주를 설명하면서 제임스 조이스의『율리시스*Ulysses*』(1922)와 알프레드 되블린Alfred Döblin의『베를린 알렉산더광장*Berlin Alexanderplatz*』(1929) 두 작품을 두 항목에서 다 대표작으로 거론하고 있다. 이것은 이들 작품이 콜라주와 몽타주 두 가지 요소를 다 가지고 있다는 뜻으로 해석이 되기도 하지만, 두 가지가 구별하기 어렵다는 뜻으로도 해석이 된다.

필자 나름으로 정의를 내린다면 문학에서의 콜라주는 줄거리 진행과 관계없는 낯선 요소들이 섞여 들어오는 것을 의미하고, 몽타

---

6) Borchmeyer Žmegač, *Moderne Literatur in Grundbegriffen*, Tübingen 1994, p.286.
7) Claus Träger, *Wörterbuch der Literaturwissenschaft*, Leipzig 1989, p.93, 350.

주는 다소 이질적이지만 줄거리 진행에서 크게 벗어나지 않는 사
물들이 섞여 들어오는 것을 의미한다고 하겠다.

　콜라주가 문학에 들어온 것은 사실상 20세기 초부터다. 수술대
위의 재봉틀과 우산처럼 이질적인 요소의 결합에서 어떤 아름다움
이 생겨난다는 것을 발견한 로트레아몽Comte de Lautréamont의 실
험에서 콜라주의 착상은 생겨났다고 볼 수 있다.[8] 루이 아라공
Louis Aragon의 『파리의 촌놈*Le Paysan de Paris*』(1926)은 벽보, 신
문기사, 극장요금표, 음료수가격표, 술가격표, 표지판, 술광고, 우편
요금표 등이 소설 속에 뒤섞여 있는 콜라주다. 또 앙드레 브르통
André Breton의 『나자*Nadja*』(1928)는 개선문 사진을 비롯하여 많은
사진이 들어 있는 콜라주다.

　콜라주 기법은 하이젠뷔텔Helmut Heißenbüttel의 작품에도 자주
사용된다. 예를 들어 그의 『프로젝트 제1호, 달랑베르의 최후*Projekt
Nr. 1. d'Alemberts Ende*』(1970)에는 많은 콜라주가 등장한다. 함부르
크의 레스토랑 이름들이 20여 개 나열되기도 한다. 또 박물관과 미
술관의 이름들이 20개나 나열되는 경우도 있다. 다음의 예는 신문
지면의 표제들과 신문에 나와 있는 함부르크 항에 도착한 배의 이
름들의 나열이다. 이것이 하이젠뷔텔의 콜라주 기법이다.

　　Katzer schreibt an Blessing: Rentensystem nicht antasten.
Nasser zur Kur ans Schwarze Meer. Zuchthausstrafe für
Kronenberg. Bischof Tomašek vertraut auf Parteichef Dubček.
Noch kein Termin für KP-Treffen. Jetzt auch Luftmanöver in der
Sowjetunion. Baureife Grundstücke wieder teurer. Ich erinnere
mich nicht daran. Aber es ruft mir in Erinnerung. Schiffsankünfte

---

8) G. u. I. Schweikle, *Metzler Literaturlexikon*, Stuttgart 1984, p.80.

in Hamburg: Du. Neder Lek, 50 B, K. W.–Hafen, Poot u. K., Stgt.–Dt. Ardea, Viehbrücke, Vieh.–No. Jolita, 25, Norw. Schiffs. Agt., Papier.–Br. Pando Cape, 69 B, Mare Schiff Ktr. leer.–Du. Lely, Hansamatex 1, Stahl, Fett.–Dt. Dreestrom, Oberelbe Pohl u. Co., Schulte u. Br., Papier.–Dt. Warturm, Oderhöft, Überseebrücke, Hansa–Linie, Ausrüstung.–It. Edera, Harburg 2, Oltmann, Erz.–Dt. Westen Till, Nordd. Lloyd, Stgt.–No. Beau Geste, Shell Katwyk, Gellatly Rohöl.–Br. Plainsman, 70 A/B, Sanne, leer.–Li. Ocean Regina, Norderelbe, Ott, Kopra.–Da. Dragoer Maersk, 34 B, Infruta, Frucht. Katzer schreibt an Blessing: Rentensystem nicht antasten. Nasser zur Kur ans Schwarze Meer. Zuchthausstrafe für Kronenberg. Bischof Tomašek vertraut auf Parteichef Dubček. Noch kein Termin für KP–Treffen. Jetzt auch Luftmanöver in der Sowjetunion. Baureife Grundstücke wieder teurer. Ich erinnere mich nicht daran. Aber es ruft mir in Erinnerung. Autoverkehr in beiden Richtungen.

이런 무의미한 사물을 나열하는 콜라주 기법은 제임스 조이스의 『피네간의 경야』에서 이미 그 선구를 발견할 수 있다. 이 작품에는 별 의미 없는 수십 개의 별명들이 두 페이지에 걸쳐 나열되기도 한다. 게다가 희곡 형식으로 된 부분이 있는가 하면, 학술서의 주처럼 주가 달려 있는 부분이 있고, 노래의 악보와 가사도 들어 있어 이런 것 모두가 일종의 콜라주를 이루고 있는 것이다.

이인성의 「낯선 시간 속으로」에서도 이러한 콜라주 기법의 사용을 볼 수 있다. 우리말 텍스트에 영어로 된 노래가사가 섞여 있는 것은 일종의 콜라주다. 다음의 예도 콜라주로 볼 수 있다.

　　그러나 시선을 들지만 않는다면, 이곳은 서울의 어느 모퉁이와 다를
바 없었다. 〈勝利洋服店〉, 〈Miss GANG's Fashion〉, 〈유명식품〉, 〈품
위가구점〉, 〈자유다실〉, 〈마드모아젤―드레스 메이커〉, 〈미구 요가 연구
원〉, 〈대중식사・福來館〉, 〈도장・복사・열쇠〉, 〈Snack ＆ Coffee
Soul〉, 〈소동약국〉, 〈知性書林〉, 〈반보치킨〉, 〈홀・월계〉, 〈신흥소리
사〉……

　　어느 소읍의 상점 간판들이 나열되고 있다. 작품 줄거리 진행과
관계가 없는 요소들의 도입이라 콜라주로 간주할 수 있다. 그러나
이것을 몽타주라 주장해도 틀렸다고 말할 수는 없을 것이다.

　　콜라주의 특수한 경우로 '절단법*cut-up-method*'이 있다. 이것은
미국에서 1960년경에 브라이언 자이신Brian Gysin과 윌리엄 버로즈
William S. Burroughs에 의하여 창안된 기법이다. 버로즈는 이렇게
이 기법을 설명한다. "텍스트(나 자신의 것일 수도 있고 다른 사람
의 것일 수도 있다)의 한 페이지가 중앙부에서 둘로 접혀서 다른 텍
스트 위에 놓인다. 그러면 두 텍스트의 페이지들이 서로 겹친다. 다
시 말하면 한 페이지의 반을 이 텍스트에서 읽고 다른 반을 저 텍
스트에서 읽음으로써 새로운 텍스트가 생겨나는 것이다."[9]

　　데이비드 로지는 절단법을 두고 "작가는 상이한 텍스트들에서 조
각을 잘라낸다. 이 텍스트들에는 자신의 것도 포함되어 있다. 이 조
각들을 닥치는 대로*in random order* 꿰매어 그 결과를 글로 옮겨 쓴
다."[10]고 설명하고 있다. 이 절단법의 다른 형태는 독자 스스로가
이런 실험을 할 수 있도록 텍스트를 만드는 것이다. 즉 종이를 빼고
끼울 수 있는 형태*loose-leaf-form*로 책을 만들어 독자 스스로가 페

---

9) 위의 책, p.87(cut-up-method 항).
10) David Lodge, *The Modes of Modern Writing*, London 1977, p.235.

이지를 바꿔 끼우는 실험을 하게 하는 것이다.11) 이것은 다음에 언급될 '독자참여의 환치소설'의 극단적인 경우라 하겠다(제3장 2 참조).

이러한 절단법은 이질적인 요소들을 결합시킨다는 의미에서 콜라주 기법이다. 이렇게 하여 생겨난 텍스트가 맥락이 닿는 내용을 가질 수 없음은 자명하다. 그야말로 횡설수설이 된다. 문학적 실험 중에서 가장 파격적이고 과격한 실험이 이 절단법이 아닌가 생각된다.

미술에서 온 다른 기법으로 문자로 된 텍스트 속에 그림을 집어넣는 표현법을 들 수 있다. 문자에다가 이질적 요소인 그림을 넣기 때문에 이것 또한 일종의 콜라주라 할 수 있다. 언어는 그림만큼 사물을 구체적으로 표현하지 못하기 때문에 그림을 사용하여 보다 확실하게 사물을 묘사하려는 욕망에서 이런 기법이 나왔다고 할 수 있다.

다음은 페터 한트케Peter Handke의 『페널티 킥에 있어서의 골키퍼의 불안Die Angst des Tormanns beim Elfmeter』(1970)의 일부다. 구체적인 사물들이 다음과 같이 그림으로 그려져 있다.

---

11) 위의 책, 같은 곳.

Wieder allein im Zimmer, fand er alles umgestellt. Er drehte den
Wasserhahn auf. Sofort fiel eine Fliege vom Spiegel ins Waschbecken
und wurde gleich weggespült. Er setzte sich aufs Bett: gerade noch war
der Stuhl rechts von ihm gewesen, und jetzt stand er links von ihm.
War das Bild seitenverkehrt? Er schaute es von links nach rechts an,
dann von rechts nach links. Er wiederholte den Blick von links nach re-
chts; dieser Blick kam ihm wie ein Lesen vor. Er sah einen
›Schrank‹, ›danach‹ ›einen‹ ›kleinen‹ ›Tisch‹, ›danach‹ ›einen‹
›Papierkorb‹, ›danach‹ ›einen‹ ›Wandvorhang‹; beim   Blick   von
rechts nach links dagegen sah er einen ⌐, daneben den ⊓, darunter
den ⌷, daneben den ⊏⊐, darauf seine ⌑; und wenn er sich
umschaute, sah er die ⊟, daneben den (⌂), und die (·). Er   saß
auf dem └──┘, darunter lag ein ▬, daneben eine ⊏══ .
Er ging zum ▤ : ▥ :

□   □   □   □   □   □   □

. Bloch zog die Vorhänge zu und
ging hinaus.

　다른 예를 들어 보자. 알프레트 되블린의 『베를린 알렉산더광장』
에는 베를린 시의 문양과 거리의 표지판 그림이 그대로 소설 속에
들어와 있다. 미술적 요소를 소설에 도입했다고 볼 수 있는 것이다.
소설에 그림이 등장하는 것이 이 작품이 처음은 아니지만 드문 일
로서 이 소설에는 모두 11개의 그림이 등장하고 있다.

Franz Biberkopf betritt Berlin

Tiefbau

Kunst und Bildung

Verkehr

Handel und Gewerbe

Sparkasse und Stadtbank

Stadtreinigungs- und Fuhrwesen

Gaswerke

Gesundheitswesen

Feuerlöschwesen

Finanz- und Steuerwesen

다음 것은 앞에서도 언급한, '정신분열증 소설'이라는 로트 Gerhard Roth의 『알베르트 아인슈타인의 자서전』의 첫 페이지에 나오는 아인슈타인의 초상화다.

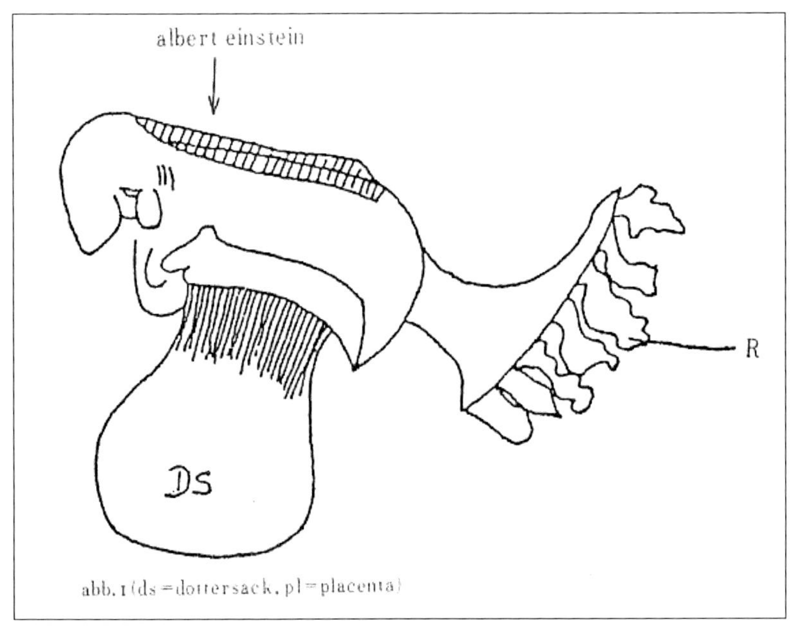

산사태로 알프스 계곡에 갇힌 사람의 행동과 생활을 그린 막스 프리슈Max Frisch의 『인간 완신세(完新世)에 나타나다Der Mensch erscheint im Holozän』(1979)는 온갖 지질학적 자료와 그림이 동원되는 콜라주다. 백과사전에서 오려 낸 쪽지, 메모한 쪽지, 사진, 그림, 지질학 책에서 오려 낸 쪽지 등이 상당수 소설 속에 들어와 있다. 예로서 지질학 서적에서 오려 낸 공룡의 그림을 보자.

조세희의 「시간여행」에도 기중기가 작업하는 그림이 나온다.

자주 사용하는 것은 곤란하지만 우리나라 소설에도 이렇게 그림을 사용하는 시도를 더러 해 보면 좋을 것이다.

9. 음악에서

들려오는 음악 소리 혹은 타인이 연주하는 음악 소리를 바로 악보로 표현하고 있는 소설들이 있다. 슈니츨러 Arthur Schnitzler의 『엘제양 Fräulein Else』, 제임스 조이스의 『피네간의 경야』, 바흐만 Bachmann의 『말리나 Malina』 등등에서 그러한 예를 볼 수 있다. 다음은 『엘제양』에 나오는 악보다.

홀랜드인들이 다시 나를 보는구나. 그 딸이 아주 예쁜데. 그 늙은 남자는 안경을 쓰고 있구나, 안경, 안경을 …… 5만. 그것은 그렇게 많은 액수는 아니지요, 폰 도르스다이 씨. 슈만 곡인가? 그래, '사육제'군 …… 나도 역시 언젠가 그 곡을 익혔지. 저 여자가 잘 연주하는데.

도대체 왜 '여자'야? 어쩌면 남자일 수도 있잖아? 어쩌면 여대가(女大家)? 내가 음악실을 한번 들여다보아야겠군.

음악에서 형식을 빌려 온 작품들도 있다. 올더스 헉슬리Aldous Huxely의 『연애대위법Point Counter Point』(1928)은 그 구조를 푸가의 대위법에서 차용해 온 것으로 알려져 있다.

10. 언어유희적 실험

언어유희적 실험의 선구자는 프랑수아 라블레François Rabelais다. 그는 『가르강튀아와 팡타그뤼엘Gargantua et Pantagruel』(전 5권, 1532~1564)에서 여러 가지 언어유희를 시도하고 있다. 그 가운데는 60자로 된 신조어도 있고, 라틴어화된 불어도 있다. 세련된 단어놀이도 있고 난센스 시도 있다.

제임스 조이스의 『피네간의 경야』에는 언어유희적인 표현들이 많다. 예를 들어 보자.

> The fall(bababadalgharaghtakamminarronnkonnbronntonner-
> ronntuonnthunntrovarrhounawnskawntoohoohoordenenthurnuk!)
> ……

의성어에 가깝지만 무의미한 음절의 연속이다. 이런 예는 이 작품에 얼마든지 있다.

프란츠 리틀러Franz Rittler의 장편 『쌍둥이*Die Zwillinge*』(1820)는 전체에 r자가 하나도 없는 소설이다. r자는 독일어에서 아주 자주 쓰이는 글자다. 이 글자가 들어가는 단어를 피해서 문장을 만드는 것이 쉬운 일이 아닐 것이다. 작가는 서문에서 "전문가와 언어연구가의 눈에 이러한 작업이 완전히 쓸모없는 장난적 시도로 폄하되어 보이지 않기를 바란다."는 말을 하고 있다. 이 작품은 문학사에 남을 작품은 아니지만 독특한 언어실험을 했다는 점에서 후세인의 주목을 끌고 있다.

조르주 페레크 Geoges Perec의 장편 『실종*La disparition*』(1969)은 e자가 들어가는 단어를 하나도 안 쓰고 창작한 작품이다. 프랑스어에서 e자는 가장 사용빈도가 많은 글자 가운데 하나다. e자를 쓰지 않고 문장을 만든다는 것이 결코 쉬운 일이 아니기 때문에 작가는 표현에 엄청난 제약을 받았을 것이다. 특이한 실험이 아닐 수 없다. 한 구절을 살펴보자.

> Plus tard, il comprit qu'il allait mourir. Nul
> n'irait à lui. Nul n'aurait jamais soupçon du mal
> qui s'acharnait sur lui. Nul n'adoucirait sa fin,
> nul sacristain l'absolvant du Forfait.
> Il voyait un vautour qui planait, haut dans
> l'azur. Tout autour du lit, un ramas d'animaux
> — gros rats noirs, mulots, souris, campagnols,
> cafards, crapauds, tritons — faisait faction, à
> l'affût du corps raidi, chair à charognards. Un
> faucon fondrait sur lui. Un chacal accourrait du
> fond du Sahara.
> Son imagination l'alarmait parfois, mais l'amu-
> sait aussi : finir lunch à chacal, ration pour cam-
> pagnol ou nutritif appât d'un vautour haut pla-
> nant (à coup sûr il avait lu ça dans Malcolm Low-
> ry) constituait un souhait d'Amphitryon qui par-
> tait d'un bon fond.

11. 활자를 이용한 실험

Ⅰ. 활자의 크기, 종류, 배열의 활용

우리나라 작가들은 활자 이용에 별로 관심을 갖지 않는다. 그것
은 한글에 대소문자의 구별이 없고 체가 다양하지 않은 데도 원인
이 있을 것이다. 서양 문학에는 이 활자를 이용한 실험이 많다.

시각적인 효과를 노린다는 점에서 미술적인 요소로 볼 수 있는
여지는 있다. 그러나 로마자의 대소문자와 다양한 활자체를 이용하
는 실험은 그 자체로 독특한 실험이 아닐 수 없다. 크기가 다른 활
자, 로마자의 대문자, 고딕체, 이탤릭체 등을 사용하여 시각적인 효
과를 노리는 것이다. 다음은 페터 한트케의 『소망 없는 불행
Wunshloses Unglück』(1976)의 일부다. 몇몇 단어들을 대문자로 써서

시각적으로 두드러지게 하고 있음을 볼 수 있다.

Gegenstände aus einem vergangenen Jahrhundert, im allgemeinen Bewußtsein verklärt zu Erinnerungsstücken: nicht nur die Kaffeemühle, die ja ohnedies ein liebgewordenes Spielzeug war – auch die BEHÄBIGE Waschrumpel, der GEMÜTLICHE Feuerherd, die an allen Ecken geflickten LUSTIGEN Kochtöpfe, der GEFÄHRLICHE Schürhaken, der KECKE Leiterwagen, die TATENDURSTIGE Unkrautsichel, die von den RAUHBEINIGEN Scherenschleifern im Lauf der Jahre fast bis zur stumpfen Seite hin zerschliffenen BLITZBLANKEN Messer, der NECKISCHE Fingerhut, der TOLLPATSCHIGE Stopfpilz, das BULLIGE Bügeleisen, das für Abwechslung sorgte, indem es immer wieder zum Nachwärmen auf die Herdplatte gestellt wurde,……

다음은 제임스 조이스의 『피네간의 경야』에 나오는 실험으로 활자의 크기를 이용하여 크고 작은 차이를 시각적으로 보여주고 있다.

> *Ecclasiastical and Celestial Hierarchies. The Ascending. The Descending.*
>
> For, let it be taken that her littlenist is of no magnetude or again let it be granted that Doll the laziest can be dissimulant with all respects from Doll the fiercst, thence must any what-youlike in the power of empthood be either greater THaN or less THaN the unitate we have in one or hence shall the vectorious ready-eyes of evertwo circumflicksrent searclhers never film in the elipsities of their gyribouts those fickers which are returnally reprodictive of themselves.[1] Which is unpassible.

즉 '보다 크다'를 than을 차례로 작아지게 하여 나타내고, '보다 작다'를 than을 차례로 커지게 하여 나타내고 있다.

레이먼드 페더먼Raymond Federman의 『곱절 아니면 무(無)*Double or Nothing*』(1971)는 일반 서적처럼 인쇄를 하지 않고, 타자 친 것을 사진판으로 떠서 만든 형태의 소설인데 글자로 만든 도형들이 많다. 예를 들면 noodles란 단어를 한 페이지 가득 치면서 중간 부분에 +, −, △, ▽ 모양의 빈 공간을 만들어 두고 있다.

앨런 번즈Alan Burns의 『드리메리카!*Dreamerika!*』(1972)는 제목이 dream과 America의 합성어로서 케네디 가문을 모델로 하여 미국 자본주의를 비판하고 있는 작품이다. 이 작품은 활자를 다양하게 이용한 특이한 소설이다. 거의 전 페이지가 다음과 같이 다양한 활자의 혼용을 보여주고 있다.

Help!

'I find it very difficult to recollect my emotions during the four or five minutes while the initial shock lasted. But our feelings of bewilderment — an incredulous astonishment that our solid-looking surroundings were in the grip of a force which shook them as a terrier shakes a rat — soon gave way to stark terror.'

When dreams become reality

'Yet my wife and I, now lying side by side on the living-room floor, spoke quite calmly together, and to our two young friends who, having been dragged from their room and knocked to the floor, were lying close by. The assault was now well under way, and we felt as though huge rocks were being hurled down onto the carpet around us with terrible persistence.'

blackout

'I had the sensation that the parquet flooring on which we lay was breaking up like an ice floe and that we were all going together through an immense hole into the interior of the earth.' Underwater horror

104

레이너 헤픈스톨Rayner Heppenstall의 『두 개의 달Two Moons』(1977)에는 한 책 안에 독립적인 두 이야기가 실려 있다. 하나의 이야기가 끝난 후 다른 이야기가 시작된다면 일반 창작집과 다를 것이 없다. 그러나 이 경우는 특이하다. 책을 펼치면 오른쪽 페이지에 하나의 이야기, 왼쪽 페이지에 다른 이야기가 인쇄되어 있다. 이 두 가지는 별 연관성이 없는 독립된 이야기로 2개월 동안 일어난 두 가지 일을 각각 다루고 있는 것이다. 독자가 왼쪽 이야기만 읽으려 한다면 계속 왼쪽 페이지만 읽어 가야 하고, 오른쪽 이야기만 읽으려 한다면 계속 오른쪽 페이지만 읽어 가야 한다. 그러나 작가의 권유대로 하나의 이야기를 한 페이지만 읽고 다른 이야기로 넘어가서 또 한 페이지만 읽고, 또다시 앞의 이야기로 되돌아오고 하는 식으로 번갈아 가면서 두 이야기를 읽어 나갈 수도 있다. 이 작품은 이렇게 한 책에 두 이야기를 병행하여 인쇄하고 있다는 데 그 특징이 있다. 활자의 배열을 통한 실험이라 하겠다.

이와 대조적으로 토마스 헤트혜Thomas Hettche의 『잠복기Inkubation』(1992)에는 두 페이지가 한 페이지 역할을 하고 있다. 일반적으로 우리는 왼쪽 페이지를 밑에까지 읽고 오른쪽 페이지 위로 올라가게 된다. 그런데 이 책에서는 왼쪽 페이지의 행이 그대로 오른쪽 페이지로 넘어가 오른쪽 페이지 끝까지 갔다가 다시 왼쪽 페이지로 돌아온다. 말하자면 펼쳐진 두 쪽 전체가 한 페이지로 인쇄되어 있는 것이다. 뿐만 아니라 활자의 크기와 종류를 표현수단으로 활용하고 있다는 점에서도 실험적이다. 크기와 글자체가 다른 몇 개의 활자가 같은 면에 등장한다. 같은 크기는 같은 크기끼리, 같은 체는 같은 체끼리 자기 자신의 이야기를 진행시킨다. 예를 들어 고딕체의 작은 글자로 진행되는 이야기는 같은 크기의 명조체 글자로 진행되는 이야기나 큰 글자로 진행되는 이야기와 전혀 관계가 없는 독립된 이야기다. 말하자면 같은 두 면에 3개의 독립된 이야기가 각각 진행되고 있는 것이다.

이와는 좀 다르게 프란츠 몬Franz Mon의 『심장 제로Herzzero』(1968)는 한 페이지를 세로 방향으로 두 칸으로 갈라 두 개의 이야기를 병렬시키고 있다. 한 이야기는 명조체로, 다른 이야기는 고딕체로 인쇄되어 있다. 이 두 이야기는 서로 관계가 없는 것은 아니지만 하나의 소재를 두 개의 다른 텍스트로 쓴 것이다. 하나의 이야기만을 읽으려 할 때는 페이지의 반쪽만 계속 읽어 가야 한다. 그러나 작가는 옆으로 시선을 옮겨 가며 다른 이야기를 함께 읽어 가는 것도 무방하다고 말한다. 그리고 이 작품의 또 다른 실험성은 작가가 독자에게 독자 자신의 의견대로 텍스트를 수정하거나 보충하거나 삭제할 것을 제안하고 있는 것이다.

로널드 슈크니크Ronald Sukenick의 장편 『바깥에*Out*』(1973)는 장(章)이 진행되면서 한 페이지의 행수가 갈수록 작아지는 작품이다. 장 번호는 9에서 시작하여 카운트다운이 되어 마지막 장이 1로 되어 있다. 첫 장인 제9장은 한 페이지가 3개의 패러그래프로 되어 있고 한 패러그래프는 9행으로 되어 있다. 다음의 제8장에서는 3개의 패러그래프인 것은 앞 장과 같지만 한 패러그래프의 행수가 8이 된다. 그런 식으로 하나씩 내려가 마지막의 제1장에는 3개의 패러그래프에 한 패러그래프의 행수가 하나가 된다. 그리고 마지막 페이지가 끝나면 7페이지 정도 백지가 계속된다. 말하자면 첫 장인 제9장에는 한 페이지에 27개의 행이 있는데 마지막 장에는 한 페이지에 총 3개의 행만 존재하는 것이다. 페이지 수도 첫 9장은 24페이지인데 장이 진행되면서 하나씩 줄어들어 마지막 제1장은 모두 13페이지로 되어 있다. 이렇게 장 번호에 맞추어 행수와 페이지 수가 줄어들다가 마지막에는 백지 페이지가 나타나는 것이 이 소설의 특징이라 하겠다.

더글러스 커플랜드Douglas Coupland의 『마이크로서프스*microserfs*』(1995)는 활자를 여러 가지로 활용하고 있는 작품이다. 마이크로소

프트와 비슷한 제목이 암시하듯이 컴퓨터에 대한 이야기가 주를
이룬다. 중요한 패러그래프의 첫 글자를 크기가 훨씬 큰 고딕체 활
자로 한 것과 중간 중간에 엄청나게 큰 활자가 등장하는 것이 특징
적이다. 그리고 1과 0이 무질서하게 나열되면서 두 페이지나 계속
되는가 하면, money와 machine이란 단어가 각각 두 페이지 전체를
빈틈없이 채우고 있는 모양도 특이하다. 어쨌든 활자를 이용한 실
험이 여러 각도에서 행해지고 있는 작품이라 하겠다.

이인성의 「문밖의 바람」(1999)에는 뒤집힌 글자들로 되어 있는
문장들이 한 페이지 정도 나온다. 즉 글자의 좌우가 뒤집혀 있는
것이다. 다시 말하면 유리판 위에 쓴 글씨를 뒤집어 유리판 뒤에서
보는 것과 같다. 주인공의 불안한 심리를 활자를 뒤집어 나타내 보
려는 실험이라 여겨진다. 독자가 읽어 내기 위해서는 상당한 어려
움이 있을 것이다. 아마도 이런 활자 실험은 이 작품이 한국에서
처음이 아닌가 생각된다.

Ⅱ. 활자로 된 그림

활자를 이용하여 구체적인 그림을 그린 작품은 앞에서도 언급된
프랑수아 라블레François Labelais의 소설 『가르강튀아와 팡타그뤼
엘』(1534) 제2권에 나타나 있다. 이것은 승리를 한 주인공 팡타그
뤼엘의 시로서 트로피 형태를 갖고 있다. 글자를 이용한 그림으로
서 소설에 나타난 최초의 예라 하겠다.

> "Ce fut icy qu'apparut la vertus
> De quatre preux et vaillans champions,
> Qui de bon sens, non de harnois vestuz,
> Comme Fabie ou les deux Scipions,
> Firent six cens soixantes morpions,
> Puissans ribaulx, brusler comme une escorce.
> Prenez y tous, toys, ducz, rocz et pions,
> Enseignement que engin mieulx vault que force;
> Car la victoire,
> Comme est notoire,
> Ne gist que en heur.
> Du consistoire,
> Qù regne en gloire
> Le hault Seigneur,
> Vient, non au plus fort ou greigneur,
> Ains à qui luy plaist, com' fault croire.
> Doncques a chevanche et honneur
> Cil qui par foy en luy espoire."

루이스 캐럴Lewis Carroll의 『이상한 나라의 앨리스*Alice's Adventures in Wonderland*』(1865)에도 활자로 쥐꼬리를 만든 그림이 있다.

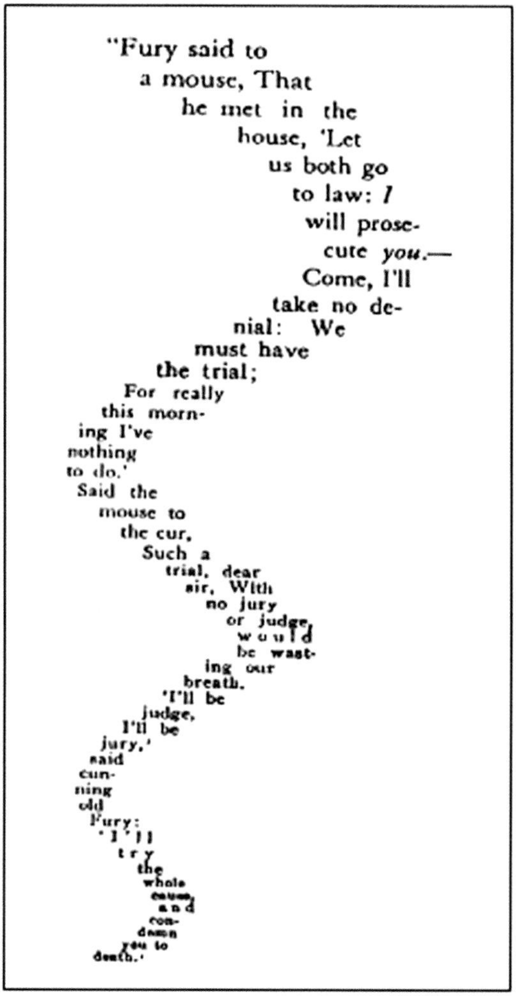

"Fury said to
a mouse, That
he met in the
house, 'Let
us both go
to law: *I*
will prose-
cute *you*.—
Come, I'll
take no de-
nial: We
must have
the trial;
For really
this morn-
ing I've
nothing
to do.'
Said the
mouse to
the cur,
Such a
trial, dear
sir, With
no jury
or judge,
would
be wast-
ing our
breath.
'I'll be
judge,
I'll be
jury,'
said
cun-
ning
old
Fury:
'I'll
t r y
the
whole
cause,
and
con-
demn
you to
death.'

근래의 소설에도 활자를 이용한 그림은 많이 나타난다. 기욤 아폴리네르Guillaume Apollinaire의 『살해된 시인Le Poét assassiné』(1916)에는 활자로 만들어진 두 개의 그림이 나온다. 하나는 관이고 또 하나는 침대다.

```
        VOICI
     LE    C E
    R C U E I
   L      D A N
  S          L E Q
 U E L            I
  L      G I S
   A I T          P
    O U R R
    I S S A
    N T    E
     T  P
      ÂLE
```

```
IL DORT DANS SON
PETIT LIT DE SOL
DAT MON POÈTE R
E        S          S
U                   S
C                   I
T                   É
```

자일즈 고든 Giles Gordon의 『전람회로부터의 그림*Pictures from an Exhibition*』(1970)에는 다음과 같이 단어를 이용한 얼굴 그림이 나온다.

```
YOU HAVE HER FACE, there you have her face. You look
at it, draw it :
                      forehead
              eye           eye
                   nose
           cheek         cheek
                  mouth
                  chin
Her face is hers, could be no one else's, other than her
twin's. Her twin has not been seen since she was born,
presumed lost, down the plughole, down the something.
    She stares at you, confronts your eyes with hers. You
look back, stare back. You see her eyes.
```

몽타주소설 역시 실험소설이다. 앞에서 고찰한 바 있는 소설 외적 요소를 도입하는 경우로 간주할 수도 있지만, 제공되는 이질적 자료 자체가 단순히 작품에 추가되는 것이 아니라 경우에 따라 소설의 주된 내용을 이루기 때문에 그와 별개로 취급하는 것이 타당하리라 생각된다. 그리고 몽타주소설은 또한 독자의 참여를 전제로 하는 경우가 많기 때문에 별개의 독립된 항목으로 취급하는 것이 좋을 것이다. 몽타주소설의 역사는 비교적 오래다. 그런 이유에서도 앞의 실험소설들과 구별하여 다루어야 되리라 생각된다.

1. 작가에 의한 몽타주

몽타주*Montage*란 영화이론에서 쓰이는 말이다. 장면전환을 위해 쇼트*shot*와 쇼트 사이를 잇는 것을 몽타주라 부른다. 이 말이 문학에 들어와 쓰이게 되어 언어적, 양식적(樣式的), 내용적인 면에서 이질적인 텍스트 부분들을 함께 결합하는 것을 의미하게 되었다. 문학에서 몽타주는 콜라주*Collage*란 말과 동의어로 쓰여 왔지만 60년대 말 이후 달리 쓰이고 있다.[1] 이미 앞에서 인용한 것처럼 츠메각은 이 두 가지를 다음과 같이 구별하고 있다. "몽타주는 낯선 텍

---

1) Werner Habicht, *Der Literatur Brockhaus* Bd. 8, Mannheim 1995, p.392-3.

스트 조각들을 하나의 텍스트 속에 받아들여, 그것들을 결합시키거나 대비시키는 것이다. 그와 반대로 콜라주는 상이한 원천에서 나온 요소들만으로 이루어지는 텍스트라는 의미에서 몽타주의 극단적인 경우다."2) 몽타주는 어느 정도 전체 맥락에서 크게 벗어나지 않는 범위 내에서의 이질적 요소의 결합이라면 콜라주는 전위 미술에서처럼 전혀 엉뚱한 요소들을 같이 모아 놓는 것을 의미한다고 할 수 있다. 그런 의미에서 소설에 나타나는 낯선 요소들의 결합은 일반적으로 몽타주로 호칭되고 있다.

여기서 쓰는 '몽타주소설'이란 개념은 위르겐 페터젠Jürgen H. Petersen의 저서에서 가져온 것이다. 그는 초현실적이고 부조리한 이른바 모더니즘 소설 이후에 몽타주소설이 많이 등장했음을 지적한다. 그는 영화적 기법이 가미된 알베르트 귀터스로Albert P. Gütersloh의 『춤추는 바보여인Die tanzende Törin』(1910)을 선구적인 작품으로 든다.3)

몽타주소설의 대표적 작품으로는 일반적으로 도스 패소스Dos Passos의 『맨해튼 트랜스퍼Manhattan Transfer』(1925)나 알프레드 되블린Alfred Döblin의 『베를린 알렉산더광장 Berlin Alexanderplatz』(1929) 같은 작품들이 거론된다. 콜라주 작품으로 인정되는 제임스 조이스James Joyce의 『피네간의 경야Finnegans Wake』(1939)가 몽타주소설로 취급되는 경우도 있다.

물론 몽타주가 소설에만 도입된 것은 아니다. 시와 희곡에도 등장하고 있다. 그러나 소설에 가장 많이 나타나 있다고 하겠다. 몽타주소설은 두 가지로 나누어 생각할 수 있다. 하나는 작가 자신이

---

2) Borchmeyer Žmegač, *Moderne Literatur in Grundbegriffen*, Tübingen 1994, p.286.
3) Jürgen H. Petersen, *Der deutsche Roman der Moderne*, Stuttgart 1991, p.298.

소설 속에 여러 가지 이질적인 요소들을 섞어 넣는 경우다. 이것은 작가가 자신의 의도대로 이질적 요소를 결합시켜 만들어 놓은 몽타주로서 작가에게서 독자로 향하는 일방향적(一方向的) 성격이 특징적이다. 위에서 예를 든 여러 작품들이 이에 해당된다.

『베를린 알렉산더광장』의 경우를 보자. 교도소에서 막 출소한 프란츠 비버코프Franz Biberkopf라는 주인공이 베를린에서 겪는 여러 가지 일들이 서술되어 있다. 표준 독일어에 베를린 방언이 섞여 나오는 것은 있을 수 있다 쳐도, 성경구절, 시(詩)구절, 노래와 유행가의 가사, 광고, 신문 표제와 기사, 통계 등이 섞여서 등장한다. 신문에서 많은 것을 가져오는데 정치적인 것과 비정치적인 것이 섞여 있다. 또 전차 정류장 이름이 10여 개가 나열되기도 하고, 전화번호부에 나오는 AEG 회사의 지점 이름 20여 개가 나열되기도 한다. 앞에서 언급한 것처럼 이 작품에는 그림이 등장한다.[4] 거기다 또 물리학적 공식까지 등장한다.[5] 이런 것은 콜라주에 가깝다. 그러므로 이 작품에는 콜라주적 요소와 몽타주적 요소가 섞여 있다고 말할 수 있다.[6] 이런 요소들은 전체적으로는 어떤 스토리를 전개해 나가면서 중간 중간 삽입되어 있어 다소 낯선 느낌을 주긴 하지만, 줄거리에서 크게 벗어난다는 느낌을 주지는 않는다.

이렇게 작가가 동원한 비소설적인 낯선 요소들이 뒤섞여 있는 것이 이 소설의 모습이다. 작가 자신이 이질적 요소들을 넣은 것이다. 발터 벤야민은 1930년 이 소설을 평하면서 "스타일의 원칙은 몽타주다. (……) 이 몽타주는 이 '소설'을 폭파시키고 있다. 구조

---

4) Alfred Döblin, *Berlin Alexanderplatz*, München 1965, 38–39 참조.

5) 위의 책, p.86 참조.

6) 이 작품은 문학사전의 collage 항목과 montage 항목 모두에 대표적 작품으로 소개되어 있다.
   Claus Träger, *Wörterbuch der Literaturwissenschaft*, Leipzig 1989, p.93, 350. 참조.

와 스타일을 모두 폭파시키고 새로운 서사(敍事)의 가능성을 열고 있다.”7)고 말한 바 있다. 이런 요소들을 몽타주로 간주하면서 긍정적 평가를 했던 것이다.

작가가 이렇게 일방적으로 작품 속에 넣는 것과는 다른 종류의 몽타주가 있다. 이 몽타주 유형은 작가가 여러 가지 상이한 요소들을 제공하고, 독자가 그중에서 마음에 드는 것을 선택하여 작품을 만들도록 하는 경우다. 이것은 독자의 창의력과 선택권을 존중하여 독자의 의도대로 소설을 구성하도록 해 놓았다고 할 수 있다. 그러므로 작가와 독자가 함께 참여하는 쌍방향적(雙方向的) 작품이다.

앞의 경우가 작가 주도하에 몽타주가 이루어진다면 이 경우는 독자 주도하에 몽타주가 이루어진다. 선택할 자료의 제공자는 물론 작가다. 앞의 경우가 20세기 전반부에 주로 나타났다면 이 경우는 20세기 후반부부터 많이 나타나고 있다. 이제부터 독자 주도의 몽타주소설을 살펴보고자 한다.

2. 독자 참여의 환치소설

소설 가운데는 독자가 참여하여 독자 뜻대로 내용을 만들어 가도록 해 놓은 소설들이 있다. 작가가 제공한 자료들을 독자가 선택하여 전체 작품을 구성해 가는 이런 소설을 흔히 환치소설(換置小說)der permutative Roman이라 부른다. 바꿔 넣을 수 있는 소설이란 뜻이다. 이런 작품에서는 독자의 창의력이 극대화된다고 하겠다.

---

7) Walter Benjamin, “Krisis des Romans. Zu Döblins Berlin Alexanderplatz”, E. Lämmert 편 *Romantheorie*, Köln 1975, p.177.

이것 역시 몽타주소설의 일종이다.

엘프리데 옐리네크의 『우리는 미끼새 새끼다!*wir sind lockvögel baby!*』(1970)는 기본 텍스트에 6개의 스토리를 제공하고 독자가 그 것을 선택하여 하나의 소설을 완성하도록 하고 있다. 소설은 257페 이지에 달한다. 사용설명서*gebrauchsanweisung*에서 작가는 다음과 같이 말하고 있다. "나는 독자인 당신을 끌어들여 당신이 모르고 있는, 완전히 새로운 프로그램을 받아들일, 당신 신체조직 속의 푹 팬 공간을 보여 드리겠습니다."[8] 작가는 독자의 창의력에 자신의 소설을 맡긴다는 뜻을 이렇게 밝히고 있는 것이다.

그러나 70년대 초부터 독일문학에 나타나고 있는 '사전소설(辭典 小說)*Lexikonroman*'은 독자의 창의력 신장에 보다 진일보한 모습을 보이고 있다. 여기에는 백과사전이나 어휘사전처럼 많은 항목들이 알파벳 순서로 등재되어 있고, 각 항목에는 설명이 기재되어 있다. 독자는 그 가운데 마음에 드는 항목을 골라 연결하여 하나의 작품 을 만들면 된다. 알파벳 순서를 택하는 것은 독자에게 어느 항목도 중요성에 차이가 없다는 인상을 주기 위해서다.

안드레아스 오코펜코의 『드루덴의 수출업자 모임에 가는 감상적 여행의 사전*Lexikon einer sentimentalen Reise zum Exporteurtreffen in Druden*』 (1970)을 대표적인 작품으로 들 수 있다. 이것은 화학제품을 수출하는 한 업자가 드루덴에서 개최되는 수출업자 모임에 참가하기 위해 배를 타고 빈을 떠나 도나우 강을 내려가는 내용이다. 그러나 이 여행을 두고 어디를 거쳐, 무엇을 보며, 어떻게 목적지에 도달하 는가 하는 것은 독자의 선택으로 주어져 있다. 독자가 항목들을 결합시켜 여행을 완성하도록 하는 형식으로 되어 있는 것이다.

---

8) Elfriede Jelinek: *wir sind lockvögel baby!* Reinbeck 1988, p.5.

처음에 머리말에 해당되는 '사용설명서Gebrauchsanweisung'가 나온다. 그것은 독자를 향해 "이 책에는 사용설명서가 있습니다. 당신이 이 책으로 하나의 소설을 만들려 한다면, 그것은 멋진 일이기 때문입니다." 하는 말로 시작된다. 그리고 "당신은 닥치는 대로 내 사전을 읽기만 하면 됩니다…… 정해진 순서대로 정해진 시선을 던지는 것은 고전적인 책읽기나 해동(解凍) 전의 동쪽나라 관광일 뿐입니다. 나는 당신을 책읽기에서 해방시킬 것입니다."9) 하는 말로 이어진다. 이런 말이 들어 있는 '사용설명서'를 넘기면 사전처럼 알파벳순으로 배열되어 있는 항목들이 나타난다. 그러나 이 항목들이 백과사전처럼 사물을 객관적으로 일목요연하게 서술한 것이 아님을 금방 알 수 있다. 대개 화자 자신과 관계되는 일에 대한 설명이다. 예컨대 A항의 두 번째 항목인 '긍정적 문학Affirmative Dichtung'은 "내가 「세상에의 시적 사랑 선언」을 낭독했을 때, 부우우우우우우! 하고 페터 함은 군중 속에서 소리를 질렀다."는 말로 시작하여 문학과 현실에 대한 이야기가 두 페이지 가까이 펼쳐진다. 그리고 이 항목의 끝에 화학제품을 파는 상인 J.가 배를 타고 목가적인 도시 드루덴으로 간다는 내용이 나온다.

A항의 다음다음 항목은 '여행의 시작Anfang der Reise'이다. "봄 아침, 6. 30. 전차를 타고 길을 잃을 뻔했음."이라고 되어 있다. 이런 식으로 Z까지 항목이 계속되는 것이다. 항목 중에는 배에서 바라보는 도시나 사물에 관한 것이 많다. 어느 항목을 선택하느냐 하는 것은 독자의 판단에 맡겨져 있다. 마지막 항목 Z z.에는 "더 많은 정보를 원하신다면, '사용설명서'로 되돌아가십시오. 왜냐하면

---

9) Andreas Okopenko: *Lexikon einer sentimentalen Reise zum Exporteurtreffen in Druden*, Berlin & Wien 1983, p.5.

당신은 이 책을 소설로 만들어야 하기 때문입니다. 새로운 연극에서는 관객이 함께 연기를 합니다. 새로운 소설에서 왜 그렇게 못한단 말입니까?"라고 되어 있다. 이 작품은 모두 384페이지로 되어 있다.

이러한 사전소설은 그 후에도 드물지 않게 나타났다. 쿠르트 마르티Kurt Marti의 『아프라츠키 혹은 작은 오두막Abratzky oder Die kleine Brockhütte』(1971), 오코펜코의 두 번째 사전소설 『별똥별 Meoriten』(1976), 게르하르트 륌Gerhard Rühm의 『텍스트 모두textall』(1993) 등 다수의 작품들이 있다. 이런 사전소설들은 전자시대가 오기 전에 독자의 창의력과 선택을 존중하여 만들어진 선구적 작품들이다. 현재는 인터넷에서 제공하거나 디스켓이나 CD에 담아 독자가 마우스를 클릭하여 원하는 대로 작품을 구성해 갈 수 있도록 하는 형태가 주를 이루고 있다. 실제로 위의 오코펜코의 사전소설은 그 후 CD로 출시되었다.

종이로 되어 있지만 묶인 책의 형태를 취하지 않는 환치소설이 있다. 예를 들어, 마크 새보터스Mark Sabortas의 『구성 1번Composition No.1』(1962)에서 독자는 페이지 표시가 없는 수많은 종이들을 자기 나름으로 페이지 번호를 넣어 연결하여 하나의 이야기로 만들어야 한다.10)

콘라트 쇼이펠렌Konrad B. Schäuffelen의 『스카톨라로부터의 신 (神)deus ex skatola』(1964) 같은 작품도 마찬가지로 책의 형태를 취하고 있지 않다. 원래 성장소설이었던 이 작품을 1975년에 개작하여 제2판을 내면서 작가는 책의 형태를 버리고 두루마리 종이의

---

10) Herbert Grabes, *Einführung in die Literatur und Kunst der Moderne und Postmoderne*, Tübingen 2004, p.95 참조.

형태로 출판했다. 두루마리 형태로 둥글게 만 365장의 종이쪽지들을 통 속에 세워 둔 것이 이 소설이다. 독자는 핀셋으로 한 장씩 집어 올려 마음에 드는 순서로 배열하여 줄거리를 만드는 것이다. 여기서는 우연(偶然)이라는 요소가 큰 역할을 한다. 묶인 책의 형태가 아니라는 데 이 작품의 실험성이 있다.

브라이언 존슨Bryan S. Johnson의 『불행한 사람들*The Unfortunates*』 (1969)도 역시 책의 형태를 취하지 않은 작품이다. 몇 페이지가 한 묶음이 되게 책을 조각조각 해체해 놓은 이야기 절편(切片)들을 상자 속에 넣어 출시한 것이다. 독자는 이것을 수수께끼를 풀 듯 자신의 생각대로 하나씩 모아 붙여 전체 이야기를 구성해야 한다. 이런 것을 '상자 속 소설*novel-in-a-box*'이라 부르기도 한다.

이런 경우 책이 아니기 때문에 서점에서의 판매나 보관에 있어서, 또 도서관에서의 대여와 반납에 있어서 문제가 생길 수 있다. 그런 의미에서 비실용적인 소설이라 하지 않을 수 없다. 어쨌든 이들은 독자의 창의력을 활용할 목적으로 만들어진 실험소설들이다.

3. 하이퍼픽션

인터넷에 오르는 문학을 사이버 문학*cyber literature*이라 부른다. 인터넷 사이트에는 소설이 많이 올라온다. 인기 있는 소설들은 다시 종이책으로 인쇄되어 많이 읽히기도 한다. 이우혁의 판타지 소설 『퇴마록』이 대표적인 예일 것이다. 인터넷 소설에서는 전통적 소설과 달리 독자와 작가 사이의 커뮤니케이션이 신속하게 이루어질 수 있다. 전에는 독자와 작가의 소통이 기술적으로 어려웠기 때문에 쉽게 이루어지지 않았다. 신문이나 잡지의 연재소설에서는 독자의 의견이 작품에 반영되기가 어려웠다. 그러나 인터넷 소설에서는 독자의 의견이 메일을 통해 신속하게 작가에게 전달될 수 있기 때문에 작가는 그것을 작품 창작에 곧장 반영할 수 있다.

이런 소설들과는 달리 전자책(*e-book*)으로 발간되는 소설들이 있다. 전자책은 활자로 된 텍스트를 전자화하여 컴퓨터 모니터에서 읽도록 만든 책이다. 독자가 인터넷 사이트에서 요금을 지불하고 퍼 와서는 디스크에 저장해 두고 읽으면 된다. 물론 프린터로 종이에 인쇄할 수도 있다. 이런 전자책 소설들이 지금 인터넷상에서 활발히 거래되고 있다.

그러나 이런 전자책 소설들은 작가에게서 독자에게로만 가는 일방향성 작품으로 구조적인 면에서 전통적 종이책 소설과 조금도 다를 것이 없다. 그런데 이와는 전혀 다른 종류의 사이버문학의 한 장르가 유럽과 미국에서 계속 보급되고 있다. 이른바 '하이퍼텍스트 소설*hypertext fiction*' 혹은 '하이퍼픽션*hyperfiction*'이라는 것이다. 하이퍼텍스트는 소설을 포함하여 모든 텍스트를 의미하기 때문에 소설에 한정할 때는 '픽션'이나 '소설'이란 말을 뒤에 붙이는 것이 일반적이다. 이것은 인터넷상에서 읽을 수도 있고, 디스켓이나 CD에 담긴 것을 윈도우상에서 실행하여 읽을 수도 있다.

모니터 화면에 나타날 페이지의 순서는 미리 정해져 있지 않다. 한 텍스트 공간에서 다른 텍스트 공간으로의 이동이 자유롭다. 모든 텍스트는 작가가 마련한 것이지만 그중에서 어떤 것을 선택하여 연결하느냐 하는 것은 독자의 몫이다. 그것은 하나의 작은 장면일 수도 있고, 큰 사건일 수도 있다. 독자는 원하는 내용을 마우스로 클릭해 가면서 하나의 이야기를 완성한다. 주인공이 죽는 것으로 이야기를 만들 수도 있고, 해피엔딩으로 끝나게 할 수도 있다. 이것은 위의 사전소설보다 훨씬 많은 내용을 제공해 줄 수 있다.

그리고 독자의 창작은 한 번으로 끝나지 않을 수도 있다. 처음과 다른 부분을 택하면서 다른 줄거리를 계속 만들어 낼 수 있기 때문이다. "모든 독서는 상이한 통로*path*를 택하기 때문에 하이퍼텍스트는 끝없는 자기 개조*self-regeneration*가 가능하다."[11]는 라이언의 말은 이런 특징을 간략하게 지적한 말이라 하겠다. 그야말로 수용미학*Rezeptionsästhetik*이 높이 평가하는 독자의 창의력이 유감없이 발휘되는 작품이라 할 수 있다. 작가가 제공하는 것을 독자가 수동적으로 받아들이지 않고 작품 제작에 능동적으로 참여한다는 점에서 하이퍼픽션은 상호적*interactive* 혹은 쌍방향적이라 할 수 있다.

하이퍼픽션은 앞 장에서 이야기한 '사전소설'의 경우와 그 원리가 아주 비슷하다. 그러나 인터넷상에서 가져오거나, 디스켓 혹은 CD를 사용하는 하이퍼픽션은 사전소설에 비해 훨씬 편리하고 능률적이며 많은 분량의 자료를 제공할 수 있다. 책으로 발표되었던 오코펜코의 『드루덴의 수출업자……』가 나중 CD로 다시 발간되었음은 앞에서 밝힌 바 있다. 이것은 두 가지가 구조적으로 같기 때문에 가능한 것이다. "오코펜코의 소설이 1970년에 발표되었을 때, 그의 특이한 소설 실험이 제공할 수 있는 형식적, 매체적 가능성은 그리 크지 않았다. 하지만 오코펜코에 의해 일시적으로 추진되었던, 우연을 중시하는 가능성 소설*Möglichkeitenroman*의 프로젝트는 컴퓨터시대에 들어와 실험소설을 위해 예상 밖의 길을 열어 주고 있다."[12]고 프랑크가 지적하고 있듯이 하이퍼픽션은 오코펜코의 사전

---

11) Marie-Laure Ryan, *Narrative across Media*, Lincoln & London 2004, p.340.

12) Dirk Frank, "Der Möglichkeitenroman als Hyperfiction", *Der Deutschunterricht* 2002년 제2호, Seelze 2002, p.31.

소설의 원리를 확대한 것이라 할 수 있다. 그러므로 하이퍼픽션은 독자의 참여를 전제로 하는 일종의 환치소설로서, 이질적인 요소들을 결합시킨다는 의미에서 몽타주소설의 일종이라 할 수 있다.[13]

최초의 하이퍼픽션은 마이클 조이스Michael Joyce의 『오후, 하나의 이야기Afternoon, a story』(1987)로 알려져 있다. 이것은 사전소설처럼 존재하는 많은 에피소드 중에서 독자가 선택하여 스토리를 만드는 형태다. 단지 마우스로 클릭하여 선택하는 것이 사전소설과 다를 뿐이다. 내용은 교통사고에 대한 것이다. 한 버전에서는 사고가 치명적이라 화자의 전처와 아들이 희생자가 된다. 다른 버전에서는 낯선 사람들이 희생자가 된다. 세 번째에서는 사고가 치명적이 아니고 가볍다. 네 번째에서는 화자가 사고를 일으킨다. 또 모든 것이 꿈이나 환상일 수도 있다. 이런 식으로 독자가 스토리를 선택하여 만들어 갈 수 있는 것이다. 그라베스는 이 작품을 두고 시작은 표시되어 있지만 끝은 표시되어 있지 않다고 그 특징을 지적한다. 그리고 공동작가Mitautor로서 독자가 연결을 원하지 않으면 그것으로 작품제작은 끝나고 독자가 저장하지 않으면 그 내용도 흔적 없이 사라진다고 하이퍼픽션의 특징을 지적하고 있다.[14] 이 작품은 약 540개의 텍스트 공간spaces과 약 950개의 연결점links을 가

---

13) J. H. Petersen은 위의 A. Okopenko의 사전소설 같은 독자환치소설을 몽타주소설로 분류한다(Jürgen H. Petersen, 앞의 책, p.316 이하 참조). 하이퍼픽션이 일반화되기 전의 저서이기 때문에 하이퍼픽션에 대해서도 그가 같은 명칭을 부여했을 것인지는 그 후의 저서가 없어 확인되지 않는다. 앞에서 D. Frank가 밝히고 있듯이 하이퍼픽션이 기존의 독자환치소설과 원리가 똑같기 때문에 몽타주소설의 일종으로 볼 수 있을 것으로 생각된다. 최근의 영미계 문학사전에서는 이런 성격의 소설을 '상호적 소설interactive narrative' 혹은 '다통로(多通路) 소설multi-path narrative'이라 부르고 있다(Herman/Jahn/Ryan 편, *Routledge Encyclopedia of Narrative Theory*, New York 2005, p.323 이하). 이러한 명칭은 독자환치소설 내지 몽타주소설의 특징을 그 자체에 내포하고 있다고 하겠다.

14) Herbert Grabes, 앞의 책, p.89.

지고 있다. 작가는 이것을 인터넷상에서 무료로 공개했다가 나중 디스켓에 담아 출시했다.

스튜어트 멀스롭Stuart Moulthrop의 『승리의 정원*Victory Garden*』(1993)[15]은 1991년의 중동전쟁에 참가했던 에밀리라는 여자 및 대학생 주드와 빅터, 그리고 교수 보리스 등이 등장하는 하이퍼픽션이다. 이 작품의 스토리도 독자가 선택하여 만들어 가게 되어 있다. 무대는 전선일 수도 있고, 침실일 수도 있고, 대학의 파티장일 수도 있다. 에밀리는 전선에서 죽을 수도 있고 살아서 활동할 수도 있다. 소설은 해피엔딩으로 끝날 수도 있고 그렇지 않을 수도 있다. 이 소설에는 약 1,000개의 텍스트 공간이 산재해 있고 2,800개의 연결점이 있다.

우리나라에서도 『디지털 구보 2001』(2001)이란 하이퍼픽션이 북토피아와 iMBC의 합작으로 제작되었다. 주인공 구보는 30대 여성이다. 그리고 그의 남자친구인 사업가 이상과 그녀의 어머니가 등장한다. 이 작품은 이 세 인물이 하루 동안 겪는 사건을 이야기로 엮고 있다. 구보, 이상, 어머니의 세 인물이 각 시간대별로 배치되어 있고, 그 시간 서울의 한 공간에서 이 세 인물이 만나기도 하고 헤어지기도 하면서 사건을 만들어 간다. 독자는 자기가 보고 싶은 시간대에 보고 싶은 인물의 칸을 클릭해 가면서 자신의 이야기를 구성해 나가면 된다. 또 화면의 텍스트 구절들을 클릭하면 그 구절에 관계되는 다른 한국문학작품의 구절들이 나타난다. 데이터베이스에서 원하는 정보를 선택하는 인터넷 검색과 같은 원리다. 약 240권의 문학작품이 연결되어 있다. 또 멀티미디어의 특성을 적극 활용하여 디지털동영상, 소리, 문자들을 끌어올 수 있다. 이 작품에

---

15) http://www.eastgate.com

는 1,000개 이상의 연결점이 있다.[16]

　이런 하이퍼픽션에서는 작가가 준비하지 않은 스토리를 독자가 만들어 낼 수는 없다. 그런 점에서 독자의 창조는 한계 내의 창조다. 이와 달리 '구성적 하이퍼픽션*costructive hyperfiction*'이라 하여 독자가 자기 글을 올릴 수 있는 경우가 있다. 독자가 글을 써서 올리면 작가가 검토하여 다른 독자가 선택할 수 있도록 또 다른 항목으로 작품에 첨가하는 것이다. 디나 라슨Deena Larsen의 『대리석 우물*Marble Spring*』(1993)이 이런 구성적 하이퍼픽션의 최초 작품이다. 이때는 독자의 창조적 활동이 극대화된다고 할 수 있다. 그러나 이런 것을 허용하는 작품은 그렇게 많지 않다.

　하이퍼픽션이 보다 발전된 형태를 취할 때가 있다. 줄거리가 진행되면서 문자로 된 텍스트만이 아니라 음악, 음향, 사진, 동영상, 애니메이션 같은 보조매체가 부가되는 것이다. 그렇게 되면 이런 작품은 하이퍼픽션의 한계를 벗어나 종합예술의 성격을 띠는 하이퍼미디어*hypermedia*가 된다. 위의 『디지털 구보 2001』도 일종의 하이퍼미디어라 할 수 있다. 하이퍼픽션의 대가 로버트 쿠버Robert Coover도 이미 그의 작품들을 이런 하이퍼미디어 형태로 자주 발표하고 있다. 우리나라 작가들도 첨단 문학형태인 하이퍼픽션과 하이퍼미디어의 창작에 관심을 가져야 되리라 생각된다.

　오늘날 소설이론은 독자 참여의 하이퍼픽션을 두고 몽타주소설이라 부르지는 않는다. 그러나 낯설거나 이질적인 요소를 결합시킨다든가, 작가가 자료를 제공하고 독자가 선택하여 작품을 구성하는 원리는 기존의 몽타주소설과 조금도 다를 것이 없다. 그런 이유에서 여기서는 하이퍼픽션을 몽타주소설의 범주에 넣어 고찰했다.

---

16) 최혜실, 『문자문학에서 전자문화로』, 경기도 2007, p.140 이하.

위에서 살펴본 '독자 참여의 환치소설'이나 '하이퍼픽션'은 독자
가 참여하여 소설을 구성한다는 점에서 기존의 소설과 다른 형태
의 문학이다. 이런 소설을 두고 아르세트는 다음과 같이 말하고 있
다. "이런 작품들이 정말 소설narrative인지, 그렇지 않고 예술적이
거나 재미있는 게임 내지 소설의 절편(切片)과 기법을 이용하는 실
험인지에 대해 비판적 의문이 제기되고 있다."[17] 그의 이 말은 전
위적인 이런 문학이 아직은 진정한 문학의 영역에 들어오지 못하
고 있음을 의미하는 것일 것이다. 언젠가는 문학의 영역에 정식으
로 들어오리라 생각된다.

---

17) Espen Aarseth, "Multi-path Narrative", Herman/Jahn/Ryan 편, 앞의 책, p.323 이하.

결언

　이상에서 국내외의 실험소설들을 살펴보았다. 그것은 대개 20세기 말까지의 선구적 실험에 한정되어 있다. 가능하면 많은 분야의 실험들을 살펴보려고 애썼지만 미흡했다는 자괴감을 떨쳐 버릴 수 없다. 나 자신의 아이디어를 가지고 새로운 가능성을 제시해 보기도 했지만 만족스럽지는 않다. 앞으로도 계속 새로운 문학적 실험들이 나타날 것으로 생각되어 필자는 앞으로 나타날 실험에도 관심을 기울일 것이다.

　우리나라에서는 문학 문제에 있어서 항상 '어떻게*how*'보다는 '무엇을*what*'에 더 많은 관심을 가져왔다. 바꾸어 이야기하면 기술 혹은 기법보다는 소재에 더 많이 집착해 왔다고 할 수 있다. 그러나 아무리 좋은 소재라 하더라도 표현 기술에 따라 독자가 느끼는 감정과 태도가 달라진다. 독자는 작품의 첫인상에 따라 읽기를 거부할 수도 있고, 호기심을 느껴 읽기 시작할 수도 있다. 또 독서과정에서 표현 기술의 차이에 따라 수용자인 독자의 태도가 달라질 수도 있다. 다시 말하면 표현 기술에 따라 독자의 흥미가 유발되기도 하고 감소되기도 하는 것이다. 그러므로 독자에게 신선한 느낌을 주기 위해서는 새로운 소설 기술의 개발이 언제나 있어야 할 것이다. 이 새로운 소설 기술의 개발을 우리는 실험이라 부르고 있는 것이다.

김천혜

약 력

서울대학교 독문학과 졸업
독일 뮌헨대학교 독문학과 수료
경북대학교 대학원 문학박사
중앙일보 신춘문예 평론 당선
독일 부퍼탈대학교 교환교수
오스트리아 빈대학교 객원교수(한국문학 강의)
부산대학교 독문학과 교수로 33년간 근무
현재) 부산대학교 명예교수, 문학평론가

주요 저서

『오늘의 문학론』(문학평론집, 지평사, 1985년)
『소설구조의 이론』(이론서, 문학과 지성사, 1990년: 2001년까지 8쇄 발간)
『영원히 여성적인 것이 우리를 이끈다』(독일문학 이야기, 문학과 지성사, 1996년)
『현실인식의 문학』(문학평론집, 전망, 1997년)
『미안한 세상』(산문집, 한길사, 2002년)
『독일문학 속의 한국상과 한국문학 속의 독일상』(부산대학교출판부, 2002년)

역서

『솔로몬의 반지』(콘라트 로렌츠, 사이언스북스, 2000년: 2009년까지 17쇄 발간)

소설구조의 이론

초판인쇄 | 2010년 2월 8일
초판발행 | 2010년 2월 8일

지은이 | 김천혜
펴낸이 | 채종준
펴낸곳 | 한국학술정보㈜
주　소 | 경기도 파주시 교하읍 문발리 파주출판문화정보산업단지 513-5
전　화 | 031) 908-3181(대표)
팩　스 | 031) 908-3189
홈페이지 | http://www.kstudy.com
E-mail | 출판사업부　publish@kstudy.com
등　록 | 제일산-115호(2000. 6. 19)

ISBN　978-89-268-0774-3 93810 (Paper Book)
　　　978-89-268-0775-0 98810 (e-Book)

내일을여는지식 은 시대와 시대의 지식을 이어 갑니다.